HEYNE
BÜCHER

JOE KEENAN

HIMMELBLAU

Roman

Aus dem Englischen
von Gunther Seipel

Deutsche Erstausgabe

WILHELM HEYNE VERLAG
MÜNCHEN

HEYNE ALLGEMEINE REIHE
Nr. 01/8727

Titel der Originalausgabe
BLUE HEAVEN

3. Auflage

Redaktion: Werner Bauer

Printed in Germany 1995
Umschlagillustration: Daniel Torres
Umschlaggestaltung: Atelier Ingrid Schütz, München
Gesamtherstellung: Elsnerdruck, Berlin

ISBN 3-453-06358-9

Für Gerry

Der Autor bedankt sich für
die wertvolle Hilfe und Unterstützung bei Kevin Kynock,
Eric Dehais, Michael Pietsch, D. Fletcher,
Geri Thoma und Bruce Shostak.

1

Wenn ich auf diese ganze haarsträubende Geschichte zurückblicke, überrascht es mich am meisten, daß ich kein ungutes Gefühl bekam, als ich das erste Mal von Gilberts Plan hörte. Ich wurde nicht bleich, ich zitterte nicht, ich raste auch nicht zum nächsten Münzfernsprecher, um irgendeine Fluggesellschaft anzurufen und mich über günstige Flüge zu den Kanarischen Inseln zu erkundigen. Mein Frühwarnsystem, auf das ich mich normalerweise bei allem, was Gilbert betrifft, so gut verlassen kann, war vollständig abgeschaltet. Nun ja, ich war gerade bei der Eröffnung einer Galerie, und billiger Wein hat halt diese Wirkung.

Die Galerie, um die es an jenem Abend ging, lag in SoHo am West Broadway und hieß Concepteria. Es war einer jener kühnen, Experimenten aufgeschlossenen Plätze, die sich dem Motto verschrieben haben, daß nichts ohne eine gewisse Ästhetik und demzufolge ohne finanziellen Wert ist. Die Ausstellung mit dem Titel *Taschen Nr. 3* war das Werk eines nicht ohne Berechtigung unbedeutenden Künstlers namens Aldo Cupper. Eine Ansammlung humanoider Formen aus dunkelgrünen Plastiktüten, die mit etwas vollgestopft waren, das der Katalog als ›Fundobjekte‹ bezeichnete, und für das die Welt noch etliche andere Bezeichnungen kennt, war alles, was man dort zu sehen bekam. Mr. Cupper konnte man dabei beobachten, wie er von einer Betrachtergruppe zur nächsten unterwegs war und sich in allen Einzelheiten über den Prozeß ausließ, durch den er »das Verfügbare umgeformt hatte«. Mit einem wachen Auge und der Bereitschaft zum abrupten Abbruch von Gesprächen schaffte ich es, ihm immer eine Gruppe voraus zu sein. Einmal war ich ihm durch eine unvermittelte Kehrtwendung in buchstäblich letzter Sekunde entwischt, als ich mich direkt vor Holland (›Holly‹) Batterman wiederfand.

»Philip!« kreischte er. »Ich habe unablässig versucht, dich *anzurufen*! Wo bist du gewesen?«

»Zu Hause.«

»Den ganzen Tag über?«

»Nun, gegen vier bin ich nach unten gegangen, Zigaretten holen.«

»Genau da habe ich unablässig versucht, dich anzurufen. Hör mal, du hast mein Blut ganz schön in Wallung gebracht!«

»In Wallung gebracht?« fragte ich verwirrt nach.

»Vor Wut!« ergänzte er und gestikulierte in Richtung der Skulpturen. »Es hätte nicht viel gefehlt, und ich wäre so außer mir gewesen, daß ich dir eines dieser Dinger hier *gekauft* hätte.«

Für den Fall, daß Holly euch noch nicht über den Weg gelaufen ist: ein Meter fünfzig groß, hat eine Vollglatze und wiegt fast dreihundert Pfund. Daher gehört er nicht unbedingt zu den in Liebesdingen erfolgreichsten Homosexuellen New Yorks. So gut er kann, tröstet er sich mit der Tatsache darüber hinweg, der auffälligste zu sein.

»Kannst du nicht ein wenig leiser sein? Weswegen bist du denn sauer auf mich?«

»Oh, eigentlich bin ich gar nicht sauer. Ich kann es nur nicht ausstehen, daß ich der letzte bin, den du anrufst, wenn du so wundervollen Tratsch zu verbreiten hast. Also los, erzähl schon! Wer ist die Glückliche? Ist sie schwanger – und wenn, wie in aller Welt ist *das* denn nur passiert?«

Ich starrte ihn verblüfft an. Ganz egal, wie ungewöhnlich es auch sein mochte, er konnte damit nur eine Sache meinen.

»Holly, hat dir etwa irgend jemand erzählt, ich würde *heiraten*?«

Er brüllte vor Lachen, in der ganzen Galerie drehten sich die Köpfe nach ihm um. Hollys Lachen gleicht einem auf zwei Rädern um die Kurve rasenden Fluchtauto.

»*Du?* Ich bitte dich! Ich mag ja leichtgläubig sein, aber *so* dumm bin ich nun wieder auch nicht.«

Ich schenkte ihm einen kühlen Blick. So glücklich man auch mit seiner eigenen sexuellen Vorliebe sein mag, so unerträglich ist der Gedanke, für unflexibel gehalten zu werden.

»Von wem redest du also?«

»Von Gilbert natürlich.«

»*Gilbert?*«

»Ja!«

»Gilbert *Selwyn*?«

»Wer denn *sonst*?«

Wie ich bereits sagte: keine Alarmglocken, keine kalten Schweißausbrüche, kein plötzlicher Drang, weit entfernte Orte zu sehen.

»Gilbert *heiratet*?«

»Er hat es dir nicht *gesagt*?«

»Nein! Wer ist denn die Glückliche?«

»Ich hatte gehofft, *du* wüßtest das.«

»Ich habe absolut nichts darüber gehört.«

»Das ist ja wohl eine alte Schlampe«, meinte Holly und stieß in meinem Namen einen tiefen Seufzer aus. »Stell sich das einer vor: Da erzählt er dir nichts davon, obwohl die Sache mit euch schon so weit zurückreicht! Und dabei hätte ich glatt gedacht, er würde dich zuallererst anrufen und bitten, ihm bei der Hochzeit zur Seite zu stehen!«

Kein beschleunigter Pulsschlag, kein rascher Griff nach den Reisebroschüren.

»Na ja, mach dir keine Sorgen, mein Süßer«, sagte Holly mütterlich. »Wenn du mich fragst, hat er den armen Jimmy mit der ganzen Sache nur auf den Arm genommen.«

»Da komme ich nicht mit, Holly. Könntest du mir vielleicht von Anfang an erzählen, um was es hier geht? Alles, was du weißt?«

»Versuch nur, mich dabei *aufzuhalten*!« erwiderte er und legte dann mit seiner Geschichte los. Von den kaum vorhandenen Sprechpausen her zu urteilen, hatte er sie bereits mindestens drei Leuten in voller Länge erzählt.

»Jimmy Loftus der dieser Tage einfach prächtig aussah obwohl man genau sieht daß ihn das ein Vermögen gekostet hat war neulich bei Dunhill um etwas zu kaufen was er beim Debütantinnenball seiner kleinen Schwester anziehen könnte – kannst du dir vorstellen, wieviel Geld die haben müssen? – da traf er auf keinen anderen als Gilbert der sich gerade nach diesen Cutaways erkundigte! *Also*, Jimmy der Gilbert auf den Tod nicht *ausstehen* kann seit er sich auf diese wirklich peinliche Sache mit ihm eingelassen hat und sie in diesem Nachtclub diese Nummer abzogen – Gilbert er und Phil Cavanaugh oh das bist du ja selber tut mir leid daß ich es erwähnt habe – der Süße geht also auf Gilley zu und säuselt los: ›Na, hallo du! Gehst du auf eine Hochzeit, Gilbert?‹ ›Jawohl‹, sagte Gilbert, *›auf meine.‹* Was Jimmy natürlich beträchtlich in Verwirrung stürzt denn er weiß ja nicht ist Gilbert bi oder was und wie soll man das auch herausbekommen wenn man vor einem Verkäufer von Dunhill steht? *Also*, er sagt: ›Schönes Mädchen?‹ und Gilbert sagt: ›Das Schönste auf der ganzen Welt.‹ und Jimmy sagt: ›Ach, wirklich – etwa so schön wie dieser aufregende Mann, mit dem du letzte Woche im Rampage getanzt hast?‹ und Gilbert – dieser flatterhafte kleine Gilbert! – schaut ihn mit diesem verständnislosen und so ungeheuer ernsthaften Blick an und sagt: ›Wie du weißt, James, versetzt es mich in Erstaunen, daß ein Mann mit deinem Familienhintergrund nicht das kleinste Gefühl für Anstand besitzt. Ich glaube wirklich, es gibt Dinge, die man für kein Geld auf der Welt kaufen kann.‹ ›Ja, aber du gehörst nicht dazu‹, sagt Jimmy und geht sehr zufrieden mit sich und der Welt davon bis er merkt daß er vergaß zu fragen wer das Mädchen eigentlich sei und deswegen hat er mich angerufen – wer sollte es denn auch sonst wissen, nicht wahr? – nur daß ich hier genauso im dunkeln stehe wie er. Ich sage also: ›Verlaß dich ganz auf mich, ich werde es schon herausfinden.‹ und dann habe ich unablässig bei dir angerufen. Du weißt wirklich *überhaupt nichts?*«

»Nein. Ich habe bestimmt über einen Monat nicht mehr mit ihm gesprochen. Warum rufst du ihn nicht einfach selber an?«

»Das habe ich ja getan. *Unablässig* habe ich ihn angerufen, aber…«

»Du wirst es erfahren, wenn ich es weiß«, sagte ich und drehte mich rasch zur Bar um. Sicher, das war etwas grob von mir, aber ich hatte gerade Aldo Cupper entdeckt, der durch die Menge auf uns zuglitt. Er strahlte, wie nur ein unbekannter Künstler strahlen kann, der gerade zwei Stunden in einem Raum verbracht hat, in dem sein Werk ausgestellt ist, dabei viel Wein trinkt und einhundert Leute um sich herum hat, die sich nicht sicher sein können, ob sie nicht eines Tages darauf angewiesen sein werden, daß er ihnen einen Gefallen tut. Flüchten war angesagt.

Doch die Flucht war dadurch unmöglich geworden, daß an meinem linken Handgelenk urplötzlich ein dreihundert Pfund schwerer, unnachgiebiger Batterman hing.

»Warte! Hiergeblieben! Du mußt doch irgendeinen *Anhaltspunkt* haben!«

»Ich habe dir doch gesagt, ich... mein Gott, schau dir das an! Mary Tyler Moore!«

Dieser Trick reichte aus, ihn soweit abzulenken, daß ich mein Handgelenk befreien konnte, aber es war zu spät. Aldo hatte uns am Wickel.

»Holland!« rief er überschwenglich. »Ich bin überaus erfreut darüber, daß du kommen konntest. Ich wollte dir nämlich schon die ganze Zeit erzählen, wie sehr mir deine Entwürfe für die Bühnenaufbauten bei diesem Stück neulich gefallen haben.«

»Du bist wirklich süß«, erwiderte Holly und renkte sich dabei fast den Hals aus.

»Sie waren auch wirklich wunderbar«, sagte Aldo.

»Sie haben Spaß gemacht«, pflichtete ihm Holly bei. Er hatte seine Suche aufgegeben und schaute mich verärgert an. »Doch *die hier*...« – er zeigte dabei auf die Taschen – »... die sind einfach überwältigend. *Philip* hier hat von nichts anderem mehr geredet.«

»Wirklich?« sagte Aldo und richtete seinen hungrigen, erwartungsfrohen Blick auf mich, dem Blick eines Vampirs gleich, der einem Bluter beim Rasieren zuschaut.

»So etwas habe ich noch nie gesehen.«

»Dann hast du die Ausstellungen *Taschen Nr. 1* und 2 verpaßt?«

»Bedauerlicherweise.«

Es wurde still.

»Viele haben mir schon die Frage gestellt, wie ich sie mache.«

»Wirklich?« fragte Holly mit plötzlicher Betroffenheit. »Und, hast du es ihnen verraten?«

»Aber sicher doch. Es mag ja kompliziert aussehen, aber es ist ein sehr einfacher Prozeß mit zwölf Schritten. Wenn ihr wollt, erkläre ich es euch.«

»Aber ja«, sagte ich. »Wir würden beide ungeheuer gerne. Ach, du liebe Güte! Geht die Uhr dort richtig?« Ich murmelte die altbewährte Ausrede vom Dialyseapparat und rannte aus der Galerie nach draußen in die kühle Nachtluft.

Das gute Timing meiner Flucht gab mir so viel Schwung, daß ich keinerlei Anstalten machte, mich in einen spärlich beleuchteten Hauseingang zu verziehen, als ich einen halben Häuserblock entfernt auf der anderen Straßenseite Gilbert kommen sah. Statt dessen rief ich seinen Namen. Vielleicht habe ich ihm sogar zugewinkt. Wenn ich mich daran erinnere, dann fällt mir immer Claire Simmons' Kommentar zu meiner anhaltenden Freundschaft mit Gilbert ein.

»Philip«, sagte sie, »wenn irgend etwas an der Reinkarnation dran sein sollte, dann kommst du als Lemming wieder auf die Welt.«

Vielleicht fragen Sie sich ja an dieser Stelle, warum meine Vorsicht gegenüber Gilbert der Behutsamkeit ähnelt, mit der ich den Zeugen Jehovas und wildwachsenden Pilzen begegne. Ich werde versuchen, das zu erklären.

Vielleicht kennen Sie ja das Lied ›I Got Rhythm‹, in dem die späte Ethel Merman die Tatsache besingt, daß sie sich vor der Personifizierung ihrer Sorgen sicher fühlt. Wann immer ich diese Platte höre, bin ich mir sicher, daß Merman Gilbert gekannt haben muß, und daß ihr Vertrauen in die Richtigkeit ihrer Behauptung auf dem Wissen beruht, daß die Sorgen, solange sich Gilbert in der Stadt aufhält, mit ihm viel zu beschäftigt sind, als daß sie auch nur einen Gedanken an ihr Anwesen verschwenden könnten.

Damit will ich nicht sagen, daß Gilbert eben einfach ein Pechvogel ist. Natürlich ist er das, aber das ist noch nicht alles. Gilbert schafft es fortwährend, das bedauernswerteste Opfer irgendwelcher ärgerlichen Vorfälle zu werden und gleichzeitig seinen unverzichtbaren Teil zu ihrer Manifestation beizutragen. Nur das Schicksal mag ja die Bananenschale dorthin legen, wo Gilbert gerade entlangläuft, aber Gilbert selbst ist es, der jedes Mal sicherstellt, daß er im Augenblick eines solchen Zusammentreffens ein Tablett voller Baccarat-Kristallgläser vor sich her trägt, die er sich, um einem Partner zu imponieren, ohne Erlaubnis oder Wissen des Besitzers in der Hoffnung ausgeliehen hat, sie unbemerkt wieder zurückzugeben.

Eine ganze Reihe Leute haben Gilbert genau deswegen in ihr Herz geschlossen. Sie billigen seine vielfältigen Freveltaten zwar nicht, neigen aber dazu, sie mit einer Art nachdenklicher Nachsicht zu betrachten und mit einem Zungenschnalzen zu kommentieren. Das liegt einfach daran, daß sie nie unter irgendwelchen Konsequenzen leiden müssen.

Ich gehöre nicht zu diesen Leuten.

»Philip! Wie froh ich bin, dich zu erwischen! Claire sagte mir, daß du hier sein würdest.«

»Erinner mich daran, ihr dafür zu danken«, entgegnete ich eisig. Ich war bester Laune und brodelte vor Neugier, doch war ich fest entschlossen, das Thema Hochzeitsglokken nicht eher anzuschneiden, als bis ich ihm einen gewissen Kummer bereitet hatte. Unser letztes Treffen gehörte zu denen, deren katastrophale Folgen sich mir besonders gut eingeprägt hatten. Er war wie immer gewillt, so zu tun, als ob nichts Unangenehmes geschehen sei, hatte aber auch nicht drei Nächte damit verbracht, die Zimmerwände neu zu verputzen.

»Das ist ja ewig her!« rief er aus und umarmte mich.

»Sechsundzwanzig Tage, und noch immer wache ich jede Nacht schreiend auf.«

Er wich einen Schritt zurück und betrachtete mich mit jenem enttäuschten Blick, den man Menschen schenkt, von denen man Besseres erwartet hätte.

»Du denkst immer noch daran?«

»Ja.«

»Das war doch schon vor Wochen! Ich kann nicht verstehen, warum irgend jemand in der Vergangenheit leben will.«

»Ich kann nicht verstehen, warum irgend jemand in *meiner* Vergangenheit leben will.«

»Egal«, meinte er schon wieder heiterer, »du wirst unmöglich lange auf mich sauer sein können. Ich habe Neuigkeiten, Philip! Wundervolle Neuigkeiten! Ich weiß zwar, daß es einen Schock für dich bedeutet, aber...«

»Du heiratest.«

Nichts gleicht dem Gesicht einer Person, deren großer Knüller leichthin als Schnee von gestern abgetan wird. An dieser Kombination aus Überraschung und Gekränktheit werde ich mich nie satt sehen, und Gilberts Gesicht in jenem Augenblick war ein wahres Meisterstück dieses Genres.

»Du hast es schon *gehört*? Herrgott, erzähl mir nicht, daß du mit Jimmy Loftus gesprochen hast?«

»Nein. Er hat es Holly erzählt, und Holly erzählte es mir.«

»Holly!« stöhnte Gilbert. »Scheiße! Wem immer ich es jetzt auch sagen werde, überall wird es heißen: ›Ja, ich weiß, Holly hat es mir erzählt.‹«

Das war natürlich ärgerlich, aber er war immerhin selbst schuld. Und er wußte nur zu gut, wenn er es schon Jimmy erzählte, dann hätte er es genausogut Holly erzählen können, und das wiederum bedeutete, er hätte genausogut die Anzeigetafel über dem Winter Garden mieten können.

»Na gut«, seufzte er philosophisch, »lassen wir sie doch tratschen! Mir soll's egal sein! Für mich ist nur noch eines wichtig: *Sie!* Ich bin verliebt, Philip. Zum ersten Mal verliebt! Tiefe, echte Liebe.«

»Schön für dich.«

»Ich konnte mir ja überhaupt nicht vorstellen, was das für ein Gefühl ist.«

»Das glaube ich dir.«

»Ich muß zugeben, ich dachte, die ganze Sache hätte dich ein bißchen mehr überrascht.«

»Das hätte sie auch, wenn ich es auch nur eine Minute lang geglaubt hätte.«

»Philip!« schrie er verletzt auf. »Es ist mein voller Ernst! Ich habe mich wirklich in dieses Mädchen verliebt, will sie heiraten, Kinder kriegen, ein Haus kaufen...«

Er ritt noch eine Weile auf dieser Schiene, aber ich hatte keine Antenne dafür. »Gilley«, sagte ich, »ich weiß nicht, wo da der Haken ist, aber wenn keiner dabei ist, dann...« Ich hielt inne. Ich wußte auch nicht, was dann wäre. Es hatte immer einen Haken gegeben.

Einen Augenblick lang starrte er mich an, dann wechselte er die Gangart und entschied sich für den leisen, gemessenen Tonfall, der dazu benutzt wird, bei Werbespots für Schmerztabletten Seriosität zu vermitteln.

»Ich hatte gehofft, du würdest meine Freude teilen! Ich nehme nicht an, daß du daran schuld bist, daß du unfähig bist, irgend etwas anderes außer skeptischer Verachtung für das Glück deines besten Freundes zu empfinden. Wir haben alle unsere Grenzen. Doch nichts von deinem Gerede kann...«

»Na gut! Tut mir leid. Herzlichen Glückwunsch!« Er hatte mich natürlich überhaupt nicht überzeugt, aber ich konnte einsehen, daß es keinen Zweck hatte, gerade jetzt die Wahrheit aus ihm herauszuquetschen.

»Und wer ist die Glückliche?«

»So wie du dich verhältst, überrascht es mich, daß du es überhaupt wissen willst.«

»Natürlich will ich es wissen, du Knalltüte!« explodierte ich. »Ich sterbe vor Neugier.« Es dauerte keine zwei Sekunden, da erkannte ich, daß dieses Eingeständnis nicht besonders gut überlegt war.

»Weißt du, Philip, ich merke gerade, daß ich ganz schön durstig bin. Vielleicht können wir ja irgendwo ein schönes Lokal finden, uns hinsetzen und etwas trinken, und ich erzähl dir alles über sie.«

Wie üblich hatte ich gerade genug Geld, um mich für genau die Hälfte der Zeit, für die es eigentlich reichen müßte, über Wasser zu halten. Gilberts finanzieller Stand ließ sich unschwer erraten, aber ich dachte mir, ich sollte ihn trotzdem danach fragen.

»Hast du denn *irgend etwas* dabei?«

»Tut mir leid. Ich habe nichts dabei.«

»Wir könnten zu deinem Geldautomaten gehen.«

»Das könnten wir«, willigte er ein, »aber es wäre nur unnützer Zeitvertreib.«

Ich drehte mich um und ging in westlicher Richtung davon.

»*Ein* Getränk, Gilbert, und ich schwöre dir, mehr ist mir die Sache nicht wert.«

Eine Stunde später saßen wir fröstelnd unter den Sternen im Riviera Café am Sheridan Square. Es war Mitte Oktober, doch eine ganze Reihe Bistro-Wirte im Village hatten ihren Außenausschank noch geöffnet, um der Masse zäher Frischluftfanatiker das Geld aus der Tasche zu ziehen – Leuten, die wie Gilbert Lungenentzündung als einen günstigen Preis für ein Speisen mit möglichst großer Chance zum Gesehenwerden betrachten. Als unser Kellner die dritte Runde brachte und die Rechnung fertigmachte, erläuterte Gilbert gerade in unangebrachter Detailtreue die Gründe für seine Bekehrung zur Heterosexualität.

»Frauen«, erzählte er, »sind anders. Sie sind nicht wie Männer. Frauen sind... aufmunternd. Nein, warte, das ist nicht das richtige Wort. Sie sind *aufbauend*. Das ist es. Frauen bauen dich auf, Philip. Nicht wie Männer. Männer sind selbstsüchtig. Unmerklich richten sie dich zugrunde, nehmen dir deinen Erfolg übel, meckern dich an, wenn du ihre Pullover anziehst.« Der Kellner fing meinen Blick auf, schüttelte in stiller Anteilnahme den Kopf und zog sich zurück.

Gilbert zündete sich eine Zigarette an und starrte träumerisch zur Seventh Avenue hinüber. »Sie ist ein bemerkenswertes Mädchen.«

»Das hörte ich bereits. Was ich noch nicht gehört habe, ist ihr *Name.*«

»Darauf will ich ja hinaus. Weißt du, was an Frauen so wundervoll ist?«

»Ja, das weiß ich! Die ganze gottverdammte letzte Stunde habe ich nichts anderes gehört und ich bin es jetzt endgültig satt!«

Er lächelte auf eine seiner Vorstellung nach gewinnende Art. »Vielleicht habe ich ja ein wenig weit ausgeholt. Aber ich weiß eben, wie zynisch du sein kannst, und ich möchte, daß du mitbekommst, wie aufrichtig meine Gefühle in dieser Sache sind.«

»Na gut, Auftrag ausgeführt, okay? Jetzt sag mir um Himmels willen, wer es ist!«

Er kippte den Scotch herunter, grinste von einem Ohr zum anderen und ließ die Katze aus dem Sack.

»Moira Finch.«

Ich sackte in meinem Stuhl zusammen; die Schauerlichkeit der Vorstellung reichte aus, um mich völlig zu überwältigen. Wenn ich je dumm geglotzt habe, dann in diesem Moment.

»Diese *Möse*?«

Er wurde steif und betrachtete mich mit stählernem Blick. »Philip«, sagte er langsam, »*einmal* werde ich dir das verzeihen.«

»Nun, dir verzeihe ich *das* nicht!« erwiderte ich und wedelte ihm mit der Rechnung über zwanzig Dollar vor der Nase herum. »Erwartest du, daß ich dir auch nur für einen Moment glaube, du beabsichtigst, dieses verrückte Weibsbild zu *heiraten*?«

»Glaub doch, was du willst, aber wenn du sie noch ein einziges Mal beschimpfst, werde ich dich nach draußen bitten.«

»Wir sind schon draußen, du Arschloch! Was versuchst du mir da eigentlich weiszumachen?«

Er senkte die Stimme. Wir waren wieder beim Werbespot für Kopfschmerztabletten.

»Ich merke, daß du nie viel für Moira übrig hattest...«

»*Ich* hatte nie viel für sie...?«

»Aber du kennst sie nicht so wie ich. Du hast sie doch nur bei einer Handvoll Gelegenheiten zu Gesicht bekommen.«

»Das war auch völlig ausreichend! Sie ist das geldgierigste, kaltblütigste Bündel an Heuchelei, das je...«

»Ich sage es noch einmal, Philip, du kennst sie nicht.«

»Vielleicht kenne ich sie nicht, Gilbert, aber das meiste, was ich von ihr gehört habe, stammt direkt von dir. Ich dachte, *du* könntest sie auf den Tod nicht ausstehen.«

Er runzelte die Stirn und rutschte unruhig auf seinem Stuhl hin und her.

»Ich gebe ja zu, es gab eine Zeit, in der ich Moira noch nicht richtig verstanden hatte, und in der ich sie in ihrem Verhalten nach außen gelegentlich... ein wenig abweisend fand. Zu jener Zeit mag ich auch Dinge über sie gesagt haben, die ich jetzt bereue.«

»Du sagtest, beim Anblick ihres Gesichtes könnte ein Trinkwasserreservoir ungenießbar werden.«

»Das ist eines dieser Dinge, ja.«

»Du sagtest, wenn sie einen Eiswürfel lutschte, dann würde er nicht schmelzen, sondern größer werden.«

»Ehrlich, Philip! Warum mußt du hier Dinge aus der Versenkung holen, die mir schon weh tun, wenn ich mich bloß daran erinnere. Was kümmert mich mein Geschwätz von gestern? Moira Finch ist ein wundervolles Mädchen und ich liebe sie aufrichtig. Das mußt du mir einfach glauben.«

»Nein, das glaube ich dir nicht! Ich habe gerade zwanzig Dollar verbraten, die ich mir nicht leisten konnte, nur um die Wahrheit aus dir herauszubekommen, und du gehst hier nicht eher weg, bis ich sie habe.«

Ich funkelte ihn unnachgiebig an.

»Na gut«, seufzte er schließlich. »Aber es muß unter uns bleiben.«

»Das wird es auch.«

»Ich meine es ernst. Wenn andere davon erfahren, dann ist die ganze Sache so gut wie gestorben.«

»Okay.«

»Du schwörst mir, kein Sterbenswörtchen darüber zu verlieren? An keinen? Nicht einmal an Claire?«

»Über das, womit du mich die ganze Zeit zappeln läßt?«

Er lächelte, der Gedanke flößte ihm neues Selbstvertrauen ein. »Nun, ich denke schon. Was immer du auch meinen magst. Es tut mir leid, gelogen zu haben. Aber ich hatte keine andere Wahl, ehrlich.«

»Da bin ich mir sicher.«

»Nein, im Ernst! Ich werde über diese Sache noch mit einer Unmenge Leute sprechen und brauche jede Gelegenheit zum Üben. War ich überzeugend?«

»Bis auf einen Punkt.«

»Moira, wie? Ich nehme an, ich hätte mir eine andere aussuchen sollen, aber das war einfach unmöglich. Jedenfalls unter den gegebenen Umständen.«

»Ich bin mir nicht sicher, dem Ganzen noch folgen zu können«, sagte ich und fühlte mich allmählich unbehaglich, denn Gilbert grinste auf die gleiche sanfte, selbstgefällige

Art, wie er immer grinst, wenn er sich einbildet, er habe sich etwas ungeheuer Kluges ausgedacht.

»Du gibst also zu, dich nicht in Moira verliebt zu haben?«

»Gott bewahre! Ich meine, sie ist mir ja durchaus sympathisch.«

»Ernsthaft?«

«Ja! Ich war mit ihr in letzter Zeit häufig zusammen, und sie ist nicht halb so schlimm, wie wir behaupten. Nun, vielleicht halb so schlimm, aber kein bißchen schlimmer. Sobald man sie kennenlernt, kann man mit ihr eigentlich eine Menge Spaß haben.«

»Aber warum in aller Welt läufst du herum und erzählst den Leuten, du würdest *heiraten*?«

»Weil wir das tun.«

Und es war ihm wirklich ernst damit. Ich konnte es seinem Grinsen entnehmen, das sich mittlerweile über sein ganzes Gesicht ausgebreitet hatte. Was immer er im Schilde führte, er hielt es einfach für hervorragend.

Angesichts meiner Verwirrung kicherte Gilbert boshaft und sagte: »Nur zu – *frag*!«

»*Warum?*«

»Ich will dir die ganze Sache anvertrauen, aber... Es ist ein wenig verwickelt, und mir wird hier draußen kalt. Vielleicht könnten wir irgendwohin gehen, wo es warm ist...«

»Ich werde dir nichts mehr spendieren. Ich bin diesen Monat knapp bei Kasse, äußerst knapp sogar, und ich werde auf gar keinen Fall...«

»Ist ja schon gut! Ich gebe dir einen aus.«

»Ich dachte, du hättest kein Geld.«

»Nun, ich habe auch nicht viel.«

Der Kellner kam zum Kassieren; Gilbert murmelte irgend etwas von Zigaretten und stürzte davon, um einen Automaten zu finden. Der Kellner schaute hinter ihm her und erntete die wahrscheinlich unmißverständlichste Anmache seines Lebens.

»Meint er es ernst?«

»Sie haben ja keine Ahnung«, erwiderte ich und kramte finster nach dem Geld. »Er *heiratet*.«

»Das arme Mädchen tut mir leid.«

Bei dem Gedanken, daß Moira irgend jemandem leid tun würde, mußte ich lachen. Als ich den völlig verwirrten Blick des Kellners bemerkte, klärte ich ihn auf.

»Sie *kennen* sie nicht – aber Sie können mir glauben, Moira ist durchaus in der Lage, für sich selbst zu sorgen.«

Immer noch ein wenig verwirrt nickte er und begann, sich davonzumachen. Doch dann drehte er sich abrupt um und fragte: »*Moira*? Moira *Finch*?«

»Genau die«, sagte ich überrascht.

»Er *heiratet* dieses verrückte Weibsbild?«

Er wanderte zur Kasse, schüttelte ungläubig den Kopf. Ich legte noch einen Dollar Trinkgeld drauf.

2

»Das Schöne an der Sache ist ja, daß das Ganze schon funktioniert, wenn die Leute *denken*, wir lieben uns. Vielleicht denken sie auch, wir hätten sie nicht alle, aber das ist in Ordnung, solange sie glauben, wir meinen es ernst. Aufrichtigkeit, Philip. Wenn wir das vortäuschen können, dann sind wir aus dem Schneider. Und das ist der Punkt, an dem du ins Spiel kommst.«

»Moment mal...«

Wir saßen uns an einem Tisch am Fenster des Jaded Palate gegenüber, einem Speiselokal, das erst seit kurzem die lange Reihe ähnlicher schicker, amüsanter, kurzlebiger Etablissements in der Columbus Avenue ergänzte. Gilbert und ich kommen beide von der Upper West Side und wir waren uns darin einig, daß es ratsam sei, wieder heimische Gefilde zu erreichen, bevor es zu spät wurde oder wir über zu wenige noch funktionierende Gehirnzellen verfügten. Jeder, der einmal mit einem besoffenen Gilbert im Expresszug in die Außenbezirke gefahren ist und gehört hat, wie er angesichts der drei spanischstämmigen Mitglieder einer Straßengang auf den gegenüberliegenden Sitzen deutlich vernehmbar flüstert: »Was sind das nur für engelsgleiche Jungs!«, wird die Weisheit dieser Entscheidung schätzen.

»Denk nicht eine Minute lang, daß ich mich da hineinziehen lasse, nur weil du mich einweihst.«

»Ich habe dir doch noch nicht einmal erzählt, worum es überhaupt geht!«

»Okay«, seufzte ich. »Worin besteht der Haken?«

»Nun... vor drei Wochen«, begann er, »ging ich auf eine Hochzeit, und zwar die von Steffie, der fetten Nichte meines Stiefvaters. Habe ich dir eigentlich schon viel über die Familie meines Stiefvaters erzählt?«

»Nur daß es Italiener sind und dazu noch eine ganze Menge.«

»Unmengen, Philip, Unmengen! Wenn sie ein großes Familientreffen veranstalten, müssen sie Rhode Island mieten. Sie stehen sich alle sehr nahe – typische Vertreter der Alten Welt eben, wenn du weißt, was ich meine: dicke, fette, schwarzgekleidete Witwen, überall stehen Heiligenfiguren herum. Na ja, als ich also die Einladung erhielt, die für ›mich und einen Gast‹ gedacht war, wußte ich direkt, daß mein Gast besser kein ›spezieller Freund‹ sein sollte. Deswegen nahm ich auch Moira mit. Und verdreh nicht die Augen – ich hatte bereits alle Frauen, die ich kenne, und eine unterschwellig Transsexuelle angerufen.«

»Ich hätte eher abgesagt, als mit Moira hinzugehen.«

»Nun, das konnte ich nicht. Ich *mußte* hin. Und ich mußte auch mit einer Frau aufkreuzen. Schau, ob es dir gefällt oder nicht, ich befinde mich heute in einer Position, in der ich einen guten Eindruck auf Tony machen muß.«

Gilbert meinte Tony Cellini, einen sehr reichen Geschäftsmann, den seine Mutter nach dem Ableben Edward Harcourts, ihres zweiten Mannes, vor zwei Jahren ehelichte.

»Seit Mom Tony geheiratet hat, hat er die *vollständige* Kontrolle über die Finanzen übernommen. Er gibt ihr ein dickes monatliches Taschengeld, aber sie bringt es in kürzester Zeit durch und hat nie etwas übrig, das sie mir geben könnte, wenn ich schlecht bei Kasse bin – was bei mir mittlerweile Dauerzustand ist. Ich kann sie zwar um etwas bitten, aber *er* ist dann derjenige, von dem sie es loseisen muß. Darum muß ich mich ja auch mit *ihm* gut stellen. Und es hilft eine ganze Menge, wenn ich ab und zu in Begleitung einer vorzeigbaren Person mit Brüsten auftauche.«

»Er hat nicht die leiseste Ahnung, daß du schwul bist?«

»Gott bewahre! Dann würde ich nicht einen Cent zu Gesicht bekommen! Glücklicherweise ist er bezüglich dieser Dinge dumm wie Bohnenstroh. Mom auch. Bei jedem unserer Treffen zieht mich Tony beiseite und sagt: ›Gilberto, alter Hund, wie ist es? Bekommst du genug ab?‹ Und ich grinse ihn anzüglich an und sage: ›Mehr, als ich vertragen kann, Tony! Sie machen mich fertig!‹ Es ist einfach ekelhaft.«

»Warum machst du es dann?«

»Weil er mir sonst den Fünfziger nicht rüberschiebt. Na ja, dieses Mal brauche ich einiges mehr als fünfzig Dollar. Ich stehe nämlich inzwischen wirklich bei jedem in der Kreide, darüber hinaus habe ich gerade meine Stelle bei Bloomingdales verloren...«

»Du hast deine Stelle verloren?«

»Ach ja, richtig, dich habe ich ja gar nicht mehr getroffen. Na ja, alles vorbei! Meine Karriere als Abteilungsleiter ist beendet.«

»Aber du warst doch erst einen Monat da. Was ist passiert?«

»Oh, ein kleines Mißverständnis«, meinte er und wedelte dabei mit den Fingern, um Belanglosigkeit zu signalisieren. »Ich meine, ich konnte doch unmöglich wissen, daß es *ihr* Schal war, den sie in ihre Handtasche stopfte. Wenn du eine Frau siehst, die aussieht wie Jackie Onassis, dann nimmst du ja auch nicht an, sie sei tatsächlich Jackie Onassis. Du denkst dir: ›Oh, da ist eine Frau, die sieht aus wie Jackie Onassis und klaut gerade einen Schal.‹ Wie dem auch sei, Moira und ich sind pünktlich bei der Hochzeit aufgetaucht, doch da stellte sich heraus, daß sich die ganze Sache verschob – bitte, heb deinen Kopf vom Tisch hoch, das ist irritierend! Die ganze Sache verschob sich also um eine Stunde, weil alles auf diesen alten Kauz wartete. Freddy Bombelli heißt er, ist sechsundachtzig und so etwas wie der Patriarch, doch seine Nieren brauchen Starthilfe, und so verspätete er sich. Um also alle bei Laune zu halten, öffneten sie die Bar. Ich dachte: ›Hervorragend! Das ist *die* Gelegenheit, Mom solange Alkohol einzuflößen, bis sie bereit ist, den alten Tony in meinem Sinne zu bearbeiten.‹«

Er machte eine kleine Pause und seufzte.

»Ich war mir so sicher, Philly. Du mußt das verstehen – die beiden *lieben* Hochzeiten. Sie fressen wie die Schweine, saufen wie die Löcher und tanzen bis zum Umfallen. Es gab keinen besseren Zeitpunkt, um sie anzupumpen. Ich suchte also nach Mom, und sie lag draußen im Liegestuhl neben dem Schrein der heiligen Jungfrau Maria – den man praktischerweise so plaziert hatte, daß es möglich war, seine Verehrung vom Rand des Swimming-pools aus zum Ausdruck zu bringen. Mom kippte sich einen Daiquiri nach dem anderen hinter die Binde. Umgehend ging ich also ans Werk. Sie war in *wundervoller* Stimmung, und ich war ungeheuer wortgewandt. Alles lief einfach hervorragend! Doch dann machte sie etwas unglaublich Dummes und ruinierte alles.«

Es fiel nicht schwer, ihm letzteres zu glauben. Ich hatte seine Mutter, Madeleine (›Maddie‹) Selwyn Harcourt Cellini, seit der Zeit, in der Gilbert und ich die Abschlußprüfung an der High School gemacht hatten, nur etwa ein Dutzend Male gesehen und seit ihrer Heirat mit Tony gar nicht mehr getroffen. Trotz der Seltenheit unserer Freundschaft empfinde ich ihr gegenüber große Zuneigung gemischt mit einem guten Schuß Neid, denn sie ist eine Frau, die es auf ihre heitere Art immer geschafft hat, Glück und Erfolg zu besitzen und gleichzeitig in keiner Weise mit der Wirklichkeit in Berührung zu kommen. Sollte die Wirklichkeit den Entschluß fassen, mit ihr in Kontakt zu treten, dann würde sie lange und vergebens nach einer Nachsendeadresse suchen.

»Was hat sie denn getan?«

»Nun, gerade, als ich sie dazu ermahnen wollte, mit ihrer Anfrage bei Tony zu warten, bis er kaum noch stehen kann, da erhebt sie sich plötzlich und fängt an, mit den Armen herumzufuchteln wie ein Verkehrspolizist. Ich drehe mich um, und da kommt Tony schon auf uns zugestapft. Seinem Gesicht nach zu urteilen, war ihm gerade ein Nierenstein abgegangen.«

»Schlechtes Timing?«

»Schlechter ging es wirklich nicht! Er hatte nicht ein *einziges* Getränk zu sich genommen, nicht einen *einzigen* Hully-Gully getanzt und nicht einmal Moira zu Gesicht bekommen (was, wenn ich es jetzt so recht bedenke, bedeutete, daß ich das dämliche Weibsbild ganz umsonst mitgebracht hatte), und obendrein machte er sich ungeheure Sorgen über diesen Freddy Bombelli. Offenbar waren alle ganz wild auf den alten Knaben, aber er hatte nun mal gerade eine größere Operation hinter sich und bestand trotzdem darauf, zur Hochzeit zu kommen. Jeder befürchtete, er würde schon am Empfang umkippen. Das war also die Stimmung, in der er sich befand, als Mom auf ihre Füße stolperte und sagte: ›Tony, Süßer, du wirst es nicht glauben – Gilbert ist *schon wieder* pleite!‹ Und es war so eine tolle Gelegenheit!«

»Du hast das Geld nicht bekommen?«

»Nein«, erwiderte er bedrückt und kippte den Margarita mit einem Schluck hinunter. »Eine Vorlesung, zu der die Biographie des ganzen Cellini-Clans gehörte, das hatte er für mich übrig! Daddy ging mit vier Cents in der Tasche und einem Traum im Kopf vom Schiff. Arbeitete hart, baute ein Geschäft auf, blablabla! Und Tony tat mir natürlich auch noch einen *Gefallen* damit, mir das Geld *nicht* zu geben, denn wie sollte ich lernen, findig zu sein und Opfer zu bringen – scheiß Opfer! –, wenn er mir jedes Mal aus der Patsche half? Und bis dahin hatte sich ein halbes Dutzend fetter alter Witwen – sie sahen aus wie Bisons! – zu uns gesellt, spendete Tony Beifall und ließ Italien und die ehemals hart arbeitenden, verblichenen Ehemänner hochleben. Als Tony fertig war, klatschten sie sogar! O Philip, es war einfach *gräßlich*!«

Die bloß Erinnerung ließ ihn erneut schaudern. Er gab der Kellnerin das Zeichen für eine weitere Runde und stürzte sich wieder in die Erzählung.

»Ich war am Boden zerstört, Philip, völlig am Boden zerstört, und wollte nur noch eines: irgendeinen Ort finden, wo ich für mich sein und meine Wunden lecken konnte. So wanderte ich in die Küche, und da stand Moira, hielt ihre ungeheure Handtasche fest umklammert, und suchte verzweifelt nach Einwickelpapier. Offensichtlich wollte sie nicht, daß der Käse, den sie abgezwackt hatte, durch den Kaviar, den sie ebenfalls geklemmt hatte, nach Fisch roch. Nun, sie war wirklich die letzte Person, mit der ich in diesem Augenblick zusammensein wollte, aber ich *hatte* sie ja nun mal eingeladen und war den ganzen Tag mit ihr zusammengewesen, daher mußte ich zumindest höflich bleiben. Wir begannen also miteinander zu plaudern, und am Ende erzählte ich ihr die ganze Geschichte. Und weißt du was? Sie war richtig nett und einfühlsam! Sie sagte, *ihre* Mutter habe so viel Geld, daß sie daraus Skulpturen macht, aber für sie, Moira, fiele nicht ein Cent ab. Ich nehme an, ihre Mutter muß damit rechnen, daß Moira das ganze Geld nur bei einer ihrer brillanten Investitionen verlieren würde. Das macht sie nämlich immer.«

Das ist auch ulkig mit Moira. Im Bereich persönlicher Beziehungen ist sie weit und breit als die beste Taktikerin Manhattans bekannt. Sie bekommt, was oder wen immer sie will, und das auf dem Weg, den sie dafür für notwendig erachtet, wobei sie in der Wahl ihrer Mittel nicht gerade zimperlich ist. Mit ihren Geschäftsbeziehungen ist das jedoch ganz anders. Gib ihr einen Dollar in die Hand, und augenblicklich rast sie davon und investiert ihn in irgendein gerade im Aufbau befindliches Unternehmen, das dann innerhalb einer Woche, wenn nicht innerhalb einer Stunde den Bankrott erklärt. Aktien, die von ihr gekauft werden, bezeichnet meine Freundin Claire als ›Nieten des Jahres‹.

»Na ja, wie dem auch sei«, fuhr er fort, »bezüglich unserer knauserigen Eltern und der Tatsache, daß sie zu jener Zeit genauso pleite war wie ich – tatsächlich hat sie mit jener Designer-Pasta ein Vermögen verloren –, begannen wir, füreinander eine gewisse Kameradschaft zu empfinden. Jedenfalls beschlossen wir, uns wieder zur Party zu gesellen, nahmen aber irgendwo eine falsche Abzweigung und landeten in diesem Tanzsaal, der noch nicht für Gäste offen war. Die Tür war nicht abgeschlossen, und so gingen wir einfach hinein... *und da waren sie*!«

Er machte eine kurze Pause, und ein seliges, verzücktes Lächeln erstrahlte auf seinem Gesicht.

»Da waren sie«, wiederholte er mit unterdrückter Ehrfurcht. »Sie lagen auf zwei ungeheuren Tischen.«

»Die Lieferanten?«

»Die *Geschenke*, Philip! So viele Geschenke auf einem Haufen hast du noch nie gesehen! Dutzende und Aberdutzende prächtiger Gold- und Silberschachteln! Große mit Videorecordern und Mikrowellenherden darin! Kleine mit Diamantarmreifen und Cartier-Uhren! Und nicht nur Schachteln, Philip – auch Umschläge! Ein riesiger Stapel Umschläge, und man wußte einfach, daß die dürftigsten mindestens einhundert Dollar enthielten! Das war ein Anblick, Philip! Er verschlug mir den Atem!«

»O *Gil*bert«, stöhnte ich und vergrub mein Gesicht in den Händen. Zu guter Letzt dämmerte mir die schreckliche Wahrheit. »Du kannst doch nicht ernsthaft vorhaben, Moira Finch nur wegen der *Geschenke* zu heiraten!«

Er schaute mich verwirrt an.

»Du tust so, als ob das nach einer schlechten Idee klingt.«

»Das tut es auch, Gilbert! Es ist die schlechteste Idee, die du jemals gehabt hast.«

»Ist sie nicht!«

»Gilbert...«

»Nein, wirklich«, beharrte er mit kindlichem Ernst, »wir haben es genau durchdacht und von allen Seiten betrachtet, und ich versichere dir, es ist einfach eine grandiose Idee.«

»Du willst mir also ernsthaft erzählen, ihr beide seid da einfach so hereinspaziert, habt einen Blick auf den ganzen Zaster geworfen und euch dann direkt einen Heiratsantrag gemacht?«

»Natürlich nicht. Stell uns nicht als vorschnell hin! Die Idee mag uns da schon beiden gekommen sein, doch für mindestens drei, vier Stunden haben wir kein einziges Wort darüber verloren. Allerdings hätte man durchaus sehen können, daß wir das gleiche dachten, da wir beide in dem Augenblick aktiv wurden, in dem uns der Lieferant rauswarf«, fügte er mit teuflischen Grinsen hinzu.

»Ihr wurdet aktiv?«

»Na ja, du weißt schon. Wir tanzten zusammen, hielten uns an den Händen, ließen die Leute eben wissen, daß wir ein Herz und eine Seele waren. Und das war ja noch lange nicht die ganze Kampagne!«

»Was fehlt denn noch?« fragte ich und war mir dabei nicht sicher, ob ich es wissen wollte.

»Uns mit aller Kraft einzuschmeicheln.« Er kicherte, als er sich daran erinnerte. »O Philly, du hättest dabeisein sollen, wie ich die Herzen dieser Menschen eroberte! Ich war schamlos! Hast du schon vom legendären Charme der Selwyns gehört?«

Ich räumte ein, davon gehört zu haben, fügte aber hinzu, daß ich auch schon von Yetis und dem untergegangenen Königreich Atlantis gehört hatte.

»Ich war großartig! Ich tanzte mit Tanten und Großtanten und abscheulichen Kusinen, mit denen kein Mensch tanzen wollte. Ich lachte über ihre Witze, sang italienische Lieder. Ich ließ mir von jeder gottverdammten Witwe dort die Lebensgeschichte ihres Ehemanns erzählen und weinte an den gleichen Stellen wie sie. Ich erzählte der fetten Steffie immer wieder, wie schön sie sei, was mit ernstem Gesicht gar nicht so einfach war – im Hochzeitskleid gleicht sie eher einem schneebedeckten Bergkoloß.

Als wir gingen, war ich bei jedem Cellini, Bombelli, Fabrizio und – wer waren noch die anderen? – Sartucci, der da war, der absolute Favorit unter den angeheirateten Verwandten. Alle forderten mich auf, mich nicht so fremd zu fühlen, baten mich, sie öfter zu besuchen… Und du kannst deinen Arsch drauf wetten: Genau das werde ich auch tun, ganz gleich, was du zu diesem Plan sagen magst, Philip! Ich versichere dir, es kann unmöglich schiefgehen!«

Ich musterte sein Gesicht. Es strotzte unmißverständlich vor Gier. Er meinte es todernst.

»Paß auf, wie vielen Menschen hast du erzählt, du würdest heiraten?«

»Laß mich mal nachdenken… Moira natürlich; heute Jimmy…«

»Gut, dann ist es noch nicht zu spät, um…«

»Oh, und natürlich Mom!«

»Du hast es deiner *Mutter* erzählt?«

»Na klar! Es gibt kein Zurück, Phil! Sie steckt schon voller Pläne. Ich würde ihr das Herz brechen.«

»Du bist wahnsinnig! Nur wegen einiger Geschenke willst du eine Farce dieser Größenordnung durchstehen?«

»Du hast sie nicht gesehen. Du warst nicht dabei, als sie diese wunderschönen Schachteln öffneten!«

»Du meinst, sie öffneten die Geschenke? Während der Hochzeitsfeier?«

»Aber sicher. Das ist doch der Höhepunkt des Tages.«

Er erklärte, daß das zu einer Familientradition gehörte, die vor vielen Jahren von einer gewieften Cellini-Braut ins Leben gerufen worden war. Diese Dame hatte erkannt, daß sie nicht so viel billige Dutzendware vorgesetzt bekommen würde wie ihre ältere Schwester, wenn ihre Gäste im voraus wußten, daß alle Geschenke den erbarmungslos prüfenden Blicken der ganzen Hochzeitsgesellschaft ausgesetzt sein würden. Natürlich haben sich alle Bräute der Cellinis bis auf den heutigen Tag geweigert, mit einer so heiligen Tradition zu brechen, denn der Wettbewerb, den sie anregt, ist für die Braut nur von Vorteil. Von der Aufzählung der Gegenstände aus zu urteilen, die Gilbert fieberhaft herunterrasselte, hatte Steffie mit Sicherheit davon profitiert.

»Aktienzertifikate und Kristallglas bekamen sie! Tafelsilber, Familienschmuck, ganze Kisten mit Dom Pérignon! Ein Rennpferd, Philip! Onkel Chick schenkte ihnen ein gottverdammtes Rennpferd! Sie machten richtigen Reibach!« Er gab zu, ein wenig peinlich berührt gewesen zu sein, als sie sein Geschenk, das aus zehn Pfund Designer-Pastete bestand, öffneten, doch er blieb dabei, daß die meisten es überaus chic gefunden hätten und Steffie richtig begeistert gewesen sei.

»Und dabei habe ich jetzt das ganze Geld noch nicht einmal dazugerechnet. Tony, der Geizhals, rückte fünfhundert Dollar raus. Freddy Bombelli schenkte ihnen fünf Riesen. Insgesamt, Philip, kamen dreißigtausend Dollar zusammen! Ich hatte ja keine Ahnung, wieviel Geld Tonys Familie besaß! Doch nächsten März werde *ich* es sein, der im Gang Freudentänze aufführt, und mir meinen Teil holen.«

Er nahm einen tiefen Schluck von seinem Margarita, leckte sich die Lippen und schmatzte vor Genugtuung.

»Und das, Süßer, ist ja erst die Hälfte!«

»Von der anderen will ich nichts mehr hören.«

»Da ist ja auch noch das Geld von *Moiras* Seite«, fuhr er achtlos fort. »Bei Gott, du hast ja wohl von ihrer Mutter gehört, oder?«

In der Tat, das hatte ich. Moiras Mutter, die frühere Mrs. Finch, hatte vor einigen Jahren die Staaten verlassen und lebt jetzt in einem heimeligen englischen Dorf namens Little Chipperton, wo sie in erlauchtester Gesellschaft als Herzogin von Dorsetshire residiert. Sollten Sie Moira einmal getroffen haben, dann sind Sie sich sicherlich dieser Tatsache bewußt, denn Moira ist in der Lage, diesen Sachverhalt in die ersten fünf Minuten jedes Gespräches, das sie führt, einzuflechten. Wenn Ihnen Moira noch nicht über den Weg gelaufen ist, möchte ich Sie, sollte Sie dieses Schicksal jemals ereilen, davor warnen, irgendein wie auch immer geartetes

Zeichen von Neugier zu zeigen. Selbst die gewöhnlichste höfliche Nachfrage – wie ›Ehrlich? Eine Herzogin?‹ – wird Moira nämlich eine wahre Lawine selbstverherrlichender Einzelheiten entlocken, zu denen die ganzen amüsanten Dinge gehören, die ihr Prinz Charles sagte, als sie als Gast von Mama der königlichen Hochzeit beiwohnte. (Man fragt sich unwillkürlich, wie Prinzessin Di die Pasta gefiel.)

»Ja. Ich habe von ihrer Mutter gehört. Aber ich dachte, Herzöge seien heutzutage alle arm.«

»Dieser nicht. Sie schwimmen nur so in Geld. Sie wollen es vielleicht nicht Moira überlassen, wenn sie es in kosmetische Chirurgie von Haustieren investieren will, aber wenn sie tatsächlich heiratet... Nun, komm schon! Dann *müssen* sie ja wohl einen großen Betrag springen lassen. Wenn ich also die Cellinis einbringe und sie den Herzog, die Herzogin und deren reiche Freunde über den Tisch zieht, dann können wir als absolute Untergrenze mit fünfzigtausend Dollar rechnen. Nicht schlecht für einen Tag Arbeit, *oder*?« Und bei diesen Worten lachte er derart heftig, daß ihm der Tequila aus der Nase floß.

Als die zweite Runde gebracht wurde, saß ich da und rauchte nachdenklich. Ließ man einmal alle ethischen Erwägungen beiseite – und wenn Gilbert Pläne schmiedet, ist das genau der Ort, wo sie bleiben sollten –, dann hatte es den Anschein, als sei die ganze Sache tatsächlich ganz schön lukrativ. Zwei verblüffend skrupellose Leute mit reichen, aber geizigen Familien konnten sich kaum einen sichereren Weg ausdenken, um ihre lieben Verwandten dazu zu bewegen, ihnen einen oder zwei Säcke Geld zu überlassen. Doch leider befand sich – bildlich gesprochen – ein ganzer Flugsaurier in der Suppe.

»Aber *Moira*, Gilbert? Verheiratet sein? Mit ihr?«

»Nun, wir teilen uns einfach für ein oder zwei Jahre eine Wohnung. Mein Gott, Philly! Für das Geld kann ich mit Moira als Zimmergenossin durchaus eine Weile klarkommen.«

»Aber es ist eine rechtskräftige Verbindung.«

»Nur eine vorübergehende«, sagte er leichthin. »Wir haben bereits eine voreheliche Vereinbarung unterschrieben, nach der wir bei der Trennung alles halbieren. Wenn wir uns nicht darüber einigen können, wer was bekommt, dann verkaufen wir es und teilen uns das Geld. Siehst du? Wir haben die ganze Sache von der Verlobung bis zur Scheidung bis in alle Einzelheiten durchgeplant, und der Plan ist perfekt! Es ist Spitze!« sang er. »Es ist das Größte!« Er fing an, vor Freude in die Hände zu klatschen und mit den Füßen auf dem Boden zu stampfen.

»Hörst du wohl auf, dich wie ein kurioser Kobold zu benehmen? Die Leute schauen schon!«

Er gewann ein gewisses Ausmaß an Fassung wieder und hob sein Glas zum Anstoßen.

»Auf dich, Philip – meinen besten Freund, und jetzt meinen wichtigsten Gehilfen!«

»Nein!«

»Philip!«

»Ich sagte: Nein!«

»Warum denn nicht?«

»Weil es unehrlich ist und ich nichts damit zu tun haben will!«

Das war nicht mein wirklicher Grund. Ich war nämlich überzeugt davon, daß die ganze Sache auf irgendeine ungeahnte, ungeheuer peinliche Weise enden würde. Sollte ich mich auf sie einlassen, würde ein großer Teil der faulen Eier am Schluß in meinem Gesicht landen. Doch wenn es zwei Wege gibt, die zum selben Ziel führen, und einer davon ist besser als der andere, nimmt man natürlich diesen.

»Unehrlich!« sagte er in verletztem, verwirrtem Tonfall. »Ich kann nicht einsehen, warum!« Dann beeilte er sich hinzuzufügen: »Nicht daß ich es ausgesprochen ehrlich nennen würde. Aber, Hand aufs Herz! Wo wird denn irgend jemand geschädigt?«

»Du belügst jeden, den du kennst, und betrügst deine Familie. Denk doch nur an deine arme Mutter!«

»Sie wird begeistert sein, wenn sie sieht, daß ich heirate.«

»Und wenn sie Moira kennenlernt?«

»Dann wird sie begeistert sein, wenn sie sieht, daß ich mich scheiden lasse.«

»Was ist mit Tony?«

»Der!« schnaubte Gilbert verächtlich. »Ich folge doch nur seinem Rat. ›Sei erfinderisch!‹ hat er gesagt. Und alle anderen, die sind doch *reich*. Was sind schon ein paar Hundert Dollar für sie, wenn sie richtig Spaß haben können und die Gelegenheit haben, ihre ganze Verwandtschaft zu sehen.«

»Du beschwindelst eine Herzogin«, sagte ich, und dachte mir dabei, daß ich nicht oft die Gelegenheit zu einer solchen Anschuldigung bekomme.

»Ach, Süßer!« antwortete er und drehte die Augen zur Decke. »Du erwartest von mir, daß mir irgendeine Frau leid tut, deren größtes Problem im Leben die wegen Regen abgesagte Fuchsjagd ist? Nimm's doch nicht so fürchterlich genau! Du *mußt* mir helfen!«

Er starrte mich flehend an. Aus langjähriger Erfahrung wußte ich, was jetzt kam.

»Philip, schließlich...«

»Sag's nicht!«

»... warst du der *erste*. Der allererste!«

Und das war ich auch zu meinem immerwährenden Bedauern tatsächlich gewesen. Vor zehn Jahren wohlgemerkt, als wir beide sechzehn waren und die Schulbank in der High School mit dem schönen Namen ›Unserer mit immerwährenden Gebeten bedachten Mutter Gottes‹ drückten. Die Romanze begann in der vorletzten Klasse im Frühjahr und war in jenem Juli zu Ende, als Gilberts Neigung, mit wohlhabenden, älteren Herren eine Nummer zu schieben, nicht mehr ein bloßer Verdacht meinerseits war, sondern ein medizinisch unanfechtbarer Tatbestand wurde.

Ich denke, wie alle Jugendlichen tobten wir uns damals einfach aus, und zwar mit allem, was dazugehört: mühsamer Logistik, eifersüchtigen Kämpfen und rührseligen Versöhnungen. Nichts davon ist einzigartig. Es stört mich nicht weiter, daß Gilbert in den Jahren dazwischen die ganze Sache nostalgisch verbrämt hat. Es stört mich jedoch, daß er mir immer mit dieser Sache kommt, wenn er versucht, mich zu irgend etwas zu überreden, das ich nicht tun will.

Er bedachte mich mit einem zärtlichen, liebevollen Blick.

»Erinnerst du dich noch an jene Zeit, Philly?«

»Besser als du.«

»Ich wußte bis zu jenem Frühling nicht, was Liebe war.«

»Ich wußte nicht, was Filzläuse waren.«

»Die Dinge, die wir getrieben haben! Die verrückten Versprechen, die wir...«

»Gilbert, du kannst mich mal! Es wird nicht funktionieren.«

»Okay, wieviel Geld schulde ich dir?« fragte er, und vollbrachte den Wechsel vom Geliebten zum Pragmatiker mit der Geschwindigkeit eines Mannes, der dazu geboren ist, auf krummen Wegen zu seinem Ziel zu kommen.

»Einschließlich der letzten Zeche?«

»Wenn du darauf bestehst.«

»Das tue ich. Ungefähr fünfhundert Dollar!«

»So viel?«

»Mindestens.«

»Nun, ich glaube, wenn irgend jemand einen Grund hat, dieser Sache ein gutes Gelingen zu wünschen, dann du! Komm schon! Wenn du mir nicht hilfst, dann muß ich mir jemand anderen suchen, wahrscheinlich irgendeinen Cellini, der mir dauernd im Weg herumsteht und dem ich dabei auch noch die ganze Zeit den aufgeregten jungen Hetero vorspielen muß. Das würde mich zum Wahnsinn treiben! Wenn außerdem *du* an der ganzen Planung beteiligt bist und häufig mit mir und Moira zusammen bist, dann werden die Leute dir auch viel eher glauben, wenn du sie meinetwegen anschwindelst.«

»Aber ich will sie gar nicht deinetwegen anschwindeln.«

»Philly«, sagte er traurig. »Ich sehe gar keine andere Möglichkeit für dich. Denk doch an die Leute, die dich mit Fragen überhäufen: ›Ist er wirklich nicht mehr schwul?‹ ›Warum gerade *sie*?‹ Was willst du ihnen denn sagen?«

»Allmählich hört sich das nach einer ganzen Menge Arbeit an, nur um das Geld zurückzubekommen, das du mir ohnehin schuldig bist.«

»Na gut«, sagte er und nippte lässig an seinem Margarita. »Das Doppelte.«

Er lächelte heiter.

»Ist das dein Ernst?«

»Natürlich. Du denkst doch wohl nicht, daß ich deine Hilfe beanspruche, ohne dir einen Teil vom Kuchen anzubieten, oder? Hilf mir einfach bei der Hochzeit, setz bei jedem, den du kennst, ein paar harmlose Lügen in die Welt, und das Geld gehört dir.«

»Eintausend Dollar?«

»Herrgott nochmal! Dann eben fünfzehnhundert. Ich glaube, damit hättest du genug Geld, um dir diesen Computer zu kaufen, hinter dem du die letzten anderthalb Jahre her bist.«

Bei diesen Worten grinste er von einem Ohr zum anderen, denn er sah meine ganze Abwehr vor seinen Augen in sich zusammenfallen.

Wenn Sie sich erinnern wollen: Es war Mitte Oktober. Seitdem meine treue Olivetti im letzten Dezember ihren Geist aufgegeben hatte, war ich gezwungen, mit einer mechanischen Schreibmaschine zurechtzukommen, die mir mein Onkel Walter überlassen hatte. Meines Erachtens hatte Onkel Walter sie einmal beim Smithsonian Institute mitgehen lassen.

»Das sind schon wundervolle Maschinen, diese Computer, nicht wahr?« fragte Gilbert. »Stimmt es, daß du, wenn du irgendeinen Text überarbeiten willst, nur die Teile davon auf dem Bildschirm verändern mußt, die du verändern willst? Und daß du auf einen Knopf drückst, und das Gerät dir eine wunderschöne neue Kopie des ganzen Textes ausspuckt, während du ein Sandwich ißt?«

»So ähnlich.«

»Du mußt dann nicht mehr die ganze Nacht aufbleiben, um den Text neu zu tippen?«

»Nein.«

»Und du mußt nicht mehr mit dieser Korrekturflüssigkeit herummachen, durch die die ganze Sache aussieht, als würdest du auf Haferschleim herumtippen?«

»Okay! Du hast gewonnen! Ich helfe dir!«

»Oh, danke, Philly!« rief er. »Ich wußte, du würdest mich nie im Stich lassen!« Er beugte sich über den Tisch, nahm meinen Kopf in beide Hände und küßte mich auf die Lippen.

»Wenn du versuchst, die Leute davon zu überzeugen, daß

du nicht mehr schwul bist, dann war das bestimmt nicht der beste Anfang.«

»Ach, komm schon! Wer soll uns denn schon zu dieser Zeit beobachten? O Scheiße!«

Er schaute über meine Schulter, lächelte halbherzig und winkte. Ich drehte mich um und sah Moira Finch, die draußen auf dem Gehsteig stand und mit ihren Gebärden überraschte Freude zum Ausdruck brachte. Als sie bemerkte, daß ich es war, der im anderen Stuhl saß, verdoppelte sie die Intensität ihrer Gesten und vermittelte den Eindruck fast unerträglicher Begeisterung. Sie werden sehen, Moira ist nicht das Mädchen, das Kompromisse eingeht, wenn sie einem irgend etwas vormachen will. Sie unterbrach ihre Vorstellung nur kurz, um einen Passanten wegzuscheuchen, dann stürzte sie ins Café und war bei uns.

3

»Gilbert, mein Süßer! Und Philip! Oh, ist das nicht einfach wundervoll?«

Moira griff sich einen Stuhl vom Nachbartisch, schob ihn unter unseren Tisch, stieß ihn dabei gegen unsere Schienbeine. »Man stelle sich nur vor, da laufe ich einfach so aus heiterem Himmel euch zweien über den Weg! Und ihr seht beide so gut aus! Ich könnte vor Freude in Ohnmacht fallen!«

»Herzlichen Glückwunsch, Moira!«

»Oh, hat er es dir erzählt?«

»Ja.«

»Ist das nicht märchenhaft?«

»Im wahrsten Sinne des Wortes.«

»Wir zwei sind ja so glücklich, daß wir es nicht aushalten! Wir können es kaum abwarten, jedem davon zu berichten.«

»'tschuldigung«, meldete sich unsere Kellnerin zu Wort. Seit Moira sich gesetzt hatte, trieb sie sich in unserer Nähe herum.

»Wir wissen einfach nicht, was besser ist: die frohe Botschaft ganz ungezwungen zu verbreiten oder lieber eine Zeitlang zu warten und es allen zur gleichen Zeit zu erzählen. Vielleicht sollten wir…«

»WasdarfichIhnenbringen?«

»O je!« sagte Moira, beäugte unsere Margaritas und warf dann einen grimmigen Blick auf ihre Handtasche. »Nichts… für mich nichts. Alles in Ordnung.«

»Ich habe meine Kreditkarte dabei«, sagte Gilbert, dessen Finanzen sich mit jedem Drink verbesserten.

»Oh! Dann haben sie sie dir nicht abgenommen?«

»Nein. Ich habe einige Sachen verkauft und sie ausgelöst.«

»Nun…«, sagte Moira. Plötzlich war ihre Kehle wie ausgedörrt. »Vielleicht ein wenig Wein. Oder *Champagner*! Oh, was für eine gute Idee! Laßt uns alle Champagner trinken und feiern! Haben Sie Veuve Clicquot?«

»Ja.«

»Fabelhaft! Eine Flasche.«

Die Kellnerin verzog sich. Moira lehnte sich in ihrem Stuhl zurück und seufzte zufrieden. Im nächsten Augenblick richtete sie sich kerzengerade auf.

»Oh, Liebling! Ich habe äußerst erstaunliche Neuigkeiten!«

»Was denn?«

»Noch nicht, Liebster! Laß uns warten, bis Vulpina hierher kommt.«

Als hätten wir einen einzigen Körper, wurden Gilbert und ich gleichzeitig bleich.

»Vulpina?«

»Ja. Ich sollte sie eigentlich auf der anderen Straßenseite treffen, aber macht euch keine Sorgen. Ich kann sie von hier aus sehen, und dann laufe ich raus und hole sie.«

Gilbert und ich tauschten diskrete Blicke des Abscheus aus. Vulpina (und das ist nicht der Nachname, was, wie ich annehme, schon alles sagt) gehört und betreibt in SoHo eine Boutique mit dem gleichen Namen. Sie ist eine der besten Freundinnen Moiras, vermutlich weil Moira meint, es sei für sie vorteilhaft, regelmäßig an der Seite eines Menschen gesehen zu werden, neben dem man sie für aufrichtig halten könnte. Vulpina ist einen Meter neunzig groß, spricht mit slawischem Akzent à la Hollywood und kleidet sich ausschließlich mit ihren eigenen Entwürfen, die man schon so weit nördlich wie in der Houston Street gesichtet hat. Ihre Kreationen umfassen eine weite Palette von Schnitten, Materialien und beabsichtigter Funktion, doch alle tragen unübersehbar Vulpinas unverwechselbare Handschrift: überteuerte Abscheulichkeit.

»Oh, wie lustig!« zirpte Moira. »Jetzt können wir alle zusammen eine Party feiern.«

»Auf meiner Kreditkarte?«

»Ach, du!« lachte sie fröhlich. »Mein knickeriges Baby! Also«, sagte sie dann und wandte sich damit an mich, »warst du überrascht, als er es dir erzählt hat?«

»Kein Stück. Ich hatte das Gefühl, daß er dir schon jahrelang nachstellt.«

»Nun, am Schluß hat er mich erwischt!« lachte sie und kniff ihn in die Backe. »Am Schluß hat er mich erwischt!« wiederholte sie. Wäre eine Geschlechtskrankheit in der

Lage, sich diebisch über etwas zu freuen, würde sich das genauso anhören, fiel mir dazu ein.

»Natürlich, die Leute müssen es ja einfach eine stürmische Romanze nennen, aber ich habe schon immer gesagt: Findet man den richtigen Menschen, dann weiß man es einfach. Ich meine, man *weiß* es eben. Vielleicht nicht sofort. Nimm Gilbert und mich – wir kannten uns schon Jahre, bis es endlich gefunkt hat, doch als es dann soweit war, nun, da *wußten* wir es einfach. Es ist genau wie beim Lesen von T. S. Eliots ›Das wüste Land‹.«

»Ach ja?«

»Na, du weißt schon! Wenn du es die ersten beiden Male liest, langweilst du dich nur und kapierst überhaupt nichts. Dann liest du es noch einmal und *peng*! sitzt du da und denkst: ›Ah ja, o mein Gott, wie wahr!‹ Genauso war es mit Gilbert und mir. Wir lagen auf dieser Wiese und blickten hoch in die Sterne, da fingen wir urplötzlich vor Glück an zu weinen. *Ganz genau* im gleichen Augenblick! Jetzt frage ich dich, hast du je von zwei…?«

»Moira, ich habe Philip erzählt, daß wir wegen der Geschenke heiraten.«

»Oh! Na, jetzt stehe ich aber wirklich ziemlich dumm da!«

»Ich dachte, wir bräuchten noch jemand anderen im Team. Und wenn es irgend jemanden auf diesem Planeten gibt, dem wir vertrauen können, dann Philly!«

»Ich hoffe, du hast nichts dagegen«, fügte ich hinzu.

»Überhaupt nichts!« erwiderte sie und schenkte uns ein giftiges Lächeln. »Ich hoffe nur, daß Gilbert meint, was er sagt, wenn es heißt, du bist der einzige. Ich meine, du weißt ja, wie schnell sich die Dinge herumsprechen.«

»Nun, Philly kannst du vertrauen. Dafür kriegt er ja auch etwas ab.«

»Ach ja?« fragte sie eisig und so laut, daß die Leute am Nachbartisch ihre Jacken zuknöpften.

»Natürlich aus meinem Anteil.«

»Na, das ist ja freundlich von dir! Gilbert ist ja *so* ein Herzchen! Wirklich! Ich käme nie auf den Gedanken, das noch mit jemand anderem zusammen zu machen.« Liebevoll tätschelte sie ihm die Hand. »Hat er dir erzählt, daß er morgen mit mir zusammenzieht?«

»Im Ernst? Wann?«

»Es ist das erste, was wir morgen tun«, bestätigte Gilbert. »Wir haben es noch einmal durchgesprochen und entschieden, daß die Eltern es heutzutage wirklich von einem erwarten. Wir wollten nicht, daß sie auf den Gedanken kommen, wir zögerten oder so was. Und es ist genug Platz da. Sogar ein schönes, kleines Zimmer, in dem Gilbert an seinem Buch arbeiten kann.«

»Wie klappt es denn mit dem Buch?« fragte ich.

»Ich komme voran«, sagte er mit gelangweilter Stimme und einem Tonfall, der das Thema damit abschloß.

»Tatsächlich?« bohrte ich.

»Ja. Seit wir uns das letzte Mal getroffen haben, hat es seinen Umfang ungefähr verdoppelt.«

»Du hast noch eine Widmung hinzugefügt, nicht wahr?«

Ich sollte dazu erläutern, daß Gilbert sich für einen Schriftsteller hält und sich verzweifelt wünscht, ein weltberühmter, aus dem Rahmen fallender, provokativer Romanautor zu sein, und er unternimmt auch alles, um dieses Ziel zu erreichen. Nur bringt er kein einziges Wort aufs Papier. Einige Schriftsteller zögern ihr Werk hinaus, andere leiden unter unproduktiven Phasen, Gilbert hingegen rührt, vermute ich, seinen Schreibblock überhaupt nicht an.

Er behauptet oft, daß sein ausgesprochen hedonistischer Lebensstil nur der Forschung für das tolle, tiefgründige und ungemein spannende Buch dient, das er eines schönen Tages vollenden wird, aber ich denke, die Wahrheit ist etwas schlichter. Wir bewegen uns in Kreisen, in denen es äußerst schwierig ist, *kein* Künstler zu sein, der gerade an seinem Projekt arbeitet. Erzähl den Leuten, du seist ein Wochenendterrorist, der sich nebenbei mit Nekrophilie beschäftigt, und du wirst kaum Mißfallen riskieren. Wenn du aber sagst, daß du keinerlei Ehrgeiz besitzt, große Kunst zu kreieren, und nicht einmal Gedichte schreibst oder *Collagen* anfertigst, dann wirst du wie irgendeine bizarre, empfindungslose Lebensform behandelt, etwas, dem man mit Mitleid begegnet, das man aber meidet. Aus diesem Grund setzte sich Gilbert vor einigen Jahren hin und begann, einen Roman zu schreiben. Jetzt, wo ihm diese verhaßte Arbeit nicht mehr im Weg steht, kann er jede Nacht auf Parties gehen und sich bitter darüber beklagen, wie sehr ihn seine gesellschaftlichen Verpflichtungen von seiner Arbeit abhalten. Bei jeder sich mir bietenden Gelegenheit ziehe ich ihn damit auf und hoffe, daß er mich doch noch mit ein paar Seiten überrascht.

»Fang nicht wieder damit an, Philip. Nur weil ich nicht davonstürze, um dir jede Seite zu zeigen, heißt das noch lange nicht, daß ich es nicht tue.«

»Meinetwegen. Moira, du lebst doch bald mit ihm zusammen. Wenn du ihn Schreibmaschine schreiben hörst, dann sag mir doch bitte Bescheid.«

»Ich schreibe Langschrift.«

»Oh, Schampus!« rief Moira, denn die Kellnerin näherte sich unserem Platz mit einem Eiskübel und einem Gestell, auf dem sie ihn abstellte.

Alle Hoffnungen, sich zu dritt davonzumachen, wurden durch das plötzliche Erscheinen von Vulpina zunichte gemacht. Ihre Garderobe an diesem Abend gehörte zu den ausgefalleneren Produkten ihrer Erfindungsgabe. Sie bestand aus einer ungeheuren braunen Reithose, einer Art schwarzem Spitzenumhang und einem enganliegenden weißen, schlauchförmigen Oberteil. Das Ganze wirkte wie ein Teebeutel in Trauer.

»Pina! Du hast uns gefunden! Wir machten uns schon solche Sorgen.«

»Entschuldigt, ich wurde aufgehalten. Es ließ sich nicht vermeiden«, sagte sie finster. Mit dem kleinsten Hauch eines Lächelns, den sie zuwege bringen konnte, murmelte sie: »Hallo, Gilbert. Philip.«

»Deine Kleidung ist wirklich eine Wucht! Ist es etwas Neues?«

Vulpina dachte einen Augenblick lang nach, als würde sie sich fragen, ob sie uns diese sensiblen Informationen anvertrauen sollte oder nicht. Dann brach ihr Widerstand zusammen, und sie gestand: »Nein, es ist alt. Drei Jahre habe ich es jetzt nicht mehr angehabt. Es hängen einfach zu viele Erinnerungen daran.«

»Woran?«

»An einen Dienstag. Es ist lange her.«

»Du bist neuerdings so schlank«, bemerkte Gilbert.

»Das stimmt doch gar nicht. Erst heute habe ich noch Pizza gegessen. Und letzte Nacht...« Wieder machte sie eine Pause, dann flüsterte sie geheimnisvoll: »... etwas anderes. Viele andere Sachen.«

Vulpinas Angewohnheit, immer so zu sprechen, als ob es Mitternacht sei, sie auf einem Bahnsteig in Zürich steht und an den Blaupausen unter ihrem Trenchcoat herumfingert, während sie auf den Belgier mit der Nelke wartet, ist ihre auffälligste Art, einem etwas vorzumachen. Sie werden das wahrscheinlich schon vermutet haben. Diese Frau kann den alltäglichsten Worten eine Art bebende Intensität verleihen, die man eigentlich nur verwenden sollte, wenn man so etwas sagt wie: »Sollte es keinen anderen Ausweg mehr geben, setze die vergiftete Messerspitze ein.« oder »Sei still, du Idiot – seine Männer sind überall!« Mir ist durchaus klar, daß sich das nach einer schrulligen und amüsanten Gewohnheit anhört, aber nach einer Weile will man sie einfach nur noch ohrfeigen.

Mürrisch bestellte Gilbert noch ein Glas für Vulpina. Es wurde umgehend gebracht und wir prosteten dem glücklichen Paar zu.

»So, Pina ist jetzt da«, sagte Gilbert zu Moira. »Was sind das denn für großartige Neuigkeiten?«

»Ich habe sie hier dabei, meine Lämmchen!« erwiderte Moira, griff unter den Tisch, zog ihre berüchtigte Handtasche hervor und öffnete sie. Zweifellos war sie an diesem Abend bereits auf einer Party gewesen, denn der Geruch des reifen Brie, der zwischen Kämmen und Kosmetikartikeln lag, ließ sich nur schwer ignorieren. Sie verschwendete nicht viel Zeit damit, das Gesuchte zu finden und machte die Schnalle wieder zu. Es war ein Brief.

»Er ist von Mami«, meinte sie. »Ihr wißt schon, die Herzogin von Dors...«

»Ja, ich weiß.«

»Das müßt ihr einfach hören!« sagte sie und las uns in gekünsteltem, leicht britischem Akzent vor, was in dem Brief stand.

»›Moira, mein Schatz! Ich weiß, wir haben erst vor ein paar Stunden miteinander gesprochen, doch ich mußte einfach schreiben und dich ein weiteres Mal wissen lassen, wie begeistert der Herzog und ich über deine erfreulichen

Neuigkeiten sind. Natürlich ist es ein großer Schritt, und natürlich hätten wir gerne die Chance gehabt, mit dem jungen Mann erst einmal zusammenzutreffen‹ – Mutter ist ja *so* überfürsorglich! –, ›doch Gilbert klingt nach einem wundervollen und fleißigen Jungen, und wir vertrauen natürlich völlig darauf, daß du bei deiner Wahl dein üblicherweise hervorragendes Urteilsvermögen eingesetzt hast.‹« Ich war über das Gesagte sehr erstaunt, denn es kam mir doch etwas komisch vor, einem Mädchen, das ohne weiteres in der Lage ist, dreitausend Dollar in ein von Anfang an zum Scheitern verurteiltes Projekt zu stecken, so etwas zu bescheinigen, aber ich hatte das Gefühl, es war nicht der richtige Moment, das auszusprechen.

»›Was die Hochzeit anbetrifft, berste ich förmlich vor Plänen und kann es gar nicht abwarten, in die Staaten zu kommen und alle Ideen mit dir und Gilbert durchzusprechen. *Unglücklicherweise* werde ich jedoch hier in Trebleclef‹ – das ist der alte Stammsitz... *einfach prächtig!* – ›bis November festgehalten. Erst dann sind die Ritterspiele in Little Chipperton endlich vorbei.‹ Das ist auch etwas total Lästiges«, seufzte Moira. »Jedes Jahr muß sich die Liebe um diese Spiele kümmern, Reden halten, alle Preise verleihen und das Mädchen des Tages wählen. Es ist kaum zu glauben, wieviel Politik bei einer solchen Sache gemacht wird! Am liebsten würde sie ja allen einfach sagen, sie sollten sich gefälligst verpissen, aber was kann sie schon ausrichten? Sie ist weit und breit die einzige Herzogin, und daher bleibt alles an ihr hängen!«

»Es lastet schwer auf ihrer Seele, wie?«

»Ihr habt ja keine Ahnung. Doch hört euch das an!« sagte sie und las weiter. – »›Ich habe im Pierre von Freitag, den 21. November an für acht Wochen Zimmer gebucht. Ich hätte es natürlich außerordentlich gerne gesehen, wenn du dort geheiratet hättest, aber *leider* ist der Tanzsaal da viel zu klein für unsere Zwecke. Was hältst du denn vom Plaza?‹«

»Ich denke, das is' wunnebar, Mama!« rief Gilbert, der alles verträgt, bis auf Champagner.

»›Bitte notiert euch alles, was euch vielleicht für die Zeremonie und den Empfang einfällt, und schickt es mir schnellstens zu. Und vergiß nicht, meine Liebe: Du bist meine einzige Tochter, also laß nicht zu, daß Sparsamkeit deinen natürlichen, guten Geschmack an seiner Entfaltung hindert.‹«

Moira lächelte sanft und mit Geschmack, faltete den Brief wieder zusammen und öffnete ihre Tasche, um ihn dort hineinzulegen. Bei diesem Vorgang hingen die Worte ihrer Mutter über dem Tisch wie ein Parfüm, das so süßlich roch, daß sein Duft nicht einmal durch den Geruch verdorbenen Bries (der sich, wie man jetzt deutlich merken konnte, mit dem von spinatgefüllten Blätterteigpasteten mischte) beeinträchtigt werden konnte.

»Was für eine liebenswürdige Frau«, sagte Gilbert leise.

»Sie ist immer so gut zu mir gewesen«, fügte Moira hinzu und schniefte. Sie tupfte sich ihr Auge mit einem Taschentuch ab, wobei ein Stück Lachs herausfiel.

»Da bekommst du ja eine gute Partie von Schwiegermutter, Gilbert!«

»Meinen Glückwunsch!« sagte Vulpina und erhob sich. »Ich werde das Hochzeitskleid entwerfen.«

Bevor ihr irgend jemand dafür danken konnte, kündigte Vulpina an, daß sie jetzt gehen müsse, weil sie eine Klientin erwarte. Und von der Art her, wie sie das sagte, wußte man direkt, daß sie an der Straßenecke von einer überlangen, schwarzen Limousine abgeholt werden würde, in der der Vizepräsident, eine hitzige Sprengstoffexpertin und Michael Gorbatschows lange verschollener eineiiger Zwillingsbruder saßen.

Sich selbst überlassen, geriet unser kleines Syndikat vor konspirativer Freude in helle Verzückung. Moira und Gilbert bestellten eine weitere Flasche und prosteten sich immer wieder zu. Jeder pries überschwenglich die Schönheit, die Intelligenz und den Erfindungsreichtum des anderen. Am Ende war ich das glückliche Objekt ihrer leichtfertigen Aufmerksamkeiten und wurde mit einem wahren Schwall salbungsvoller Worte überschüttet. »Schlauer Philip! Schöner Philip! Hilfreicher Philip!« Die Wirkung, die das alles auf die Überreste meines klaren Verstandes hatte, läßt sich unschwer vorstellen. Meine Einstellung zu dem Plan machte eine Veränderung durch.

»Un' ich weiß überhaup' nich', was diese Leuten haben,

die sagen, du siehs' furch'bar aus. Wunnebar siehste aus. Sieht er nich' wunneba' aus?«

»Ja. Er sieht allmählich aus wie ein richtig netter Junge! Allmählich bekommt ihr auch mit, worum es hier geht, nicht wahr? Ich kann es euch ansehen.«

»Er sieht... wie wa' das?«

»Jungenhaft.«

»Genau! Siehs' aus wie'n Junge!«

»So scharf auszusehen und dann noch so gut zu schreiben, das ist einfach unfair! Du bist unfair, Philip, jawohl, das ist es, was *du* bist!«

Ich lächelte in stillem Einverständnis und fragte mich, ob irgend jemand je mit zwei Freunden gesegnet war, die auch nur halb so charmant oder scharfsichtig waren wie das Paar, das da jetzt vor mir saß. Der bloße Anblick der beiden, wie sie über dem Taschenrechner, ohne den Moira nie auf Reisen geht, zusammenhockten, ließ in mir die wärmsten Empfindungen aufsteigen. Sie sahen aber auch wirklich blendend aus: Gilbert mit seiner langen, blonden Stirnlocke und dem spitzbübischen Grinsen eines Chorknaben, und Moira, die arme, verleumdete Moira... Einer Madonna gleich, strahlte sie förmlich vor Warmherzigkeit, als ihre Finger über die Tasten tanzten! Gab es jemals ein Paar, das so sehr füreinander geschaffen, so völlig und unwiderlegbar überzeugend wirkte wie die beiden? Gab es jemals einen Plan, der so eindeutig von Erfolg gekrönt zu werden versprach wie dieser?

In Hochstimmung torkelten wir auf die Columbus Avenue heraus (die Höhe unserer Rechnung stand der unserer Stimmung in nichts nach) und marschierten frohlockend stadtauswärts, wobei wir aus voller Kehle irgendwelche aus Film und Fernsehen bekannten Melodien schmetterten. Selig waren wir, und für die Zukunft genauso blind wie für den Straßenverkehr.

In Anbetracht meines schnellen, ungestümen Schrittes und meiner Neigung, bei anhaltend hohen Tönen die Augen zu schließen, war es ein Wunder, daß ich nicht von einem heranrasenden Taxi überfahren wurde. Im Hinblick auf das, was mir noch bevorstand, war es jedoch kein Wunder, sondern eine Schande.

4

Ich bin normalerweise nicht sonderlich anfällig für einen Kater. Andererseits bin ich aber auch nicht dagegen gefeit. Obwohl der für Katergefühle zuständige Geist meinen gelegentlichen Exzessen gegenüber recht nachsichtig ist und dazu neigt, mir die Strafe zu ersparen – wenn ich ihn unverhohlen provozieren, ist das nicht der Fall. Am Morgen nach unserer Feier im Jaded Palate war jeder Zweifel, ob eine Mixtur aus Burgunder, Scotch, Tequila und Champagner eine unverhohlene Provokation darstellt oder nicht, schnell ausgeräumt. Bis zwölf Uhr mittags lag ich im Bett und lauschte dem grauenhaften Gurren der Tauben auf meiner Feuerleiter, den unbarmherzigen Paukenschlägen meines Pulses und einem etwas leiseren, knallenden Geräusch. Das waren wahrscheinlich meine sich teilenden Zellen.

Gilbert und Moira verschwendeten ungeachtet ihrer wie auch immer gestalteten Qualen diesen Morgen keine Zeit, sondern brachten die Sache mit dem Hochzeitsball ins Rollen. Gilbert verließ seine schuhschachtelgroße Wohnung in der Dreiundneunzigsten Straße im Westen der Stadt und zog ins Gelobte Land.

Mit der Bezeichnung ›Gelobtes Land‹ meinen Moiras Freunde und Freundinnen, Komplizen und Opfer ihr Apartment. An der Ecke Central Park West und Dreiundachtzigste Straße gelegen, protzt es mit vier Schlafzimmern, fünf Bädern, einem Eßzimmer, einem Wäscheraum und einem Wohnzimmer, das allein schon die Ausdehnung eines großen Ackers besitzt. Dieses Apartment gehört einer lieben alten Dame namens Gloria Conkridge, deren Ehemann vor einigen Jahren verstarb und ihr, wie Moira es ausdrückt, »ein kleines Patent« auf irgend etwas hinterlassen hat. Jetzt wohnt Gloria in Palm Beach, hält sich das Apartment aber als eine Art Museum für die ganzen Erinnerungsstücke, die sie in den glorreichen Tagen angesammelt hat, in denen die New Yorker High Society bei ihr aus und ein ging. Einmal im Jahr kommt sie im Frühjahr vorbei, gibt eine Woche lang eine Reihe extravaganter Parties, bis sie dann zurück nach Florida wankt und dort wieder ihre Verjüngungsdiät aus Grapefruits und Gigolos fortsetzt.

Aufgrund einer Vereinbarung, die nur Moira auf krummen Wegen zustande bringen kann, lebt Gilberts Zukünftige dort das restliche Jahr über, ohne Miete zu zahlen. Als Gegenleistung muß sie lediglich die Erinnerungsstücke abstauben und sich liebevoll um Glorias Menagerie aus vierzig verhätschelten Hunden, Katzen und Vögeln kümmern. Damit Sie daraus nicht den Schluß ziehen, daß Moira mit ihrem Einverständnis, diese Tiere zu versorgen, irgendeine auch nur im entferntesten einem Job ähnelnde Tätigkeit auf sich genommen hat, gestatten Sie mir den Hinweis, daß die Tiere alle mausetot sind und von einem Tierpräparator ausgestopft wurden. Von den unheimlich realistischen Körperhaltungen her zu urteilen, die dieser Mensch bei ihnen eingefangen hat, konnte er ausgesprochen gut mit Sägemehl umgehen.

Für wie fragwürdig man die Art und Weise auch halten mag, auf die Mrs. Conkridge an ihren verstorbenen Hausgenossen hängt, die alte Dame besitzt zumindest genug Anstand, sie außer Sichtweite in einem kleinen Schrein hinter der Küche aufzubewahren. Moira dagegen findet es amüsant, die Tiere in allen möglichen Ecken aufzustellen, in denen die Gäste ganz unerwartet auf sie stoßen können, eine nicht gerade angenehme Vorstellung. Der ganze Ort sieht aus wie die Kulisse zu irgendeinem schauerlichen Film, der damit endet, daß alle Tiere zu dämonischem Leben erwachen und den promiskuitiven Babysitter verschlingen.

Gilbert jedoch ließ sich durch diese makabre Note in der Dekoration überhaupt nicht abschrecken. Er war von der Verbesserung der räumlichen Verhältnisse im Vergleich zu seiner vorherigen Wohnung dermaßen entzückt, daß er sich auch nicht daran gestoßen hätte, wenn Moira die Schlafzimmer mit Wachsnachbildungen der Manson-Familie vollgestopft hätte. Und er verfügte jetzt nicht nur über zehnmal so viel Zimmer, in denen er sich herumtreiben konnte, sondern auch über ein hübsches, kleines Einkommen. Er suchte sich nämlich einen Untermieter für sein Atelier, für das er 325 Dollar bezahlte, und kassierte verbrecherische 800 Dollar. Natürlich bestand Moira darauf, daß sie die Hälfte seines Gewinnes bekam, und Gilbert schaffte es, monatlich 412 Dollar und 50 Cents einzustreichen, indem er ihr erzählte, er würde nur 450 Dollar vom Untermieter kriegen.

In der darauffolgenden Woche bekam ich die beiden nicht häufig zu Gesicht. Holly Batterman hatte mit üblicher Effizienz die Nachrichten weitergegeben, was dazu führte, daß die beiden sich der vielen Einladungen aus dem Freundeskreis kaum erwehren konnten. Alle brannten darauf, sich mit eigenen Augen von der Romanze zu überzeugen und selbst ein Urteil über deren Authentizität zu fällen.

Das einzige Gespräch, das ich in dieser ersten Woche mit ihnen führen konnte, fand bei Zabar statt. Ich stieß an der Käsetheke auf sie, an der sie gerade irgendeine grüngefleckte Abscheulichkeit kauften, die sie zu einem Diner in der Lasterhöhle des Dramatikers Marlowe Heppenstall in der Barrow Street mitnehmen wollten. Sie entschuldigten sich dafür, nicht angerufen zu haben, doch wie ich ja selber wüßte, sei »augenblicklich alles völlig verrückt«.

Sie erzählten, sie hätten mit Maddie und Tony Cellini draußen in Long Island ein märchenhaftes Abendessen zu sich genommen, und die beiden seien entzückt von ihrer künftigen Schwiegertochter gewesen. Auch die Cellinis hatten von der Herzogin einen herzlichen Brief bekommen, in dem Ihre Gnaden ein weiteres Mal ihre völlige Verblüffung und ihre Freude über die Heirat zum Ausdruck brachte und alle dazu einlud, in der Nacht ihrer Ankunft im Pierre mit ihr zu Abend zu essen.

Die schwierigen Aufgaben, die ich als drittes Mitglied des Syndikats auf mich genommen hatte, begannen am Tag nach unserer Feier, und zwar just in dem Augenblick, als ich mich gut genug fühlte, um den Hörer wieder einzuhängen. An jenem Tag riefen allein elf Leute, die mit Holly gesprochen hatten, bei mir an. Sie waren wie er ganz heiß darauf, zu erfahren, wer die Glückliche denn nun war. Ich kann Ihnen mit einer gewissen Autorität versichern, daß es nur wenig schlimmere Schicksale gibt, die einem vom Kater geplagten Trommelfell widerfahren können, als die von elf Homosexuellen im Laufe eines Nachmittags hineingeschrienen Worte: »*Das kann doch wohl nicht dein Ernst sein!*«

Unablässig ging das mit den Anrufen den ganzen Rest der Woche über so weiter. Zu jenem Zeitpunkt waren es meistens Wiederholungsanrufe von Leuten, die Gilbert und Moira mittlerweile selbst gesehen hatten, aber weiter skeptisch blieben. Viele dachten, Gilbert versuche bloß, Aufsehen zu erregen, indem er sich mit einer Frau verlobte – und nicht nur mit irgendeiner Frau, sondern mit der spektakulärsten und unwahrscheinlichsten, die er finden konnte. Andere behaupteten, alles sei ein großer Schwindel, den er sich nur ausgedacht habe, um alle auf den Arm zu nehmen, genau wie 1980, als er über zwei Monate hinweg viele von uns davon überzeugt hatte, er zerfließe vor Sehnsucht nach einem attraktiven früheren Liebhaber, der zu den amerikanischen Geiseln im Iran gehörte. Ich tat mein Bestes, um wirklich jeden davon zu überzeugen, daß ich der Meinung war, Gilbert meine es todernst und die Heirat zwischen den beiden sei die Verbindung zweier aufrechter Gemüter. Diese Beteuerungen stießen jedoch auf taube Ohren. Viele nahmen richtigerweise an, ich stecke mit den beiden unter einer Decke.

Meine Aufgabe wurde durch Gilberts beharrliche Behauptung, seine Bekehrung zur Heterosexualität sei ausschließlich und dauerhaft, nicht gerade leichter. Wenn er so etwas unter die Leute bringt, sagte ich ihm, setzte er die Leichtgläubigkeit seiner Freunde größeren Belastungen aus, als weder wünschenswert noch nötig war. Es gibt eine Grenze für das, was die Leute glauben wollen, und obwohl kleine Angleichungen in die eine oder andere Richtung durchaus üblich sind – vollständige und sich über Nacht vollziehende Wandlungen sind es nicht. Man glaubt ja noch, daß sich der Löwe friedlich neben das Lamm legt. Vielleicht akzeptiert man sogar, daß es den beiden so gut gefiel, daß sie ein dauerhaftes Arrangement in Erwägung zogen. Wenn einem aber erzählt wird, das Lamm stehe jetzt jeden Morgen auf und reiße zum Frühstück ein Zebra, dann weiß man, daß man gefoppt wird.

Ich gab Gilbert das zu bedenken, aber er ließ sich auf keinerlei Kompromisse ein.

»Nein. Tut mir leid, aber: Nein.«

»Warum nicht? Warum kannst du den Leuten nicht einfach erzählen, du seist bisexuell geworden?«

»Weil ich ihnen bereits erzählt habe, daß ich nicht mehr schwul bin – daß ich sogar bezweifle, jemals richtig schwul gewesen zu sein.«

»Ach, Süßer!«

»Nun, das habe ich nun mal gesagt. Und man kommt nicht mit irgendeiner Geschichte daher und dreht sie dann einfach um. Das zerstört deine Glaubwürdigkeit.«

»Aber ich habe es jedem erzählt, und *keiner* glaubt es.«

Eine nachdenkliche Stille entstand.

»Was sagen sie denn?«

»Nun... zum einen kommen sie alle mit deinen früheren Affären. Leugnen ist zwecklos, Gilbert: Du warst nie der ausgesprochen verschwiegene Typ.«

Das konnte er nicht abstreiten. Ich kannte eine ganze Menge Leute, die der Auffassung sind, Liebe sei bloß ein Spiel, doch Gilbert ist der einzige, der Liebe als Zuschauersport anzusehen scheint. Erinnern Sie sich noch an dieses Lied, das Paul Simon vor einigen Jahren gesungen hat, und in dem er behauptete, es gäbe fünfzig Arten, seinen Liebhaber zu verlassen? Für Gilbert gibt es nur eine einzige: Man bringe ihn auf die größte Party, die sich finden läßt, kippe sieben Scotch in der Stunde in sich hinein und werde dabei immer rührseliger. Dann schleudere man seinen Drink in sein Gesicht und schreie: »Es ist vorbei, hörst du? *Endgültig vorbei!*« Danach werden die Leute auf dich zukommen und fragen, was los sei. Erzähl es ihnen.

»Wir sollten nicht vergessen, daß du allein im letzten Jahr drei Affären und drei Trennungen gehabt hast«, hielt ich ihm vor. »*Keiner* vergißt das zu erwähnen. Was soll ich denen sagen?«

»Erzähl ihnen, es sei der beste Beweis dafür, daß ich nicht schwul bin! Meine Affären waren nur deshalb von so kurzer Dauer, weil ich etwas brauchte, das ich nur von einer Frau bekommen konnte.«

»Von *Moira*? Warum einigen wir uns nicht darauf, zu sagen, du seist bisexuell. Du weißt, daß sie das glauben.«

»Natürlich tun sie das«, erwiderte er gereizt. »Und zwar deswegen, weil es gar keine Veränderung bedeutet, bisexuell zu sein. Es ist nur eine Phase. Ehrlich, manchmal kapierst du aber auch gar nichts! Denk doch mal nach – wie viele

Leute haben wir gekannt, die zu irgendeinem Zeitpunkt den Entschluß faßten, plötzlich bisexuell zu sein?«

Ich dachte einen Augenblick nach. Zu meiner großen Überraschung fielen mir sofort vier Leute ein. Gilbert machte mit Nachdruck weiter.

»Blair Monroe hat es getan. Und Andy Pommerantz auch. Für kurze Zeit! So was passiert doch jeden Tag. Irgendein dummer Schwuler tobt sich einmal bei einer Frau aus und beschließt, er sei jetzt offiziell bisexuell. Dann macht er jeden damit verrückt, wieviel *reicher* sein Leben geworden sei, seit er zu den paar Sensiblen gehört, die sich weigern, ihre Liebe auf nur eine Hälfte der menschlichen Rasse zu beschränken. ›Heteros lieben nur Frauen, Schwule lieben nur Männer, doch *ich* liebe *alle.* Hoahoahoa!‹ Und jedes Mal legt sich das wieder. Sechs Wochen später läufst du ihm über den Weg, und er ist mit irgendeinem süßen Jungen zusammen und du sagst: ›*Ach!* Und was ist mit *Lisa?*‹ Und er will dich nur noch *umbringen.*«

»Na und? Dann denken die Leute eben, es sei nur eine Phase. Was macht das schon?«

»Die Geschenke, Philip! Die Geschenke! Sieh die Sache doch einmal aus *ihrer* Perspektive. Du gehst auf eine Hochzeit und bist überzeugt davon, daß die Heirat so lange hält wie die Batterie in deinem Radio – wieviel wirst du dann dafür ausgeben? Na?«

»Meinst du nicht, das ist jetzt etwas weit hergeholt?«

»Nein. Was immer irgend jemand sagt, bleib einfach dabei: Ich bin wirklich und aufrichtig nicht mehr schwul. Ich war noch nie schwul, ging nur ein wenig mit der Zeit, okay? Laß dich nicht beirren!«

»Du dich aber auch nicht, Gilbert.«

»Egal wer. Mach keine Zugeständnisse, und es wird nicht lange dauern, und die Leute werden es dir abkaufen.«

Die Leute kauften es mir jedoch nicht ab.

Zumindest nicht bis Mitte November. Zu jenem Zeitpunkt nahmen Gilbert und Moira, die sich über meine Berichte über die weit verbreitete Skepsis ärgerten, die Dinge in die eigenen Hände.

Nancy Malone, eine mit uns befreundete Schauspielerin,

hatte kürzlich die wenig begehrte Rolle der Marie Curie in Marlowe Heppenstalls Musical *›Heureka, Baby!‹* bekommen. Man sagte, die Show sei eine als Alternative zum Broadway gedachte Schlaftablette für die Szene, doch Nancy war unsere Freundin, und so nahmen wir ihre Einladung zur Eröffnungsvorstellung und den anschließenden Trauerfeierlichkeiten an. Gilbert nahm natürlich Moira mit, die seit langem eine gute Freundin Heppenstalls und damit des Menschen ist, der dieses Stück verbrochen hat. (Während ihrer kurzen Karriere als Schauspielerin trat sie in seiner kurzlebigen musikalischen Fassung von *›Die Glasglocke‹* auf.) Ich bat meine Freundin und Mitarbeiterin, die Komponistin Claire Simmons, mich zu begleiten. Claire teilt die leidenschaftlichen Gefühle, die ich Marlowe Heppenstall entgegenbringe, seit unserer gemeinsamen Zeit mit ihm im Workshop für Songwriter bei BMI, wo ihn unsere freimütige Kritik an seinem Musical *›Die Glasglocke‹ (Boing!)* dazu brachte, es uns dadurch heimzuzahlen, daß er an allem, was wir in den darauffolgenden zwei Jahren schrieben, kein gutes Haar ließ.

Nach der Show eilten wir auf dem Weg nach Vanessa zu viert die Straße hinunter und amüsierten uns köstlich über die schwachen Stellen der Vorstellung. Sogar Moira machte mit, als wir miteinander wetteiferten, noch mehr Worte zu finden, die sich auf ›Radium‹ reimten, als Marlowe im mitreißenden Finale der Show verwendet hatte. Wir waren dabei in äußerst ausgelassener Stimmung.

Kurz nach unserer Ankunft auf der Party, auf die alle Mitwirkenden des Stücks eingeladen waren, bemerkten Claire und ich daher überrascht, daß Gilbert und Moira in irgendeine seltsame, sich schweigend abspielende Auseinandersetzung verwickelt waren.

»Was ist denn mit den beiden los?« fauchte der allgegenwärtige Holly Batterman.

Er deutete zum anderen Ende des Raumes, wo Gilbert und Moira etwa drei Meter voneinander entfernt standen und sich wütend anfunkelten.

»Da muß ich leider schon wieder passen, Holly«, antwortete ich. »Keine Ahnung.«

»Aber sicher doch, Bläßchen! Genau wie du auch nicht gewußt hast, daß er heiratet, nicht wahr? – Und trotzdem bist du genau in jener Nacht mit Gilbert im Riviera einen trinken gegangen, und dann seid ihr weiter stadtauswärts gezogen, um mit Moira und Vulpina im Jaded Palate bei einigen Margaritas und Veuve Cliquots zusammenzusitzen!«

Ich gestehe, es gibt Momente, in denen ich mich darum sorge, was eigentlich passieren würde, wenn Holly jemals beschließen sollte, für die Sowjets zu arbeiten.

»Holly, glaub uns doch!« sagte Claire. »Die beiden haben die ganze Zeit gelacht, Witze gemacht und überhaupt nicht…«

Jäh hielt sie inne. Holly starrte verzückt über unsere Schultern. Wir drehten uns um und sahen, daß Gilbert und Moira jetzt dicht beisammen standen. Gilbert hatte mit vor Wut gerötetem Gesicht Moiras Handgelenke fest umklammert, und flüsterte ihr etwas zu, das in ihren Ohren anscheinend nicht wie Süßholzgeraspel klang. Moira, deren Gesichtszüge in jenem Augenblick an die eines Kabuki-Löwen erinnerten, fauchte ihm etwas ins Ohr, biß ihn ins Ohrläppchen, schüttete Scotch darauf und verließ fluchtartig den Raum.

Viele der Anwesenden hatten das gesehen. Die, die es verpaßt hatten, sahen bald Hollys gemimte Neuinszenierung. Von da an gab es bei allen nur noch ein Gesprächsthema: das Schicksal der Hochzeit. Das frohe Paar weigerte sich, auch nur ein einziges Wort über den Vorfall zu verlieren. Ich habe Gilbert selbst dazu befragt, aber er versprach nur, in einem passenderen Moment darüber zu reden.

Normalerweise hätte ich ihn natürlich ins Badezimmer gezerrt und es, wenn es hätte sein müssen, mit Gewalt aus ihm herausgeprügelt, aber in jener Nacht konzentrierten sich meine Energien auf den Kostümbildner der Show, einen strammen, jungen Burschen mit breiten Schultern und der Angewohnheit, herausfordernd Eiswürfel zu lutschen. Wie sehr ich aber auch darauf aus war, Gilbert den Knüller zu entreißen, noch entschlossener war ich, diesem Kostümbildner nicht eher von der Seite zu weichen, bis ich sicher war, daß zumindest einer von uns am nächsten Morgen aufwachen würde und sich fragte, wo zum Teufel er war.

Doch während ich mehr über das Leben hinter den Kulissen erfuhr, als ein durchschnittlicher junger Mann wissen will, wurde die Situation auf dem eigentlichen Kampfschauplatz immer befremdlicher. Moira, die seit ihrer Taufe nicht mehr in der Öffentlichkeit geweint hatte, brach plötzlich in Tränen aus und rannte schluchzend aus dem Zimmer. Gegen Mitternacht blickte ich in eines der Schlafzimmer und sah sie zusammen mit Claire auf der Bettkante sitzen. Sie schluchzte leise und hatte ihren Kopf auf Claires Schulter gelegt. Claire murmelte »Na, komm schon! Kopf hoch!«, und wirkte einfühlsam und ausgesprochen durcheinander. Später kam Claire dann eine Weile zu mir und Edith Head herüber und wir fragten, was sie herausbekommen hatte.

»Ich fürchte, nicht viel. Sie sagte, es tue zu weh, um darüber, zu sprechen, wollte nur gehalten werden. Dann weinte sie wieder und beklagte, was für ein Narr sie doch gewesen sei. Ich weiß nicht, was geschehen ist, aber ich habe Moira noch nie so aufgeregt erlebt. Sie tut mir schrecklich leid.«

Es dauerte nicht lange, und Gilbert wurde in der Küche gesichtet, wo er mit besoffenem Kopf die beiden Schauspielerinnen anmachte, die die Rollen von ›Maries Mut‹ und ›Maries Zweifel‹ gespielt hatten (denn so ein Musical war es gewesen).

Die genaue Abfolge der späteren Ereignisse ist in einem Morast aus widersprüchlichen Berichten untergegangen. In einer Sache stimmten jedoch alle, die dabeigewesen waren, hinterher überein.

Ungefähr um zwei Uhr morgens bemerkten die Leute, daß weder Moira noch Gilbert irgendwo zu sehen waren. Man nahm an, sie seien still und getrennt davongegangen. Doch diese Annahme erwies sich als unrichtig, als Jimmy Loftus die beiden in Marlowes Schlafzimmer, das er betreten hatte, um seinen Mantel zu holen, halbnackt und sich leidenschaftlich abknutschend auf dem Bett liegend vorfand. Jimmy stürzte aus dem Zimmer und begann jedem mit dem Eifer eines modernen Paul Revere zu erzählen, was er gesehen hatte. Etwa ein Dutzend Feiergäste, die sowohl über flinke Füße als auch einen enormen Mangel an Takt verfügten, rannten los, um sich mit eigenen Augen davon zu überzeugen. Sie wurden vom Anblick des glücklich miteinander versöhnten Paares empfangen, das sich gerade in seine Kleidung kämpfte und puterrot anlief. Mit einem schüchternen Lächeln kamen die beiden dann heraus, entschuldigten sich bei Marlowe und verschwanden Arm in Arm in der Nacht.

Da ich in der Küche war und gerade alles über Velcro erfuhr, bekam ich von dem Ganzen nichts mit. Diejenigen jedoch, die es gesehen hatten, versicherten mir, daß die Hingabe, die in den Augen der beiden aufleuchtete, zweifellos authentisch war. Und die, die das sagten, waren die gleichen Leute, die bis dahin unerschütterliche Skepsis an den Tag gelegt hatten. Jetzt jedoch informierten sie eifrig die Freunde, die nicht dabeigewesen waren, daß alles der Wahrheit entsprach. Sie hatten es ja mit eigenen Augen gesehen! Und diejenigen, die weiterhin an Gilberts Aufrichtigkeit zweifelten, taten dies bloß, weil sie nicht dabeigewesen waren.

Am nächsten Morgen rief mich Gilbert an, um lang und breit damit herumzuprahlen, was er und Moira sich alles hatten einfallen lassen, um die Leute auf so verschlagene Art umzustimmen.

»War das nicht einfach perfekt?«

»Tut mir leid, ich hab's verpaßt.«

»Oh, das ist schon in Ordnung. Du warst ja mit Betsy Ross beschäftigt. Ich hoffe, du hast nicht allzuviel Zeit mit ihm vergeudet.«

»Drei Stunden. Es stellte sich heraus, daß er die ganze Zeit über, in der er mich hinhielt, nur auf diesen attraktiven guten Freund von ihm namens…«

»Barclay, ja, ich weiß. Ich hatte dauernd vor, dir ein Zeichen zu geben, aber ich habe es nicht geschafft. Oh, ich wünschte, du hättest unseren Abgang mitbekommen. Wir waren einfach Spitzenklasse! Die Leute lächelten uns an und machten ›Aaaaaah!‹ Sie haben es uns abgekauft, sie haben es uns wirklich abgekauft.«

»Das freut mich für euch.«

»Na, mich auch. Jetzt haben wir es geschafft! Ich weiß es einfach: Von jetzt an ist alles nur noch ein Kinderspiel!«

»Das hoffe ich.«

»Ich weiß es! Vertrau mir, Süßer, unsere Probleme sind vorbei!«

5

Unsere Probleme hatten natürlich noch nicht einmal angefangen. Doch das taten sie dann am 19. November, einem regnerischen Mittwoch, nur zwei Tage vor der geplanten Ankunft Ihrer Gnaden, der Herzogin von Dorsetshire.

Gilbert, Moira und ich hatten uns am Eßtisch im Gelobten Land versammelt und versuchten gerade, Vulpina gegenüber Diplomatie an den Tag zu legen. Sie zeigte uns ihre Skizzen für Moiras Hochzeitskleid. Sogar Moira, die sonst immer für Vulpina eintrat, wußte nicht so recht, ob sie das großzügige Angebot der Designerin, die Gewänder für die Hochzeitsparty zu kreieren, annehmen sollte. Gilbert und ich hatten Moira bedrängt, höflich abzulehnen, und darauf hingewiesen, daß es nur wenige allgemeinen Anklang findende Ansätze beim Entwurf von Hochzeitskleidern gab, und Pinas Spezialität, der nach Aufsehen lechzende psychotische Ausdruck, nicht dazugehörte. Moira gestand das ein, hatte aber das Gefühl, daß in Anbetracht des breiten Konsenses darüber, daß es zum guten Ton gehörte, in diesen Dingen Respekt vor der Tradition zu zeigen, sicherlich selbst bei Vulpina jede Neigung zum Ikonoklasmus im Zaum halten würde.

Vulpina dachte jedoch nicht im Traum daran. Statt dessen hatte sie sich entschieden, alle Register zu ziehen und der Bande von Modedesignern in SoHo zu zeigen, zu was sie fähig war, wenn sie richtig in die Hände spuckte und sich auf eine Sache einließ. Mir fehlt das schnittechnische Vokabular, um das Ergebnis zu beschreiben, aber vielleicht bekommen Sie eine Ahnung davon, wenn ich sage, daß das bescheidene Kleid genau das Richtige gewesen wäre, wenn Moira beabsichtigt hätte, statt Gilbert beispielsweise Destrukto, den Westgoten, zu heiraten.

»Oh, Pina!« begann Moira schließlich. »Es ist so... *dynamisch*! Ich meine, Hochzeitskleider sind doch üblicherweise sehr passiv, nicht wahr? Doch dies wirkt so... so energisch!

Ich weiß gar nicht, ob ich dem gerecht werden kann! Was meinst du denn dazu, Gilleymaus?«

»Es gefällt mir. Aber wenn *du* meinst, es sei vielleicht ein wenig…«

»Nein! Mir gefällt es auch, wirklich. Es ist so urtümlich!«

Eine lange Minute verstrich.

»Dann kann ich also damit anfangen, es umgehend fertigzustellen?« fragte Vulpina.

»Natürlich«, erwiderte Moira, »… sobald Mom damit einverstanden ist.«

Unangenehm überrascht krümmte sich Vulpina zusammen wie eine Kobra, die gerade merkt, daß sie versucht, einen Gummimungo zu hypnotisieren.

»*Sie* hat das zu entscheiden?«

»Ich weiß, es klingt unglaublich altmodisch, aber ich habe Mom versprochen, daß wir bei *allen* Einzelheiten ihre Zustimmung einholen. Doch mach dir keine Sorgen, ich bin sicher, es wird ihr gefallen.«

»Ich verlasse mich darauf, daß es nicht viel Aufschub geben wird«, meinte Vulpina naserümpfend. »Ich habe sowieso schon kaum Zeit genug. Die ganzen Materialien aufzuspüren könnte schon Wochen dauern!«

»Das kann ich mir vorstellen!« pflichtete ihr Moira bei und beäugte die Skizze. »Diese ganzen Vielfraßfelle! Nun, mach dir keine Sorgen, Liebes. Ich werde keine Minute verlieren, ihr Urteil zu erfahren.«

Vulpina beobachtete sie mit zusammengekniffenen Augen, dann drehte sie sich weg und nahm ihre Mappe hoch.

»Nun zu den Brautjungfern…«

Das Telefon klingelte. Gilbert und Moira rannten sich beinahe gegenseitig über den Haufen, als sie den Raum durchquerten, um es zu erreichen. Gilbert kam als erster an und drehte sich, nachdem er einen Augenblick gelauscht hatte, zu uns um. Aufgeregt verkündete er, es sei ein transatlantischer Anruf.

»Ich bin nicht da«, sagte Pina im verärgerten Ton einer Frau, die von Anfang an nicht damit einverstanden war, den verdammten Mikrofilm in Verwahrung zu nehmen.

»Oh, Pina«, kicherte Moira, »das ist doch gar nicht für dich. Es muß Mom sein!«

Sie griff nach dem Telefon, aber Gilbert ließ es nicht los und legte eine Hand über das Mundstück.

»Moy, laß uns alle mithören! Philip *muß* einfach ihre Stimme hören!« Er drehte sich zu mir um und sagte: »Sie ist zum Schreien!«

Moira zischte ein »Nein!« und griff selbst nach dem Apparat. Gilbert hielt ihn jedoch fest, bis sie aufstöhnte, zur Anrichte hinüberging und einen Schalter am Anrufbeantworter betätigte. Augenblicklich erfüllte die nasale Stimme eines transatlantischen Telefonisten das Zimmer.

»Ist da jemand am Apparat?«

Moira riß Gilbert das Telefon aus der Hand.

»Ja! Ich bin am Apparat! Wer ist es?«

»Ich habe ein Voranmeldungsgespräch für Miß Moira Finch.«

»Das ist sie!« hörte man eine weitere Stimme.

»Danke. Sie können sprechen.«

»Moira?«

»Mammiii!«

»Ich bin ja so froh, daß ich dich am Apparat habe und nicht deine so fürchterlich unreife Ansage auf dem Anrufbeantworter.«

In der Stimme lag ein seltsames, schmeichlerisches Schnarren, das alle Fans von *Gigi* oder *Eine kleine Nachtmusik* auf Anhieb wiedererkannten.

»Mein Gott!« flüsterte ich Gilbert zu. »Die hört sich ja genauso an wie Hermione Gingold!«

»Ich weiß!«

»Aber ich dachte, sie sei in Amerika geboren!«

»Da hast du recht – in *Pittsburgh*. Das ist ja auch das Lustige daran!«

»Hör mal, mein Schatz!« keuchte die Herzogin. »Ich habe äußerst schreckliche Nachrichten!«

»O nein!« sagte Moira und setzte sich. »Doch nicht der Herzog, oder?«

»Wenn es das nur wäre! Ich bin es, Liebling. Ich hatte einen fürchterlichen Reitunfall und liege jetzt völlig flach.«

»Was ist passiert?«

»Queen Mab hat mich in einen Graben abgeworfen!«

»Tatsächlich! Aber sie war doch immer so ein süßes Pferd!«

»Ich weiß, Liebes. Aber so ein gräßlicher kleiner Junge hat bei den Ritterspielen eine Turnierlanze nach ihr geworfen, und sie ist völlig ausgerastet. Es war fürchterlich! Einen neunjährigen Jungen hat sie zu Tode getrampelt!«

»Das geschieht dem kleinen Gangster ganz recht!«

»Sag das nicht, Liebes. Es war ja ein anderer.«

»Tut mir leid, Mom. Ist mit dir alles in Ordnung?«

»Natürlich ist mit mir *nicht* alles in Ordnung. Ich wurde in einen Graben geschleudert! Sie sagen mir, in den nächsten drei Monaten dürfe ich nichts anderes tun, als hier zu liegen und diese ganzen Süßigkeiten zu essen, die mir meine Freunde gehässigerweise geschickt haben und die so dick machen.«

»Mami! Ich könnte losheulen!«

»Und ich wollte doch so schlank sein, wenn ich zu deiner Hochzeit komme! Ich wollte, daß die Leute mich anschauen und fragen: ›Ist das ihre Mutter oder ihre Schwester?‹ Jetzt werden sie nur noch sagen: ›Mein Gott – wer ist denn dieser Zeppelin in pfirsichfarbener Seide?‹ Ich wünschte, ich wäre tot!«

»Nun, wann kannst du denn herkommen?«

»Das sagte ich dir doch bereits. Den Bereich zwischen meinen Schultern und meiner Hüfte darf ich jetzt drei Monate lang nicht bewegen.«

»Drei Monate! Kannst du dich nicht hier bei uns erholen?«

»Nein. Ich habe Nigel gesagt, ich wolle in einer Woche oder so mit dem Schiff herüberfahren und dann im Pierre ein Krankenhausbett aufstellen lassen, aber er wollte es einfach nicht zulassen.«

»So ein Dickkopf! Tut es sehr weh?«

»Ja, aber sie haben mir irgendwelche wundervollen Arzneien gegeben und jetzt geht es mir schon viel besser. Ich rege mich nur darüber auf, daß ich nicht dasein werde, um bei euch mitzumischen. Und dann ist da natürlich noch Gilbert. Ich habe mich so sehr darauf gefreut, ihn zu treffen! Könntet ihr beiden nicht in den Ferien hierher fliegen?«

Moira blickte zu Gilbert hinüber, der heftig den Kopf schüttelte und mit Prügeln drohte, sollte man ihn mißverstehen.

»O je, ich denke nicht. Gilbert hat so viel mit seinem Roman zu tun.«

»Ach, verdammt noch mal«, seufzte Mami. »Ich bin mir sicher, er ist so wundervoll, wie du sagst, aber ich wünschte wirklich, ich könnte ihn ein bißchen früher zu Gesicht bekommen, als es jetzt scheinbar sein wird.«

»Ich auch, Mami. Ich brauche dich doch hier! Ich weiß gar nicht, wo ich anfangen soll.«

»Papperlapapp! Wenn du mich brauchst… ich bin doch nur einen Telefonanruf entfernt. Du würdest überrascht sein, wenn du wüßtest, wieviel ich mit ein paar gut plazierten Anrufen bewerkstelligen kann. Erst gestern habe ich alles für dein Hochzeitskleid in die Wege geleitet.«

»Mein Hochzeitskleid?« fragte Moira und warf einen nervösen Blick in Pinas Richtung.

»Ja. Lady Pym fliegt nächste Woche nach Kalifornien, um eine Weile bei Jimmy Galanos zu bleiben. Er ist ihr noch einen Gefallen schuldig, und sie mir ein ganzes Dutzend, daher ist es schon so gut wie fertig.«

»Das war sehr süß von dir, Mami. Aber ich habe mich bereits um das Kleid gekümmert.«

»*Hast* du das?« fragte die Herzogin mit einer Kehle voller Trockeneis. »Und wer, bitteschön, entwirft es?«

»Eine Freundin.«

»Eine Freundin? Oh, Moira, *bitte* erzähl mir nicht, es ist diese schreckliche Frau von Vampira, die dieses monströse Etwas fabriziert hat, das du bei der Party von Smythe Northrops Sohn anhattest, als du das letzte Mal hier warst!«

Moira schenkte uns dreien ein schwaches Lächeln. Ich blickte zu Vulpina hinüber. Ihr Gesicht war völlig ausdruckslos. Das ist es immer, wenn sie richtig fuchsteufelswild ist.

»*Mu-tterrr!* Sie ist meine beste Freundin – und eine hervorragende Modedesignerin.«

»Komm mir bloß nicht mit diesem Quatsch – ich kann mich noch viel zu gut an das Kleid erinnern. Es war malvenfarben mit Glasaugen darauf! Wenn du meinst, ich würde ein halbes Vermögen dafür ausgeben, um das Privileg zu besitzen, meine einzige Tochter den Mittelgang der St. Patricks-Kathedrale als Ausgeburt eines Opiumtraumes entlangschreiten zu sehen, dann bist du leider völlig falsch gewickelt!«

Etliche Minuten lang ging es auf diese unangenehme Art weiter. Moira wand sich hin und her, Gilbert und ich unterdrückten unser Kichern, und Pina tat ihr möglichstes, um den Eindruck einer Steinstatue von den Osterinseln zu erwecken. Moira versuchte, alle Parteien zu besänftigen, indem sie der Herzogin erzählte, Vulpina sei eine so eklektische Designerin, daß sie hervorragend innerhalb jeglicher ihr auferlegten stilistischen Begrenzungen arbeiten könne. Schließlich gab die Herzogin so weit nach, als sie sich jedes Urteils enthalten wollte, bis Moira ihr einige Skizzen geschickt hätte.

»Hör mal, Mom, ich war gerade auf dem Weg nach draußen, als du angerufen hast, also...«

»Ich kann den Wink verstehen, Teuerste. Nur eins noch.«

»Was?«

»Bist du nicht neugierig darauf, wie das alles bezahlt werden soll, wenn ich und mein magisches Scheckbuch hier hinten festhängen?«

»Oh, daran habe ich ja überhaupt noch nicht gedacht. Nun... warum schickst du mir nicht einfach einen Scheck, der groß genug ist, um alles, was an Kosten entstehen mag, abzudecken?«

»Das ist nicht ratsam, Liebes.«

»Warum?«

»Du weißt doch, was für ein Geizkragen Nigel ist. Jeder Scheck über eine große Summe, den ich einschicke, muß von ihm gegengezeichnet werden. Und es wäre ganz egal, wie bescheiden er ausfallen würde; er würde beharrlich behaupten, es sei zuviel.«

»*Was* sagst du da?«

»Ich versuche, dir gerade klarzumachen, wie man mit deinem Stiefvater umgehen muß. Solange Nigel nicht *weiß*, daß er Geld ausgibt, stört es ihn auch nicht. Der beste Weg, ihn dazu zu bringen, für etwas zu bezahlen, besteht darin, vollendete Tatsachen zu schaffen. Er wird zwar jammern, aber zahlen. Liebes, du wirst also alles selber bezahlen müssen und mir dann die Quittungen geben – was immer du auch tust, heb ja die Quittungen auf! – und ich gebe sie dann Nigel. Er wird ein wenig meckern, und dir dann einen schönen großen Scheck geben, mit dem sich alles bestreiten läßt. Glaub mir, auf diese Weise ersparen wir uns jede Menge Kopfschmerzen.«

An Moiras Gesicht konnte man ablesen, daß sie, was die schmerzstillenden Vorzüge dieses Planes betraf, anderer Meinung war.

»Aber wie soll *ich* das denn bezahlen? Diese Hochzeit wird Tausende von Dollars kosten! Soviel Geld habe ich nicht.«

»Doch, das hast du. In deinem Trust-Fonds.«

»Aber Mom! Du hast mir doch gesagt, ich dürfe dieses Geld nicht *anrühren*!«

»Ja! Und jetzt sage ich dir: Du darfst. Ich werde dem Verwalter des Trust-Fonds einen Brief schicken, in dem ich ihn darum bitte, das ganze Geld flüssig zu machen. Das sind dann ungefähr zweihunderttausend Dollar. Er wird ein Girokonto für dich eröffnen.«

»Du willst den Fonds auflösen? Wie kannst du das tun? Ich meine, ich lebe doch von den Zinsen.«

»Nun, vom Geld selbst kannst du genausogut leben.«

»Aber wäre es nicht viel einfacher, wenn ich das, was ich hier kaufen muß, einfach kaufe und die Rechnungen an euch schicken lasse?«

»Bist du *verrückt* geworden? Machst du dir überhaupt eine Vorstellung davon, welche Hölle mein Leben sein würde, wenn jeden Tag eine neue Rechnung ins Haus flattert und Nigel einen dicken Aufstand deswegen macht? Kein einziger Tag würde vergehen, ohne daß er in mein Krankenzimmer stürzt und schreit: ›Schau mal, was hier gekommen ist! Denkt dieses Mädchen etwa, ich hätte Geld wie Heu?‹«

»So schlimm kann er doch gar nicht sein!«

»Schlimmer! Und ich leide so schon genug. *Einen* Kampf um das Geld zu führen, das das alles kostet, stört mich nicht weiter, aber doch nicht jeden Tag. Es gibt Grenzen meiner Zuneigung dir gegenüber! Ruf einfach nächste Woche Winslow in der Bank an. Bis dahin wird er von mir eine entsprechende Nachricht bekommen haben. Ist das nicht viel einfacher?«

»O ja, viel einfacher. Nun, ich muß jetzt weg. Ich wünsche dir gute Besserung.«

»Das wünsche ich mir auch. Grüß Gilbert von mir.«

»Mach ich! Ich liebe dich, Mami.«

»Ich liebe dich auch, mein Schatz. Ab und zu.«

Und damit war sie weg.

Eine Weile sagte keiner von uns irgend etwas, denn keiner von uns wußte, wo er anfangen sollte. Sollten wir versuchen, Vulpinas verletztes Ego wieder zu trösten? Sollten wir Moira darum bitten, zu erklären, warum sie die Existenz ihres Trust-Fonds über zweihunderttausend Dollar geheimgehalten hatte? Oder sollten wir sie, um etwas genauer auf den Punkt zu kommen, fragen, warum sie jetzt ihren Bauch anstarrte, als könnte sie dort den blutbeschmierten Griff eines Schlachtermessers herausragen sehen? Da die dritte Frage mit dem Ausgang der ganzen Geschichte am meisten zu tun hat, werde ich die ersten beiden in aller Kürze abhandeln.

Vulpinas Zorn ließ sich leicht besänftigen. Wir sagten ihr, daß es ihr gutes Recht sei, ihr Angebot zurückzuziehen, und nicht einer derart despotischen Philisterin wie der Herzogin den Rücken zu stärken. Doch was würde das eigentlich bringen? Moira würde dann lediglich in die Hände irgendeiner aus der Bourgeoisie stammenden, mit Spitzen handelnden Frau fallen. Wäre es nicht viel zufriedenstellender, dabeizubleiben und ein Kleid zu entwerfen, das dem ungeschulten Auge absolut konventionell erscheint, für die wenigen jedoch, die einen Blick dafür haben, als ausgebuffte, subtile Parodie auf die männlich-chauvinistische Hochzeitstradition erkennbar ist? Pina nickte verständig, als wir ihr diesen Vorschlag unterbreiteten, verabschiedete sich und murmelte etwas davon, daß sie einen Münzfernsprecher erreichen müsse und hoffe, daß es noch nicht zu spät sei.

Als Vulpina gegangen war, drehte sich Gilbert um und schaute Moira direkt ins Gesicht.

»Du hast einen gottverdammten Trust-Fonds über zweihunderttausend Dollar?«

»Ja«, erwiderte sie kurz angebunden. »Was ist damit?«

»Du hättest ja mal ein Wort darüber verlieren können!«

»Hast du gefragt?«

»Wie lange hast du dieses kleine Vermögen schon versteckt?«

»Ich weiß nicht, ob dich das irgend etwas angeht. Wenn ihr beide mich jetzt entschuldigt, werde ich mich hinlegen. Ich habe fürchterliche Kopfschmerzen.«

Sie drehte sich um und ging rasch aus dem Zimmer.

»Ich verstehe das einfach nicht«, sagte Gilbert. »Warum macht sie aus einem Trust-Fonds ein *Geheimnis*? Ich meine, mit der Herzogin brüstet sie sich doch andauernd und reibt es wirklich jedem unter die Nase!«

Ich stimmte mit ihm darin überein, daß Moira nicht gerade die Frau ist, die eine Gelegenheit ausläßt, mit Statussymbolen herumzuprotzen, und daß ihre Heimlichtuerei bezüglich des Trust-Fonds schon verblüffend war.

Nach einigem Nachdenken erschien es jedoch allmählich weniger überraschend. Moira mag ja die unermüdlichste Aufsteigerin New Yorks sein, sie ist aber gleichzeitig auch die größte Schmarotzerin. Wenn sich die Kunde von ihrem Fonds groß verbreitet hätte, hätte das ihren Lebensstil ganz schön beeinträchtigt. Einer Frau, von der man weiß, daß sie zweihundert Riesen auf der Bank hat, wird kein am Hungertuch nagender Schriftsteller ›mal eben bis Freitag‹ zwanzig Dollar leihen.

Damit blieb nur noch die dritte Frage: Warum war Moira so besorgt gewesen, als ihre Mutter darauf drängte, sie solle das Geld aus dem Fonds nutzen?

»Du lieber Himmel!« meinte Gilbert. »Du kennst doch Moy – wahrscheinlich konnte sie es seit dem Augenblick, in dem der Fonds eingerichtet wurde, kaum abwarten, sich das Geld unter den Nagel zu reißen.«

»O mein Gott!«

»Was?«

»Was ist, wenn sie das getan hat?«

»Was getan hat?«

»Sich das Geld unter den Nagel zu reißen! Vielleicht war es das, was so faul daran war. Mami fordert sie auf, Geld auszugeben, das sie bereits durchgebracht hat.«

Gilbert schien diesem Szenario offensichtlich ein hohes Maß an Wahrscheinlichkeit zuzugestehen. In stiller Wut stand er auf, packte sich einen ausgestopften tibetischen Hirtenhund aus Lhasa und beförderte ihn mit einem Fußtritt bis ins nächste Zimmer.

»Warte!« rief ich. »Wir *wissen* ja nicht, ob sie das getan hat! Ich meine, wie könnte *irgend jemand* so etwas tun? Das ganze Risiko! Die rechtlichen Hindernisse! Man müßte schon...«

»... Moira sein?« bot Gilbert als Möglichkeit an. Es dauerte keine Sekunde, und wir standen vor der Tür zu ihrem Schlafzimmer und verlangten, sie solle aufschließen.

»Geht weg!«

»Diesen Trust-Fonds... du hast ihn dir ergaunert, nicht wahr?«

Die Tür öffnete sich. Im Bademantel und mit einem um den Kopf gebundenen Handtuch stand Moira da.

»Ich habe nicht die geringste Ahnung, wovon du da redest.«

»Nein?« fragte er. »Warum hast du dich denn dann so sehr darum bemüht, daß deine Mutter auf andere Weise Geld für die Hochzeit locker macht?«

Moira starrte ihn mit zusammengekniffenen Lippen an, dann drehte sie sich um, ließ sich wieder auf das Bett plumpsen und saß da. Sie nahm eine rosafarbene Zigarette aus dem Aschenbecher; niedergeschlagen machte sie ein paar Züge.

»Moira«, fragte ich sanft, »erzähl es uns doch einfach. Ist noch irgend etwas von dem Geld übrig?«

Sie brach in Tränen aus und vergrub ihr Gesicht in den Kissen.

»Hör gefälligst mit dieser Scheißheulerei auf!« fuhr Gilbert sie an. »Du rufst jetzt sofort bei deiner Mutter zurück und sagst ihr, daß du mehr Geld brauchst.«

»Das *kann* ich doch nicht, du Idiot!« schrie sie und kam wieder hoch. »Wenn ich das tue, dann weiß sie doch, daß der Trust-Fonds weg ist! Ich werde ihr nie sagen können, daß ich das Geld ausgegeben habe!«

»Na, das ist ja hervorragend! Und du meinst nicht, daß sie es merkt, wenn sie kommt und der Hochzeitsempfang findet in einer gottverdammten Frittenbude statt?«

»Oh, Philip!« schrie sie auf, schlang ihre Arme um mich und schluchzte in meinen Pullover hinein. »War er auch so gemein zu dir, als ihr beide zusammen gewesen seid?«

Da ich nicht damit gerechnet hatte, daß die Geschichte von unserer kleinen Romanze so breite Kreise gezogen hatte, konnte ich nur unzusammenhängendes Zeug stammeln, bis sie von meiner Brust aufschaute und sagte: »Aber natürlich war er das – er hat dir doch Filzläuse angedreht!«

»Du taktlose Hure!« sagte Gilbert.

»Moira«, sagte ich. »Du hast wirklich das *ganze* Geld ausgegeben? Zweihunderttausend Dollar?«

»Na ja«, schniefte sie. »Für *das süße Leben* habe ich es jedenfalls nicht alles verschwendet!«

»Ach, *nein*?« höhnte Gilbert.

»Sicher, vielleicht ein paar tausend Dollar, vierzig- oder fünfzigtausend... Aber den Rest habe ich investiert. Ich dachte, ich würde *ein Vermögen* aus dem Geld machen. Doch dann brach alles zusammen und ich stand ohne jeden Cent da, und keiner von euch hat Mitleid mit mir!«

»Paß auf!« zischte Gilbert mitfühlend. »Warum rufst du jetzt nicht einfach auf der Stelle deine Mutter an und sagst ihr das mit dem Geld? Je eher du es hinter dich bringst, desto mehr Zeit hat sie, sich bis zur Hochzeit wieder zu beruhigen.«

»Gilbert, du bist und bleibst ein Kindskopf! Du hast sie doch gerade selbst gehört – sie kommt mir doch immer noch mit Kleidern, die ich vor zwei Jahren getragen habe. Wie schnell wird sie sich denn deiner Meinung nach dann beruhigen, wenn es um zweihunderttausend Dollar geht? Sie wird nicht einmal zur Hochzeit *kommen*, geschweige denn mir irgend etwas schenken!«

Ich blickte zu Gilbert hinüber. Eins war klar: Die Aussicht, Moira aus reinem Eigennutz zu ehelichen und dabei der einzige zu sein, der dafür sorgt, daß Geld hereinkommt, das dann vereinbarungsgemäß durch zwei geteilt wird, paßte ihm überhaupt nicht.

»Moira«, fragte ich, »wie hast du das denn überhaupt hingekriegt? Und wie hast du es geschafft, es vor deiner Mutter geheimzuhalten? Wenn sie den Fonds einrichtet, hat sie doch auch Kontrolle über das, was damit geschieht, oder etwa nicht?«

»Ach das«, meinte sie leichthin. »Darum kümmert sich doch Winslow, der Verwalter des Trust-Fonds! Winslow schickt ihr jeden Monat eine nette, kleine Mitteilung, daß alles noch da ist, und ich den Scheck über die monatlich anfallenden Zinsen bekommen habe.«

Entgeistert starrte ich sie an.

»Dieser Mann arbeitet in einer *Bank*?«

»Na, klar doch!«

»Und er hilft dir dabei, deine Mutter zu hintergehen?«

»Nun, da hat er keine große Wahl«, meinte Moira mit einem mädchenhaften Lächeln. »Er ist doch derjenige, der mir überhaupt erst zu diesem Geld verholfen hat. Paßt auf, vor zwei Jahren hat Winslow ein Stück über diese lebenslustigen Leute geschrieben, die mit Jim Jones nach Guyana gegangen sind. Keiner wollte etwas damit zu tun haben, doch ich hielt es einfach für phantastisch und sagte ihm, ich würde mit dem Geld ein wenig Werbung dafür betreiben, vorausgesetzt, er würde alles so hinbiegen, daß ich an meinen Trust-Fonds herankomme, ohne daß Mom es merkt.«

»Aber, mein Gott... war ihm denn nicht klar, in welcher Situation er sich befindet, wenn sie es jemals herausfindet?«

»Nun ja, er war schon etwas besorgt. Das ist aber nichts Besonderes bei ihm. Er hat eben schwache Nerven. Aber ich habe ihm einfach eine kleine Notlüge über Mom aufgetischt und erzählt, sie leide an unheilbarem Knochenkrebs. Da die Kontrolle über den Fonds nach ihrem Tod sowieso auf mich übergeht, würde es auch keine Schwierigkeiten geben, sagte ich ihm. Und so hat er mir das Geld zukommen lassen. In New Mexico war dann Schluß mit der Show; Moms Krankheit ist immer noch in einer Phase der vorübergehenden Besserung, und Winslow war so lieb, ihr die passenden Erklärungen zu schicken.«

»Du lieber Himmel, Moy«, stöhnte Gilbert. »Gibt es denn irgend etwas, zu dem du dir zu schade bist?«

»Also bitte! Bleib sachlich, ja?«

Eine Zeitlang machten sie in dieser Art weiter, und ich war schon im Begriff, mich auf Zehenspitzen von diesem Scherbenhaufen wegzuschleichen, als mir ein unglückseliger Gedanke kam. Fanden wir nicht einen Ausweg aus diesem ganzen Schlamassel, würde das Syndikat nur halb soviel Geld einnehmen. Eine derart drastische Reduzierung der Gewinnspanne würde Gilbert mit Sicherheit dazu veranlassen, eine nüchterne Neueinschätzung des Gesamtbudgets vorzunehmen, wobei Posten wie die Aufwendungen für Helfer natürlich einer besonders eingehenden Überprüfung unterzogen werden würden. Ich hörte schon seine Argumente: »Hatte Shakespeare einen Computer? Oder Tschechow?«

»Schluß damit!« rief ich und unterbrach Gilbert mitten in einer Bemerkung, die er gerade über Moiras Haare machte. »Die Frage ist doch jetzt: Wie verhindern wir, daß ihre Mutter die Sache mit dem Fonds herausfindet, und bringen gleichzeitig *sie* dazu, die Hochzeit zu bezahlen?«

»Na, das liegt doch wohl auf der Hand, oder?« seufzte Moira. »Wir müssen das Geld einfach irgendwo anders auftreiben. Wenn Mom das Geld, das ›ich‹ ausgegeben habe, dann von mir haben will, lassen wir es uns eben von irgend jemand anderem geben.«

»Aha!« folgerte Gilbert. »Wir brauchen also nur jemanden zu finden, der bereit ist, dir Geld zu leihen!«

Als wir den Kreis unserer Bekannten nach jemandem abklopften, der sowohl wohlhabend als auch dumm genug war, um eine Summe dieser Größenordnung an Moira zu verleihen, wurde es still. Lange Minuten fiel kein einziges Wort, denn solche Menschen gibt es weder in großer Zahl noch ohne finanziellen Vormund. Schließlich hellte sich jedoch Moiras Miene auf, und sie sagte: »Natürlich! Einfacher geht's doch gar nicht: Winslow! Ich übergebe die ganze Sache einfach ihm!«

»Und du meinst, er ist bereit, uns zu helfen?«

»Na, das möchte ich wohl meinen! Wenn Mom herausbekommt, was wir da angestellt haben, na ja, ich falle dann vielleicht bei ihr in Ungnade, aber Winnie... dem wird die Hölle heiß gemacht!«

»Hat er denn überhaupt soviel Geld zum Verleihen?« wollte Gilbert wissen.

»Nein, aber er wird wissen, wo er es herbekommt. Herrgott, ich hätte ihn anrufen sollen, bevor ich es euch erzähle! Dann hätte ich mir eine ganze Menge Beleidigungen ersparen können!«

»Und mir hättest du einen gottverdammten Herzanfall ersparen können!« schimpfte Gilbert.

Moira entschied, eine kleine Wiederannäherung sei jetzt im Interesse des Syndikats das Beste, was geschehen konnte, und fixierte Gilbert mit dem gleichen verlorenen, zerknirschten Blick, der in den letzten Jahren die Herzen so vieler Kaufhausdetektive zum Schmelzen gebracht hatte.

»Ach, Gilley, du bist doch nicht wirklich sauer auf mich, oder? Ich meine, du *haßt* mich doch jetzt nicht deswegen? Ich könnte es nicht ertragen, daß wir heiraten, wenn ich denken würde, deine Gefühle für mich wären...«

»Rhabarber, Rhabarber, Rhabarber! Sieh zu, daß dieser Bluthund von einer Mutter jetzt nicht Lunte riecht, und geh sicher, daß sie uns einen ordentlichen Batzen Geld rüberschiebt, dann liebe ich dich bis zum Tag, an dem wir uns scheiden lassen.«

»Oh, wenn du nur willst, bist du einfach süß! Hör mal... mir kommt da gerade eine ganz hervorragende Idee! Laß uns alle im Burma-Burma ein Essen einfahren und dann im Abbatoir wieder abtanzen, ja?«

»Du meinst, wir können da hineinkommen?« fragte Gilbert erwartungsvoll.

»Pina gab mir die entsprechenden Karten. Na, was sagt ihr jetzt? Das Essen geht auf mich!«

Auf den Satz ›*Das Essen geht auf mich!*‹ reagiere ich zwar normalerweise mit der Schnelligkeit eines Pawlowschen Hundes, in diesem Fall aber hatte ich das Gefühl, daß diese Feier nicht nur voreilig, sondern geradezu kontraproduktiv war. Wie Sie sich vielleicht erinnern werden, waren es noch zwei Tage bis zur Ankunft der Herzogin, und Maddie hatte uns alle für den nächsten Nachmittag zum Essen eingeladen, um zu planen, welchen Empfang wir der adligen Dame bereiten würden.

Gilbert zufolge hatte Maddie direkt loslegen wollen, als sie die frohe Nachricht vernommen hatte. Was sie dann davon abgehalten hatte, war lediglich ihr Wissen darum gewesen, daß es traditionellerweise die Familie der Braut ist, die neben dem Begleichen aller Rechnungen auch die ganze Planung und Vorbereitung der Hochzeit beaufsichtigt. Jetzt, wo die Herzogin aber das Bett hütete, würde Maddie keine Zeit mehr verlieren wollen, den Platz der Herzogin einzunehmen und mit ihrer zwischen die Zähne geklemmten Platinkarte die Fifth Avenue zu erstürmen. Wie konnten wir es bewerkstelligen, daß das geschah, bevor wir wußten, wie wir Maddie das Geld dafür geben sollten?

»Ich würde zwar auch unheimlich gerne feiern, aber meint ihr nicht, wir sollten jetzt ein paar Vorbereitungen treffen, beispielsweise Winslow anrufen, damit er Zeit hat, sich etwas einfallen zu lassen?«

»Herrgott nochmal, Philip, wir treffen Maddie doch erst um eins! Winslow ist jeden Tag um neun in der Bank. Ich habe also jede Menge Zeit.«

»Ich brenne darauf, in diesen Club zu gehen!« sagte Gilbert.

»Du bist wirklich ein richtiger Angsthase!«

»Es ist schon *Tage* her, daß ich beim Tanzen war!«

»Vertrau mir! Winslow ist Spitzenklasse! Ihm fällt schon etwas ein.«

Das war auch tatsächlich der Fall.

6

Gilbert schaute erneut auf seine Uhr.

»Ich bringe sie um.«

»Beruhige dich!«

»Na, wie wird das denn aussehen? Mami wird jede Minute hier sein... ›Gilbert, wo ist denn Moira?‹ ›Ach herrje! Sie ist gerade auf der Bank und erpreßt den korrupten, schwulen Verwalter ihres Trust-Fonds, und du weißt ja, wie lange *das* dauern kann!‹«

Wir ernährten uns gerade in der Bar vom Trader Vic's, Maddies Lieblingsrestaurant, mit leichtem Bier. Seit halb eins waren wir schon da, also seit dem Zeitpunkt, für den Moira zugesagt hatte, uns zu einer Einsatzbesprechung über Winslows Angriffspläne zu treffen, die natürlich vor Maddies Ankunft stattfinden sollte. Zu irgendwelchen Hoffnungen, daß es noch zu einem solchen Treffen kommen könnte, gab es kaum noch Anlaß, und Gilberts Gefühle für Moira hatten einen noch finstereren Ausdruck angenommen als die Bar. Seine verdrießliche Stimmung machte ich ihm nicht zum Vorwurf; immerhin war es erst zwölf Stunden her, daß er die bittere Pille geschluckt hatte, und er hatte noch einen deutlichen Nachgeschmack im Mund.

Während unserer Feier im Abbatoir hatte nämlich Erhart Lund unserem Tisch einen Besuch abgestattet. Erhart ist ein unglaublich attraktives blondes Fotomodell, und Gilbert hat jahrelang darum gekämpft, in seiner Unterhose einen Brükkenpfeiler zu errichten. Erhart informierte uns darüber, daß er sich von seinem Liebhaber getrennt habe, und machte mit Worten und Gesten unmißverständlich klar, daß er, sollte Gilbert jetzt Anstalten machen, über ihn herzufallen, darauf mit rascher und bedingungsloser Kapitulation reagieren würde. Die unmittelbare Anwesenheit nicht nur Moiras, sondern auch noch Billy Tengrettes und Fay Miltons (›Maries Mut‹) und damit zweier der am meisten umsorgten Informanten Holly Battermans, ließ Gilbert keine andere

Wahl, als Erhart die kalte Schulter zu zeigen. Das war natürlich nur ein Bruchteil dessen, was er ihm am liebsten dargeboten hätte.

»Kopf hoch, Gilbert! Ich sage immer noch, du machst ein Vermögen aus...«

»Erhart Lund! Erhart Lund hatte es auf mich abgesehen, und ich mußte dasitzen und auch noch so tun, als sei ich *verärgert* darüber. Die ganze Zeit kann ich jetzt mit diesem Giftschrank, mit dem ich mich zusammengetan habe, Händchen halten, bis er... Na, das wurde aber auch Zeit!«

Ich drehte mich um. Moira stand im Eingang der Bar und stellte ihre Augen auf das schummerige Licht im Innern ein. Sie trug eine von Vulpinas Kreationen, ein schreiend orange gefärbtes Kleidungsstück mit zerfetztem Saum und einem Muster aus riesigen, schwarzen Punkten.

»O Gott! Sie sieht aus wie Wilma Feuerstein!«

Sie erspähte uns und eilte an unseren Tisch. Unsere Hoffnungen, über das Trust-Fonds-Rätsel zu konferieren, konnten wir jedoch durch die unmittelbar darauf folgende Ankunft Maddie Cellinis sofort begraben.

Maddie schlenderte herein, hatte uns direkt entdeckt und winkte so überschwenglich wie ein auf einer Insel gestrandeter Schiffbrüchiger, der eine Rettungsmannschaft begrüßt. Sie trug ein langgeschnittenes, ziemlich festlich schwarzes Kleid mit dazu passendem Hut und Schleier. Sie setzte sich gerade in Richtung unseres Tisches in Bewegung, da schnitt ihr die Wirtin den Weg ab und umarmte sie, als ob die beiden nicht nur die dicksten und besten Freundinnen seien, sondern jede bis zu diesem Augenblick von der Annahme ausgegangen wäre, die andere sei tot.

»Wo zum Teufel warst du?« fauchte Gilbert Moira an.

»Wo zum Teufel denkst du denn, daß ich gewesen bin?« entgegnete Moira, strahlte dabei Maddie an und winkte ihr zurück. »Ich war bei Winslow.«

»Ist ihm etwas eingefallen?« fragte ich.

»Ja! Es ist alles geregelt. Das Kleid deiner Mutter ist eine Wucht.«

»Und *wie*, verdammt noch mal, ist... Hallo, Mami!«

»Hallo, Kinder! Na, ihr beiden seht aber wirklich entzükkend aus! Ich habe Kungshe gerade von euch erzählt. Ich sagte: ›Kann man nicht richtig sehen, daß die zwei verliebt sind?‹, und sie sagte, ja, das könne man. Philip, mein Süßer! Mwoah! Es ist ja ewig her, aber du bist hübsch wie immer! Es ist ein Wunder, daß nicht auch dich sich irgendein nettes Mädchen geschnappt hat! Oder etwa doch?«

»Noch nicht.«

»Wie schade! Hab Geduld, mein Freund. Wie läuft es mit deiner Schriftstellerei?«

»Hervorragend«, log ich.

»Wie schön! Ich wünschte, Gilbert hier würde auch den Stift in die Hand nehmen und sein Buch beenden. Ich habe Dutzende von Freundinnen, die darauf brennen, es zu lesen.«

»Junge Freundinnen, hoffe ich.«

»Mrs. Cellini!« sprudelte es aus einer mit einem Sarong bekleideten Kellnerin, die urplötzlich neben uns auftauchte.

»Lelani! Wie schön, dich zu sehen! Wie geht es denn deinem Kleinen?«

»Er wird nächste Woche sechs Jahre alt!«

»Na, dann richte ihm von mir einen herzlichen Glückwunsch zum Geburtstag aus. Wir sind eigentlich zum Essen hierher gekommen, doch ich denke, wir werden erst einmal in der Bar etwas Nettes zum Aufwärmen trinken. Bring mir einfach irgend etwas mit einer Gardenie. Und was ist mit der Jugend? Ach du liebe Güte! Ihr Burschen könnt doch im Trader Vic's kein Bier trinken! Hier gibt es doch so viele andere amüsante Dinge, die ihr haben könntet! Ich bestelle, okay?«

Fröhlich nickend stimmten wir zu. Sie verlangte zwei Stinker.

»Und du, Moira? Was möchtest du, Liebes? Und sag nicht, du willst ein Perrier. Wir feiern, hörst du?«

»Bestell mir dasselbe wie dir, Mama Cellini.«

Lelani ging erst, nachdem Maddie uns alle vorgestellt hatte und freiwillig zum besten gab, daß Moiras Mutter eine echte, lebendige Herzogin sei. Es passierte Moira zum ersten Mal, daß jemand ihr dabei zuvorkam, diesen Tatbestand einem desinteressierten Fremden mitzuteilen.

»Es tut mir ja so leid, daß ich in diesem finsteren Kleid gekommen bin, aber ich konnte einfach nicht anders. Ich hatte diesen Morgen eine Beerdigung und keine Zeit, nach Hause zu laufen und mich umzuziehen.«

»Schon wieder eine?« fragte Gilbert.

»Ja!« erwiderte Maddie. Ihre Augen weiteten sich. »Ist das nicht erstaunlich? Ich weiß nicht, was es ist, aber seit meiner Heirat mit Mr. Cellini gehe ich viel häufiger auf Beerdigungen als früher.«

»Ach ja?« fragte ich

»Ja! Und immer sind es welche von Tonys Seite der Familie. Ich schwöre dir, Philip, diese Leute sind von allen Menschen dieses Landes am ehesten dazu prädestiniert, einen Unfall zu haben. Einige von ihnen können nicht einmal ein Auto steuern, ohne daß sie es über eine Klippe stürzen lassen. Dieser Bursche heute, Joey Sartucci – ein sehr süßer Mann, Verwandter von Tony – würdet ihr glauben, daß er in einer Suppenschüssel ertrunken ist? Ich sagte zu Tony: ›Tony, wie ist so etwas möglich!‹ Tony sagte, er sei ohnmächtig geworden, als er zu Mittag aß, und als seine Frau nach Hause kam, war es zu spät – die Minestrone war ihm schon bis in die Lunge gedrungen! Es war ein fürchterlich schwerer Schlag für sie, nur sechs Monate, nachdem ihr Bruder Frank von diesem sich selbständig machenden Betonmischer überfahren wurde. Und erst vor zwei Wochen die Sache mit dem ältesten Jungen von Tonys armem toten Bruder, Robby!«

»Robby ist tot?« fragte Gilbert und suchte derweil den Horizont nach unseren Getränken ab.

»Nun, es ist genauso, als wäre er tot!« sagte Maddie. »Keiner kann ihn *finden*! Ich sah seine Mutter auf der Beerdigung. Die Frau ist ein Wrack!«

»Ach, sag mal, Maddie«, fragte ich und versuchte, so gleichgültig wie möglich zu klingen, »welchem Gewerbe geht Mr. Cellini eigentlich nach?«

»Tony? Oh, er ist Unternehmer. Ich muß zwar zugeben, daß das Geld stimmt, aber ich wünschte mir, die Arbeitszeiten wären regelmäßiger. So, wie es jetzt ist, wird er um drei oder vier Uhr morgens angerufen, und dann muß sich der arme Kerl innerhalb einer Minute anziehen und zu irgendeinem Lagerhaus rennen. ›Tony‹, sage ich ihm, ›um Himmels willen, *du* bist doch der Boß! Kannst du nicht irgend jemand anderen schicken?‹ Doch er sagt immer, nein, das könne er nicht verantworten. Er ist sehr verantwortungsbewußt, der gute Tony, und sehr schlau. Seine ganzen Verwandten überlassen ihm ihr Geld, damit er es investiert, weil er immer voraussagen kann, welcher Aktienkurs in kürzester Zeit in die Höhe schnellen wird. Diese Gabe ist wirklich ein Geschenk. Oh, seht nur! Da kommen ja unsere Getränke! Das sieht ja richtig gut aus! Vielen, vielen Dank, Lelani! Oh, Gilbert, Moira, ratet mal, von wem ich euch grüßen soll?«

»Na?«

»Von Freddy Bombelli!«

Moira wirkte kurz ein wenig verwirrt; als sie sich dann an das Alter und den wirtschaftlichen Status dieses Mannes erinnerte, leuchteten jedoch ihre Augen auf.

»Freddy! Das ist doch dieser *süße* alte Mann, den wir auf der Hochzeit getroffen haben!«

»Ich sah ihn auf der Beerdigung. Das ist doch jemand, oder? Sechsundachtzig Jahre alt und läßt keine einzige Beerdigung aus! Egal, er läßt euch beide schön grüßen.«

»Das ist aber *nett*!« sagte Moira. Wären wir in einem Cartoon gewesen, hätte sich ihr Kopf bei diesen Worten in eine Registrierkasse verwandelt, deren Geldschublade mit einem *Kling!* aus ihrem Munde gleitet, wobei in ihren Augen große Dollarzeichen hochspringen.

Moira bat Maddie, den alten Gentleman herzlichst zurückzugrüßen, und Maddie sagte, sie könne das auf ihrer jährlichen Weihnachtsparty am 12. Dezember selber tun. Wir waren alle ganz lieb dazu eingeladen.

Maddie wackelte davon und fragte den Barkeeper, wie es denn mit seiner Scheidung liefe. Ich umklammerte Gilberts Handgelenk und fragte mich, welche von den tausend Fragen ich als erste stellen sollte. Bevor ich mich jedoch für eine entscheiden konnte, drehte er sich zu Moira um und hatte selber etliche auf Lager.

»Nun?«

»Was, nun?«

»Was hat Winslow gesagt?«

»Das habe ich dir doch schon erzählt – es ist alles geregelt«, sagte sie und kicherte. »Winslow hatte eine wirklich fabelhafte Idee! Ihr könnt mir glauben, wir stehen jetzt besser da als je zuvor!«

»Entschuldige, daß ich mich hier einmische, Gilbert, aber wieviel weißt du eigentlich über diese Leute?«

»Welche Leute?«

»Die Cellinis!«

»Was ist mit ihnen?«

»Na, komm schon! Deuten die Dinge, die Maddie erzählt hat, nicht ziemlich klar auf die Branche hin, in der sie tätig sind?«

»Philip!« sagte Gilbert, wobei seine Lippen zu einem ungläubigen Grinsen erblühten. »Willst du etwa damit sagen, daß du denkst, meine Mutter sei mit einem... einem *Gangster* verheiratet?«

»Das ist nicht lustig!«

»Nicht lustig? Das ist zum Schreien! Glaubst du ihm?« Die Frage war an Moira gerichtet.

»Na, komm, Moira! Du hast doch auch gehört, was Maddie erzählte. Sich selbständig machende Betonmischer; Leute, die spurlos verschwinden... Was hältst du denn davon?«

»Lieber Philip«, sagte sie trocken, »du mußt aufhören, soviel Elmore Leonard zu lesen. Du hast doch die Cellinis nicht ein einziges mal zu Gesicht bekommen! Ich habe sie getroffen, und ich kann dir versichern, daß sie zu den herzlichsten und zivilisiertesten Leuten gehören, die ich je gekannt habe.«

Gilbert betete das nach, und bevor ich weitere Argumente vorbringen konnte, kam Maddie zurück. Ich war verärgert, aber nicht richtig beunruhigt, denn der ganze Disput schien hypothetischer Natur zu sein. Wenn Gilbert und Moira sich dazu entschlossen hatten, zu glauben, daß zu Tonys Familie nicht ein einziger Verbrecher gehörte, dann war das ihr gutes Recht, auch wenn es zwingende Beweise dafür gab, daß offenbar nur selten ein Cellini ohne fremde Hilfe aus diesem Leben scheidet. Gut, es war sicherlich ein naiver Schluß, aber richtete er wirklichen Schaden an?

Wie es sich herausstellte, tat er das. Und das nicht zu knapp.

Als Maddie zurückkam, bestellte sie eine zweite Runde und bekundete, wie sehr sie sich darauf freue, am nächsten Tag die Herzogin zu treffen. Moira lächelte tapfer und überbrachte die traurige Nachricht vom Reitunfall ihrer Mutter. Maddie bekundete Moira nach Atem ringend und mit der Zunge schnalzend ihre tiefste Anteilnahme und fügte hinzu, daß sich das Ganze, sollte das für Moira irgendeinen Trost bedeuten, in ihren Ohren nach »geradezu dem klassischsten Unfall, den irgend jemand haben konnte« anhörte. Sie versicherte Moira, daß sie sich freuen würde, ihr bei allen Dingen unter die Arme zu greifen, um die sich die Herzogin jetzt nicht mehr kümmern konnte. Moira nahm das Angebot an und wischte sich dabei eine Träne aus dem Augenwinkel. Dann wich sie mit einem für Gilbert und mich völlig unvorhergesehenen Manöver auf krasse Weise vom Drehbuch ab und offenbarte damit den genauen Umfang und die Natur von Winslows Plan.

»Mensch, Mama Cellini«, sagte sie und senkte dabei ihren Blick. »Da ist noch eine Kleinigkeit, die wir meiner Meinung nach besprechen sollten.«

»Worum geht es, Liebes?«

»Nun... ach je! Eigentlich wollte ich das alles meiner Mutter überlassen. Sie hat dieses himmlische Taktgefühl. Ich weiß nie, von welcher Seite ich es angehen soll.«

Maddie tätschelte Moiras Hand und sagte im sanften Tonfall einer Nonne: »Spuck's aus, Süße.«

»Na ja, schau, Mom ist stolz, sehr stolz... und sehr entschlossen, alles auf traditionelle Weise zu machen. Sie besteht aber unnachgiebig darauf, daß sie und der Herzog die Hochzeit bezahlen. Alles.«

Moira machte eine Pause.

»Und?« half Maddie nach.

»Ich hoffe einfach, du hast Verständnis dafür, daß es eine sehr bescheidene Hochzeit werden muß.«

»Wie bescheiden, Liebes?«

»Oh, nur die unmittelbaren Familienangehörigen, nehme ich an, und noch einige enge Verwandte und Freunde. Natürlich der Freund meines Bräutigams, der uns bei allem zur Seite steht«, sagte sie und zeigte auf mich, »und meine Freundin Pina als erste Brautjungfer. Doch keine anderen Brautjungfern, keine große Zeremonie. Nur eine kleine, ruhige Angelegenheit im bestmöglichen, gerade noch erschwinglichen Stil.«

»Moira, Liebes«, sagte Maddie langsam, »ich nehme an, die Probleme hier – und unterbrich mich, wenn ich da in irgendein Fettnäpfchen trete – sind Geldschwierigkeiten.«

Moira nickte voller Tragik.

»Als Mami den Herzog heiratete, wußte sie, daß sie nicht soviel bekommen würde, wie die Leute alle dachten. Einen Titel, Trebleclef, und den Mann, den sie liebte – das war alles. Du weißt ja, wie hoch die Steuern da drüben sind.«

»Nein, wie hoch sind sie?«

»Oh, einfach kriminell! Und dann die Grundstücksabgaben und diese Sondersteuer für Herzöge... es ist nie viel zum Sparen da. Na ja, sie kommen schon *klar*. Sie öffnen das Haus für Touristen, dadurch fällt ein bißchen ab. Obwohl... im letzten Jahr ging es soweit, daß sie Trebleclef an irgendwelche fürchterlichen Leute vermieten mußten, die dort einen Horrorfilm drehten. Hast du den Film ›*Der Blutrünstige*‹ gesehen?«

Maddie schüttelte den Kopf und brachte ihr Mitgefühl mit einem erneuten Zungenschnalzen zum Ausdruck.

»Na ja, selbst unter diesen Umständen waren sie entschlossen, es zu einer großen Hochzeit zu machen, ganz egal, wie viele Juwelen dafür verkauft werden mußten. Doch dann kam dieser Unfall und...« Sie hielt einen Moment inne, als ob sie gegen einen drohenden Sturzbach aus Tränen ankämpfen würde. »Nun, sie ist wieder *auf dem Damm*. Wirklich! Sie wird wieder laufen. Mit einem Stock. Doch die Behandlung gehört zum Besten, was sich mit Geld kaufen läßt. Der Herzog bestand darauf. Wir sprachen also über die Hochzeit, und der Herzog und ich waren uns darin einig, daß sie eben bescheiden ausfallen müsse. Mom war außer sich vor Wut! ›Wie sieht das denn aus!‹ sagte sie immer wieder. Doch am Ende überzeugten wir sie davon, daß ihre Wirbelsäule einfach vorgeht, und sie war sich mit uns darüber einig, daß dann eine kleine Hochzeit das Beste sei. Es tut mir leid, daß ich das alles bei einem so festlichen Mittagessen zur Sprache bringe, aber ich denke, es mußte jetzt zu Beginn gesagt werden, damit es zu keinerlei Mißverständnissen kommt.«

Ich hatte Moiras Auftritte schon früher miterlebt, und mit Ausnahme derer, die tatsächlich auf einer Bühne stattgefunden hatten, waren alle sehr professionell gewesen. Dieses letzte Stück übertraf jedoch die vielen anderen. Die Herzlichkeit, die Trauer und die Verehrung einer Tochter gegenüber ihrer Mutter – alles wirkte so echt, so aufrichtig! Es war schrecklich.

Maddie wischte sich mit einer Cocktailserviette die Augen trocken; Gilbert nutzte die Gelegenheit, um Moira mit einem wütenden Blick zu fixieren, der seine Augen fast aus ihren Höhlen springen ließ.

»Ich bin froh, daß du mir das erzählt hast«, sagte Maddie. »Verzeih mir jetzt ein paar klare Worte, meine Süße. Mit meinem Taktgefühl ist es ohnehin nicht weit her. Könnte man es anfassen, ließe es sich in eine Olive stopfen, und dann wäre immer noch Platz genug für jede Menge Piment.«

Sie nahm Moiras Hände und lächelte selig.

»Alles, was ich habe, ist ein Sohn. Ich habe mir immer gewünscht, auch noch eine Tochter zu haben, doch nach einer Weile war ich darüber hinweg und erkannte, daß die einzige Tochter, die ich je haben würde, das Mädchen sein würde, das Gilbert heiraten wollte – wenn er das überhaupt jemals tat, worüber ich mir wegen seiner Schüchternheit doch Sorgen machte. Nun, ich habe seit Jahren auf Gilberts Hochzeit gewartet. Und es würde mich fast umbringen, wenn ich nicht gemeinsam mit all meinen alten Freunden und meiner neuen Familie feiern könnte. Nun, Liebes, du sagtest ja selbst, daß deine Mutter die Hochzeit am liebsten in großem Rahmen gefeiert hätte, bevor dieses miese Pferd sie zu Boden warf. Wenn deine Familie also eine große Hochzeit haben will, und das ist genau das, was auch unsere Familie möchte, ist es dann nicht einerlei, wer sie bezahlt?«

Moira öffnete ihren Mund, um dagegen zu protestieren, aber Maddie hob eine Hand und machte unbeirrt weiter.

»Ja, mein Schatz, ich weiß, was du sagen willst, und es ist

einfach *dumm*. Sicher, deine Mutter ist eine stolze Frau, sicher, sie will lieber der Tradition folgen. Doch Moira, Liebes, die Traditionen, über die man sich sorgen sollte, sind die vergnüglichen und nicht diejenigen, in denen es darum geht, wer für was bezahlt! Paß auf, ich habe da eine Idee... Warum sollte ich nicht einfach morgen rüberfliegen und mit deiner Mutter eine nette, kleine, offene Aussprache...?«

»Nein! Das kannst du nicht tun! Sie würde das nicht wollen.«

Maddie starrte sie verwirrt an.

»Ich meine, es hat nichts mit *dir* zu tun, Mama Cellini! Sie will überhaupt keinen Menschen sehen! Nicht vor der Schönheitsoperation!«

»War der Unfall denn so schlimm?«

»Ja! Beim Sturz fiel sie mit dem Gesicht auf eine Steinplatte. Dabei biß sie sich ihre Lippe ab.«

»Das arme *Ding*!«

»Na ja, sie haben sie wieder angenäht. Doch mit der Narbe und einem derart übel zugerichteten Gesicht und dem gebrochenen Nasenbein sieht sie nicht besonders gut aus. Und, unter uns gesagt, Mutter ist ungeheuer eitel.«

»Nun, wer ist das nicht?«

»Sie wäre ganz deprimiert, wenn du sie zum ersten Mal in einem solchen Zustand erblicken würdest.«

»Ich mache ihr das nicht zum Vorwurf. Kein bißchen. Dann rufe ich sie eben einfach an.«

»Aber sie kann nicht sprechen! Sie darf ihren Mund nicht bewegen, bis ihre Ärzte sicher sind, daß ihre Lippe nicht abgestoßen wird.«

»Wie *schlimm* für sie! Gilbert, ist alles in Ordnung? Schnell, Philip, schlag ihm ein paarmal auf den Rücken!«

»Bist du okay, mein Lieber?« fragte Moira.

»Alles in Ordnung, Schatz. Da muß mir irgend etwas im Hals gesteckt haben.«

»Armes Lamm!«

»Ich werde dir sagen, was ich dann tue!« kündigte Maddie an. »Warum soll ich ihr nicht einfach einen schönen, langen Brief schreiben?«

»Das hast du dir wirklich sehr gut überlegt, aber so taktvoll dein Angebot auch immer sein mag, Mom wird sich immer noch sehr darüber aufregen. Na ja, am Ende wird sie vielleicht darauf eingehen, aber es wird ihr überaus peinlich sein. Ich weiß, das ist dumm, aber so ist sie nun mal.«

»Stolz«, sagte Maddie, und nickte verständig.

»Und die Ärzte haben ihr gesagt, sie solle in den ersten sechs Wochen ihrer Genesung jede wie auch immer geartete Aufregung vermeiden!«

»Sechs Wochen! Nun, so lange können wir nicht damit warten, die Sache ins Rollen zu bringen! Dafür gibt es viel zuviel zu tun.«

Die beiden dachten nach und einigten sich schließlich auf folgendes: Maddie würde in aller Diskretion einige vorbereitende Ausgaben tätigen. Irgendwann im Januar würde dann Moira in aller Behutsamkeit der armen Mutter die Nachricht beibringen, daß die Cellinis darauf bestanden hätten, die Kosten für eine größere Hochzeit selbst zu übernehmen, und dabei hofften, daß die Herzogin keinen Anstoß an dieser Anmaßung nähme.

»Du bist so verständnisvoll!« sagte Moira. »Und so großzügig! Wie kann ich deine Freundlichkeit je wieder gutmachen?«

»Das ist nicht weiter schwer!« sagte Maddie. »Erlaube mir einfach, mit allem loszulegen, sobald wir von diesem Ort wegwanken! Ich liebe es einfach, Hochzeiten zu planen! Denn ich weiß ja, daß ich selbst nie mehr heiraten werde.« Die Äußerung wirkte auf mich in Anbetracht des Gewerbes, dem ihr Mann nachging, unangemessen pessimistisch. »Der größte Gefallen, den du mir tun kannst, besteht daher darin, daß du mich einfach bei deiner Hochzeit mithelfen läßt!«

Und mit diesen Worten erhob sie sich und ging mit gemessenen Schritten zur Damentoilette, um den Schaden zu beheben, den Moiras ergreifende Geschichte an ihrer Wimperntusche hinterlassen hatte.

Moira kippte ihren Drink hinunter und lächelte triumphierend, als ob sie von uns erwartete, daß wir sie mit Glückwünschen für eine so hervorragende Leistung überhäufen würden. Sie merkte rasch, daß eine derartige Reaktion nicht zu erwarten war.

»Was ist denn mit euch beiden los?«

»Was zum Teufel denkst du dir eigentlich dabei?« zischte Gilbert mit einem gefrorenen Lächeln.

»Was meinst du wohl? Ich bringe deine Familie dazu, alles zu bezahlen!«

»Das weiß ich, du verlogene Hure! Wie kannst du es *wagen*, meiner Mutter das Geld aus der Tasche zu ziehen, das du bei deinen gottverdammten Scheißinvestitionen verpulvert hast?«

»Nun, du solltest mir eher dankbar dafür sein!«

»Dankbar!« fauchte Gilbert. *»Dankbar!«*

»Du dämlicher Arsch! Merkst du denn gar nicht, daß ich dir eben zwischen fünfundzwanzig- und fünfzigtausend Dollar eingebracht habe?«

Die Wut verschwand von Gilberts Gesicht und wurde durch einen ausgesprochen verwirrten Gesichtsausdruck ersetzt.

»Hä?«

»Wie das?« fragte ich.

»O Gott!« raunte sie. »Es ist wirklich gut, daß Winslow und ich der Kopf dieses Unternehmens sind. Ihr beide seid einfach zu blöd! Kapiert ihr das denn nicht? Mami wird mir doch alles, was ausgegeben wird, *erstatten*! Alles! Wenn wir uns also von jemandem Geld leihen, dann werden wir dieser Person alles zurückzahlen, sobald Mami mir das Geld gibt. Aber wenn es ein *Geschenk* ist...! Dann besorgen wir uns einfach Quittungen, geben sie Mami, sie ›erstattet‹ uns alles und damit gehört das ganze Geld uns!«

Gilbert sagte eine Zeitlang kein einziges Wort. Er saß da, in einem Zustand religiöser Entrücktheit erstarrt.

»Moira«, flüsterte er dann mit vor Gefühl und vom Alkohol ganz heiserer Stimme. »Du bist wundervoll!«

»Das ist schon besser!« sagte sie und gab ihm einen Kuß auf die Wange. »Und es war wohlgemerkt nicht *nur* Winslows Idee! Er kam mit dem Teil, daß wir deine Familie die Hochzeit bezahlen lassen, und meine Mutter uns das Geld ›wiedergibt‹, aber *er* wollte, daß ich das ganze Geld verwende, um den Trust-Fonds wieder aufzufüllen, so daß man *ihm* nichts mehr anhaben kann. Typisch Winslow! Doch ich sagte: ›Sei nicht dumm, Winnie, warum sollen wir das Geld denn zurückbringen? Es wäre doch viel besser, es gut zu investieren und dadurch zu verdreifachen, und dann wäre mehr als genug da, um zum einen den dummen Fonds wieder aufzufüllen und zum anderen noch Unmengen für uns dabei übrigzubehalten...«

»Meint ihr beiden das eigentlich *ernst*?«

Von überall in der Bar drehten sich die Köpfe nach uns um.

»*Philip!*«

»Pssst!«

»Ehrlich! Was ist denn mit dir los?«

»Was mit *mir* los ist? Seid ihr zwei wahnsinnig? Das könnt ihr doch nicht *machen*!«

»Ich sehe nichts, was dagegen sprechen könnte«, sagte Moira.

»Gilbert! Merkst du denn nicht, was ihr da tun würdet!?«

»Und ob ich das merke!« kicherte er. »Wir ziehen dem alten Tony auf die Schnelle etwas Geld aus der Tasche, machen dabei ein Vermögen, und ich bin aus dem Schneider!«

»Aber Gilbert! Du kannst nicht mir nichts dir nichts das Geld eines Mafiosi unterschlagen! Die *mögen* so was nicht! Wenn dir Tony dabei auf die Schliche kommt, dann könnte er dich umbringen! Er könnte uns alle umbringen!«

Gilbert lachte schallend in seinen im Cocktail hängenden Strohhalm und ließ dabei die Luftblasen in seinem Stinker blubbern.

»Komm, *bitte*!« stöhnte Moira und mußte unfreiwillig lachen. »Du kommst uns doch wohl nicht wieder mit diesem Unsinn!«

»Gilbert«, sagte ich, und war dabei einem Schlaganfall so nahe, wie man das nur sein kann, wenn man es schafft, in der Bar eines im polynesischen Stil eingerichteten Restaurants äußerlich die Fassung zu bewahren. »Ich denke, du machst da einen ganz schweren Fehler! Ich weiß, ich habe die Cellinis noch nie zu Gesicht bekommen, aber das ist mir egal. Sie machen mir angst.«

»Dir macht doch *jeder* angst!«

»Aufgepaßt!« rief Moira, und verspottete dabei meine Neigung zur Schwarzseherei. »Lelani! Sie hat eine Knarre in der Hand!«

Gilbert johlte vor Vergnügen und zeigte auf die Südseelandschaft über Moiras Kopf.

»Das Bild!«

»Was ist damit?«

»Die Augen der Südseeschönheit... sie haben sich gerade bewegt!«

»O nein! Wir werden von der Menahooni-Bande beobachtet!«

Diese letzte Eskapade gab ihnen den Rest. Sie saßen da, hielten sich angetrunken ihre Seiten und bekamen wahre Lachkrämpfe.

»Nanu, was ist denn in euch beide gefahren?« fragte Maddie, als sie sich neben Moira in ihren Sitz plumpsen ließ.

»Philip hat uns ungeheuer gute Witze erzählt.«

»Oh, ihr Schriftsteller seid wirklich nicht auf den Kopf gefallen! Nun ja, ich bin froh, daß ihr wieder so gut bei Laune seid. Ich kann es nicht ausstehen, wenn die Leute sich wegen Geld die Laune verderben lassen – nicht, wenn Tony so viel davon besitzt, daß er gar nicht weiß, was er damit anstellen soll. Erst vor einem Monat habe ich ihn einen Koffer mit Zwanzig-Dollar-Scheinen füllen sehen – nur für *ein* Wochenende auf den Bahamas! ›Tony!‹ sagte ich zu ihm. ›Wieviel kannst du eigentlich in zwei Tagen *versaufen*?‹ – Lelani! Vielen Dank! Sind sie nicht köstlich?«

7

»Philly, ich sage dir«, meinte Gilbert, als wir uns durch den Central Park davonmachten und seine Mutter und seine Verlobte sich von uns abgeseilt hatten, um den ersten der vielen Einkaufsbummel zu genießen, »es gab Zeiten, da habe ich Moira etwas oberhalb der niedrigsten Lebensform angesiedelt, die ohne ein richtig teures Mikroskop sichtbar ist. Es gab noch Augenblicke, in denen ich bei dem bloßen Gedanken, mit ihr noch eineinhalb Jahre eine Wohnung zu teilen, Ausschlag bekam. Aber als ich eben dasaß und ihr zuhörte, wie sie über Quittungen und Erstattungen redete, wußte ich genau hier« – und dabei klopfte er sich auf die Brust –, »daß sie das richtige Mädchen für mich ist!«

»Gilbert! Wirst du wohl endlich deine Augen aufmachen? Dieses Mädchen ist das reine Gift. Siehst du denn nicht, in was sie dich da hineinbringt?«

»In eine höhere Steuerklasse natürlich. Sie ist einfach großartig, Philip! Eine einzige kleine Lüge, und sie hat unseren Anteil am Ganzen einfach verdoppelt.«

»*Eine* Lüge? Jetzt ist es ja vielleicht noch eine Lüge, aber das Ganze aufrechtzuerhalten wird noch Hunderte von weiteren Lügen erfordern.«

»Dazu sind wir bereit«, sagte er und lächelte zuversichtlich.

»Ich nicht.«

Sein Lächeln verschwand, und er blieb abrupt stehen.

»Ich hoffe, du denkst nicht daran, dich von mir zurückzuziehen.«

»Ich denke nicht daran, ich tue es. Von jetzt an mache ich nicht mehr mit!«

»Aber wieso?«

»Wieso! Gilbert, du betrügst die gottverdammte *Mafia*!«

»Ach, das schon wieder«, sagte er und verdrehte die Augen.

Er setzte mich auf eine Bank und sprach mit mir, als ob ich

ein kleines Kind wäre, das sich weigert, den Gedanken aufzugeben, sein Wandschrank sei von einem blutrünstigen Folterknecht und einer Horde Affenmenschen bevölkert.

»Philip! Ich weiß wirklich nicht, warum du plötzlich davon überzeugt bist, mein Stiefvater sei ein Napoleon der Schwerverbrecher, aber ich wünsche, daß du damit aufhörst! Allmählich hat es einen Bart.«

»Und wie erklärst du dir dann die ganzen Sachen, die Maddie erzählt hat? Menschen, die in ihrer Suppe ertrinken! Und Tony mit seinen Koffern voller Geld!«

Gilbert kicherte und bannte mich mit einem Lächeln, das eine perfekte Mischung aus Zuneigung und Gönnerhaftigkeit darstellte.

»Phil! Wie erklärst du dir *irgend etwas* von dem, was meine Mutter sagt? Na, komm! Du hörst ihr jetzt seit zehn Jahren zu. Hast du jemals erlebt, daß sie bei *irgend etwas* durchblickt?«

Dieser Punkt ging an ihn. In meiner Vorstellung ging ich bis zu jener qualvollen Nacht in Gilberts jugendlicher Goldgräberphase zurück, in der mich Maddie bei einer Dinner-Party beiseite zog und mir anvertraute, wie verlegen sie darüber war, daß Gilbert sie verkuppeln wolle. Nun, im letzten Jahr habe er *drei* vornehme, etwa vierzigjährige Gentlemen mit nach Hause geschleift, von denen jeder Geld wie Heu hatte. Das sei ja auch sehr lieb von ihm, meinte sie, aber wenn sie so etwas noch ein einziges Mal durchstehen müsse, dann könne sie nur noch laut losschreien.

Gilbert fuhr fort:

»Sie sagte, Joey Sartucci sei in seiner Suppe ertrunken. Was wollen wir wetten, daß er einfach beim Mittagessen einen Herzanfall hatte? Und daß jemand von ihnen mit dem Auto verunglückt, ist ja wohl keine große Überraschung – die saufen doch alle wie die Löcher! Es ist ein Wunder, daß nicht noch mehr von irgendwelchen Klippen gestürzt sind. Und dasselbe gilt für meinen Cousin, der auf geheimnisvolle Weise verschwunden ist. Er ist wahrscheinlich einfach mit irgendeinem Knilch nach Las Vegas abgehauen. Ein paar dumme Zufälle, und du bist davon überzeugt, dich im *Paten, Teil III* zu befinden!«

»Gilbert, selbst wenn ich mit dir darin übereinstimme, daß deine Familie harmlos ist – und das tue ich nicht –, sollten wir diesen Plan noch einmal überdenken.«

»Es ist ein wundervoller Plan!«

»Er stinkt zum Himmel! Es gibt eine Million Dinge, die schiefgehen können, und wie ich dich kenne, wird das bei jedem einzelnen davon der Fall sein. Die ganze Sache wird mit einem großen Knall enden und dann auf dich zurückfallen, und ich habe keine Lust, den umherfliegenden Splittern ausweichen zu müssen!«

Nach dieser Äußerung kam es zu einem heftigen Streit. Gilbert nannte mich einen ›Verräter‹ und einen ›Feigling‹ und drohte, Holly alles zu verraten, woran er sich erinnern konnte, daß es mir unangenehm war und daß ich es üblicherweise geheimhielt – einschließlich der Zeit, als mir im Alter von siebzehn Jahren vor der ausgelassenen Klasse und Schwester Joselia ein Exemplar von *Pfadfinder im Paradies* aus der Büchertasche fiel. Er sagte, Moira würde außer sich geraten vor Wut und mir fürchterliche Dinge antun. Doch ich blieb fest. Einmal in meiner langen Freundschaft mit ihm würde ich das Richtige tun und mich vom Acker machen, solange ich noch Zeit dazu hatte.

Dann bot er mir weitere fünftausend Dollar für den Fall, daß ich dabeibliebe, und ich sagte, nun gut, wenn das so wäre, dann würde ich alles tun, was in meiner Macht stand.

Okay, ich gebe ja zu, es war eine unglaublich dumme Entscheidung, und mir ist auch klar, daß es nur wenig gibt, das ich dazu sagen kann, und das mich weniger habgierig und weniger blöd aussehen läßt, als ich war. Doch lassen Sie mich einige Dinge über die Situation sagen, in der ich mich zu jener Zeit befand. Dann können Sie besser urteilen, warum sich an jenem Nachmittag Habgier und Dummheit auf so natürliche Weise zu mir gesellten.

Wie Sie vielleicht bereits vermutet haben, bin ich von Beruf Schriftsteller. Was das Einkommen angeht, befand ich mich zu der Zeit, in der dies alles passierte, nicht gerade in meinem Goldenen Zeitalter. (Ein derartiges Zeitalter steht immer noch aus, und wenn es mir derzeit näherrücken sollte, dann tut es das mit bemerkenswerter Heimlichkeit.) Ich hatte eine Teilzeitbeschäftigung als Sekretär und Laufbursche bei einem Schriftsteller namens Milt Miller, der unter dem Pseudonym Deirdre Sauvage Autor von zwanzig erfolgreichen Romanzen war. Die Tätigkeit bestand darin, seine Einkäufe zu erledigen, seine Fan-Post zu beantworten, ihm sein Mittagessen zu kochen und in Bibliotheken zu rennen, um herauszufinden, »was zum Teufel sie am Hof Ludwigs des Vierzehnten anhatten«. Das brachte ungefähr fünfundsiebzig bis neunzig Dollar die Woche ein, womit sich normalerweise gerade die Miete für meine winzige, halbverfallene Schlafküche in der Neunundneunzigsten Straße West abdecken ließ.

Meine einzige andere, erst vor kurzem hinzugekommene Einkommensquelle bestand in einer fünfzehnhundert Dollar teuren Option, die man mir für ein Stück bezahlt hatte, mit dem ich im August fertig geworden war. Die Option war von einer wohlhabenden jungen Frau namens Pears Beaufort erworben worden. Pears arbeitete von einem Büro in ihrem städtischen Haus am Sutton Place aus und hatte, soweit ich das wußte, bisher nur eine einzige Show auf die Beine gestellt: einen sogenannten ›Frühlingsjux‹ im Smith College. Über meine kleine Komödie ›*Halt den Mund und ich werde dir alles erklären*‹ war sie regelrecht in Ekstase geraten, doch vier Monate, nachdem sie eine für ein Jahr gültige Option gekauft hatte, hatte sie nicht die geringste Absicht gezeigt, das Stück jemals aufführen zu wollen. Allen Nachfragen begegnete sie mit der Beteuerung, sie würde daran arbeiten. Das sagte sie dann mit einer Stimme, die deutlich machte, daß sie es als ein Zeichen ungeheurer Geldgier meinerseits ansah, überhaupt danach zu fragen.

Da mein bestes Stück also dazu bestimmt war, noch acht Monate unaufgeführt in der Ecke zu liegen (und erst nach Ablauf dieser Frist konnte ich damit beginnen, nach einem anderen Produzenten zu suchen), stellten die von Gilbert gebotenen fünftausend Dollar nicht gerade eine Summe dar, die sich ohne reifliche Überlegung ausschlagen ließ. Ich dachte also über die Sache nach. Meine Gedankengänge verliefen ungefähr so:

»Fünftausend Dollar! Fünftausend Dollar! Eine anständige Stereoanlage! Bücher, Schallplatten, Theaterkarten! Keine Eier mehr! Okay, ich hege also gewisse Vermutungen. Sind Vermutungen schon Tatsachen? *Nein.* Und wenn ich recht habe, und es sind wirklich Gangster – heißt das denn, daß sie uns auf die Schliche kommen werden? *Nein.* Und wenn sie alles herausfinden? Dann geben wir ihnen eben das Geld wieder zurück, nicht wahr? Fünftausend Dollar! Sich neu einkleiden! Restaurants! Scotch statt Wodka!«

»Was ist denn da so lustig?«

»Du hättest gerade den Ausdruck auf deinem Gesicht mitbekommen sollen, als ich ›fünftausend Dollar‹ sagte. Du hast ausgesehen wie ein Franzose beim Orgasmus«, meinte Gilbert herrisch.

»Laß mich noch eines klarstellen, Gilbert. Es geht um fünftausend Dollar *neben* den Kosten für das Textverarbeitungssystem und den Drucker?«

»Ich kann mich nicht daran erinnern, daß wir über Drukker gesprochen haben.«

»Na ja, aber er steht mir zu. Wenn man nicht ausdrucken kann, was man geschrieben hat, ist ein Computer zu nicht viel nütze.«

»Das kommt mir ja ganz schön überhöht vor«, sagte er mit dem erschöpften Näseln einer bei Cartier feilschenden Pears Beaufort, »aber ich denke, ich kann es mir leisten, großzügig zu sein. Aber wenn du so viel verlangst, dann solltest du dich auch darauf einstellen, dafür zu arbeiten.«

»Wie?«

»Oh, das läßt sich im Augenblick schlecht sagen, aber ich bin sicher, da kommt noch etwas auf uns zu. Wir müssen uns besser vorbereiten. Bezüglich unseres Plans hast du ja durchaus recht. Es ist noch Arbeit an ihm nötig – nichts, worum wir uns nicht kümmern könnten. Vielleicht lasse ich dich ein wenig Marktforschung betreiben.«

»Marktforschung?«

»Du weißt schon... Du machst eine Liste von allem, was wir benötigen, dann vergleichst du die Preise, um herauszufinden, wer uns das meiste dafür in Rechnung stellt.«

»Warum willst du denn unbedingt... ach ja!«

»Genau! Wir kriegen jeden Cent zurückerstattet, den wir ausgeben. Gott verhüte, daß wir irgendwelche Sonderangebote finden. Ach du Scheiße!«

»Was?«

»Vulpina!«

»Ah!«

Mit verkniffenem Gesicht grübelte er über den Tatbestand nach, daß ihnen da ein Hochzeitsgewand aufgehalst wurde, das aller Wahrscheinlichkeit nach nicht nur ein Ausbund von Abscheulichkeit war, sondern obendrein auch noch keinen Cent einbrachte.

»Herrje! Dieser untalentierte Plagegeist wird uns ein Vermögen kosten!«

»Wieviel müßten wir denn sonst für ein Hochzeitskleid hinblättern?«

»Ist das dein Ernst? Eines jener mit Perlen verzierten Dinger, an denen zwanzig illegale Fremdarbeiter beim Nähen erblinden? Die kosten Tausende!«

»Oh! Na, dann erzähl Vulpina doch einfach, daß du dich weigerst, es als Geschenk anzunehmen, und laß dir von ihr eine Summe dieser Größenordnung in Rechnung stellen.«

»Philip, du hast doch gehört, was die Herzogin bezüglich ihrer Einstellung zu Pinas Entwürfen gesagt hat! Denkst du denn auch nur einen Moment lang, daß sie Tausende von Dollars für eine von Pinas Monstrositäten herausrückt? Wir brauchen Galanos oder Bill Blass oder sonst wen.«

»Ah.«

»Na gut, das wäre damit geklärt. Vulpina kann ihren Auftrag vergessen. Und es ist mir ganz egal, wie schwer Moira das fällt. Wenn sie meint, ich würde Tausende von Dollars opfern, nur um zu vermieden, diese kleine Beutelratte zu beleidigen, dann muß sie mir schon mit etwas anderem kommen.«

»Lassen wir das mit Pina. Wir sollten uns lieber um die Frage kümmern, wie wir verhindern, daß die Cellinis herausfinden, daß die Geschichte von der Armut der Herzogin völlig aus der Luft gegriffen ist.«

»Hmm. Da hast du recht. Wenn sie das merken, bekommen wir *überhaupt* nichts. Fällt dir irgend etwas dazu ein?«

»Nein.«

Schweigend dachten wir über die Sache nach.

»Nun«, sagte ich schließlich, »das Wichtigste ist doch, die beiden Gruppen auseinanderzuhalten. Je weniger sie miteinander kommunizieren, desto geringer ist die Chance, daß irgend jemandem ein Ausrutscher passiert.«

»Und was ist, wenn *doch* etwas herauskommt?«

»Das darf es nicht. Darin liegt ja das ganze Problem!«

Wieder machte sich Stille breit.

»Wie wäre es denn, wenn wir Mami und Tony erzählen, die Herzogin könne sich einfach nicht mit ihrer Armut abfinden. Sie ist eben sehr empfindsam, nicht wahr? Bricht in hysterisches Schluchzen aus, wenn irgend jemand ein Wort darüber verliert.«

»Ich weiß nicht, wie weit das für uns von Nutzen ist. Deine Familie bezahlt eine Hochzeit, die eigentlich sie bezahlen müßte, und deine Familie denkt, die Herzogin *weiß*, daß sie alles bezahlen. Was mögen sie empfinden, wenn Moiras Mutter nicht einmal dankbar ist?«

»Es ist ihr eben zu peinlich, als daß sie irgend etwas dazu sagen könnte. Warte... ich weiß etwas noch Besseres! Wir behaupten einfach, sie sei nicht mehr ganz richtig im Kopf! Diese ganzen Wahnvorstellungen von Wohlstand und Pracht, die sie hat... ›Das arme Ding, so ein mitleiderregendes, altes Geschöpf! Bitte, seid *ausgesprochen* taktvoll!‹ Wir biegen die ganze Sache so hin, daß alle wie auf Eierschalen herumgehen und soviel Angst davor haben, das Falsche zu sagen, daß sie überhaupt nichts mehr sagen. Das ist *die* Idee!«

Er kicherte, ließ sich von der trügerischen Empfindung, eine Großtat vollbracht zu haben, davontragen, drückte mich wie besessen an sich und trampelte dabei mit den Füßen auf dem Boden herum. Ich war nicht ganz so von der Genialität dieser Vorgehensweise überzeugt und begann, innerlich die Dinge aufzuzählen, die dabei schiefgehen könnten. Doch es dauerte nicht lange, und ich kam auf andere Gedanken. Unangenehm berührt von der Umarmung, sah ich mich um, um zu überprüfen, ob wir dabei von jemand beobachtet werden konnten, und auf der Nachbarbank hatte sich tatsächlich das übelste Szenario für einen solchen Fall eingefunden.

Der Mann stand auf, kam zu unserer Bank herüber, und baute sich direkt vor uns auf. Gilbert, der sein Kommen erspürte, drehte sich um und schaute argwöhnisch nach oben. Das Gesicht des Mannes war schwer zu erkennen, die späte Novembersonne ließ nur seine Silhouette dunkel über uns aufragen. Als der Mann jedoch sprach, war jeder Irrtum bezüglich der Stimme ausgeschlossen.

»Mr. Selwyn«, säuselte er blutrünstig, »wie sehr habe ich gehofft, Ihnen noch einmal über den Weg zu laufen.«

Gilbert hatte im Verlauf seiner Beutezüge einer Menge Leute auf die Zehen getreten und sich dabei etliche Menschen zum Feind gemacht und einem ganzen Haufen Leute Veranlassung gegeben, ihm Übles zu wünschen. Obwohl meines Wissens nie so etwas wie eine Gesellschaft zur Unterdrückung und endgültigen Vernichtung Gilbert Selwyns existiert hat, gehe ich jede Wette ein, daß irgend jemand, der eine solche Gesellschaft ins Leben rufen wollte, keinerlei Schwierigkeiten hätte, Mitglieder zu rekrutieren oder die nötigen Finanzmittel für dringend erforderliche Forschungen aufzutreiben.

Doch unter allen Feinden Gilberts war nicht einer, der ihm auch nur annähernd so reinen und fast opernhaften Haß entgegenbrachte wie der Mann, der in diesem Augenblick vor uns stand: Gunther von Steigle.

»Gunther!« rief ihm Gilbert fröhlich zu. »Lange nicht mehr gesehen! Meine Güte, das ist ja wirklich ein wenig peinlich! Ein bißchen gereizt? Ha ha! Na, was kann ich dazu sagen? L'amour, l'amour! Setz dich, Gunny. Wie geht's denn so? Ich hoffe, du bist mir nicht weiter böse?«

8

Als großer Bewunderer dichter, spannender Erzählkunst hege ich ausgesprochene Sympathie für diejenigen von Ihnen, die das Gefühl haben, daß es keinen ärgerlicheren literarischen Kunstgriff als die Rückblende gibt. Jedesmal, wenn ich unerwartet mitten in einer ansonsten packenden Darstellung auf eine derartige Passage stoße, befällt mich das gleiche Gefühl, das man bekommt, wenn man die Seite eines Buches aus der Bücherei umschlägt und auf ihrem Rand die Kruste irgendeiner eingetrockneten, trüben Substanz vorfindet, über deren Ursprung man nicht gerne nachsinnt.

Mit diesem Gedanken im Hinterkopf werde ich versuchen, Ihnen in aller Kürze die Fakten über Gilbert, Gunther von Steigle und den Dichter Paris Goldfarb zu vermitteln.

Das erste Mal bekamen Gilbert und ich Paris Goldfarb zu Gesicht, als Holly Batterman im letzten Juni zum zweiten Mal meinen neununddreißigsten Geburtstag feierte. Etwa fünf Sekunden lang starrte Gilbert den auf der anderen Zimmerseite stehenden Paris an, dann drehte er sich zu mir um und verkündete feierlich, er habe den Mann gefunden, mit dem er alt werden wolle. Das überraschte mich nicht. Gilly fiel auf jedes hübsche Gesicht herein, und Paris hatte Backenknochen, die Kranke wieder gesund machen würden.

Gilbert rannte zu Holly (Wenn irgend jemand etwas wußte, dann doch wohl er, nicht wahr?) und fragte nach dem Volltrottel. Holly informierte ihn darüber, daß der Junge Paris Ulysses Goldfarb hieß, sechsundzwanzig war, aus Summit, New Jersey kam, am St. Marks Place wohnte, in den siebziger Jahren in einem Antiquitätenladen in Madison gearbeitet hatte und der größte Langweiler im ganzen Sonnensystem war. Aus Gründen, die kein Mensch begreifen konnte, hatte ihn seine große Schönheit nicht davor bewahrt, eine morbide Ader zu entwickeln, die mehr Raum beanspruchte als der Styx. Wenn sich Paris nicht gerade über Vivisektion oder die Tyrannei der Zeit ausließ, zitierte er aus seiner eigenen, weit unter Preis verkauften Sammlung mit dem Titel *Echos des Nichts* lange, unverdauliche Passagen finsterer Dichtkunst. Und als ob das noch nicht genügte, um Gilbert abzuschrecken, hatte er einen Liebhaber, der eine ebenso düstere Stimmung verbreitete.

Dieser Liebhaber, Gunther von Steigle, war Schauspieler mit erstaunlich beschränkten Einsatzmöglichkeiten, dem ein Friseursalon in der Lexington Avenue gehörte. Holly zeigte Gilbert den Mann. Der Grund für seine Schwierigkeiten, für eine größere Anzahl an Rollen in Frage zu kommen, war unschwer zu erkennen. Gunther sah aus wie ein richtiges Scheusal: dichtes, wallendes Haar, durchdringende, blaue Augen, Habichtsnase, und das alles bedauerlicherweise direkt über einem Kinn, das dermaßen mit Pusteln und Kratern übersät war, daß man meinen mochte, winzige Astronauten Flaggen aufstellen zu sehen, schaute man nur genau genug hin.

»Hört auf euer Tantchen«, schloß Holly. »Ich weiß ja, Paris ist niedlicher als ein Entenküken, aber ich sage euch, er ist die Mühe nicht wert.«

Gilbert stimmte mit dieser Einschätzung nicht überein. Er begehrte Paris heftig und war sich sicher, daß alle Schattenseiten seines Wesens darauf beruhten, daß er an ein launenhaftes und mit Pickelnarben übersätes Ungeheuer von Liebhaber gekettet war. Und daher entschloß sich Gilbert, »Paris vor Gunther zu retten«.

Sein erster Schritt bestand darin, Gunther von der Bildfläche verschwinden zu lassen. Hier war das Glück auf Gilberts Seite, denn eine alte Flamme von ihm, ein Theaterproduzent, stellte gerade seine Sommertournee mit *Arsen und Spitzenhäubchen* zusammen. Gilbert informierte ihn darüber, daß sich derzeit die perfekte Besetzung für die Rolle des Boris Karloff in der Stadt aufhielt und ausgesprochen verfügbar war. Der Produzent nahm mit Gunthers Agent Kontakt auf, und Gunther, der seit seinem Auftritt in *Oklahoma!* im Januar nicht mehr gearbeitet hatte, nahm die angebotene Stelle dankbar an.

Kurz nach Gunthers Abreise riefen etliche Freunde von Gilbert bei Paris an. Die Anrufe liefen ungefähr nach diesem Muster ab:

JUNGER HOMOSEXUELLER: Hallo, ist da 555-9026?
PARIS: Ja.
JUNGER HOMOSEXUELLER: Na? Hallo, Gunther. Wahrscheinlich erinnerst du dich nicht an mich. Wir haben uns vor zwei Wochen getroffen. Sagtest du nicht, du mochtest meine braune Haut?
PARIS (*eisig*): Wer ist da, bitte?
JUNGER HOMOSEXUELLER: Oh! Entschuldigung! Ich habe mich verwählt. *(Kichern. Klick.)*

Eine Woche nach Beginn der Anrufe sah Gilbert Paris auf einer kleinen, von Holly veranstalteten Soiree wieder. Gilbert präsentierte sich auf dieser Party als ernsthafter, junger Mann mit leidenschaftlichen Interessen für antike Möbel und miserable Gedichte. Eine Woche später begann Gilbert, seine Nächte am St. Marks Place zu verbringen.

Die Dinge entwickelten sich zügig, bis Gunther während einer unerwarteten Arbeitsunterbrechung Ende Juli den Entschluß faßte, seinem melancholischen Liebling einen überraschenden Besuch abzustatten, und eines Sonntagabends gegen elf bei ihm hereinplatzte. Als sich die größte Aufregung gelegt hatte, kam Paris in Gilberts Apartment unter; Gunther war wieder auf Tournee und brachte jetzt in seinen Rollen die bedrohlichen Elemente viel stärker zum Ausdruck. Zwei Wochen später war Gilbert zu dem Schluß gekommen, daß er mit einem Jungen, der beim Frühstück morbide, frei gestaltete Gedichte verfaßte, nie richtig glücklich werden konnte, und setzte Paris vor die Tür.

Der Riß zwischen Paris und Gunther wurde nie gekittet. Der nun obdachlose Dichter entschied, New York sei für jemanden wie ihn mit ausgesprochen trübsinniger Wesensart ein viel zu leichtfertiger Ort, und verließ die Stadt auf der Suche nach tristeren Weidegründen. Weder Gilbert noch ich hatten einen von ihnen wiedergesehen. Bis jetzt.

»Ich hoffe, du bist mir nicht weiter böse. Ich denke, in der Liebe und im Krieg ist alles erlaubt, oder?«

»Ich glaube, Sie wissen, welche Gefühle ich für Sie übrig habe, Mr. Selwyn.«

»Tut's immer noch weh? Na ja, nimm's nicht weiter tragisch, du kommst schon über ihn hinweg. Für mich kann ich das jedenfalls mit Sicherheit behaupten. Oh, Entschuldigung, du kennst ja meinen Freund noch gar nicht. Philip Cavanaugh, das ist Gunny von Steigle.«

»Es ist mir ein Vergnügen«, sagte ich und streckte ihm fröhlich meine Hand entgegen.

Er ignorierte sie und lenkte seinen grimmigen Blick auf Gilbert zurück.

»Holland erzählte mir, Sie wollen heiraten? Eine Miß Finch?«

»Ja. Ein wundervolles Mädchen. Du mußt sie irgendwann einmal kennenlernen.«

»Und ihr ist es egal, daß Sie schwul sind?«

»Ach!« trällerte Gilbert. »Ich bin doch gar nicht schwul! Ich durchlebte eine Phase... der Experimente, nicht wahr? In dieser Stadt hört man so viel darüber und meine Neugier gewann die Oberhand, aber, nein, es war nicht *richtig*. Zumindest nicht für mich. Komm aber nicht auf den Gedanken, ich hätte etwas gegen Leute wie dich – frag Philip. Aber mit meiner lieben Moira bin ich jetzt doch sehr glücklich.«

»Ich glaube Ihnen kein Wort.«

»Glaub, was du willst«, gähnte Gilbert. »Es ist mir egal.«

»Ich bin mir sicher, daß es Ihnen genauso egal ist, daß die Mutter dieses Mädchens zufälligerweise eine wohlhabende Frau ist. Eine Herzogin, hat mir Holland erzählt.«

»Was willst du denn damit sagen? Ich sei eine Art – *Mitgiftjäger*?« fragte Gilbert und hatte für die Lächerlichkeit dieser Vorstellung nur ein müdes Lächeln übrig.

»Natürlich, Sie bestreiten das. Aber mich können Sie nicht zum Narren halten, Mr. Selwyn.«

Gilbert seufzte, um anzuzeigen, daß die ganze Sache, obgleich sie am Anfang ganz amüsant gewesen war, doch rasch einen ermüdenden Verlauf genommen hatte. Ich beurteilte es mit weitaus weniger Gelassenheit. Gunthers Verhalten, das Assoziationen vom Auftritt eines Gastnazis in *Hogans Helden* heraufbeschwor, war ziemlich dämlich, aber ich konnte erkennen, daß der dahinter liegende Groll echt war.

Gilbert hingegen nahm keinerlei Bedrohung dieser Art wahr, sonst hätte er nicht gesagt: »Nun, Paris sagte mir schon, du hättest soviel Charme wie ein Stück Kochfleisch, aber mir war gar nicht klar, daß er damit noch freundlich zu sein versuchte.«

Ich hoffte, Gunther würde mit der gleichen Schroffheit reagieren. Ein wenig gesunde, altmodische Gehässigkeit wäre eine willkommene Abwechslung in seiner vernichtenden Druidennummer. Doch er starrte uns lediglich an, zog ein Schweizer Offiziersmesser aus der Tasche, und fing an, sich damit die Fingernägel sauberzumachen.

»Paris«, sagte er schließlich, »hat mich sehr tief geliebt. Wenn er solche Dinge gesagt hat, dann nur deshalb, weil ihn irgend jemand gegen mich aufgehetzt hat. Was meinen Sie, wer könnte das wohl gewesen sein?«

»Schwer zu sagen. In New York gibt es jede Menge Kritiker, die kein Blatt vor den Mund nehmen.«

»Als wir miteinander kämpften, erzählte er mir, er hätte Anrufe bekommen, Anrufe von Männern, die behaupteten, sie hätten mich rumgekriegt. Aber in dem Jahr, das ich mit Paris verbrachte, war ich nicht ein einziges Mal untreu. Wie erklären Sie mir diese Anrufe?«

»Ich muß hier gar nichts erklären, du Nazi-Schlampe! Komm, Philip!« sagte Gilbert und stand auf. »Ich denke, wir haben uns für heute genug Unsinn angehört!«

»Unsinn ist das, Mr. Selwyn? Sie nehmen mir den einzigen Mann weg, für den ich wirklich etwas übrig habe, berauben ihn seiner Unschuld und seines Vertrauens, und lassen ihn dann in dem Augenblick fallen, in dem Sie irgendeine reiche Kuh von Frau gefunden haben, die sich Ihr hübsches, albernes Gesicht kaufen will.«

»Jetzt aber halblang, Arschloch!« sagte Gilbert mit männlicher Stimme. »Immerhin sprichst du von der Frau, die ich liebe.« Dann muß ihm eingefallen sein, daß er von Moira sprach, denn urplötzlich brach er in ein überspanntes Kichern aus.

»Für Sie ist das alles nur ein großer Witz, nicht wahr?«

»Stimmt nicht!« erwiderte Gilbert und hielt sich die Seiten vor Lachen.

»Der Schmerz, den Sie hervorrufen, die Leben, die Sie zerstören...«

»Halt endlich die Schnauze!« schnappte Gilbert. Sein Kicheranfall war vorbei. »Du willst einfach nicht zugeben, daß deine große Romanze eine Pleite war, weil dein Freund dich satt hatte, und das schon lange, bevor er mit mir zusammentraf.«

»Ich verabscheue Sie.«

»Blablabla! Komm, wir gehen, Philip.«

»Ich hätte nicht übel Lust, Ihr hübsches Gesicht ein wenig zu verschönern. Am liebsten würde ich dieses Messer nehmen und Ihnen seinen Namen auf die Backen ritzen.«

»Dann sehen sie immer noch besser aus als deine, Kratergesicht.«

»Gilbert, das Museum schließt gleich.«

»Was? Philip, du läßt dich doch wohl von diesem Kriecher nicht *einschüchtern*, oder?«

»Nein – aber mich bedroht er ja auch nicht.«

»Da wäre ich mir nicht so sicher. Eins ist gewiß: Was immer Mr. Selwyn auch getan haben mag, er hatte Komplizen. Sie sind sein bester Freund, daher gehe ich davon aus...«

»Gehen Sie besser von gar nichts aus! Ich weiß nicht, was er getan hat, und ich habe ihm auch nicht dabei geholfen. Lassen Sie mich also bei der Sache aus dem Spiel, ja?«

»Sie scheinen ja ganz nervös zu sein, Mr. Cavanaugh. Vielleicht weil...«

»Gil-bert!« schrie ich und begann, wegzugehen.

»Ich komme, in Ordnung?«

Gilbert ging ein paar Schritte hinter mir her, dann drehte er sich noch einmal zu Gunther um, äffte boshaft seinen Tonfall nach und sagte: »Und Sie, Sie mieser deutscher Herrenfriseur, Sie bleiben mir vom Leib, oder ich bin gezwungen, etwas zu tun, das mir später sehr leid tun wird!«

Das erste Mal verzog Gunther sein Gesicht zu einem Lächeln, einem harten, totenstarren Grinsen, bei dessen Anblick ich eine Gänsehaut bekam.

»Aber Mr. Selwyn, Sie haben doch bereits *so vieles* getan, das Ihnen später leid tun wird.«

Sein Lächeln war mit einem Schlag wie weggeblasen; abrupt drehte er sich um und schritt über den Rasen davon.

Ohne Zeit zu verschwenden, vertraute ich Gilbert meine Besorgnis über diese neue Bedrohung an. Ich hielt es für unklug, die Aufrichtigkeit seines Wunsches nach Rache oder seine Fähigkeit, sie in die Tat umzusetzen, zu unterschätzen. Daher sollte man ihn entweder meiden oder besänftigen, und die Aufmerksamkeit auf sein Gesicht zu lenken stellte nicht gerade den geeigneten Weg dazu dar.

Gilbert ging unbekümmert über diese Befürchtungen hinweg. Er sagte, Paris habe ihm eine Menge über Gunther erzählt und zu den Dingen, die er ihm anvertraut habe, gehöre die Tatsache, daß Gunther zwar ungeheuer laut belle, aber nicht beiße; er sei ein richtiger ›Papiertiger‹. Ich erwiderte, daß ich seine Krallen aus nächster Nähe gesehen hatte und sie mir gar nicht nach Origami aussahen.

Ich setzte Gilbert am Gelobten Land ab und merkte auf meinem Heimweg den Broadway hinunter, daß im Thalia *Der Pate*, Teil I und II lief. Ich winselte fast vor Furcht und war mir sicher, daß Gott mich auf diese Weise wissen ließ, ich sei ein habgieriger Fiesling, der dazu verurteilt war, in einem Mafia-Blutbad für seine Sünden zu sterben. Ich weiß, das ist dumm von mir, aber in Zeiten, in denen ich große Angst habe, also sozusagen immer, bin ich überaus empfänglich für Zeichen und Omen. Praktisch alles, was dann mein Gesichtsfeld kreuzt, kann ich als himmlischen Beweis dafür ansehen, daß meine schlimmsten Befürchtungen sich bewahrheiten werden, nur viel schneller, als ich es je für möglich gehalten hätte.

Am Zeitungskiosk in der sechsundneunzigsten Straße sprang mir die Schlagzeile der *Post* ins Auge. ZWEI TOTE BEI BLUTBAD IM STADTZENTRUM. Meine Panik wuchs. Ungeachtet der Tatsache, daß meine Chancen, an jedem beliebigen Tag des Jahres eine ähnliche Schlagzeile der *Post* zu sehen, etwa drei zu zwei standen, galt diese Schlagzeile mir und keinem anderen. Die restliche Wegstrecke legte ich mit gesenktem Blick zurück, damit nicht noch eine Schlagzeile in mein Blickfeld kam. ›HABGIERIGER SCHWULER LYRIKER VERSTÜMMELT IN SPÄRLICH EINGERICHTETEM APARTMENT AUFGEFUNDEN‹ zum Beispiel.

Zu Hause angelangt, mußte ich wieder einmal feststellen, daß der Lichtschalter neben der Tür nicht funktionierte. Bei dem Gedanken, das verdunkelte Zimmer zu durchqueren, um die Lampe auf der anderen Seite zu erreichen, wäre ich fast vor Furcht zusammengebrochen. Ich vollbrachte das Werk jedoch, ohne einem fetten Sizilianer zu begegnen, der eine Klaviersaite umklammert hielt. In meinen gemütlichen Sessel fallend, atmete ich eine Weile tief durch und begann dann, die immer größer werdende Komplexität der Situation zu durchdenken. Was waren die möglichen Belohnungen? Die möglichen Gefahren? Ich dachte lange und angestrengt darüber nach und kam immer nur zu einem Schluß: Wenn ich im Syndikat blieb, würden wir es mit der Mafia zu tun bekommen, und ich würde wegen meiner Komplizenschaft heimtückisch ermordet werden. Wenn ich aber aus der Sache ausstieg, dann würden Gilbert und Moira sie alleine durchziehen und tonnenweise Geld scheffeln, während ich leer ausging.

Als ich wie gelähmt dasaß und nicht wußte, was ich machen sollte, klingelte das Telefon. Ich nahm den Hörer ab und hatte die beruhigende Stimme von Claire Simmons am Ohr.

»Wann, bitte, hast du eigentlich vor, den Anschluß an das zwanzigste Jahrhundert zu vollziehen und dir einen Anrufbeantworter zuzulegen? Ich rufe dich jetzt schon seit Tagen an, und du weißt das nicht einmal, weil ich keine Nachricht hinterlassen kann.«

»Tut mir leid. Wenn du mir Nachrichten hinterlassen willst, kauf mir doch so ein Gerät.«

»Gierhals. Wo hast du dich denn nur versteckt?«

»Ich war mit Gilbert und Moira zusammen.«

»Wie schön für dich. Was gibt es Neues über sie?«

Ich hörte, wie ich antwortete: »Och, sie sind auf den irrwitzigen Gedanken gekommen, ihre Familien zu beschwindeln, und ich bin ihnen dabei so etwas wie eine Hilfe. Entweder verdiene ich eine Menge Geld oder ich werde von der Mafia umgebracht. Kannst du vorbeikommen?«

9

Es dauerte keine zwanzig Minuten, und Claire war da. Als ihre stattliche Figur durch die Tür rauschte, fühlte ich, wie mir die Hoffnung durch die Glieder fuhr wie ein warmer Scotch in einer kalten Nacht. Claire ist eine dieser energischen, Kindermädchen gleichenden Frauen, die sofort jede Situation unter ihre Kontrolle bringen, die etwas mit eigensinnigen Kindern oder Erwachsenen, die eine ähnliche Verhaltensweise an den Tag legen, zu tun hat.

Sie bat um eine Tasse Tee (»Richtigen Tee, bitte, keinen Kräutertee. Ich habe es satt, aufgegossenes Heu zu trinken!«) und nippte bedächtig daran, als ich sie über die ganze Sache aufklärte. Ich muß es ihr hoch anrechnen, daß sie mich nicht ein einziges Mal mit einem der vernichtenden Kommentare bedachte, die ihr dabei in den Sinn gekommen sein müssen. Sie wartete, bis ich fertig war, und meinte mit besorgtem Blick:

»Philip, sag mir die Wahrheit – hast du irgendwelche Drogen genommen?«

»Nein, kann ich mir doch gar nicht leisten. Warum?«

»Weil ich mir keine andere Möglichkeit vorstellen kann, bei der jemand so viele Gehirnzellen verliert, wie sie bei dir an der falschen Stelle zu sein scheinen. Wie in aller Welt hast du dich nur zu diesem schwachsinnigen Plan überreden lassen?«

»Nun, anfangs war er ja gar nicht so schwachsinnig. Gilbert wollte lediglich jemanden in sein Vertrauen ziehen.«

»Und suchte jemanden, der allen gemeinsamen Bekannten das Blaue vom Himmel herunterlügt.«

»Nun ja, das auch.«

»*Mich* inbegriffen. Denk ja nicht, daß ich das gut finde. Ich *fragte* dich, was er mit der Heirat eigentlich im Schilde führt, und du hast mir beim Grab deiner Mutter geschworen...«

»Tut mir leid! Was hätte ich denn tun sollen?«

»Dich mir anvertrauen. Du weißt doch, *ich* hätte es nicht weitergesagt!«

Damit hatte sie recht. Claire ist die einzige mir bekannte

Person, bei der man sich darauf verlassen kann, daß sie den Mund hält, wenn man sie darum bittet. Holly Batterman kann sie einfach nicht ausstehen.

»Es tut mir leid. Ich habe Gilbert mein Wort gegeben.«

»Bitte, tu dir selbst den Gefallen und mach Gilbert gegenüber keine Versprechungen. Das bringt dich doch nur in Schwierigkeiten.«

»Schau, ich weiß ja, daß du Gilbert noch nie gemocht hast...«

»Das ist nicht wahr! Seine Gesellschaft habe ich immer genossen. Wenn er will, ist er lustig und sehr charmant. Aber er ist auch ein Vollidiot. Ich bin noch nie einem Menschen begegnet, der es sich so sehr in den Kopf gesetzt hat, tonnenweise Geld zu scheffeln, und bereit ist, dafür alles zu tun, nur nicht zu arbeiten. Ein blödsinniger Plan nach dem anderen! Und ich habe sogar meinen Spaß an ihnen gehabt – aus sicherer Entfernung. Und das ist auch genau die Position, in der du deinen Spaß daran haben solltest.«

»Bist du jetzt mit deiner Gardinenpredigt fertig?«

»Nein. Ich bezweifle, daß ich es jemals sein werde.«

»Was hätte ich also mit dieser Hochzeit machen sollen?«

»Keine Ahnung.«

»Keine Ahnung?«

»Woher auch? Es hängt doch alles von Dingen ab, von denen du noch gar nichts weißt. Vor allem von den Cellinis. Sind sie Mafiosi oder nicht? Wenn ja, dann wirst du dich sofort aus der Sache herausziehen! Das ist kein Vorschlag, das ist ein Befehl. Du wirst dich auf der Stelle davonmachen und Gilbert von da an wie die Pest meiden, andernfalls werde *ich* auf kürzestem Wege zu Gilberts Mutter gehen und ihr alles erzählen.«

»Das würdest du nicht tun.«

»Du weißt sehr wohl, daß ich es tun würde. Ich werde nicht zulassen, daß du dich wegen ein paar tausend Dollar umbringen läßt.«

»Und wenn sie harmlos sind?«

»Wenn sie harmlos sind, dann sehe ich keinen Grund, warum ich irgend etwas damit zu tun haben sollte. Ich empfehle dir, aus der Sache auszusteigen, weil sie unehrlich ist und mit großer Wahrscheinlichkeit nicht funktioniert. Wie üblich wirst du nicht auf mich hören und weitermachen. Habe ich recht?«

Es blieb mir nichts anderes übrig, als ihr in diesem Punkt recht zu geben.

»Aber du würdest mich doch nicht verpfeifen?«

»Nein. Nur wenn Menschenleben auf dem Spiel stehen, mische ich mich ein.«

»Und du meinst wirklich, es klappt nicht?«

»Ich sage nicht, daß es nicht klappen könnte, aber Hand aufs Herz: Diese ganzen Lügen! Man muß schon ein Genie sein, um sie alle auf die Reihe zu kriegen, geschweige denn jeden dazu zu bringen, sie zu glauben. Und dann *Moira.* Vertraust du ihr auch nur eine Minute?«

»O je!« entgegnete ich kläglich. Der plötzliche Ansturm von Realismus ließ mich ganz schwindlig werden. »Wir hängen doch alle schon mit drin!«

»Philip, du Idiot! Sie betrügt ihre eigene Mutter, ihren Stiefvater, ihren Trust-Verwalter, ihre Schwiegereltern und ihre besten Freunde. Glaubst du, sie macht dann bei *dir* eine Ausnahme?«

»Von ihr kriege ich mein Geld ja nicht. Ich werde von Gilberts Anteil bezahlt. *Er* würde mich doch nie hintergehen.«

»Ja, aber wer sagt denn, daß Moira nicht plant, *ihn* zu hintergehen? Bitte, Liebling, tu mir den Gefallen und sieh zu, daß du aus dieser Sache herauskommst, auch wenn sie nicht alle zur Mafia gehören. Du hast eine sehr kleine Chance, leicht an ein bißchen Geld zu kommen, und eine sehr große Chance, in eine verdammt peinliche Lage zu geraten – wenn du nicht gerichtlich belangt oder tatsächlich umgebracht wirst.«

»Claire, warum hilfst du mir nicht dabei, meine Chancen zu verbessern, anstatt mir zu erzählen, wie schlecht sie sind?«

Sie krümmte sich ein wenig und schürzte die Lippen, als hätte sie gerade in der Schublade für das Silber Kakerlaken entdeckt.

»Du wirst doch wohl nicht so dumm sein, mich zu bitten, bei diesem dämlichen Schwindel mitzumachen.«

»Aber ich will meinen Computer!« jammerte ich. »Stell dir

doch nur vor, wieviel schneller wir eine Show schreiben könnten, wenn ich ein Textverarbeitungsprogramm hätte!«

»Oder einen Funken Disziplin.«

Natürlich hatte sie wieder einmal meine schwache Stelle erwischt, aber ich tat mein Bestes, um überrascht und verletzt auszusehen. Einen Augenblick später stieß sie einen tiefen Seufzer aus und beugte sich unmerklich vor.

»Philip, um ehrlich zu sein, es gibt einen Teil in mir, der nichts lieber sähe, als daß du dich aus der Sache heraushältst. Du hast dich schon oft genug für Gilbert eingesetzt, ohne irgend etwas für den Ärger zu bekommen, den du dir damit eingehandelt hast. Es wird höchste Zeit, daß sich das ändert.«

»Dann hilf mir da heraus! Du brauchst nichts weiter zu tun, als mich zu beraten. Ich werde dir erzählen, was geschieht, und du sagst mir, was wir falsch machen...«

»Jetzt hör aber sofort auf damit!«

»Claire, wer wird denn dabei überhaupt richtig betrogen? Maddie und Tony haben Geld wie Heu. Und was das Geld anbelangt, das Moira von der Herzogin bekommt... wenn ihre Mutter das Zeitliche segnet, bekommt sie es doch sowieso.«

»Philip! Das sind doch alles Rechtfertigungen.«

»Und verdammt gute dazu! Komm schon, Claire! Ich frage dich doch nur nach deiner Meinung. Du bist die scharfsinnigste Person, die ich kenne. Du hast die beste Menschenkenntnis, kannst am ehesten durchschauen, wie sich die Leute in bestimmten Situationen verhalten, was sie wirklich denken, wenn sie etwas sagen und etwas ganz anderes damit meinen.«

Ich wußte, wenn es irgendeine Hoffnung gab, sie für diese Sache zu gewinnen, dann auf diese Weise. Obwohl Claire es mit Vehemenz bestreitet, bildet sie sie sich auf ihren Intellekt ungeheuer viel ein, und das steht ihr auch zu. Sie ist die einzige Person, die die Kreuzworträtsel in der Londoner *Times* lösen kann, die sonst jeden anderen zum Wahnsinn treiben. Einer Herausforderung kann sie nicht widerstehen. Wenn man sie dazu bringen konnte, die ganze Situation nicht als ethisches, sondern als intellektuelles Problem zu betrachten, in dessen byzantinische Komplexität nur durch ihren ehrfurchtgebietenden Scharfsinn Klarheit gebracht werden kann, hätte ich es geschafft.

»Bitte! Du sagtest doch selbst, man müsse schon ein Genie sein, um alles auf die Reihe zu kriegen, und ich hasse es, dich mit dieser Angelegenheit zu belästigen, aber du bist das einzige Genie, das ich kenne.«

»Oh, hör auf damit. Du versuchst nur, mir die Sache schmackhaft zu machen.«

»Da hast du den Beweis, nicht wahr? Du kannst wirklich sehen, was in anderen vorgeht.«

»Du läßt nicht locker, wie?«

»Claire, du weißt doch, daß ich sowieso weitermache. Wie wirst du dich fühlen, wenn Moira tatsächlich tut, wozu sie nach deinen Worten fähig wäre? Sie haut uns übers Ohr und macht sich mit dem ganzen Geld davon – und nur, weil du die ganze Angelegenheit nicht verfolgst und unsere Interessen im Auge behältst.«

»*Unsere* Interessen?«

»Natürlich«, ergänzte ich und änderte meine Taktik. »Immerhin weiß keiner, ob du es schaffst, Moira zu überlisten, selbst wenn du es wirklich versuchst. Sie ist ganz schön clever.«

»Du wirst mich nicht dazu bringen, es zu versuchen.«

»Nun, einmal hat sie dich ja auch schon reingelegt. Auf Marlowes Party nämlich. Nachdem wir bei Vanessa alle wirklich die Sau rausgelassen haben, hat sie dich dazu gebracht, Mitgefühl über ihre zerrüttete Beziehung zu zeigen. Mannomann,« log ich, »damit hat sie dann bestimmt mächtig angegeben.«

»Wirklich?« fragte Claire mit zusammengekniffenen Augen.

Ich sagte nichts, lächelte nur und gab ihr mit einem mitfühlenden Schulterzucken zu verstehen, daß das doch dem Besten von uns passieren könne, wodurch sie, wie ich hoffte, vollends in Rage geraten würde.

»Du lieber Himmel, dieses Miststück!« meinte Claire, und ließ mich bis ins Mark erschauern, denn auf derartige Ausdrücke greift sie nur ganz selten zurück. Es bedeutete Krieg.

»Es ist wirklich ausgesprochen dumm von Gilbert, sich mit ihr einzulassen. Für dich gilt dasselbe.«

»Ich weiß. Aber so *sind* wir nun mal. Deswegen brauchen wir dich ja auch.«

»Na gut, damit wir uns ganz klar verstehen: Erstens, wenn es das kleinste Anzeichen dafür gibt, daß die Mafia irgend etwas mit dieser Sache zu tun hat, läßt du auf der Stelle die Finger davon.«

»Aber sicher.«

»Und ich werde dir nicht verraten, wie du diese Leute hereinlegen kannst. Ich werde lediglich ein wenig auf Moira achtgeben, um sicherzugehen, daß sie euch nicht betrügt.«

»Genau. Und wie bekommen wir jetzt heraus, ob es sich bei den Cellinis um nette, italienische Geschäftsleute oder heimtückische Mordbuben handelt?«

Claire runzelte die Stirn. »Ich denke, das wird einiges an diskreter Aufklärungsarbeit erfordern. *Überaus* diskreter Aufklärungsarbeit. Wir können auch die Zeitungsarchive durchforsten. Ich nehme nicht an, daß für mich die Gelegenheit besteht, mit Maddie zusammenzutreffen, oder? Sie hört sich zwar überaus liebenswürdig an, scheint mir aber ein richtiges Plappermaul zu sein. Vielleicht könnte ich von ihr den einen oder anderen Hinweis bekommen.«

Nun, erwiderte ich, wenn sie mich beispielsweise am zwölften zu Maddies ausgelassener Weihnachtsparty begleiten würde, dann wäre es für sie durchaus möglich, alle zu treffen. Sie runzelte die Stirn und sagte, dafür müsse sie noch einige Dinge umstellen, da sie ursprünglich geplant hatte, bis zum vierzehnten gar nicht in der Stadt zu sein. Claire arbeitet für ein aufstrebendes, neues Grußkartenunternehmen und muß gelegentlich Kartenläden im ganzen Land aufsuchen und die Eigentümer davon überzeugen, daß die klassischen Marken den Weg der Dinosaurier gegangen sind.

»Ich wußte gar nicht, daß du weggehen wolltest.«

»Das gehört zu den Dingen, die ich dir jetzt seit drei Tagen zu vermitteln versuche. Ich werde zwei Wochen lang weg sein; die erste Woche bin ich in Chicago, die zweite in Boston. Meinst du, du schaffst es, so lange keinen Ärger zu bekommen?«

Ich antwortete, ich sei durchaus dazu fähig, und war viel zu dankbar, um den Entrüsteten zu spielen.

Ich war fest entschlossen, mich nicht weiter in irgendwelche Angelegenheiten, die mit dem Syndikat zu tun hatten, zu verstricken, bis Claire mir ihr Urteil über die Cellinis mitgeteilt hatte. Am nächsten Tag rief ich Gilbert an und erzählte ihm, Milt Miller habe mir ein gewaltiges Forschungsprojekt aufgebürdet und ich wäre die nächsten paar Wochen damit beschäftigt, mir alle verfügbaren Kenntnisse über Venedig zur Zeit Casanovas anzueignen. Meine Recherchen sollten sich vor allem mit den Problemen beschäftigen, die ein keusches Dienstmädchen bekommen kann, das für ein Verbrechen verurteilt wird, das sie gar nicht begangen hat, und sich als Gondoliere ausgeben muß. Gilbert sträubte sich zunächst gegen die für meine Aufgaben im Syndikat verlorengegangene Zeit, wurde dann aber durch meine Zusicherung beruhigt, daß das damit verdiente Geld es mir erlaubte, bei seinem Weihnachtsgeschenk ungewöhnlich großzügig zu sein.

Er lud mich ein, das Erntedankfest mit ihm und Moira in der Casa Cellini zu verbringen. Ich lehnte ab, und entschied mich im gleichen Moment, das Angebot meiner Schwester Joyce aufzugreifen – obwohl es aus reinem Pflichtgefühl ausgesprochen worden war – und mit ihr und meinem Schwager Dwight in New Rochelle zu dinieren. Dwight ist ein sehr erfolgreicher Anlageberater und das landesweit beste Beispiel einer jeden Rahmen sprengenden Gewinnsucht.

Claire und ich verbrachten einige angenehme und produktive Tage damit, den Entwurf für unsere neue Show auf Vordermann zu bringen, in der es um die Reise eines unschuldigen jungen Mannes durch die Welt der Programmierung von Computernetzwerken ging. Am Morgen des Erntedankfestes machte sich Claire auf den Weg nach Chicago, Gilbert und Moira brachen nach Old Westbury auf, und ich latschte Richtung New Rochelle. Mein Tag verlief genauso trübselig wie erwartet. Ich war gezwungen, Begeisterung für das neue elektrische Katzentörchen zu zeigen, und hörte mir Dwights besorgte Fragen an, wann ich es denn endlich raffen würde, mir diesen, wie er es beharrlich nannte, »Witz mit dem Liederschreiben« abzuschminken. Ich verspürte nur wenig von dem Gefühl der Dankbarkeit, das für diesen

Tag eigentlich angemessen gewesen wäre, und tröstete mich mit dem Gedanken, daß ich, nachdem ich jetzt meine Familienpflicht getan hatte, Weihnachten auslassen konnte. Wenn die letzten Jahre ein Indiz waren, würde es sowieso eher eine Werbeveranstaltung für Marxismus werden.

Am nächsten Morgen rief Gilbert an und brannte darauf, mir die neusten Entwicklungen mitzuteilen.

»Ich habe dich bestimmt fünfzigmal angerufen. Wo hast du gesteckt?«

»In der Bücherei«, log ich.

»Bist du mit deinen Recherchen bald fertig?«

»Ich habe kaum damit angefangen. Was ist los?«

»Viel«, sagte er und kam mir mit folgenden Entwicklungen:

Das Komplott bezüglich der Herzogin war ganz reibungslos in die Wege geleitet worden. Moira hatte mit ihrer Mutter gesprochen und ihr erzählt, was für ein Schatz Maddie doch sei und wie sehr sie ihr bei einer Unzahl die Hochzeit betreffenden Einzelheiten unter die Arme greifen würde. Die Herzogin hatte unmittelbar darauf einen Brief losgeschickt, in dem sie den Cellinis wärmstens für die Großzügigkeit dankte, die sie zeigten, indem sie »Lasten auf sich nahmen«, die die Herzogin selbst unmöglich bewältigen konnte.

Der Brief war Mittwoch bei Maddie eingetroffen; am Erntedankfest zeigte sie ihn Gilbert und Moira. Moira erkannte, daß die Dankesbezeugungen ihrer Mutter das passende Maß an Mehrdeutigkeit besaßen, und log, daß sie ein Gespräch mit der Herzogin gehabt habe, in dem sie ihr erzählte, die Armut der Familie eingestanden zu haben. Sie habe ihre Mutter auch von dem nachträglichen Angebot Maddies, die Hochzeit zu finanzieren, in Kenntnis gesetzt. Die arme Mama, sagte sie weiter, wäre vor Verlegenheit im Boden versunken, aber dieser Brief beweise, wie edel sie ihren Stolz hinuntergeschluckt habe, und daß sie einverstanden sei, Maddies Großzügigkeit zu akzeptieren. Und das auch noch am Erntedankfest!

Tony hingegen sah die ergreifende Kapitulation der Herzogin vor der berühmten Freigebigkeit der Cellinis weniger heiter. Zwar gewann der Großmut bei ihm die Oberhand, und er versicherte immer wieder, daß er Gilbert jetzt als seinen eigenen Sohn ansehe, als aber Moira beiläufig fragte, wie viele Feiernde das Plaza unterbringen konnte, kam Gilbert nicht umhin, den nachdenklichen Gesichtsausdruck zu bemerken, den Tony dabei bekam. Gilbert sagte, es sei das Gesicht eines Mannes gewesen, der das Gefühl bekommt, daß, wenn es um Tanzsäle ging, Blut dicker ist als Wasser.

Dieser Verdacht erhärtete sich am nächsten Tag, als Maddie Gilbert anrief, um ihm zu verkünden, daß Tony eine wunderbare Idee gehabt hätte. Warum solle man die Hochzeit nicht in der Casa Cellini feiern? Sie war groß genug, um die entsprechende Anzahl Gäste unterzubringen (die auf zweihundertundfünfzig geschätzt wurde), hatte einen »süßen, kleinen Tanzsaal« und eine ungeheuer gut ausgerüstete Küche. Wäre das nicht viel schöner? Viel anheimelnder?

Leidenschaftlich stimmte Gilbert diesem Vorschlag zu. Er wußte, daß es, soweit es Tony betraf, überhaupt nicht als Vorschlag, sondern als Forderung gedacht war, über die jede Diskussion überflüssig war. Gilbert legte auf, weckte Moira, und als er den Kaffee aufbrühte, saß sie mit ihrem zuverlässigen Taschenrechner da und bezifferte verbittert den Schaden, den diese Änderung den Einnahmen des Syndikats zufügen würde. Immerhin konnte man der Herzogin nur schwerlich eine Rechnung über die Nutzung eines Privatsitzes vorlegen. Moira fragte sich, ob ihre Mutter überhaupt damit einverstanden sein würde, diese Freundlichkeit anzunehmen (denn die Herzogin war sich ihrer bedrückenden Armut natürlich immer noch nicht bewußt), entschied dann aber schließlich, die Casa Cellini sei imposant genug. Außerdem lag es kaum in der Natur des Herzogs, eine Gelegenheit auszulassen, so einen großen Batzen Geld zu sparen.

Die Episode veranschaulichte jedoch, daß Tonys Großzügigkeit, so sehr er auch seine Frau verwöhnen wollte, Grenzen hatte. Gilbert und Moira würden gezwungen sein, mit äußerster Vorsicht vorzugehen, und mußten sehen, wie sie diese ungewollten Sparmaßnahmen wieder ausgleichen konnten.

Im Schwung dieser taktischen Ausschweifungen legte Gilbert mit all seiner Autorität auch die künftige Marschroute bezüglich Vulpina fest. Was immer sich über ihre Fähigkeiten als Modedesignerin sagen ließ (und er sagte eine Menge dazu), sie besaß einfach nicht jenen breiten Bekanntheitsgrad, der einen wirklich unverschämten Preis rechtfertigte. Moira bestritt das mit aller Heftigkeit und legte dabei eine ganz untypische Loyalität an den Tag. Erst als Gilbert damit drohte, die Herzogin höchstpersönlich anzurufen, über Pinas Vulgarität herzuziehen und Ihre Gnaden zu bitten, ihre Tochter zur Vernunft zu bringen, gab Moira schließlich nach.

»Ich weiß gar nicht, warum sie deswegen soviel Stunk gemacht hat. Ich meine, sie kann doch alles ihrer Mutter in die Schuhe schieben. Pina weiß schließlich, was die Herzogin von ihr hält.«

»Aber Vulpina und sie sind immer noch dick befreundet. Moira kann es nur schwer ertragen, sie enttäuschen zu müssen.«

»Mein lieber, naiver Philip! Moira hat sich deswegen dagegen gesträubt, damit *ich* alles ausbaden kann. Sie würde Pina sechsmal vor dem Frühstück enttäuschen, wenn es ihr ein paar Dollar einbrächte. Daher nehme ich an, daß... nein, warte mal! Das habe ich ja ganz vergessen! Wen haben Moy und ich wohl zufällig Mittwoch nacht im Marilyn's Grave getroffen?«

»Na, wen?«

»Gunny von Steigle!«

»Nein!«

»Doch! Wir waren mit Nancy und dieser holländischen Freundin von ihr, dem Fotomodell, tanzen gegangen und machten gerade in einem der Salons eine Verschnaufpause. Bist du da eigentlich schon mal gewesen! Überall stehen Grabsteine und erotische Statuen herum, und sie bezahlen tolle Leute dafür, splitternackt und mit Gips bedeckt umherzulaufen. Wir sollten da mal hingehen!«

»Gunther?« fragte ich und lenkte ihn damit behutsam wieder auf das gerade anstehende Thema zurück.

»Ach ja, richtig. Nun, wir saßen also da und tranken Bier – sechs Dollar die Flasche! – und lernten etwas Holländisch für den Hausgebrauch, da schaute ich hoch, und da stand er plötzlich vor mir, als wäre er aus der Luft gesprungen.«

»Was sagte er?«

»Was denkst du wohl? ›Hallo, Mr. Selwyn.‹ Mit dieser typischen Stimme... du weißt schon, Arnold Schwarzenegger trägt Henry Higgins vor. Ich sagte also: ›Paß auf, Herzchen, ich habe dir gesagt, wenn du nicht aufhörst, mich ständig zu belästigen, dann mache ich dich fertig.‹ Und er lächelte und antwortete: ›Ich belästige Sie überhaupt nicht, Mr. Selwyn. Es ist der reine Zufall, der uns zusammenführt.‹ Dann schaute er zu Moira hinüber und sagte: ›Ich nehme an, das ist Ihre Verlobte?‹«

»Wußte Moira denn über die ganze Sache Bescheid? Du und er und Paris, und wie wir Gunther damals im Park begegnet sind?«

»Aber sicher! Ich habe ihr alles noch in der gleichen Nacht erzählt. Moira wußte also, wer er war, und durchbohrte ihn mit ihren Blicken, forderte ihn heraus, einen Versuch zu wagen, und er schaut sie an und sagt: ›Hallo, Miß Finch. Sie sind also mit diesem schwulen Mitgiftjäger verlobt?‹

Da stand Moira auf, funkelte ihn an und sagte: ›Jetzt hör mir mal gut zu, Mister... Ich weiß alles über Gilbert! Kapiert? *Alles!* Du kannst mich also weder mit der Wahrheit überraschen, noch mit Lügen zum Narren halten. Wenn du aber versuchst, eines davon zu tun, dann werde ich eigenhändig das Sieb nehmen, das du Gesicht nennst, und gegen die nächste Steinwand knallen. *Und jetzt zieh Leine!*‹

Alle im Raum konnten das hören, und sie starrten auf Moira, die ihn anstarrte, bis er sich schließlich einfach davon*schlich*! Du hättest wirklich dabeisein sollen! Sie war großartig! Ich bin so froh, in so guten Händen zu sein!«

Das waren seine Worte vom Freitag. Den darauffolgenden Donnerstag gegen fünf rief er mich an.

»Du mußt sofort hierherkommen!«

»Was ist los?«

»Was meinst du denn? Es ist Moira!«

»Was ist denn mit ihr!«

»Die gemeine Hure betrügt mich!«

10

Gilbert hatte am Telefon ganz aufgebracht geklungen, aber mir war nicht klar gewesen, wie aufgebracht er tatsächlich war, bis ich das Gelobte Land erreichte und beim Betreten der Küche die leeren Gläser Früsen Glädje Pekannußbutter im Abfall liegen sah. Gilbert ist absolut versessen darauf, und während das zwanghafte Aufrechterhalten seiner knabenhaften Figur ihn davon abhält, diesem Laster zu häufig zu frönen, konsumiert er es zu Zeiten großen Gefühlsaufruhrs pfundweise, ohne sich dabei die Zeit zum Kauen der Pekannüsse zu nehmen.

»Diese Hure ist wirklich *unverfroren*! Und das nach diesen vielen barschen kleinen Lektionen, die sie mir erteilt hat, ich solle mich *kontrollieren* und für das Gemeinwohl Opfer bringen. ›Ein Ausrutscher, Gilleymaus, und jeder weiß, daß die ganze Sache ein riesiger Schwindel war. Das wollen wir doch nicht, oder?‹ Und da fängt sie doch tatsächlich irgendeine halbseidene Geschichte mit Gott weiß wem an!«

Ich fragte ihn, ob er sicher sei, daß sie ein Liebesverhältnis habe, und er antwortete, das stehe außer Zweifel.

Moira, erinnerte er mich, hatte für Pina große Sympathie vorgetäuscht, nachdem Gilbert darauf bestanden hatte, die Modedesignerin von der Aufgabe zu entbinden, das Hochzeitskleid herzustellen. Moira behauptete, letzte Woche etliche Nächte damit verbracht zu haben, das erschütterte Selbstvertrauen ihrer Freundin wieder aufzurichten. Doch Gilbert war an jenem Tag zu früher Stunde in SoHo gewesen und hatte einen Laden namens Albino durchstöbert.

»Albino?«

»Chichi Papierwaren. Eine Einladungskarte macht dich fünf Dollar ärmer. Egal, der Laden liegt eine Ecke hinter Pinas Geschäft, und daher dachte ich mir, mal bei ihr hereinzuschauen und zu fragen, ob ich sie zum Mittagessen mitnehmen könne. Du weißt schon, eine kleine Versöhnungsgeste, um die Dinge wieder glattzubügeln. Ich tanze also in den

Laden, und da ist dieser chinesische Junge, der für sie arbeitet. Peter heißt er. Kennst du ihn?«

»Ganz klein, sehr hübsch?«

»Wenn das dein Geschmack ist, ja. Ich fragte ihn, wo Vulpina sei, und er sagte: ›Oh, tut mir leid, Peenie ist in L.A.!‹ Diese Punk-Gruppe, für die sie Entwürfe macht, die ›Entrails‹, produzieren gerade ihr erstes Video, und sie ist drüben, um ihnen unter die Arme zu greifen. ›Wann ist sie denn gefahren?‹ fragte ich. Er sagte: ›Vor *zwei Wochen*.‹ Moira konnte Vulpina also *unmöglich* den Auftrag gekündigt haben, und sie konnte auch gar nicht die ganze Woche damit beschäftigt gewesen sein, sie zu trösten. Petey fragte: ›Sie ruft jeden Tag an. Soll ich ihr eine Nachricht hinterlassen?‹ Ich erwiderte: ›Ja. Sagen Sie ihr, Mr. Selwyn sei vorbeigekommen, um ihr eine Nachricht von Moira Finch zu überbringen. Miß Finch sei untröstlich, aber sie könne Vulpinas Brautkleid nicht tragen, weil ihre Mutter, die Herzogin, es lieber sähe, wenn sie in einer Plastiktüte mit Armlöchern heiratet.‹ Diese unverfrorene Hure!«

»Beruhige dich! Was macht es schon, wenn sie irgendwo herumbumst? Solange sie es nicht an die große Glocke hängt, kann es dir doch egal sein.«

»Erhart Lund!« brüllte Gilbert. »Der ist mir nicht egal! Wenn ich mir diesen gottverdammten Erhart Lund aus dem Kopf schlagen kann, dann kann sie ja wohl verflucht noch mal irgendeinem hergelaufenen, kurzsichtigen Schweinearsch eine Abfuhr erteilen, den sie zweimal die Woche durchvögelt! Es gibt doch hier gewisse Grundregeln!«

»Ah.«

»Du hast ja keine Ahnung, wie geil ich bin! Seit Paris war ich mit keinem Mann mehr zusammen! Keinem einzigen! Drei Monate ist das jetzt her! Weißt du eigentlich, wie sich das anfühlt?«

»Ja.«

»Oh. Na ja, bei dir ist das ja anders.«

»Vielen Dank!«

»Ach, du weißt doch, was ich meine! Du bist nicht so wie ich. Du bist stärker, unabhängiger. Aber ich, ich bin doch ein...«

»Luder?«

»Romantiker, wollte ich sagen. Weil ich es bin. Wirklich, Philip, ich bin nur so richtig in Form, wenn ich verliebt bin. Ich habe das bis jetzt gar nicht gemerkt, weil ich noch nie länger als eine Woche verliebt gewesen bin, aber die letzten Monate waren einfach schrecklich!«

Wir hörten, wie die Haustür ins Schloß fiel, und einen Augenblick später tanzte Moira herein.

»Philip, mein Engel, das ist ja schon Tage her! Was hast du denn so getrieben?«

»Oh, ich mußte diese Recherchen für Milt Miller machen. Und ich schreibe mit Claire an einem Musical. Viel Arbeit.«

»Arbeit! Erzählt mir nichts! Ich hätte nie gedacht, daß es so qualvoll sein würde, eine Aussteuer zusammenzustellen. Da hätte ich lieber ein Dutzend Musicals geschrieben! Gilley, Schätzchen, bitte sei nicht wütend, aber ich muß unsere Verabredung heute abend absagen.«

»Ach ja?« fragte Gilbert und blickte mit täuschender Beiläufigkeit zu mir herüber.

»Ja.« Mit lieblicher Stimme sagte sie zu mir: »Wir sollten auf eine kleine Cocktailparty am frühen Abend bei Holly kommen. Wurdest du auch gefragt?«

»Nein.«

»O dieser Holly – ich kann mir gar nicht vorstellen, was er gegen dich hat. Na ja, Gilley, ich kann es unmöglich schaffen. Es ist etwas dazwischengekommen.«

»Was?«

»Was wohl? Die arme Pina! Sie hat einiges an Arbeit in ihre Frühjahrsentwürfe gesteckt und will wissen, was ich davon halte. Ich gehe eben kurz duschen, dann bin ich weg. Warum nimmst du nicht Philip mit zu Holly? Ich bin sicher, Holly hat nichts dagegen, und wenn doch, dann zur Hölle mit ihm, nicht wahr? Viel Spaß!« Sie zirpte es und schlenderte aus dem Zimmer.

Gilbert blickte mit grimmigem Blick zu mir herüber.

Schweigend zogen wir die Mäntel an und gingen.

Ich konnte mir denken, was er vorhatte. Er plante, sich außerhalb des Gebäudes zu verstecken und ihr zu folgen. Ich hielt das für einen kindischen, melodramatischen Umgang mit der Situation und hoffte, er ließ mich vorher abziehen.

Sobald sich die Fahrstuhltüren geschlossen hatten, sagte er: »Paß auf, wir machen jetzt folgendes...«

»Ich bin dir weit voraus.«

Als wir das Gebäude verließen, sahen wir uns um und waren uns bald einig, daß eine Stelle auf der anderen Straßenseite hinter der Begrenzungsmauer des Central Park uns einen guten Ausblick auf die Tür gestatten und das erwünschte Minimum an Sichtbarkeit geben würde. Wir huschten über die Straße, kletterten über die Mauer, und zogen dabei die beunruhigten Blicke etlicher respektabler Bürger auf uns, die uns entweder für Selbstmörder oder für Mörder halten mußten, daß wir den Park im Dezember nach Sonnenuntergang betraten.

Von unseren Anstrengungen heftig atmend, kauerten wir uns dort im Dunkeln hin und hatten das durchaus angenehme Gefühl, etwas ganz Verbotenes und überaus Schlaues zu tun. Es glich der Empfindung, die man hätte, wenn man in einem jener unbekümmert unwahrscheinlichen Thriller landen würde, in denen Privatpersonen ohne die geringste militärische Ausbildung ungeheuer hochentwickelten, internationalen Verbrecherkartellen entwischen und diese schließlich zu Fall bringen.

Wir hoben unsere Köpfe, bis wir gerade über die Mauer sehen konnten, und ließen die Tür nicht aus den Augen. Nach etwa zwanzig Minuten erschien Moira. Sie trug eine große Kleiderschachtel und einen Trenchcoat; beide Details verliehen den Geschehnissen genau den zusätzlichen Kick, auf den ich gehofft hatte. Sie drehte sich um und begann, mit energischen Schritten die Central Park West hinunterzulaufen. Wir liefen hinter der Mauer hinter ihr her und beobachteten, wie sie an der Einundachtzigsten Straße nach Westen abbog, was zu unserem Glück die Stelle war, wo die Mauer aufhörte, um den Zutritt zum Park zu ermöglichen.

Wir traten hinaus und versuchten die Straße zu überqueren. Der Straßenverkehr war jedoch absolut gegen uns gerichtet, was mir überaus ungerecht vorkam, denn in einem richtigen Thriller ist der Verkehr doch immer auf der Seite der Guten, und kommt im entscheidenden Augenblick vorübergezischt, um dem Erzschurken und Mörder sein Vorhaben unmöglich zu machen und ihn abzulenken. Einen Moment lang standen wir da und zischten durch unsere Zähne, dann packte mich Gilbert an der Hand, rief *»Na, komm!«* und zerrte mich mitten durch ein Bombardement aus schrillem Gehupe, quietschenden Autoreifen und den Rufen der Taxifahrer, die uns ödipale Neigungen unterstellten, über die Straße.

Wir erreichten den Gehsteig, verlangsamten unseren Schritt zu einem gemütlichen Trott und hatten Moira am Anfang der Columbus Avenue wieder eingeholt. Recht unverhofft blieb sie an der Straßenecke stehen und zwang uns dadurch, hinter einer breiten Säule am Eingang eines Wohngebäudes in Deckung zu gehen.

Die Ähnlichkeit der Szene mit der eines abgedroschenen Kriminalromans war durch den plötzlichen Anblick einer ungeheuren, schwarzen Limousine, die direkt vor Moira anhielt, vollkommen. Gilbert verschlug es den Atem, und ich konnte es ihm nicht verübeln. Vom ungerührten Gesicht des Fahrers bis zu den mit Rauchglas versehenen und wahrscheinlich kugelsicheren Fenstern stank alles an diesem Wagen nach unrechtmäßig erworbenem Reichtum. Die Länge des Wagens allein war schon erstaunlich! Ich habe ja schon Limousinen mit im Fond eingebauter Bar gesehen, aber diese sah aus, als hätte sie ein Restaurant.

Der Fahrer stieg aus und öffnete Moira die hintere Tür. Sie stieg ein, und der Wagen rauschte über die Columbus Avenue davon.

»Wie konnte sie nur?« fragte Gilbert mit vor Staunen riesengroßen Augen.

»Hä?«

»Wie bringt es irgend jemand fertig, mit... mit *ihm* zu schlafen?«

»Gilbert, weißt du denn, wem dieser Wagen gehört?«

»Ja! Freddy Bombelli!«

»Freddy Bombelli?«

»Ja!«

»Ist er nicht ein wenig zu... reif für Moira?«

»Reif! Der hat doch schon das Manuskript zum Alten Testament gelesen! Mein Gott, ich *glaube* das einfach nicht!«

Wir kehrten um und traten den Heimweg an. Gilbert ereiferte sich in voller Lautstärke und völlig blind für die amüsierten oder beleidigten Blicke der Vorübergehenden über seine Verlobte.

»Kann man dieser beschissenen kleinen Hure überhaupt ein einziges Wort glauben? Da ist sie doch glatt bereit, einen schrumpeligen, alten Bock wie Freddy Bombelli zu ficken!«

»Äh, Gilbert...«

»Du hast ihn ja nicht *gesehen*! Er ist etwa anderthalb Meter groß, stinkt nach Zigarren und hat dieses weiße Toupet auf, das aussieht, als hätte man es aus toten Hamstern gemacht! Keinem Menschen mit einem Funken Selbstachtung würde es auch nur im Traum einfallen, ihn zu ficken.«

»*Gil*-berrrt...!«

»Außerdem kann der doch kein halbes Hormon mehr im Leib haben! Wahrscheinlich kann er nicht einmal irgend etwas *tun*, sitzt nur geifernd da, während Moira vor ihm ihre Titten kreisen läßt und irgendwelche Schweinereien sagt...«

»Hörst du wohl auf damit!«

»... und dann ist er ihr so dankbar dafür, daß er sie wahrscheinlich mit Juwelen und dicken Schecks überhäuft, nur weil sie ein wenig nett zu ihm war und erlaubt hat, daß er sie anschaut und...!«

Abrupt blieb er stehen und gab einen Stoßseufzer von sich, der aus den Tiefen seiner Seele aufzusteigen schien.

»Herrgott!« jammerte er. »Warum konnte er nicht *schwul* sein!«

Um halb eins kam Moira ins Gelobte Land zurück. Freundlich grüßte sie uns, und ohne abzuwarten, daß sie gefragt wurde, stürzte sie sich in eine detaillierte Zusammenfassung ihres Abends mit Pina (die, nachdem sie ohne einen Vornamen durch ihr Leben gegangen war, schließlich einen bekommen zu haben schien: »Arme«). Mit zusammengekniffenen Lippen saß Gilbert schweigend da und hörte zu. Erst als Moira schließlich seinen Gesichtsausdruck bemerkte und fragte, welche Laus ihm denn über die Leber gelaufen wäre, explodierte er und ließ einen Schwall sexueller Beschimpfungen los, der Moira völlig verblüffte. Mich überraschte es nicht so sehr; immerhin hatte ich die letzten Stunden damit verbracht, ihm dabei zuzuhören, wie er sich diesbezüglich immer größere Verfeinerungen und Verbesserungen einfallen ließ.

Als er fast fertig war, griff Moira zum bevorzugten Recht der Frau in solchen Dingen und brach in Tränen aus. Wie konnte sie nur einen Mann heiraten, der ihr so wenig traute, daß er ihr insgeheim folgte und aus so dürftigen Beweisen derart gemeine Schlüsse zog?

Klar, sie hatte Freddy Bombelli getroffen, aber selbst unter Aufbietung aller Phantasie war sie nicht seine Geliebte. Ihre Beziehung war ein reines Arbeitsverhältnis. Seine Sehkraft ließ nach, und er hatte sie bei sich eingestellt, damit sie ihm vorlas.

»Drei Nächte die Woche lese ich Freddy vor. Er zahlt mir zwanzig Dollar die Stunde, was, wie dich deine eigene Erfahrung bestimmt gelehrt haben wird, nicht der Lohn einer Mätresse ist. Ich würde ihn nicht anrühren, selbst wenn er es von mir verlangte... aber das tut er sowieso nicht, denn er ist ein vollendeter Gentleman – und das ist mehr, als ich von einem gewissen rattengesichtigen kleinen Schnüffler sagen kann, mit dem ich das Pech habe, verlobt zu sein.«

Gilbert war nicht überzeugt. Er antwortete schroff, daß eine junge Frau, deren keusche Tätigkeit darin bestand, älteren Mitbürgern etwas vorzulesen, keinen Grund hatte, bezüglich ihres Aufenthaltsortes Lügen in die Welt zu setzen, während ein käufliches Flittchen, das bereit war, sich auf sexuelle Praktiken einzulassen, die sich am besten als mit gegenseitigem Einverständnis betriebene Nekrophilie bezeichnen ließen, natürlich alles unternehmen würde, um sicherzugehen, daß derartige Aktivitäten ihr eigenes, schmutziges Geheimnis bleiben würden. Moira trat den Gegenbeweis mit einem Aschenbecher an, der Gilbert jedoch weit verfehlte und mich an der rechten Kniescheibe traf.

»Du Scheusal!« schrie sie. »Wenn du mir nicht glaubst, dann frag doch deine Mutter! Sie hat das Ganze doch in die Wege geleitet!«

Gilbert stakste zu dem Platz hinüber, auf dem Moira saß, stierte gefährlich auf sie hinunter, und fragte sie, ob sie seine Mutter etwa eine Zuhälterin nannte.

»Ach, spar dir das Melodrama, du Airedale-Terrier! Wenn du einfach mal die Schnauze hältst und mir etwas zu trinken holst, dann erzähle ich dir, was es mit der ganzen Sache auf sich hat.«

Gilbert warf ihr einen überaus finsteren Blick zu, kam jedoch ihrer Forderung nach. Sie nippte damenhaft an ihrem Drink und begann zu erzählen.

Als sie nach dem Essen im Trader Vic's mit Maddie einen Schaufensterbummel gemacht hatte, waren die beiden müde geworden und hatten sich entschlossen, in einem bezaubernden Bistro in der Zweiundfünfzigsten Straße eine kleine Erfrischung einzunehmen.

»Das Lokal heißt Paradiso.«

»Ich weiß. Eine Kusine von Tony, Aggie, schmeißt den Laden.«

»Wir tranken Kaffee und aßen Pasteten; und ratet mal, wer da zur Tür hereinkam: Freddy! Deine Mutter winkte ihm zu, und als er nah genug herankam, um zu erkennen, wer wir waren, leuchtete sein Gesicht auf, und er bestand darauf, daß wir uns mit ihm und seinen fünf Rechtsanwälten an diesen Extratisch setzen sollten. Wir ließen es uns *richtig* gutgehen. Ich weiß gar nicht, *woher* du deine Veranlagung hast. Deine Mutter ist einfach entzückend.«

Ich erhob mich, um mein Glas wieder zu füllen, und Moira fuhr fort, immer begeisterter von der Frau zu sprechen, der sie Tausende von Dollars abnötigte.

»Sie ist *so* ungekünstelt! Du hättest sehen sollen, wie sie diese sechs alten Männer bezaubert hat; sie erzählte Geschichten und erkundigte sich nach ihrer Gesundheit und ihren Enkelkindern und all diese Sachen. Ich war wie immer recht still, aber am Schluß plauderte ich munter mit Freddy drauflos. Er fragte mich, ob ich Arbeit hätte, und ich erzählte ihm, daß ich früher Schauspielerin gewesen sei und schließlich kündigte, weil die Leute dort alle so unaufrichtig waren. Nun, er wurde ganz aufgeregt, drehte sich zu einem seiner Rechtsanwälte um und begann, sich darüber auszulassen, welch eine glückliche Fügung mich doch in das Restaurant geführt habe! Dann schilderte er mir, welche Probleme er mir seinen Augen hat und wie sehr er auf Leute angewiesen war, die ihm etwas vorlasen. Er hatte es schon mit etlichen versucht, aber alle stellten sich als Versager heraus. *Kein* Ausdruck. Doch mit meiner ganzen Berufserfahrung« (die, wie Sie sich erinnern werden, aus neun Proben und einer Aufführung von Marlowe Heppenstalls *Boing!* bestand) »war ich genau die Richtige für diesen Job! Einige Tage später probierte er es mit mir aus und dann stellte er mich an. Ich *lese* ihm vor, Gilbert. Für eine bestimmte Zeit.«

Nun, erwiderte Gilbert, wenn alles so harmlos war, wieso hatten sie oder bezüglich dieser Sache auch Maddie ihm gegenüber diesen unschuldigen Job denn nie erwähnt?

»Ich bat Maddie, nichts darüber zu sagen. Ich wollte nicht, daß du weißt, daß ich arbeite, denn ich wollte dich mit einem Weihnachtsgeschenk überraschen – etwas ganz Besonderes und Wundervolles. Obwohl es nicht einfach ist, herauszufinden, was man einem Verlobten schenken soll, der einen der Prostitution verdächtigt!«

Sie machte ein finsteres Gesicht und kippte ihren Drink hinunter. Obwohl sie nicht lächelte, drückte ihr Schmollmund aus, daß sie gewonnen hatte. Ohne daß ich es wollte, sagte ich dann jedoch sieben Worte, die die Positionen völlig umkehrten.

»Was ist eigentlich in der Schachtel, Moira?«

Ich meinte die Kleiderschachtel, die Moira auf ihrem barmherzigen Gang dabeigehabt hatte. Sie war mit ihr zurückgekommen, aber bevor sie das Wohnzimmer betreten hatte, hatte sie sie neben den Flurschrank gelegt, und damit fast, aber nicht ganz unserem Blickfeld entzogen.

»Welche Schachtel?« fragte sie gleichgültig.

Es war aber zwecklos. Trotz ihrer ungeheuren Bühnenerfahrung war sie nicht in der Lage, in dem auf meine Frage folgenden Sekundenbruchteil den Anflug von Panik zu verbergen, den man fühlt, wenn man überraschend bei etwas erwischt wird, das man ausgefressen hat.

»Die hier«, sagte Gilbert, eilte in den Flur und kam mit der Schachtel zurück.

»Ach, die!« sagte sie, und tat auf übertriebene Weise so, als unterdrücke sie ein Gähnen. »Nichts weiter. Nur ein Buch.«

»Vielleicht die *Forsythe Saga?*« fragte Gilbert, als er anfing, in der Schachtel herumzuschnüffeln.

»Gilbert, Hände weg! Das gehört Freddy Bombelli!«

Schadenfroh öffnete Gilbert die Schachtel, musterte den Inhalt und brach in den triumphierendes, gehässiges Lachen aus. Er griff hinein und zog die Taschenbuchausgabe eines Romans hervor.

»Na, da schau mal einer an! Wenn es das ist, was er liest, dann ist es kein *Wunder,* daß er erblindet!«

Auf den ersten Blick konnte ich sehen, daß es eine jener überreichlich aufgeplusterten Romanzen war, die soviel dazu beigetragen hatten, das Konto meines Arbeitgebers Mr. Miller zu vergrößern. Auf den zweiten Blick konnte ich erkennen, daß es von Deirdre höchstpersönlich war, und zwar ein Frühwerk mit dem Titel *Amors zarte Keule.*

Auf dem Umschlag war in genauer Anlehnung an den Prototypen eine edle Schönheit mit kohlrabenschwarzem Haar zu sehen, die auf dem Rand einer mondbeschienen Klippe stand, hinter der die Spitzen einer alten Ritterburg aufragten. Das verzerrte Gesicht der Frau hatte einen Ausdruck, der für diese schauerlichen Gestalten auf dem Titelbild verpflichtend zu sein scheint, nämlich eine Art verzückten Schreckens. Sie war mit einem schwarzen Gewand bekleidet, dessen Ausschnitt mit gewagtem Schwung bis einige Millimeter über die Brustwarzen ihrer vollen, wogenden Brüste herunterreichte. Hinter ihr stand, eine Hand auf ihrer blassen, mondbeschienenen Schulter, ein großer Kerl mit bloßem Oberkörper, dem, von seiner äußeren Erscheinung her zu urteilen, die Burg gehörte.

»Sieh sich das einer an!« johlte Gilbert. Ich blickte hoch und sah, wie er im Zimmer herumtanzte und sich dabei ein Kleid vor die Brust hielt, das dem von der Frau auf dem Titelbild getragenen sehr ähnlich war. Als ich mir wieder das Bild ansah, merkte ich, daß die Frau mit Moira eine gewisse Ähnlichkeit hatte, obwohl es nur schwer vorstellbar war, daß Moira in Gesellschaft irgendeines Mannes, einen wirklich guten Steuerberater einmal ausgenommen, so in Ekstase geraten würde.

»O Gott, Moira!« brachte ich keuchend heraus, während ich schallend lachte. »Er hat dich tatsächlich dazu gebracht, dich für ihn zu verkleiden?«

»Ich weiß nicht, was daran so gottverdammt lustig ist!«

Gilbert riß mir das Buch weg und lief zu einem Stuhl, der weit genug von Moiras Sitzplatz entfernt war, um vor ihr sicher zu sein.

»Ihr seid beide solche Kindsköpfe! Nur weil er sich freut, wenn eine Geschichte vor seinen Augen mit Leben gefüllt wird! Ich meine, Herrgott, ist das denn nicht genau dasselbe Prinzip, nach dem die Royal Shakespeare Company *Nicholas Nickleby* spielt?«

»›Nein, nein‹«, las Gilbert, »›das darfst du nicht, Simon! Es ist nicht richtig!‹ Doch obwohl meine Worte stark waren, waren meine Handlungen schwach. Ich machte keine Bewegung, um dem zarten Angriff seines heißen, sehnigen Fleisches zu widerstehen!«

»Halt die Schnauze!«

»›Daisy O'Malley‹, rief eine schwache Stimme in meinem Innern, ›was für eine Frau bist du in den drei kurzen Monaten geworden, seit du die Klosterhallen von St. Cäcilia verlassen hast?‹«

Moira stand auf, schnellte über den Teppich und riß ihm das Buch weg.

»Wenn einer von euch irgend jemandem das kleinste bißchen davon verrät...«

»Holly?« rief ich und nahm den Hörer von der Gabel. »Holly Batterman? Hast du einen Stift zur Hand, Süßer?«

Das gab Gilbert und mir nun völlig den Rest. Wir saßen nur noch da, lachten, daß die Knöpfe krachten, während Moiras zu dämonischer Wut verzerrtes Gesicht unsere Heiterkeit nur noch weiter anstachelte.

»Seid ihr bald damit fertig, euch wie Arschlöcher zu benehmen?«

»Ob *wir* damit fertig sind? Oh, Süße«, sagte Gilbert, »du hast dich ja schon zu manchem herabgelassen, um ein paar Kröten zu verdienen, aber...« Er hielt mitten im Satz inne;

sein amüsierter Gesichtsausdruck war wie weggeflogen, ein verschlagener, argwöhnischer Blick trat an dessen Stelle.

»Moment mal! Du erzählst uns, du gehst dreimal die Woche zu diesem unglaublich reichen Mann und liest ihm Soft-Pornos vor, und das auch noch im *Kostüm*, und alles, was er dir dafür zahlt, sind lumpige *zwanzig* Dollar die Stunde?«

In diesem Licht gesehen, war das kaum noch zu glauben.

»Ja«, antwortete sie steif, als sie ihr Kleid wieder in die Schachtel zurückpackte. »Zwanzig Dollar erscheinen mir mehr als angemessen.«

»Oh, da bin ich mir sicher!«

Moira seufzte erschöpft und verzog sich eingeschnappt Richtung Flurschrank. Einen Augenblick später kam sie mit ihrem Trenchcoat über dem Arm wieder, zog einen Umschlag aus der Tasche und reichte ihn Gilbert.

»Da bitte! Schau selbst nach!«

Verdrossen starrte Gilbert hinein, dann gab er ihn an mich weiter. Es war ein Scheck über siebzig Dollar, ausgestellt auf Moira Finch.

»Zufrieden?«

»Nein«, sagte Gilbert, schnappte sich ihren Mantel und begann, die Taschen zu durchwühlen.

»Gib das wieder her, du Scheißkerl!«

Er tat es, aber erst, als seine Hand mit einer kleinen, blauen Tiffany-Dose wieder auftauchte. Moira gab ihm mit einem gequälten Blick zu verstehen, wie sehr sie sich von ihm hintergangen fühlte, als er die Dose öffnete, und zwei ungeheuer schöne Rubinohrringe zum Vorschein kamen.

»Künstlich«, sagte Moira.

»*Wirklich?* Na gut, dann gib sie her. Ich spende sie dem Wohltätigkeitsbasar.«

Moira riß sie ihm aus der Hand, und sagte, sie seien von großem gefühlsmäßigen Wert.

»Du durchtriebenes, mickriges Flittchen! Die sind bestimmt ein paar Tausend Dollar wert! Kein Wunder, daß du über Freddy kein Wort verloren hast! Du nimmst ein gottverdammtes Vermögen ein und willst es nicht mit mir teilen!«

»Wenn Freddy mir gelegentlich ein Geschenk machen

will, sehe ich nicht ein, daß das irgend etwas mit dir zu tun hat.«

Gilbert widersprach dieser Sicht der Dinge ganz energisch. Da ich allmählich Angst hatte, daß es zu einem dieser langen, gewalttätigen und unlösbaren Streits kam, auf die sich das glückliche Paar allmählich zu spezialisieren schien, dankte ich den beiden für den netten Abend und machte mich davon.

Ein Anruf von Gilbert am nächsten Morgen bestätigte mich darin, daß es vernünftig von mir gewesen war, zu jenem Zeitpunkt zu gehen. Bis in den frühen Morgen hatten sie sich wegen dieser Sache gestritten, und keiner war auch nur das kleinste bißchen von seinem Standpunkt abgewichen. Gilbert hatte das Gefühl, daß Moira ohne ihre Verlobung Freddy Bombelli nie getroffen hätte, und so sei es nur fair, wenn alle Gewinne aus ihrer Stellung (die über ihrem Stundenlohn lagen) als Einkommen für das Syndikat gelten und durch zwei geteilt werden sollten. Moira hatte sich erlaubt, anderer Meinung zu sein.

Diese Unstimmigkeit markierte das abrupte Ende der Herzensbeziehungen zwischen den beiden Hauptaktionären des Syndikats. Was immer sie je an leichter Freundschaftlichkeit gegenüber dem anderen zur Schau gestellt hatten, war wie weggeblasen. Zwar verkehrten sie in Gesellschaft nach wie vor als Paar und schafften es bei diesen Gelegenheiten auch, ein liebliches Bild vorehelicher Schwärmerei abzugeben, doch das war nur in der Öffentlichkeit so. Innerhalb der Grenzen des Gelobten Landes wurde die Atmosphäre mit jedem Tag, der verstrich, arktischer.

Zuerst erklärte Moira, sie sei betrübt über den Riß und machte ein paar Vorstöße Richtung Entspannung. Sie legte Gilbert gegenüber Fröhlichkeit an den Tag. Sie ignorierte seine aggressiven Schweigeperioden und kaufte ihm ein Paar amüsante Ohrenschützer. Als diese Bemühungen kein Tauwetter herbeiführen konnten, wagte sie einen großen Schritt: Sie rief in Los Angeles an und entließ Vulpina. Sie begründete das damit, daß die Herzogin ein Machtwort gesprochen habe. Gilbert war alles andere als dankbar und wies darauf hin, daß sie nur die Lüge wiedergutmache, die sie ihm zuvor aufgetischt habe. Vulpinas Entlassung würde die Kosten des Hochzeitskleides in die Höhe treiben, und dieser Einkommenszuwachs würde gefälligst in zwei gleichgroße Teile aufgeteilt, wenn die Herzogin ihnen das Geld wiedergab.

Moira, die über die Art und Weise, auf die ihre friedensstiftenden Maßnahmen ankamen, empört war, wechselte die Gangart. Über Nacht fiel sie ins andere Extrem und begann, Gilbert bei jeder Gelegenheit einen Stich zu versetzen. Wenn er um zehn Uhr morgens in die Küche wankte, stieß er auf Moira, die unbekümmert die *Times* durchging und dabei ihre Rubinohrringe, die Perlenkette und den Schal von Hermès trug. Gilbert rächte sich damit, indem er überall im Schlafzimmer billigstes Parfüm verspritzte, dann alle Glühbirnen herausschraubte und sie durch rote ersetzte. Moira reagierte darauf, indem sie drei Linien Talkumpuder auf einem gläsernen Kaffeetisch im Arbeitszimmer hinterließ.

Und so verging die Weihnachtszeit.

Doch dieser hinter den Kulissen stattfindende kalte Krieg war nicht die einzige Konsequenz, die Moiras neues Privileg, Miethure zu sein, mit sich brachte. Es war auch nicht die schlimmste. Diese Feindseligkeiten waren, so übel sie auch zu sein schienen, nur die Ruhe vor dem Sturm.

Der Sturm kam dann am 12. Dezember auf Maddie Cellinis Weihnachtsparty.

11

Die Party sollte um fünf Uhr nachmittags beginnen. Im Einklang mit dem unschuldigen Charakter der Weihnachtszeit gehörten die ersten beiden Stunden ganz den kleinen Familienangehörigen. Zu den geplanten Ereignissen gehörten eine Schneeballschlacht und ein Überraschungsbesuch vom Weihnachtsmann, der die kleinen Cellinis vermutlich auf sein Knie setzen und fragen würde, wen sie denn zu Weihnachten umbringen lassen wollten. Wir einigten uns auf halb acht als vernünftige Ankunftszeit.

Das brachte es mit sich, daß wir Manhattan gegen sechs Uhr verließen, und da Claires Flugzeug aus Boston nicht vor fünf ankam, hatte ich nur wenige Augenblicke, um sie über all das zu informieren, was in ihrer Abwesenheit geschehen war. Sie hörte aufmerksam zu und reagierte mit besonderer Freude, als sie hörte, daß Gilbert und Moira miteinander im Streit lagen. Dadurch ließ sich hoffen, daß er doch noch Einsicht zeigen und sich aus der Sache herausziehen würde. Es bedeutete auch, daß sie eine Chance bekommen würde, Moira in voller Intensität als Simulantin zu erleben. In dieser Erwartung wurde sie nicht enttäuscht.

»Phil, mein Engel, wie schön, dich zu sehen. Mwoah! Oh, deine Wangen sind ja ganz kalt! Du Armer! Komm sofort rein und trink einen heißen Toddy!«

Moira drehte sich zu Claire um, die auf ihrer Reise ein paar Pfund zugenommen hatte.

»Claire! Das ist ja jetzt ewig her! Du siehst so anders aus. – Ich weiß nicht genau, was es ist... Na ja, was auch immer, es *steht* dir jedenfalls!«

Moira trug ein rotes Festkleid, das mit einer kleinen, juwelengeschmückten Anstecknadel in Form eines Adventskranzes verziert war, die sie von Freddy geschenkt bekommen hatte. Daß sie diese Nadel trug, war ein beabsichtigter Schlag in Gilberts Gesicht. Die ganze Nacht über erinnerte es ihn an ihr höheres Einkommen und ihre kompromißlose Weigerung, es zu teilen. Dennoch gab sie keinerlei Zeichen von sich, ihm Böses zu wollen, sondern schaute ihn mit einem liebevollen Lächeln an, das nie an Überzeugungskraft verlor.

Gilberts Auftritt war zwar gekonnt, erreichte aber nicht annähernd die Virtuosität des Auftritts von Moira. Er plauderte mit einem ausreichenden Maß an Fröhlichkeit mit Claire und mir, konnte aber seine Verlobte nicht einmal anschauen, ohne daß sich sein Lächeln zu einer steifen Grimasse verzerrte. Und mein kritisches Ohr konnte die reine Gehässigkeit erkennen, die hinter jedem von ihm geäußerten ›Schatz‹ und jedem ›Süße‹ brodelte. Man stelle sich Josef Mengele vor, der eine Tournee mit *Barfuß im Park* macht, dann hat man einen Begriff davon, wie das aussah.

Unsere Gläser waren leer, wir schlenderten die Treppe hinunter und in den Wagen, der Moira für den Abend von – wem denn sonst? – Freddy Bombelli zur Verfügung gestellt worden war.

Um acht kamen wir an.

Gilbert hatte mir gegenüber einmal beiläufig bemerkt, daß seine Mutter »auf Weihnachten stehe«. Ich merkte jetzt, wie hoffnungslos er dabei untertrieben hatte. Ein Blick auf das Haus verdeutlichte, daß Maddies positive Einstellung zu diesem Fest sogar die von Charles Dickens oder der Spielzeugfirma Matell übertraf.

»Du liebe Güte!« meinte Claire. »Hier *leben* Menschen?«

»Oh, Gilley, es ist *zauberhaft*! Ist das nicht *zauberhaft?*« Die Casa Cellini war in einem Stil errichtet worden, den Architekten manchmal als »sehr stattliches Gebäude« bezeichnen. Ich glaube, ein anderes Wort für so etwas wäre »normannisch«, wenn man dabei Unmassen grauer Steine, Bleiverglasungen und großzügig über das Dach verstreute Türmchen vor Augen hat. Angenommen, man betrachtet die Behausung beispielsweise im November im Mondlicht, dann könnte es die unheilvolle Gestalt einer Festung annehmen, eines Gebäudes, das von einem feudalen Lord errichtet wurde, dessen Streitigkeiten mit wütenden Leibeigenen ihn zu einem Sicherheitsfanatiker hatten werden lassen. Diesen Abend strotzte es jedoch unter dem vorteilhaften Einfluß Lady Maddies buchstäblich vor guter Laune.

Weiße Lichter ließen jede Ecke, alle Konturen des Gebäudes deutlich hervortreten; Leuchter mit roten Glühbirnen glitzerten in jedem Fenster. Ein gewundener Weg, gesäumt mit Neon-Zukkerstangen führte zu einer riesigen Haustür, die von zwei funkelnden Engeln flankiert wurde, die genauso aussahen wie die auf dem Rockefeller Plaza, nur etwas größer. Auf dem Hausdach prangte eine erstaunliche Darstellung des Weihnachtsschlittens; erstaunlich, muß ich noch hinzufügen, nicht aufgrund der Tatsache, daß die Figuren so naturgetreu wirkten (obwohl sie das taten), sondern weil alles im Flug festgehalten worden war. Der Schlitten schwebte etwa vier Meter über dem Dach, und die Rentiere neigten sich sanft nach unten. Nur Rudolphs linker Vorderhuf schien tatsächlich die Dachoberfläche zu berühren. Wie dieser Effekt zustande kam, kann ich nicht sagen, denn der Mechanismus blieb für das bloße Auge unsichtbar.

Und das war noch lange nicht alles.

Die Bäume überall auf dem Gelände waren mit Lichterketten geschmückt, die das Haus umgebenden Sträucher ebenfalls. Auf einer Seite des Rasens liefen drei mechanische Elfen auf einem gefrorenen Teich Schlittschuh. Auf der gegenüberliegenden Seite des Rasens stand ein lebensgroßes Krippenspiel. Richtige Schafe, die mit Hitzestrahlern gewärmt wurden, gesellten sich zu den Statuen der traditionellen Figuren. Plötzlich hörte man über das Lautsprechersystem die Klänge von ›Drei Könige führte Gottes Hand‹, und hinter dem Haus kamen drei in prächtige Stoffe gehüllte Gliederpuppen zum Vorschein. Sie glitten eine verborgene Schiene entlang Richtung Krippe, und dabei erschien zehn Meter über der Szene ein heller Stern in der Luft. Als die drei die Krippe erreichten, schwoll die Musik zu einem ›O du Fröhliche‹ an. Die Elfen hielten inne, um das Ganze zu beobachten, dann wurde die Beleuchtung zurückgefahren, und die Weisen aus dem Morgenland glitten um die Krippe herum, hinter ihr her und vermutlich wieder zurück zu ihrem hinter dem Haus gelegenen Ausgangspunkt. Um die Aufmerksamkeit des Betrachters von diesem Vorgang abzulenken, leuchtete das Dach plötzlich auf, und der Weihnachtsmann begann zu winken und uns allen Frohe Weihnachten zu wünschen.

Und obwohl wir in der ganzen Gegend noch keinen einzigen Schneeschauer gesehen hatten, lag die ganze Szene unter einer dichten Schneedecke. Lange Augenblicke standen wir entgeistert und verzückt mit großen Augen da.

»Letztes Weihnachtsfest gab es mehr zu sehen«, meinte Gilbert besorgt. »Ich hoffe, Tony hat kein schlechtes Jahr gehabt.«

An der Tür wurden wir von unserer Gastgeberin begrüßt. Sie trug ein knallrotes Kleid mit einem riesigen, wie Schaum wirkenden Rock und sah genauso aus, wie man sich die Königin dieses Weihnachtskönigreiches vorstellte.

»Na, hallo, Kinder! Wo seid ihr gewesen! Ihr habt die Schneeballschlacht verpaßt!«

»Hallo, Mami. Wo ist denn die Weihnachtswerkstatt?«

»Oh, *vermißt* ihr die auch so sehr? Mir fehlt sie auch. Sie ist naß geworden. Irgendein armer Arbeiter hat sich fast durch einen elektrischen Stromschlag ums Leben gebracht.«

Zwei Hausmädchen erschienen und halfen uns aus unseren Mänteln.

»Moira, Kind, du siehst aber hübsch aus! Und diese Anstecknadel ist wirklich ein Gedicht! Hat sie dir Gilbert geschenkt? Philip, mein Süßer, ich bin so froh, daß du kommen konntest! Und wer ist deine reizende Begleiterin?«

Ich machte sie mit Claire bekannt, und Maddie umarmte sie wie eine lange verschollen gewesene Tochter.

»Claire und ich arbeiten seit Jahren zusammen.«

»Uuh!« kicherte Maddie. »Nun, ich denke, das geht mich sicherlich nichts weiter an. Gilbert, bist du sicher, daß du es dir leisten kannst, Moira so teure Sachen zu schenken?«

»Oh, Gilbert hat es mir gar nicht geschenkt«, trällerte Moira. »Freddy war es.«

»Na, *der* kann es sich leisten. Dann ist die Katze ja aus dem Sack, was?«

»Ja. Gilley ist so schlau, er hat es mir einfach entlockt!«

»Ist sie nicht süß, Gilbert! Sucht sich eine Arbeit, nur um dein Geschenk zu bezahlen!«

Gilbert antwortete, er wisse gar nicht, was er getan habe, um eine Frau wie Moira zu verdienen.

»Du lieber Himmel!« meinte Claire. »Das ist ja ein recht bemerkenswerter Aufwand, den Sie da draußen getrieben haben, Mrs. Cellini!«

»Bitte, meine Süße, nenn mich doch einfach Maddie! Doch ich stimme dir zu. Ist es nicht toll? Weißt du, daß ein paar rückständige Leute im Stadtrat versuchten, uns dazu zu bringen, es *abzuschaffen*? Sie sagten, wir würden nicht in der richtigen Gegend dafür wohnen oder so was.«

»Was geschah dann?«

»Tony hat vernünftig mit ihnen über die ganze Sache geredet. Nun, Kinder, wollt ihr die ganze Nacht im Flur stehenbleiben oder kommt ihr herein und lernt die Familie kennen?« Darauf gaben wir die einzig möglich Antwort.

Links im Foyer erblickte ich eine riesige Parkettfläche, die sich bis hin zu hohen Terrassentüren erstreckte. Das war anscheinend der »süße, kleine Tanzsaal«, den Gilbert erwähnt hatte. Maddie führte uns jedoch nach rechts in ein großes, mit allen Raffinessen ausgestattetes Wohnzimmer. In einer Ecke stand ein imposanter, prunkvoller Weihnachtsbaum; in allen anderen Ecken standen imposante, prunkvolle Cellinis.

Es war klar, daß Maddie, als sie die Cellinis als »eine fürchterlich große und mächtige Familie« beschrieb, sich nicht nur auf ihre Neigung zu häufigen ehelichen Beziehungen bezog, in denen Gebete als bevorzugtes Verhütungsmittel dienten. Als ich mich im Raum umsah, erblickte ich eine Masse Cellinis, von denen die meisten schon für sich ›eine Masse Cellini‹ darstellten. Es gab Ausnahmen, jüngere Männer und Frauen mit schlankem Körperbau und der Jahreszeit nicht entsprechender sonnengebräunter Haut, aber zum größten Teil waren ächzende Hosenträger und wogende Kleider an der Tagesordnung.

Maddie erkannte, daß kein Mensch einhundert kräftig gebaute Fremde kennenlernen möchte, ohne zuerst etwas Alkoholisches zu sich genommen zu haben, und steuerte mit uns direkt auf die Bar zu, die vor einem Fenster aufgebaut worden war, das Aussicht auf die unermüdlichen kleinen Schlittschuhläuferinnen gewährte. Hinter der Bar stand ein großer Speisekellner, dessen Nähe zu so vielen alkoholischen Getränken sowohl für Gilberts als auch für meine beschränkte Selbstbeherrschung eine Herausforderung darstellen würde.

»Roger, mein Süßer, ich möchte dir meinen Sohn Gilbert und seine reizende Verlobte vorstellen!«

Sie tauschten Grüße aus.

»Und das ist sein Freund Philip und seine Begleiterin Claire. Roger ist eigentlich gar kein Barkeeper. Er macht es nur, um Geld zu verdienen. In Wirklichkeit ist er Schauspieler, und nächste Woche beginnen seine Proben für einen Abend mit lauter Einaktern.«

Gilbert und ich verlangten Chivas, Claire ein Glas Champagner. Moira, wie immer Profi, blieb bei Ginger Ale.

»Gil, mein Junge, wie geht es dir?« polterte eine Stimme hinter uns los. Wir drehten uns um und sahen einen kahlköpfigen, grinsenden Koloß mit weit zum Gruß ausgebreiteten Armen.

»Chick!« kreischte Moira und warf ihm ihre Arme um den Hals. Diesen taktischen Zug würden wir sie an diesem Abend noch Dutzende Male wiederholen sehen. Diese erste Begegnung gab uns einen Vorgeschmack darauf, wie akribisch sich Moira auf diese Attacke auf die Herzen, Köpfe und Scheckbücher ihrer zukünftigen Familie vorbereitet hatte.

»Es ist ja so schön, dich wiederzusehen!«

»Na, das geht mir ganz genauso, Moira!«

Maddie stellte uns vor. Es war ein Vetter von Tony, Chick Sartucci.

»Wie geht es Rosa?« fragte Moira.

»Nun, sie kippt sich einen Eierflip nach dem anderen rein, als wäre es Mineralwasser, doch abgesehen davon denke ich, mit ihr ist alles in Ordnung.«

»Und Lina? Ist sie da?«

»Ja, sie ist da. Ihr geht es großartig – sie macht gerade eine Diät, also vergeßt nicht, ihr zu sagen, wie gut sie aussieht.«

»Und Ugo und Betty.«

»Könnte gar nicht besser sein.«

»Und wie geht es den Enkelkindern? Ich erinnere mich noch daran, daß du mir auf Steffies Hochzeit ihre Fotos gezeigt hast. In diesem ganzen Weihnachtstrubel sind sie ja bestimmt aufgeregt! Besonders der kleine Silvio – ich denke, mit drei Jahren bekommen Kinder das erste Mal richtig mit, was der Weihnachtsmann bedeutet, nicht wahr?«

»Da kannst du aber Gift drauf nehmen, daß er das mitbekommt!« sagte Chick mit einem dröhnenden Lachen. »Sein Wunschzettel ist so lang wie die gottverdammte Schnellstraße! He,« fuhr er fort und drehte sich dabei zu Gilbert um, »dieses Mädchen hat aber ein gutes Gedächtnis! Das ist das Letzte, was ein aktiver Kerl brauchen kann, was? Eine Frau mit einem guten Gedächtnis!«

»Na, das stört mich nicht, Chick! Sie macht mir ja nie Vorwürfe, es sei denn, ich bitte sie darum!«

Chick brach in schallendes Gelächter aus, Gilbert warf Moira ein kurzes Lächeln zu. Sie war nicht die einzige, die diesen Kriechern etwas vorspielen konnte.

»Hör mal, bevor ich's vergesse«, sagte Chick in weniger ausgelassenem Ton, »ich möchte euch beiden dafür danken, daß ihr mir nach dem Tod meines Bruders Joey diese liebenswerte Karte geschickt habt. Rosa und ich finden das wirklich nett von euch.«

Für einen verwirrten Moment schaute Gilbert Moira an, dann sagte er, das sei doch das mindeste, was sie tun konnten.

»Wir haben es wirklich zu schätzen gewußt, insbesondere wo ihr beide so neu in der Familie seid. Viele in eurem Alter nahmen sich nicht die Zeit, irgend etwas von sich hören zu lassen, geschweige denn ein Gedicht zu schicken.«

Maddie begann, jemandem auf der anderen Seite des Raumes zuzuwinken.

»Lunch!« rief sie. »Da sind ein paar Freunde von mir, die du unbedingt kennenlernen mußt!«

»Lunch?« fragte ich nach.

»Dickie Fabrizio. ›Lunch‹ ist nur sein Spitzname. Das ist der da drüben«, sagte Chick und zeigte auf einen Mann, der sich in ein kleines Zweiersofa gezwängt hatte und einen Vorspeisenteller riskant auf dem Körperteil ausbalancierte, der einmal ein Schoß gewesen sein mochte. »Er wird deswegen ›Lunch‹ genannt, weil man ihn zwischen zwölf Uhr mittags und vier Uhr nachmittags nie in seinem Büro erreichen kann. Er ist dann gerade beim Lunch. Schaut ihn euch an! Da sehe ich ja aus wie ein gottverdammter Go-go-Tänzer!«

Mit einigen Schwierigkeiten kam Lunch auf die Beine und triefte in unsere Richtung. Er wirkte wie einer dieser Spezialeffekte.

»Du hättest heute schon früher hier sein sollen!« meinte

Chick und stieß mich dabei an. »Er hat den Weihnachtsmann gespielt!«

»Wie habt ihr das denn fertiggebracht? Den Kamin mit Butter bestrichen?«

Chick brüllte vor Lachen.

»Hey, Gil, dieser Kerl gefällt mir! Den Kamin mit Butter bestrichen!«

Ich spürte, wie Claire sich bei mir einhängte, und als ich zu ihr hinunterblickte (ich bin nämlich fünfzehn Zentimeter größer als sie), bemerkte ich bei ihr ein seltsames, starres Lächeln.

»Na, wenn das mal nicht die beiden Turteltäubchen sind!« schnaufte Lunch, als er uns endlich erreicht hatte. »Maddie hier hat mir alles über euch erzählt. Gratuliere!«

Maddie stellte Claire und mich vor und sagte, ich sei Gilberts ältester Freund, ein Bühnenautor.

Lunch entpuppte sich umgehend als das Geschöpf, das weltweit von Dramatikern am meisten gefürchtet und verachtet wird: der Amateur mit einer Idee für ein Stück. Ihm fiel etwas mit einem Mann ein, der mitten in einer Affäre mit einer tollen Frau Mitte Dreißig merkt, daß er nicht nur von ihrer tollen Tochter im Teenageralter, sondern auch noch (»Jetzt wird's richtig gut!«) von ihrer tollen fünfzigjährigen Mutter angezogen wird. Das Obenerwähnte sei, wie er mir versicherte, autobiographischer Natur, und ich könne es ja aufgreifen. Ich versprach, die Sache sorgfältig in Erwägung zu ziehen.

»Wie geht's Samantha?« fragte Moira.

»Sammy? Du kannst sie selbst fragen, sie steht da drüben. Hey, Sam!«

»Was willst *du* denn?« quakte eine Frau mittleren Alters zurück, die ein paar Schritte entfernt stand.

»Komm her und beglückwünsche das glückliche Paar!«

Sie gesellte sich zu uns.

»Schau sich das einer an«, sagte sie zu ihrem Mann. »Wie immer drängelst du dich natürlich an der Bar. Gib mir noch einen Gimlet, Süßer«, wandte sie sich dann an Roger, streckte ihm ihr leeres Glas hin und warf ihm einen kaum verhüllten, lüsternen Blick zu. »Oh, Maddie, ist er nicht einfach umwerfend?« seufzte sie.

Maddie kicherte wie ein Schulmädchen und sagte, sie sei

glücklich verheiratet, aber sicher, ja, er sei ein gutaussehender Bursche.

»Auf ihn hat bestimmt schon eine Mieze ihr Auge geworden!« sagte Sammy und kniff ihn in die Wange. »Bitte, Süßer, sag, daß du Mädchen gern hast!«

»Ich verehre sie«, sagte Roger mit einer Stimme, die bei mir keinen Zweifel daran ließ, daß er damit zufrieden war, sie aus weiter Ferne zu verehren.

»Ich will dich ja nur ein bißchen ärgern, mein Kleiner«, sagte Sammy. »Es geht mich ja sicher auch nichts an. Gilbert, du siehst auch sehr gut aus. Gib Tante Sammy einen Kuß!«

Sammy Fabrizio war eine mächtige Frau Ende Fünfzig. Sie trug ein enges, schulterfreies Kleid in elektrisierendem Blau und Ohrringe, die bei einer schwächeren Frau zu Rückenschäden führen würden. Ihr Haar war zu einem bizarren, terrassenförmig angelegten Bienenkorb geformt worden, so daß ihr Kopf einer alten, auf einer Klippe gelegenen Inkabehausung ähnelte. Ihre Stimme erinnerte mich an eine Ente, aber keine Ente mit gesundem Lebenswandel, sondern eine, die seit ihrer Kükenzeit Gin trank und eine Zigarette nach der anderen paffte.

Wir wurden einander vorgestellt, und Lunch, der den aufrechten Stand als Gymnastik ansah, schlug vor, wir sollten doch ein gerade freigewordenes Sofa ansteuern.

Moira stellte wieder eine Unzahl Fragen über ihre zukünftigen, angeheirateten Verwandten, und konnte sich nicht nur an die Namen von Lunch und Sammys Brut erinnern, sondern auch noch an die des Mannes ihrer ältesten Tochter und deren vier Kinder. Die beiden waren erfreut über das Tempo, mit dem sie die Komplexität ihres Stammbaumes gemeistert hatte. Gilbert versuchte mitzuhalten, irrte sich aber dauernd, was dazu führte, daß Moira ihm liebenswürdigerweise jeden Fehltritt verbesserte und ihn ihren »verwirrten Kleinen« nannte.

Als ich diesen großartigen Auftritt verfolgte, hatte ich zuerst das Gefühl, Moira sei um ihres eigenen Vorteils willen zu weit gegangen. So dick aufzutragen konnte doch nur die Frage aufwerfen, was bei ihr eigentlich ein so leidenschaftliches Interesse an Menschen erweckte, die sie kaum getroffen hatte. Doch Moira war nicht auf den Kopf gefallen und sorgte dafür, daß alle Verdächtigungen durch eine ergreifende Moralpredigt zum Thema ›Großfamilien‹ zerstreut wurden.

»Ihr müßt wissen, ich hatte eine schwierige Geburt, und nach mir konnte Mom keine anderen Kinder mehr bekommen. Als dann Daddy starb – ich war damals sechs Jahre alt –, gab es nur noch uns beide. Oh, natürlich waren da noch irgendwo Verwandte, aber sie kamen alle von Daddys Seite und wollten nichts mehr mit ihm zu tun haben, weil er unter seinem Stand geheiratet hatte. Na ja, wenn man nur eine einzige Person auf der ganzen Welt hat, dann träumt man natürlich davon, eine große Familie zu haben. Als ich dann Filme wie *Ich weiß noch, wie es mit Mama war* sah, tat ich so, als wäre es *meine* Familie auf der Leinwand. Wenn ich mich daher jetzt hier umschaue und diese ganzen wundervollen Menschen sehe, die alle miteinander verwandt sind... Na ja, ich könnte verrückt werden, wenn ich daran denke, daß ich eines Tages mit dazugehören werde!«

»Du gehörst bereits dazu, meine Süße«, quakte Sammy und wischte sich eine Träne aus dem Augenwinkel.

»Da hast du ja ein tolles Mädchen erwischt, Gil«, meinte Lunch naserümpfend.

»Na, wie sieht's denn mit euch beiden aus?« fragte Sammy, und drehte sich zu Claire und mir um. »Plant ihr auch, eine feste Verbindung einzugehen?«

»Ja«, sagte Claire und nahm meine Hand. »Wir haben nur noch kein Datum dafür bestimmt.«

»Wirklich?« kreischte Maddie erfreut auf. »Na, das wußte ich ja gar nicht! Wußtest du das, Gilbert?«

»Nein!«

»Ich denke, dann ist die Katze ja aus dem Sack«, sagte Claire und grub ihre Fingernägel in meine Handfläche. »Tut mir leid, Philly. Du bist doch jetzt nicht sauer auf mich, oder?«

»Natürlich nicht, Liebes!« sagte ich. Alles schien sich um mich herum zu drehen.

»Na, *ich* bin nicht überrascht«, verkündete Moira. »Ich hätte es euch die ganze Zeit über verraten können.«

»Wirklich, hättest du?« fragte Claire.

»Natürlich. Frauen wissen so was eben.«

»Da habe ich den Salat!« sagte Maddie, der die Tränen

über die Wangen liefen. »Ich sehe, wie sich zwei junge Menschen finden, und schon muß ich anfangen zu heulen!«

»Oh, Maddie«, sagte Moira. »Du bist ja genauso schlimm wie Freddy!«

»Welcher Freddy?«

»Bombelli«, säuselte Moira. »Dein Onkel.«

»Du kennst Freddy?« fragte Lunch mit seltsamem Interesse.

»O ja, sehr gut. Daher weiß ich auch so viel über die Familie. Er spricht die ganze Zeit über euch. Er ist einfach so *stolz* auf euch alle!«

Sie erläuterte, welche Tätigkeit sie bei Freddy ausübte, ließ aber alles aus, was mit seinen literarischen Vorlieben und seinem wunderlichen Verlangen nach einer im Kostüm erfolgenden Neuinszenierung zu tun hatte. Jeder würde mit dem Eindruck davongehen, daß sie ihm im Pfarrgarten *Vater und Sohn* vorlas.

»Das ist ja wohl ein gottverdammter Zufall«, sagte Lunch bedeutungsschwer. »Tonys zukünftige Schwiegertochter arbeitet für Freddy, den Köter!«

»Ein bißchen mehr Respekt, bitte!« quakte Sammy und riß ihm das Glas aus der Hand. »Das reicht! Wir haben Viertel nach acht, und du benimmst dich jetzt schon wie das letzte Arschloch! Hüte deine Zunge, solange die Kinder da sind. Sie wissen doch, daß du der Weihnachtsmann warst.«

»Hey... wo wir gerade davon sprechen, daß Lunch den Weihnachtsmann gespielt hat, Phil hier hat da etwas gesagt, da habe ich mich gebogen vor Lachen...«

»Maddie, wo geht's zum Badezimmer?« fragte ich und stand auf.

»Geh nach draußen in die Empfangshalle, mein Lieber, dann ist es die erste Tür links, wenn du die Treppen hochkommst.«

»Damen haben Vortritt!« meinte meine Verlobte, und sprang neben mir in die Höhe. »Du zeigst mir den Weg, dann kann ich mich nicht verlaufen!« Sie nahm mich wieder bei der Hand.

»Was immer du sagst, Süße!« grinste ich und weg waren wir. Maddies Stimme wehte hinter uns her.

»Sind sie nicht entzückend! Ihr beide macht aber auch immer das, was mir nicht im Traum einfallen würde!«

12

Bevor ich Sie in jenes Badezimmer und die Schrecken eintauchen lasse, mit denen mich Claire erfreute, halte ich besser einen Augenblick lang inne und stelle einige Punkte bezüglich der Grundorganisation dessen klar, was ich bis jetzt als ›Cellini-Clan‹ bezeichnet habe. Ich entschuldige mich für die Unterbrechung, aber das sind alles recht wesentliche Dinge, und Sie werden es früher oder später ohnehin wissen müssen. Es wird Ihnen leichter fallen, das Ganze zu begreifen, wenn ich es Ihnen in einem einzigen, netten Klumpen serviere.

Wie Sie bereits gesehen haben, sind die ›Cellinis‹ nicht alle Cellinis. Tatsächlich machen die Cellinis nur ein Drittel eines Clans aus, den man am treffendsten als Familie Bombelli bezeichnen könnte, auch wenn Freddy und seine verwitwete Schwiegertochter Bruna die einzigen überlebenden Träger dieses Nachnamens sind. Doch von Freddy und seinen drei Schwestern stammen alle anderen ab.

In den frühen zwanziger Jahren machte Freddy einen kleinen Betrieb zur Fleischwarenherstellung auf. Es dauerte nicht lange, und die kleine Firma war zu einem sehr großen Betrieb zur Fleischwarenherstellung angewachsen, was teilweise dem Umstand zu verdanken war, daß seine Konkurrenten die dumme Gewohnheit entwickelt hatten, ihre Fabrikanlagen immer abbrennen zu lassen. In diesen glücklichen Jahren des Wachstums heirateten alle drei Schwestern von Freddy. Ihre Ehemänner hießen Enrico Cellini (Tonys Vater), Carlo Sartucci (der Vater von Chick) und Tommy Fabrizio (der Lunch in die Welt setzte).

Alle drei Ehemänner gingen für ihren wohlhabenden Schwager arbeiten, und als der Betrieb größer wurde und sein Produktionsprogramm erweiterte, war jeder von ihnen für einen anderen Bereich der Firma verantwortlich. Enrico Cellini leitete die Einlagerung und kümmerte sich um den Versand; Carlo Sartucci übernahm die Bekleidungsfabrik, die ein Mann namens Klein Freddy in einem Anfall von Großzügigkeit überlassen hatte, und Mr. Fabrizio blieb im Rindfleischgeschäft. Er hatte einen heranwachsenden Jungen sattzukriegen.

In den späten Dreißigern heiratete Freddy und entschied sich für Gina Latour (geborene Rose D'Amiglio), den Gesangsstar, dessen kurze Schallplattenkarriere und fünfjährige Herrschaft als Königin des Cayenne Clubs nur den kritiklosesten Sammlern leichter Muse in Erinnerung geblieben ist.

Das ist ja noch nicht allzu kompliziert, oder? Doch jetzt kommen wir zu Tonys Generation, und da werden die Dinge ein wenig komplexer. Alle oben Aufgeführten waren, was auch immer ihre anderen Unzulänglichkeiten gewesen sein mögen, gute Katholiken. Holen Sie also tief Luft, machen Sie ein Eselsohr in diese Seite, damit Sie in Zukunft hier nachschlagen können, und ich werde Ihnen eine Namensliste der Bombellis zweiter Generation geben.

Zum Cellini-Flügel gehören:

Tony Cellini (natürlich mit Maddie verheiratet)
Steven Cellini (mit Lisa verheiratet)
Theresa Cellini Pastore (mit Charlie Pastore verheiratet)
Frankie Cellini (verstorben; hinterläßt eine Witwe namens Connie)
Carlo Cellini (verstorben; hinterläßt eine Witwe namens Marie)

Zum Sartucci-Zweig gehören:

Chick Sartucci (mit Rosa verheiratet)
Manny Sartucci (und seine Frau Liz)
Schwester Deena Maria Sartucci (Unsere Liebe Frau aus Fatima)
Joey Sartucci (der tödliche Unfall in der Minestrone; hinterläßt eine Witwe namens Annie)

Die Fabrizios sind:

Lunch und Sammy
Aggie Fabrizio (geschieden)
Eddie ›das Würstchen‹ Fabrizio (und seine reizende Frau Mona)
Pater Eddi Fabrizio vom Jesuitenorden
Big Jimmy Fabrizio (verstorben, hat nie geheiratet)

Was die Bombellis betrifft, sind es Gott sei Dank nur wenige. Freddy sehnte sich wie seine Schwestern nach einer großen Familie, war aber nur mit einem Sohn gesegnet: Harry ›die Schramme‹ Bombelli. Harry wuchs heran und heiratete Bruna. Wie ich bereits sagte, sind vom Clan nur noch Freddy und Bruna übriggeblieben. Freddys Frau ist in den sechziger Jahren gestorben, und ›die Schramme‹ hat seine gerechte Strafe zwei Jahre vor Beginn unserer Geschichte erhalten.

Diese zweite Generation ist nun aus Männern und Frauen im Alter von vierzig bis sechzig Jahren zusammengesetzt, die wiederum eigene Kinder haben. Um diese nächsten Generationen brauchen Sie sich jedoch nicht weiter zu kümmern. Sie tauchen hier und da kurz im Geschehen auf, aber wir setzen uns dann an Ort und Stelle mit ihnen auseinander. Die Bombelli-Dynastie ist bezüglich des den älteren Familienmitgliedern entgegengebrachten Respektes äußerst traditionell. Autorität geht langsam von der Familienspitze in die unteren Ränge über, so daß ein grundsätzliches Verständnis für die Exekutivebene ausreicht, um die Strukturprinzipien zu durchschauen, die dem Drama Gestalt geben, in das Gilbert und ich wie ein moderner Rosenkranz und Güldenstern hineingeworfen wurden.

Sobald Claire und ich das Badezimmer erreicht hatten, zog sie mit einer wütenden Grimasse meine Aufmerksamkeit auf sich. Ihr Gesicht hatte eine verblüffende Ähnlichkeit mit dem Gesicht, das vor Jahren Schwester Joselia gemacht hatte, als mir der *Pfadfinder im Paradies* aus meiner Büchertasche fiel. Mir schlug das Herz bis zum Hals, denn es stand außer Frage, was der Grund für einen so grimmigen Blick war.

»Du kannst es *jetzt schon* sagen?« fragte ich.

»Natürlich kann ich das! Und ich hätte es dir schon vor zwei Wochen sagen können, wenn du dir die Mühe gemacht hättest, mir vernünftige Informationen zu geben!«

»Ich habe dir alles gesagt, was ich wußte. Ist das auch der Grund dafür, daß wir so plötzlich miteinander verlobt sind?«

»Ja. Sie müssen ja nicht herausfinden, was Gilbert im Sinn hat, und wenn sie merken, daß er schwul ist, dann sind sie auf dem besten Weg dazu.«

»Was hat das denn mit mir zu tun?«

»Nun, Philip, du bist sein bester Freund. Wenn sie über dich Bescheid wissen, dann könnte das den Verdacht auch auf ihn fallen lassen. Wie viele normale Jungs haben Schwule als beste Freunde? Einige bestimmt, da bin ich mir sicher, aber entschuldige meine Offenheit: Gilberts Auftritt als lüsterner Heterosexueller ist nicht ganz so meisterhaft, daß er dem Gewicht so vieler dazu im Widerspruch stehenden Anzeichen standhalten könnte.«

»*So* sehr bist du davon überzeugt, daß sie Mafiosi sind?«

»Philip, wie naiv kannst du eigentlich sein? Dickie Fabrizio? Und Moira schließt plötzlich dicke Freundschaft mit Freddy, dem Köter! Warum hast du mir das nicht *erzählt*?«

»Bis heute abend habe ich nie etwas von Lunch gehört. Und von Freddy habe ich dir erzählt.«

»Du sagtest Freddy Bombelli, aber nicht Freddy, der *Köter*. Das ist wie Jimmy, der Grieche. Du kennst ihn nur unter seinem Spitznamen.«

»Na, *ich* kenne ihn nicht! Wer zum Teufel ist Freddy, der Köter?«

Sie kam mir wieder mit diesem Schwester-Joselia-Blick.

»Philip, wenn du die *Times* kaufst, was machst du damit? Verbrennst du alles bis auf die Seiten über Kunst und Freizeit?«

Sie fuhr fort, mich darüber zu informieren, daß Freddy, der Köter, einer der sagenumwobensten Gangster der vierziger, fünfziger und sechziger Jahre gewesen war. Es gab kaum ein aufgelistetes Verbrechen, für das er nicht irgendwann einmal angeklagt worden wäre, doch kein Staatsanwalt hat es je geschafft, eine einzige Anklage gegen ihn aufrechtzuerhalten. Die gegen ihn aussagenden Zeugen waren berüchtigt für ihre Launenhaftigkeit und gaben sich ständig plötzlichen Anfällen von Wanderlust oder bis dahin unentdeckt gebliebenen Neigungen zum Selbstmord hin.

In der Anfangszeit von Freddys Karriere hat ein solcher Zeuge einmal einem Reporter erzählt, man wisse von den Leuten, die Freddy in die Quere kamen, sie würden in einer Dose K 9, dem beliebten Hundefutter, das in Freddys Fleischfabrik hergestellt wurde, ihre letzte Ruhe finden. Der Zeuge soll später nach dem Tippen einer selbstkritischen Notiz aus seinem Fenster gesprungen sein, und hat es nicht lange überlebt. Der Spitzname, Freddy, der Köter, bleib jedoch haften.

»Wenn er so verdammt wichtig ist, wie kommt es dann, daß ich noch nie etwas von ihm gehört habe?«

»Nun, er war jetzt eine ganze Weile nicht mehr in den Schlagzeilen. In den späten Sechzigern haben sie ihn endlich bei Steuerhinterziehung erwischt, und er bekam eine lange Gefängnisstrafe aufgebrummt. Ich nehme nicht an, daß er schon länger als ein paar Jahre wieder auf freiem Fuß ist. Ich wußte nicht einmal, daß er noch lebt. Immerhin war er schon ein alter Mann, als sie ihn hinter Schloß und Riegel brachten.«

»Ja, und ich war ungefähr zehn, also verzeih, daß ich nicht alles in der *Times* verfolgt habe.«

»Nun, vor drei Jahren, als Big Jimmy Fabrizio angeklagt wurde, warst du aber keine zehn mehr!«

»Häh?«

»Du bist und bleibst ein hoffnungsloser Fall! Das war doch dieser Schlag vom FBI. Sie hatten ein Video, auf dem er Senator Fowler fünfzigtausend Dollar bot, wenn er damit einverstanden sei, keinerlei Beweise dafür zu finden, daß die B & F Fleischgesellschaft nur dazu diente, einen Drogenring zu decken.«

Das kam mir nun ganz vage bekannt vor.

»Ach ja, richtig. Was passierte dann?«

»Das Gericht ließ die ganze Sache fallen – irgendeine formale Spitzfindigkeit bezüglich des Verfahrens, auf dem das

Beweismaterial beschafft wurde. Big Jimmy starb vor ungefähr eineinhalb Jahren. Ein Verkehrsunfall.«

»Woher weißt du, daß es sich hier um die gleichen Fabrizios handelt?«

»Nun, wenn ich bedenke, daß Freddy, der Köter, ihr Onkel ist, dann wäre ich doch überrascht, wenn sie es nicht wären.«

Jemand klopfte kräftig gegen die Tür. Wir erstarrten voller Panik. Ich glaube, einen Augenblick lang erwarteten wir wirklich, daß die Tür von irgendeinem waffenschwingenden Schläger im altmodischen Anzug aufgestoßen werden würde, der uns höhnisch angrinste und sagte: »So, dann habt ihr es also herausgefunden?«

»Einen Moment noch, bitte!« sagte Claire.

»Hast du Philip da drin?«

»Gilbert!«

»Komm rein!« rief ich.

Er schlenderte herein und betrachtete uns mit hochgezogenen Augenbrauen.

»Na, *das* ist aber gemütlich hier!«

»Gilbert, wir müssen uns unterhalten.«

»Allerdings. Was soll denn das mit eurer Verlobung?« fragte er vorsichtig. Er war sich nicht sicher, wieviel Claire wußte. »Soll das eine Art Witz sein, oder was?«

Claire erledigte diese Frage umgehend und versorgte Gilbert mit allen Informationen darüber, warum sie das Gefühl hatte, es sei vernünftig, daß ich mir eine Verlobte anlachte.

Einen Augenblick stand Gilbert wie vor den Kopf gestoßen da, dann sagte er etwas.

»Philip, du hast es ihr *erzählt*!«

»Und es war verdammt gut, daß ich das getan habe!«

»Wie *konntest* du! Du hast mir versprochen, unter keinen...«

»Gilbert, du Idiot!« sagte Claire mit scharfer Stimme. »Das ist doch jetzt völlig unerheblich! Es geht darum, daß du versuchst, einige äußerst gefährliche Leute hinters Licht zu führen!«

»Oh, bitte! Nicht schon wieder diese Geschichte mit der Mafia! Ich weiß nicht, warum...«

»Du weißt das auch mit Sicherheit nicht, also halt deinen Mund, dann werde ich es dir erzählen.«

Sie wiederholte alles, was sie mir erzählt hatte, und als sie bis zu Freddys einzigartigem Platz in der Geschichte der Ernährung von Hunden kam, hatte Gilbert jenen bleichen, dem Untergang geweihten Gesichtsausdruck bekommen, den man so oft an der Anmeldung in Zahnarztpraxen beobachten kann.

»Du denkst dir das nur aus, um mir Angst einzujagen!«

»Gilbert«, rief ich, »werd wach, dann kannst du das Hundefutter riechen! Was wir hier machen, ist *wirklich dumm.*«

»Ja«, sagte Claire, »und es wäre schon wahnwitzig genug, wenn du es alleine machen würdest. Aber dann noch Moira als deine Partnerin auszuwählen! Traust du ihr denn auch nur einen Augenblick über den Weg? Schau dir doch nur an, wie sie hier allen in den Arsch kriecht. Sie ist praktisch Freddys Geliebte, und hat den Rest von ihnen dazu gebracht, ihr aus der Hand zu fressen. Und was würde sie tun, wenn irgend etwas schiefginge? Sie würde die verletzte, liebeskranke Frau spielen, die von einem geschickten, schwulen Hochstapler, an den sie ihr mädchenhaftes Herz verloren hat, zum Verbrechen verleitet wurde. Ohne zu zögern, würde sie euch beide den Wölfen vorwerfen.«

Diese Worte hatten eine kraftvolle Wirkung auf Gilbert. Wenn er vorher wie ein Mann ausgesehen hatte, der auf seinen Zahnarzttermin wartet, dann ähnelte er jetzt jemandem, der einen Termin in der Zahnklinik hat, und dabei auf die drei ungeschicktesten Assistenten stößt. In diesem glücklichen Moment hörten wir, wie es wieder an der Tür klopfte.

»Ja-a-a?« trillerte Claire.

»Hallo, meine Süße!« sagte Maddie. »Seid ihr alle da drin?«

»Ja, Mami!«

Fröhlich kam Maddie hereingeplatzt, krampfhaft eine kristallene Punschschale mit Eierflip festhaltend.

»Ich dachte mir, daß ihr hier sein könntet. Ich weiß nicht, warum, aber jedes Mal, wenn ich eine Party feiere, dann verbringen die jungen Leute die ganze Nacht damit, in Gruppen das Badezimmer aufzusuchen.«

Claire erwiderte mit ihrer üblichen Geistesgegenwart, daß Gilbert uns beiseite gezogen hatte, um sich von uns beraten zu lassen, was er Moira zu Weihnachten schenken könne.

Als wir wieder zur Feier zurückkehrten, sahen wir, daß Moira noch einen draufgesetzt hatte, am Klavier stand und eine Gruppe Weihnachtslieder singen ließ. Wir bemerkten grimmig, daß sie den italienischen Text von ›Frosty, der Schneemann‹ gelernt hatte.

Über den ganzen Raum verstreut standen einige Dutzend Kellner, die sofort als Angestellte von ›Marvelous Parties‹ zu erkennen waren, dem heißesten Party-Service der Saison. Jeder von ihnen verfügte über alle Attribute, die das Wahrzeichen dieser Firma waren: dichtes, wallendes Haar, Kinnbakken, an denen man sich förmlich schneiden konnte, und eine gewisse, eisige Arroganz, die sie weniger wie Kellner, sondern eher wie ungewöhnlich höfliche SA-Männer wirken ließen.

Maddie verließ uns, um einige Neuankömmlinge zu begrüßen. Kaum war sie weg, verschwand Gilberts steifes Lächeln.

»O Gott, es gibt so viele Lieferanten auf der Welt, aber sie mußte die da buchen!«

»Was ist denn los?« fragte Claire.

»Ich will nur sagen, daß mich meine Vergangenheit wieder einmal einholt.«

»Oh, mein Lieber! Du hattest eine Romanze mit einem dieser Herren?«

»Nein«, sagte Gilbert und blickte sich um. »Mit dreien von ihnen.«

Sie werden bestimmt darin übereinstimmen, daß die Situation, mit der unser kleines Trio jetzt konfrontiert war, Streß bedeutete. Mit dem Streß ist das so eine Sache. Die Menschen gehen auf ganz unterschiedliche Weise damit um. Wie ich bereits an früherer Stelle erwähnt habe, schmollt Gilbert dann und ißt Frümen Glädje Pekannußbutter. Ich neige dazu, mein Telefon auszustöpseln und ganz in den Seiten eines guten Kriminalromans zu versinken. Dabei ziehe ich Trost aus dem Wissen, daß (was auch immer gerade meine

Probleme sein mögen) ich zumindest nicht gerade in einem abgeschlossenen Bibliothekszimmer tot aufgefunden werde, wobei zur Zeit meines Todes keine Möglichkeit bestand, hinein- oder herauszukommen. Doch Eiskrem und Kriminalromane sind Dinge, mit denen man sich trösten kann, wenn man allein ist. In Situationen, in denen man sich nicht nur mit Streß, sondern auch noch mit den prüfenden Blicken der Öffentlichkeit auseinandersetzen muß, sind sie von keinem großen Nutzen.

In diesen Situationen bewältigen Gilbert und ich die Lage auf die gleiche Weise. Wir spielen den Clown. Ein Psychiater würde vermutlich sagen, unsere Angst rufe große Unsicherheit hervor, die nur durch massive Dosen Anerkennung gemildert werden kann, doch wen zum Teufel kümmert das schon? Was immer der Grund auch gewesen sein mag, wir setzten unsere Narrenkappen auf und gaben uns alle Mühe, gescheit, charmant und witzig zu sein.

Ich war mir absolut bewußt darüber, daß es in dieser Nacht aller Nächte überhaupt nicht ratsam war, sich so zu verhalten. Das Vernünftigste wäre es gewesen, Zurückhaltung zu üben, und alles in meiner Macht Stehende zu tun, daß keiner dieser gefährlichen Leute sich am nächsten Tag auch nur daran erinnern würde, mich getroffen zu haben. Aber nein, ich mußte sie *unterhalten*. Sie mochten ja alle bösartige Gewaltverbrecher sein, die auf Schulhöfen Heroin verkauften und Unschuldige ermordeten, nur um in Übung zu bleiben, doch ich wollte, daß sie mich gern hatten.

»Gilbert!« hörten wir und drehten uns um.

»Agnes, mein Schatz!«

»Ich *hasse* es, wenn mich jemand Agnes nennt.«

»Ich weiß!«

»Balg! Komm, gib mir einen Kuß!«

Sie war eine dieser handfesten Frauen, bei denen man zunächst meint, sie seien um die Vierzig, und später zu dem Entschluß kommt, sie sind fünfzig und sehr rührig. Sie hatte nichts mit der anderen Frau aus ihrer Generation gemeinsam, die auch auf der Party war. Sie war schlank, aber nicht ausgezehrt, benutzte Make-up, um zu schmeicheln, und trug ein malvenfarbenes Seidenkleid, das, obwohl es ihr sehr gut stand, einen nicht dazu herausforderte, zu raten, was es kostete.

»Willst du mich nicht deinen Freunden vorstellen?«

»Das sind mein alter Kumpel Philip und seine Verlobte Claire. Das ist meine Kusine Agnes...«

»Aggie!«

»... Fabrizio. Hast du schon mal im Paradiso auf der Zweiundfünfzigsten Straße gegessen?«

»Nein.«

»Schäm dich.«

»Es gehört ihr. Sie ist Lunchs Schwester.«

»Du meine Güte! Dann seid ihr also Lunch begegnet?«

»Ja. Er war entzückend«, sagte Claire ohne eine Spur von Sarkasmus.

»*Tatsächlich?*« fragte Aggie und blickte zu dem Platz hinüber, an den Lunch sich gepflanzt hatte, um einen frischen Teller Lasagne in sich hineinzutun. »Wenn er mich sieht, ergreift er die Flucht, weil ich ihm immer damit komme, er solle etwas abnehmen. Meint ihr nicht auch, daß er weniger essen sollte?«

»Ja«, pflichtete ich ihr bei. »Wenn er nur diese ganzen Zwischenmahlzeiten lassen könnte...«

»Ganz genau! Ich denke, er sollte einen dieser Appetitzügler ausprobieren.«

»Aggie, meine Liebe«, sagte ich, »nicht einmal die polnische Regierung wäre in der Lage, diesen Appetit zu zügeln.«

Aggie strahlte und sagte, ich sei gemein.

»Das ist er mit Sicherheit«, stimmte ihr Claire zu. »Hat Lunch immer schon Probleme mit seinem Gewicht gehabt?«

»Seit der High School.«

»Ja«, sagte ich, »im Jahrbuch war eine Luftaufnahme von ihm.«

Aggie ließ ein scharfes, abgehacktes »Hah!« hören, das weniger nach Heiterkeit, sondern mehr nach Karate klang. »Gilbert! Wer *ist* dieser junge Mann? Er ist ja zum Schießen!«

»Oh, Philip und ich kennen uns schon seit Urzeiten. Er ist Schriftsteller.«

»Ein Schriftsteller? Wie schön! Sind Sie berühmt?«

»Nicht so ganz«, sagte ich und errötete.

»Er hat eine kleine Gefolgschaft«, sagte Gilbert.

»Einmal im Jahr treffen sie sich in einem Volkswagen.«

»Hah!«

»Er ist wirklich überaus begabt. Er ist lediglich noch nicht so bekannt.«

»Das ist ein Jammer. Was schreibt denn ein unbekannter Schriftsteller so?«

»Entschuldigungen.«

»Hah!«

Aggies ausgesprochen deutlich vernehmbares Lachen hatte die Aufmerksamkeit des halben Raumes auf sich gezogen. Ein Paar ließ sich zu uns herübertreiben und wurde uns als Ugo und Betty Sartucci, Chicks Sohn und Schwiegertochter, vorgestellt.

»Was ist denn hier so lustig, Aggie?«

»Gilberts Freund, Philip äh...?«

»Cavanaugh.«

»Cavanaugh. Er ist ungeheuer intelligent.«

»Oh, sind Sie derjenige, der diesen großartigen Witz über Lunch als Weihnachtsmann gemacht hat?«

»Was, was?« fragte Aggie ganz begierig.

Ugo gluckste und wiederholte das Bonmot. Dann fügte er hinzu: »Du solltest besser nach Lunch Ausschau halten. Er hat gehört, wie es jemand erzählte und dampft jetzt vor Wut.«

»Das ist in Ordnung«, sagte Gilbert. »Seine Frau ist ja auch ein bißchen durch den Wind.«

»Liebling«, begann Claire, die verzweifelt versuchte, uns von unseren neuen Bewunderern loszueisen, »könntest du mir noch ein Glas Champagner holen?«

»Natürlich, mein Schatz. Es ist zuviel Blut in deinem Alkoholsystem, nicht wahr?«

Claire lächelte und zerrte mich weg, aber es war zu spät. Der Fan-Club folgte uns bis an die Bar, Gilbert und ich machten weiter unsere Kapriolen und kippten einen doppelten Scotch nach dem anderen in uns hinein, damit unsere Hemmungen völlig vernichtet würden.

Ein gewisser Teil meines Auftritts hatte seine Wurzeln in der fröhlichen Übertreibung der Härten, die ein um seine Existenz kämpfender Schriftsteller ertrug.

»Danke«, sagte ich, und nahm von einem vorübergehenden Nazi ein Stück Krabbengebäck entgegen. »Das brauche ich jetzt. Mein letztes richtiges Essen bestand aus einem Salzhering.«

Es dauerte nicht lange, und unsere kleine Zuhörerschaft war auf die doppelte Größe angewachsen. Nachdem es mir beiläufig entschlüpfte, daß Claire und ich auch etliche lustige Liedchen geschrieben hatten, erlaubte ich Aggie, uns ans Klavier zu zerren. Der Hocker war momentan von Schwester Deena Sartucci besetzt, einer runden, kleinen Nonne, die, vom Klang der Dinge her zu urteilen, entweder mit Fausthandschuhen ganz hervorragend oder ohne sie ziemlich ungeschickt spielte. Aggie informierte sie mit lieblicher Stimme darüber, daß sie nicht länger die Last auf sich nehmen müsse, alle ganz allein zu unterhalten. Ich beriet mich kurz mit Claire und achtete darauf, nur drei oder vier unserer allerbesten Stücke auszuwählen. Die Reaktion war mehr als befriedigend. Selbst Claire, die beinahe schon beim bloßen Gedanken ans Spielen geflohen wäre, konnte nicht anders, als durch die Lachsalven und den Beifall in Schwung gebracht zu werden. Bald brachten wir beide zusammen mit Gilbert, der den Text kannte, unseren ausgelassenen und im Boogie-Woogie-Rhythmus gehaltenen Salut an die *New York Post*:

»Väterlicher Wagen zermalmte kleines Kind!«
»Drei Verstümmelte, als Spinner Wodka trinkt!«
Die Jury sich ganz neu besinnt
Als Mami offenbart:
»Die Stimmen befahlen: Mein Kind wird gegart!«
In der Post!
Der Post!
Der New York Post!
Sex und Tod beim Morgentoast!

Das ließ sie alle so sehr nach mehr schreien, daß nichts mich dazu bewegen konnte, weiterzumachen. Das krankhaft selbstsüchtige Untier in meiner Brust wußte, ich hatte einen vollendeten Sieg errungen, und jede Fortsetzung konnte den Glanz nur wieder dämpfen. Höflich, aber bestimmt entschuldigte ich mich und schlenderte zum Tanzsaal davon, wo man gerade richtig anfing zu tanzen. Bald erschien Claire an meiner Seite.

»Du bist wirklich ein Esel!« wisperte sie mir mit einem angespannten Lächeln zu.

»Gönn mir eine Pause, ja?«

»Warum? Ich ziehe dich beiseite, um dich darüber zu informieren, daß wir mit lauter Mördern und Erpressern in einem Zimmer stehen. Was machst du? Du gehst natürlich sofort hin und machst irgend etwas völlig Ungewöhnliches, damit du sicher sein kannst, daß nun auch wirklich jeder von ihnen weiß, wer du bist – entschuldige, wer *wir* sind. Manchmal verstehe ich dich einfach nicht, kann dich nicht begreifen.«

»Es tut mir leid. Ich war nervös und wenn ich nervös werde...«

»Sei still.«

Ich folgte ihrem Blick und sah, wie Moira und Gilbert auf uns zukamen.

»Ihr beide wart wundervoll! Wie süß von euch, zur Unterhaltung beizutragen, wenn ihr nicht einmal dafür bezahlt werdet. Alle sprechen über euch.«

»Wie schön«, sagte Claire.

»Aber, meine Liebe, was soll denn die Sache mit eurer Verlobung bedeuten? Es ist ein Witz, nicht wahr?«

Moiras Stimme klang etwas gereizt. Ich konnte erkennen, daß sie korrekterweise argwöhnte, unsere plötzliche und unechte Romanze hätte auf irgendeine Weise etwas mit ihrer eigenen zu tun, was wiederum bedeuten würde, daß Claire Bescheid wußte. Und das würde Moira ganz und gar nicht gefallen. Doch Claire vertuschte es auf wunderschöne Weise.

»Oh, Moira«, sagte sie und war plötzlich ein kleines bißchen betrunken. »Ich weiß gar nicht, was da über mich gekommen ist! Als Sammy mich fragte, ob wir planten, eine feste Verbindung einzugehen, muß mich der Teufel geritten haben! Ich mußte unbedingt sehen, was Philip für ein Gesicht machen würde, wenn ich ja sagte. Und jetzt ist es mir peinlich, zu sagen, daß ich geflunkert habe. Die Leute könnten ja auf den Gedanken kommen, ich machte mich über sie lustig, und eigentlich war das ja ganz anders. Ich war nur...«

»... des Teufels... und auch voll mit Champagner, denke ich!« meinte Moira mit einem fröhlichen, kleinen Lachen. Sie hatte es ihr abgenommen.

»Ich fürchte, ja. Ich sollte es besser bei diesem hier belassen!«

»Unsinn! Amüsier dich! Deswegen sind wir doch hier!«

Maddie betrat den Tanzsaal, kam in unsere Ecke gesaust und war ganz außer sich vor Aufregung.

»Gute Nachrichten, Kinder! Freddy ist da!«

Sie führte uns zurück ins Wohnzimmer, und da saß er dann auf einem Sofa in der Nähe eines Bäumchens: der Erzfeind, Freddy Bombelli. Neben ihm saßen Aggie auf der einen und Chick Sartucci auf der anderen Seite.

Direkt hinter Chick stand ein gutgekleideter Schlägertyp, der Freddys geliebte Familienangehörige mit mißtrauischem Blick beäugte. Er hatte einen kurzen und stämmigen Körper; sein Kopf war von kurzem, dunklem, gekräuseltem Haar bedeckt und offenbarte ein Gesicht, das nur ein Mensch wie Darwin in sein Herz schließen konnte. Maddie erzählte mir später, daß es Serge war, Freddys ›Pfleger‹. Diese Bezeichnung war nicht gänzlich als Witz gemeint, denn Serge war in der Tat für den komplexen Pillenplan des Alten verantwortlich und darüber hinaus darauf vorbereitet, jede unvorhergesehene Störung in Freddys Wohlbefinden rasch zu diagnostizieren und darauf sofort mit massiven Dosen Blei zu antworten.

Was Freddy betrifft, wirkte er auf den ersten Blick nicht wie ein alter Mann, sondern wie ein kranker Jugendlicher auf mich. Wie er so dasaß, seine Füße reichten nicht ganz bis auf den Boden, sah er genauso aus wie eines jener Kinder, die von dieser schrecklichen Krankheit gezeichnet sind, die sie frühzeitig altern und mit neun sterben läßt.

»Freddy, mein Süßer, schau mal, wer hier ist!« rief Maddie.

Freddy, der Köter, schaute hoch, und sein Gesicht erstrahlte, als er seine Lieblingshure sah. »*Cara!* Du bist gekommen!«

»Natürlich bin ich das! Ich habe doch gesagt, daß ich hier sein würde!«

»Aber ihr jungen Leute... so viele Parties. Ihr vergeßt.«

Seine Stimme trug nur noch mehr zu dieser makabren Illusion eines alten Kindes bei. Der Atem ging pfeifend, aber die Stimme war gleichzeitig fröhlich und laut, todgeweiht und aufdringlich.

»Freddy, du erinnerst dich doch an meinen Gilbert, nicht wahr?«

»Natürlich. Steffies Hochzeit. Freut mich, dich wiederzusehen.«

»Schön, dich zu treffen, Onkel Freddy! Du siehst großartig aus.«

»Ich achte auf mich. Mache eine Menge Nickerchen.«

»Und *das*«, sagte Aggie und lächelte bezeichnend, »ist sein überaus begabter junger Freund Phil Cavanaugh. Oh, und seine Verlobte, Clara.«

»Ja, Aggie«, sagte er. »Ich werde es nicht vergessen. Hallo, junger Mann! Es ist mir ein Vergnügen, Sie kennenzulernen.«

»Oh, das Vergnügen ist ganz auf meiner Seite! Ich habe so viel von Ihnen gehört... von Moira! Sie erzählte mir, wie sehr ihr ihre Arbeit gefällt.«

»So? Das ist schön. Ich habe manchmal Angst, sie würde sich langweilen, vielleicht kündigen wollen.«

»Hör doch auf damit, du Dummerchen, du! Meine einzige Sorge ist, daß du eine Bessere findest und ihr den Job gibst.«

»Eine Bessere gibt's nicht! Dieses Mädchen«, sagte er und drehte sich zu Charlie Pastore um, »Moira, sie ist mit Maddies Sohn Gilbert verlobt. Ich stellte sie an, damit sie mir vorliest. Meine Augen, verstehst du? Der Arzt sagte, mit dem Lesen sei es vorbei. Und ich liebe doch meine Bücher, nicht wahr? Mein ganzes Leben habe ich jede Nacht nach dem Abendessen ein gutes Buch genommen und gelesen. Was soll ich jetzt tun, Fernsehen gucken?«

»Was ist denn schlimm am Fernsehen?« fragte Maddie.

»Dir gefällt es, dann bleib dabei, mein Schatz! Pfff! Auf jedem Kanal nur Polizei, die einem Wagen hinterherjagt. Als ich jung war, hatte ich genug davon.«

Alle lachten darüber; Moira am lautesten.

»O Freddy!« trillerte sie empört.

Claire und ich starrten erst auf Moira, dann blickten wir uns an. Ein und derselbe Gedanke war in uns beiden aufgestiegen.

Sie weiß es! Sie *weiß*, daß sie alle zur Mafia gehören, daß Freddy Freddy, der Köter, ist, daß sie mit Drogen handeln und Senatoren bestechen und Leute umbringen, und es ist ihr egal! *Sie will sie trotzdem betrügen!*

»Oh, Freddy!« sang sie. »Hast du schon gesehen? Ich habe mir dein Weihnachtsgeschenk angesteckt! Es hat *so* etwas Fröhliches! Findest du nicht auch, Gilley?«

»Doch, sehr!« antwortete Gilbert und warf einen nervösen Blick nach links in Richtung eines verdrießlichen Tablettträgers vom Party-Service ›Herrenrasse‹, der Gilbert unnachgiebig anstarrte. Die Wut, die in seinen Augen aufglomm, war unmißverständlich die Wut eines Mannes, dem man Unrecht angetan hatte.

»Sagt mal, ich habe euch beiden doch noch gar nicht das Haus gezeigt, nicht wahr, Philip?«

»Oh, laßt mich das tun!« bat Maddie.

»Das geht schon in Ordnung, Mami. Ich übernehme das! Bis gleich, Freddy!«

Er zerrte uns durch den Türbogen ins Foyer.

»Das war knapp, wie?«

»Ach, du hast ja keine *Ahnung*, mein Süßer, du hast einfach keine Ahnung!«

Er nahm eine Zigarette aus seiner Jacke und zündete sie mit zitternder Hand an, nahm einen tiefen Zug und stöhnte: »Ich *wußte*, ich hätte diesem Arschloch seine Stereoanlage wiedergeben sollen.«

»Habt ihr beide bemerkt, was ich bemerkt habe?« fragte Claire.

»Du meinst die Art und Weise, auf die sich Moira über Freddys Witz kaputtgelacht hat?«

»Ja! Mir gefiel überhaupt nicht, wie sich das anhörte. Es schien fast so, als ob sie alles über sie weiß.«

»Natürlich *weiß* sie alles!« fauchte Gilbert. »Man merkt doch, daß diese Hure den Stammbaum der Familie bis hinab zu seinen Wurzeln studiert hat. Enkelkinder, Geburtstage, Blutgruppen! Sie weiß einfach alles... Denkt ihr, sie hat dabei übersehen, daß alle Schwerverbrecher sind?«

Claire stotterte ungläubig. »Aber ich... das verstehe ich nicht. Wenn es... ich meine... wenn sie *weiß*, was sie sind, wie kann sie denn dann noch vorhaben, sie zu hintergehen?«

»Weil sie eine gottverdammte Psychotikerin ist, deswegen! Und außerdem, wie du schon sagtest: Wenn irgend etwas schiefgeht, wem wird dieser Köter von Freddy wohl glauben? Ihr oder mir?«

»O mein Gott! Das ist ja alles noch schlimmer, als ich dachte!«

»Ist das nicht immer so?«

»Pssst!«

Ich blickte mich um und sah Tony Cellini auf uns zukommen.

»Tony«, sagte Gilbert, ganz der Heterosexuelle.

»Gilbert!«

Tony Cellini war ein attraktiver Mann und stand damit in seiner Generation der Familie allein da. Er war in ausgesprochen guter körperlicher Verfassung, hatte ein mageres Gesicht mit einer mächtigen Adlernase und einem eckigen, hervorstehenden Kinn, und war selbst im Winter sonnengebräunt. Sein Haar wurde oben lichter, aber auch das schmeichelte ihm, denn dadurch wurde der Betrachter mit einigen weiteren Zentimetern Haut in leuchtendem Bronzeton verwöhnt. Seine Zähne waren in bestem Zustand, und bereitwillig ließ er sie bei jedem Lächeln aufblitzen – einem Lächeln, das ich selbst in den Qualen äußerster Panik ausgesprochen entwaffnend fand. Auf den ersten Blick war ich verwirrt, denn Gilbert hatte, wenn er Tony imitierte, den Eindruck eines Mannes vorgegeben, der viel ungehobelter, zweifellos kahlköpfig und fast sicher übergewichtig war und dazu neigte, sich die Nase am Tischtuch zu putzen. Erst später kam mir der Gedanke, daß Gilbert unbewußt diese andere Version von Tony erfunden hatte, um zu vermeiden, mit der beunruhigenden Tatsache konfrontiert zu werden, daß seine Mutter einen Mann geheiratet hatte, mit dem er innerhalb einer Minute ins Bett steigen würde.

»Gilbert, du hast mir nie verraten, daß du einmal Sänger warst!«

»Du hast mich nie danach gefragt! Hast du schon meine Freunde kennengelernt?«

»Nein, aber ich hatte das Vergnügen, ihren Auftritt zu verfolgen.«

Er schüttelte uns die Hand, machte uns eifrig Komplimente über unsere Lieder und fügte hinzu, daß auf der ganzen Party alle nur über uns sprachen. »Das ist Philip, nicht wahr? Und Clara?«

»Claire.«

»Entschuldige, Claire. Ich denke, ihr beide werdet noch sehr weit kommen.«

Vielleicht sind wir dazu gezwungen, dachte ich.

»Ich bin Tony, Maddies Mann – und der Stiefvater von ihm hier.«

»Schön, sie zu treffen, Tony«, sagte Claire. »Wundervolle Party!«

»Dafür könnt ihr euch selbst danken! Wenn ihr nicht zu jenem Zeitpunkt die Musik übernommen hättet, dann hätten wir noch für eine weitere Stunde Schwester Deena am Klavier gehabt. Und das Beste ist, daß sie jetzt, wo alle gehört haben, wie sich richtiges Klavierspiel anhört, viel zu verlegen ist, um wieder damit anzufangen.«

»Du liebe Güte! Ich wollte doch nicht...«

»Entschuldige dich nicht dafür! Ihr Klavierspiel kann doch kein Mensch *aushalten*! Doch wie bringt man einer Nonne bei, daß sie einem stinkt?«

Ich bemerkte, daß der Große, Blonde und Nachtragende schon wieder in gefährlicher Nähe Lachs herumreichte. Auch Gilbert bekam es mit, stammelte Entschuldigungen und hastete zum Klo.

Tony fragte uns nach unserer gemeinsamen Arbeit und unseren Hoffnungen für die Zukunft. Ich spürte, daß er auf irgend etwas hinauswollte, und so war es auch.

»Hör mal«, sagte er und schnippte seine Finger in einer

wenig überzeugenden Demonstration von Spontaneität, »hier ist jemand, den ich kenne, und der euch überaus gerne kennenlernen möchte.«

Er führte uns durch das Wohnzimmer zurück in einen großen, getäfelten Speisesaal, dessen Tisch unter einem Buffet lukullischen Ausmaßes ächzte. Abseits in einer Ecke starrte ein gefühlvolles Bürschchen auf einen Teller mit Scampi, den er auf seinem Schoß hatte. Der Junge hatte einen ziemlich wehmütigen Blick, als ob die ganzen Garnelen seine persönlichen Freunde gewesen wären, braune, wallende Haare, und wenn die Länge seiner Nase ihn auch davor bewahrte, wirklich hübsch zu sein, hatte er dennoch etwas Süßes und Ausgefallenes, das es angenehm machte, ihn anzuschauen.

»Immer am Träumen!« sagte Tony und blickte ihn liebevoll an.

Wir kamen in seine Ecke, und er schaute hoch wie ein aufgeschrecktes Kitz. Wir wurden einander vorgestellt. Er war Leo Cellini, Tonys Patensohn und über seinen verstorbenen Bruder Carlo sein Neffe. Leo war siebzehn, besuchte die oberste Klasse der High School, strebte eine akademische Prüfung in einem Spezialfach an und war einfach versessen auf Musicals, insbesondere auf die Arbeiten Stephen Sondheims.

Wie eine aktuelle Meinungsumfrage gezeigt hatte, gibt es vielleicht zehn siebzehnjährige Schüler, die die akademische Laufbahn einschlagen wollen, verrückt auf Stephen Sondheim und gleichzeitig heterosexuell sind. Nichts an Leos Verhalten ließ in mir den Verdacht hochsteigen, er sei einer von ihnen. Es war auch nichts so offensichtlich, daß es vom durchschnittlichen, heterosexuellen Erwachsenen bemerkt wurde. Leo neigte jedoch dazu, seine Worte zusammenzuschieben, wenn er aufgeregt war, und hob auch das Wort *also* immer auf eine Art und Weise hervor, die bei mir keinerlei Zweifel hinterließ, daß eine gründliche Durchsuchung seines Zimmers etliche Exemplare von *Christopher und seine Artgenossen,* dem Kontaktmagazin *Mann sucht Mann* und den Arbeiten Gordon Merricks zutage fördern würde.

»Leo schreibt auch Musikstücke«, meinte Tony. »Wundervolle Sachen.«

»Wirklich?« fragte Claire.

»Na ja, äh, so etwas Ähnliches«, sagte Leo, der zwischen dem Verlangen, zum Klavier zu stürzen, und einem gleichstarken Impuls, unter einen Felsen zu kriechen und zu sterben, hin und her gerissen wurde.

»Ich meine, sie sind nicht annähernd so *vollendet* wie eure.«

»Gut«, lächelte Claire. »Ich glaube auch nicht, daß du mir in einem solchen Fall besonders sympathisch wärst.«

Tony lachte über diese Bemerkung, und auch Leo entfuhr ein nervöser, nasaler Laut, der, wie ich vermutete, ebenfalls ein Lachen darstellte.

»Richtig. Wenn ich so gut wäre wie ihr, dann wäre das ganz schön unangenehm.«

»Und ob!«

»Ich fand, eure Lieder waren *so* gut! Ich meine, die Texte waren *so* lustig.«

»Nun, danke, Leo.«

»Ich meine, ich konnte erkennen, woher ihr einige Ideen geklaut hattet, doch das war egal, denn die Witze waren alle neu.«

»Er nimmt kein Blatt vor den Mund«, sagte Tony.

»Nein!« schrie Leo gequält auf. »Ihr wißt doch, was ich meine! Habe ich irgend etwas Falsches gesagt?«

»Überhaupt nicht. Du warst eben einfach aufmerksam«, sagte ich, dann drehte ich mich zu Claire um und fügte in falschem sotto voce hinzu: »Wer *ist* dieses Gör?«

»Kannst du ihn genausowenig ausstehen?«

»Für wen hält er sich?«

»Genau.«

»Für einen dieser elenden, kleinen, heranwachsenden Besserwisser!«

Leo bekam einen Schluckauf vor Heiterkeit; erfreut war er sich der Tatsache bewußt, daß wir ihn nie beleidigt hätten, wenn wir ihn nicht tatsächlich gemocht hätten.

Genau in diesem Moment fiel Schwester Deena Sartucci über uns her und begann, einen Kniefall vor dem aus Claires Talent bestehenden Heiligtum zu machen.

»Ich fürchte, Sie haben meine eigenen jämmerlichen Spielversuche recht erbärmlich aussehen lassen!«

»Aber nein! Sie spielen sehr gut!«

»Nett von Ihnen, das zu sagen, da bin ich mir sicher, aber ich weiß, daß Sie bemerkt haben müssen, wie überaus viele *Fehler* ich mache.«

»Es sind überhaupt nicht so viele.«

»Lieb von Ihnen, die Gefühle einer alten Frau zu schonen, meine Lieben, aber…«

Lange Minuten machte sie auf diese Weise weiter, und als sie schließlich Claire bat, mit ihr zum Klavier zu gehen und ihr einige Tips zu geben, bedeutete das, daß die arme Claire keine andere Wahl hatte, als Deena zu beweisen, daß sie sich irrte. Die Alternative bestand darin, zuzugeben, daß sie das Gefühl hatte, Deena sei zu ungeeignet, zu arthritisch und zu alt, um auch nur die kleinste Hoffnung hegen zu können, jemals auch nur das winzigste bißchen besser zu werden. Tony gesellte sich zu den beiden, und ließ Leo und mich bei der Diskussion »unserer gemeinsamen Interessen« allein.

Wir standen da und plauderten angeregt über den traurigen Zustand des Musiktheaters. Leo versuchte mit aller Macht, mich mit seinem kritischen Geschmack zu beeindrucken. Er hatte den überaus starken Wunsch, ernst genommen zu werden, und nahm an, ich sei bereit, ihn gänzlich fallenzulassen, wenn ich den kleinsten Makel an seiner Gelehrsamkeit oder seinem Niveau entdeckte. Diese Kombination aus schamlosem Geltungsbedürfnis und unverhülltem Selbstzweifel erinnerte mich an die Art, auf die ich mich in seinem Alter selbst verhalten hatte, und daher fand ich sie extrem liebenswert.

Das erste Mal an diesem Abend vergaß ich, daß ich von Gangstern und Halsabschneidern umgeben war. Meine Gedanken wurden plötzlich nur noch von Leo beherrscht. Oder vielmehr hatten Leo und ich… Die ganzen Shows, die wir uns ansehen könnten; all die Diskussionen, die wir bei ruhigen Diners führen könnten; meine Erfahrungen, von denen er profitieren könnte; die vielen und mannigfaltigen Lektionen, die ich ihm erteilen könnte, wenn er diese ersten, mutigen Schritte zu Reife, Selbstannahme und…

Klingelingelingelingeling!

Was in aller Welt stellte ich mir denn da vor! Wie konnte

ich es mir gestatten, von einer verbotenen Romanze mit diesem Mafia-Kind zu träumen. Na, es war doch schon der reine Wahnsinn, hier zu stehen und über *Pazifische Ouvertüren* mit ihm zu diskutieren!

»Oh, bist du nicht genauso begeistert über die Art und Weise, auf die er in ›Hallo, ja bitte?‹ das gleiche metrische Schema wie im Lied des Generalmajors in *Die Piraten von Penzance* nimmt, und es dann unter Einbezug der inneren Rhythmen noch komplizierter werden läßt? Das ist auch in der Show mein Lieblingstext.

»Meiner ist der von ›Bowler‹.«

»Oh, ist das nicht *großartig*?«

In seinem Enthusiasmus schlug er mir mit beiden Händen auf die Schultern und starrte mir direkt in die Augen. Das Starren dauerte an.

KLINGELINGELINGELINGELING!

Wie sollte ich nur entkommen? So unumgänglich es war, diesen Jugendlichen und die ganzen verderblichen Möglichkeiten, die er repräsentierte, zu meiden, ich hatte mich bereits so sehr für ihn erwärmt, daß ich nicht das Risiko eingehen wollte, seine Gefühle zu verletzen. Mir fiel Gilberts Trick von eben wieder ein, und ich täuschte einen plötzlichen und verzweifelten Drang zum nächstgelegenen Klo vor.

»Nimmst du Koks?« fragte er, was in gewisser Hinsicht im Widerspruch zu dem naiven Bild eines Norman Rockwell stand, das ich mir von ihm gemacht hatte.

»Nein. Ich muß nur pinkeln.«

»Oh! Ich zeige dir, wo es ist.«

»Ist schon gut; ich weiß den Weg. Na, iß erst mal deinen Teller leer, bevor alles kalt wird. Schön, dich getroffen zu haben! Vielleichtsehenwirunsjaspäternochbisdann.«

In meiner Eile, die Szene hinter mir zu lassen, vergaß ich die Hauptregeln für erfolgreiche Ausflüchte auf einer Party: Wenn man sagt, man muß ins Badezimmer, dann *geht* man auch ins Badezimmer. Meine Nerven waren jedoch so ramponiert, daß ich nur bis ins nächste Zimmer kam, wo mich der Anblick des verläßlichen Rogers, der wie immer bereit war, den Niedergeschlagenen beizustehen, dazu brachte, abrupt stehenzubleiben. Ich bestellte einen doppelten Scotch und baute mich in der Nähe eines der großen Fenster auf. Von dort konnte ich nach draußen auf Maddies wundervolle Weihnachtswelt blicken und damit anfangen, etwas Licht in den Alptraum aus Komplikationen zu bringen, der in der letzten Stunde entstanden war.

»Hallo!« sagte Leo.

»Hallo. Eine recht lange Schlange vor dem Bad«, sagte ich.

»Es gibt hier eine ganze Reihe Badezimmer. Ich kann dir zeigen, wo.«

»Ist schon gut. Ich kann warten. Das formt den Charakter.«

»Oh... okay.«

Sein Gesicht hatte einen verblüfften, zaghaften Ausdruck, der einem schon beim Anblick den Atem raubte. Er wußte, daß ich versuchte, ihn zu meiden. Unfähig, den Grund dafür zu erkennen, konnte er nur annehmen, daß ich ihn langweilig und unreif fand und überhaupt nur deshalb nett zu ihm gewesen war, weil mein Gastgeber mich dazu aufgefordert hatte.

Plötzlich packte mich das intensive Bedürfnis, dieses Mißverständnis zu klären. Ich fing an, ihn alles mögliche über seine Musik zu fragen, und es dauerte nicht lange, und das Gespräch sprudelte wieder fröhlich daher. Genaugenommen ein wenig zu fröhlich, denn Leo hatte es im Zeitraum von zehn Minuten zweimal geschafft, sich von herumgereichten Tabletts Gläser mit Champagner zu schnappen. Schlimmer noch: Er kippte beide mit großen, gierigen Schlucken in sich hinein.

Das führte dazu, daß sein beunruhigend hohes Lachen jetzt immer häufiger wurde. Jedes Mal, wenn wir verstummten, heftete er mit immer herausfordernder werdendem Lächeln seinen Blick auf mich, so daß ich gezwungen war, etwas zu sagen, ganz egal was, um zu vermeiden, die Komm-her-Blicke zu bemerken.

Das Schlimmste daran war aber, daß meine Gefühle für ihn so fürchterlich offensichtlich waren.

Er wußte, meine nervösen Reaktionen auf seine Vorstöße waren ein Zeichen von Interesse und nicht von Desinteresse. Er lächelte mich verrucht an, und unfreiwillig erwiderte ich das Lächeln für den Bruchteil einer Sekunde, bevor ich wegschaute oder meinen Blick senkte. Und dann schaute ich ihm direkt ins Gesicht, versuchte, so zu tun, als ob es nicht passiert wäre, und fragte etwas steif, was er eigentlich vom *Flower Drum Song* hielt. Das veranlaßte ihn natürlich nur dazu, wieder zu lachen, nur noch lauter als vorher, was wiederum mich veranlaßte, den Mund zu halten, und ihm die Gelegenheit bot, mich erneut lüstern anzugrinsen.

»Leo!« sagte ich und errötete anmutig.

»Was denn?« grinste er.

»Hör auf damit!«

»*Wo*mit?«

»Du weißt schon!«

»Nein, womit?« fragte er und grinste anzüglich.

»Mich so anzugucken!«

»Wie anzugucken?«

»Du weißt genau, welche Art von Blicken!«

»Ich gucke *dich* genauso an, wie du *mich* anguckst.«

»Ich gucke dich *nicht* so an!«

»*Wie* guckst du mich nicht an?«

Und so weiter.

Plötzlich gesellte sich ein kleiner Mann Mitte Sechzig mit dem Gesicht eines Spürhundes zu uns, der ungeheuer übelriechende Zigarren rauchte.

»Hey, Leo, na? Wie hängt ihr denn hier herum? Gilberts Kumpel macht dich fertig, was?«

»Ja!« bebte Leo und griff sich von einem vorübergereichten Tablett ein Glas Champagner.

»Hallo! Ich bin Charlie Pastore und mit Tonys Schwester Theresa verheiratet.«

»Schön, dich kennenzulernen.«

»Die Freude ist ganz auf meiner Seite. Hab dich am Klavier gehört. Tolle Sache!«

»*Wundervoll*«, stimmte Leo zu und leerte sein Glas.

Flucht war dringender geboten als je zuvor. Ich schaute mich nach jemandem um, der mir einen Vorwand geben würde, mich zu entschuldigen, und sah Claire am Klavier, die sich gerade vergebens damit abmühte, die Technik der guten Schwester Deena zu verbessern.

»Ach herrje! Ich fürchte, ich vernachlässige meine Verlobte.«

»Deine Verlobte?« fragte Leo schwer getroffen.

»Komm, laß sie in Ruhe«, sagte Charlie. »Sie gibt Schwester Deena Unterricht, und wenn das jemals jemand nötig hatte, dann sie!«

»Du bist verlobt?«

»Ja.«

»Mit *ihr*?« fragte Leo unfreundlich.

»Na, meinen herzlichen Glückwunsch! Da hast du dir ein begabtes Mädchen ausgesucht. Nun, Leo? Wie geht's denn so in der Schule? Du machst doch dieses Jahr deinen Abschluß, nicht wahr?«

»Jaja.«

»Hast du dich schon bei vielen Colleges beworben?«

Das war mein Stichwort!

»Entschuldigt mich«, sagte ich, und tat so, als ob ich jemanden auf der anderen Seite des Saales erkannt hätte. »Hat mich gefreut, euch kennenzulernen!«

»Ebenso! Also, deine Mutter erzählte irgend etwas von Princeton oder...«

Ich eilte davon und winkte dabei wie wild einer gar nicht vorhandenen Person am Eingang zu. Als ich zur Haustür kam, machte ich eine kleine Pause. Sie war jedoch nur von kurzer Dauer, denn ein schneller Blick über meine Schulter ließ mich erkennen, daß Leo sich von Charlie verabschiedet hatte und rasch noch einen Champagner hinunterkippte. Unsere Blicke trafen sich über die Entfernung hinweg und er formte mit den Lippen das Wort »Warte!«, als er das leere Glas auf einem Tischende abstellte.

Da ich mitbekommen hatte, wie raffiniert er bereits nach zwei Gläsern sein konnte, verspürte ich nicht das geringste Verlangen, zu erleben, welche Wunder an Offenheit er unter dem Einfluß von vieren vollbringen konnte. Ich zog die Treppe in Erwägung, fand jedoch, daß ich damit das schreckliche Risiko einging, von ihm in einem Schlafzimmer in die Enge getrieben zu werden. Damit blieben mir nur noch zwei Möglichkeiten: der Tanzsaal oder der Flur im Erdgeschoß, der parallel zur Treppe verlief. Ich eilte durch die Eingangshalle. Etliche Türen gingen von ihr ab, und ich überlegte, daß ich für den Fall, durch die falsche zu stürzen und Zeuge eines gerade begangenen Mordes zu werden, immer noch sagen konnte, ich wäre nur auf der Suche nach dem Badezimmer.

Ich tauchte durch eine Tür am Ende der Eingangshalle, die auf der gleichen Seite lag wie der Tanzsaal, und wie der Zufall es wollte, *war* es ein Badezimmer. In dem Augenblick, in dem ich die Tür hinter mir zuzog, schaute ich mich noch einmal um, um sicherzugehen, daß Leo mich nicht beim Eintreten gesehen hatte. Das war auch nicht der Fall.

Einen Moment saß ich da und fühlte mich wunderbar erleichtert. Doch allmählich dämmerte mir, daß ich in der Falle saß. Leo würde alle möglichen Fluchtwege absuchen, diesen inbegriffen. Er würde an die Tür klopfen und fragen, ob besetzt sei. Ich konnte versuchen, meine Stimme zu verstellen, was wahrscheinlich nicht funktionieren würde. Ich konnte die Tür abschließen und mich ganz ruhig verhalten. In diesem Fall würde er sicher sein, daß ich drin wäre, und so lange warten, bis ich herauskam. Wenn ich die Tür nicht abschließen konnte, dann würde er einfach bei mir hereinplatzen.

Für einen Moment schien diese letzte Möglichkeit die wünschenswerteste zu sein, denn damit wären wir zumindest eine Weile ungestört. Diese Zeit könnte ich dann dazu nutzen, ihm begreiflich zu machen, daß ich ein ungeheuer glücklicher Heterosexueller war, der heftig in die kleine, einhundertsechzig Pfund schwere Komponistin verliebt ist.

Doch dann dachte ich: Und wenn er nun einfach über mich herfällt? Wenn ich merken würden, daß ich unfähig bin, ihm zu widerstehen? Das lag durchaus im Bereich des Möglichen, denn der bloße Gedanke an einen solchen Überfall versetzte mich in eine derartige Erregung, daß Leo, wenn er jetzt hereinplatzen sollte, sie auf jeden Fall bemerken würde. Und wenn uns jemand aus der Eingangshalle belauschte? Wie soll ich denn erklären, was ich mit einem siebzehnjährigen Jungen auf der Toilette treibe...

»Klopf! Klopf!« rief Leo mit lauter Stimme, als er an der Tür pochte.

So schnell! Ich sah mich etwas dumm um, als ob es möglich sei, daß es einen Fluchtweg gäbe.

Und den gab es tatsächlich! Das Bad war noch mit einem anderen Zimmer verbunden! Ich hechtete zum Türknauf, drehte ihn so leise, wie meine Eile es zuließ, schlich mich in das dahinterliegende Zimmer, machte die Tür wieder hinter mir zu.

Von den Geräuschen her zu urteilen, die durch die Wand zu meiner Linken drangen, lag das Zimmer auf der Rückseite des Hauses hinter dem Tanzsaal. In der Wand zu meiner Rechten befanden sich zwei große Fenster, und von Maddies Winterwunderland fiel genug blaßrotes Licht hinein, um mich erkennen zu lassen, daß ich mich in einem Arbeitszimmer befand. Ich drehte mich um, und legte das Ohr an die Badezimmertür. Ich hörte ein weiteres, scheinbar lauteres Klopfen und Leos Stimme, die fragte, ob jemand drin sei. Dann hörte ich, wie er ins Badezimmer kam.

Mir fiel ein, daß er sicherlich genau wie ich die Tür zum Arbeitszimmer bemerken würde, und ich begann, panisch nach einem Versteck Ausschau zu halten. Links von mir stand ein Schreibtisch, davor standen zwei riesige Sessel und rechtwinklig zum Schreibtisch und auf der anderen Seite der Sessel ein großes Ledersofa. Zwischen diesem Sofa und den Fenstern schien ein wenig Platz zu sein. Ich huschte also hinüber und hockte mich dahinter hin. Keinen Augenblick zu früh, denn unmittelbar darauf öffnete sich die Tür zum Badezimmer. Leo knipste einen Schalter an, und Licht erfüllte den Raum. Ein kurzes Innehalten, während Leo den Schauplatz sorgfältig musterte.

»O Kacke!« stöhnte er schließlich, knipste das Licht aus und verschwand wieder im Bad.

Erleichtert atmete ich aus und beschloß, noch einen Moment oder auch zwei abzuwarten, bis ich sicher sein konnte, daß Leo seine Suche jetzt ein Stockwerk höher fortsetzen würde. Dann würde ich Claire ausfindig machen, mich an ihr Handgelenk ketten und ihr die ganze Nacht den Hals küssen. Nachdem ich eine Zeitlang dagehockt hatte, begannen mir die Beine weh zu tun und ich entschied, daß ich lange genug gewartet hatte. Mit einem kleinen Sprung kam ich hoch und war mit mir recht zufrieden.

Dann hörte ich, wie sich der Türknauf drehte, und zwar nicht der von der Tür zum Badezimmer, sondern der an der hohen, vertäfelten Tür, die in den neben dem Arbeitszimmer gelegenen Raum führte. Ich warf mich wieder hinter das Sofa und landete dabei etwas unglücklich auf den Knien, wodurch mir derartig intensive Schmerzen durch beide Beine fuhren, daß ich fürchtete, man könne sie sehen, genau wie die Sterne, die um den Kopf des Coyoten aus der Trickfilmserie kreisen, dessen Raketenschuhe nicht funktioniert haben. Ich stopfte mir die Knöchel in den Mund und zitterte vor Qual.

Die Tür ging auf und die Lichter wieder an. Ich hörte die Stimme Freddy Bombellis.

»Nein, Serge«, keuchte sie. »Wir wollen lieber unter uns bleiben. Warte draußen.«

»Oh... sicher«, sagte Serge mißtrauisch.

»Aber Sergio – sag mir Bescheid, wenn du hörst, daß die Tarantella beginnt. Die will ich mir nicht entgehen lassen, okay?«

«*Si.*«

»Vergißt du das auch nicht?« fragte Freddy zweifelnd.

»Ich werde es nicht vergessen«, antwortete sein verletzter Gorilla.

Die Tür fiel ins Schloß. Die Fußtritte von zwei Personen kamen zum Sofa herüber und blieben stehen.

»Entschuldige bitte«, zischte Freddy. »Ich zerre dich nur sehr ungern von so einer erfreulichen Party weg, aber du weißt ja, wie Familien sind – überall machen sie große Ohren. Diese Tratscherei! Da hast du in irgendeiner Ecke mit jemandem ein ruhiges Schwätzchen, und eine halbe Stunde später weiß jeder, was du gesagt hast. Und ich wünsche, daß dies unter uns bleibt. Es geht niemanden etwas an, nur dich und mich. In Ordnung?«

»Sicher«, sagte Gilbert. Er war nur ein kleines bißchen nervös. »Worum geht's?«

13

Zentimeter um qualvollen Zentimeter ließ ich mich hinab, bis ich flach auf dem Bauch lag und der Druck von meinen armen, stark lädierten Knien genommen war. Es dauerte jedoch nicht lange, und der Schmerz in ihnen war das letzte, an das ich dachte.

»Ich bin zwar alt«, sagte Freddy, »aber nicht immer altmodisch. Man hat ein langes Leben hinter sich, bekommt mit, wie sich die Welt verändert. Wenn man klug ist, dann verändert man sich ebenfalls ein bißchen. Ich habe viele Ansichten, die meine Schwestern schockieren würden, wenn sie sie kennen würden. Daher erzähle ich ihnen auch nichts davon!« fügte er mit einem erstickten Glucksen hinzu.

»Das ist eine gute Vorgehensweise!« meinte Gilbert.

»Gilbert, bitte verzeih mir, wenn ich dich vor den Kopf stoßen sollte...«

»Nur keine Angst!«

»Aber ein Thema, zu dem ich jetzt eine ganz andere Einstellung habe, sind Schwule.«

»Ach?« hustete Gilbert.

»Als ich jung war, so wie du – damals, in der Prohibition – wenn ich da jemanden traf, den ich für schwul hielt, dann konnte ich ihn automatisch auf den Tod nicht ausstehen. Ich beschimpfte ihn und gab ihm vielleicht ein paar Mal eins auf die Nase. Gab es Wasser in der Nähe, dann warf ich ihn hinein. Ich sage das nicht mit *Stolz*, verstehst du? Doch zu jener Zeit, in meiner Welt, einer sehr kleinen Welt, war das genau das Richtige. Dieser überflüssige Haß! Diese nutzlose Grausamkeit! Heute blicke ich darauf zurück und begreife es nicht. Warum sollten wir uns so benehmen?«

»Nun«, sagte Gilbert selbstmörderisch, »du hattest wahrscheinlich fürchterliche Angst davor, jemand würde denken, du wärst selbst schwul, wenn du dich anders verhalten hättest.«

Ich krümmte mich zusammen, so gut ich das in dieser Position konnte und wartete auf Freddys altersschwachen Zorn. Aber Freddy war gar nicht wütend. Er lachte.

»Weißt du, ich denke, du hast recht. Wir *hatten* Angst. Aber wir hatten auch allen Grund dazu. Wenn damals jemand glaubte, du seist schwul, bedeutete das, du warst kein Mann, sondern schwach, du warst jemand, den man übers Ohr hauen und ausnutzen konnte. Klar, wenn irgendeine skrupellose Person dich für so einen Menschen hielt, konntest du ihm zeigen, daß er sich irrte – aber vielleicht gerietest du ja in Schwierigkeiten, wenn du es ihm zeigtest, nicht wahr? Es war viel besser, wenn er erst gar nicht darauf kam, so etwas von dir zu denken. Also – wenn du einen Schwulen getroffen hast, hast du ihn verprügelt. Die reine Dummheit!«

Freddy machte eine Pause, und ich bat inständig, daß Gilbert, der mit seinem Postulat der Angst des Heterosexuellen vor dem Umgang mit Homosexuellen Punkte sammeln konnte, sein Glück nicht überstrapazierte, indem er die noch populärere Homosexuellentheorie formulierte, achtundneunzig Prozent der Leute, die Schwule verprügeln, seien selber unterdrückte Homosexuelle.

»Ich bin froh, daß ich noch erleben konnte, wie sich das geändert hat. Die Schwulen hatten es satt, verprügelt zu werden, also hörten sie auf, sich zu verstecken. Sie sagen der Welt: ›Ja, wir sind Schwule, und wir werden auch so bleiben, und wenn euch das nicht gefällt, dann könnt ihr verrekken. Wenn ihr uns schlagt, schlagen wir direkt zurück.‹ Und sie haben recht damit! Wen geht es denn an, was sie gerne tun? Ist doch ein freies Land, nicht wahr?«

»Durchaus!«

»Solange man gut zu seinen Eltern ist und achtbar im Geschäft, sollte man mit jedem herumvögeln können, mit dem man das will. Solange alle über achtzehn sind. Ich mache mit zwei schwulen Herren Geschäfte. Alan und Derrick heißen sie. Gute Leute. Kommen ihren Verpflichtungen nach, zahlen rechtzeitig ihre Rechnungen. Wir tauschen Weihnachtskarten aus. Also, du siehst, gegen Schwule habe ich nichts.«

»Nun, das kann ich sehen! Offensichtlich bist du ein *mitfühlender, fairer* Mann...«

»Ich denke, du weißt vielleicht, worauf ich hinaus will.«

»Nun, ich würde annehmen, daß, eh, vielleicht der eine oder andere dir erzählt hat, daß ich, eh, also, daß ich, zu einem gewissen Zeitpunkt, für kurze Zeit, schwul *war*.«

»Ja. Moira hat es mir erzählt.«

»Ehrlich?« würgte Gilbert hervor.

»Bitte, sei nicht wütend auf sie oder bilde dir ein, sie sei unloyal. Sie liebt dich sehr! Das weißt du doch, oder?«

»Daran habe ich nie gezweifelt.«

»Sie hat mir diese Information nicht *freiwillig* gegeben, verstehst du? Ich war derjenige, der auf solch ein Thema zu sprechen kam. Nun, es ist etwas peinlich, aber ich werde es dir erzählen... Wie ich bereits sagte, in meiner Familie gibt es viele Klatschmäuler. Eines dieser Klatschmäuler – wer, tut hier nichts zur Sache – hat mit mir zu Mittag gegessen, kurz nachdem Moira damit angefangen hatte, mir vorzulesen. Ich erzählte dieser Person von Moiras Freundlichkeit und erwähnte so ganz nebenbei, daß sie mit dem Stiefsohn meines Neffen Tony verlobt sei. Dieser Herr war über das, was er da hörte, sehr überrascht. Schau, er arbeitete früher für mich in einer Diskothek, die mir gehört und Rampage heißt. Er sagte, er habe dich dort viele Male in Gesellschaft junger Männer gesehen, und du hättest dich ihnen gegenüber – wie sollte man das nennen? – liebevoll verhalten.

Ich gestehe, daß mich das sehr durcheinandergebracht hat. Und ich sage dir auch, warum. Vor Jahren hat eine Verwandte von mir – wer, tut nichts zur Sache – jedenfalls eine schöne Frau, einen Schwulen geheiratet. Er erzählte ihr das nie, sondern log sie an und versprach ihr seine Treue. Doch dann war er ihr untreu. Er brach ihr das Herz und brachte Schande über die Familie. Ein schrecklicher, unehrenhafter Mann. Am Ende konnte sogar er nicht länger seine Scham ertragen und nahm sich auf irgendeine ungewöhnliche Art das Leben. Ich kann mich nicht mehr daran erinnern, wie.

Als ich also diese Geschichten von dir hörte, ging ich davon aus – und du mußt mir das verzeihen –, daß Moira nichts davon wußte. Also erzählte ich ihr, was man mir berichtet hatte. Und was macht sie? Sie lächelt! Sie lächelt und erzählt mir alles.«

»Alles?« fragte Gilbert.

»Ja. Und sofort warst du mir viel sympathischer als der schwule Mann meiner Nichte. Du warst nicht unehrlich, so wie er. Du hast deiner Frau Dinge erzählt, die zu wissen sie ein Recht hat.«

»Nun, sicher habe ich das!« sagte Gilbert. »Ich meine…« begann er und verlor den Faden, da er nicht wußte, *was* er meinte.

»Bitte. Das muß dir jetzt nicht peinlich sein. Ich bin ein alter Mann. Es gibt wenige Dinge, die ich in meinem Leben nicht gesehen habe. Vielleicht weißt du es nicht, aber viele Männer haben dasselbe Problem gehabt wie du, obwohl natürlich normalerweise nicht in so jungem Alter. Das ist schon sehr traurig.«

»Überaus traurig!« stimmte Gilbert verblüfft zu. Was in aller Welt hatte Moira ihm nur erzählt?

»Ich hatte selbst dieses Problem. Nicht oft! Einige Male.«

»Ach ja?«

»Wenn man allerdings schon in so jungen Jahren wie du impotent wird! Ein junger Mann, kaum zwanzig! Das wirft ja alles über den Haufen! Sicher, ich kann verstehen, warum ein Junge in deiner Situation es dann vorzieht, nicht die Demütigung zu riskieren, bei Frauen… zu versagen. Es ist in keinem Alter leicht, aber die Jungen sind so empfindlich. Und natürlich, so wie die Zeiten waren, warum sollte man da nicht ein wenig… herumexperimentieren? Die Sache mal auf andere Weise ausprobieren.«

Seine Stimme schnarrte, als ein tiefes, obszönes Kichern aus ihm drang.

»Siehst du? Ich bin wirklich nicht altmodisch! Ich weiß, ein Mann muß *irgend etwas* tun. Wenn eine Sache nicht hinhaut, dann versuch es mit etwas anderem, nicht wahr?«

»Das ist genau *mein* Wahlspruch!«

»Aber welche Freude muß es dann gewesen sein, eine Frau zu treffen, mit der es – anders war! Ich muß dir sagen, Gilbert, daß es mich sehr berührt hat, als sie davon sprach, wie dankbar du ihr dafür gewesen bist, daß sie deine Probleme plötzlich zum Verschwinden bringen konnte. Wie glücklich es dich gemacht hat, zu wissen, daß du endlich das gefunden hattest, was du wirklich wolltest. Dein ganzes Leben lang würdest du keinen anderen mehr brauchen. Ich bin ein Romantiker, weißt du, daher machen mir solche Geschichten viel Freude. Dir auch, wie ich sehe. Nur die Erinnerung daran reicht aus, um dir die Freudentränen in den Augen zu treiben. *L'amore!* Es ist eine so schöne Sache, oder nicht?«

Das alles war so schön, daß es Gilbert die Kehle zuschnürte. Deswegen schaffte er es auch nicht, darauf zu antworten. Freddy keuchte unbarmherzig weiter.

»Das ist also der Grund dafür, warum ich um dieses Gespräch bat. Ich hörte Dinge über dich, die mich beunruhigten. Dann sprach ich mit Moira, und sie erzählte mir andere Sachen, die mich glücklich machten. Es würde mich noch glücklicher machen, sie von dir zu hören.

Ich nehme an, du mußt mich für einen neugierigen, alten Mann halten, oder? Mischt sich in Dinge ein, die ihn nichts angehen. Doch sei bitte nachsichtig mit mir! Ich habe keine eigenen Kinder mehr, und Moira ist so ein liebes Mädchen. Sie ist allmählich wie eine Enkeltochter für mich. Ihr Unglück wäre mein Unglück.«

»Das empfinde ich auch so!«

»Du bist dir sicher, daß du sie liebst? Genug liebst, um sie zu heiraten?«

Es entstand eine kurze Pause. Sie dauerte nicht länger als zwei Sekunden. Ich lag hinter dem Sofa und bündelte verzweifelt jedes Quentchen geistiger und spiritueller Energie, das ich aufbringen konnte, in dem Versuch, paranormalen Kontakt mit jenem dunklen, unbekannten Gebiet aufzunehmen, das Gilberts Geist darstellt.

Mach einen Rückzieher! Sag, daß dir Zweifel gekommen sind! Und daß du jetzt erkennst, daß du um ihretwillen…

»Na*türlich* bin ich mir da sicher! Sie ist mein ein und alles!«

Neiiiinn!!

»Das wußte ich, Gilbert. Genau wie ich weiß, daß du nie irgend etwas machen würdest, das ihr weh tut.«

»Nie!«

»Dann will ich nichts mehr sagen. Du bist ein guter Junge. Es gibt keinen Grund, dein Wort zu bezweifeln. Du würdest mich nicht anlügen wie der Mann meiner Nichte, der, wie ich mich jetzt erinnere, sich selber anzündete und vom Dach eines Wohnblocks sprang.«

»Und das geschah ihm ganz recht! Einer Frau das Herz zu brechen!«

»Danke, daß du mir deine Zeit geschenkt hast. Du hast einem alten Mann geholfen, sorgloser zu schlafen. Ich frage mich jetzt nur, welchen Gefallen ich dir dafür tun kann.« Er machte eine kurze Pause, um die Frage besser wirken zu lassen, dann sagte er: »Ich glaube, ich weiß da vielleicht etwas.«

»Ja?« fragte Gilbert übertrieben gefühlvoll. Klar, er hoffte, daß irgendeine kleine Zuwendung von Freddy wie ein schwacher Strahl Sonnenlicht durch die Unmassen von Leiden, die durch Moiras Lügen auf ihn herunterprasselten, bis zu ihm durchdringen würde. Eine Kiste guten Scotch vielleicht, oder ein Paar diamantene Manschettenknöpfe. Vielleicht ein Auto?

»Moira sagte mir, du suchst Arbeit.«

Einen Augenblick wurde es mucksmäuschenstill; Gilbert geriet durch diesen gemeinsten und hinterlistigsten Schlag, den Moira je ausgeteilt hatte, innerlich ins Trudeln.

»Sagt sie das?«

»Ich kann mich in deine Schwierigkeiten einfühlen. Diese Härten, die ein junger Schriftsteller alle ertragen muß, während er auf den Erfolg wartet! Ich habe daher versucht, mir eine angenehme Beschäftigung für dich einfallen zu lassen, und ich glaube, ich habe heute abend dank deines reizendes Freundes und deiner Kusine Aggie vielleicht eine Tätigkeit für dich gefunden.«

Bei diesem Verweis auf mich schoß mein Kopf unwillkürlich in die Höhe. Ob er mich nun reizend fand oder nicht, ich erzitterte bei dem Gedanken, daß ich irgend etwas mit dem zu tun haben könnte, was er sich für Gilbert ausgedacht hatte. Ich hielt den Atem an, um die nächsten, schicksalsträchtigen Worte zu hören, die er zu äußern gedachte.

Doch genau in diesem Moment öffnete sich die Tür zum Vorraum.

»*Scusati*, Signore Bombelli«, sagte Serge, »aber die Tarantel...«

Plötzlich unterbrach er sich und brüllte:

»*Herrgott verdammt noch mal!* Runter! Beide von euch! *Runter!*«

Plötzlich war der ganze Raum erfüllt von Explosionsdonner; das Fenster direkt hinter mir fiel in gezackten Scherben in sich zusammen. Fürchterliche Gedanken schossen mir durch den Kopf. Wie konnte er mich nur *gesehen* haben? Doch was änderte das jetzt – er hatte es eben! Der Tod stand unmittelbar bevor! Ich hätte mit Leo vögeln sollen! Mein Herz hüpfte mir bis in die Speiseröhre, und voller Angst davor, daß ich von herumfliegenden Glasstücken entstellt ins Grab gehen würde, zwängte ich mein Gesicht soweit es ging in den engen Spalt zwischen Fußboden und Unterseite des Sofas. Instinktiv schloß ich die Augen. Als ich sie wieder öffnete, sah ich Gilberts Gesicht, das ebenfalls an den Boden gepreßt war, und das mich in erstauntem Schrecken von der anderen Seite des Sofas aus anstarrte. Er konnte mich natürlich nicht laut fragen, was ich da tue, aber er ließ seine Augen fragend hervortreten. Ich versuchte eine Antwort, aber nur durch Unterschiede im Gesichtsausdruck zu vermitteln, daß man sich in einem dunklen Zimmer versteckt hat, um einem sexuell frühreifen, schwulen Teenager zu entkommen, und dann dazu gezwungen war, in seinem Versteck zu bleiben, um zu vermeiden, von einem älteren Verbrecherzar bemerkt zu werden, ist selbst unter den günstigsten Umständen sehr schwierig. Unter Beschuß ist es unmöglich.

Ich hörte Schritte. Es klang, als ob zwei oder drei große Männer in das Zimmer gerannt wären. Dann hörte man ein verwirrtes Durcheinander aus Worten, die sich allgemein zu der Frage entwickelten, was zum Teufel denn geschehen sei. Die Schritte näherten sich der Couch.

»Mein Gott, Freddy! Alles okay?« fragte eine Stimme, die ich als die von Tony identifizierte.

»Bei mir ist immer alles okay!« gackerte Freddy. »Die Hurensöhne haben mich noch nie erwischt!«

Ein alarmierendes Gemurmel drang aus dem Vorraum herein.

»Drei Kerle!« sagte Serge gefühlvoll. »Im Fenster! Plötzlich kamen sie wie aus dem Nichts angerannt, legten auf Freddy an und...«

Er wurde vom lautesten Lachen unterbrochen, das ich je gehört habe. Es stammte von Tony.

»Es waren *bewaffnete Männer*, nicht wahr?«

Plötzlich begann er wieder zu lachen und wurde dabei immer lauter.

»Was für ein Arschloch!« rief jemand.

»Sie zogen *Revolver*, wie?« sagte irgend jemand anderer und wollte sich dabei ausschütten vor Lachen.

»Nun ist's gut, Leute!« sagte Tony und zog sich zurück. »Keiner ist verletzt. Gilbert! Du siehst ziemlich schlecht aus, mein Sohn! Was kann ich dazu sagen? Eine nervöse Familie!«

»Freddy, da hast du ja einen prächtigen Pfleger. Nichts entgeht seiner Aufmerksamkeit, wie?«

»Ärgert mir nicht den armen Sergio«, mahnte Tony. »Er tut nur seine Arbeit.«

»Kopf hoch, Gilbert. Mach die Tür hinter dir zu, damit die ganze Wärme nicht entweicht. Maddie, meine Kleine! Mach dir keine Sorgen, es wurde keiner verletzt. Nach der Party lassen wir Giuseppe das zunageln. He, Lunch, komm wieder mit! Die Show ist gelaufen!«

Die Lichter verloschen. Ich hörte, wie die Tür ins Schloß fiel, und nachdem ich einen Augenblick gewartet hatte, streckte ich meinen Kopf um die Sofaecke herum. Das Zimmer war leer. Ganz benommen vor Erleichterung stand ich auf, drehte mich um und sah zwei der dahingerafften Heiligen Drei Könige im Schnee liegen; in den Armen hielten sie immer noch mitleiderregend die Geschenke für eine Geburtstagsparty, die sie nie erreichen würden. Die dritte Figur stand immer noch hoch aufgerichtet in der Schiene, war jedoch fein säuberlich enthauptet worden. Als ich einen Augenblick lang gebannt von diesem Anblick dastand, hörte ich, wie das vertraute Weihnachtslied wieder anfing, und der kopflose König glitt davon, um dem Jesuskind eine böse Überraschung zu bereiten, und umklammerte dabei auf makabre Weise seinen Weihrauch.

Ich rannte ins Badezimmer und schloß beide Türen ab. Fünf Minuten später hatten sich meine zitternden Glieder fast völlig wieder beruhigt, und ich ging zur Party zurück.

Eines muß man den Bombellis lassen: Sie haben Humor. Die Neuigkeiten vom dreifachen Königsmord Serges sprachen sich schnell im ganzen Haus herum, und jeder dachte, es sei das Lustigste, was sich seit der Erfindung der Daumenschrauben ereignet hatte. Aus jedem Winkel des Hauses drangen neue Lachsalven, wenn Leute, die es noch nicht wußten, über die Einzelheiten in Kenntnis gesetzt wurden und neue, witzige Bemerkungen darüber machten. Kaum war das Lachen verebbt, da verkündete irgendein anderer lauthals, er würde jetzt hinaus zur Krippe gehen, um die Hirten nach Waffen zu durchsuchen, und das Ganze begann wieder von neuem.

Mir wurde die ganze Geschichte von Aggie erzählt, die mich in Beschlag nahm, kaum daß ich meinen Fuß in den Tanzsaal gesetzt hatte. Sie war jetzt betrunkener als zu dem Zeitpunkt, wo ich sie zuletzt gesehen hatte, hatte aber immer noch die Kontrolle über ihre Konsonanten. Bei vielen anderen war das nicht mehr der Fall.

Jemand schaute nach draußen und bemerkte den König ohne Kopf, und plötzlich drängten sich ungefähr fünfzig Leute an den Terrassentüren des Tanzsaales, starrten auf die ganze Szene und schüttelten sich vor Lachen. Mehr unter Streß als je zuvor begann ich wieder mit meinen Witzen, und nannte das Ganze die Weihnachtsszene nach Brian DePalma. Wenn man bedenkt, daß meine Zuhörerschaft ausschließlich aus Betrunkenen bestand, die sich alle eh schon kaputtlachten, bevor ich auch nur ein einziges Wort gesagt hatte, fiel es mir nicht schwer, neue Heiterkeitsstürme zu verursachen.

Mittendrin bahnte sich Gilbert seinen Weg zu mir.

»Hallo!« meinte er manisch. »Wie geht es *dir* denn?«

»Mir geht es *prima*! Und wie zum Teufel geht es *dir*?«

»Könnte nicht *besser* sein!«

Beide brachen wir vor Lachen förmlich zusammen und hielten es kaum aus. Alle anderen lachten bereits so sehr, daß sie sich nicht darum scherten, zu fragen, worum es eigentlich ging. Dann gab die Menge respektvoll den Weg frei, und Freddy kam nach vorne, Moira an der Hand. Offensichtlich hatte er seit der Schießerei nicht mehr mit Gilbert gesprochen, denn er sagte: »Ah, da bist du ja, Gilbert. Ich glaube, wir wurden unterbrochen.«

Auch bei diesem Witz brach wieder jeder in schallendes Gelächter aus. Freddy strahlte.

»Ich wollte dich gerade im Namen meiner Kusine Aggie um etwas bitten. Ich sehe, dein Freund ist auch da. Gut, gut!«

»Oh, Gilley!« sagte Moira. »Das wird dir bestimmt gefallen. Und dir auch, Philip!«

»Vielleicht solltest du sie fragen, Aggie«, sagte Freddy.

»Mit dem größten Vergnügen! Hört zu, ihr zwei!« sagte sie und nahm uns beide an der Hand. »Ihr seid zwei brotlose Künstler und braucht beide etwas, um euch eure Brötchen zu verdienen, bis ihr so berühmt seid, wie ihr, da bin ich mir sicher, einmal sein werdet. Nun, mein kleines Restaurant hat ab sofort zwei offene Stellen für einen Wirt und einen Barkeeper, zumindest dann, wenn ich die beiden, die ich jetzt habe, rausschmeiße. Hah! Na, sie haben es verdient. Es sind Langweiler! Ich brauche zwei junge Charmeure, die meine mürrischen Verwandten lächeln lassen, auch wenn sie schon zu Beginn auf einen Tisch warten müssen, den sie gar nicht haben wollen, und der Koch völlig betrunken ist und die Pasta anbrennen läßt! Jahrelang hatte ich zwei richtige Prinzen, aber sie sind gegangen, und seitdem hat es mit keinem mehr geklappt. Ich brauche euch von Dienstag bis Samstag; montags haben wir geschlossen, und sonntags vermiete ich den Laden für Parties. Ihr braucht erst um fünf da zu sein und seid immer um eins wieder fertig, so daß ihr noch den *ganzen* Tag habt, um an eurer Schriftstellerei zu arbeiten.«

»Ist das nicht toll?« fragte Moira.

»Mir ist es egal, wer sich um die Bar kümmert und wer der Wirt ist. Ihr könnte eine Münze werfen. Na, Kinder, was sagt ihr jetzt?«

»Na ja...«, begann ich, und wurde sofort von einem Sprechchor zu allem entschlossener Bewunderer übertönt, der uns zur Unterwerfung überredete. Was konnte ich da noch sagen? Daß ich keine Arbeit nötig hatte? Nach meinen fröhlichen Witzeleien über meine von Armut gezeichnete Existenz? Und was konnte Gilbert sagen, mit einem großzügig grinsenden Freddy hinter sich? Daß es ihm egal war, ob seine Frau und seine Kinder verhungerten, während er seinen großen Roman beendete (oder vielmehr darüber nachgrübelte, damit anzufangen).

Wir teilten unter dem erfreuten Applaus der Versammelten allen mit, daß wir das Angebot dankend annahmen, und nachdem wir viele Hände geschüttelt hatten, entschuldigte ich mich und machte geltend, daß ich jetzt meine Verlobte ausfindig machen und ihr die erfreulichen Nachrichten mitteilen müsse.

Ich fand sie im Wohnzimmer, wo sie immer noch eifrig dabei war, der guten Schwester Deena Nachhilfeunterricht zu erteilen. Sie sah mich, entschuldigte sich und kam auf mich zugerannt:

»Philip!« flüsterte sie. »Wo in aller Welt warst du? Ich habe mir fürchterliche Sorgen gemacht! Weißt du eigentlich, was hier inzwischen passiert ist? Gilbert zog sich mit *Freddy* zu einem kleinen Plausch zurück. Und mittendrin feuerte dieser Psychopath, der für Freddy arbeitet, drei Schüsse auf Maddies Weihnachtsfiguren ab! Diese Leute sind das reine Gift, Philip! Wenigstens kannst du Gott danken, daß du noch nicht zu tief in die ganze Sache verstrickt bist. Morgen früh sagst du Gilbert, daß es dir leid tut, aber daß du nicht mehr mitmachst. Du hast nicht die Absicht, irgendeinen dieser Gangster je wieder zu Gesicht zu bekommen, okay? Ist das klar? – Pssst! Eine wirklich schöne Party, findest du nicht auch, mein Schatz? Ah, hallo, Leo! Wie geht es dir? Schön, dich wiederzusehen!«

14

Am nächsten Tag trafen Gilbert, Claire und ich uns in Claires Apartment am Riverside Drive. Das Wetter an jenem Tag schien bewußt dazu ausgewählt zu sein, unsere Stimmung zu intensivieren. Es war kalt, grau und nieselte. Claires Atelier, das an einem schönen Tag klein und freundlich aussieht, sah jetzt klein und öde aus – der Ort wäre der Tod jedes Pfandleihers.

Seit ich auf der Party stammelnd die Nachricht über unsere plötzlichen Karrieremöglichkeiten weitergegeben hatte, hatten wir die Situation nicht weiter durchdiskutiert. Die Komplikationen hatten ein so überwältigendes Ausmaß angenommen, daß es keinen Zweck zu haben schien, dort im Feindeslager Licht hineinzubringen. Claire zog uns lediglich beiseite, um sicherzustellen, daß wir mit einem einverstanden waren: Moira von jetzt an nichts mehr zu verraten. *Nichts.* Sie sollte nicht wissen, daß Claire in die Sache eingeweiht war, und auch nicht denken, daß irgend jemand von uns die leiseste Ahnung hatte, es mit der Mafia zu tun zu haben. Moira war in der Lage, jede Information für ihre eigenen üblen Absichten einzusetzen. Alles geheimzuhalten war also der einzige Vorteil, den wir zu kultivieren hoffen konnten.

Wir erkannten die Weisheit dieses Planes und setzten ihn ohne Zeitverzug in die Tat um. Sobald wir Maddies Party verlassen hatten, begannen wir, von der Party und dem grenzenlosen Charme der Cellinis zu schwärmen. Das Massaker an den Heiligen Drei Königen machte es uns natürlich nicht leicht, eine derart kompromißlose Naivität zur Schau zu tragen, die auch nach diesem Gemetzel keinen Schaden genommen hatte, doch wir taten unser Bestes. War es nicht etwas ganz Natürliches, daß ein Mann, der so reich war wie Freddy, einen bewaffneten Leibwächter hatte? Rockstars hatten ja auch welche, Politiker ebenfalls. Und wie erschreckend müssen diese Heiligen Drei Könige gewirkt haben, als sie aus dem Zusammenhang der Krippenszene gerissen mit ihren langen Gewändern und den hohen Hüten wie eine seltsam anmutende Horde von aus Transvestiten bestehenden Attentätern ins Blickfeld schwenkten! Und wie lustig war es außerdem gewesen, als alle merkten, daß Sergio sich diesen Patzer erlaubt hatte! Wie hatte Gilbert gelacht!

»Nun, Gilbert«, sagte Claire und schloß ihre Tür ab, »ich habe mich den ganzen Morgen in deine Familie eingelesen und kann nicht sagen, daß mir das Mut gemacht hat.«

Wir bemerkten, daß ihr kleiner Eßtisch überhäuft war mit Büchern aus der Bibliothek und etlichen Ausgaben des *New Yorker*-Magazins. Etliche Seiten waren mit Büroklammern markiert.

»Herrgott, wo hast du denn die ganzen alten Nummern her?«

»Sie gehören mir. Die schicken sie mir jetzt seit sechs Jahren zu, und immer noch gewinne ich die Leserwettbewerbe. Sie bringen eine Menge über organisiertes Verbrechen, daher wußte ich, daß ich etwas finden würde. Es lohnt sich auch, die Bücher näher zu betrachten. Weidet euch daran!«

Sie verschwand in der Kochnische. Gilbert und ich setzten uns hin und begannen mit zitternden Händen das Beweismaterial zu inspizieren.

Es war ein Buch dabei mit dem Titel *Der Blutmakler*. An der Nachahmung der Buchstaben aus dem *Paten* auf dem Umschlag konnte ich erkennen, daß es eines jener ›Alles über die Mafia‹-Bücher aus der Flut von Veröffentlichungen war, die nach dem sagenhaften Erfolg von Puzos Roman und dessen Zelluloid-Sprößling in aller Eile durch die Druckerpressen gejagt wurde. In diesem Buch ging es um einen Erpresser aus Philadelphia namens Louis Lucabella, der in den fünfziger und sechziger Jahren auf dem Höhepunkt seiner Macht gewesen war.

Claire hatte eine Seite markiert. Dort wurde über einen Vorfall berichtet, der sich in den späten Dreißigern ereignete, als Louis seine ersten Gehversuche machte, um in Verrufenheit zu geraten. In aller Kürze: Er und drei unternehmungslustige Kohorten hatten begonnen, einen kleinen pharmazeutischen Konzern aufzuziehen, dessen Einflußsphäre sich mit der eines ähnlichen Unternehmens überschnitt, das vom Muskelmann Bombelli geleitet wurde (denn das Ganze hatte sich noch vor der Zeit ereignet, in der er Freddy, der Köter genannt wurde – sonst wären Lucabellas Männer auch nie so unbesonnen gewesen).

Es dauerte nicht lange, da war eines der Mitglieder ihrer kleinen Bande verschwunden, und eine Woche später wurde der Rest zu ein paar netten Pokerrunden in Freddys Schlachthaus bestellt. Louis und seine Freunde hatten jedoch gewisse Schwierigkeiten, das Spiel zu genießen, denn es wurde wiederholt von aus dem angrenzenden Raum dringenden grauenhaften Schreien und Knochenkrachen unterbrochen. Bei jeder dieser verdammten Unterbrechungen entschuldigte sich Freddy, und erklärte, es sei immerhin ein Schlachthaus, in dem jeden Tag eine festgelegte Anzahl von Tieren liquidiert werden mußten – allerdings verriet er nicht, welche seltene Kuhrasse in der Lage war, »Hört auf, bitte, tötet mich doch!« zu schreien. Es dauerte nur drei Stunden, und der arme Bossie wurde ganz still. Freddy, der im Rückstand lag, ließ die drei mit ihren Spielchips abziehen und sagte, er wäre überglücklich, die Chips einzulösen, wann immer sie wiederkommen wollten.

Ich blickte von diesem aufmunternden Bericht hoch, und sah, wie Gilbert auf einen Artikel stierte, als wäre es das letzte Kapitel eines Romans von Stephen King. Schweigend handelten wir die Sache ab.

Es war ein Artikel über Freddy, der vor zweieinhalb Jahren geschrieben worden war. Freddy war damals gerade aus dem Gefängnis gekommen. Der Artikel zeichnete ein erschreckend falsches Porträt eines traurigen, kleinen, entkräfteten, geläuterten, »des Blutvergießens überdrüssigen« Mannes, der nicht mehr lange zu leben hatte. Ein Bild von einer winzigen, buckligen Gestalt, die sich in einem kleinen, ungepflegten Garten traurig auf einen Stock stützt, war ebenfalls dabei; es zeigte einen Mann, der dem erschreckend robusten Menschlein, das ich auf Maddies Party getroffen hatte, nicht unähnlicher sein konnte. Mich verließ der Mut, als ich an diese gewiefte Echse dachte und mir vor Augen hielt, daß

Freddy in der Öffentlichkeit den falschen Eindruck erweckt hatte, er sei nur noch eine ausgebrannte Hülle, obwohl er noch immer vor böser Energie nur so strotzte.

Claire kam mit Kaffee für uns wieder herein.

»Hast du das gesehen?« fragte ich.

»Ja. Ein dummer Journalist. Hat einfach alles geschluckt, was man ihm vorgesetzt hat.«

»O mein *Gott*!« stöhnte Gilbert auf. Er hatte sich in Freddys Schlachthausspielchen vertieft.

»Und das ist noch lange nicht das Schlimmste«, sagte Claire und nickte dabei den ganzen Büchern und Zeitschriften zu, die wir noch nicht durchgegangen waren. »Es sind gräßliche Leute. Und es gibt mehr von ihnen, als ihr einschüchtern könnt.«

»Ich begreife das nicht. Als wir im Trader Vic's waren, hat Maddie es so hingestellt, als würden die Bombellis wie die Fliegen sterben. Was sollte das?«

»Wen kümmert's schon?« stöhnte Gilbert. »Ich will es gar nicht wissen.«

»Das ist genau die Einstellung, die uns die ganze Suppe hier eingebrockt hat.«

»Willst du auf uns herumhacken oder willst du uns helfen?«

»*Beides*, wenn euch das alles egal ist. Ich meine, ich bin schon vorher mit Idiotie konfrontiert worden, aber nichts kommt an die reine Dummheit eures Verhaltens von gestern heran. Herumzurennen und um Aufmerksamkeit zu betteln! Und du erst, Gilbert! Warum in aller Welt mußtest du Freddy so absurde Versprechen machen?«

»Frau Oberlehrerin, Sie können mich mal am Arsch lekken! Ich habe ihm doch nur erzählt, was er gerne hören wollte. Du erzählst jemandem wie ihm wahrscheinlich genau das, was er *nicht* gerne hören will, wie?«

Claire gab zu, dieser Punkt ginge an ihn.

»Und außerdem war Moira draußen gerade damit beschäftigt, jedem wie verrückt in den Arsch zu kriechen, damit man uns schöne Hochzeitsgeschenke macht. Was würde sie wohl anstellen, wenn ich auf einmal eine Kehrtwendung mache und Freddy sage, ich würde die ganze Sache abblasen? Verdammt wütend werden würde sie sagen: ›O Freddy, mein Köterchen, dieser miese Schwule hat mir das Herz gebrochen! Schneid ihm für mich die Nase ab, ja?‹«

»Aber die *Jobs*, Gilbert. Du kannst doch nicht tatsächlich für diese Leute arbeiten!«

»Was hätte ich denn sagen können, Süße? Paß auf, es ist ja nicht weiter schlimm. Wir steigen einfach wieder aus!«

»Ist das ratsam?« fragte ich. »Brechen wir unser Wort, machen wir sie nur wütend. Wenn wir außerdem die Jobs ablehnen, obwohl wir absolut pleite sind, weisen wir doch Moira regelrecht darauf hin, daß wir wissen, daß die Cellinis Mafiosi sind.«

»Warum lassen wir überhaupt Moira bestimmen, wo es langgeht?« schnaubte Gilbert. »Sie ist genauso daran schuld, daß die Cellinis betrogen werden, wie wir! Immerhin war es *ihre* Idee!«

»Versuch mal, Freddy das zu erzählen«, sagte ich. »Er läßt doch nichts auf sie kommen!«

»Nun«, meinte Claire, »wir müssen auf jeden Fall etwas unternehmen, damit dieser ganze Schwindel mit dem doppelten Bezahlen nicht hinhaut. Das ist sowieso das Schlimmste an der ganzen Sache: Daß Tony für eine Hochzeit zahlt, von der Moiras Mutter denkt, daß *sie* sie bezahlt.«

»Wie können wir das denn verhindern?« fragte Gilbert.

»Wir könnten der Herzogin einen Wink zukommen lassen«, bot ich an.

»Genau daran dachte ich auch«, sagte Claire. »Verfaßt eine kleine, anonyme Nachricht an sie. Dann überlassen wir es ihr, einzugreifen und ohne großes Geschrei die Dinge in Ordnung zu bringen.«

»Eine anonyme Nachricht? Du bist und bleibst ein Kindskopf! Moira wird *wissen*, daß die Nachricht von uns ist. Und was denkt ihr wohl, macht sie mit uns, wenn wir ihre Mutter auf sie loslassen?«

»Wird sie wirklich wissen, daß die Nachricht von euch ist? Ich meine, sie hat doch keinerlei *Grund* zu der Annahme, daß du ihr den Boden unter den Füßen wegziehen willst, Gilbert! Sie denkt doch, du ständest voll dahinter, die Cellinis übers Ohr zu hauen, nicht wahr?«

»Sie denkt, ich sei davon begeistert.«

»Na dann sieh zu, daß sie das auch weiterhin denkt. Bleib enthusiastisch! Und erinnere dich daran: Du weißt nicht, daß deine Stieffamilie zur Mafia gehört! Kein Stück! Denn wenn du anfängst, dir Sorgen zu machen, es könnten Kriminelle sein, und die Herzogin bekommt einen anonymen Brief – nun, dann wird sich Moira tatsächlich an den Fingern abzählen können, was los ist. Also *liebst* du die Familie! Und du auch, Philip. Sie sind interessant und harmlos.«

»Und das heißt, wir werden die Stellen bei Aggie definitiv antreten.«

»Warum?« fragte Gilbert alarmiert.

»Gibt es einen Grund, das *nicht* zu tun? Moira weiß doch, wie abgebrannt wir sind. Außerdem erwartet man doch von dir, deiner Familie in den Arsch zu kriechen, um sie dazu zu bringen, mehr Geld in die Hochzeitsgeschenke zu investieren. Es gibt doch keinen Grund, eine Gelegenheit verstreichen zu lassen, sie alle nasenlang zu treffen, es sei denn, wir hätten plötzlich eine Heidenangst vor ihnen bekommen.«

»Er hat recht«, sagte Claire finster.

»Scheiße!«

»Paßt auf!« fuhr Claire fort. »Ihr müßt diese Arbeit ja nicht bis in alle Ewigkeit behalten. Ihr könnt euch ja während dessen nach etwas anderem umschauen und dann nach einigen Wochen sagen, ihr hättet ein besseres Angebot bekommen, und es täte euch leid, aber ihr müßtet eben kündigen. Es geht doch nur darum, daß Moira uns nicht auf die Schliche kommt. Ihr könntet sogar noch mehr tun, um sie durcheinanderzubringen.«

»Was denn zum Beispiel?«

»Der Brief an die Herzogin – schreibt alle möglichen gemeinen Dinge über euch beide hinein. Laß alles so aussehen, als ob er von jemandem geschrieben sei, der euch aus vollem Herzen haßt.«

»Eine gute Idee!«

»Moira wird sich noch wundern!«

»Das geschieht ihr ganz recht! Seid unverschämt! Seid so dreist wie sie. Ihr habt ja auch genausoviel zu verlieren, nicht wahr? Wer hat denn Freddy erzählt, daß du schwul bist?

Könnte *der* nicht den Brief geschickt haben? Und noch einmal: Wenn Moira nicht weiß, *warum* ihr es getan habt, dann kann sie sich eigentlich nicht sicher sein, daß ihr es wart.«

Ein fürchterlicher Gedanke schoß mir durch den Kopf.

»Und was ist, wenn die Herzogin beschließt, geradewegs zu Maddie und Tony zu gehen?«

Claire atmete abrupt ein, als sie vom Schrecken diese Gedankens überflutet wurde. Für einen Moment kaute sie auf der Lippe.

»Nun... Ich denke nicht, daß sie das tun würde. Es wäre doch äußerst unangenehm, den Cellinis zu sagen, daß ihre Tochter sie hintergeht. Ich glaube, sie neigt eher dazu, es zu vertuschen, anstatt es an die große Glocke zu hängen. Vielleicht ruft sie die Cellinis an und sagt, der Herzog und sie wären plötzlich zu Geld gekommen und könnten es sich jetzt leisten, alles zu bezahlen. Doch um da sicher sein zu können, machen wir folgendes: Wir fertigen zwei Exemplare des Briefes an und behalten eine. Sollten die Cellinis dann wütend werden und ihre Wut an euch auslassen wollen, dann könnt ihr beweisen, daß ihr diejenigen wart, die versuchten, den Schwindel zu *verhindern.*«

Wir dachten noch eine Weile über die Sache nach und waren uns dann einig, daß dieser Plan zwar nicht ganz makellos war, aber doch der einzige Plan war, den wir hatten. Claire holte ein paar Blatt einfaches weißes Papier, und wir setzten den folgenden Brief auf:

Liebe Herzogin,

Von Natur aus bin ich keine aufdringliche Person, aber ich habe das Gefühl, es wäre falsch von mir, Sie nicht von gewissen unangenehmen Tatsachen in Kenntnis zu setzen, die mir vor kurzem zu Ohren gekommen sind.

Ihre skrupellose Moira hat das ganze Geld aus dem Trust-Fonds verjubelt (wahrscheinlich für Drogen) und versucht jetzt, das vor ihnen mit Unterstützung ihres wehleidigen Verlobten Gilbert Selwyn vor Ihnen zu vertuschen. Das allein ist ja schon schlimm genug, aber dieser Gilbert ist darüber hinaus auch noch ein Homosexueller, der diese Tatsache dadurch zur Schau stellt, daß er die ganze Zeit mit einem Mann namens Philip Cavanaugh zusammen ist, einem stadtbekannten Schwulen, der etliche ekelhafte Theaterstücke geschrieben hat. Ihre Tochter und Gilbert haben Gilberts sehr reiche Familie dazu gebracht, zu glauben, daß SIE überhaupt kein Geld haben! Sie halten Sie und Ihren Mann, den Herzog, für habgierige Snobs, die erwarten, daß die Familie des Bräutigams die Hochzeit bezahlt. Und Sie können mir glauben, sie haben eine AUSGESPROCHEN SCHLECHTE Meinung von Ihnen!

Ich hatte immer großen Respekt vor dem britischen Königshaus und kaufte bei der Hochzeit von Charles und Diana viele Erinnerungsstücke. Es würde mir das Herz brechen, dabeizustehen und zuzusehen, wie das Ansehen einer echten, in Amerika geborenen, königlichen Frau von den widerlichen Lügen ihrer geldgierigen Tochter und eines alkoholsüchtigen Schwulenpärchens ruiniert wird!

Mit kummervollen Grüßen
Einer, der es gut meint

Claire schrieb zwei Exemplare dieses Briefes in kindlicher Kritzelschrift, die sich deutlich von ihrer sonst eleganten Handschrift unterschied. Einen steckte sie in einen einfachen, weißen Briefumschlag und schrieb auf ihn die aus Gilberts Adressbuch abgeschriebene Adresse von Trebleclef. Mittendrin hielt sie inne und fragte:

»Woher kenne ich die eigentlich?«

»Was?«

»Die Adresse! Wie viele Menschen kennen die Adressen von Moiras Mutter? Wenn du nämlich der einzige bist, dann sieht es nicht gut für dich auch.«

Gilbert dachte einen Augenblick darüber nach, dann sagte er, seine Mutter und Tony seien die einzigen, bei denen er sich sicher sei. Da Moira sich jedoch dauernd über die Schönheit von Trebleclef und den Charme des malerischen Little Chipperton ausließ, hatten bestimmt Dutzende von Freunden ihren Lobliedern gelauscht. Die Adresse konnte einfach Trebleclef, Little Chipperton lauten, und wir konnten darauf bauen, daß der Dorfbriefträger wußte, daß das Haus in der St. Crispen Road lag.

Claire sah das genauso und schrieb die Adresse auf den Umschlag.

»Fertig! Ich werde den Brief mit diesem weltweiten Expreß-Kurierdienst schicken, DHL heißt er, glaube ich, dann können wir sichergehen, daß er nicht verlorengeht und uns kostbare Zeit kostet. Erinnert euch daran, euch über euren Plan zu freuen. Wenn sie spürt, daß ihr sie im Stich lassen wollt, dann läßt sich nicht schwer erraten, wer diesen Brief abgeschickt hat. Oh, und was den Job angeht, Gilbert – entschuldige meine Offenheit, aber du verabscheust doch Arbeit aller Art, nicht wahr?«

»Überhaupt nicht! Ich bin immer darauf vorbereitet, die Ärmel hochzukrempeln und loszulegen, wenn es sich bei dem Job nicht um irgendeinen langweiligen...«

»Gilbert«, unterbrach ich ihn, »du weißt doch, daß du Arbeit nicht ausstehen kannst.«

»Na ja, wer kann das schon? Worauf willst du hinaus?«

»Darauf, daß Moira das auch *weiß*. Wie hast du also darauf reagiert, daß sie dir dabei half, Arbeit zu finden? Nach der Party, als du mit ihr alleine warst, meine ich.«

»Oh! Nun, sie fragte mich sofort, wie es denn mit Freddy so gewesen sei, und ich sagte ihr, er habe mir den ganzen Scheiß erzählt, den sie ihm verzapft habe – *sie* hat *mich* von der Impotenz geheilt! – und ich, ich habe gesagt, daß sei alles richtig so. Was blieb mir denn auch anderes übrig? Dann sagte sie, oh, sie hätte gedacht, es sei doch ungeheuer schlau von ihr gewesen, ihm diese Geschichte aufzutischen, als er sagte, er habe gehört, ich sei schwul. Und dann ließ sie sich darüber aus, daß sie es mir schon die ganze Zeit über habe erzählen wollen, aber ich sei in letzter Zeit so fies zu ihr gewesen, daß sie kaum eine Chance dazu gehabt hatte. Daß Freddy mich zu einem Gespräch von Mann zu Mann über dieses Thema beiseite ziehen wollte, habe sie ja nicht ahnen können. Dann sagte sie: ›Oh, na ja, es ist doch alles bestens gelaufen, oder nicht?‹ und ich sagte: ›Ja, danke für den Job, du elende Hure!‹ und ging ins Bett.«

Claire zuckte zusammen, ließ es aber als passende Bemerkung durchgehen.

»Wenn du gesagt hättest, du seist froh darüber, oder ihr tatsächlich gedankt hättest, dann hätte sie gewußt, daß man dich eingeschüchtert hat. Und das hätte nur einen Grund haben können: Du hast herausgefunden, wer Freddy wirklich ist, und hast Angst vor dem, was Moira ihn dir antun lassen könnte.«

Wir waren uns darüber einig, daß es jetzt nichts mehr gab, was wir tun konnten, bis die Herzogin auf den Brief reagierte. Sie war am Zug.

»Ich hoffe, sie bringt sie um!« sagte Gilbert. »Ich hoffe, sie geht mit der Motorsäge auf sie los und enterbt die Einzelteile! Diese rachsüchtige Hure verdient jedes kleine bißchen Leid, das über sie kommen wird!«

Er machte eine Pause und blickte zur Uhr hoch.

»O Gott! Es ist schon zwei Uhr? Ich muß los, um sie zu treffen! Wir wollen doch das Muster für das Silbergeschirr aussuchen!«

15

Normalerweise gehört für mich die Weihnachtszeit zu den schönsten Zeiten im Jahr. Viele meiner Freunde würden darüber lästern, wenn sie mich solche Empfindungen äußern hören würden, da ich mich so häufig über die verhaßteren Merkmale dieser Zeit auslasse: die obligatorische, schale Fröhlichkeit der Fernsehmoderatoren, die Unmöglichkeit, nette, billige Geschenke zu finden, die nicht wie nette, billige Geschenke *aussehen*, und vor allem diese aufs Geld versessenen Weihnachtsbaumverkäufer, die einem mit ihren Zahnlücken zulächeln, »Seeeechzig Dollar! Für Sie fünfzig!« rufen und dabei auf einen spindeldürren Nadelbaum zeigen, dessen Anblick eine Beleidigung für die Augen darstellt, und der, bevor er geschlagen wurde, sicherlich dem ganzen Wald peinlich war.

Und doch überkommt mich jedes Jahr um die Dezembermitte herum auf angenehme Weise eine gewisse Rührseligkeit. Überall in meinem Apartment hänge ich Weihnachtsschmuck auf, ich hinterlege ein Pfand, um mir einen Weihnachtsbaum zu kaufen. Ich lege Schallplatten auf, die ich seit meiner Kindheit besitze und höre mir Andy Williams und Dinah Shore und ähnliche Interpreten mit ihren traditionellen Weihnachtsliedern an, ferner feierliche Choräle aus den Sechzigern, die ohne ersichtlichen Grund nie den Rang des Zeitlosen erklommen haben. Ich schaue nach, was es so in den Schaufenstern der Fifth Avenue zu sehen gibt, ich verschicke Weihnachtskarten; ich bin bekannt dafür, Glühwein zu machen.

Dieses Jahr war das nicht so. Pro forma ging ich zwar einigen dieser Aktivitäten nach und kaufte mir beispielsweise einen kleinen Weihnachtsbaum, aber keine dieser Anstrengungen, in Festtagsstimmung zu geraten, hatte große Auswirkungen auf den Zustand völliger Erschöpfung, in dem sich mein Nervensystem befand. Jeder Tag verging in qualvoller Ungewißheit darüber, was die Herzogin als Reaktion auf den Brief wohl tun würde.

Claire hatte ihn an dem Montag nach Maddies Party losgeschickt, und zwar mit DHL. Die freundlichen Angestellten versicherten ihr, daß der Brief schon am nächsten Tag ankommen würde. Ab Dienstag saßen wir drei daher auf glühenden Kohlen. In der Zwischenzeit brachen neue Komplikationen wie so viele jahreszeitliche Wettererscheinungen über uns herein.

Dienstag morgen klingelte mein Telefon.

»Hallo?«

»Bist du es, Philip?«

»Aggie!« rief ich. Mein Blutdruck schoß in die Höhe. »Wie geht's denn so?«

»Gut. Du hörst dich krank an, Süßer. Immer noch verkatert von Freitag?«

»Nein, von Mittwoch. Beim Kater von Freitag bin ich noch nicht.«

»Du Armer! Hast du es mal mit einem Schluck Alkohol probiert? Das vertreibt des Kater!«

»Ja. Um genau zu sein, habe ich gerade eine ganze Flasche wieder ausgekotzt.«

»*Hah!*«

Ich fragte mich, was an dieser Frau mich eigentlich dazu brachte, jedes Mal, wenn ich mit ihr sprach, so verzweifelt Witze zu reißen? Warum bestand ich nur auf diesem albernen Drahtseilakt?

»Hör zu, mein Allerliebster! Ich habe ein paar schlechte Nachrichten bezüglich der Arbeit.«

»Ach!« sagte ich und versuchte, nicht so hoffnungsvoll zu klingen, wie ich mich fühlte.

»Ich weiß, ihr hattet vor, diese Woche anzufangen, aber Maddie, dieses Lämmchen, rief mich an und wies darauf hin, daß es doch recht schäbig von mir wäre, George und Sylvester die Woche vor Weihnachten zu feuern. Daran hatte ich überhaupt nicht gedacht, aber natürlich hat sie recht. Ich bin zwar herzlos, aber nicht *so* herzlos. Also, stört es euch, bis Januar zu warten?«

Also keine Begnadigung, sondern eine Aufschiebung der Hinrichtung. Doch auch darauf stürzte ich mich.

»Überhaupt nicht!«

»Ihr müßt das entschuldigen, doch paß mal auf... Da ich euch bitte, euch bis dahin freizuhalten, denke ich, es ist nur anständig von mir, euch einen kleinen Vorschuß zukommen zu lassen.«

»Aggie...!«

»Nein, ich bestehe darauf! Wirklich, da lasse ich nicht mit mir reden!«

»Ich protestiere ja gar nicht. Ich will nur wissen, wieviel!«

»Nicht viel, Süßer, aber du kannst dir davon etwas Nettes zu Weihnachten kaufen. Ich muß jetzt los, mein Lieber. Laß es dir gut gehen!«

Eine ganze Weile saß ich mit dem Telefon im Schoß da und wägte das Für und Wider von Aggies Großzügigkeit ab. Das Geld konnte ich mit Sicherheit gebrauchen, insbesondere so kurz vor den Feiertagen, aber ich konnte mich des dummen Gefühls nicht erwehren, daß irgendein Haken an der Sache war. Obwohl es verfrüht war, mir da sicher zu sein, konnte ich das beunruhigende Gefühl nicht abschütteln, daß Aggies Interesse an mir nicht nur platonischer Natur war. Selbst wenn sich dieser Verdacht als nicht zutreffend herausstellen sollte, bedeutete die Annahme eines Vorschusses doch, daß ich dazu verpflichtet war, mehr als nur die paar Wochen, die Claire vorgeschlagen hatte, bei diesem Job zu bleiben.

Das Telefon klingelte.

»Hallo, hallo!« sagte Gilbert. »Rat mal, mit wem ich gerade gesprochen habe?«

»Mit Aggie?«

»Du auch? Nun, *das* sind ja wirklich gute Neuigkeiten, was? Es wird ja auch allmählich Zeit, daß wir von dieser Familie ein bißchen Zaster bekommen!«

Ich brachte zum Ausdruck, daß meiner Meinung nach Aggies Freigebigkeit ein zweischneidiges Schwert war, da es unsere Pläne von einem frühen Ausscheiden zunichte machte. Daran hatte Gilbert natürlich nicht gedacht. Er stimmte aber mit mir darin überein, daß es mit wachsender Großzügigkeit ihrerseits immer schwieriger werden würde, nach lediglich ein paar Wochen den Job hinzuschmeißen.

Ich legte den Hörer auf und rief Claire an, um herauszufinden, was sie von dem rätselhaften Vorschuß hielt. Mit ihrem überragenden Verstand dachte Claire drei Sekunden über das Problem nach und kam dann mit einer perfekten Lösung: Ich sollte den Scheck auf mein Konto einzahlen, aber keinen Cent davon ausgeben. Wenn ich dann kündigte, konnte ich Aggie einen Scheck über die ganze Summe ausstellen und ihr erklären, daß ich guten Gewissens keinen Vorschuß für eine Stellung behalten könne, die ich für nur so kurze Zeit eingenommen hatte.

Gilbert, Moira und ich gingen in jener Nacht noch auf Holly Battermans alljährliche Weihnachtsparty. Unser Gastgeber begrüßte uns an der Tür und geleitete uns auf seinen mit Stechpalmenzweigen geschmückten Dachboden.

»*Na, habt ihr's gepackt?*« kreischte er.

Es dauerte keine zwei Minuten, da hatte er mich in sein Schlafzimmer geschleift, um mich mit Fragen über Gilbert und Moira zu überhäufen. Liebten sie sich immer noch? Stritten sie miteinander, wie sich die Leute erzählten, und wenn ja, worüber? War ich dabeigewesen, als Gunther und Gilbert sich im Park über den Weg liefen? Tatsächlich, ich war dabeigewesen? *Erzähl!* War es richtig *schlimm* gewesen? Stimmte es, daß Moira Gunther im Marilyn's Grave getroffen, sein Gesicht ein Sieb genannt und ihn aus vollem Hals angeschrien hatte, und Cher stand keine sechs Meter weit weg? Und Vulpina! Warum hatte Moira sie entlassen? Steckte da *wirklich* die Herzogin dahinter, oder hatte Moira Angst, Vulpina könnte irgend etwas ganz Gräßliches entwerfen? Wußte ich, daß Pina außer sich war vor Wut? *Außer sich!* Fast so wütend wie Gunther. Nun, Holly hatte zuerst mit dem Gedanken gespielt, *keinen* von beiden heute abend einzuladen, aber so kurz vor Weihnachten erschien ihm das doch ausgesprochen mies.

»Holly, das hast du nicht getan!«

»Und ob ich das getan habe! Moira erzählt mir ja nichts. Ich kriege es immer aus zweiter Hand mit. Wenn sie Pina und Gunther die Augen aus dem Kopf kratzen will, dann laß sie das wenigstens hier tun, wo ich dabei *zugucken* kann!«

Ich rannte los, um Gilbert und Moira vor dem zu warnen,

was da auf sie zukam, doch das erwies sich als unnötig. Sowohl Pina als auch Gunther waren während Hollys Befragung eingetroffen. Voller Vorfreude quollen Hollys Augen hervor. Es gab keinen Zweifel daran, was *er* sich zu Weihnachten wünschte.

Doch zu Hollys Leidwesen sollte dieser bescheidene Wunsch nicht in Erfüllung gehen. Obwohl die köstliche Spannung, die durch eine solche Nähe freigesetzt wurde, wirklich jeder spürte, nutzten die kriegführenden Parteien die Geräumigkeit von Hollys Dachboden und behielten den ganzen Abend über ihre Distanz zueinander bei und nahmen sich einfach wahr. Munter ließen Gilbert und Moira Gunther links liegen; Gunther warf ihnen von weitem finstere Blicke zu. Sie erinnerten mich an die eines Geiers, der ungeduldig über einer Wüste voller ungebührlich gesunder Hyänen kreiste.

Pina zeigte keinen offenen Groll. Sie hatte das auch nicht nötig, denn ihr Kleid allein reichte aus, um den Eindruck brodelnder Feindseligkeit zu erwecken. Es war ein bis auf den Boden reichendes Futteralkleid mit dreieckigen Seidenstreifen, die im Zickzack über ihre Brüste liefen und sich dann zu einer Röhre verdichteten, die sie vom mittleren Teil ihres Körpers bis zu den Knöcheln im von Morticia Adams bevorzugten Stil zusammenschnürte. Dieses erschütternde Bild wurde noch durch Aluminiumschulterstücke verstärkt, die, obwohl sie abgerundet waren, sehr scharf zu sein schienen und Pizzamessern glichen. Noch lebensgefährlicher war ein reisiges Metallkorsett, das sie auf der Hüfte trug und das wie ein aus Cuisinart-Klingen bestehendes Windrädchen aussah.

Hollys Gäste begrüßten dieses niedliche Frauenzimmer mit großen Augen und machten dann einen genauso großen Bogen um sie. Moira und Gilbert hingegen taten so, als ob sie sich Pina gar nicht weiter bewußt wären; auch als Holly aufschrie, als Vulpina stolperte und mit den Klingen voran in sein pfirsichfarbenes, samtbezogenes Zweiersofa fiel, nahmen sie keine Notiz von ihr. Nicht einmal der Anblick einer in der gegenüberliegenden Ecke mit Gunther plaudernden Vulpina entlockte den beiden irgendeine Reaktion. Erst als der vom Alkohol ermutigte Marlowe es genauer wissen wollte, äußerte Moira sich zum Stand der Dinge.

»Du liebe Güte, was bist du nur für ein Klatschmaul! Wir hatten überhaupt keinen Streit! Es war nur, daß Mom, du weißt schon, die Herzo…«

»Jaja, ich *weiß*, mein Schatz.«

»Sie wollte, daß ich in einem ganz traditionellen Flitterkleid heirate. Obwohl Pina so freundlich war, etwas *Amüsantes* auf die Beine zu stellen, beschloß ich, daß es ein Verbrechen sei, sie überhaupt zu bitten, ihre Arbeit irgendwelchen Begrenzungen auszusetzen. Ich wäre die Letzte, die Vulpina dazu auffordert, ihre persönliche Note in ihren Entwürfen zu unterdrücken!«

Holly war vorbeigeschlendert, um das Ende des Gesprächs aufzuschnappen, und ließ rasch alle wissen, daß Moiras Version der Ereignisse sich nicht ganz mit der von Pina deckte. *Pina* hatte erzählt, daß sie mitten in den Arbeiten zum zweiten Entwurf, den sie nach Moiras *genauen Angaben* ausgeführt hatte, gefeuert worden sei. Moira habe diesen Entwurf bisher nicht einmal *gesehen* und sie nicht nur verletzt, sondern auch noch beleidigt, da sie die Entlassung nicht persönlich, sondern bei einem Ferngespräch aussprach. Als Pina sie während dieses Telefonates aufgefordert hatte, sich für diesen Verrat zu rechtfertigen, hätte Moira mit einer schlechten Imitation von Störgeräuschen geantwortet, dann »Was, mein Schatz? Ich kann dich nicht hören!« gesagt und die Verbindung unterbrochen.

»Holly, du Dummerchen!« sagte Moira freundlich. »Ich glaube, Pina hat dich einfach nur verarscht. Weißt du, wir wissen doch alle, was du für ein Klatschmaul bist, deswegen denken wir uns ja auch dauernd die gehässigsten Sachen aus, nur um zu sehen, ob du sie uns glaubst. Und du glaubst sie uns *immer*! Die ganze Zeit lügen wir dich an; es ist schrecklich, und wir sollten wirklich damit aufhören! Doch dein Weihnachtsbaum ist richtig toll!«

Nachdem Moira auf diese Weise einen heißen Schürhaken in die empfindsame Seele ihres Gastgebers geschleudert hatte, lachte sie leise auf und ließ sich davontreiben, um ein paar Runden am Klavier zu singen. Nachdem wir den vor

Wut kurz vor einem Schlaganfall stehenden Holly endlich davon überzeugt hatten, daß Moiras Behauptung völlig aus der Luft gegriffen war, dauerte es eine Weile, bis Gilbert und ich Moira aufspürten und ihr zu verstehen gaben, es sei jetzt Zeit zu gehen. Wir hatten die Hälfte des Weges zur Tür zurückgelegt, da stießen wir direkt auf Vulpina.

»O Pina, meine Liebe! Warst du *hier*? Ich habe dich gar nicht gesehen! Dein Kleid ist eine Wucht! *So* weihnachtlich!«

Holly sah uns und kam herbeigeeilt.

»Mensch, Kinder! So schnell wieder weg?«

»Wir würden wirklich noch gerne länger bleiben, aber wir haben uns alle drei gerade erkältet, und daher...«

»Ja, gut, bevor du gehst, meine Liebe, erinner mich doch kurz noch mal daran – mein Gedächtnis ist wirklich nicht mehr das beste – wer, sagtest du, entwirft jetzt dein Hochzeitskleid?«

»Dazu habe ich gar nichts gesagt, mein Lieber.«

»Siehst du? Überhaupt kein Gedächtnis. An wen *denkst* du denn?«

»Das könnte ich nicht sagen, Holland. Die Herzogin wird das entscheiden. Sie besteht darauf, ihren Willen durchzusetzen. Ein richtiger Dickschädel! Philip, hast du nicht gehört, daß sie mich dabei nicht einmal auf Pina zurückgreifen läßt? Pina, mein Schatz. Das tut mir ja immer noch *so* leid! Aber du hast mir doch verziehen, oder?«

Alle Augen waren jetzt auf Pina gerichtet. Holly strahlte voller Hoffnung auf einen vernichtenden Kommentar. Doch Pina kam nur mit einer ihrer typischen, undurchsichtigen Äußerungen. »Das ist doch alles nur eine Frage der Perspektive, meine Liebe. Und mit der Perspektive ist das wie mit der Mode: Sie ändert sich ständig. Wie schnell ist alles wieder ganz anders als vorher.«

»Da hast du ja *so* recht, Schatz. Die Perspektive! Gilbert, haben wir irgendein Grippemittel zu Hause? Ich bin sicher, daß es eine Erkältung wird!«

Am nächsten Tag traf Aggies Nachricht ein. Sie lautete schlicht und einfach: »Bis bald im neuen Jahr!« Sie hatte fünfhundert Dollar dabeigelegt.

In bar.

Mein Herz machte vor Freude Trampolinsprünge, es hüpfte hoch und sank direkt wieder. So eine großzügig bemessene Summe, und das alles dafür, zwei Wochen lang *nicht* zu arbeiten! Und doch wäre ich ein Narr, wenn ich auch nur einen Cent davon ausgeben würde!

Ich kam ins Grübeln.

Ich hatte den Brief geöffnet, als ich an meinem Schreibtisch saß, und merkte jetzt, wie meine Hand sich auf die Schublade zu bewegte, in der ich mein Scheckbuch aufbewahrte – keine sehr überlegte Bewegung, denn die dort enthaltenen Zahlen konnten nur wenig dazu tun, mich in meinem Mut zur Moral zu bestärken, der erforderlich war, um einen solch unverhofften Gewinn nicht anzurühren.

Weniger als sechzig Dollar waren es, über die ich verfügte. Ich schaute in meiner Brieftasche nach, was kaum nötig war. Die Reichen mögen ja umherspazieren, ohne daß sie die geringste Ahnung haben, wieviel Bargeld sie mit sich herumtragen; die Armen wissen jedoch jederzeit über den genauen Betrag Bescheid. Ich kann üblicherweise die Seriennummer jeder Banknote aufsagen, deren Wert fünf Dollar übersteigt, und wußte, daß meine Brieftasche genau sieben Dollar in Einzelscheinen, eine Marke für die U-Bahn und einen Scheck über sechzig Dollar von Milt Miller enthielt. Dieser Scheck plus dem Geld, das ich an ihm bis Ende des Monats verdienen konnte, reichte gerade für die Miete. Vielleicht.

Und was war mit den Weihnachtsgeschenken? Den Weihnachtskarten? Der Telefonrechnung? Alles blauer Dunst! Wie würde sich das alles bezahlen lassen?

Hmmmmmm.

Ich beschloß, daß Aggies Geld, so wenig es zum Ausgeben gedacht war, doch wenigstens dazu gezwungen werden konnte, meinen Kontostand halbwegs auszugleichen, damit ich jeden elenden Cent meiner eigenen Geldmittel ausgeben konnte, ohne in die roten Zahlen zu kommen. So schlenderte ich zur Filiale der East River Savings Bank, um mein Konto um fünfhundertsechzig Dollar zu bereichern, von denen natürlich nur sechzig jemals ausgegeben werden sollten.

Oder, immerhin war Weihnachten (wie schön die Schaufenster alle aussahen!), sagen wir mal, einhundert Dollar. Die Differenz von vierzig Dollar würde ich ja mit Leichtigkeit aus eigener Tasche bezahlen können, wenn der Zeitpunkt gekommen war, dem Job Lebewohl zu sagen.

Eigentlich könnte ich wahrscheinlich sogar zweihundert Dollar ausgeben und wäre dann immer noch in der Lage, sie zurückzahlen.

Diese unheilvollen Gedanken tuckerten durch meinen Kopf, als ich an der Bank ankam. Ich schnappte mir ein Einzahlungsformular und stellte mich in die Warteschlange.

Als ich etwa drei Stunden später in mein Apartment zurückkehrte, klingelte das Telefon. Hastig stellte ich meine Taschen und Päckchen auf dem Sofa ab, nahm den Hörer hoch und murmelte ein atemloses Hallo in die Muschel.

»Wo warst du?« fragte Claire.

»Draußen.«

»Ich werde dir einen Anrufbeantworter zu Weihnachten schenken. Dem Freizeichen zu lauschen, während ich dasitze und mich frage, ob du gerade in Freddys Schlachthaus an irgendeinen Haken gehängt wirst, übersteigt in diesen Tagen meine Nervenkraft.«

»Muß das sein?«

»Entschuldige. Was gibt's Neues von Gilbert? Hat die Herzogin angerufen?«

»Ich wollte gerade anrufen und selber fragen.«

»Was ist mit Aggies Scheck? Ist er schon angekommen?«

»Ja, das ist er«, antwortete ich und betrachtete dabei schuldbewußt die preisreduzierten Schallplatten.

»Wieviel?«

»Fünfhundert.«

»Du lieber Himmel! Nun, du solltest es besser zur Bank bringen. Wenn du ihr den gleichen Scheck wiedergibst, dann wird sie wissen, daß du die Kündigung von Anfang an eingeplant hast.«

»Eigentlich war es kein Scheck«, sagte ich und bekam allmählich das Gefühl, daß es, obgleich es sicherlich nett war, etwas Scotch im Haus zu haben, nicht unbedingt Pinch hätte sein müssen, sondern genausogut mit Ballantines getan gewesen wäre, und daß auch zwei Liter gereicht hätten, um mich durch die Weihnachtszeit zu bringen.

»Sie hat Bargeld geschickt?«

»Ja.«

»Ach du je! Mein lieber Philip, ich hoffe, du wirst nicht sauer auf mich, aber ich denke, es wäre eine gute Idee, wenn du mir das Geld gibst.«

»Claire!«

»Du weißt doch, du kannst kein Geld bei dir behalten. Und wenn du dieses ganze Geld die Woche vor Weihnachten in den Fingern hast, dann gerätst du doch in Versuchung, es auszugeben. Und du siehst ja wohl ein, wie dumm das wäre, nicht wahr?«

»Natürlich!«

»Und du weißt auch, daß es bei mir sicher ist. Bitte. Um deinetwillen!«

»Das möchte ich aber lieber doch nicht.«

Ein beredtes Schweigen folgte.

»Okay«, seufzte Claire. »Wieviel ist noch übrig?«

»Oh, da bin ich mir nicht sicher«, erwiderte ich, zog meine Brieftasche aus der Manteltasche, überprüfte den Inhalt. Dann blieb mir die Luft weg vor Überraschung. Ich hatte das Geld ausgegeben, als wäre ich auf einen Hypnotiseur hereingefallen und hätte den posthypnotischen Befehl bekommen, alles auf den Kopf zu hauen. Jetzt, wo ich aus der Trance gerissen wurde, konnte ich das Ausmaß des Schadens kaum glauben.

»Ich habe noch zweiundsechzig Dollar.«

»*Bitte*, sag mir, daß das nur Spaß ist.«

»Paß auf, ich kann ihr das Geld ja immer noch zurückzahlen! Ich werde jede Menge verdienen, und wenn ich jede Woche eine entsprechende Summe beiseite lege, dann kann ich...«

»Aber das wirst du nicht tun. Du hast in deinem ganzen Leben kein Geld beiseite gelegt. Sobald du es verdienst, gibst du es aus! Du wirst ins Theater und in Restaurants gehen und teure Spirituosen kaufen, und wenn es an der Zeit ist, zu kündigen, dann wirst du das nicht tun können, ohne dieser Schlange von Frau das Gefühl zu vermitteln, von dir zum Narren gehalten worden zu sein. Und deshalb bist du dann gezwungen, mindestens noch ein halbes Jahr an diesem gottverdammten Platz zu arbeiten oder zumindest so lange, bis dir irgend jemand eine Kugel durch den Kopf schießt. Und im Moment würde ich letzteres voll unterstützen!«

»Nun, dann auch dir fröhliche Weihnachten!«

»Ich versuche, dir das Leben zu retten, du Dummkopf, und diese Aufgabe würde für mich viel einfacher, wenn du auch nur das kleinste bißchen dabei helfen würdest!«

»Ich kann ausgesprochen gut auf mich selber aufpassen!«

Sie antwortete mit einer langen und meisterhaften Tirade, aber es fehlt der Raum, um sie in diesen Bericht einfließen zu lassen. Es genügt wohl, wenn ich sage, daß alles, was sich auf dem Sofa befand, die sechs Pfund Kaffee, der Feinschmeckersenf, die schottischen Lachshälften, die Baguettes, die Pralinen, die vier heruntergesetzten Schallplatten, die schlanken Sektgläser, die Weihnachtskarten, die vier Romane mit festem Einband, die sechs Theaterstücke, die zwei Filmstar-Biographien, der Karton Merits, die farbigen Weihnachtslichter, die drei Flaschen Pinch, die vier Flaschen Champagner und der Kalender *Menschen in Provinzstädten* seinen Glanz verloren zu haben schien, als ich den Hörer einhängte und wieder zum Sofa schaute.

Niedergeschlagen stellte ich die Lebensmittel in den Kühlschrank. Dabei fiel mir ein, daß ich mir selbst mit der *Hälfte* des Geldes, das ich jetzt ausgegeben hatte, eine vernünftige elektrische Schreibmaschine hätte kaufen können. Dieser Gedanke stürzte mich in einen Abgrund der Selbstverachtung, in dem ich blieb, bis Gilbert anrief. Er hörte sich an, als wäre er in noch schlechterer Stimmung als ich.

»Tja, immer noch keine Nachricht von Mami.«

»Nun, morgen wird sie mit Sicherheit anrufen. Was ist denn mit dem Geld von Aggie. Hast du deins bekommen?«

»Ja. Und du?«

»Ich hab's schon ausgegeben.«

»Du Glücklicher! Rat mal, was mir passiert ist, als ich meins bekommen habe!«

»Was denn?«

»Natürlich mußte Moira die erste sein, die die Post in die Finger bekommt, und sie klebte mir wirklich am Leib, bis ich den Umschlag geöffnet hatte. Und was sagte sie? ›Oh, Gilley, wie *wundervoll*! Jetzt wirst du es dir ja leisten können, nach England zu fliegen und Weihnachten mit meiner Mutter und dem Herzog zu verbringen!‹«

»O mein Gott!«

»Ja. Ich kann mir nichts Amüsanteres vorstellen, als Weihnachten in irgendeinem großen, zugigen Gebäude mit einer herumwütenden Hexe zu verbringen, die gerade *meinen* Brief bekommen hat, daß Moira sie ausnimmt und ich ein wehleidiger Homo bin!«

»Du mußt da wieder rauskommen1«

»Vielen Dank, Sherlock Holmes! Und *wie*? Sie hat sich die ganze Zeit darüber ausgelassen, wie sehr sie meiner Familie in den Arsch kriecht und daß ich bisher kaum etwas unternommen habe, um ihre Seite für mich zu gewinnen. Ich wußte nicht, was ich sagen sollte.«

Schweigend dachten wir einen Augenblick darüber nach. Als mein zerstreuter Blick auf das Ergebnis meines Beutezuges fiel, hatte ich einen Einfall.

»Mach doch dasselbe wie ich.«

»Was?«

»Gib es aus. Verpulver die ganzen fünfhundert Dollar, dann kannst du dir den Flug nicht mehr leisten. Soweit ich Moira kenne, wird sie eher sterben, als dir etwas zu bezahlen.«

»Und was ist, wenn sie mir das anbietet? Wenn ich zuviel Aufhebens darum mache, nicht gehen zu wollen, und die Herzogin zum vernichtenden Schlag ausholt, wird sie wissen, daß ich ihrer Mutter den Brief geschickt habe.«

»Gib einfach das Geld aus. Mit irgendwelchen Angeboten beschäftigen wir uns, wenn sie gemacht werden.«

Glücklicherweise kam es nie zu derartigen Überraschungen. Jene Nacht war für Moira eine Nacht mit Freddy, und als sie wieder nach Hause kam, informierte Gilbert sie schüchtern darüber, daß er ein paar kleine Weihnachtseinkäufe hatte tätigen wollen, dann aber die Beherrschung verlor, und das

Geld für seinen Flug verjubelte. Moira ließ ihn umgehend wissen, daß sie in keiner Weise beabsichtige, seine Zügellosigkeit mit ihren hartverdienten Dollars zu subventionieren. Anstatt nach alternativen Wegen zur Finanzierung von Gilberts Flug zu suchen, verwendete sie ihre geistige Energie darauf, eine passende Ausrede dafür zu finden, warum er zu Hause bleiben mußte. Sie entschied, daß ›berufliche Verpflichtungen‹ ausreichen würden, und zog sich zurück, um ihre Sachen zu packen. Sie plante, Freitag abzureisen und den Samstag der darauffolgenden Woche, den siebenundzwanzigsten Dezember, wieder zurückzukommen.

Am nächsten Tag, einem Donnerstag, waren unsere Nerven bis zum Zerreißen angespannt. Wir wußten, daß die Herzogin unseren Brief bekommen haben *mußte*, doch bisher hatte sie nicht darauf reagiert.

Warum nicht?

»Sag mal«, fragte Claire an diesem Tag, »*weiß* die Herzogin eigentlich, daß Moira morgen zu ihr kommt? Ich meine, es ist doch kein Überraschungsbesuch, oder?«

»Nicht, daß ich wüßte.«

»Nun, dann ist das der Grund. Die Herzogin will sie persönlich mit dem Brief konfrontieren und fürchtet, daß Moira auf Distanz bleiben wird, wenn sie sie vor dem warnt, was auf sie zukommt.«

Der Tag verstrich, ohne daß aus England irgendeine Nachricht kam; am nächsten Morgen verabschiedete sich Gilbert am Flughafen von Moira. Er ließ sie spüren, daß seine Begleitung nach diesem Monat spannungsgeladener Beziehungen eine Geste der Versöhnung war; hauptsächlich ging er aber deswegen mit, weil er sichergehen wollte, daß sie das Land auch tatsächlich verließ.

Wir wußten, daß es jetzt nur noch eine Sache von Stunden sein würde, bis die Hölle über uns hereinbrach, und beschlossen, uns ein wenig abzulenken, indem wir unsere Weihnachtseinkäufe beendeten. Gilbert kaufte Tony eine Schachtel mit seinen Lieblingszigarren, für Maddie wählte er einen Satz kokosnußförmiger Schalen aus Porzellan für ihre geliebten Drinks im tropischen Stil aus. Für Moira kaufte er nichts. Die beiden hatten sich vor einigen Wochen darauf geeinigt, nach Weihnachten Geschenke auszutauschen, wenn sie – das hofften sie zumindest – dicke Schecks von ihren Familienangehörigen in der Tasche haben würden. Allerdings war nach dem neuesten Stand der Dinge die Wahrscheinlichkeit äußerst gering, daß Moira in ihren Strümpfen irgend etwas anderes als vielleicht eine Vorladung finden würde.

Nachdem wir diese schwierigen Aufgaben bewältigt hatten, kehrten wir gegen sechs wieder ins Gelobte Land zurück, um uns zwischen die ausgestopften Kätzchen zu setzen, Scotch zu süffeln, Filme zu gucken und auf das Unvermeidliche zu warten.

Bis Mitternacht hatten wir *Blondinen bevorzugt, Dinner um Acht* und irgend etwas Fürchterliches mit dem Titel *Xanadu* gesehen. Moira hatte immer noch nicht angerufen; wir hockten zwischen einem Haufen Pappschachteln und fragten uns, was wohl geschehen sein mochte. Gilbert flehte mich an, die Nacht über zu bleiben, damit ich da sein würde, wenn sie am nächsten Morgen anrief. Ich war damit einverstanden.

Doch auch am nächsten Tag rief keiner an.

Am übernächsten auch nicht.

Sonntag nacht waren wir fast panisch, schafften es jedoch, uns zu beruhigen. Moira wurde ja vielleicht beobachtet, oder befürchtete, unter Beobachtung zu stehen, und wartete auf den Moment, in dem sie das Gebäude verlassen und uns von außerhalb anrufen konnte. Sicher würden wir Montag von ihr hören.

Montag morgen ging ich hinüber, um auf das Telefon aufzupassen, aber bis ein Uhr mittags (sechs Uhr abends bei der Herzogin) war nichts gekommen, und ich mußte weg, um Milt Miller bei der Beantwortung seiner Fanpost zu helfen und mit Autogrammen versehene Fotos von Deirdre Sauvage abzuschicken (auf denen in Wirklichkeit Milts schlampige Schwester Dolores zu sehen war, die sich im gleichen Gewand wie Desiree in der *Kleinen Nachtmusik* von Teaneck Mummer von einer mit Vaseline bestrichenen Linse ablichten ließ).

Gegen sieben war ich fertig und eilte zu Gilbert zurück. Er saß niedergeschlagen in der Küche und leerte gerade ein Pfundglas Pekannußbutter. Es hatte keiner angerufen.

Den Abend verbrachten wir damit, wie wild Vermutungen anzustellen. Mit jeder nur denkbaren Reaktion seitens Moiras oder ihrer Mutter hatten wir gerechnet – nur nicht mit diesem verwirrenden Schweigen. Hatte die Herzogin den Brief überhaupt bekommen? Hatte sie ihn bekommen, aber Moira nichts erzählt, bis Nachforschungen getätigt werden konnten und sich der Betrug mit dem Trust-Fonds bestätigte? Hatten sie sich einfach gegenseitig umgebracht? Sollte Gilbert anrufen oder würde sie das nur argwöhnisch machen?

Wir hatten geplant, Heiligabend bei der Familie und den ersten Weihnachtsfeiertag mit Claire zu verbringen, weil Maddie und Tony in einen sonnigen und frühen Weihnachtsmorgen auf den Bahamas flogen. Qualvolle Ungewißheit und fröhliche Ferienstimmung sind jedoch nicht miteinander vereinbar, und als der Morgen des vierundzwanzigsten Dezember quälend langsam verstrichen war und wir immer noch nichts von Moira gehört hatten, waren wir beide dermaßen demoralisiert, daß es uns allmählich lieber gewesen wäre, alles abzublasen. Am Nachmittag jedoch trotteten wir pflichtbewußt zu unseren jeweiligen Liebsten. Gläser wurden erhoben, Weihnachtsbäumen Komplimente gemacht, Geschenke ausgetauscht. Gilbert bekam einen Gutschein für Brooks über fünfhundert Dollar, damit er sich die nötige Kleidung für seinen neuen Job besorgen konnte. Maddie und Tony öffneten Gilberts Geschenke und die von der Herzogin und von Moira. Die Herzogin hatte ihnen ein edles Marmeladenglas und ein halbes Dutzend Einmachgläser mit Stachelbeeren geschickt, die ihr Koch auf den grünen Gründen Trebleclefs selbst gepflückt hatte. Von Moira bekamen sie ein gerahmtes Bild von ihr mit einer rührenden Widmung. In New Rochelle gerieten unterdessen Joyce und Dwight über ihr Geschenk, einen winzigen elektrischen Fleischwolf, in helle Begeisterung. Ich machte es genauso, als ich die Eintrittskarten für *Cats* mit Plätzen direkt vor der Bühne in Empfang nahm. Ich hatte Ausschnitte des Musicals in der Vorschau gesehen und konnte es nicht ausstehen.

Was Neuigkeiten betraf, hatte der Abend jedoch durchaus seinen Wert. Kaum war ich zu Hause angekommen, rief Gilbert an.

»Hallo! Na, wie hast du abgeschnitten?«

»Frag mich nicht! Einen gottverdammten Geschenkgutschein von Brooks haben sie mir geschenkt.«

»In meinen Ohren hört sich das ganz großzügig an.«

»Sicher, wenn du wie irgendein dummer, kleiner Yuppie herumlaufen willst, der gerade bei Citicorp Karriere macht! Doch deswegen rufe ich gar nicht an. Rat mal, wer mich um sechs angerufen hat.«

»Na?«

»Die Herzogin!«

»Mein Gott! Hat sie Tony alles ausgeplaudert?«

»Nein! Ich glaube nicht, daß sie den Brief überhaupt bekommen hat! Sie war munter wie eh und je, hat uns allen ein frohes Weihnachtsfest gewünscht, Mami und Tony für ihr Geschenk gedankt und gesagt, daß sie es kaum abwarten kann, uns alle zu treffen.«

»Hast du mit Moira gesprochen?«

»Nein. Ich fragte nach ihr, aber Mami (mein Gott, sie klingt wirklich wie Hermione Gingold!) sagte, sie sei gerade nach draußen gegangen und würde mit ein paar netten jungen Leuten Weihnachtslieder singen. Ich schwöre dir, Philip, sie hat ihn nie bekommen. Sie kann ihn unmöglich bekommen haben.«

Am nächsten Tag versammelten wir uns zu dritt im Gelobten Land und taten unser Bestes, um unsere Gespanntheit beiseite zu schieben und den Tag zu genießen. Wir nahmen jede Menge Alkohol zu uns; selbst Claire, normalerweise die Mäßigung in Person, machte mit. Ich nehme an, wir hatten alle das Gefühl, daß wir unter den gegebenen Umständen nicht ohne ausgiebige Unterstützung in Festtagsstimmung kamen. Die Feier begann damit, daß wir Gilbert dabei halfen, einen kleinen Truthahn zu füllen. Dann versammelten wir uns alle zur Bescherung am Weihnachtsbaum. Claire schenkte mir wie angedroht einen Anrufbeantworter; Gilbert überreichte mir die Erstausgabe eines Romans von Wodehouse. Ich schenkte Gilbert zwei Filmstar-Biographien und Claire eine Kassette mit ihren eigenen Liedern, die von talentierten Freunden gesungen wurden und die ich heimlich aufgenommen hatte. Claire und Gilbert tauschten neuere Platten aus. Maddie und Tony hatten Gilbert eine Flasche Chivas für mich mitgegeben, und wir warteten keine Sekunde damit, auf die Wohltäter anzustoßen. Dann schauten wir uns *Ein wundervolles Leben* an, und nach Ende des Films torkelten wir trunken von unseren Gefühlen und vom Chivas hinaus in die Küche, um uns über den Rest des Essens herzumachen.

Die feste Nahrung milderte unseren beschwipsten Zustand ein wenig, und das war auch gut so, denn wir waren gerade fertig, da rief Moira an.

Als das Telefon klingelte, blickten wir von unseren Tellern hoch und erstarrten wie diese nervösen Gazellen in *Das Königreich der Wildnis.*

»Schalt den Lautsprecher zum Mithören ein!«

»Ist bereits eingeschaltet«, erwiderte Gilbert und nahm den Hörer hoch. »Hallo!«

»Hallo, mein Süßer! Frohe Weihnachten!«

»Das wünsche ich dir auch! Ist es nicht schon spät bei euch?«

»Ja! Ein Uhr morgens. Wie war der Tag?«

»Bombig! Und deiner?«

»Märchenhaft! Sehr traditionell.«

»Großartig!« sagte Gilbert, zuckte mit den Achseln und hob die Augenbrauen. Was war da eigentlich los? War denn gar nichts passiert?

»Kastanien geröstet und all das?«

»Oh, dieser ganze Aufwand! Hast du Gesellschaft?«

Claire zeigte auf sich und schüttelte hektisch den Kopf.

»Nur Philip.«

»Wünsch ihm frohe Weihnachten von mir! Habt ihr euch ein schönen Essen gemacht?«

»Ja! Wir haben einen Truthahn gefüllt und viel Gemüse gegessen und einen absolut köstli…«

»*Warst du das, du Scheißkerl?*«

»Was?«

»*Warst du das?*«

»War ich was?«

»Sag die Wahrheit, du Arschloch! Ich weiß, daß du das getan hast! Ich habe Beweise!«

Claire sprang auf die Beine, lenkte verzweifelt Gilberts Aufmerksamkeit auf sich und mimte Verwirrung. Dazu zuckte sie wie wild mit den Achseln und nahm den Gesichtsausdruck eines dämlichen, fast geistesgestörten Menschen an, der absolutes Unverständnis zum Ausdruck bringt. Sie wirkte wie eine Schauspielerin in *Einer flog über das Kuckucksnest*, die aufs Ganze geht, um einem die Sache begreiflich zu machen.

»Worüber zum Teufel redest du da eigentlich?« fragte Gilbert, der es kapiert hatte. »Was soll ich denn getan haben?«

Am anderen Ende wurde es totenstill.

»Moira? Was ist los? Was ist passiert?« Und dann, mit besorgter Stimme: »Ist alles in Ordnung?«

»Ja«, seufzte sie. »Okay, ich denke, du warst es nicht. Ich habe dich nur auf die Probe gestellt.«

Alle drei atmeten wir tief aus und sanken wieder in unsere Sessel zurück. Mit zitternder Hand ergriff ich mein Glas und kippte den letzten Chablis in mich hinein.

»Mich auf die Probe gestellt?«

»Na ja, wenn du gesagt hättest ›Ich war's doch gar nicht!‹ oder ›Das kannst du nicht beweisen!‹, bevor ich auch nur ein Wort darüber verloren habe, wovon ich eigentlich spreche, dann hätte ich gewußt, daß du es warst.«

»Was war?« fragte Gilbert mit genau der richtigen Mischung aus Verwirrung und Gereiztheit.

»Nun, irgendeine absolut üble Person hat meiner Mutter einen Brief geschickt und ihr alles erzählt.«

»Alles?«

»Na ja, in etwa. Hier, hör dir das mal an…«

Ihre Stimme triefte nur so vor Giftigkeit, als sie den Brief vorlas.

»›… Mit kummervollen Grüßen, *einer, der es gut meint*‹! Hast du in deinem ganzen Leben schon einmal so etwas Haßerfülltes gehört?«

»Nein! Das ist alles deine Schuld, du Mistweib!« sagte Gilbert und ging damit in hervorragender Weise in die Offensive über.

»*Meine* Schuld?«

»Na, du mußt ja wohl irgend jemandem etwas über den Trust-Fonds erzählt haben! Ich habe darüber mit Sicherheit kein Sterbenswörtchen verloren!«

»Ich auch nicht!«

»Dann muß es dein dummer Winslow gewesen sein!«

»Winslow! Und was ist mit Philip?«

»Mach dich nicht lächerlich! Er steht direkt neben mir. Ich werde ihn fragen. Philip«, fragte er und hielt sich dabei einen Finger auf die Lippen, denn wenn ich antwortete, würde sie wissen, daß alle mithören konnten, »hast du irgend jemandem gegenüber auch nur ein Sterbenswörtchen über Moiras Trust-Fonds geäußert?... Er sagt, das wäre ja wohl lachhaft.«

»Nun, dafür steht aber nur sein Wort!«

»Das genügt mir auch!«

»Schrei mich nicht an, du Scheusal! Du hast ja nicht die geringste Ahnung, was ich hier durchgemacht habe!«

»Oh. Nun, tut mir leid«, sagte Gilbert. »Ist deine Mutter sehr hart mit dir ins Gericht gegangen?«

»Nein, *sie* nicht. Mach dir keine Sorgen. Sie weiß *nichts* davon.«

Als ich diese glückliche Nachricht vernahm, schoß ich in meinem Sitz wieder nach vorne. Die arme Claire verschluckte sich an ihrem Biskuittdessert. Gilbert hielt einen winzigen Augenblick inne, dann brüllte er los:

»Wenn sie überhaupt nichts weiß, was zum Teufel ist denn dann das Problem?«

»Was das Problem ist? Mein Gott, bist du schwer von Begriff!«

Dann erzählte sie uns ihre Geschichte, und die war alles andere als erbaulich.

Kurz nach ihrem Unfall hatte die Herzogin einen Brief von einem Wilderer bekommen, dem der Wildhüter in die Beine geschossen hatte und der jetzt drohte, sie auf zwei Millionen Pfund zu verklagen. Die Herzogin leidet unter extrem hohem Blutdruck, und der durch dieses Schreiben hervorgerufene Wutanfall hatte auf den Herzog den Eindruck gemacht, alles andere als günstig für ihren Genesungsprozeß zu sein. Deswegen hatte der Herzog seinen ihm ergebenen Butler Murcheson in aller Heimlichkeit damit beauftragt, die an die Herzogin gerichtete Post zu überprüfen. Alles, was ihm als möglicherweise beunruhigend erschien, sollte dem Herzog übergeben werden, der dann auf die von ihm für passend gehaltene Weise damit umgehen würde.

Als aber Murcheson den Brief über Moiras Trust-Fonds vor Augen hatte, faßte er direkt den Entschluß, ihn dem Herzog nicht zu zeigen, obwohl der Brief eindeutig in die Kategorie ›möglicherweise beunruhigend‹ fiel. Seine Loyalität gegenüber dem Herzog war scheinbar auch nicht unerschütterlich. Statt dessen wollte er ein paar Tage warten und ihn Moira zeigen. Murcheson hatte das sichere Gefühl, daß die junge Frau ihm dankbar dafür sein würde, daß er sich zwischen sie und eine so unglückliche Bloßstellung gestellt hatte. Und der siebenundfünfzigjährige Murcheson mit seinem schütteren Haar, seiner Knollennase, Zahnproblemen und vielleicht siebzig Pfund mehr auf seinen Knochen, als die medizinischen Spezialisten für ratsam hielten, hatte jetzt schon seit etlichen Jahren die Dankbarkeit einer jungen Frau nicht mehr genießen können.

Und so hatte Murcheson Moira kurz nach ihrer Ankunft beiseite gezogen, ihr den verdammenswerten Brief gezeigt und ihr versichert, daß weder ihre Mutter noch der Herzog von seinem Inhalt in Kenntnis gesetzt worden waren. Moira hatte ihm in seinem seltenen Anflug von Naivität ihre Arme um den Hals geschlungen und ausgerufen: »Oh, Murcheson, wie kann ich das je wiedergutmachen?« Worauf Murcheson mit aller Freimütigkeit geantwortet hatte und Moira ihn trotz ihrer strategischen Fähigkeiten und ihrer vieljährigen Bühnenerfahrung nicht dazu hatte bewegen können, einen Alternativplan zur Entlohnung zu akzeptieren.

»Das hast du nicht getan!« keuchte Gilbert.

»Was blieb mir denn anderes übrig?«

Glücklicherweise, erzählte sie weiter, hatte sie es in der Nacht ihres zweiten Treffens mit der altbewährten Methode des unter dem Bett versteckten Kassettenrekorders geschafft, etwas gegen Murcheson in die Hand zu bekommen. Auf diese Weise mit einem unwiderlegbaren Beweis für seine erpresserischen Aktivitäten bewaffnet, sicherte sie sich sein Versprechen, nicht nur sie nie wieder anzurühren, sondern auch alle weiteren Briefe aus der gleichen Feder wie den vorliegenden abzufangen und zu vernichten. Sie hinterließ bei ihm keinen Zweifel daran, daß auch sein Schicksal besiegelt wäre, sollte ihr Kopf rollen.

»Dann brauchen wir uns also wenigstens keine Sorgen mehr darum zu machen, daß uns irgend jemand bei Mami anschwärzt!«

»Gott sei Dank!«

»Es ist doch wirklich kaum zu glauben! Von allen miesen, gemeinen, ekelhaften Dingen ausgerechnet das zu tun!«

»Aber *wer* könnte es denn nur auf uns abgesehen haben? Wer könnte es getan haben?«

»Das weiß ich nicht, Liebling, aber wenn ich es herausfinde, dann bringe ich den Scheißkerl unter die Erde.«

16

Stellte Moira eine übernatürliche Macht dar? Es hatte allmählich den Anschein. Wie sonst ließe sich die furchterregende Leichtigkeit erklären, mit der sie unzählige Lügen jonglieren, Mördern Juwelen abringen, Trust-Fonds in sich aufsaugen und alle Anstrengungen, sie bloßzustellen, durchkreuzen konnte? Selbstverständlich hätte uns ein Funken nüchterner Überlegung zu der Einsicht bringen können, daß eine echte übernatürliche Macht niemals dumme Investitionen tätigen, laut Deirdre Sauvage vorlesen oder sich gehen lassende Butler vögeln würde. Unsere Gedankengänge in jener Nacht waren aber alles andere als nüchtern. Wir saßen beim Licht des Weihnachtsbaumes und beschäftigten uns wie besessen mit Moira, bis sie in unseren Köpfen ein zeitloses, unzerstörbares weibliches Wesen war, das ihre Karriere bei den Eumeniden begonnen, Torquemada Nachhilfeunterricht erteilt und Hitler die Ideen geliefert hatte.

Im Morgengrauen gewannen kühlere, wenn auch leicht pochende Köpfe die Oberhand. Wir sprachen es von allen Seiten her durch und sahen sogar die Sonnenseite. Zumindest hielt es Moira doch für ausgeschlossen, daß der Brief von uns stammte, nicht wahr?

Wir waren uns darüber einig, daß der Grundplan unverändert bleiben sollte. Die Herzogin mußte von dem Schwindel informiert werden, denn nur sie war in der Lage, dem Ganzen diskret ein Ende zu setzen. Es war klar, daß sogar Moira das wußte. Warum wäre sie sonst so weit gegangen, nur um dafür zu sorgen, daß der Herzogin der Brief nicht zu Gesicht kam? Wenn Murcheson aber ein wachsames Auge auf die Post warf, mußten wir eben aufs Telefon zurückgreifen. Das war weniger erstrebenswert als die Post, weil eine Stimme erkannt oder sogar, wie Moira demonstriert hatte, aufgenommen werden konnte. Doch welche Alternative gab es dazu?

Wir wählten die Nummer der Telefonauskunft für die entsprechende englische Grafschaft und fanden heraus, daß es für Trebleclef in Little Chipperton eine Nummer gab, obwohl der Herzog von Dorsetshire nicht im Verzeichnis aufgeführt war.

»Also, wer sollte anrufen?«

Wir einigten uns darauf, daß es wegen des Rachedurstes, den Moiras erzwungenes Stelldichein mit Murcheson bei ihr hinterlassen hatte und den selbst Sweeney Todd für maßlos gehalten hätte, von entscheidender Bedeutung war, den Verdacht von uns abzulenken. Claire erinnerte sich daran, daß einer ihrer Mitarbeiter, ein Kerl namens Peter, im Januar nach Texas zog. Seine unmittelbar bevorstehende Abreise machte ihn zu einer sicheren Wahl, und sie versprach, man könne sich darauf verlassen, daß er es tun würde, wenn sie ihm versicherte, daß es einen guten Grund dafür gab.

Er würde einfach anrufen, darum bitten, mit der Herzogin sprechen zu können und sich als Reporter ausgeben, der gerade an einem Artikel über die tragischen Ereignisse während der Ritterspiele und den prächtig verlaufenden Genesungsprozeß der Herzogin schrieb. Und sobald er sie am Apparat hatte, würde er sie fragen, warum sie nicht auf seinen Brief geantwortet habe. Welcher Brief? würde die Herzogin dann zurückfragen, woraufhin er ihn ihr vorlesen würde. Wir waren alle der Meinung, daß die für Peter bestehenden Gefahren, solange er darauf achtete, seine Stimme zu verstellen, nur sehr gering sein würden. Als besondere Absicherung für *uns* konnte der Anruf ja bei der Herzogin eingehen, wenn Moira, Gilbert und ich alle zusammen waren, damit Moira sehen konnte, daß von uns unmöglich jemand mit ihr telefoniert haben konnte.

Samstag morgen rief Claire Gilbert und mich an und erzählte uns, Peter sei gewillt, es zu tun. Sonntag würde er zu Claire in die Wohnung kommen, und pünktlich um eins würde der Anruf erfolgen. So tauchte ich am nächsten Tag gegen zwölf Uhr mittags im Gelobten Land zum Brunch auf und hatte ein Geschenk für Moira dabei. Es schien eine gute

Idee zu sein, Moira so gut es ging in Sicherheit zu wiegen, und das persönliche Opfer, das mit dieser Gabe verbunden war, war äußerst gering.

»Oh, Philip, mein Schatz! Wie aufmerksam! Karten für *Cats*! Es ist mir äußerst unangenehm, aber dein Geschenk habe ich noch nicht – doch es dauert nicht mehr lange! Es war nur alles so verrückt!«

Ich sagte, Gilbert habe mir von ihrer schweren Prüfung berichtet und gab ihr mein Mitgefühl zum Ausdruck.

»Es war wirklich schlimm! Ich meine, ich habe Murcheson jahrelang gekannt und hätte nie im Traum daran gedacht, daß er zu einer so erbärmlichen und ekelhaften... Na ja, egal, jetzt arbeitet er ja für uns. Er weiß, daß Mom ihm eigenhändig den Hals umdreht, wenn sie hört, was auf dieser Kassette ist!«

»Können wir sie mal hören?« fragte Gilbert.

»Nein«, sagte Moira mit großer Entschiedenheit.

Wir zogen uns zum Brunch ins Eßzimmer zurück. Moira bestand darauf, zu kochen, daher gab es gefrorene Waffeln und etwas vage nach Fleisch Aussehendes, das sie mit ›Brutzelpfanne‹ bezeichnete. Beim Essen diskutierten wir darüber, wer der Informant wohl sein mochte, und es wurde Gilbert und mir klar, daß die Bündnispartner (für die ich uns allmählich hielt) beim Abfeuern ihrer kleinen Salve die weitverzweigten Folgen unserer Aktionen gar nicht bedacht hatten. Wir hatten uns so sehr darauf konzentriert, den Verdacht von uns abzulenken, daß wir uns überhaupt keinen Gedanken darüber gemacht hatten, wer die Querschläger abbekommen würde.

»*Vulpina*? Moy, Süße, bist du dir da *sicher*?«

»Ja! Sie ist die einzige, die weiß, daß der Trust-Fonds überhaupt existiert. Außer Winslow Potts natürlich, und der hat genausoviel zu verlieren wie ich.«

»Pina weiß von dem Trust-Fonds?«

»Natürlich«, sagte Moira. »Erinnert ihr euch denn nicht mehr? Das war doch der Tag, an dem sie jene scheußlichen Entwürfe für mein Hochzeitskleid mitbrachte, an dem Mom anrief und sagte, sie habe den Unfall gehabt und ich müßte meinen Fonds aufbrauchen! Und ich gab ihr lang und breit zu verstehen, daß ich von den Zinsen lebte, und ob man nicht alles anders bezahlen könne. Pina saß direkt daneben, und hat jedes Wort in sich aufgesaugt.«

»Aber sie war nicht dabei, als du uns sagtest, du hättest das Geld ausgegeben.«

»Dann hat sie das eben so herausgefunden. Ich meine, sie *weiß*, daß ich in den letzten Jahren einige schlechte Investitionen getätigt habe. Pina ist auf ihre gemeine, üble Art sehr schlau. Als ich sie feuerte, entschloß sich dieses gehässige Miststück, es mir dadurch heimzuzahlen, daß sie alles ausplaudert. Herrgott, ich bin mir *sicher*, daß sie es ist! Ihr habt sie doch bei Holly gehört! Dieser ganze Unsinn über die Perspektive und wie bald alles anders sein würde!«

Natürlich wußten wir, daß Pina sich mit solchen Bemerkungen einfach auf die für sie übliche, mysteriöse Art und Weise, die sie nun mal an sich hat, zum Ausdruck bringt. Wie konnten wir das aber Moira klarmachen, ohne den Anschein zu erwecken, Dinge zu wissen, die wir nur dann wissen konnten, wenn wir für sie verantwortlich waren? Wir einigten uns darauf, daß Pinas Bemerkungen sicherlich im Lichte des Briefes *scheinbar* eine neue Bedeutsamkeit annahmen, fügten aber hinzu, daß die Situation weitere Untersuchungen erforderte.

Wie mir plötzlich einfiel, gab es natürlich doch einen entlastenden Sonnenstrahl, der nur darauf wartete, auf Vulpina herabzufallen, und das war Peters Anruf bei der Herzogin, der, wie mir ein Blick auf meine Uhr bestätigte, vor nur wenigen Augenblicken stattgefunden hatte. Das wäre ja dann der Beweis, daß der Informant ein Mann war und keine Frau, und darüber hinaus ein Mann, dessen Identität auf beruhigende Weise im dunkeln blieb.

Genau in diesem Moment klingelte das Telefon. Moira nahm den Hörer ab, lauschte einen Augenblick und sagte: »Ich übernehme die Gebühren!«

Augenblicklich überkam sie ein Ausdruck des Widerwillens.

»Ja, ich bin's, Murcheson. Was wollen *Sie* denn?«

Die volle Wirkung, die diese Begrüßung bei uns auslöste, brauchte einen Moment, bis sie zu mir durchgedrungen war.

Wenn Murcheson am Apparat war und nicht Moiras Mutter, dann lag der Grund dafür wahrscheinlich darin, daß der Butler nicht nur die Post, sondern auch alle eingehenden Anrufe kontrollierte. Peter war überhaupt nicht durchgekommen.

»*Wann*?« fragte Moira unbarmherzig. »... Oh, das hat er tatsächlich getan? Gott sei Dank warst du am Telefon! Was hat er gesagt? ... O *Gott*, wie ausgesprochen *lahm*!... Wie hat sich denn dieser heimtückische Verräter angehört?... *Tatsächlich*? Gut, gut!... Ja, *verdammt* wichtig! Paß auf, wenn noch irgend jemand anruft, hat sie eine Kehlkopfentzündung!... Danke, Murcheson. Gute Arbeit, weiter so!«

»Nun«, sagte Moira und hängte ein, »sie hat es erneut versucht. Oder ich sollte besser sagen, *sie* haben es wieder versucht, weil sie nicht allein arbeitet.«

»Nicht?«

»Nein. Sie steckt mit *Gunther* unter einer Decke.«

Es war wirklich gräßlich. Die zerstörerischen Kräfte von Ursache und Wirkung hatten uns bereits halb bewußtlos getrommelt, da jagten sich die seltsamen Zufälle nur so, um ebenfalls noch ein paar Schläge anzubringen. Aber genau das war passiert.

Peter war planmäßig bei Claire erschienen und hatte begonnen, seinen Auftritt zu proben. Sie hatte ihm gesagt, er solle um seines eigenen und unseren Schutzes willen seine Stimme verstellen. Natürlich hatte sie einen britischen Akzent empfohlen, den Peter auch pflichtbewußt einübte. Es war allerdings kein sehr guter britischer Akzent, hörte sich viel zu zögerlich an und vereinte auf sehr unwahrscheinliche Weise die Stimme Alistair Cookes mit der von Stanley Holloway. Peter war so etwas wie ein Perfektionist und sich schmerzhaft der Tatsache bewußt, daß seine Darstellung nicht echt klang.

Das war auch der Grund dafür, daß in dem Augenblick, in dem Murcheson ans Telefon gegangen war, irgendeine Regung tief in seinem Innern Peter auf den Gedanken brachte, die eingeübte Stimme fallenzulassen und zu einem deutschen Akzent überzugehen. Er hatte auf der High School

Stalag 17 aufgeführt, und seine Interpretation eines lauschenden Nazis war ein Musterbeispiel impressionistischer Kunst.

Peters Kunstfertigkeit beschränkte sich jedoch auf Akzente und hörte kurz vor der Improvisation auf. Konfrontiert mit einer Flut von Fragen über seine journalistischen Referenzen hatte Peter erbärmliche Geschichten erzählt und war dabei an einer Stelle so weit gegangen, die Publikation, für die er arbeitete, als das *Monatsblatt für Herzoginnen* zu bezeichnen.

Murcheson hatte verärgert seinen Namen wissen wollen, und an diesem Punkt hatte Claire ihre Hand ausgestreckt und die Verbindung unterbrochen.

Claire hatte die Episode lediglich als eine unter vielen verlorenen Runden einer Schlacht um den Durchbruch zur Herzogin aufgefaßt. Die Konsequenzen, die diese in letzter Sekunde erfolgte Veränderung im Akzent hatten, entzogen sich ihrer Wahrnehmung. Ich hatte ihr von Gunther erzählt, als ich sie zum allerersten Mal über das Syndikat informiert hatte, seinen Akzent aber nicht erwähnt. Danach hatte ich von ihm kein großes Aufhebens mehr gemacht, denn bei den Folgen, die Maddies Party gehabt hatte, erschien er noch als das geringste unserer Probleme.

Doch jetzt, wo Moira davon überzeugt war, daß er und Pina hinter der Verleumdungskampagne standen, welche schrecklichen Dinge konnte sie den beiden antun? Und wie schrecklich mochten dann deren Vergeltungsaktionen aussehen? Wie konnten wir Moira aufhalten? Wie brachten wir es fertig, ihr *nicht* dabei zu helfen? Konnten wir denn angesichts dieses neuen Beweises eigentlich noch so tun, als ob wir von ihrer Verschwörungstheorie nicht überzeugt wären? Verdammt, es klang aber auch alles zu plausibel!

Würde Gunther nach der Art und Weise, auf die Moira ihn in aller Öffentlichkeit heruntergeputzt hatte, nicht darauf brennen, sich an ihr zu rächen? Seit Moira Vulpinas Entwürfe verschmähte, hatte auch Vulpina einen Anlaß, es ihr heimzuzahlen! Und hatten wir die beiden nicht auf Hollys Party munter miteinander plaudern sehen, als wären sie plötzlich die besten Freunde geworden?

Sie hatten sich eindeutig getroffen, sich über ihren Groll ausgetauscht, Vulpinas vertrauliche Informationen über den Trust-Fonds mit Gunthers arischer Verschlagenheit vereint, und waren zu dem korrekten Schluß gekommen, daß Moira das Geld ausgegeben hatte und versuchte, diese Tatsache vor ihrer Mutter zu verbergen. Dann hatten sie in ihrem Drang, Blut zu sehen, die bösartige Nachricht nach Trebleclef geschickt.

»Was sollten wir unternehmen?« fragte Gilbert und fürchtete ihre Antwort.

»Das liegt doch wohl auf der Hand, oder nicht? Wir müssen sie richtig fertigmachen und wissen lassen, daß es ihnen noch dreckiger geht, wenn sie es noch einmal versuchen!«

»Moira«, sagte ich, »wir versuchen doch, Ärger zu vermeiden, und nicht, ihn zu bekommen!«

»Memmen! Ehrlich, was gäbe ich darum, mit zwei *Männern* zusammenzuarbeiten!«

»Spar dir diesen Scheiß, Schätzchen!« sagte Gilbert. »Wir wollen nur nicht, daß du irgendeinen Schwachsinn anstellst, um den beiden eins auszuwischen, und sie damit so wütend machst, daß sie beschließen, aufzuhören, die Herzogin zu belästigen, und statt dessen bei Tony und Mami auspakken!«

»Gilbert«, entgegnete sie herablassend, »meinst du, daran hätte ich nicht gedacht? Genau deswegen müssen wir ihnen ja auch einen Schrecken einjagen! Dann werden sie es nicht wagen, noch irgend etwas zu unternehmen! Und wenn du nicht damit einverstanden bist, gut! Dann mach ich's eben alleine!«

Was blieb uns anderes übrig, als uns einverstanden zu erklären? Nur indem wir weiter in die Sache eingebunden waren, konnten wir verhindern, daß sie es bei ihrer Rache zu toll trieb oder, schlimmer noch, Pina und Gunther die Schaden stiftenden Informationen erst in die Hände spielte, weil sie glaubte, sie würden sie schon haben – was ja tatsächlich nicht der Fall war. Außerdem würde bei Moira Argwohn gegenüber *uns* entstehen, wenn wir es den beiden nur widerwillig heimzahlen wollten.

Alles war schrecklich kompliziert, doch jede Überlegung führte auf die gleiche Angst zurück: Wir befürchteten, daß Moira uns in dem Augenblick, in dem sie von unserer Seite her Verrat witterte, abservieren würde und behauptete, das Ganze sei unsere Idee gewesen. Gegenüber dieser Angst wurden alle anderen Überlegungen unbedeutend. In irgendeiner milden (oder nicht so milden) Form sein Mütchen an Pina und Gunther zu kühlen erschien im Vergleich dazu belanglos. Meine Gespräche mit Gilbert über das Schicksal der beiden verlief ungefähr so:

»Ich fühle mich furchtbar.«
»Ich auch. Das haben sie nicht verdient.«
»Ich weiß. Ich fühle mich schrecklich.«
»Aber was willst du machen?«
»Genau. Soll ich nachgießen?«

Zumindest schafften wir es, Moira davon zu überzeugen, daß alles, was wir unternahmen, heimlich geschehen sollte. Moira, eine richtige Künstlerin auf dem Gebiet der Rachefeldzüge, war dabei die Erkenntnis äußerst unangenehm, daß eines ihrer wahrscheinlich besten Werke unsigniert dahingehen würde. Da wir jedoch keinen konkreten Beweis für das in Händen hielten, was Gunther und Pina getan hatten, war sie sich mit uns darüber einig, es sei das beste, sie konnten uns nichts anhängen. Wir wußten, wer uns ans Leder wollte, und aus dem gleichen Grunde würden sie wissen, wer sich dafür rächen würde.

Natürlich würden sie das *nicht* wissen. Sie würden nicht die geringste Ahnung haben, wer sie bedrohte und warum. Sie würden einfach in irgendeinem Alptraum à la Hitchcock landen, in dem ihre Identität mit irgendwem verwechselt wurde und unbekannte Übeltäter ihnen unverdiente Vergeltung für nicht näher angegebene Mißstände zukommen lassen würden.

»Arme Pina. Sie war mir eigentlich immer sympathisch.«
»Mir auch. Sie ist ein wenig komisch, aber...«
»Sie hat ein einnehmendes Wesen, nicht wahr?«

»Ja. Es macht Spaß, mit ihr zusammenzusein.«
»Sie wird einen fürchterlichen Schreck bekommen!«
»Und überhaupt nicht durchblicken! Das Ganze widert mich an.«
»Mich auch.«
»Sag, wenn du genug hast.«

17

Das Schlimmste dabei war natürlich, daß es jetzt nicht mehr in unserer Macht stand, zu versuchen, die Herzogin wieder zu erreichen. Jeder Versuch würde von Murcheson vereitelt und Moira mitgeteilt werden, die daraufhin Gunther und Vulpina noch mehr unter Druck setzen würde. Und weil schon jetzt alles kurz vor der Explosion stand, war das nicht anzustreben. Nur dadurch, daß wir alle Bemühungen, mit der Herzogin in Kontakt zu treten, aufgaben, konnten wir Moira davon überzeugen, daß ihre anonymen Warnungen ihren Zweck erfüllt hatten und man daher ohne Gesichtsverlust darauf verzichten konnte.

Was die Natur dieser Warnungen betraf, mußte darüber noch entschieden werden. Moira sagte nur, daß sie so schauerlich wie nur möglich sein sollten, aber daß es immerhin noch die Weihnachtszeit war. Es würde früh genug sein, sich im Januar an die Arbeit zu machen.

Claire war wütend. Der Gedanke, daß Moira, ohne das überhaupt zu merken, in der Lage war, zwei aufeinanderfolgende Pläne zu durchkreuzen und Claire dadurch zu zwingen, schweigend bei einer Terrorkampagne gegen zwei relativ unschuldige Menschen mitzumachen und dem auch noch zuzustimmen, war mehr, als Claires Stolz ertragen konnte. Ihre Entschlossenheit, die Moira-Maschine aufzuhalten, wurde mit jedem Tag größer, aber sie hatte nicht die geringste Ahnung, wie sie das tun sollte.

Daß Murcheson die Postsendungen abfing, hatte auch noch eine andere fürchterliche Nebenwirkung: Die Kopie, die wir als Beweis für unseren Versuch, den Betrug aufzuhalten, aufgehoben hatten, war jetzt natürlich wertlos. Wie konnten wir überhaupt noch beweisen, daß das Original auch wirklich abgeschickt worden war? Moira und Murcheson würden leugnen, es gesehen zu haben, und wieder einmal stünde unser Wort gegen ihr Wort. Und welche Chance hatte die Wahrheit gegen Moira?

Um dem ganzen Bild noch etwas mehr Leben zu verleihen, geriet die ganze verzwickte Situation mit Aggie, an die ich bis Januar nicht einen Gedanken hatte verschwenden wollen, drei Tage wieder ins Blickfeld. Jeder Zweifel, ob an ihrem Vorschuß ein Haken war oder nicht, wurde ausgeräumt, als sie uns anrief, um Claire und mich zu »einer kleinen Neujahrsorgie« einzuladen. Ihr seidenweicher, befehlender Tonfall erinnerte mich an den von Katharina von Medici, die einen Lieblingsnarr zu einer vornehmen, ausgelassenen Party einlädt. Beiläufig erwähnte Aggie, für den Fall, daß »uns nach Singen zumute sei«, einen »entzückenden, kleinen Flügel« zu haben – und das sagte sie wieder fast genauso, wie Kate es getan haben könnte: »Oh, mein lieber Narr, du *mußt* einfach diese Schweinsblase mitbringen, mit der du immer so amüsante Dinge gemacht hast.«

Claire war nicht begeistert.

»Welches Recht habt ihr, für mich Einladungen anzunehmen?«

»Wir sind verlobt, erinnerst du dich? Außerdem mußt du dabeisein, um mich zu beschützen. Ich denke, sie will meinen Körper.«

»Dann halte ihn gut in Schuß und vermache ihn einem halben Dutzend Organbanken.«

In der Silvesternacht zog ich mir den besten meiner abgetragenen Anzüge an und begleitete meine Partnerin wie ein gutes, kleines Hätschelkind der Mafia zur Park Avenue Ecke Siebzigste Straße. Dort drängte sich eine Mischung aus Angehörigen des Bombelli-Clans und anderen vermögenden Bewohnern Manhattans – Leute aus der Werbung, Makler, eine stattliche, schnatternde Schar Rechtsanwälte und als Würze zwei Künstler: ein Verfasser von Kurzgeschichten und das vergeistigste aller Wesen, ein Avantgarde-Choreograph. Als wir ankamen, sahen wir Aggie nirgends, aber es dauerte nicht lange, dann hatte sie uns aufgespürt und fiel für die Begrüßungsküsse über uns her.

»Gott sei Dank – ein paar *amüsante* Leute! Philip, was für eine fade Mannschaft habe ich hier nur auf die Beine gestellt! Alle überaus erfolgreich und lieb. Aber so langweilig!«

»Ja«, stimmte ich zu und ließ meine Blicke schweifen. »Aber was bleibt mir anderes übrig? Sie sind viel zu reich, als daß man sie vor den Kopf stoßen könnte!«

Ein Kellner kam mit einem Tablett erlesener Köstlichkeiten auf uns zu.

»Du liebe Güte«, meinte Claire, »was ist dann das alles?«

»Sautierte Zwergartischocke mit Aprikosenglasur, und mit jungem Lamm gefüllte Zwergzucchini.«

»Wer ist denn der Lieferant? Gerber?«

»*Hah*! Oh! Ich muß laufen! Gerade sind fünfzig Millionen Dollar mit neuer Frau hereingekommen.«

Sie versicherte uns, wir würden uns nicht *allzu* sehr langweilen, wenn wir unsere Konversation auf den Kurzgeschichtenschreiber und den Choreographen Demo Glish beschränkten.

Letzterem gegenüber empfand ich eine augenblickliche Abneigung. Er stand lustlos in der Mitte von Aggies weißgrauem Penthouse, hatte einen Pferdeschwanz und einen knallblauen Pyjama an und fühlte sich schon durch die Tatsache beleidigt, daß so viele Anwesenden ihn nicht als den Mann vom Umschlagfoto der letzten Juliausgabe des *Dance Magazine* erkannten.

»Eine exotische Gestalt!« meinte Claire.

»Und dieses Jahr *sehr groß rausgekommen*. Er war für die Choreographie dieses Anti-Kernkraft-Balletts im BAM verantwortlich, wo sich keiner bewegte.«

»Ach du liebe Güte! Wenn ich da gewesen wäre, hätte ich mich recht bald bewegt.«

»Ich auch, aber ich konnte nicht. Meine Begleiterin weigerte sich, sich von der Stelle zu bewegen. Sie hatte Angst, als ›unempfänglich‹ zu gelten.«

Wir beobachteten, wie Moira sich diesem lethargischen Genie näherte und sich als großen Fan ausgab. Moira ist eine solche Verehrerin prominenter Personen, daß sie, wenn sich Richard Speck im Raum befinden würde, direkt auf ihn zugehen und sagen würde: »Es tut mir leid, Sie kennen mich nicht, aber ihr hinreißendes Gelage war fabelhaft! Was hielten Sie denn davon?«

Sie fing unseren Blick auf und winkte uns zu sich. Wir rissen uns zusammen und gingen zu den beiden hin.

»Philip und Claire! Ich möchte, daß ihr Demo Glish kennenlernt. Er hat im BAM das Stück *Scherben* choreographiert!«

»Aha! Das habe ich gesehen.«

»Wirklich?« fragte Demo. Seine Miene erhellte sich. »Stellungnahmen?«

»Tut mir leid, aber ich fand es nicht sehr erfreulich.«

Demos Lippen kräuselten sich belustigt.

»Das will ich auch nicht hoffen. Ich lege es nie darauf an, den globalen Suizid als etwas ›Erfreuliches‹ darzustellen.«

»*Gut* gesagt!« schwärmte Claire. Ich hätte beiden am liebsten den Hals umgedreht.

Doch mit der Wut kam auch die Inspiration. Wenn Aggie ein großer Bewunderer dieses Trottels war, konnte ich mich bei ihr vielleicht rasch damit unmöglich machen, wenn ich ihm die Hölle heiß machte! Mit etwas Glück feuerte sie mich vielleicht schon, bevor ich mit der Arbeit anfing!

»Ah! Du hast es darauf angelegt, ›*un*erfreulich‹ zu sein? Wie schön, nach so etwas Realistischem zu streben!«

Aggie, die nur ein paar Schritte entfernt stand, kam zu uns. Das war meine Chance.

»Ich denke«, schnurrte Demo, »daß dein Problem aus vorgeformten Erwartungen besteht. Du hast etwas Sicheres und Zugängliches erwartet, und ich vermittelte dir einen beunruhigenden Blick auf den zukünftigen Zustand unserer Welt nach der Apokalypse.«

»Wenn das wirklich so ist, Demo, dann schlage ich vor, daß du mit dem Ballett eine Tournee durch Rußland machst. Wenn du die Sowjets tatsächlich davon überzeugen kannst, daß die Zukunft nach dem Atomkrieg ausschließlich aus schlechtem Tanz zu überhöhten Preisen besteht, ist das Wettrüsten über Nacht beendet.«

Ich drehte mich um und ging mit raschen Schritten davon. An der Bar angekommen, bestellte ich einen doppelten Chivas, und war sehr damit zufrieden, daß ich meinen besten Schuß plaziert hatte, während Aggie daneben stand und ihn hören konnte. Sicherlich würde eine so eklatante Zurschaustellung von Taktlosigkeit sie noch einmal genauer über unsere Tauglichkeit für den Job nachdenken lassen. Später würde sie mich aufspüren und in frostigem Ton darüber in Kenntnis setzen, daß…

»Mein *Schatz!*«

»Oh, Aggie! Hör zu, es tut mir leid wegen…«

»Ich bitte dich! Ich habe das ganze Jahr sehnlichst darauf gewartet, daß jemand diesen Trottel ein wenig zurechtstutzt! Früher war er ja ganz lustig, aber jetzt ist er so *eingenommen* von sich selbst! Diesen Scherz über die Russen! Unbezahlbar! Ich werde ihn jedem erzählen!«

Um ein Uhr nachts kam Aggie wieder her und bat Claire und mich, etwas vorzuführen. Ich war so erschöpft davon, dem Ruf eines Schelmen gerecht zu werden, mit dem Aggie mich bedachte, daß ich mich auf die Chance stürzte, Spontaneität zugunsten eingeübterer Späße aufzugeben. Gilbert machte bei ein paar Nummern mit, und Moira, die völlig zu unserer Überraschung unsere ganzen Lieder auswendig gelernt hatte, ebenfalls. Claire vervollkommnete das Ganze auf mein Drängen hin mit einem kleinen Stückchen aus unserer im Werden begriffenen Show. Das Lied ›*Kalter Trost*‹ war die Wehklage einer mächtigen Frau, die alles bezahlen kann, was sie sich wünscht, und das normalerweise auch tun muß.

Ich habe mit riesigen Zobelpelzen gefüllte Schränke,
in Häusern, die prächtiger sind
als die besten und luxuriösesten Schuppen…
Kalter Trost!
Denn alles, was ich will, ist Liebe!

Ich habe Chauffeure und Butler, alle attraktiv und groß,
Lakaien und Diener,
und Franzosen auf Abruf…
Kalter Trost!
Beglückt würde ich sie tauschen
gegen jemanden, der sanft
und nicht zu mieten ist.

Die Reaktion der betrunkenen Feiernden war äußerst erfreulich und stieg mir direkt in den Kopf wie eine Droge der besseren Sorte. Alle Probleme, mit denen ich konfrontiert war, schienen plötzlich so unbedeutend zu sein wie die Choreographie eines Mr. Glish. Moira, Aggie, die ganze Sippschaft, die Herzogin und alle Gefahren, die sie repräsentierten, waren bloß triviale Unannehmlichkeiten, die ein Mann mit meinem Intellekt und meinem grenzenlosen Charme innerhalb einer Minute wieder in Ordnung bringen konnte. Wenn je ein anderer Eindruck entstanden sein sollte, dann lag das nur daran, daß ich meiner einzigen Schwäche nachgegeben hatte: meiner Neigung, mich selbst zu unterschätzen. Ich lächelte zu Moira hinüber, die die bewundernden Glückwünsche unserer Fans entgegennahm. Sie zeigte auf mich und sagte: »Aber *ihm* gebührt doch die ganze Ehre!«

Und das war ja auch so! Für wen hielt sie sich eigentlich? Ein schlaues, kleines Biest, sicher, das war sie, aber einem Cavanaugh gewachsen? Nie!

Demo, der arme Kerl, stand zusammengekrümmt in einer Ecke und hustete klümpchenweise seinen Neid in die Menge. Diesem Wichtigtuer hatte ich aber gezeigt, was es hieß, ein Publikum zufriedenzustellen! Er hatte gesehen, was mit denen passiert, die mit Philip Francis Cavanaugh die Klingen kreuzen! Und Moira würde es auch noch zu sehen bekommen! Genau wie Gunther! Und die Mafia, wenn sie so dumm sein sollte, es mit mir aufzunehmen!

Ich schnappte mir ein Glas Champagner von einem vorübergehenden Tabletträger, der mich anlächelte und sagte: »Das war sehr lustig!«

»Danke«, antwortete ich, und ließ ein Lächeln aufblitzen, das seine Hoffnungen anstacheln sollte, denn er war, wenn Sie so wollen, von der ausgesprochen gewinnenden Sorte: wallendes, kastanienbraunes Haar und Backenknochen von musealer Qualität. Vielleicht würde ich ihn mir, wenn ich gerade den passenden Großmut verspürte, in irgendeinem lauschigen Winkel schnappen und ihm eine Nacht mit dem Gewinner des Schönheitswettbewerbs für Männer im nächsten Jahr versprechen. Ich kippte den Champagner hinunter und nahm mir einen weiteren von einem blonden Typ aus dem Mittelwesten, schenkte auch diesem Jungen ein ähnliches Lächeln, denn es zahlte sich immer aus, sich mehrere Wahlmöglichkeiten offenzuhalten. Ich badete mich in den betrunkenen

Komplimenten meiner Fans und achtete darauf, nach ihren Namen und Berufen zu fragen, denn das Publikum schätzt diese kleinen Darbietungen von Interesse ungeheuer, wenn sie auf überzeugende Weise simuliert werden.

Bald spürte ich den Drang, mich zu erleichtern. Als ich aus dem Badezimmer kam, stieß ich mit Aggie zusammen, die noch betrunkener war als ich. Sie dankte mir für meine Vorstellung und sagte, daß durch sie die Party zu einem richtigen Erfolg geworden war. Dann warf sie mir ihre Arme um den Hals und küßte mich auf den Mund.

Armes, liebeskrankes altes Herzchen! dachte ich insgeheim. Wie sehnt sie sich nach dem, was sie niemals haben kann! Ein kurzer Kuß ist alles, auf das sie hoffen darf! Aber sollte ich den nicht wenigstens so gestalten, daß sie sich an ihn erinnern würde? Ein Kuß, den sie während ihres ganzen Lebensabends in Ehren halten würde, an den sie auf ihrem Totenbett denken und dabei mit einem Lächeln auf ihren Lippen sterben würde? Ich schloß meine Arme um sie, verlor mein Gleichgewicht und fiel nach vorne. Ihr Kopf schlug gegen die gegenüberliegende Wand. Betrunken entschuldigte ich mich, betrunken antwortete sie, daß sie es genossen habe. Wir küßten uns noch einmal kurz, lächelten uns verrucht zu und kehrten dann zur Party zurück.

Ich aalte mich noch weiter in der Bewunderung meines Publikums; insbesondere in der eines entzückenden Kellners mit roten Haaren, dessen Name mir jetzt nicht einfallen will. Diese letzte Begegnung veranlaßte Claire, mich am Ellbogen zu packen und, ganz die Oberlehrerin herauskehrend, darüber zu informieren, daß es nun Zeit wurde, zu gehen. Wir sammelten Gilbert und Moira ein und teilten uns ein Taxi zur West Side. Ich stieg am Gelobten Land aus und erzählte Claire, daß ich gerne noch einen kleinen Schlummertrunk mit meinen beiden besten Freunden einnehmen wollte.

Wir ließen uns auf das Sofa fallen, zündeten unsere Zigaretten an und entkorkten den Champagner. Selbst Moira nuschelte die Worte; das hatte ich noch nie bei ihr gehört. Wir prosteten uns zu, daß wir die Party geschmissen hatten, und waren uns einig, daß es ein unglaublich erfolgreicher Abend gewesen war.

»Un' das besse«, sagte Moira, »is' ja, während wir alle auf

Aggies Paadie mit unseren Lügen unsern Spaaaß hatten, erlebt der dreckige kleine Gunsser ein blaues Wunner!«

»Ah jaaa?« fragte ich, plötzlich merklich nüchterner.

»Washas'ngemacht?« wollte Gilbert wissen.

»Nu'!« kicherte sie. »Zuers' hab' ich eine Puppe gekauf', eine männliche Puppe, ungefähr sooo groß«, sagte sie und deutete etwa dreißig Zentimeter Größe an. »Dann nahm ich 'ne Gabel un' hab' Löcher innas Gesich' gestochen, bis es genau wie Gunny-punnys aussah. Dann habe ich ein grooo߀s Messer inne Brus' gesteckt un' alles mit Ketchup vollgeschmiert! Dann habe ich alles inne eklige Nazifahne gewikkelt un' 'nen Zettel dran getan: ›*Den* Krieg has' du verlooorn, du Scheusal, un' du wirs' *diesen* auch nich' gewinnen, erpressersches Aaaschloch'‹ – unterschrieben mit ›*einer, der es gut meint*!‹ Dann dies'n Nachmittag so um fünf hab' ich alles in hübsches Papier eingewickelt un' zu seinem Platz gebrach' un' die Haustür aufgebrochen un' es direk' vo' seiner Tür gelassen! 'S is' die obers'e Wohnung im Haus, also wird keiner es sehen, nur er! Wa' das nich' gut?«

Wir stimmten ihr mit einem dünnen Lächeln zu. Ja, das würde es ihm schon *zeigen*. Doch könnte es ihn nicht auch dazu bringen, zur Polizei zu gehen?

»Laß ihn!« höhnte Moira. »Was würde die Polissei denn dann sagen? *Die* sagen dann: ›Okay, wir werd'n den Täter bestrafen! Aber sagen Sie mal ers', ween Se da *erpressen*!‹ Was wird er *dazu* sagen? He?«

Wir waren uns einig, daß das ein interessanter Punkt war.

»Un' nächs'e Woche: Vulpenis!« krähte sie, und kicherte über ihr Wortspiel. »Nacht, nacht, ihr Süßen!«

Sie küßte Gilbert auf die Stirn und torkelte im Zickzack ins Bett.

Erstaunlicherweise funktionierte mein Gehirn immer noch gut genug, um zu erkennen, daß Gunther mit einer gewissen Wahrscheinlichkeit die Puppe noch gar nicht gesehen hatte. Vielleicht war er ausgegangen oder auf einer späten Party. Wir riefen ihn an, hielten den Hörer zwischen unsere Ohren. Achtmal klingelte es durch, und gerade als es so aussah, als gäbe es Grund zur Hoffnung, ging er dran.

»Hallo?«

Wir sagten nichts.

»Hallo? Wer ist das?... *Wer ist das*? Warum belästigst du mich? Was für 'ne Erpressung? Ich gehe zur Polizei, hörst du?«

Wir hängten ein.

»O je!« sagte Gilbert. Ich nickte.

Eine Weile saßen wir nur da und sagten kein Wort. Ich konnte fühlen, wie meine Fröhlichkeit und mein Selbstvertrauen aus mir herausliefen wie Wasser aus der Badewanne. Ich dachte an meinen Auftritt auf Aggies Party zurück. Was für ein selbstsüchtiger Esel war ich doch gewesen! Was war nur in mich gefahren?

Ich blickte zu Gilbert hinüber. Nie zuvor hatte er einen verloreneren und bemitleidenswerteren Eindruck auf mich gemacht.

»Wie konnte das nur alles passieren?« sagte er. »Es war so eine *gute* Idee!«

»Es war nie eine gute Idee!«

»Es *war* eine. So einfach! Ich mußte nur so tun, als würde ich Moira lieben, und zu jedem freundlich sein, und in ein paar Monaten hätten wir viele schöne Geschenke bekommen. Und jetzt bedrohen wir Leute, und sie holen die Polizei, und die Mafia wird alles herausfinden, und wir werden alle umgebracht! O Gott!« wimmerte er. Sein Kopf sank gegen meine Brust. »Hast du genausoviel Angst wie ich?«

»Ja.«

»Bist du auch genauso geil?«

»Gilbert!«

»Philip – es ist schon so lange her! Und für dich ist es doch auch schon so lange her! Ich weiß, daß das so ist. Wir haben uns doch gerne, oder nicht? Ist das nicht schon immer so gewesen? Und was könnte schlimmer sein, als umgebracht zu werden, wenn wir es seit sechs Monaten nicht mehr gemacht haben? Ich meine, mal dir das doch mal aus! Überleg mal, wie wir uns fühlen würden, wenn wir mit verbundenen Augen in irgendeiner Garage stehen, und an das letzte Mal denken, an dem wir den kostbaren Geschmack der Liebe auf der Zunge hätten haben können, wenn wir die Gelegenheit nur ergriffen hätten! Wie würdest du dich dann fühlen, Philly? Würdest du dich dann nicht einfach *schrecklich* fühlen?«

Dieser Punkt ging an ihn.

18

Die nächsten Wochen über konnte ich mich in den Momenten, in denen ich nicht damit beschäftigt war, vor Entsetzen zu zittern, eines reumütigen Amüsements nicht erwehren, denn die Affäre, die Gilbert und ich in unserem sechsundzwanzigsten Jahr miteinander hatten, ließ sich in vielerlei Hinsicht nicht von der unterscheiden, die wir mit sechzehn gehabt hatten: Sie war weniger eine Fortsetzung als vielmehr ein Wiederaufleben.

Da belogen wir wieder unsere Freunde bezüglich unserer Aufenthaltsorte, führten diskrete Telefonate, um die Zeitpläne der Menschen zu bestätigen, die in der Lage waren, unangemeldet bei uns hereinzuplatzen, machten rüde Gesten, sobald die Leute uns ihren Rücken zudrehten, und lebten in ständiger Furcht, entdeckt zu werden. Jetzt konnte eine Entdeckung natürlich unseren Tod und nicht nur juristische Schwierigkeiten bedeuten.

Ja, es war dumm. Was soll ich dazu sagen? Ich wußte, daß es, wie es in dem schönen Lied heißt, der falsche Zeitpunkt und der falsche Ort war, und, was Gilberts Versprechen gegenüber Freddy betraf, auch noch das falsche Geschlecht. Ich will mich auch gar nicht verteidigen, indem ich sage, es sei Liebe, die mich dazu brachte, den Tod in Kauf zu nehmen, denn das war nicht so. Es war der Tod, der mich dazu brachte, Sex in Kauf zu nehmen. Wie oft hatte ich an jenen fürchterlichen Moment in Tony Cellinis Arbeitszimmer denken müssen, als ich den Donner von Serges Revolver hörte. Hatte ich mit dem Tod als plötzliche Gewißheit vor mir etwa die ungetanen guten Taten, die ungesehen Plätze oder die ungeschriebenen Theaterstücke bedauert? Nein. Ich hatte vor allem an Leo gedacht, die Rosenknospe, die ich nicht gepflückt hatte, während ich es noch konnte. Daß das nicht gerade die edelste aller Gefühlsregungen ist, gebe ich zu; es ist aber ein Gefühl, das ich mit aller Entschlossenheit nicht noch einmal erleben möchte.

Mit jener lang zurückliegenden Zeit der Freuden hatte es auch noch etwas anderes gemeinsam: unsere beharrlichen Beteuerungen, daß wir uns liebten und daß die lange unter der Oberfläche der Freundschaft liegenden Samen der Leidenschaft jetzt zum eigentlichen und wirklich Wahren erblüht waren. Gut, in jener ersten Nacht hatten wir zugegeben, daß die Urlust und die Angst davor, unsere letzten Gelegenheiten zum Vögeln zu verpassen, das einzige war, das uns zu unseren Aktivitäten antrieb. Doch als sich die Affäre in die Länge zog und wir uns allmählich nicht mehr gegenseitig versicherten, daß »das jetzt wirklich das letzte Mal war«, kam Gilberts natürliche Neigung zum Romantisieren zum Vorschein, und ich kapitulierte vor ihr, anstatt der ungeschminkten Tatsache ins Auge zu sehen, daß ich mir keine Nachmittage süßen Einsseins mit meinem Seelenbruder erschlich, sondern auf meinem Weg ins Grab nur die Gelegenheit für einen Höhepunkt am Schopf packte.

Sogar Claire gegenüber hielten wir unsere Affäre geheim. Die mit Worten vollzogene Geißelung, die sie mir hatte zukommen lassen, als ich ihr erzählte, Aggies Vorschuß verjubelt zu haben, hatte tiefe Spuren bei mir hinterlassen. Doch das wäre nichts im Vergleich zu dem, was mir bevorstünde, wenn sie erfuhr, daß Gilbert und ich auf dem besten Wege waren, es jenem »ehrlosen Schwulen« gleichzutun, der Freddys Nichte das Herz gebrochen hatte und als Konsequenz sein Leben als menschliches Feuerwerk beendete. Allerdings informierte ich sie über den neuesten Stand der Dinge bezüglich Gunther.

»Was hat diese Frau nur für einen kranken Geist, Philip! Es bereitet mir jeden Tag mehr Sorgen.«

Doch was konnten wir schon tun, um die Dinge in Ordnung zu bringen? Wir konnten Gunther wohl kaum einfach eine neue, nette, kleine Kleiderpuppe mit ausgeheilter Wunde und reinem Gesicht schicken, an der ein Zettel befestigt war: »Schenken Sie der letzten Puppe keine Beachtung«.

Positiv schien an der ganzen Sache nur zu sein, daß es für Gunther nur wenig Gründe gab, zu vermuten, daß wir hinter dieser Sache steckten. Warum sollten Gilbert oder Moira ihn einer Erpressung beschuldigen? Aus seiner Perspektive ergab das überhaupt keinen Sinn. Abwarten und Daumendrücken war daher unsere Devise.

Am 4. Januar feierte die Herzogin ihren sechzigsten Geburtstag. Gilbert legte widerwillig das Geld für die Bezahlung eines Fotografen auf den Tisch, der eine empfindsame Studie von ihm und Moira anfertigen sollte. Moira besorgte einen entzückenden Silberrahmen (obwohl sie nur ungenügend erklären konnte, warum Bloomingdale keine Geschenkschachtel oder keinen Kassenbeleg zur Verfügung stellen konnte); Tony und Maddie schickten ihr zwei Tabletts fürs Bett, um ihre Genesung anzukurbeln. Freddy übersandte ihr überraschend einen herzlichen Gruß und eine phantastische Smaragdbrosche und belegte damit nur noch mehr, in welchem Ausmaß Moira seine Gefühle unterwandert hatte. Moira frohlockte, daß ihre Mutter Freddy angerufen hatte, um ihm zu danken, und Freddy vom Charme der Herzogin »einfach verblüfft« sei. Die beiden hatten lange miteinander gesprochen, und die Herzogin hatte Freddy eingeladen, sie zu besuchen, wann immer er sich in Little Chipperton einfinden sollte.

In jener Zeit fingen Gilbert und ich mit unserer Arbeit im Paradiso an.

Wie ließe sich dieses Bistro, für das so aufdringlich im Michelin für die Mafia geworben wurde, ab besten beschreiben? Das erste Wort, was einem dazu einfällt, ist ›dunkel‹. Man kommt durch eine kleine, dunkle Halle hinein, geht durch eine lange, dunkle Bar hindurch und betritt, sofern man bis dahin nicht gestolpert ist und sich das Genick gebrochen hat, einen quadratischen, dunklen Speisesaal, der ungefähr fünfzig Leuten Platz bietet. Dahinter gibt es noch eine private Stube mit Platz für zwölf. Die Fußböden sind aus schwarzem Marmor; die Wände sind schwarz getäfelt und mit Lack überzogen und werden durch blutrote Streifen unterteilt. Die Tischtücher sind im gleichen tiefen Blutrot gehalten wie die Streifen. Die Beleuchtung ist ein Meisterwerk technisch hochentwickelter Nutzlosigkeit; Richtstrahler drastisch kleinen Ausmaßes werfen ihre Lichtkreise auf die seltsamsten Stellen, auf die Seitenfläche eines Tisches oder auf den Boden, überallhin, nur nicht dort, wo irgend jemand tatsächlich einen Teller mit Essen hinstellen könnte.

Die Klientel zur Mittagszeit, die ich nur selten zu Gesicht bekam, besteht vor allem aus Angestellten, die dann in aller Schnelle etwas Nahrhaftes zu sich nehmen. Die Leute, die sich abends dort versammeln, sind entspannter; es ist eine Mischung aus Bombellis, Touristen und wohlhabenden Leuten, die nichts dabei finden, zweiundzwanzig Dollar für Pasta hinzublättern und erheblich mehr für irgend etwas, das einmal lebendig war.

In dieser ersten Nacht begrüßte uns Aggie überschwenglich und stellte uns der ›Familie‹ vor, einem bunt zusammengewürfelten Haufen, von denen jeder seit mindestens fünf Jahren hier arbeitete. Es gab zwei Kellner, Mike und Christopher, und sie konnten kaum unterschiedlicher sein.

Mike war ein kurzer, rundlicher Mann mittleren Alters mit beschränkten geistigen Reserven, aber unendlich guter Laune. Es war unmöglich, ihn nicht zu mögen, weil er, wer immer man auch sein mochte, jeden sofort und vorbehaltlos in sein Herz schloß. Sein üblicher Kommentar zu jedem war: »Der ist in Ordnung.«

Christopher war im Gegensatz dazu um die Vierzig, dünn, wählerisch und hinterhältig. Wie ich rasch bemerkte, war er auch schwul und machte unserer Zunft keine Ehre. Man hatte den Eindruck, daß ihm in einem entscheidenden Entwicklungsstadium irgend etwas Schreckliches angetan worden war, wodurch bei ihm eine feindselige Haltung gegenüber Menschen und die Neigung, wie George Sanders zu sprechen, zurückblieb. Wenn Mikes gleichbleibender Kommentar zu seinen Mitmenschen »Der ist in Ordnung« war, dann sagte Christopher: »*Mich* legt der nicht rein.«

Unsere kleine Gesellschaft wurde durch das Küchenpersonal abgerundet: Lou, Marcello und Mario. Lou, unser Küchenchef, und Marcello, der für die Zubereitung der Speisen verantwortlich war, waren recht freundlich, neigten aber zu unangebrachter Großzügigkeit bezüglich der Details ihres Sexuallebens. Mario war unser einsilbiger Tellerwäscher. Ich hörte gerüchteweise, seine Zurückhaltung beruhe darauf, daß er die Gastfreundschaft des Staates etwa zehn Jahre vor dem Zeitpunkt ausgeschlagen hatte, zu dem der Staat bereit war, sie ihm zu entziehen. Da ich hinter der Theke arbeitete, sah ich nur wenig von diesem Trio, und das war mir sehr recht.

Ich war dankbar, mich für den Job des Barkeepers entschieden zu haben, da er weniger gefährlich zu sein schien als Gilberts Position als Wirt und Gastgeber. Gilberts Aufgabe war es, Reservierungen entgegenzunehmen und zu entscheiden, wohin die Leute gesetzt werden sollten; und das war oftmals eine äußerst delikate Angelegenheit, da viele der »bevorzugten Stammgäste«, wie Aggie sie nannte, die zermürbende Angewohnheit hatten, unerwartet hereinzuspazieren und den Tisch ihrer Wahl zu verlangen. Nachts, wenn das Reservierungsbuch voll war und diese Leute in rascher Folge hereinschneiten, war die dann entstehende Stimmung der Alptraum eines Diplomaten.

»Macht euch keine Sorgen, Jungs!« sagte Aggie. »Nur ein bißchen Charme, mehr braucht es nicht! Und das habt ihr bestimmt. Du besänftigst sie ein bißchen, Gilbert, und dann schickst du sie für ein paar freie Getränke an die Bar, und Philip, du läßt die Sänger kommen!«

»Kein Problem!«

»Kinderspiel!«

Alles andere als ein netter, lockerer Job!

Die erste Nacht war gnädigerweise wenig Betrieb, und das gab uns die Chance, uns in unsere Rollen einzugewöhnen. Unglücklicherweise hatte Christopher durch den wenigen Betrieb viel Zeit, sich an der Bar herumzudrücken und sich mit mir bekannt zu machen.

»Willkommen an Bord.«

»Danke, Chris. Oder ist dir Christopher lieber?«

»Christopher. Bist du ein alter Freund von Agnes?«

»Kein alter Freund. Wir sind uns letzten Monat begegnet. Sie ist mit Gilbert verwandt.«

»*Ah* ja! *Gilbert* kennt Agnes.«

»Richtig.«

»Und du kennst Gilbert?« fragte er mit perfekt abgemessener Anspielung.

»Ja.« Ich weigerte mich, die darin enthaltene Frage zu hören. Ein Heterosexueller würde das auch nicht tun.

»Wie reizend! Agnes sagte mir, du schreibst Lieder?«

»Ja.«

»Text und Musik?«

»Nur den Text. Ich habe eine wunderbare Komponistin namens Claire Simmons. Genaugenommen sind wir verlobt.«

»*Tatsächlich?*«

»Ja.«

»Genau wie Comden und Green.«

»Nein«, sagte ich und ließ mich direkt dazu aus. »Comden und Green schreiben gemeinsam Bücher und Lyrik. Keiner von beiden komponiert. Und sie sind auch nicht miteinander verheiratet. Betty Comden war früher mit Steven Kyle verheiratet, Adolph Green ist mit Phyllis Newman verheiratet.«

»Du liebe Güte!« säuselte er. »Wie sicher du dich in diesen Theater-Bagatellen auskennst!«

Er glitt davon. Ich konnte erkennen, daß mich dieser Charmeur auf dem Kieker hatte, wußte aber nicht, warum, bis Mike es mir in aller Unschuld offenbarte.

»Dir wird es hier gefallen. Es ist ein großartiger Platz zum Arbeiten. Tolle Leute. Dauert nur eine Weile, bis man sie kennenlernt. Chris kann zuerst ein wenig kühl sein, aber nach einer Weile taut er genauso auf wie jeder andere auch. Der letzte Typ, der an der Bar bediente, Sylvester, prima Kerl, er und Chris waren wirklich unzertrennlich. Sylvester war nur drei Monate hier, aber die beiden wurden richtig gute Freunde, gingen immer nach der Arbeit zusammen aus. Sie fuhren sogar über die Weihnachtszeit gemeinsam weg. Nach Florida. Und wohin wohl? Key West.«

Wunderbar! dachte ich. Es ist nicht schon schlimm genug, daß ich während meiner Arbeit in einem Mafia-Restaurant, dessen Besitzerin meint, ich wäre scharf auf sie, den Hetero spielen muß, ich muß mich auch noch mit einem Schwulen herumschlagen, der mir nichts Gutes wünscht, weil ich für ihn die zweite Mrs. deWinter bin.

Doch auch wenn in dieser ersten Nacht unvorhergesehene

Gefahren zutage traten, es gab auch unvorhergesehene Vorteile. Ich lernte bald, daß Mafiosi, obwohl es gräßliche Leute sind, die keinerlei Respekt vor dem Gesetz oder der Unverletzlichkeit menschlichen Lebens besitzen, als Gruppe gute Trinkgelder geben. Während die meisten Kunden die Bar links liegen ließen und an den auf sie wartenden Tischen Platz nahmen, waren jene, die dort für einen schnellen Drink eine Pause einlegten, so großzügig, daß ich damit rechnen konnte, im Laufe einer Nacht zusätzlich zu den fünfzig Dollar, die ich für die Schicht bekam, noch mindestens einhundert Dollar zu machen. Bei diesem Kurs würde ich in der Lage sein, Aggies Vorschuß in kürzester Zeit zurückzuzahlen und abzuhauen.

So dachte ich zumindest, bis Aggie mich am Ende der Nacht bat, ihr ein Glas Wein mit Sprudelwasser ins Büro zu bringen.

»Mein Lieber, entschuldige, daß ich so direkt werde, aber ist das da die *beste* Kleidung, über die du verfügst?«

»Ich fürchte, ja«, erwiderte ich und errötete.

»O je! Da habe ich dich aber in eine peinliche Situation gebracht. Paß auf, Süßer – du gehst morgen als erstes zu Paul Stuart. Such dir ein paar Anzüge, drei Hosen, ein paar hübsche Seidenkrawatten und, sagen wir, ein Dutzend Hemden aus. Und natürlich Schuhe und Gürtel und was du sonst noch so brauchst. Ich werde vorher dort anrufen und lasse es bei mir in Rechnung stellen.«

»Aggie!« schrie ich alarmiert auf. Wenn ihr Vorschuß schon einen Haken gehabt hatte, dann schien mir dieses Angebot von Haken und Ösen nur so übersät zu sein. »Ich kann dich doch nicht meine ganze Kleidung kaufen lassen!«

Sie beteuerte, es sei nur eine notwendige Investition für das Geschäft, doch ich blieb fest, bis sie einlenkte und meinte, ich könne ihr ja jede Woche soviel mir möglich war davon zurückzahlen, bis die Schulden beglichen waren.

Am nächsten Tag stapfte ich zu Paul Stuart. Aggie mußte mich gut beschrieben haben, denn sobald ich eintraf, eilte ein aalglatter, geschniegelter junger Mann mit Kappe an meine Seite, fragte nach meinem Namen und sagte, Miß Fabrizio habe verlangt, er solle sich »um mich kümmern«. Er bannte mich mit diesem winzigen Lächeln, das die Verkäufer sich für die Kunden aufsparen, an denen ihnen besonders viel gelegen ist, und geleitete mich mittels vieler geschmackvoller Anregungen und der Abwehr aller Versuche zur Sparsamkeit durch meinen Entscheidungsprozeß. Selbst wenn ich Aggie mehrere Hundert Dollar die Woche zurückzahlen sollte, würde ich mindestens bis zur Hochzeit im Paradiso gefangen sein.

Nach unserer zweiten und hektischeren Nacht im Paradiso kehrten Gilbert und ich kurz nach Mitternacht ins Gelobte Land zurück. Moira stand am Telefon. Sie brachte uns mit einem Wink zum Schweigen, und betätigte dann den Knopf für den Lautsprecher der Mithöranlage. Während sie mit einer bösen Freude lächelte, hörten wir das Freizeichen.

»Hallo?« meldete sich eine verängstigte Stimme. Es war Vulpina.

Moira stöhnte leise, mitleidig.

»Wer *ist* dort?« fragte Pina mit einer Dringlichkeit, die mich davon überzeugte, daß es nicht das erste Mal war, daß sie einen solchen Anruf entgegennahm.

Moira sprach mit heiserer Stimme und zog dabei jedes Wort in die Länge. Neun von zehn Psychopathen bevorzugen diesen Sprechstil.

»Es tuuuut nicht weeeh... Das verspreeeche ich diiir.«

»Wer ist da?«

»Es wiiird gaaaanz schnell geeehen...«

»*Wer ist da?* Warum wollen Sie mir weh tun?«

»Du weeeißt schoooon.«

»Ich habe keine Ahnung.«

»Doch, haaast du woooohl! Aber es wiiird schnell geeehen.«

»Was habe ich den *getan?*«

»Es tuuut auch nicht weeeh! Und dann gehöööörst du miiir! Für immer miiiir!«

Nachdem sie ihr diese fröhlichen Worte ins Ohr geschoben hatte, hängte sie ein und lächelte breit.

»Herrje, die ist ja vielleicht ein Waschlappen! Wie war die Arbeit?«

»Super, Liebes!«

»War das das erste Mal, daß du bei ihr angerufen hast?«

»Nein. Gestern habe ich mitten in der Nacht zweimal angerufen. Einmal war ich still, das zweite Mal habe ich ein bißchen geatmet. Doch wartet! Der Hammer kommt erst noch!«

Sie griff neben ihren Stuhl und hob einen kleinen Kassettenrekorder hoch, den ich dort noch gar nicht wahrgenommen hatte. Er war mit einem Kabel mit dem Telefon verbunden.

»Das wird nicht lange dauern«, sagte Moira und verließ das Zimmer. Nach etwa fünf Minuten kam sie mit einem Ghetto-Blaster in der Hand wieder zurück.

»Paßt jetzt gut auf!«

Sie wählte ein paar Mal die Nummer von Vulpina, aber die Leitung war besetzt. Dann versuchte sie es noch einmal. Pina ging an den Apparat und sagte mit jämmerlicher, schwacher Stimme: »Hallo?«

Moira lächelte frech, sagte aber nichts.

»Hören Sie auf damit, ja? Haben Sie mich gehört? Ich habe die Polizei angerufen, und die werden mein Telefon abhören und Sie finden und...«

Vulpina wurde von dem hysterischen Klang ihrer eigenen Stimme unterbrochen, die aus dem Ghetto-Blaster dröhnte.

»Wer ist da?? Warum wollen Sie mir weh tun? Was habe ich denn getan? Was habe ich denn getan? Was habe ich denn getan? Was habe ich denn getan?«

Und während dieser gräßliche Satz sich immer weiter abspulte, zog Moira eine Schreckschußpistole aus ihrer Tasche und drückte ab. Dann gab sie ein irres Lachen von sich und hängte ein.

»Das müßte reichen. Doch ich schwöre, wenn sie sich noch eine Sache leistet, werde ich böse.«

Ich blieb in jener Nacht am Fernseher hängen und schaute mir irgendeinen Film im Spätprogramm an, den man »unbedingt gesehen haben mußte«. Die ganze Zeit wartete ich darauf, daß Moira einschlummerte, damit Gilbert und ich unser »absolut letztes Mal« genießen konnten, denn die Affäre war immer noch in diesem Stadium. Am Morgen machte ich mich vom Acker, bevor Moira aufstand, und rief Claire an, um ihr von dem Trottel im Restaurant zu berichten und vom unvermittelten Sturz der armen Vulpina in zwielichtige Bereiche zu erzählen.

»Um Gottes willen! Man muß Moira aufhalten! Ich schäme mich wirklich über mich selbst!«

»Du schämst dich?«

»Ich habe mich nicht genug ins Zeug gelegt. Es ist klar, daß Moira Tag und Nacht die Dinge bis zu Ende denkt und alles bis in die letzten Einzelheiten durchplant. Einen Menschen, der so arbeitet, kannst du nur besiegen, wenn du selbst genauso hart oder noch härter arbeitest. Wann können wir uns besprechen? Wir drei?«

Ich schlug vor, sie könne uns ja in der kommenden Nacht nach der Arbeit bei einem Drink treffen.

Ich war froh über diese Entscheidung. Aggie verbrachte die ganze Nacht damit, an der Bar zu sitzen und zu flirten, als habe sie bei Leo einen Fernlehrgang mitgemacht. Und kaum war sie weg, kam Christopher auf die Bar zugeglitten, ließ sich auf einen Hocker fallen und fing an, so dramatisch zu seufzen, daß kein Zweifel an dem bestand, was er sich wünschte, nämlich danach gefragt zu werden, was los sei. Ich fragte besorgt nach und erfuhr bald, daß sein Liebhaber, mein Vorgänger Sylvester, sich in der Nacht auf und davon gemacht und damit Christopher seines Grundes zum Leben beraubt hatte, von einigen goldenen Manschettenknöpfen einmal ganz abgesehen.

»Natürlich«, seufzte er, »glaube ich nicht, daß ich in meinem Alter noch einmal damit rechnen kann, jemand anderen zu finden.«

Das war jetzt meine Chance, unsere Beziehungen zu verbessern und der Atmosphäre am Arbeitsplatz ein klein wenig von ihrer Frostigkeit zu nehmen, dachte ich. Ich versicherte ihm, daß ein Mann mit seinem lieblichen und attraktiven Äußeren und seinem scharfen Verstand keine Schwierigkeiten haben sollte, Dutzende von Männern anzuziehen, die nichts lieber taten, als den Platz dieses Schurken einzunehmen, der so dumm war, daß er nicht sah, welchen ungeheuren Fang er mit ihm gemacht hatte.

Es dauerte aber nicht lange, und die Lage wurde unangenehm. Er widersprach meinen ganzen Komplimenten und stachelte mich dadurch zu noch übertriebeneren Anstrengungen an, und bald starrte er mich auf eine Art und Weise an, die mich ganz freimütig dazu herausforderte, zu beweisen, daß ich es mit meinen Schmeicheleien ernst meinte.

Daher stellte es eine nicht unerhebliche Erleichterung dar, daß Claire diesen Augenblick gewählt hatte, um in die Bar zu schlendern.

»Ist das eine Überraschung, mein Schatz!« begrüßte ich sie, lehnte mich über die Bar und gab ihr einen dicken, nassen Kuß auf die Lippen, der sie völlig überrumpelte.

»Nicht wahr, du warst hier in der Gegend und hast beschlossen, mich nach Hause zu bringen! Mensch, ich habe die ganze Nacht an dich gedacht, Süße! Gehen wir zu mir oder zu dir?«

Wir verabschiedeten uns, Gilbert schloß sich uns an, und als wir durch die kalte Nachtluft die Park Avenue entlangspazierten, umriß Claire ihren neuen Angriffsplan.

»Wenn wir Moira und diesen Murcheson umgehen wollen, brauchen wir ein paar gut plazierte Verbündete. Nun, wer wäre noch genauso scharf darauf, Moira von ihrem Sokkel zu stoßen wie wir? Irgendwelche Leute, die genauso von ihr schikaniert wurden wie wir!«

»Du meinst Leute wie Pina?«

»Ich dachte an Winslow Potts.«

»Winslow? Aber der hat doch selbst gegen das Gesetz verstoßen, indem er Moira das Geld aus dem Trust-Fonds gab. Der würde eher sterben, als alles ausplaudern.«

»Nein, er würde nicht eher *sterben*. Ich glaube sogar, wenn wir ihm klarmachen, daß er nur noch den Tod zu erwarten hat, können wir ihn dazu bringen, mit uns zusammenzuarbeiten.«

»Du meinst, wir sollten ihn bedrohen?«

»Wenn ihr es so ausdrücken wollt, ja. Ich denke, wir würden ihn hauptsächlich aufklären. Meint ihr, er weiß, daß die Mafia in die Sache verwickelt ist? Das bezweifle ich. Moira hat das nicht einmal euch gegenüber zugegeben. Warum sollte sie es ihm erzählen, wenn es ihm eine Heidenangst einjagen würde? Was ich gehört habe, klingt alles nach einem ängstlichen Mann, der aus Habgier eine Entscheidung getroffen hat, die er lieber heute als morgen wieder rückgängig machen würde. Wenn wir ihn wissen lassen, daß er das zwar nicht kann, aber vor der Wahl steht, seine Prügel entweder von der Herzogin von Dorsetshire oder aber von Freddy, dem Köter, zu beziehen, glaube ich, daß die Wahl nicht schwerfallen wird.«

Gilbert sagte, er habe versucht, Moiras Adreßbuch Anschrift und Telefon von Winslow zu entnehmen, aber seine Verlobte bewahre es normalerweise in ihrer Handtasche auf, und die sei fast immer in ihrem Blickfeld. Wir waren uns einig, daß wir es uns leisten konnten, erforderlichenfalls ein paar Tage zu warten. Moira hatte ja erst einmal ihre Racheaktionen an Pina und Gunther eingestellt, so daß momentan keine neuen Schrecken am Horizont aufzogen, die abgewehrt werden mußten.

Was Ihnen zeigt, wieviel *wir* wußten.

19

»Tut mir leid, daß ich dich geweckt habe. Schlechte Nachrichten.«

»Wah? Wie schlecht?«

»Das wird sich zeigen! Letzte Nacht hat Moira Gunther getroffen.«

»Waah?« murmelte ich und entfernte scheußliche, kleine Dinger aus meinen Augenwinkeln, die es mir unmöglich machten, die Ziffern auf der Digitaluhr neben dem Bett lesen zu können. Es war zwanzig nach zwei.

»Moira! Traf Gunther! Am Kino. Sie hatte sich mit Babs Destefano einen Frauenabend gegönnt und war mit ihr ausgegangen!«

»Babs?«

»Die Tochter von Lunch. Moira arbeitet sich durch die ganze Familie. Chicks Sohn Ugo und seine unangenehme Frau kommen diesen Sonntag zum Brunch. Egal, sie waren in der Lobby, und da steht Gunther mit einigen Freunden, lächelt Moy an und fragt sie, wie es *ihr* denn heute abend gehen würde! Und sie sagt: ›Ich denke, wir haben uns nichts zu sagen, Mr. Steigle.‹ Und da hat er nur höhnisch gegrinst und erwidert: ›Schöne Grüße an deinen schwulen Verlobten!‹ *Vor Babs!*«

»O nein! Was hat Moira Babs erzählt?«

»Oh, sie sagte, Gunther sei dieser Kerl, der mal versucht hätte, mich anzumachen, was ihm natürlich nicht gelungen sei, und daher könne er mich jetzt auf den Tod nicht ausstehen. Babs hat es geglaubt, aber ich kann dir sagen, Süßer, Moira war vielleicht wütend! Kapierst du? Sie denkt, Gunther weiß, daß die Puppe von *uns* ist, und hat das nur gesagt, um zu beweisen, daß er nicht die geringste Angst vor uns hat. Für Moira war das eine gottverdammte Kriegserklärung!«

Um zehn Uhr, also in aller Herrgottsfrühe, weckte mich das Telefon nach einer Nacht voller Technicolor-Folgen vom kleinen Cäsar. Es war Holly Batterman.

»Na, das muß ja etwas Delikates sein, wenn du nicht einmal bis nach dem Mittagessen damit warten kannst.«

»Das ist es auch, Süßer! Vulpina dreht durch.«

»Sie dreht durch?«

»Völlig! Sie rennt herum und erzählt den Leuten, daß irgendein gräßlicher Irrer ausgebrochen und hinter ihr her sei!«

»Ach?« sagte ich leichthin.

»Ja! Sie sagt, sie erhält Telefonanrufe, in denen sie ihre *eigene Stimme* um Gnade flehen hört!«

»Donnerwetter!«

»Sie ging sogar zur Polizei!«

»Na, das ist ja ein Ding! Eh, und was sagten die dazu?«

»Na ja, ich glaube nicht, daß sie Vulpina groß ernstgenommen haben. Das dumme Weibsbild ging in demselben Kleid auf die Wache, das sie auch auf meiner Weihnachtsparty trug.«

»O *nein*...!«

»Ganz genau! Um zehn Uhr früh kommt Batwoman zur Tür hereinspaziert! Sie sagten ihr bloß, sie solle auf ihren Heimatplaneten zurückkehren und sie in Ruhe lassen. Also, was hältst du denn davon? *Ich* meine, sie hat sich das Ganze nur ausgedacht, um aufzufallen.«

»Das denke ich auch!«

»Wirklich?«

»Aber ja doch! Habe ich dir eigentlich erzählt, daß ich einmal mit einem befreundeten Psychiater auf eine ihrer Modenshows gegangen bin und er nur von ihren Entwürfen her sagen konnte, daß Pina unter *Wahnvorstellungen* leidet? Das muß natürlich unter uns bleiben.«

»Klar. Ich muß weg!« rief er und legte auf.

Sekunden später klingelte das Telefon erneut.

»Hallo, Gerry, ich bin's! Das errätst du nie! Pina ist völlig ausgeklinkt!«

»Holly?«

»Oh! Du schon wieder? Entschuldige, ich muß die Wiederwahltaste gedrückt haben!«

In dieser Nacht berichtete mir Gilbert bei der Arbeit niedergeschlagen, daß Moira sich Jean-Louis Mallard für den Entwurf der Hochzeitsgewänder gesichert habe. Ich hatte von dem Namen noch nie gehört, aber Gilbert versicherte mir, er sei *der* Aufsteiger in der Modewelt, und Moira habe damit einen ganz schönen Coup gelandet. Tony und die Herzogin waren darin übereingekommen, jeweils zwanzigtausend Dollar für die Kleider auf den Tisch zu legen. Zusätzlich hatte Tony noch siebenhundert Dollar für die Einladungen lokkergemacht, plus kräftige Vorauszahlungen für die Lieferanten von Speisen und Getränken und die Musiker. Es wurde also bereits Geld ausgegeben, und das nicht zu knapp. Der Betrug fand statt. Wir waren verloren.

Am nächsten Tag schaffte es Gilbert, Moiras Adreßbuch Winslows Telefonnummer und Adresse zu entnehmen. Winslow Pott lebte in der Einundachtzigsten West, nur wenige Häuserblöcke vom Gelobten Land entfernt. Gilbert rief an, um mir das mitzuteilen und informierte mich auch darüber, daß Moira die Bitte geäußert hatte, wir sollten uns mit ihr in einem Café namens Happy Grouse in der Lexington Avenue treffen. Sie weigerte sich, den Grund dafür preiszugeben, und sagte, es sei eine Überraschung. Wir sollten uns an einen Tisch zur Straße hin ans Fenster setzen. Sie hatte in der Nähe eine Anprobe, wollte uns aber um Punkt drei dort treffen.

Auf die Sekunde um drei kamen wir im Café an. Als wir uns hinsetzten, merkten wir zu unserem Schrecken, daß auf der anderen Straßenseite direkt gegenüber Gunthers Friseursalon ›Capelli‹ lag. Die Fassade mit den großen Fenstern erlaubte einen guten Einblick ins Innere, wo fünf Frauen saßen, die von zwei weiblichen Gestalten im Kittel und einem großen Mann mit rotem Bart umsorgt wurden.

»O nein! Ist er da drin?«

»Ich kann nicht… *Scheiße*! Da ist er!«

Die unverkennbaren Gesichtszüge von Gunther von Steigle waren direkt hinter dem Stuhl, der dem Fenster am nächsten stand, ins Blickfeld geschwankt.

In diesem Augenblick trat eine große, auffällige Frau mit einem schwarzen Hut mit weißer Krempe energisch durch die Tür des Salons und direkt auf Gunther zu. Sie schien ihn anzuschreien. Plötzlich riß sie sich den Hut vom Kopf und wir sahen, daß sie darunter völlig kahl war. Nicht nur das, über ihre Glatze zog sich ein Gewirr aus roten Narben. Im gleichen Moment kam jemand ins Café, und durch die geöffnete Tür konnten wir die Dame schreien hören: »Du hast mir das angetan! Du!«

Verständlicherweise wurden die anderen Frauen im Salon unruhig. Ein altes Herzchen sprang von ihrem Stuhl auf und zog sich den Mantel an. Gunther schrie jetzt die Glatzköpfige ebenfalls an und versuchte, sie nach draußen zu bugsieren. Die Glatzköpfige begann mit ihrer Handtasche auf ihn einzuschlagen. Sie feuerte noch zum Abschied ein letztes Wortgeschoß auf ihn ab, dann stürmte sie aus dem Laden, winkte ein Taxi herbei und raste über die Lexington Avenue davon.

Sekunden später öffnete sich die Tür erneut, und hastig kamen Gunthers erschreckte Kundinnen nach draußen, unter ihnen sogar eine mollige Frau, deren Kopf noch mit Shampoo bedeckt war. Sie klatschte sich ein Taschentuch darüber und stürzte sich in ein Taxi.

»Spürst du, daß das die zarte Handschrift von Moira trägt?« fragte ich, erwartete aber keine Antwort.

»Mein Gott, Philly! Bevor er uns sieht, sollten wir besser gehen!«

Wir eilten zur Tür und spähten nach draußen, um sicher zu sein, daß die Luft rein war. Sie war es. Doch kaum traten wir auf die Straße, da erschienen wie aus dem Nichts auch Gunther und der rotbärtige Mann und versuchten verzweifelt, die letzte Dame vom Verlassen des Salons abzubringen.

Die Köpfe tief in die Krägen unserer Mäntel gezogen, eilten wir Richtung Innenstadt davon, doch es war zu spät.

»He, ihr beiden!« rief er. »*He, ihr zwei!*«

Wir rannten auf die Straßenecke zu, bogen nach Westen ab und bestiegen ein Taxi. Es raste davon, wir drehten uns noch einmal um, und sahen, wie Gunther auf der Straße stand und seine Faust auf ungemein melodramatische Art hinter uns her schüttelte.

Als wir so gen Westen rauschten, sahen wir plötzlich Moira ostwärts eilen. Sie war auf dem Weg zum Café und zu dem Sitzplatz in der ersten Reihe, den sie mit uns zu teilen gedachte. Gilbert lehnte sich aus dem Fenster.

»Komm rein! Du hast es verpaßt!«

Moira gab einen tiefen Seufzer von sich, als sie ins Taxi stieg. Sie war ganz aufgebracht.

»Oh, puh! Wie ist es denn gelaufen?«

Wir informierten sie.

»War sie nicht gut? Vor Jahren stand sie in Marlowes Stück *Boing!* neben mir. Normalerweise trägt sie eine Perücke, aber als ich ihr ein paar Hundert Dollar für einen Zwei-Minuten-Auftritt ohne Perücke anbot, konnte sie nicht widerstehen. Doch ich bin sauer, daß ich das Ganze verpaßt habe! Ich hätte ihr sagen sollen, sich zuerst zu versichern, daß wir alle da waren.«

»Moira – Gunther hat uns *gesehen*!«

»Das sollte er ja auch! Ich meine, warum so *scheu*? Die Zeit der Samthandschuhe ist vorbei! Ich wünschte nur, ich hätte es auch gesehen! War es lustig? Köstlich?«

»Hallo, Gunther? Philip Cavanaugh am Apparat!«

»Sie! Ist Ihnen eigentlich klar, was Sie meinem Geschäft da angetan haben?«

»Ja. Eigentlich ist das auch der Grund für meinen Anruf«, erwiderte ich und senkte meine Stimme. Ich stand am Münzfernsprecher im Paradiso und hatte Angst, daß mir jemand zuhörte. »Gilbert und ich hatten *nichts* damit zu tun.«

»*Natürlich* nicht! Es war reiner Zufall, daß ihr von der gegenüberliegenden Seite zugeguckt habt, nicht wahr?«

»Nein, das nicht! Jemand hat uns *gesagt*, wir sollten dorthin gehen. Ein anonymer Anrufer hat uns den Ort genau beschrieben. Du siehst, wir gehören auch zu den Opfern dieses... miesen Typen! Er wollte, daß du *uns* siehst und *uns* für die Sache die Schuld gibst!«

»Klauen Sie mir nicht meine Zeit mit albernen Phantasiegeschichten, Mr. Cavanaugh! Sie dachten, Sie könnten sich unbeobachtet an meiner Demütigung erfreuen, und jetzt, wo Sie dabei erwischt wurden, versuchen Sie, sich mit Ihrem Gerede über irgendwelche Verschwörungen aus der Affäre zu ziehen. Ich nehme an, Sie hatten auch nichts mit dieser verrückten Puppe zu tun, die ich erhalten habe, oder?«

»Wie bitte? Eine *Puppe*? Du meinst, so was wie eine Barbie-Puppe?«

Klick!

»War er wütend, Süßer?« fragte Gilbert.

»Dreimal darfst du raten! Und nenn mich nicht ›Süßer‹!«

»Tut mir leid«, sagte er gereizt.

»Es wird allmählich zur Gewohnheit, Gilbert, und du merkst gar nicht mehr, daß du es machst. Wie damals in der Cafeteria der High School. ›Willst du noch etwas Wackelpudding, Süßer?‹ Du weißt doch nie, wer gerade zuhört, und... Also! Wie sieht das Reservierungsbuch für heute abend aus, Gil?«

»*Gil?*«

»Tut mir leid, wenn ich euch bei irgend etwas unterbreche«, hämmerte Christopher auf uns ein und lehnte sich weit über die Theke. »Ein Dewar mit Eis, ein Soda zurück.«

»Kommt.«

»Kundschaft«, schrie Gilbert und hastete davon, um einen gerade eintretenden zweitrangigen Gast zu begrüßen.

»Ihr Burschen braucht in meiner Gegenwart nicht zu flüstern. Ich kann ein Geheimnis für mich behalten.«

»Ein Dewar war das? Verdammt, den haben wir nicht mehr. Warum kommst du deswegen nicht noch mal wieder?« erwiderte ich, flitzte um die Theke herum und steuerte Aggies Büro an. »Es könnte eine Weile dauern, bis ich Nachschub gefunden habe.«

»Ich helfe dir«, meinte er, folgte mir in das Büro und schloß die Tür hinter uns.

Tagsüber war eine Lieferung angekommen, und das kleine Büro war mit Kisten vollgestopft. Das machte es schwierig, den Dewar zu finden, und genauso schwierig, einen gewissen Grad an körperlicher Nähe zu vermeiden.

»Hältst du mich immer noch für eine gute Partie?« wollte Christopher wissen.

»Chris!« lachte ich und versuchte dabei, so zu tun, als ob ich dachte, er mache Witze. »Du kleiner Schäker, du!«

»Ich bin unverbesserlich«, sagte er und zerwühlte dabei mein Haar. »Hast du heute abend schon etwas vor?«

»Christo-pherrr! Warum verschwendest du mit mir deine Zeit? Du weißt, daß ich nicht schwul bin.«

»Nehmen wir doch nur mal an, du wärst es! Würde ich dich dann interessieren?«

»*Wenn*, dann ja. Mit absoluter Sicherheit.«

»Und das sagst du nicht nur so?« fragte er gewinnend.

»Nein, überhaupt nicht. Du bist ein attraktiver Mann!«

»Wenn du irgendwann einmal Zweifel bekommen solltest, sagst du mir dann Bescheid?«

»Dir als erstem.«

»Ich kann Sachen für mich behalten«, meinte er lächelnd.

»Da bin ich mir sicher.«

»Ganz anders als Holly Batterman«, ergänzte er. Sein Lächeln fiel dabei mit der Geschwindigkeit einer zuschnappenden Bärenfalle in sich zusammen.

»Du kennst Holly, wie?«

»Sehr gut. Erst letzte Nacht haben wir über dich geplaudert. Er sagte, er würde eher Jesuit als du Hetero.«

»Na, so ein Scherzkeks!«

»Du mußt mich wohl für einen ziemlichen Idioten halten, was? Machst mich erst auf diese Art an und versteckst dich dann hinter deiner pausbäckigen Freundin!«

»Herrgott noch mal! Ich habe dich in jener Nacht überhaupt nicht angemacht. Ich wollte einfach, daß du dich wohlfühlst.«

»Oh, wenn dir das am Herzen liegt«, sagte er und ließ sich auf mich fallen. Seine Hände klatschten auf beiden Seiten hinter meinen Schultern gegen die Wand. Er lächelte und neigte seinen Kopf zu mir herunter; seine schmalen Lippen öffneten sich, als er die Augen schloß wie eines dieser Mädchen auf dem Umschlag von Schauerromanen.

Flatternd rutschte ich an der Wand herab, flitzte an ihm vorbei und sprang auf die Tür zu. Er wirbelte herum, verlor die Balance und fiel mit dem Gesicht nach vorne in eine Kiste Smirnoff. Als ich aus der Tür schlüpfte, hörte ich ihn vor Schmerz und Empörung aufschreien. Fünf Minuten später kam er wieder zum Vorschein. Er hatte ein Pflaster auf der Schläfe und warf mir einen Blick des Abscheus zu, gegen den der Blick eines Gunther von Steigle bei seinen übelsten Bemühungen wie der eines gerade die Titelmelodie singenden Chorknaben wirkte.

In der nächsten freien Montagnacht trafen Claire, Gilbert und ich uns vor Shakespeare und Co. Von der Telefonzelle aus riefen wir Winslow Potts an, und Claire fragte mit lieblicher Stimme nach Audrey.

»Tut mir aufrichtig leid. Da muß ich mich vertan haben«, sagte sie und legte auf. »Er ist zu Hause.«

Wir machten uns auf den langen Weg an etlichen Häuserblöcken vorbei zu seinem Reihenhaus aus rötlichbraunem Sandstein und drückten auf die Klingel.

»Hallo?« krächzte eine Stimme aus dem Lautsprecher.

»Der Paketdienst«, sagte Gilbert.

Winslow betätigte den Türdrücker, wir eilten die Treppen bis zu Winslows Apartment im zweiten Stock hoch. Claire und ich bauten uns an einer Seite neben der Tür auf, Gilbert wartete direkt davor.

Die Tür öffnete sich.

»Nanu! Sie sind ja gar nicht vom Paketdienst!« sagte Winslow, obwohl er, vom Tonfall seiner Stimmer her zu schließen, Gilbert attraktiv genug fand, um an dem Täuschungsmanöver, durch das er sich Einlaß verschafft hatte, keinen großen Anstoß zu nehmen.

»Nein, und wir auch nicht«, sagte Claire und tauchte von links auf, als Gilbert seinen Fuß in die Tür stellte.

»Ich bin Gilbert Selwyn.«

»Moiras Verlobter!«

»Genau der!«

Winslow Potts schien schon nervös auf die Welt gekommen zu sein. Selbst in seinen ruhigeren Momenten erinnerte er mich an einen Kolibri, der auf die Ergebnisse der Biopsie wartet.

»Ich habe Ihnen nichts zu sagen! Keinem von Ihnen!« schrie er auf.

»Sie müssen ja auch gar nichts sagen! Setzen Sie sich einfach hin und hören Sie zu.«

Höflich stellten wir uns vor.

»Wir sind nicht hier, um ihnen etwas anzutun. Wir wollen Ihnen nur ein paar Dinge mitteilen, die Sie wissen sollten.«

»Kann ich mir zuerst eine Valium holen?« fragte er und schob sich langsam auf eine Tür zu.

»Aber sicher«, sagte Claire, »doch wenn Sie vorhaben,

Moira anzurufen, dann sparen Sie sich die Mühe. Moira ist nicht zu Hause, und wir können Ihre Botschaft löschen, bevor sie zurückkommt.«

»Wer sind Sie... Miß Marple? Warum belästigen Sie mich? Ich habe Ihnen nichts getan, oder?«

»Nein. Aber wir haben einen ganz schönen Schlamassel am Hals und kommen da ohne eine gewisse Kooperation Ihrerseits nicht wieder heraus.«

»Was für einen Schlamassel? Moira sagte, alles sei in bester Ordnung!«

»Da hat sie gelogen.«

»Oh, Sie meinen den *Brief*? Ich weiß alles darüber. Diese beiden Freunde von ihr, die die Herzogin erreichen wollen – Vulpina und...«

»Winslow«, sagte Claire, »*wir* sind diejenigen, die den Brief abgeschickt haben.«

Ihm stockte der Atem.

»Aber das ergibt doch keinen Sinn! Warum wollen *Sie*, daß die Herzogin das mit dem Trust-Fonds erfährt?«

»Wir werden es Ihnen erklären«, sagte Claire.

»Kann ich zuerst das Valium nehmen?«

»Holen Sie sich einfach das Fläschchen«, sagte Gilbert.

Winslow verschwand durch ein angrenzendes Zimmer und ging in ein Bad.

»Herrgott! Das ist ja wohl ein nervöses Hemd!« meinte Gilbert.

»Er hat auch allen Grund dazu«, sagte Claire und musterte aufmerksam sein Bücherregal.

Als er sich Richtung Toilette davonmachte, hatte er die Tür zu dem mittleren Zimmer einen Spalt weit aufgelassen. Als wir dort hindurchspähten, sahen wir ein Zimmer, das sich von dem mit Antiquitäten vollgestellten, in gedämpften Farbtönen gehaltenen Raum, in dem wir warteten, beträchtlich unterschied. Es schien eine Art Labor zu sein. Auf den zweiten Blick sahen wir, daß es die Küche des Apartments war; Tisch und Ablageflächen waren mit Röhrchen, Bechergläsern und seltsamen kleinen Apparaturen übersät. Sogar ein Käfig mit weißen Ratten war vorhanden.

Winslow kehrte aus dem Badezimmer zurück.

»Nun, *überhaupt* nicht neugierig, wie?«

»Was ist das alles?« fragte Claire.

»Der Teufel soll mich holen, wenn ich das weiß. Es gehört meinem *Zimmergenossen*, klar? Er betreibt medizinische Forschungen. Ruiniert meine ganze Küche damit, doch ich kann sowieso ums Verrecken nicht kochen. Also!« Er lächelte unsicher. »Warum versucht ihr netten, jungen Leute denn der Herzogin mehr zu erzählen, als sie wissen muß?«

Wir sagten es ihm. Claire untermauerte die Einzelheiten über den Verbrecher-Clan mit derselben Auswahl an Büchern und Zeitschriftenartikeln, die sie auch uns gezeigt hatte.

Winslow nahm es nicht gut auf. Er zitterte und zuckte, hockte zusammengekauert da, rollte mit den Augen, schnappte nach Luft und saß an einer Stelle einfach nur im Sessel und vibrierte. Es war, als würden wir Marcel Marceau zuschauen, wie er einen Tag in Disney World mimt.

»Sie hatten *keine* Ahnung, daß die Mafia etwas mit Moiras Plänen zu tun hatte?«

»Sind Sie *wahnsinnig*? Nicht den blassesten Schimmer! Sie erzählte mir nichts davon! Absolut nichts! Dieses verabscheuungswürdige Geschöpf!«

»Dann erkennen Sie also, in welche Schwierigkeiten wir alle geraten könnten?« fragte ich.

»Was meinen Sie mit *wir*?« schrie Winslows. »Ich hatte nichts damit zu tun! Wie kann man mich für etwas verantwortlich machen, von dem ich nicht einmal etwas wußte!«

»Aber *jetzt* wissen Sie davon, Winslow, und wir werden persönlich dafür sorgen, daß Sie verantwortlich gemacht *werden*. Es sei denn, Sie helfen uns dabei, der ganzen Sache ein Ende zu bereiten.«

»Was meinen Sie damit, daß ich verantwortlich gemacht werde?«

»Damit meine ich«, improvisierte Claire, »daß wir unseren Rechtsanwälten Briefe in Verwahrung gegeben haben, in denen wir über die Rolle, die Moira in dem Ganzen spielt, Auskunft geben – und über Ihre Rolle. Wenn uns irgend etwas zustößt, dann werden diese Briefe an Freddy, den Köter, geschickt.«

Das war der Moment, in dem er am ganzen Körper vibriert hatte. Wir waren fest entschlossen, hart, ja sogar unbarmherzig mit ihm umzugehen, aber ich konnte nicht umhin, eine gewisse Sympathie für diesen Mann zu empfinden. Winslow ist ein großer Mann Ende Vierzig. Er hat einen Schmerbauch, ein Doppelkinn und Haare, die traurigerweise – weil ganz unwahrscheinlich – blond und gekräuselt sind. Und wenn Haare, Kinn und Bauch alle zusammen anfangen, vor Feigheit zu zittern, dann ist das kein erbauliches Schauspiel. Ich fragte mich, was dieser ›Zimmergenosse‹ wohl erforschte und hoffte um Winslows willen, daß er an der Schwelle zu einem Durchbruch auf dem Gebiet der Beruhigungsmittel stand.

»Diese Leute dürfen nicht hintergangen werden!«

»Nun, was soll *ich* denn dagegen unternehmen?«

»Sie müssen die Herzogin anrufen und ihr die Sache mit dem Trust-Fonds erzählen.«

»Das ist *unmöglich*!« schrie er gellend.

»Bitte, versuchen Sie, sich zu beruhigen«, flehte ich ihn an. »Wir sind auf *Ihrer* Seite!«

»Sicher sind Sie das!« jammerte er. »Sie stürzen hier in mein Haus, erschrecken mich zu Tode und erzählen mir dann, daß ich das tun muß, was Sie mir sagen, weil ich sonst als Alpo ende – und dann soll ich noch sagen: ›Meine Güte, was habe ich da nur für nette, neue *Freunde* gefunden!‹«

Aus dieser Perspektive gesehen, erschienen wir natürlich weniger wohlwollend, doch wir taten unser Bestes, um ihm einzureden, daß es Moira gewesen war, die uns alle in die derzeitige Lage gebracht hatte.

»Wir sehen ein, daß Sie von der Herzogin und der Bank nichts Gutes zu erwarten haben. Aber mit wem wollen Sie sich lieber auseinandersetzen? Mit denen oder Freddy, dem Köter?«

»Ich will mich mit niemandem auseinandersetzen!«

Und bei diesen Worten brach er in Tränen aus, wiegte sich hin und her und machte ein Geschrei, als hätten sich alle Frauen Trojas in ihm vereint.

»Ich hole ihm besser ein Glas Wasser«, sagte Claire und rannte ins Badezimmer. Wir taten alles in unserer Macht Stehende, um ihn zu beruhigen, bis Claire nach einer verdächtig langen Zeitspanne wiederkam.

»Bitte, Winslow«, sagte Claire, als er das Glas leerte, »was auch immer Sie tun, rufen Sie nicht Moira an. Man kann ihr nicht trauen. Sie hat sich für die Sache mit dem Trust-Fonds irgendeinen Dummen gesucht und Ihnen nichts von den Risiken erzählt, die mit dem Versuch, Tony Cellini zu hintergehen, verbunden sind. Diese Frau würde uns alle bedenkenlos abservieren, wenn sie der Meinung wäre, es sei der einzige Weg, ihre eigene Haut zu retten.«

Winslow saß das erste Mal seit unserer Ankunft fast regungslos in seinem Sessel.

»Das wirft allen über den Haufen.«

»Ja, das wissen wir.«

»Ich brauche Zeit zum Nachdenken.«

»Aber nicht zuviel«, sagte Gilbert. »Tony gibt schon mit beiden Händen Geld aus!«

»Nun, tut mir leid, meine Lieben, aber es wird mich ein paar Tage Zeit kosten, herauszufinden, wie man an die ganze Sache herangehen soll. Sie können eine derart schlimme Geschichte wie diese nicht einfach in meinen Schoß legen und dann von mir erwarten, daß ich alles über Nacht in Ordnung bringe! Ich habe diese Woche auch sehr viel auf der Bank zu tun! Ich werde Sie Sonntag anrufen.«

»Und Moira werden Sie nicht informieren?«

»Mit diesem hinterhältigen Weibsbild will ich überhaupt nicht mehr sprechen! Seit Monaten hintergeht sie mich jetzt, und ich war dumm genug, zu glauben, daß sie es ehrlich meint. Die Vertrauensvollen dieser Welt haben immer am meisten zu leiden!«

»*Uns* kannst du doch trauen, Winnie«, meinte Gilbert, strich ihm über die Schultern und sagte das mit einer rauhen Stimme, die vor falschen Versprechungen nur so triefte. »Wir haben doch genausoviel Angst wie du. Wir wollen nur ein für allemal aus dieser Sache herauskommen.«

Wir zogen unsere Mäntel an und versicherten ihm, daß er bei irgendwelchen Fragen oder Vorschlägen Claire oder mich anrufen konnte und nur um das Gelobte Land einen Bogen machen sollte.

Als wir dann die Einundachtzigste West entlangspazierten, waren wir uns einig, daß die ganze Sache nun in Winslows Händen lag. Zumindest schien er über Moira gründlich desillusioniert zu sein und vor den Cellinis schreckliche Angst zu haben.

»Gilbert«, sagte Claire, »wie heißt die Herzogin eigentlich mit Vornamen? Es könnte sein, daß ich ihr bald ein paar Zeilen schreiben werde.«

»Gwendolyn. Was hast du vor?«

»Da bin ich mir noch nicht sicher.«

»Du hast lange gebraucht, um ihm das Wasser zu holen. Hast du ein wenig herumgeschnüffelt?«

»Natürlich.«

»Irgend etwas gefunden?«

»Was ich nicht fand, interessierte mich am meisten. Laßt mir noch ein paar Tage Zeit, in denen ich einige Sachen überprüfen kann, dann erzähle ich es euch. Okay?«

»Nein! Sag es uns jetzt!« bettelte Gilbert.

»Nein. Es ist nur eine dumme Idee von mir, zumindest solange, bis ich recht habe. Dann ist es genial. Doch für den Fall, daß ich recht habe, will ich Beweise. Wie Hercule Poirot möchte ich euch alles schön verpackt und wunderbar zusammengefaßt präsentieren.«

»Oder wie Nero Wolfe.«

»Ihr werdet es erleben!«

Wir waren verstimmt darüber, daß Claire plötzlich beschlossen hatte, uns ihre Theorien vorzuenthalten. Es erschien uns als ein Zeichen mangelnden Teamgeistes. Doch so begierig wir auch darauf waren, aufzudecken, um welche Art von Theorien es sich handelte – es dauerte nicht lange, und die in rascher Folge über uns hereinbrechenden Ereignisse verbannten die Theorien auf einen weniger bedeutsamen Platz. Mittwoch nacht kamen Gilbert und ich im Paradiso an und wurden von der Nachricht empfangen, daß am Morgen Jimmy Pastore verstorben war.

Da Jimmy Pastores Mutter eine Schwester von Tony war, war Jimmy ein ›Cellini‹. Er war der Sohn von Charlie Pastore, der sich auf Maddies Weihnachtsparty bei mir und dem geilen, kleinen Leo eingemischt und mir die Chance für einen Abgang verschafft hatte. Jimmy war auch der Bruder der lieben, dicken Steffie.

Jimmys Leben ist für uns nur von geringer Bedeutung, auch wenn sich Steffie liebevoll daran erinnert. Nur die Art seines Todes hat indirekt etwas mit dem Schicksal der Bündnispartner zu tun. Ein Farbfernseher mit 33-cm-Bildschirm, auf dem Jimmy in der Badewanne liegend gerade das Programm verfolgte, plumpste plötzlich ins Seifenwasser und führte so zu Jimmys tragischem, wenn auch hygienischem Ableben. Der Gerichtsmediziner sprach von einem Unglücksfall.

Es dauerte in jener Nacht jedoch nicht lange, da erkannten Gilbert und ich, daß diese Beurteilung von Jimmys zahlreichen Verwandten nicht so ohne weiteres geteilt wurde. Viele Familienmitglieder speisten in jener Nacht im Paradiso, und sie wirkten nicht einfach wie trauernde Hinterbliebene, sondern waren regelrecht aus dem seelischen Gleichgewicht geraten. Keinem trauten sie mehr über den Weg. Ein Verwandter starrte den anderen an und unterhielt sich flüsternd in kleinen, verschwörerischen Zirkeln mit seinen Gesinnungsgenossen. Es erreichte einen Punkt, an dem ich Angst hatte, Gruppen oder Paare an der Bar zu fragen, ob sie noch etwas zu trinken haben wollten, denn die Art und Weise, wie sie abrupt aus ihrem Gewisper aufschauten und sich fragten, wieviel ich wohl gehört haben mochte, machte mich vorsichtig.

Aggie trug in jener Nacht Trauer und übertrug Gilbert die Aufgabe, mir an der Bar zu helfen. An diesem Abend, der zu einer Art vorgezogenem Leichenschmaus wurde, übernahm sie die Rolle der Gastgeberin. Den größten Teil der Nacht verbrachte sie im kleinen Speisesaal, wo sie sich in vertrauliche Gespräche mit zahllosen Cellinis, Fabrizios und Sartuccis vertiefte.

Irgendwann stand Chick Sartucci mit seinem Sohn Ugo an der Bar, als Steffie und ihr Mann hereinkamen. Sie warfen Chick einen kurzen Blick zu, dann machten sie abrupft kehrt und stapften direkt wieder aus dem Restaurant hinaus. Chick sah es, drehte sich wieder zu seinem Bier um und sagte: »Die sind ja wohl völlig verrückt!«

Spät am Abend zog ich Christopher beiseite. Die Frostigkeit, die er mir gegenüber im Gefolge unserer kleinen Panne an den Tag gelegt hatte, hatte sich etwas gelegt, und ich hoffte, daß er sich nicht die Chance entgehen ließ, sich zu beweisen, daß er Bescheid wußte.

»Chris, was ist hier eigentlich heute abend los?«

»Wer will das wissen?« fragte er gelassen zurück.

Ich versteifte mich. Die belangloseste Nachfrage wurde direkt zu einer Frage von Loyalität und Mittäterschaft. Was *war* hier eigentlich los?

»Nur ich. Tut mir leid, daß ich neugierig war, aber normalerweise ist das hier ein fröhlicher, gemütlicher Ort. Heute abend jedoch schleichen alle herum wie...«

»Wie wer?«

»Vergiß es!«

»Hör auf meinen Rat, Philip. Stell keine Fragen. Je weniger du über die privaten Fehden dieser Leute weißt, desto besser für dich.«

»Welcher Leute? Was für Fehden?«

Auf Aggies Anraten hin ging ich auf die Beerdigung. Die ganze Paradiso-›Familie‹ war da, und meine Abwesenheit hätte vielleicht eine Gefühllosigkeit ausgedrückt, die ich, da war Aggie sich sicher, nicht empfand. Es war das zweite Mal, daß ich den Clan auf einem Haufen sah; der Unterschied zum letzten Mal hätte nicht größer sein können. Auf Maddies Party hatten sich die einzelnen Familienzweige frei und mit unbeschwerter Heiterkeit vermischt. Jetzt, in Trauer, taten sie sich jedoch nicht in der erwarteten Weise zusammen, sondern blieben in drei voneinander abgesonderten Kontingenten für sich. Von allen Anwesenden schien nur für Gilbert, Moira und Maddie diese Atmosphäre der Aufteilung nicht zu existieren. Sie spazierten frei durch alle Gruppen, sprachen ihre Anteilnahme aus und gaben sich ergreifenden Reflektionen über die Vergänglichkeit des Lebens hin. Gilbert wurde mehr oder weniger von Moira durch die Menge geschleift. Seine Verlobte wußte, daß ein paar ergreifende, an die Witwe und die Eltern des Verstorbenen gerichtete Worte den Wert des Geschenkes, das sie für die lediglich zwei Monate entfernte Hochzeit auswählen würden, beträchtlich steigern konnte.

Als ich nach Hause zurückkehrte, hörte ich meinen Anrufbeantworter ab und fand darauf eine knappe Nachricht von Milt Miller, in der er mich darüber informierte, daß meine Dienste nicht länger benötigt wurden.

Ich reagierte darauf mit gemischten Gefühlen. Zum einen fand ich keinen großen Gefallen daran, mit zwei Jobs herumzujonglieren, doch Jimmys verdächtiger Tod hatte meinen Entschluß bestärkt, das Restaurant zu verlassen, sobald Aggie ihr Geld zurückbekommen hatte. Auf was sollte ich denn jetzt zurückgreifen? Und warum hatte er mich eigentlich gefeuert? Ich rief ihn an und fragte.

»Tut mir leid, Philip. Ich brauche einfach keine Hilfe«, meinte er nervös.

»Aber es gibt doch jede Menge zu tun. Gerade erscheint ein neues Buch von dir, und das bedeutet immer auch *mehr* Arbeit für mich! Warum feuerst du mich zu diesem Zeitpunkt?«

Er seufzte, wobei sich Unbehagen und Ärger miteinander mischten.

»Ich hatte einen kleinen Anruf von der Polizei.«

»Von der *Polizei*?«

»Überrascht, was? Wie kannst du es wagen, von mir zu erwarten, dir ein Alibi für eine Nacht zu verschaffen, in der du dich in meiner Nähe nirgends hast blicken lassen? Denkst du eigentlich, ich schätze es, in Ermittlungen zu einem Drogenvergehen einbezogen zu werden? Mehr habe ich nicht zu sagen.«

»Warte! Da muß irgendein Irrtum vorliegen, Milt. Ich nehme doch nicht einmal Drogen!«

»Quatsch! Du hast sogar jetzt in diesem Augenblick welche genommen! Ich weiß, wovon ich rede! Ruf mich nicht noch einmal an!«

Ich war verwirrt, aber nicht lange. Zweifellos steckte Gunther dahinter, der es uns ein Stück weit zurückzahlte. Du schadest meinem Lebensunterhalt; ich zerstöre deine Existenz!

Als ich vor Wut kochend dasaß, klingelte das Telefon. Es war Claire.

»Hallo, Sonnenschein! Wie geht's denn so, mein kleiner Mitverschwörer?«

»Ich habe gerade meinen Job bei Milt Miller verloren. Offensichtlich hat Gunther bei ihm angerufen und gesagt, ich sei in Rauschgiftkreisen eine wichtige Persönlichkeit.«

»Dieser Satan«, meinte sie heiter. »Kopf hoch, mein Schatz, auf dem Weg zu Reichtum und Berühmtheit gibt es noch viele andere Jobs.«

»*Du* hörst dich ja sehr vergnügt an.«

»Das bin ich auch, Philip. Und wie! Ich habe die letzte Woche damit verbracht, Moira einen steilen Hügel hoch bis zu einem einsamen Kreuz zu schleifen, an das ich sie nageln werde, sobald ich Nägel finde, die rostig genug dafür sind.«

»Das ist nicht dein Ernst!«

»Es ist mir immer ernst, mein Täubchen. Vertrau mir. Wenn Moira jetzt versucht, falsches Spiel mit dir zu treiben, dann sollte sie sich besser Kiemen wachsen lassen und fasten.«

»Was ist denn?«

»Geduld, mein Lieber. Ich mache gerade die letzten Pinselstriche an meinem Meisterwerk. Morgen überreiche ich dir dann das Ganze.«

»Claire, tu mir das nicht an! Ich habe genug Filme gesehen, um zu wissen, daß jemand, der ›Ich habe den Schurken enttarnt, aber ich kann dir bis morgen nicht sagen, wie!‹ sagt, am nächsten Morgen am Fuß einer Klippe in einem zerfetzten Buick aufgefunden wird!«

»Ich nicht, mein Lieber.«

Sie fragte, ob Moira morgen bei Freddy sein würde. Ich sagte, ja, sie würde ihn morgen besuchen, und sie sagte, Gilbert und ich könnten sie dann gegen acht im Gelobten Land erwarten.

»Komm schon, Claire! Gib mir wenigstens einen kleinen Hinweis.«

»Philip, mein Schatz«, sagte sie, kurz bevor sie auflegte, »Satan mag ja der Vater aller Lügen sein, aber wenn Satan zu tun hat, dann spielt Moira den Babysitter.«

20

Noch nie hatte ich Claire strahlender erlebt als in der Nacht, in der sie Moira bezwang. Sie trug ein hübsches, tiefblaues Kleid, und ich glaube, ich entdeckte auch einen Anflug des Make-ups, das sie nur ganz selten trägt. Als sie durch die Tür ins Gelobte Land rauschte, verströmte sie zu gleichen Teilen Kraft und Weiblichkeit und glich einer Walküre, die gerade vom Friseur kommt.

»*Nun?*« fragten wir wie aus einem Munde.

»Für euch gibt es ja doch wohl noch so etwas wie Gastfreundschaft! Wollt ihr mir nicht irgend etwas anbieten?«

»Was möchtest du denn?«

»Etwas Exotisches, denke ich. Habt ihr irgendeinen Cognac da?«

Gilbert verteilte Gläser mit der wärmenden Flüssigkeit; wir saßen um das Feuer herum, das er im Kamin im Wohnzimmer entfacht hatte, und warteten atemlos darauf, daß Claire ihre Geschichte vor uns ausbreitete.

»Nun, Jungs, als erstes möchte ich euch empfehlen, auf dem Teppich zu bleiben. Wir sind noch nicht über den Berg. Und ich fürchte, wir haben noch nicht einmal ein großes Stück auf dem Weg dahin zurückgelegt. Doch bis jetzt mußten wir uns vor zwei Dingen fürchten: vor der Mafia und vor Moira. Davon ist die gefährlichere Bedrohung jetzt ausgeschaltet: Moira. Ihr könnt sie als permanent entwaffnet ansehen.«

»Was hast du denn über sie herausbekommen?«

»Geduld, mein Lieber. Es ist ein verschlungener Pfad, den ich hinabgestiegen bin, und ich nehme euch lieber Schritt für Schritt mit.

Als wir uns neulich von Winslow verabschiedeten, gab es ein paar Dinge, die ich nicht ganz auf die Reihe bekam. Das erste war Winslows Beruf oder vielmehr seine Beschäftigung. Ihr habt mir erzählt, er sei Bühnenautor, und darüber hinaus auch noch ein derart engagierter und getriebener Vertreter seiner Zunft, daß Moira seinen Ehrgeiz mit Erfolg ausbeutete. Sie bot ihm an, sein Werk zu produzieren; im Gegenzug sollte er ihr Zugang zu ihrem Fonds verschaffen. Und Winslows Wunsch nach einer Aufführung seines Stükkes war so stark, daß er sich darauf einließ und sich damit in eine sehr gefährliche Situation begab.

Nun, ich schaute mich im Apartment dieses Mannes um, und es gab nicht den kleinsten Hinweis darauf, daß er Bühnenautor war! Keine Bücher über das Theater, nicht ein einziges veröffentlichtes Theaterstück! Weder im Wohnzimmer noch im Schlafzimmer – ich habe es überprüft. Es gab keine Theaterplakate oder Drucke, keine Souvenirs von Aufführungen, mit denen er etwas zu tun hatte. Am bedeutsamsten war jedoch, daß nirgends ein Schreibtisch oder eine Schreibmaschine zu sehen war. Ich glaube nicht, daß er auf diesem Küchentisch schreiben konnte... der war viel zu voll mit den ganzen Reagenzgläsern und Chemikalien seines Zimmergenossen. Nun ist es möglich, daß die Schreibmaschine vielleicht weggestellt worden ist, weil sie gerade nicht gebraucht wurde, aber ich frage euch – ein Schriftsteller ohne Schreibtisch? Möglich, aber nicht wahrscheinlich. Wenn dieser Teil von Moiras Geschichte schon erfunden war, was könnte sonst noch erfunden sein?

Dann waren da die seltsamen Dinge, die er gesagt hatte – und die seltsame Art, auf die er sie gesagt hatte. Als ihr ihm erzählt habt, er müsse der Herzogin alles gestehen, sagte er: ›Das ist unmöglich!‹ Zuerst dachte ich, das sei nur so dahergesagt, und er sei einfach nicht bereit, den Konsequenzen ins Auge zu sehen. Später dachte ich dann, er hat es buchstäblich so gemeint, wie er es gesagt hat. Nun, unter welchen Umständen ist es unmöglich, irgend jemandem etwas zu gestehen?«

»Wenn dieser Mensch es bereits *weiß!*« sagte ich und sprang auf die Füße.

»Wovon redest du?« fragte Gilbert.

»Gilbert, *begreifst* du das denn nicht?« fragte ich. »Die verdammte Herzogin ist *eingeweiht!* Sie hat die ganze Zeit gewußt, was Moira vorhatte!«

»Das glaube ich nicht! Dieses *Miststück!*«

Kaum hatte Gilbert diese Worte ausgesprochen, als die Lady, von der gerade die Rede war, durch die Haustür stürmte und ins Wohnzimmer stürzte. Die Schöße ihres langen, schwarzen Trenchcoats sprangen wie ein bissiges Tier hinter ihr her. Wie toll vor Wut funkelte sie uns an. Dr. Watson hätte ohne die geringste Unterstützung durch Sherlock Holmes auf die Idee kommen können, daß sie mit Winslow zusammengetroffen war und er ihr alles erzählt hatte.

»Ihr *Verräter!*« brüllte sie.

»Paß bloß auf, wer das sagt, du Miststück«, fauchte Gilbert sie an. Mit der Gewandtheit eines Sportlers, die ich bei ihm nie für möglich gehalten hätte, schnappte er sich einen ausgestopften Dachshund, schleuderte ihn auf sie und erwischte sie mitten am Kinn, wodurch sie direkt auf ihrem Allerwertesten landete.

»Dafür lasse ich dich *umbringen!*« kreischte sie auf, während sie ausgestreckt auf dem Teppich lag. »Ich habe Freunde, die dir deine Beine abschneiden und dich damit zu Tode prügeln!«

»Ach ja?« erwiderte Gilbert und kippte eine Vase mit nassen Tulpen über ihr aus. »Heißt das etwa, daß wir uns nicht mehr *lieben?*«

»Genau das!« schrie sie. »Du bist eine *Leiche*, Selwyn!«

Claire stand auf und sprach die beiden mit einer gewissen Steifheit an.

»Das reicht, ihr zwei! Wir haben eine Menge zu besprechen!«

»*Du!*« zischte Moira, kam auf die Beine und streckte ihren Rücken. »Du hältst dich wohl für ganz schlau, was, Fräulein? Das bist du aber nicht! Als ich dich auf Maddies Party gesehen habe, hatte ich direkt so meine Vermutungen, und die hat Winslow jetzt alle bestätigt! Wie kannst du es wagen, meiner Mutter Dinge zu erzählen, die dich verdammt noch mal überhaupt nichts angehen?«

»Eigentlich brauchten wir ihr das ja gar nicht mehr zu erzählen, oder?« sagte ich kühl. »Die Herzogin war doch seit einiger Zeit sowieso schon eingeweiht! Vielleicht sogar von Anfang an!«

»*Was?*« fragte Moira.

»Spiel hier nicht den Unschuldsengel«, ergänzte Gilbert. »Claire hat alles herausbekommen.«

Moira blickte zu Claire hinüber und brach in ein brüllendes Hohngelächter aus.

»Oh, *bitte*! Erspar mir deine Detektivarbeit, du Kuh! Meine Mutter weiß nichts. Absolut *nichts*. Und sie wird es auch nicht herausfinden. Und jetzt hört mir mal gut zu, ihr Idioten! Freddy Bombelli ist ein sehr mächtiger und sehr *gewalttätiger* Mann! – insofern habt ihr übrigens sogar recht. Und Freddy ist einfach verrückt nach mir. Er würde in einer Million Jahren nicht glauben, daß ich irgendein krummes Ding gedreht habe. Doch ihr, Gilbert, dir und deinen komischen Freunden, denen traut er *nicht die Bohne*! Er ist nur bereit, es zu versuchen, weil ich ihn darum gebeten habe. Also, von jetzt an habe *ich* hier das Sagen! Wenn irgend jemand von euch noch ein einziges Mal versucht, diesen Plan zu versauen, dann werde ich zu Freddy rennen, alles ausposaunen und ihm erzählen, daß es eure Idee war, und *ihr* mich dazu überredet habt! Dann wird er sich persönlich darum kümmern, daß ihr drei nächste Woche den Feinschmeckern unter den Vierbeinern als Sonderbeilage dient. Haben wir uns da verstanden?«

»Setz dich hin, Moira«, sagte Claire mit der vor berechtigter Autorität ganz kräftigen Stimme eines van Helsing, wie der Dracula sagt, er solle hingehen, wo der Pfeffer wächst.

»Sprich nicht auf diese Art mit mir, du Brieftante!« schrie Moira. »Ich denke nicht, daß du kapierst, welche Position du hier hast!«

»Das gleiche gilt für dich, mein Täubchen. Doch wenn du diese Kloake mit Lippenstift drumrum mal für fünf Minuten geschlossen halten könntest, werde ich dir genau sagen, wie es um dich steht!«

Moira starrte sie überheblich an, setzte sich aber hin.

»Bevor du uns unterbrochen hast«, sagte Claire und sprach dabei sehr langsam, als ob sie sich wünschte, der Augenblick würde noch etwas länger andauern, »haben Philip, Gilley-poo und ich uns nämlich gerade über etwas unterhalten, was Winslow gesagt hat. Wir erzählten ihm, er müsse der Herzogin von deinem Plan berichten, und er entgegnete, das sei ›unmöglich‹. War das nur so dahingesagt oder meinte er es genauso, wie er es sagte? Ich schlage vor, es war letzteres. Doch *warum* war es unmöglich? Diese beiden zogen den voreiligen Schluß, es sei unmöglich, weil die Herzogin es bereits wisse. Doch wir beide wissen, daß das nicht der Grund ist, nicht wahr, Moira?«

»Ich weiß nicht, wovon du redest.«

»Ach du armes Naivchen. Nun, wie hört sich denn das an: Winslow konnte der Herzogin gar nicht alles verraten, weil es die Herzogin gar nicht gibt. Es hat sie nie gegeben. Die Herzogin ist ein selbstgefälliges Märchen, das du dir vor einiger Zeit ausgedacht hast. Eine amüsante, unverschämte kleine Lüge, die in der Praxis nur wenige Probleme aufwarf. Dann wollte Gilbert plötzlich von dir, daß du ihm dabei hilfst, seine große, wohlhabende Familie zu betrügen, und du wolltest natürlich mit aller Macht deine Hälfte von diesem Geld. Du hattest jedoch nur diese frei erfundene Mami auf der anderen Seite des großen Teiches zu bieten, die die ganze Sache bezahlen sollte.

Gilbert konntest du nicht erzählen, daß die Herzogin nur eine Fiktion war, weil er nicht im Traum daran gedacht hätte, sich mit dir zu verbinden, wenn er nicht geglaubt hätte, daß deine Seite mindestens soviel ausspucken würde wie seine. Daher hast du es geheimgehalten. Doch es gab ein ziemlich großes Problem: Wie konnte eine nicht vorhandene Herzogin alles bezahlen? Nun, da hast du eben den Reitunfall erfunden, damit die imaginäre Herzogin *dich* bitten konnte, die Hochzeit mit dem Geld aus einem Trust-Fonds zu bezahlen, der natürlich ebenfalls nie existiert hat, den du aber passenderweise aufgebraucht hattest. Wie konnte man diese Hürde nehmen? Indem man Gilberts Familie zahlen ließ. Und wie konnte man Gilberts Einwände dazu überwinden? Indem man ihn davon überzeugte, daß alles ein ungeheuer ausgeklügelter Schwindel war, der seine durch die Hochzeit erzielten Einnahmen am Ende verdoppeln würde. Wie war das bis jetzt? Irgendwelche Einsprüche?«

»Gilbert«, drang Moira auf ihn ein, »du glaubst dieser gehässigen Frau doch wohl kein Wort, oder?«

»Moira«, erwiderte Gilbert mit einer Stimme, die so wenig Regungen zeigte wie der Tod. »Ich weiß nicht, wie ich dich noch bezeichnen soll. Mir fehlen die Worte.«

»Aber was ist mit den Anrufen der Herzogin?« gab ich zu

bedenken. »Wir haben diese Frau doch alle gehört. Die Leute haben mit ihr gesprochen.«

»Selbstverständlich«, sagte Claire. »Und das bringt uns wieder an unseren Ausgangspunkt zurück: Was war der wirkliche Grund dafür, daß Winslow der Herzogin die ganze Sache nicht gestehen konnte? Er selbst *ist* die Herzogin! *Er* hat immer angerufen und die Mami gespielt. Na, habe ich recht?«

»Grins nicht so, Claire. Man sieht deine Zahnbrücken. Ich *wollte* es dir ja sagen, Gilbert. Ich suchte nur nach dem passenden Weg.«

»Vielleicht ein Brief nach seinem Tode?« schlug Claire vor. »Also, Winslow war Mami, und deswegen machte er auch so ein Theater, als wir sagten, die Herzogin müsse die Hochzeit bezahlen. Er wußte, daß auch *das* unmöglich war.«

»Wie hast du das nur fertiggebracht, Claire?« fragte ich. Vor Bewunderung war mir ganz schwindlig.

»Nun, als ich erst einmal vermutete, daß Winslow überhaupt kein Bühnenautor war, beschloß ich, zu überprüfen, was er sonst noch so alles nicht war. Bankier war er auch nicht. Ich habe ihn über zwei Tage hinweg laufend angerufen, und er war während der Öffnungszeiten der Bank zu Hause. Wenn er also kein Bankier war, vielleicht gab es dann ja auch keinen Trust-Fonds, und wenn es keinen Trust-Fonds gab, war es immerhin ja vielleicht möglich, daß es die Herzogin auch nicht gab. So rief ich also die Herzogin mit dem alten Falsche-Nummer-Trick an, und tat so, als ob ich nach einem Buchladen namens Trebleclef suchte. Ich bestand darauf, daß meine Telefonnummer richtig war, und der Gentleman in Trebleclef – ›Murcheson‹, vermute ich – beharrte natürlich darauf, daß sie falsch war. Wenn Trebleclef kein Buchladen ist, was ist es dann? fragte ich. Er teilte mir mit, Trebleclef sei ein Landgasthaus mit einem netten kleinen Restaurant. Soweit zum Familiensitz. Ich fragte ihn, ob es eine alte Frau namens Gwen dort gäbe, und er sagte, nein, es gäbe nur eine weibliche Person, die bei ihm arbeite, und die sei ein Teenager. Und jetzt wird's richtig gut, Jungs! Ich folgerte, daß Moiras wirkliche Mutter, wenn sie sich nicht in Trebleclef aufhielt, ja vielleicht noch in den Staaten lebte.«

»Okay, Claire«, sagte Moira, »das *reicht* jetzt!«

»Nein, das reicht nicht«, sagte Claire mit lieblicher Stimme. »Ich erinnerte mich an die Witze, die du, Philip, darüber gemacht hast, daß die Herzogin sich für eine Frau aus Pittsburgh so schrecklich elegant anhörte. Ich besorgte mir also das Telefonbuch von Pittsburgh und begann, alle Finchs anzurufen und zu fragen, ob sie mir nicht bei der Suche nach einer etwas fünfzigjährigen Gwen Finch behilflich sein könnten. Ich ergänzte das noch durch die Information, sie habe, falls das von Nutzen wäre, noch eine Tochter namens Moira. Und am Ende hatte ich Moiras Schwägerin am Apparat – dein Tantchen Mavis, Moira.«

»Eine abscheuliche Frau!«

»Und *geschwätzig*! Sie erzählte mir, daß ich keine Probleme haben würde, Gwen zu finden. Ich bräuchte nur eine Liste kalifornischer Frauengefängnisse zu verlangen. Jetzt, wo wir miteinander sprechen, hält sich Moiras Mutter in einer dieser Einrichtungen auf und lernt, Achtung vor dem Eigentum anderer zu entwickeln. Wie die Mutter, so die Tochter. Entschuldige, Moira, normalerweise bin ich nicht so gemein, aber du schaffst es, das Schlechteste aus den Leuten hervorzulocken.«

»Na klar! Alles *meine* Schuld!«

»Hört sie euch an!« wetterte Gilbert und sprang von seinem Sitz hoch. »Da beweist man ihr in ihrer Gegenwart, daß sie jeden, den sie kennt, jahrelang belogen hat, und sie sitzt da und schmollt, als wären *wir* die Schurken!«

»Ach, sei endlich still, du! Ist es denn *meine* Schuld, daß du so geldgierig warst, daß du auch noch von *mir* verlangtest, ein Vermögen mit einzubringen? Du warst nicht damit zufrieden, daß ich dir einfach dabei half, von deiner Familie beschenkt zu werden und diese Geschenke dann aufzuteilen. Nein! Du wolltest Herzöge und Prinzen, die uns mit Geld und altem Schmuck überhäufen!«

»Aber du hast mir doch *erzählt*, wir hätten gottverdammte Herzöge und alte Juwelen!«

»Könnte ich es angesichts deiner Gier denn überhaupt wagen, irgend etwas anderes zu sagen? Du hättest doch alles abgesagt! Und dann hätte ich überhaupt nichts abbekommen. Und ich *brauche* das Geld, Gilley. Ich brauche es ganz dringend! Mir – oder *uns*, wenn ihr so wollt – bietet sich eine einmalige Gelegenheit, von Anfang an bei der gewinnträchtigsten Sache...«

»*Neeein!*« schrie Gilbert auf, fiel auf das Sofa und hämmerte mit beiden Fäusten auf die Armlehne ein. »Nicht noch eine von deinen dummen Scheiß*investitionen!*«

»Winslow!« sagte ich in einem der wenigen in mir aufblitzenden Momente der Einsicht, die sich in meiner neuerlichen Karriere als rund um die Uhr beschäftigter Leichtgläubiger einstellten. »Das war sein Labor!«

»Darauf wollte ich gerade zu sprechen kommen«, meldete sich Claire naserümpfend.

»Er ist ein absolutes Genie!« sagte Moira. »Und er arbeitet gerade an einer Idee, die eine Revolution in der...«

»Ich will es nicht hören! Was immer es ist, ich bin nicht daran interessiert!«

»Du bist *so* engstirnig!« seufzte Moira.

»Wie hast du denn das mit den Kontaktpersonen hingekriegt?« fragte Claire mit einer Spur Bewunderung in der Stimme. »Wer war dein Mann in Little Chipperton und wie funktionierte das?«

»Oh, das war nicht weiter schwer«, sagte Moira und konnte dabei den Anflug von Stolz nicht verbergen. »Bri, der Mann in Trebleclef, ist eine alte Flamme von mir. Es ist schon viele, viele Jahre her. Ich sagte ihm einfach, ich wollte einigen Freunden einen kleinen Streich spielen. Wenn also irgend jemand bei ihm anrief und nach dem Herzog oder der Herzogin von Dorsetshire fragte, sollte er sagen, es passe gerade nicht, Botschaften entgegennehmen, und mich anrufen, damit ich die Gebühren ersetze. Natürlich habe ich auf meinem Zimmer einen separaten Anschluß. War ich nicht da, konnte er auf meinen geheimen Anrufbeantworter eine Botschaft hinterlassen. Den habe ich übrigens unter meinem Nachtschränkchen versteckt, Gilley, nimm also nicht die ganze Bude auseinander, ja?

Jedes Mal, wenn Bri eine Nachricht für die Herzogin durchgab, rief ich bei Winslow an und erzählte ihm, bei wem die Herzogin zurückrufen müsse und was sie zu sagen habe. Dasselbe galt für Briefe. Wenn die Herzogin einen bekam, dann rief Bri an und las ihn mir vor. So schnell es ging, schrieb ich eine Antwort, ließ sie von Winnie auf mein für die Herzogin gedachtes Briefpapier übertragen, schickte das dann per Eilpost nach England, um es von dort wieder nach hier zurücksenden zu lassen. So stimmte auch der Stempel.

Eigentlich war das mit der Herzogin ganz praktisch, zum Beispiel, als Pina vorbeikam, um mir ihre Entwürfe zu zeigen. Ich sorgte dafür, daß Mom während ihrer Anwesenheit anrufen würde und irgend etwas Gehässiges über sie sagte. Auf diese Weise hatte ich immer eine nette Ausrede auf Lager, wenn Pina bei ihren Entwürfen am Ende doch ein wenig zu dick aufgetragen hatte. Und das tat sie mit Sicherheit. Mir konnte Pina das nicht anlasten – ich machte es ja nur, um Mom zufriedenzustellen!«

»Und wie wolltest du um Mamis Auftritt auf der Hochzeit herumkommen? Was hattest du vor? Sie umzulegen?«

»Was sonst? Sowohl Mom als auch der Herzog werden in genau drei Wochen einen kleinen Autounfall haben. Moms erste Spritztour nach ihrer Genesung! *Äußerst tragisch!* Natürlich ein wenig kurz vor der Hochzeit, aber ich werde ganz tapfer sein. Und wenn ihr mich fragt, sollte sich ihr Mitgefühl für uns ja wohl in einem Vermögen zusätzlicher Einnahmen auszahlen.«

»Aber Gilbert dachte, deine Mutter sei eine reiche Frau. Was wolltest du *ihm* denn über dein Erbe erzählen?«

»Der fiese Bruder des Herzogs bekommt alles und gibt mit keinen Cent.«

»Warum sagst du nicht mal zur Abwechslung die gottverdammte Wahrheit?« fragte Gilbert.

»Ich wollte nicht, daß ein Schatten über unsere Hochzeit fällt.«

»Mein Gott, Moira«, sagte ich. »Du bist wirklich erstaunlich!«

»Schön von dir, das zu sagen, Philip, aber der Plan war *alles andere* als vollkommen. Nimm nur mal die Sache mit der Herzogin, die uns alles zurückgibt, was Tony ausgegeben hat. Ich kam nie auf die Idee, daß Gilbert, weil wir ja alles wieder zurückbekamen, beschließen würde, mit aller Macht Tony dazu zu bringen, soviel Geld wie möglich zu verjubeln. Ich meine, *ich* wußte ja, daß wir nicht einen Cent zurückbekommen würden, aber wie konnte ich *dir* das beibringen, Gilley? Und *das* bedeutete auch, die arme Pina feuern zu müssen. Wer würde schon Tausende von Dollars für *ihren* Namen hinblättern? Und, mein *Gott*, erst das ganze Durcheinander, das dadurch entstand, daß ihr versucht habt, Mom alles zu sagen, weil ihr meintet, in der Familie wären jede Menge Klugscheißer, und zu wenig Mumm in den Knochen hattet, die ganze Sache bis zu ihrem Ende zu führen. Ich *mußte* euch ja von dem Brief erzählen und davon, daß es jemand auf uns abgesehen hat. Wie war es aber möglich, daß Mom ihn nie *zu Gesicht bekam?* Da mußte dann Murcheson erfunden werden! Ich war ja im Glauben, der Brief käme von Pina und Gunther. Ihr habt nicht gewagt, mir zu sagen, daß in Wirklichkeit ihr dahintersteckt, und deswegen habe ich meinen Zorn an *den* beiden ausgelassen. Wie ich schon sagte«, schloß sie und zündete sich eine Zigarette an, »es war nicht vollkommen, aber ich denke immer noch, insgesamt ist das Ganze in allerbester Manier ausgeführt worden.«

»Ja, Moira«, sagte Claire. »Und wenn Freddy es herausfindet, wird es dir in allerbester Manier an den Kragen gehen.«

»Ich schlottere vor Angst, Claire.«

»Moira, mein Schatz, Gilbert erzählt mir, daß deine Mutter – die in England und nicht die im Gefängnis – gerade ihren Geburtstag feierte und Freddy ihr eine teure Brosche schickte. Mami hat sogar angerufen, um sich bei ihm dafür zu bedanken. Verbessert mich, wenn ich da falsch liege, aber ich denke, sollte Freddy herausfinden, daß er dieses Schmuckstück einer Frau geschickt hat, die es gar nicht gibt, und das Dankeschön von einem zweihundert Pfund schweren, homosexuellen Gentleman entgegennahm, würde er das überhaupt nicht schätzen. Er würde das Gefühl haben, von dir zum Narren gehalten worden zu sein, Moira. Er hätte sogar das Gefühl, die ganze Zeit über, die du ihn kanntest, von dir regelrecht verarscht worden zu sein. Wie meinst du, würde er wohl darauf reagieren?«

»Vor dir habe ich keine Angst, Claire«, sagte Moira und rutschte unruhig auf ihrem Stuhl hin und her. »Du könntest

Freddy nicht eine Sache erzählen, ohne die beiden hier mit ins Spiel zu bringen.«

»Dasselbe gilt für dich, Moira. Wenn du versuchst, diesen beiden Idioten hier irgend etwas anzuhängen, wird Freddy von mir etwas zu hören bekommen, *oder*, solltest du irgendwelche dunklen Gedanken hegen, mich von der Bildfläche verschwinden zu lassen – dann hört er es eben von einem Freund von mir, dem ich einen Brief gegeben habe, den er im Falle meines Todes abschicken soll. Du solltest also besser beten, daß ich nicht von einem Bus überfahren werde.«

»Du bist wirklich fies, Claire. Ich hätte nicht im Traum daran gedacht, meinen Freunden Schaden zuzufügen! Wenn ich manchmal bedrohlich auf sie wirke, na ja, das ist eben meine Art! Ich muß pinkeln.« Sie sagte es und ging dann mit großer Würde aus dem Zimmer.

Sie werden bemerkt haben, daß Gilbert und ich während dieser ganzen Enthüllungen und Anschuldigungen nicht viel gesagt haben. Unsere Gedanken waren dermaßen konfus und durcheinander, daß wir unfähig waren, Wort zu finden und sie zum Ausdruck zu bringen. Claire hatte einige Tage gehabt, um die Wahrheit herauszufinden und das Ausmaß von Moiras Täuschungsmanövern zu begreifen. Gilbert und ich aber hatten alles in einer einzigen massiven Dosis verabreicht bekommen, und die Wirkung ließ uns schwindlig werden.

Wie hatte sie das nur fertiggebracht! Wie hatte sie es auch nur *versuchen* können, wenn sie *seit Steffies Hochzeit* wußte, daß die Leute, die sie hintergehen wollte, Mafiosi waren! Welches Enzym in ihrem Gehirn war entweder völlige Mangelware oder so überreichlich vorhanden, daß sie sich mit solchen Leuten anlegen konnte, Komplizen gewann und diese absichtlich nicht über das Risiko aufklärte, das sie dabei eingingen? Und die endgültige und letzte Absurdität, die jedes Fassungsvermögen überstieg, war ja wohl der Grund, aus dem diese Verbrechen alle begangen worden waren.

Sie wollte in ein neues *Kölnisch Wasser* investieren!

»Schrei mich nicht an, Gilbert! Es ist mehr als nur ein Eau de Cologne!«

»Ach! Auch noch ein Puder zum Auftragen, oder wie!«

»Wenn du aufhörst so herumzutoben, dann werde ich es erklären. Winslow ist ein hervorragender Chemiker, ein richtig brillanter Kopf. Er hat mit den besten Auszeichnungen abgeschlossen und dann direkt bei einer Pharmagesellschaft angefangen zu arbeiten. Er beschäftigte sich mit einer dieser Krankheiten, für die in den Medien immer dicke Spendenaufrufe kommen. Während dieser Zeit betätigte er sich nebenbei auf dem Gebiet der kreativen Chemie. Er hat dort wichtige Entwicklungsarbeit geleistet, ohne die wir heute kein Ecstasy hätten...«

»Du liebe Güte,« sagte Claire. »Verewigt ihn doch auf einer Briefmarke!«

»Jedenfalls hat er das nach einer Weile wieder gelassen, weil er die Angst, ausgehoben zu werden, nicht ertrug. Sehr nervös, der Mann!«

»*Nein!*«

»Die Krankheiten fingen an, seine Stimmung zu drücken, und so wandte er sich der Kosmetik zu. Jahrelang hat er gearbeitet – Chanel, Estée Lauder, alle, und er steckte hinter ihren heißesten Düften. Doch die Leute nahmen ihn immer weiter aus. Nie hat er Anerkennung bekommen. Als er dann auf etwas richtig Großes stieß, beschloß er, zu kündigen, denn er fürchtete, seine Idee würde gestohlen werden, und jemand anderer würde die Milliarden und Abermilliarden verdienen, die es mit Sicherheit einbrachte.«

»Was ist denn so besonders an einem Kölnisch Wasser?« fragte ich.

»Nun, zum einen ist es das erste Kölnisch Wasser der Welt in *Pillen*form!«

»Wie bitte?«

»Es ist eine Pille. Es verdeckt deinen typischen Geruch nicht, es *verändert* ihn. Auf chemischem Wege verändert es deinen Schweiß, so daß er nach etwas ganz anderem riecht! Nach Parfüm oder nach Zitrusfrüchten oder nach gar nichts! Kaum zu glauben, aber es wird die ganze Branche revolutionieren!«

»Du machst Witze!« sagte Claire.

»Nein! Ich habe es gesehen! Ich habe es gerochen. Es ist

wundervoll! Er braucht nur Zeit und Geld, damit er mit der Arbeit loslegen kann. Ich habe mit ihm eine Vereinbarung getroffen, daß ich fünfzehn Prozent vom Patent bekomme, wenn ich ihm an einem bestimmten Datum vierzigtausend Dollar gebe! Weißt du, wieviel Geld ich damit machen werde?«

»Gar keins, Moira«, sagte ich. »Du kommst doch nie zu Geld.«

»Der Teufel soll dich holen, du Trottel! Ihr Scheißkerle könnt euch ja wie immer über mich lustig machen! Mir ist das egal! Diese Pillen werden die größte Sache aller Zeiten, und nächstes Jahr um diese Zeit werde ich aus meinem Penthouse auf euch hinabspucken!«

»Moira«, sagte Claire. »Es steht dir frei, dein Geld zu investieren, wo immer du willst, und dafür Geld aufzutreiben, wie immer du willst – nur nicht, wenn du dafür das Leben dieser beiden Esel hier aufs Spiel setzt. Siehst du das hier?« fuhr sie fort und zog einen kleinen Zettel hervor. »Das ist die gegenwärtige Adresse deiner Mutter. Wie würde es dir gefallen, wenn man ihr Gilberts Telefonnummer schickt und ihr den Rat gibt, ihn anzurufen? Was würde geschehen, wenn sie Gilbert anriefe, und dein Verlobter am Boden zerstört zu Freddy rennen würde, weil das Mädchen, das er liebte, ihn und seine Familie getäuscht hat? Denn genau das wird passieren, wenn du nicht zu Freddy gehst und ihm sagst, daß du dich bezüglich der Hochzeit anders entschieden hast. Du bist zu jung, sag, was immer du willst, solange du diesen beiden nicht die Schuld dafür gibst.«

»Jetzt hast du's ihr aber gegeben!« sagte Gilbert.

Moira gähnte verächtlich.

»Amateure! Na los, nur zu! Ruft Mami an, ruft Freddy an! Wißt ihr, was ich dann sagen werde? ›O Freddy, ich schäme mich ja so! Ja, ich habe dich bezüglich meiner Eltern angelogen! Gilbert ist so ein *Snob,* daß ich fürchtete, er würde mich ablehnen, wenn er wüßte, daß Mom ein Knacki ist. In irgendeinem schwachen Moment habe ich ihm gesagt, sie sei eine Herzogin, und er ist so ein *Snob,* daß er bei jedem damit herumprahlt, und daher mußte ich weiter so tun, als stimme es. Ich wußte nicht, wie ich da herauskommen sollte, und, o Freddy, es war *schrecklich!*‹«

»Moira«, fragte Claire, »wie willst du denn Freddy erzählen, daß du um Gilberts willen gelogen hast, wenn du schon seit Jahren Geschichten über die Herzogin verbreitest?«

»Oh, richtig. Nun, dann lasse ich mir eben etwas anderes einfallen! Das mache ich doch *immer*!«

»Wir werden es widerlegen.«

»Weiter so, Schätzchen! Du plauderst deine Sachen aus, und ich meine. Und ich werde lügen. Ich werde sagen, Gilbert bumst wieder mit Männern herum. Mein Wort gegen eures. Wollt ihr das tatsächlich?«

Es wurde still. Alle warfen wir Moira flehende Blicke zu, Moira starrte unversöhnlich zurück.

»Moira«, sagte Gilbert dann, »bitte nimm's nicht persönlich, aber ich will dich nicht heiraten.«

»Das ist aber schade.«

Hochmütig paffte sie ihre Zigarette, während unter uns Bündnispartnern besorgte Blicke hin und her wanderten. Es war ein Patt. Moira konnte uns nicht verraten, ohne sich selbst zu verraten, und wir konnten sie nicht zwingen, die Verlobung aufzulösen, ohne daß sie uns übel mitspielte.

Ich schaute zu Claire hinüber, die sich auf dem Sofa zurücksetzte. Ihre Lippen ruhten sanft auf ihren Fingern, die sie mit den Spitzen nach oben gegeneinanderdrückte, als würde sie beten. Ich konnte fast hören, wie ihr mächtiges Gehirn auf Hochtouren arbeitete. Einen Augenblick später sprach sie es aus.

»Moira«, sagte sie, »ich merke, daß du nicht aufhören kannst, deinen Mann zu lieben. Daher habe ich folgenden Vorschlag: Du machst mit deinen Plänen weiter. Laß Mami plangemäß sterben, bring überzeugend deine Trauer um sie zum Ausdruck, heirate Gilbert, teil die Beute auf und investiere das Geld mit deinem üblichen Scharfsinn. Doch von jetzt an bin ich mit von der Partie.«

»Von meiner Hälfte bekommst du nicht einen Cent.«

»Ich will kein Geld. Die Gelegenheit, zu tun, was in meiner Macht steht, um dafür zu sorgen, daß diese beiden Bimsköpfe sich nicht umbringen lassen, ist alles, was ich möchte. Vor einigen Tagen hätte ich es mir nicht träumen lassen, daß du es bis zur Hochzeit schaffen könntest, ohne daß die ganze Sache zusammenbricht. Da glaubte ich aber auch noch daran, daß dein Erfolg von der Herzogin abhinge und von der Tatsache, daß Tony nie herausfinden dürfe, wer die Hochzeit bezahlt. Jetzt, wo ich begreife, daß das gar nicht das Problem ist und es auch nie war, denke ich, daß ihr nur dann eine Chance habt, lebend aus dieser Sache herauszukommen, solange ihr die Herzogin auf glaubhafte Weise loswerdet. Da du dich weigerst, den Plan fallenzulassen, laßt ihr mir keine andere Wahl, als euch meine Unterstützung – meine *widerwillige* Unterstützung – anzubieten und euch dabei zu helfen, die ganze Sache zu Ende zu bringen.«

»Nun, wenn das so ist«, meinte Moira schwärmerisch, »willkommen an Bord!«

Claire bestand natürlich darauf, ihre Hilfe von einer Politik absoluter Offenheit seitens aller Mitglieder des Syndikats abhängig zu machen. Nichts sollte mehr verschwiegen werden. Moira versicherte uns, daß sie uns nie mehr anlügen würde, aber das klang natürlich viel zu schön, um wahr zu sein. Doch was konnten wir schon machen?

Gilbert war verständlicherweise vom Ausmaß des Verrats seitens Moira schmerzlich berührt. Den Gedanken, sie tatsächlich zu heiraten, betrachtete er mit zunehmender Beklommenheit. Das hatte zum Ergebnis, daß gleichzeitig seine Zuneigung mir gegenüber immer größer wurde. Ich war seine Hoffnung, seine Erlösung, das einzige, was ihn noch vor dem Wahnsinn bewahrte. Die Schmeicheleien blieben auf den großen, durstigen Schwamm meines Egos nicht ohne Wirkung, doch selbst als ich versucht war, diese Gefühlsregungen zu erwidern und ›Was soll's? Laß es uns Liebe nennen‹ zu sagen, hielt mich irgend etwas davon zurück. Es war das immer wiederkehrende, plastische Bild Freddy Bombellis, der fröhlich die Lunten für unzählige Reihen von in Feuerwerkskörperform gepreßten Schwulen anzündete.

In der darauffolgenden Woche setzten wir uns zusammen, um das Ableben der Herzogin zu planen. Wir kamen darin überein, daß das Hauptproblem bei ihrer Beseitigung in der Dokumentation bestand. Glücklicherweise hatte Claire über ihren Grußkartenkonzern Zugang zu Druckmaschinen, und obwohl es sich vielleicht als schwierig erweisen würde, das entsprechende Papier zur Zeitungsherstellung zu besorgen, waren wir doch zumindest in der Lage, Fotokopien von britischen Todesanzeigen und Zeitungsberichten über die Tragödie zu fälschen. Dadurch blieb nur noch das Problem, zu verhindern, daß Gilberts Familie auf das Begräbnis kam. Wenn man das nicht schaffen konnte, mußte man nämlich tatsächlich ein Begräbnis inszenieren, und diese Aussicht barg unzählige Gefahrenpunkte.

Wir taten unser bescheidenes Bestes, um alles zügig Gestalt annehmen zu lassen, als eines Nachts, gerade als wir gehen wollten, Moira und Claire im Paradiso aufkreuzten. Wir stiegen alle in ein Taxi, und Moira sagte: »Wir haben ein kleines Problem, Kinder!«

»Ach?« erwiderten wir.

»Ich habe Freddy heute abend vorgelesen. Er sagte mir, er würde nächste Woche eine Geschäftsreise nach England und in die Schweiz machen, und da er in der Nähe von Little Chipperton sei, habe er vor, auf Mamis Einladung zu einem Besuch zurückzukommen.«

»O *nein*!«

»Über, was? Nun, ich *wußte* daß wir bis dahin die Sache mit dem Unfall nie und nimmer hinkriegen. Und selbst wenn wir es schaffen würden, wäre Freddy rechtzeitig zur Beerdigung da. Es war völlig ausgeschlossen, da *drüben* innerhalb einer Woche eine ganze Beerdigung auf die Beine zu stellen. Was konnte ich da noch sagen?«

»Was *hast* du gesagt?« fragte ich. Angst kroch mir durch die Venen.

»Ich sagte: ›Freddy, du kannst sie nicht besuchen! Heute in einer Woche wird sie *hier* sein. Sie hat sich erholt und kommt her!‹ Und er war ganz aufgeregt, und ich sagte, wir würden den Montag vor seiner Abreise eine kleine Party geben, damit er sie treffen kann! So, ihr Lieben! Es sieht ganz so aus, als müßten wir uns jetzt eine Herzogin suchen! Irgendwelche Vorschläge?«

21

Claire starrte uns an, als hätten wir alle komplett den Verstand verloren.

»Aber eine *Frau* wäre doch sicherlich besser!«

Wir räumten bereitwillig ein, daß in der besten aller möglichen Welten eine kompetente, selbstsichere Schauspielerin, die in der Mitte ihres Lebens stand, eine viel bessere Wahl als ein nervenkranker, männlicher Parfümhersteller gewesen wäre, um die Herzogin zu spielen, aber diese Welt war leider nicht so, und wir hatten keine andere Wahl, als uns auf Winslow einzulassen.

»Es ist die *Stimme,* Claire. Du hast sie ja nie gehört, aber wir – und Tony und Maddie und Freddy ebenfalls. Glaub uns, sie ist völlig einmalig. Wenn wir irgend jemand anderen nehmen würden, würden sie es direkt merken.«

»Können wir nicht eine Frau finden, die die Stimme *imitieren* kann?«

»Claire!« meinte Moira. »Wir haben eine Woche Zeit! Wo sollen wir denn eine Frau mittleren Alters finden, die wie Hermione Gingold sprechen kann und sich nicht daran stört, ihr Leben aufs Spiel zu setzen, um uns zu helfen, die Mafia zu beschwindeln?«

Verdrossen gaben wir zu, daß wir selbst bei den Leuten mit den weitgespanntesten Fähigkeiten nur wenig ernsthafte Resonanz erwarten konnten. Winslow oder nichts war die Devise.

»Aber *kann* er es?« fragte Claire. »Mit der Stimme jemanden darzustellen ist etwas ganz anderes, als ihn persönlich mit allem Drum und Dran zu spielen. Und bei alledem müssen wir den nervlichen Zustand dieses Mannes berücksichtigen. Ich meine, das Ganze wird ein *ungeheuer* sicheres Auftreten erfordern und...«

»Ich weiß«, sagte Moira. »Ich habe mir darüber auch Sorgen gemacht, als ich es ihn am Telefon tun ließ. Er wollte *wirklich* nicht. Ich meine, er war ein absolutes Nervenbündel deswegen. Doch er kam rechtzeitig da durch, und dann war er hervorragend! Überhaupt nicht ängstlich!«

»Aber da wußte er nicht, wer *sie* waren! Jetzt weiß er es.«

»Und wessen Schuld ist das, Schätzchen?«

»Schau«, sagte Gilbert, der sich bis jetzt mehr oder weniger ruhig verhalten hatte. Es ist allerdings auch schwierig, seine Ansichten zu äußern, während man unzerkaute Pekannüsse herunterschluckt. »Diese ganze Diskussion ist sinnlos, solange wir nicht herausfinden, wie Winnie in einem Festkleid aussieht.«

Wir stimmten mit ihm überein, daß es keinen Zweck hatte, herumzudebattieren, ob er es gefühlsmäßig schaffte, solange wir nicht wußten, ob er rein körperlich dazu in der Lage war. Wir einigten uns darauf, am nächsten Nachmittag mit Make-up, Perücken und dem, war wir für ihn an Kleidern zusammenkratzen konnten, bei ihm vorbeizuschauen.

»O je«, meinte Moira. »Ich habe nicht ein Kleid, das ihm passen würde. Claire, Liebste, hättest du etwas dagegen, wenn du etwas von dir nimmst? Nur ein bißchen, ja?«

Claire kam am nächsten Tag gegen Mittag. Sehr zu ihrem Verdruß hatte sie etliche Sachen in ihrem Kleiderschrank gefunden, die den Eindruck machten, als könnten sie Winslow passen, ohne dazu verändert werden zu müssen. Es waren Überbleibsel aus dem vorigen Jahr, wo sie als Folge einer gescheiterten Romanze rasch fünfundzwanzig Pfund zugenommen und dann unter Qualen wieder verloren hatte. Außerdem brachte sie noch eine blonde Perücke und einen kleinen Vorrat an Make-up mit.

Moira hatte keine Kleidungsstücke zu bieten, stiftete aber einen richtigen Auswandererkoffer voller Kosmetikartikel, in dem Eyeliner, Lidschatten, Wimperntusche, Rouge, Rotglanz, Lippenstift, Lippenglanz und Georgette Klinger Gooke de Femme aller Schattierungen zu finden waren, kurzum alles, was jemals nach falschem Glanz dürstenden Massen angedreht wurde. Mit diesem eindrucksvollen Sortiment weiblicher Notwendigkeiten bewaffnet, marschierten wir die paar Häuserblöcke bis zu Winslows Wohnung und stellten dabei fest, daß zum ersten Mal jemand zum Transvestitentum verpflichtet wurde.

»Du lieber Himmel!... Was ist das alles?« fragte Winslow.

Er nahm die Neuigkeiten mit seiner üblichen Kaltblütigkeit entgegen, und nachdem wir ihn wieder von der Decke heruntergeholt hatten, nötigten wir ihn, eine Valium-Tablette zu schlucken.

»Ich bin, ich, ich kann nicht, unmöglich... ich meine, ich, ich könnte es nicht! Ich, ich bin einfach... ich, ich, ich *will nicht*!«

»Bitte, Mr. Potts! Versuchen Sie, sich unter Kontrolle zu behalten!« sagte Claire. »Wir sind doch bloß hier, um herauszubekommen, ob es möglich ist! Keiner *zwingt* Sie dazu, irgend etwas zu tun!«

»Das meinst aber auch nur du, Claire!« warf Moira ein. »Winslow, wir stecken alle total in der Scheiße, und du machst es uns mit deiner völlig außergewöhnlichen Interpretation meiner Mutter nicht gerade leichter! Du bist der einzige, der uns da rausholen kann, und das wirst du gefälligst auch tun... Andernfalls werden Freddys Kumpel dich nach New Jersey holen, an einen Pfahl binden und dir die Haut von den Knochen *schälen*! Darauf kannst du Gift nehmen!«

»Moira! Das ist kaum...«

»Halt jetzt gefälligst die Schnauze, Claire! Winnie, du bist jetzt fast fünfzig und es wird Zeit, daß du ein bißchen erwachsen wirst! Du hörst jetzt sofort mit diesem Geplärre auf, wischst deine Augen trocken und ziehst dieses gottverdammte Kleid an! *Auf der Stelle!*«

Diese Strategie hatte alles andere als die beabsichtigte Wirkung. Winslow erhob sich nicht zu seiner vollen Größe und setzte Moira mit vor Würde bebendem Kinn davon in Kenntnis, daß er es *ihr* schon zeigen würde, sondern bekam statt dessen Heulkrämpfe, warf seine Arme um Gilbert und flehte ihn an, ihm noch mal zu versichern, daß, ganz gleich was geschehen mochte, ihm nicht die Haut abgezogen würde. Gilbert beruhigte ihn, wir anderen funkelten Moira wütend an und gaben ihr wortlos zu verstehen, daß wir der Meinung waren, eine solche Taktik solle bei einem Mann, der die Seelenstärke eines Soufflés besaß, nicht mehr angewendet werden.

Claire versicherte Winslow erneut, daß wir bloß prüfen wollten, welche Möglichkeiten uns offenstanden, und daß sein Auftritt nur *eine* davon war. Sie sagte ihm natürlich nicht, daß die Alternativen Auswanderung und Selbstmord waren.

»Diese drei haben mir erzählt, wie umwerfend Sie am Telefon gewesen sind!«

»Und ob er das war!«

»Unglaublich!«

»Ich bin völlig darauf hereingefallen!«

»War ich das? Wirklich?« fragte Winslow und verschmierte sich ein Auge.

»Aber sicher. Waren Sie jemals Schauspieler?«

»Nein.«

»Kommen Sie! Nie?«

»Nur einmal.«

»Am Broadway?«

»In der Grundschule. Ich brachte den Pilgern Getreide.«

»Na, seitdem sind Sie ja wirklich ein ganz schönes Stück weitergekommen! Ihre Darstellung war ein Meisterstück!«

»Überwältigend!«

»Könnt ihr ihn euch nicht schon als Herzogin vorstellen? Mit der richtigen Perücke?«

»Er wäre perfekt! Ein wenig Puder, nachgezogene Augenbrauen und ein schönes, hochgeschlossenes, erbsengrünes Kleid…«

»Eigentlich«, sagte Winslow, »ist meine Farbe Rot.«

Wir brauchten nicht viel Zeit, um zu erkennen, daß Winslow, was die vorgesehene Maskerade betraf, zwischen miteinander im Kampf liegenden Impulsen hin und her gerissen wurde. Auf der einen Seite war seine außergewöhnliche Feigheit. Der bloße Gedanke daran, seine Intelligenz mit der Mafia zu messen, ließ ihn vor Furcht dahinschmelzen. Dagegen stand jedoch sein aufrichtiger Wunsch, eine Herzogin zu sein. Der Erfolg hing davon ab, diese zweite Richtung in den Vordergrund zu bringen.

Moira und Claire scheuchten Gilbert und mich nach draußen, um etwas zum Mittagessen einzukaufen, damit sie damit beginnen konnten, an Winslow zu arbeiten.

»Ihr versteht doch«, sagte er, als wir gingen, »daß ich damit nicht mein Einverständnis gegeben habe, bis zum Ende mitzumachen. Es ist bloß...«

»Ein Experiment.«

»Genau. Nein, Schätzchen, das ist abscheulich! Was ist mit dem beigefarbenen Stück?«

Absichtlich trödelten wir herum, damit Moira und Claire mehr Zeit hatten, die Verwandlung zu bewerkstelligen. Als wir zurückkamen, übertrafen die Ergebnisse unsere optimistischsten Prophezeiungen. Sogar in einem tristen, in unpassend gefälligem Rot gehaltenen Abendkleid verströmte Winslow eine muffige Gelassenheit, die zwar nicht ganz feminin, aber doch ausgesprochen *weiblich* war. Mit seinen dicken Augenbrauen und den behaarten Armen, die deutlich sichtbar waren, sah er eher nach einer maskulinen Frau als nach einem femininen Mann aus. Es lag an seiner Haltung, der Art, auf die er seinen Mund formte und sich bequem in den Sessel sinken ließ. Oftmals, wenn man Transvestiten sieht (jedenfalls, wenn *ich* Transvestiten sehe – Sie mögen ja ein ordentlicheres Leben geführt haben) haben sie irgend etwas *zu* Feminines. Sie neigen alle dazu, Fraulichkeit mit einer übertriebenen Eleganz der Gebärden gleichzusetzen. Die meisten von uns brauchen ja nur an ihre Mütter zu denken, um zu erkennen, daß Fraulichkeit und Eleganz nicht unauflöslich miteinander verbunden sind. Winslow hatte das begriffen.

»Endlich«, schnaufte er königlich. »Ich wunderte mich schon, wo ihr Burschen abgeblieben seid. Beinahe hätte ich Murcheson in den Park geschickt, damit er mit einem spitzen Stock in alle Büsche hineinstößt!«

»Winnie!«

»Mein Gott!«

»Du siehst großartig aus!« sagte Gilbert und küßte seine Wange. »Meine Familie wird dich bewundern!«

»*Immer langsam!*« rief Winslow, sprang hoch und riß sich

die Perücke vom Kopf. »Wer hat denn irgend etwas davon gesagt, daß ich das für deine Familienangehörigen tue? Ich habe mich mit nichts einverstanden erklärt, hörst du? *Mit nichts!*«

»Mr. Potts, Sie haben nichts zu befürchten! Sie sind sehr überzeugend. Wirklich! Sie müssen nur ihr Nervensystem unter Kontrolle bringen!«

»Das kann ich nicht!«

»Natürlich kannst du das!« sagte Moira. »Wofür sind denn Drogen da?«

»Moira«, sagte Claire. »Winslow wird seinen ganzen Scharfsinn brauchen; ich halte es für nicht besonders klug, auf...«

»Claire«, erwiderte Moira matt, »dieser Mann ist Chemiker. Er *weiß*, was er tut.«

Als wir gingen, hatte Winslow sich widerwillig bereiterklärt, die Herzogin zu spielen, allerdings nur unter strengen Auflagen.

Er würde für genau eine Stunde auf der Party erscheinen. Wir würden darauf achten, daß die Party gut besucht war, da das die Zeitspanne verringerte, die er mit jeder einzelnen Person verbrachte. Seine gesamte Konversation ließ sich auf das Bekanntmachen und die Entschuldigungen, nicht mehr Zeit zum Plaudern zu besitzen, eingrenzen. Nach einer Stunde würde Moira ihn daran erinnern, daß die Ärzte strenge Bettruhe verordnet hätten, die Herzogin würde allen eine gute Nacht wünschen und sich zurückziehen. Am nächsten Tag würde sie einen leichten Rückfall erleiden und gezwungen sein, die Wochen bis zur Hochzeit im Bett zu verbringen und sich zu erholen.

Besucher würden in diesem Zeitraum nicht öfter als zweimal zu ihr vorgelassen. Die Herzogin konnte jedem Besuch willkürlich ein Ende setzen, indem sie in einen friedlichen Schlummer fiel. Ihrer Tochter würde es dann überlassen bleiben, die Besucher zu verabschieden.

Die Frage, wo eigentlich der Herzog während dieser Zeit war, blieb noch offen. Wir beschlossen, den alten Burschen nach Afrika zu stecken, wo er sich gerade verzweifelt bemühte, den einzigen Vermögenswert der Familie neben Trebleclef zu verkaufen: eine heruntergewirtschaftete Kaffeeplantage. Wenn er sie ein bißchen aufpolierte, würden ja die mageren paar Pfunde, die sie abwarf, vielleicht helfen, die Ausgaben für die medizinische Betreuung der Herzogin zu decken. Zumindest konnten wir uns mit dem Gedanken trösten, daß, obwohl Freddys gesetzlose Geschäfte ihn an viele Orte führten, wir mit einiger Sicherheit davon ausgehen konnten, daß er in Äquatorial-Guinea keine Spielkasinos betrieb.

Es blieb uns noch nicht einmal mehr eine Woche, um die ausgelassene Party zu organisieren, auf der die Herzogin ihren Auftritt haben würde, und daher hatten wir ganz schön viel zu tun. Einladungen mußten verschickt werden, das Essen wollte geplant und zubereitet sein, die Garderobe und das Make-up mußten ausgewählt werden. Am meisten nahm uns in Anspruch, daß wir uns jeden Tag um Winslow kümmern mußten. Kein Tag verging, ohne daß er anrief und hysterisch verkündete, er habe es sich anders überlegt, könne es unmöglich bis zum Ende durchhalten, sei einfach nicht gut genug. Kein legendärer Star und keine Diva konnten nur halb soviel Verlangen danach verspürt haben, sich Streicheleinheiten zu erschleichen wie Winslow. Dauernd mußte man ihn beruhigen, ihm schmeicheln und versichern, daß seine Interpretation der Herzogin eine dramatische Glanzleistung darstellte, die über die armseligen Bemühungen einer Judith Anderson nur Schande brachte.

Die Herzogin mit der passenden Garderobe auszustaffieren erwies sich als viel weniger schwierig als befürchtet. Als wir im Gelobten Land in einem begehbaren Schrank mit Gloria Conridges Sachen nach passenden Accessoires suchten, entdeckte Moira einen Koffer voller alter Kleider. Gloria hatte selbst als junge Frau ihre Kohlenhydrate in Ehren gehalten, und die meisten Kleider waren sogar für Winslow noch zu groß und mußten von Claire enger gemacht werden. Den Großteil der Woche verbrachte sie mit diesen Näharbeiten. Moira sah sich außerstande, ihr dabei zu helfen; sie hatte immer nach der Devise gelebt, Nähen sei eine sinnlose

Fertigkeit und würde nur von denen gebraucht, die nicht fähig waren, mit Modedesignerinnen Freundschaften zu schließen.

Auch die Schuhe waren glücklicherweise kein Problem. Manchmal werden die Darstellungen weiblicher Personen durch Männer unabhängig von deren dramatischen Fähigkeiten durch die ungeheure Größe ihrer Füße und das unpassende Aufeinandertreffen von malvenfarbigen Pumps und in diese gezwängte Riesenfüße ruiniert. Winnie hatte für einen Mann seiner Größe aber recht kleine Füße und entdeckte zu unserer Freude, daß ihm alle Schuhe von Moira perfekt paßten.

Winslow kaufte sich Modeschmuck und beschwerte sich darüber, daß er von den Enthaarungsmitteln Ausschlag bekam. Er experimentierte mit Perücken herum und entschied sich schließlich für ein recht pompöses, graues Stück, das uns um fast dreihundert Dollar zurückwarf (mein Anteil stammte dabei von dem Geld, von dem ich geschworen hatte, es Aggie wieder zurückzuzahlen).

Wir beschlossen, daß die Herzogin einen Stock als Gehhilfe brauchte – eine Spätfolge des Reitunfalls. Ein passender Stock wurde gekauft, und Winslow übte, damit herumzuhumpeln. Er wurde ein Meister darin, kaum wahrnehmbare Zuckungen zu haben, die auf große, mit stoischem Gleichmut ertragene Schmerzen hindeuteten.

Mitten in diesen Vorbereitungen rief eines Nachmittags Gilbert an und fragte, ob ich ihn nicht vor dem Haus treffen könne. Ich willigte ein, und als ich ankam, stand er dort mit einem jungenhaften Grinsen unter dem Vordach. Er trug rote Fausthandschuhe und hielt einen großen Umschlag aus Manilapapier in der Hand. Er bat mich, mit ihm in den Central Park zu kommen, und wir bummelten Richtung Ramble.

Der Ramble ist eine der hübschesten Ecken des Parks, ein bezauberndes Gewirr aus gewundenen, überwachsenen Pfaden und Sackgassen, die einem eine endlose Folge malerischer Ausblicke bieten. Er gehört auch zu den berüchtigteren Bezirken des Parks und ist insbesondere in den wärmeren Monaten als Ort bekannt, an dem Herren andere

Herren mit ähnlichen Interessen treffen, beispielsweise einer hohen Achtung vor körperlicher Fitneß und einer großen Lust auf die kleinen Dinge im Kino. An diesem Nachmittag hätte der Ort jedoch kaum weniger zur Sinnlichkeit einladen können. Über Nacht hatte es frisch geschneit, die Sonne schien hell, und selbst die wenigen Spaziergänger, die dort ihre Beute suchten und sich über die Schulter nach einem umschauten, hatten etwas Merkwürdiges an sich und erinnerten an Currier und Ives.

Gilbert und ich plauderten über alles mögliche, bis wir an eine recht ruhige, nette kleine Stelle kamen. Er forderte mich auf, mich hinzusetzen und überreichte mir den Umschlag wie ein Junge, der seiner Lehrerin Blumen in die Hand drückt.

»Ich möchte, daß du das liest, Philip.«

»Du hast das *geschrieben?*«

»Ja. Es ist der Anfang meines Romans.«

Ich öffnete den Umschlag und entnahm ihm dreißig vollgetippte Seiten.

»Ich schreibe fast jede Nacht, Philip, sitze bis drei oder vier Uhr morgens an der Schreibmaschine. Manchmal kommt überhaupt nichts dabei heraus. Doch einen Versuch mache ich immer. Ich weiß, du wirst nie Respekt vor mir haben, wenn ich nicht aufhöre, darüber zu reden, ein Schriftsteller zu sein, und tatsächlich mit dem Schreiben anfange.«

Nun, das machte mich wirklich fertig, genau an diesem Ort und in diesem Moment. Der Gedanke, daß Gilberts Liebe für mich so intensiv sein konnte, daß er sogar seine Angst vor der Schriftstellerei überwand, ließ mich von Stolz, Dankbarkeit und Glück berauscht dastehen.

Natürlich wußte ich zu diesem Zeitpunkt nicht, daß er seit Beginn unserer Romanze nur drei Seiten geschrieben hatte und die anderen siebenundzwanzig Seiten aus den vorangegangenen vier Jahren stammten. Dieses winzige Detail gestand er mir erst geraume Zeit später ein. Indem ich Sie jetzt darauf hinweise, will ich nicht andeuten, daß Gilberts Liebesschwur mir gegenüber eine berechnete Lüge war. Das war sie nämlich nicht. Gilberts Leidenschaften sind immer gleichermaßen aufrichtig und flüchtig. Ich bin sicher, für ihn waren die drei Seiten, die er tatsächlich »für mich« geschrieben hatte, eine beachtliche Huldigung. Immerhin stammten sie von einem Menschen, der sich lieber auf einen Kampf mit einem Drachen als auf eine Olivetti einlassen würde. Doch wenn er sie noch mit weiteren siebenundzwanzig vorher geschriebenen Seiten aufstocken konnte, gab es doch eigentlich keinen Grund, das nicht zu tun, oder? Sicherlich keinen, auf den Gilbert je kommen würde.

Doch soweit ich es an jenem Tage wußte, bezeugte jede Seite, jeder Absatz, jedes innerlich buchstabierte Wort eine reine und tief empfundene Liebe, die ich aus Blindheit nicht gesehen und aus Feigheit nicht erwidert hatte. Scham und Freude durchfluteten mich gleichermaßen, als ich Gilbert in die Arme nahm, an mich drückte und leidenschaftlich küßte... wie es sich herausstellte, direkt vor Gunther von Steigle, der aus eigenen Gründen durch diesen Teil des Parks streifte. Er war etwa zehn Meter von uns entfernt und starrte von einer kleinen Anhöhe auf uns herunter. Eine böse Genugtuung stand ihm im Gesicht.

»Ach du je! *Lebt* er im Park?«

»Laß ihn doch starren!«

»Da habe ich nun doch was dagegen.«

»Ich liebe dich, Philip!«

»Ich dich auch, Gilbert. Geh schneller.«

So beunruhigend dieser Vorfall auch gewesen war, wir dachten nicht weiter daran. Wir hatten auch gar keine Zeit dazu. In jener Woche konzentrierten sich unsere ganzen Energien auf die Premiere der Herzogin, und alle anderen Angelegenheiten, selbst unsere blühende Romanze, spielten bei dem komplexen Gefüge physischer und psychologischer Vorbereitungen nur eine untergeordnete Rolle.

Mutter und Tochter saßen stundenlang zusammen und gingen ihre imaginäre gemeinsame Geschichte durch; sie besprachen, wie Mamis erster Ehemann gestorben war, wie sie den Herzog kennengelernt hatte, wann die Hochzeit mit ihm gewesen war, und vor allem die ganzen amüsanten Dinge, die Prinz Charles gesagt hatte, als Moira und Mami auf der königlichen Hochzeit waren.

Als die Eröffnungsvorstellung näherrückte, verstärkte sich der Kampf zwischen Winslows miteinander streitenden Einstellungen zu dieser Farce. Seine Darstellung der Herzogin wurde raffinierter und selbstsicherer und bekam immer mehr Nuancen, obwohl seine Panikanfälle an Häufigkeit zunahmen und schlimmer wurden. Am Vorabend der Party hatten diese schizophrenen Stimmungsumschwünge die anderen von uns bis an die Schwelle eines Nervenzusammenbruchs gebracht. Wir konnten überhaupt nicht mehr einschätzen, ob er alles majestätisch durchstehen oder bei der Ankunft des ersten Gastes in einem Sumpf aus Hysterie zerfließen würde.

Der Montag, an dem die Party stattfand, dämmerte kalt und grau heran. Ich verbrachte den Tag im Gelobten Land mit Däumchendrehen, während Claire Winslow in seinem Apartment in die Pflicht nahm.

Der Angriffsplan sah vor, daß Claire und die Herzogin eine Stunde zu spät kommen sollten. Sie würden sagen, sie hätten den Tag mit der Besichtigung von Sehenswürdigkeiten verbracht, und als sie gerade den Heimweg antreten wollten, haben Ihrer Gnaden eine gute, alte Freundin getroffen und darüber ganz die Zeit vergessen. Auf diese Weise würden sich bereits etliche Leute auf der Party befinden, und Winnie würde es erspart bleiben, endlos mit einzelnen Frühankömmlingen plaudern zu müssen.

Eine halbe Stunde vor der Party rief Claire an.

»Hört zu, die Sache hier ist äußerst kritisch!«

»Ich wußte es! Was ist es diesmal?«

»Er hat sich unter die Bettdecken verkrochen, umklammert eine Stoffgiraffe und weigert sich, irgendeinen Schritt zu machen. Er will nicht hin. Nicht einmal anziehen will er sich!«

Das Telefon war auf Mithören geschaltet, und Moira sagte: »Na, dann BRING ihn dazu, daß er sich anzieht.«

»Moira, ich bin seit einer Stunde dabei, ihn dazu zu bringen, und er hat nicht einmal eine künstliche Wimper an!«

»*Dilettanten!*« zischte Moira. »Paß auf, laß ihn bloß nicht weg. Ich bin sofort da.«

Moira ging, zwanzig Minuten später kam Claire zurück. Als wir einige Minuten danach alle in äußerster Anspannung in der Küche hin und her wanderten, kamen allmählich die Gäste. Als erstes standen Maddie und Tony vor der Tür, dann kamen Marlowe Heppenstall mit Frau, Nancy (›Marie Curie‹) Malone mit Freund, Aggie, Lunch und Sammy, Holly Batterman und ein Mann mit roten Haaren, Ugo und Betty Sartucci, Tonys Schwester Marie, Jimmy Loftus mit Freundin, Chick und seine Frau Rosa, Pater Eddie Fabrizio, Schwester Deena Sartucci, die liebe Kusine Steffie und ihr Mann, ferner jede Menge Sartuccis, Fabrizios und Cellinis, weitere Freunde von Gilbert und Moira, Freddy Bombelli und der unablässig wachende Serge.

Wir begrüßten uns mit frostigem Lächeln, dann rannte ich in Gilberts Schlafzimmer und rief bei Winslow an, um einen Zwischenbericht einzuholen.

»ICH BIN DABEI!« brüllte Moira, ohne zu fragen, wer am Apparat war und legte wieder auf. Danach kam bei allen Anrufen nur noch das Besetztzeichen.

Gilbert, Claire und ich reichten Essen herum, bereiteten Getränke zu, gossen Champagner ein und erwehrten uns mit einer über unsere Panik hinwegtäuschenden, fröhlichen Unbekümmertheit aller Fragen bezüglich des Zeitpunkts, an dem die Ehrengäste ankommen würden.

Um halb zehn wurden die Fragen über die Ankunft der Herzogin so häufig, die Ungewißheit so unerträglich, daß ich das Gefühl hatte, ich würde jede Minute aus der Wohnung stürmen, meinen Namen ändern und lernen, wie man Ackerbau betreibt. Dann, kurz nach zehn, kamen Moira und die Herzogin.

22

Aggie und Maddie standen der Tür am nächsten, als ich sie auf das Klingeln hin öffnete, obwohl es nicht lange dauerte, bis Claire, Gilbert und Holly Batterman angestürmt kamen, um einen ersten Blick auf Durchlaucht zu werfen. Moira stand in ihrem Trenchcoat in der Tür und lächelte freundlich. Neben ihr stand die Herzogin und strahlte in ihrem Nerz. Darunter trug sie ein scharlachrotes Abendkleid, das Claire ein kleines bißchen zu eng gemacht hatte, um noch bequem zu sein. Ein dazu passender kleiner, runder Damenhut vervollständigte das Ensemble. Die Herzogin rauchte eine Dunhill mit Zigarettenspitze und triefte vor Juwelen, größtenteils Modeschmuck, obwohl Freddys Brosche richtigen Wert hatte. Vom Stock, ganz zu schweigen von der Gebrechlichkeit, die ihn erforderlich machte, war nicht die Spur zu sehen.

»Gilbert, mein *Schatz*! Kannst du mir je verzeihen? Eine Stunde Verspätung zu meiner eigenen Party! *Fürchterlich* unzivilisiert, ich weiß, aber Moira und ich waren gerade aus dem Eichenraum herausgekommen, da traf ich doch glatt Mrs. Everett Carlyle Pemberton! Seit Pittsburgh habe ich die nicht mehr gesehen! Damals hieß sie noch Sophie Bukowski. Sie ist ein fürchterlicher Snob geworden. Hört einfach nicht *auf* zu reden!«

»Überaus langweilig!« lächelte Moira.

»Sie gibt nicht einfach irgendwelche Kommentare ab, sondern *zieht* sie aus sich heraus wie eine Pasta-Maschine. Eine Stunde lang hat sie sich über ihren neuen Mann ausgelassen, bevor sie nur daran dachte, mich zu fragen, ob *ich* denn auch einen hätte. ›Oh, wie schön für dich, Gwen!‹ sagte sie dann ziemlich herablassend. ›Und was *macht* er?‹ Ich erzählte es ihr. *Überaus* befriedigend. Gilbert, sei ein Lamm, und nimm mit meinen Mantel ab. Moira, mein Schatz, Mom möchte Champagner!«

»Gleich, Mom. Zuerst möchte ich, daß du Gilberts Mutter kennenlernst. Maddie, meine Mutter!«

Maddie nahm Winslows kleine, dicke Hand und bewegte sie energisch auf und ab.

»Freut mich, Sie kennenzulernen, Euer – o je, was ist es jetzt, Hoheit oder Gnaden oder was?«

»Aber bitte! Sie müssen mich Gwen nennen. Ich kann es nicht ausstehen, Euer Gnaden genannt zu werden, außer von jemandem, den ich nicht mag. Dann genieße ich es eher.«

»Und das ist Maddies Kusine, Aggie. Ihr gehört das Restaurant, in dem Gilbert die Gäste empfängt.«

»*Wirklich?* Ich weiß ja nicht, was er da verdient, aber bei der Art und Weise, wie meine Tochter Geld ausgibt, kann es nie genug sein!«

»*Hah!*«

»Mom!«

»Moira, sagte ich nicht etwas von Champagner? Ich bin nicht ganz sicher – es ist schon *so lange* her.«

»Ich hol ihn schon, Mom. Doch jetzt benimmst du dich!«

Gilbert und ich folgten Moira bis zur Bar und flüsterten ihr mit einem angespannten Lächeln zu.

»Was zum Teufel ist mit dem Stock passiert?«

»Sie wollte ihn nicht. Sie sagte, es ginge ihr zu gut.«

»Offensichtlich. Was hat sie denn schon intus?«

»Nicht viel! Eine Flasche Wein, ein paar Prisen Koks.«

»Das ist alles?«

Moira stieß einen tiefen Seufzer aus.

»Na ja, und das allerkleinste bißchen Ecstasy. Bitte, glotzt mich nicht so an. Es hat ihre Stimmung enorm verbessert. Vertraut mir, mit ihr geht schon alles in Ordnung!«

»Mr. *Bombelli*!« kreischte Winnie von der anderen Seite des Raumes los. »Ich wußte, daß Sie das sein mußten, Sie lieber, *großzügiger* Mensch! Wie schön, Sie endlich zu treffen! Kommen Sie, setzen Sie sich neben mich und verdrehen Sie mir den Kopf!«

Von da an war alles offen, alle Grundregeln verloren ihre Gültigkeit. Unser Schicksal lag jetzt in Winslows Händen, und er spielte damit so ausgelassen und leichtsinnig herum wie ein Kleinkind, das mit einem Revolver herumfuchtelt. Die ganzen Geschichten, die sich Moira mit so großer Sorgfalt ausgedacht hatte, wurden entweder verworfen oder bis zur Unkenntlichkeit ausgeschmückt.

Eine ganze Reihe dieser Ausschmückungen waren speziell so gestaltet, daß ein absurdes und wenig schmeichelhaftes Licht auf Moira fiel. Ich nehme an, Winnie suchte nach Rache für die ganzen Lügen und Drohungen von Moira. Was immer auch der Grund war, nur selten ließ er eine Gelegenheit aus, Moira als dummes, eitles und ganz und gar unfähiges Mädchen hinzustellen, für das Mami aber trotz ihrer unzähligen Unzulänglichkeiten schwärmte.

Die anderen von uns hätten sich vielleicht über Moiras wohlverdiente Strafe viel mehr amüsiert, wenn da nicht die Angst gewesen wäre, die uns jedes Mal packte, sobald Mami ihren Mund aufmachte. Es gab einfach keine Möglichkeit, zu erraten, was sie als nächstes sagen würde.

»Also«, begann Maddie, als sie sich auf das Sofa mit der Herzogin in eine Gruppe setzte, zu der Tony, ich selbst, Claire, Holly, Aggie, Moira und Freddy gehörten, »Sie müssen entschuldigen, daß ich so direkt werde und Sie einfach frage, aber ich denke, irgend jemand muß es ja tun, nicht wahr? Wie fühlt man sich denn so als richtige Herzogin?«

»Maddie, mein Schatz, ich würde Ihnen das Blaue vom Himmel herunterlügen, wenn ich Ihnen gegenüber nicht zugeben würde, daß es der größte Spaß ist, den eine Frau in meinem Alter mit offenen Augen haben kann. Man gibt ein wenig auf Wohltätigkeitsbasaren an, schneidet zeremonielle Bänder durch und läßt die Leute alle für nichts und wieder nichts um einen herumscharwenzeln! Ich nehme an, eine besser veranlagte Person würde die endlosen Schmeicheleien der die gesellschaftliche Stufenleiter emporklimmenden Rotznasen verabscheuen, aber Gott sei Dank hat mich der Herr nicht besser gemacht, als ich bin, und *es geht mir runter wie Öl*!«

»*Hah!* Sie sind mein Typ von Herzogin, Gwen«, sagte Aggie.

»Nun, danke, Aggie, Liebes! Wie süß von Ihnen, das zu sagen. Gilbert! Komm, setz dich neben deine Schwiegermutter! Ist er nicht einfach entzückend! Ich war so erleichtert, zu sehen, daß Moira schließlich jemanden mit einer *guten Kinderstube* gefunden hat. Sie hätten die Typen sehen sollen, die meine Tochter in Pittsburgh immer angeschleppt hat. Hast du je noch einmal etwas von diesem Motorradfahrer gehört, mit dem du ein Jahr unterwegs warst, mein Kind?«

»Nein, Mom«, sagte Moira mit zusammengebissenen Zähnen.

»Gott sei Dank! Dieses Scheusal!« gackerte die Herzogin zu Maddie hin. »Selbst der anspruchsloseste Leichenfledderer hätte sich ihn einmal angeschaut, den Sargdeckel zugeschlagen und das Loch wieder zugeschaufelt!«

»Mom, du bist schrecklich! Oh! Schau mal auf die Uhr! Erinner dich daran, daß der Arzt sagte, du solltest um elf ins Bett gehen.«

»Um elf?« stöhnte Maddie auf. »Ach, komm, Süße. Das ist viel zu früh!«

Die anderen waren sich schnell darüber einig, daß die Herzogin der Star des Abends war.

»Aber sie wird so leicht müde. Wir wollen doch jetzt keinen Rückfall, oder, Mom?«

»Nein, mein Kind, was *wir* wollen, ist noch ein Glas Champagner. *Wir* haben uns in *unserem* ganzen Leben noch nicht besser gefühlt!«

»*Hah!*«

»Aber Mom...«

»Ich denke, ich bin alt genug, um selbst über den Zeitpunkt zu bestimmen, an dem ich ins Bett gehe. Außerdem habe ich den Arzt erst Stunden vor meinem Abflug getroffen, und er sagte, ich sei kerngesund!«

»Wie wundervoll!« keuchte Freddy.

»Ja. Er sagte, es sei die erstaunlich schnellste Erholung von einem Reitunfall, die er je gesehen hat!«

»Das kann man wohl sagen!« stimmte Maddie zu. »Man würde nie darauf kommen, daß Sie sich Ihre Lippe abgebissen haben!«

»Prima Arbeit, nicht wahr? Vielleicht wird man in einer medizinischen Fachzeitschrift lobend über mich schreiben. Also«, sagte sie und richtete ihre Aufmerksamkeit auf Freddy, »Sie faszinierender Mensch! Über Sie hört man ja die *seltsamsten* Dinge!«

»*Wer möchte Champagner?*« fragte ich.

»Moira sagt, Sie hätten sie vor einem nur aus Bonbonessen bestehenden Leben bewahrt, indem sie ihr tatsächlich einen Job gegeben haben. Überaus mutig von Ihnen!«

»Aber, Euer Gnaden...«

»Gwen!«

»Gwen – sie ist ein reizendes Mädchen! Eine solche Wärme und soviel gute Laune!« Wie üblich fuhr er fort, seine Wertschätzung für Moira und ihr Geschick als Interpretin großer Literatur zum Ausdruck zu bringen.

»Sie kann *Theater spielen?*« fragte die Herzogin mit offensichtlichem Erstaunen. »Nun, wenn das der Fall ist, dann hat sie sicherlich ein gutes Stück dazugelernt. Das einzige Mal, wo *ich* Moira habe schauspielern sehen, war in der High School. Sie spielte in *Peter Pan* die Wendy. Vergaß ihren ganzen Text und hat dort *auf der Bühne* in die Hose gemacht! Ruinierte die ganze...«

»*Mutterrr!*«

»Auf der *Bühne?*« fragte Holly.

»Gwen, meine Liebe, mögen Sie polynesisches Essen?«

»Nur, wenn es auch polynesische Drinks dazu gibt.«

»Darauf können Sie sich verlassen! Was halten Sie davon, wenn ich Sie diesen Dienstag zum Mittagessen ins Trader Vic's ausführe?«

»Es wäre mir eine Freude! Wir müssen uns noch über *so* viele Dinge unterhalten!«

Es dauerte zwanzig Minuten, bis Claire, Gilbert, Moira und ich es schafften, uns für eine Krisensitzung in die Küche zu schleichen. Maddie und Winslow erörterten gerade die Kindheit von Gilbert und Moira und debattierten darüber, wer von beiden die schwierigere Geburt gehabt hatte. Zu diesem Zeitpunkt hatte die Herzogin Einladungen ins Paradiso, zu einem Abendessen in der Casa Cellini und zu Hollys Valentinstags-Fete angenommen.

»Herr im Himmel, Moira«, zischte Claire, als sie ein Tablett mit in Schinken gewickelten Artischockenherzen vom Herd nahm, »was hast du dem Mann nur *gegeben?*«

»Es heißt Ecstasy, Claire! Nur ein harmloses Euphorikum!«

»Als harmlos würde ich es wohl kaum bezeichnen. Der ist ja völlig außer Rand und Band. Gibt es nicht für Euphorie irgendein Gegenmittel?«

»Nur dich, Claire«, erwiderte Moira, als sie mit einer Schüssel Dip davonstakste.

Wir übrigen berieten uns und beschlossen, daß wir zumindest die Aufmerksamkeit von der Herzogin ablenken konnten, wenn es uns schon nicht möglich war, Mami Einhalt zu gebieten. Wir würden Nancy Malone bitten, etwas zu singen. Nancy hatte eine wunderbare Stimme, und die ihr entgegengebrachte Bewunderung würde verhindern, daß die Herzogin noch länger im Rampenlicht stand. Diese Zeit konnten wir dazu nutzen, unsere nächsten Ablenkungsmanöver zu ersinnen.

Die Dinge liefen jedoch nicht ganz nach Plan. Nancy war nach ein bißchen gutem Zureden zwar damit einverstanden, ein paar Nummern zu singen, aber bevor Claire sie fragte, welche Standardmelodien von beispielsweise Porter oder Gershwin sie kannte, hatte sich Marlowe an die Tasten gesetzt, und die Eröffnungsakkorde einer fürchterlichen Ballade aus ›*Heureka, Baby!*‹ mit dem Titel ›Warum bin ich nur ich?‹ angeschlagen. Nancy hatte keine andere Wahl, als mutig ihre Rolle als Marie wieder wachzurufen, und als sie bei den Zeilen ankam…

Warum dieser Drang, zu erforschen
Was keine Frau je gesehen?
Was in uns kann das Stethoskop nicht erhorchen?
Warum kümmert mich das denn?
Ach, Pierre,
Warum bin ich nur ich?

… war das Interesse beträchtlich schwächer geworden.

Das Interesse wurde jedoch wieder deutlich lebhafter, denn kaum hatte Nancy bei höflichem Applaus die Ballade beendet, da stolzierte die Herzogin zu den Tasten hinüber und sagte: »Mein lieber Junge, Sie spielen ja wie ein Engel! Kennen Sie ›To Keep My Love Alive‹?«

Marlowe kannte es, und er begleitete die Herzogin mit einer taktmäßig fehlerlosen Darstellung des Klassikers von Rodgers und Hart.

Es wurde begeistert aufgenommen. Rufe nach Zugabe erfüllten den Raum. Die Herzogin verbeugte sich würdevoll und erfreute ihr Publikum noch mit einigen anderen ausgewählten Stücken. Sie beendete die Folge mit ›My Blue Heaven‹, und nachdem sie einmal bis zum Ende gesungen hatte, forderte sie Gilbert und Moira auf, sie bei einer Reprise zu unterstützen. Die beiden versuchten, sich herauszuwinden, aber die feuchtfröhliche Menge wollte davon nichts wissen, und so gesellten sie sich vor dem winzigen Flügel zu ihr. Die Gesichter in gräßlicher Heiterkeit erstarrt, holperten sie mißtönend durch diese Hymne an die junge Liebe und an die Freuden der Ehe.

Die Herzogin stand zwischen ihnen, hatte jedem einen Arm um die Schulter gelegt, und sang ausgelassene Melodien. Dabei trieb und zog sie die beiden wie ein paar geistesgestörte, puppenähnliche Transvestiten durch eine in aller Eile improvisierte Choreographie.

Die Menge verschlang es, nicht nur die Herzogin, sondern auch Gilbert und Moira. Hatte je eine junge Liebe einen so impulsiven, entzückenden und sorglosen Anschein erweckt? Sogar Holly, der in letzter Zeit Moira nicht mehr sehr zugetan gewesen war, meinte, die beiden hätten doch wirklich ein bewundernswertes Bild abgegeben.

»Ihr müßt Geoff ein paar Fotos machen lassen!«

»Geoff?« fragte ich.

»Da drüben«, sagte er und zeigte auf einen hübschen Rotschopf. »Ich habe ihn vor ein paar Tagen auf einer Dinner-Party getroffen. Ein wunderbarer Fotograf. Ist er nicht zum Anbeißen?«

Ich gab ihm eine höfliche Antwort und erkundigte mich, ob ich den Eindruck machte, ich nehme die Sache ernst.

»Nun, bis jetzt ist ja nichts passiert – er ist einer von diesen altmodischen Typen. Na, du weißt schon! Er steht darauf, daß man ihn *umwirbt.*«

Geoff schlenderte herüber, und Holly stellte mich als Gilberts Mann für alles vor. Dann hüpfte er davon, um der Herzogin zu gratulieren, und ließ Geoff und mich allein. Wir plauderten ein bißchen über Fotografie. Die ganze Zeit lächelte er mich kokett an, und ich fragte mich, warum es nur so ist, daß es überhaupt nicht klappt, solange du einsam und geil in der Ecke stehst, aber die ganze Welt sich einen Weg auf deinen Futon bahnt, kaum daß du dich an jemanden gebunden hast. Schließlich fragte Geoff mich, ob ich mit ihm nicht mal dinieren wolle, und ich sagte, beziehungsweise stammelte, ich sei nicht frei.

»Netter Kerl?«

»Ja.«

»Gut. Du hat ihn verdient.«

Ich entschuldigte mich und suchte Gilbert, um mit ihm darüber unsere weitere Vorgehensweise zu diskutieren. Ich fand ihn in der Küche, wo er Mami gerade die Hölle heiß machte.

»Mein Gott, Winnie, hörst du wohl mit diesem Scheiß auf!«

»Gilbert, ich wäre dir dankbar, wenn du...«

»*Halt endlich deine Schnauze,* du verrückte Tunte«, flüsterte Gilbert. »Was denkst du dir eigentlich dabei? Verabredest dich zum Mittagessen, zum Abendessen und...«

»Mein gesellschaftliches Leben ist meine Sache, du unverschämter Bengel!«

»Paß auf, du Trottel!« sagte ich. »Das Zeug, das du geschluckt hast, hat in einer oder zwei Stunden keine Wirkung mehr. Morgen wirst du mit einem vollen Terminkalender und einem fürchterlichen Kater aufwachen! Begreifst du jetzt, was du zu tun hast?«

»Kleider kaufen«, meinte Winnie, und stolzierte majestätisch aus dem Zimmer.

In diesem Stil ging das den Rest dieses verfluchten Abends weiter. Die Herzogin hielt Hof wie die vornehmste Dame, und nicht einer der Anwesenden entging ihrem Charme oder war nicht zumindest von der Art fasziniert, auf die alle möglichen sich widersprechenden Charaktereigenschaften in ihr aufeinanderprallten. Sie war geziert, und doch auch auf amüsante Weise vulgär; damenhaft, aber auch derb; zog sich selbst durch den Kakao; war gebieterisch, um ihr Ansehen besorgt, eitel, giftig und gütig, alles auf einmal. Wir gaben alle Bemühungen auf, ihr die Schau zu stehlen, und hatten das Gefühl, daß solche Versuche sie nur zu neuen Höhen der Extravaganz anstacheln würde.

Gegen halb zwölf war die Party auf die Hälfte ihrer ursprünglichen Größe zusammengeschrumpft. Die Herzogin fesselte immer noch eine kleine Gruppe von uns mit den Einzelheiten ihres Reitunfalls. Freddy und Serge hörten zu, Tony und Maddie, Moira, Claire, Gilbert, Holly, Geoff, Chick und Rose.

»Ich werde nie vergessen, wie ich mich gefühlt habe, als ich den Hals dieses verdammten Pferdes umklammert hielt, das wie ein wahnsinnig gewordenes Untier über den Jahrmarkt stürmte, dabei die Auslagen umriß und dieses Kind zu Tode trampelte! ›Haltet sie auf!‹ schrie ich meinem Mann zu, aber Nigel ist in kritischen Momenten nie besonders gut zu gebrauchen. Er bricht dann völlig zusammen. Genau wie Moira. Am Ende wurde ich in einen Graben geschleudert! Ich erinnere mich noch daran, wie ich dalag und dachte: ›O je, ich werde nie wieder tanzen können!‹ Dabei liebe ich es zu tanzen. Wir müssen sehr bald mal alle tanzen gehen!«

»Wie wär's denn mit jetzt?« fragte Maddie.

»Jetzt!« sagte Gilbert.

»Was du heute kannst besorgen... Der Gardenia Club hat bis zwei Uhr geöffnet! Na, was sagen Sie denn dazu, Gwen?«

»Was für eine einfach hervorragende Idee! Wir gehen alle tanzen! Auf meine Rechnung!«

»Aber Mom!« begehrte Moira auf, aber ihre schwachen Einwände – sie sagte etwas von »Knochen flicken« – wurden von Mom zum Verstummen gebracht. Die Herzogin erhob sich und machte unter begeistertem, allseitigem Applaus ein paar kraftstrotzende Tanzschritte.

Tony, Chick und alle anderen waren sich darin einig: Zur Krönung des Abends zu tanzen klang nach einer wunderbaren Idee.

»Aber bitte, werte Dame«, protestierte Freddy, »lassen Sie *mich* heute abend Ihr Gastgeber sein. Sie sind *unser* Gast!«

»Sie guter, großzügiger Mensch! Aber natürlich können

Sie zahlen! Eigentlich habe ich mich sogar etwas darauf verlassen.«

»Mom«, sagte Moira, »wir haben noch Gäste, und sie sind nicht alle richtig für den Gardenia Club angezogen. Warum überredest du nicht Gilbert, und ich bleibe hier und...«

»Nein, Liebling, ich bin froh, hierzubleiben. Bin ganz groggy. Geh nur! Viel Spaß!« meinte Gilbert.

»Sind sie nicht süß?«

Claire und ich entschuldigten uns ebenfalls mit der Behauptung, schon früh am Morgen Termine zu haben. Es dauerte nur wenige Augenblicke, dann zog die kleine Gruppe vor Freude auf die ihnen bevorstehenden tänzerischen Genüsse laut kichernd davon. Claire teilte uns erschöpft mit, sie würde morgen als erstes bei uns anrufen, um den Schadensbericht einzuholen, und schwankte heimwärts.

So waren noch ich und Gilbert, Holly, Marlowe und Gemahlin, Nancy mit Partner, Ugo und Betty, und noch drei oder vier Kumpel von Gilbert und Moira da. Holly war eingeschnappt, weil im ganzen Aufruhr des Aufbruchs sein Geoff sich, ohne ihm Auf Wiedersehen zu sagen, heimlich davongeschlichen hatte, und das war ein sicheres Indiz dafür, daß die Aussichten auf ein Liebesabenteuer düster waren. Wir trösteten ihn und behaupteten, Geoff sei ein Langweiler und obendrein ein Flittchen.

Gilbert und ich tauschten uns kurz in der Küche aus und entschieden, daß es keinen Sinn hatte, auf Mami zu warten oder herumzusitzen und sich darüber Sorgen zu machen, welche neuen Schrecken Winslows Auftritt in die Welt setzen würde. Morgen würde früh genug sein, um die Trümmer zu sortieren. Heute abend würden wir sie aus unseren Köpfen verbannen, uns sinnlos besaufen, und die Gesellschaft von Freunden sowie die Abwesenheit von Moira genießen.

Die nächste Stunde über machten wir Ratespiele. Ugo Sartucci, der sich erstaunlich schlecht dafür ausgerüstet sah, eine pantomimische Darstellung vom *Aufstieg und Fall Mahagonnys* zu bringen, zog einen dicken Joint aus der Tasche, und hatte das Gefühl, daß ihm der ein gutes Stück dabei helfen würde, diese schlechten Bedingungen wieder wettzumachen.

Marihuana ist normalerweise nichts für mich; es läßt mich Witze vergessen und ganze Hühner essen, ohne daß ich mich dabei groß darum kümmere, mich hinzusetzen oder die Kühlschranktür zu schließen. Doch in jener besonderen Nacht wollte ich soviel vergessen wie nur möglich, und so rauchte ich meinen Teil vom Joint, der, wie Ugo uns versicherte, von einer Qualität war, die nur Leuten mit den besten Verbindungen zur Verfügung stand. Kurz darauf löste sich die Party auf. Meiner Vermutung nach beruhte das auf der Tatsache, daß plötzlich keiner der Anwesenden mehr fähig war, sich irgendwelche Konsonanten ins Gedächtnis zurückzurufen.

Gilbert und ich winkten unseren Gästen zum Abschied zu und stolperten ins Bett.

Gras wird natürlich auch wegen seiner mächtigen, anregenden Wirkung auf den Geschlechtstrieb gerühmt, und Gilbert und ich waren keineswegs immun gegen diese Nebenwirkung. Wir hatten kaum die Lichter ausgemacht, da fielen wir übereinander her, rissen auf eine Weise an Kleidungsstücken herum, die nicht nur die moralische Mehrheit, sondern am nächsten Tag auch uns mit Sorge erfüllen würde, denn wir können beide keine Knöpfe annähen. Unser Vergnügen war jedoch nur von kurzer Dauer, denn fünf Minuten, nachdem wir angefangen hatten, wurde unser kleines Liebesfest unterbrochen. Von einem Blitzlicht.

Geoff, der überhaupt nicht gegangen war, platzte aus Gilberts Wandschrank heraus, schaltete, nachdem er uns mit seinem ersten Blitzlicht geblendet hatte, das Oberlicht an, und fing an, loszuknipsen, wobei er mindestens eine erkennbare Aufnahme von uns machte, bevor wir uns aus einer dieser Stellungen befreien konnten, die nicht besonders kompliziert erscheinen, solange man nicht versucht, in aller Eile aus ihr herauszukommen. Bis wir aus dem Bett gesprungen waren, war Geoff schon aus dem Zimmer gerast und hatte die Tür hinter sich verschlossen.

Wir verfolgten ihn bis zur Wohnungstür, weiter konnten wir uns bei aller Bescheidenheit nicht vorwagen. Er beschloß, nicht auf den Fahrstuhl zu warten, sondern die Treppe zu nehmen. Als er das Treppenhaus betrat, drehte er sich um und warf uns ein triumphierendes, höhnisches Grinsen zu, und in diesem gräßlichen Moment wußte ich, wo ich ihn schon einmal gesehen hatte.

Ich hatte ihn deswegen nicht vorher erkannt, weil sein Gesicht das letzte Mal, als ich ihn gesehen hatte, verborgen gewesen war. Doch jetzt gab es keinen Zweifel daran, daß dasselbe Gesicht hinter einem Bart neben Gunther von Steigles Kopf geschwebt hatte, als dieser seine letzte aus dem Laden stürzende Kundin inständig anflehte, nicht die bösen Lügen der kahlköpfigen Frau zu glauben, die in seinen Friseursalon gestürmt war.

»Gilbert«, sagte ich, als ich die Tür schloß. »Weiß du, wer das *war?*«

»Nein«, erwiderte Gilbert. Er war so schwer angetörnt, das er sowieso nichts mehr begriff.

»Er arbeitet bei Gunther!«

»Oh!« gab Gilbert von sich, rutschte an der Wand herunter und plumpste mit seinem nackten Arsch auf den Dielenboden.

»Erinner mich kurz daran: Wer is' Gunsser?«

23

Eine fröhliche Gruppe war es nicht, die sich am nächsten Morgen im Gelobten Land versammelte. Gilbert, Claire, Winslow, Moira und ich standen mitten im von der Party zurückgelassenen Schlachtfeld, das wie eine malerische Szene aus ›*Guernica*‹ aussah.

»Ihr wahnsinnigen Schwuchteln!« schluchzte Moira. »Das werdet ihr mir bezahlen, hört ihr! Für alles Leid, das ihr mir angetan habt, bezahlt ihr mir!«

»Moira«, sagte Claire, »zunächst einmal hast du uns da alle hineingeritten, und zum anderen bist du nicht länger in einer Position, in der du irgend jemanden bedrohen kannst. Solange du nichts Konstruktives zu sagen hast, halt also bitte deinen gehässigen Mund.«

»Fett bist du, Claire«, brüllte Moira. »Fett bist du, und Scheiß-Musik schreibst du, und keiner mag dich!«

Unser Gespräch setzte sich noch eine ganze Weile auf dieser erhabenen Ebene fort, und jeder verletzte den anderen, so gut er konnte. Das heißt, jeder außer Winslow. Der saß mit dem Kopf auf dem Eßtisch da und litt, wie nur ein Mensch mit einem durch Ecstasy, Koks und Sekt hervorgerufenen Kater leiden kann, der über zwei Monate voller geselliger Verabredungen mit der Mafia nachdenkt, denen er alle in Verkleidung nachkommen muß.

»Winnie«, sagte Claire, »du mußt dich nicht so aufregen. Du kannst immer auch aus diesen Verabredungen wieder herauskommen. Wir können ja sagen, du seist krank, hättest einen Rückfall erlitten.«

»Neeeeeiiiin! Neeeiiiiihiihiihiihiin!« erwiderte er.

»Nein«, meinte Moira, »wir können *nicht* sagen, daß er krank ist! *Das* immerhin hat er gut hingekriegt!«

»Wie? Was ist denn passiert?«

Moira erklärte gereizt, daß Freddy, der sich durch ihre dauernde Anspielungen auf Mamis zerbrechlichen Gesundheitszustand Sorgen machte, die Herzogin gefragt hatte, ob sie in diesem Land auch über einen guten Arzt verfügte. Nein, hatte sie geantwortet, woraufhin Freddy ihr eifrig die Dienste seines eigenen Teams aus erfahrenen Wiederbelebern angeboten hatte, die die Herzogin auch dankend annahm. Jeder Rückfall würde diese noblen Heiler zum Kommen bewegen, woraufhin sie mit einer erstaunlichen Diagnose zu Freddy zurückkehren würden.

»Das war ja sehr intelligent!« schnappte Gilbert.

»*Intelligent!*« schrie Moira. »Das Wort *INTELLIGENT* will ich von keinem von euch hören, ihr dämlichen, sexbesessenen Spinner!«

»Ach, verpiss dich, Moira! Dieser Kriecher war die ganze Nacht über hier, und du hast genausowenig gemerkt, was er vorhatte, wie wir!«

»Ich verstehe nur nicht«, sagte Claire, »wie er genug wußte, um auch nur zu *versuchen*, euch in flagranti zu erwischen. Ich meine, selbst *wir* wußten nicht, daß ihr beide euch eine Affäre leistet. Wie also kam er darauf?«

Ich lief in einem hübschen Zinnoberrot an und erzählte ihnen von dem Tag im Ramble, als ich außer mir vor Freude über Gilberts Rückkehr zur Literatur Gilbert direkt vor Gunthers Augen geküßt hatte.

Claire und Moira starrten uns mit ungläubigem Entsetzen an.

»Und das habt ihr uns nicht *gesagt*!«

»Damals erschien es uns nicht so wichtig. Wir mußten die Sache mit der Herzogin vorbereiten, und danach habe ich überhaupt nicht mehr daran gedacht.«

»Herrgott! Konntet ihr beide euch denn nicht bis nach der Hochzeit beherrschen?«

»Claire«, erwiderte ich ungehalten, »ich bin mir sicher, daß du fürchterlich weit über solchen Dingen stehst, aber ich muß das tun, was mir mein Herz befiehlt.«

»Das ›Herz‹ scheint ja hier wohl kaum das fragliche Organ zu sein. Ihr beiden Idioten habt ganze zehn Jahre gehabt, um euch zu finden. Warum ihr euch das dann so lange aufsparen mußtet, bis Gilbert Freddy, dem Köter, versprach, nie mit einem Mann zu schlafen, ist mehr, als ich auch nur in Ansätzen begreifen kann!«

»Bitte, werd nicht wütend, Claire!«

»*Wütend?* Ich bin fuchsteufelswild! Genauer, *verdammt* fuchsteufelswild! Ich habe nicht übel Lust, auf der Stelle hier hinauszugehen und nie mehr mit irgendeinem von euch zu sprechen!«

In meinem ganzen Leben hatte ich Claire noch nie »verdammt« sagen hören, daher war ich äußerst erleichtert, als das Telefon klingelte, bevor sie ihre Drohung, uns zu verlassen, wahrmachen konnte. Die Erleichterung war allerdings nur von kurzer Dauer.

»Hallo?« sagte Gilbert und schaltete den Lautsprecher an.

Die finstere Stimme Gunther von Steigles erfüllte den Raum.

»Mr. Selwyn?«

»Gunther! Ich hatte gehofft, etwas von dir zu hören, du... Halunke!« ergänzte Gilbert in einem miserablen Versuch, der ganzen Sache etwas von ihrer Schwere zu nehmen.

»Ich wollte Ihnen und Mr. Cavanaugh dafür danken, daß Sie sich von Geoffrey haben fotografieren lassen. Ich habe gerade die Ergebnisse vor mir liegen.«

»Ach, ja?«

»Ja. Sie sind äußerst fotogen!«

»Hahaha! Eins muß ich dir ja lassen, da hast du uns ja einen ganz schönen Streich gespielt! Ich meine, du hast wirklich Stil, Gunther! Nein, da gibt es noch ein besseres Wort: Pep! Ja, Gunther, du hast Pep!«

»Sie hielten es für einen guten Witz?«

»Den allerbesten!«

»Dann warten Sie ab, Mr. Selwyn. Er wird noch besser.«

Klick.

Moira bekam einen ausgedehnten Wutanfall. Wenn dieser Beweis für unsere Affäre Freddy erreichen sollte und ihn zwang, die Hochzeit abzublasen, versicherte sie uns, würde sie Freddy höchstpersönlich darum bitten, zwei taube Killer zu schicken, damit wir uns nicht aus irgendetwas herausreden konnten. Wir übrigen erklärten, die Gefahr, daß das passieren würde, sei nicht sonderlich groß; Gunther kannte Freddy ja nicht einmal, viel weniger wußte er über die Einzelheiten des Gesprächs Bescheid, das Freddy mit Gilbert über die Kapriolen von Homosexuellen geführt hatte. Die eigentliche Gefahr bestand darin, daß Gunther die Bilder Holly geben würde. In diesem Fall würde Freddy davon hören, wenn Holly damit anfing, in der Hauptsendezeit einen Werbespot damit zu machen.

Mitten in diesen vergnüglichen Mutmaßungen schellte es an der Tür. Gilbert öffnete und massierte sich dabei noch den blauen Fleck, den er sich holte, als Winslow ihn auf seiner Flucht ins Schlafzimmer umgestoßen hatte. Der dürre Fahrer eines Auslieferungsdienstes stand im Flur.

»Hallo. Wohnt hier die Herzogin von Dorsetshire?«

»Sie ruht gerade.«

»Na, prima! Dann bitte unterzeichnen.«

Gilbert unterschrieb und nahm eine Blumenschachtel von der Größe eines Auswandererkoffers in Besitz. Er gab dem Burschen 50 Cent Trinkgeld und eine Marke für die U-Bahn, schloß die Tür und brachte die Schachtel ins Eßzimmer. Drei Dutzend langstieliger Rosen und eine kleine Karte befanden sich darin. Auf der Karte stand:

Vielen Dank für die Ehre Ihrer Gesellschaft. Darf ich hoffen, Sie möglichst bald wieder zu genießen? Ich rufe diese Woche aus Europa an.

Ihr ergebener
Frederick Bombelli

»O Mom!« krähte Moira.

Von irgendwo hinter der verschlossenen Tür kam schwach die Stimme der Herzogin.

»Ich fühle mich nicht gut, Liebes!«

»Winnie, es ist alles in Ordnung. Da wurde nur etwas abgegeben!«

Winnie tauchte aus seinem Zimmer auf, biß sich auf die Lippe und wankte durch die Diele. In diesem Augenblick wirkte er auf mich wie ein riesiges, vierjähriges Kind. Es fehlte nur noch der Strampelanzug.

»Was für wundervolle Blumen!« meinte Winslow und verschmierte sich mit einem Taschentuch beide Augen. »Wer hat sie geschickt? Deine Eltern?«

Moira warf ihm einen finsteren Blick zu und überreichte ihm die Karte. Er musterte sie kurz, dann ließ er sie fallen, als hätte er sich verbrannt, sank in einen Sessel, schüttelte wie rasend seinen Kopf und brauchte drei Dutzend Silben, um das Wort »Nein« herauszubringen.

»Winnie«, sagte Gilbert, »du wirst mächtig in Form sein! Wirklich! Weißt du nicht mehr, wie gut du letzte Nacht warst?«

»Nein. Es ist alles ein großer Nebel.«

»Du erinnerst dich an *gar nichts?*« fragte Claire.

»Ich erinnere mich noch an das Ende der Nacht, an das Tanzen. Ich erinnere mich daran, daß ich dachte, wie schwer es doch war, Serge führen zu lassen.«

»Na, du warst einfach toll, Winnie«, meinte Claire mütterlich. »Es gibt keinen Grund zur Panik. Freddy weiß doch, daß du eine verheiratete Frau bist. Ich bin sicher, er hat nur ehrbare Absichten. Hör auf zu kichern, Gilbert.«

»Seine Absichten sind alles andere als ehrbar!« sagte Moira. »Der alte Narr ist völlig in sie verknallt! Kapiert ihr beiden das nicht?«

»Was nicht?«

»Es ist wie in einem seiner dummen Liebesromane! Deirdre Sauvage und all die anderen! Die wimmeln nur so von Lords und Ladies und Gräfinnen, die sich in temperamentvolle Bürgerliche verlieben! Als die Herzogin begann, mit ihm zu flirten, fühlte sich dieser romantische Idiot, als wenn er sich mitten in einem seiner Bücher befinden würde.«

»O je!« gackerte Claire.

Wir blickten alle zu Winslow hinüber, der auf die Rosen starrte und nachdenklich an seinem Zeigefinger lutschte. Einen Augenblick lang sagte keiner etwas. Dann stand Moira auf, ging zielbewußt zum Telefon, nahm den Hörer ab und wählte.

Winslow sprach leise vor sich hin.

»Wißt ihr, als ich zehn war, in Bayonne, da hatte ich einen Hund namens Lana. Mami gab ihm K 9, weil es billig war, und alle meine Freunde ärgerten mich damit, daß ich meinen Hunden Spitzel zu fressen gab. Dann, als ich älter wurde, las ich die ganzen Geschichten über Freddy, den Köter, seine ganzen Spielsalons und seine Prostituierten und die ganzen Leute, die er umgebracht und zu Hundefutter verarbeitet hatte.«

Er nahm eine Rose hoch und schnupperte daran.

»Ich hätte mir nie träumen lassen, daß ich mich eines Tages mit ihm verabreden würde.«

»Hallo, Brooks, mein Schatz?« zirpte Moira ins Telefon. »Ich wollte nur anrufen, um dir für das Ecstasy zu danken. Es war *wunderbar*! Genau das, was meiner kleinen Abendgesellschaft gefehlt hatte... Nun, ja, genau das möchte ich, du kleiner Gedankenleser, du!«

Sie machte eine Pause und warf einen abschätzenden Blick auf Winslow und die Rosen.

»Brooks, mein Teuerster, ich hasse es, geschmacklos zu sein, aber gibt es einen Rabatt, wenn man größere Mengen kauft?«

Nicht lange danach löste sich unsere kleine Versammlung auf. Der einzige Zankapfel, der noch blieb, betraf Claires Weigerung, weiter mitzumachen, wenn der Erfolg der Aktion davon abhinge, Winslow in einen ›Drogensüchtigen‹ zu verwandeln. Mit etwas, das ein so gefühlloses Opfer erforderlich machte, wollte sie nichts zu tun haben. Entweder würde Winnie den Cellinis und Freddy unberauscht gegenübertreten, oder... Moira erklärte sich damit einverstanden, doch sobald Claire ihr den Rücken zudrehte, schenkte sie Winnie ein Lächeln, mit dem sie ihm lakonisch mitteilte, daß sie ihn insgeheim mit Ecstasy, Koks, und, wenn er das verlangen sollte, dem Blut ungetaufter Kinder versorgen würde – einfach mit allem, was ihn durch die vor ihm liegenden Prüfungen hindurchbringen würde.

Die einzige noch offene Frage war, was wir mit Gunthers Drohung machen sollten. Die Antwort lautete im Moment: Nichts. Er war ganz versessen darauf, sich zu rächen, so daß unser Flehen um Gnade den Wert, den er der ihm zur Verfügung stehenden, fürchterlichen, zerstörerischen Kraft beimaß, nur steigerte.

Gilbert brachte mich an jenem Tag nach Hause. Wenn unser Empfinden, miteinander ein romantisches Schicksal zu teilen, bis jetzt ganz allmählich gewachsen war, hatten die letzten Ereignisse es zu shakespeareanischen Dimensionen anwachsen lassen. Wir waren unglückselige Geliebte, die von allen Seiten von hinterhältigen Feinden und gefühllosen Freunden bedrängt wurden.

»Wir sind allein, Philip! Keiner versteht, was wir empfinden, was wir uns bedeuten!«

»Ich glaube, Gunther hat es herausbekommen.«

»Richtig so, Philly! Witze machen! Tapfer sein!«

Am nächsten Tag hatte die Herzogin ihren zweiten Auftritt. Zusammen mit Maddie nahm sie ein nettes Mittagessen im Trader Vic's ein. Dort diskutierten sie die Planungen für die Verpflegung der Hochzeitsgäste durch. Maddie hatte so schnell hintereinander drei Zombies getrunken, daß in Kombination mit ihrer angeborenen Naivität die Herausforderung an Winslows Nervenkostüm und seine schauspielerischen Fähigkeiten ungeheuer klein war. Moira machte die Übung daraufhin als »Verschwendung guter Drogen« schlecht.

Doch die ernsteren Herausforderungen lagen noch vor uns: das Abendessen im Paradiso am Donnerstag, das Mittagessen in der Casa Cellini am Freitag und ein Dinner in Freddys Festung auf Long Island bei seiner Rückkehr aus Europa am Samstag. Freddy rief aus der Schweiz an, um die Herzogin dazu einzuladen, als diese gerade mit Maddie zu Mittag aß. Moira nahm die Einladung im Namen von Mami freundlich entgegen.

»Samstag, sechs Uhr, an seinem Platz. Klar?« hatte Moira gesagt, als Winslow vom Trader's Vic hereinschwankte.

»Na, ist ja toll, daß du mich dran erinnerst«, hatte Winnie geantwortet, und war dann davongewankt, um ein Nickerchen zu machen, aus dem er fünf Stunden später wenig gestärkt wieder aufwachte.

Am nächsten Tag öffnete ich meinen Briefkasten. Neben dem üblichen Sortiment aus Rechnungen, Subskriptionsangeboten und Wurfsendungen für Shows, in denen Freunde zu sehen waren, die schon zwei Jahre nicht mehr angerufen hatten, befand sich darin ein dreißig Zentimeter großer, flacher Umschlag aus Manilapapier ohne Absender. Ich wußte sofort, was es war.

Mit klopfendem Herzen stürmte ich die drei Treppen bis zu meinem Apartment hoch, riß das Tesaband ab, das über dem kleinen Verschluß klebte, und öffnete den Umschlag. Das Foto von Gilbert und mir steckte darin.

Da lagen wir, nackt und schwer beschäftigt, sahen ziemlich angetörnt aus und waren extrem deutlich zu erkennen. Die Kamera hatte uns in jenem kurzen, benebelten Moment erwischt, wir wir noch nicht wußten, daß wir gerade abgelichtet wurden. Wir wirkten daher nicht schockiert, sondern träge verwirrt, wie ein Paar von den Trobriander-Inseln, das sich das erste Mal im Fernsehen sieht.

Im Umschlag lag keine Nachricht, nur das Foto. Warum, fragte ich mich, gab es keine Drohungen, keine dunklen Hinweise darauf, was er mit dieser pornographischen Trophäe tun wollte? Vielleicht wollte er uns ja nur wissen lassen, daß alle Hoffnungen auf unscharfe Bilder unbegründet waren. Und vielleicht war ja die meinen Magen in Wallung bringende Ungewißheit, die ich gerade fühlte, der Zweck der Übung. Er wollte uns schwitzen lassen.

Wie es sich gehörte, rief ich Gilbert an, um ihm zu sagen, daß das Foto angekommen war, und daß, sollte das ein Trost sein, Geoff ihn gut getroffen hatte. Dann kam Moira an den Apparat und fragte, ob Claire und ich nicht nach der Arbeit auf einen Drink im Gelobten Land vorbeikommen könnten. Ich nahm die Einladung an und informierte Claire telefonisch darüber. Sie nörgelte ein bißchen über die späte Uhrzeit, sagte dann aber zu.

Als Gilbert und ich eintrafen, war Winnie bereits da; Claire kam ein paar Minuten später. Moira führte uns ins Eßzimmer, wo wir mit leicht überraschtem Gemurmel feststellten, daß sie ein leichtes Abendessen vorbereitet hatte. Es gab einen Salat aus Brunnenkresse und Endivien, einige Scheiben Bauernbrot, ein Stück Ziegenkäse und eine Pastete mit Pistazien. Eine große Flasche Wein wurde in einem Kübel kühlgehalten.

»Na, das ist aber schön, Moira!« sagte Claire mit einem vorsichtigen Lächeln.

»Was soll das alles?« fragte Gilbert, der sich nicht wie Claire darum scherte, seinen Verdacht zu verbergen, daß uns ein größerer Auftritt bevorstand.

»Nun, ich wollte einfach...«, fing sie an, dann hielt sie inne. Um es besser wirken zu lassen? Wahrscheinlich, aber man konnte sich da nur schwerlich sicher sein. Sie schien auf irgendeine Weise verändert, aber was es war, bekam ich nicht zu fassen. Verlegen und gezähmt.

»Was ist los?« fragte ich.

»Nichts. Es ist nur... na ja, es fällt schwer, etwas zu sagen, wenn man im voraus weiß, daß jeder denkt, man sei ein Miststück.«

»Moira«, meinte Gilbert scharfsinnig, »versuchst du uns zu erzählen, daß dir alles, was du getan hast, leid tut und du möchtest, daß wir jetzt alle Freunde werden?«

»Das ist *genau* das, worüber ich rede, Gilbert!«

»Nun, Moira«, sagte Claire, »du kannst es wohl kaum einem von uns verübeln, wenn wir uns weigern, irgend etwas von dem, was du sagst, ohne große Vorbehalte anzunehmen.«

»Ich weiß. Genau das bedrückt mich ja auch«, sagte sie und setzte sich mit gesenktem Blick und artig im Schoß gefalteten Händen hin. »Denn es tut mir *wirklich* leid. Ich *weiß*, ich war gräßlich. Ich habe schreckliche Dinge getan und noch schrecklichere Sachen gesagt. Doch es gab Gründe dafür. Ich sage damit nicht, daß es *gute* Gründe waren. Ich spreche von meinen Problemen und diesen... Ängsten, die ich habe.«

»Ängste?« fragte Claire und warf einen argwöhnischen Blick in meine Richtung.

»Ich habe seit jenem Streit, den wir alle nach der Party miteinander hatten, darüber nachgedacht. Und schließlich habe ich erkannt, daß sich alles in einem Satz zusammenfassen läßt: Ich weiß nicht, wie man Menschen *vertraut*. Verdreh nicht dauernd die Augen, Gilbert, es ist die Wahrheit. Ich gehe immer von der Annahme aus, die Leute wollten mich ausnutzen, es sei denn, ich überliste sie vorher. Daher lüge ich, erfinde irgendwelche Geschichten und mache alles, was ich kann, um mir irgendeinen Vorteil zu verschaffen. Und man erwischt mich *immer* dabei, und die Leute schreien mich an, und ich schreie zurück und versuche, es als *ihren* Fehler hinzustellen, obwohl ich sehr genau weiß, daß es mein Fehler ist. Doch jetzt muß ich ehrlich sein. Wirklich ehrlich. Ich *hasse* es, euch zu bekämpfen. Ich hasse es, zu wissen, daß ihr alle gegen mich seid, weil ihr Angst davor habt, welch hinterlistige Sache ich als nächstes tun werde.«

»Wir machen uns aber auch nicht verrückt deswegen, Liebes«, sagte Winslow mit einem Mund voller Pastete.

»Ich verstehe das nicht, Moira. Warum solltest *du* es schwierig finden, *uns* zu vertrauen?«

»Es seid ja nicht nur ihr. Bei jedem, den ich kenne, geht mir das so. Wie ich schon sagte, es ist mein Problem. War es immer schon. Ich meine…«

Sie machte eine Pause und lächelte auf diese verzerrte Art, auf die Leute nur lächeln, wenn sie sich absolut gedemütigt fühlen.

»Wie ihr wahrscheinlich an der gegenwärtigen Adresse meiner Mutter ablesen könnt, waren meine ›entscheidenden Jahre‹ nicht durch allzuviel Stabilität gekennzeichnet. Die ganze Zeit zogen wir um, und es hatte für mich den Anschein, als ob jeder, den ich mochte, mich reinlegte oder über Nacht verschwand und… Ach, scheiß drauf! Ich will da nicht weiter drüber reden. Das geht euch auch nichts an. Und es hat nichts mit *uns* zu tun. Also. Ich versuche euch lediglich zu sagen, daß ich einen Waffenstillstand möchte. Es steht vier gegen einen, und ich habe es satt, bei dieser Sache alleine dazustehen.«

»Moira«, seufzte Claire, »wenn du uns davon überzeugen willst, daß du es wirklich gut meinst, dann blas alles ab.«

»*Nein*, Claire. Ich habe jetzt viel zuviel durchgemacht, um alles hinzuschmeißen, wenn wir so kurz vor dem Ziel stehen. Winnie ist ein absolutes Genie, und seine Pillen werden ein Vermögen einbringen. Jeden Cent, den ich verdiene, werde ich da hineinstecken, und wenn ihr schlau seid, dann macht ihr es genauso. Nicht wahr, Winnie?«

Winnie meinte ebenfalls, daß sich über den Namen Winslow Potts nicht hinwegsehen lasse, wenn das Buch über die Beherrschung der Körpergerüche im zwanzigsten Jahrhundert geschrieben wurde.

»Hört mal zu«, sagte Moira, »ich erwarte nicht, daß ihr mich jetzt mit Gefühlen nur so überschüttet und mich überall liebkost. Nach allem, was ich getan habe, wärt ihr Idioten, mir zu vertrauen. Seid so vorsichtig, wie ihr nur möchtet, aber hört bitte auf, mich zu hassen wie die Pest. Gebt mir einfach eine *Chance,* okay?«

Damit konnten wir uns natürlich nur einverstanden erklären, und das taten wir auch. Doch als wir dann aßen, scherzten und plauderten, standen die gleichen Fragen unübersehbar in unseren Köpfen: Was zum Teufel hatte sie vor? Oder meinte sie es tatsächlich ernst? Und warum war die zweite Möglichkeit irgendwie unangenehmer als die erste?

Spät in der Nacht sprach ich noch mit Gilbert darüber. Wir erkannten, daß alles auf eines hinauslief: Unser Bösewicht war Moira, und soweit es uns betraf, hatte sie kein Recht, diesen Posten aufzugeben. Daß sie plötzlich darum bat, nicht als Ausgeburt des Teufels angesehen zu werden, sondern nur als arme, habgierige Sterbliche, die von Ängsten und Bedürfnissen aller Art befallen wird, traf uns wie ein Tritt gegen alle Regeln des Anstands. Als wir ihre inständige Bitte hörten, fühlten wir den gleichen Unmut, der einen überfiele, wenn mitten im *Krieg der Sterne* Darth Vader sich hinsetzen und sich an seine traurige Kindheit im Weltraumwaisenhaus erinnern würde, während er das Medaillon umklammert, das seine Mutter ihm, kurz bevor sie seine Korbwiege an dem Asterioden befestigte, in die Hand gedrückt hat.

Während wir gewöhnlicherweise bereit waren, alle anderen als eine Mischung aus Fehlern und Tugenden zu betrachten, scheinen einige Leute so überaus schlecht (oder gut) zu sein, daß wir von der Einheit ihres Wesens erfrischt sind und es verabscheuen, irgend etwas, daß ihr widerspricht, als Beweismittel zuzulassen. Moira war so eine Person. Man dachte, man könne sie jahrhundertelang kennen und würde nicht ein einziges Mal dazu gezwungen sein, Einfühlungsvermögen zu zeigen.

Nun mußten wir uns fragen, bis zu welchem Ausmaß diese Moira einfach nur *unsere* Moira war, eine Schöpfung unserer Angst und unserer Paranoia. Nun, es gab natürlich keinen Zweifel daran, daß sie ein verlogenes, geldgieriges, nach gesellschaftlichem Aufstieg gierendes Miststück war, doch bedeutete das, daß sie völlig unfähig war, so etwas wie Zuneigung oder Loyalität zu empfinden? Wir zogen es vor, das zu denken, aber genau das ließ uns jetzt unser Urteil in Frage stellen.

Die folgenden Wochen über tat Moira nichts, was uns das Gefühl gab, unser altes Bild von ihr als völlig autarke und grenzenlos verlogene Frau sei die echte Moira. Ganz im Gegenteil, sie war rücksichtsvoll und hilfsbereit und legte einen fast peinlichen Eifer an den Tag, von uns gemocht zu werden. Gilbert und ich waren davon ganz berührt, überaus erleichtert und bitter enttäuscht.

24

Mit nur noch acht Wochen bis zur Hochzeit liefen die Vorbereitungen jetzt auf Hochtouren an, ließen neue Gefahren entstehen und stellten unser nervöses Quintett vor neue Rätsel. In dieser Woche mußten die Einladungen aus dem Haus gehen, was uns dazu zwang, das Problem der Gästeliste der Herzogin anzugehen. Wie Moira auf Maddies Weihnachtsparty so ergreifend erläutert hatte, war ihre unmittelbare Familie nur sehr klein, doch sicherlich hatte die Herzogin *einige* Freundinnen und Freunde entweder hier in den Staaten oder weit weg in Little Chipperton, die sie einzuladen wünschte.

Da die Herzogin aber nur ein Phantasiegebilde war, hatte sie in der Tat nur sehr wenige Freunde. Doch wie konnten wir von Maddie und Tony verlangen, zu glauben, daß eine Frau mit ihrem geselligen Charme ein mönchsähnliches Leben führte und sich nie aus den Mauern Trebleclefs hinauswagte, um den wahnsinnigen, gesellschaftlichen Trubel Little Chippertons zu genießen?

Als erste Aktivität ließen wir die Herzogin die Kontrolle über ihre Einladungen ergreifen. Die Eingeladenen wurden gebeten, eine Rückantwort ins Gelobte Land zu schicken. Die Herzogin würde ihre Gästeliste auf ein Minimum reduzieren, denn die dort aufgeführten Menschen würden genauso fiktiv sein wie sie, und daher war es nicht wahrscheinlich, daß sie kamen. Die folgenden Wochen über konnte die Herzogin Maddie darüber informieren, daß keine ihrer ungefähr zwanzig Freunde aus Übersee kommen konnten. Die Gründe dafür waren so zahlreich, wie wir sie uns ausdenken konnten. Allgemein würde die Eingeladenen schon ihr Alter entschuldigen. Der Herzog oder Nigey, wie sie ihn jetzt nannte, war ein alter Trottel Mitte Sechzig, und der gesellschaftliche Kreis, in dem das Herzogspaar sich bewegte, beschränkte sich auf noch ältere Trottel, von denen keiner mehr sonderlich bereit war, über den Atlantik zu reisen.

Claire war gerne bereit, Moiras erste Brautjungfer zu sein. Ihr war es nicht ganz geheuer, sich in eine so aktive Rolle zu begeben, aber es schien eine sichere Sache zu sein. Je weniger ›Außenstehende‹ im Weg standen, desto besser.

Außerdem hatte sich nach Moiras ›Hat nicht auch ein Miststück Augen im Kopf?‹-Rede eine Atmosphäre der Entspannung breitgemacht. Echtes Vertrauen kam noch nicht in Frage; wir hatten zu oft miterlebt, was Moira bewerkstelligen konnte, wenn man begann, an ihrer Verworfenheit zu zweifeln. Doch ein gewisser Grad an Höflichkeit und Teamgeist war eine willkommene Alternative zu den erbitterten internen Streitereien, die unsere Beziehungen bis dahin gekennzeichnet hatten. Als Moira Claire daher fragte, ob sie nicht für sich das Amt der Brautjungfer in Erwägung ziehen wolle, schauderte Claire kurz, sagte dann aber, sie würde ihr diesen Wunsch erfüllen.

Die Herzogin speiste mit Moira, Maddie und Aggie im Paradiso. Sie nahmen einen Tisch im kleinen Raum und, obgleich ich an diesen Frauengesprächen nicht teilnahm, lief es scheinbar ganz flüssig, zumindest wenn das Stakkato der Lachanfälle Aggies ein Indiz dafür war. Mami hatte ohne Claires Wissen wieder Ecstasy genommen, allerdings keinen Koks, denn das letzte Mal, als sie beides kombiniert hatte, hatte Maddie gefragt: »Meine Güte, Gwen, haben Sie Verdauungsprobleme? Ich habe noch nie eine Frau gesehen, die ihr Essen so sorgfältig kaut!«

Christopher bediente den Tisch, was nur wenig dazu beitrug, meine besorgte Stimmung zu verringern. In letzter Zeit war er viel freundlicher gewesen, aber sein häufiges Lächeln war das Lächeln eines Mannes, der sich an einem Witz erfreut, den er für sich behält, und bei unserer Geschichte konnte ich das dumme Gefühl nicht loswerden, daß der Witz zu meinen Lasten ging.

Irgendwann in jener Nacht glitt er auf die Bar zu und gab mir durch einen Wink zu verstehen, ich solle mich vorbeugen.

»Sie ist nicht echt!« zischte er mit einem schmallippigen Grinsen.

»Wer?« murmelte ich, nur Sekunden von einem Nierenversagen entfernt.

»Die Herzogin! Weißt du, was unter diesem auffälligen, veralteten Kleid und der Perücke und dem Schmuck und sechs Pfund Make-up steckt?«

»Was denn?«

»Ein fettes Weib aus Secaucus, das es zu etwas gebracht hat! Nun, mich kann sie nicht zum Narren halten! Kein Stück! Wirst du irgendwie krank? Du siehst fürchterlich aus!«

Das Mahl verlief ohne irgendwelche Haken oder wie Joey Sartucci in die Suppe fallende falsche Wimpern. Auch beim Brunch in der Casa Cellini gab es keine Zwischenfälle, außer daß Mami für einen Moment mit der Geographie Großbritanniens nicht klarkam. Tony hatte sie verblüfft gefragt, wie Little Chipperton gleichzeitig *südlich* von London und *nördlich* von Liverpool liegen könne.

»Nein, mein Lieber«, hatte die Herzogin geduldig geantwortet, »das *andere* Liverpool.«

Sie könnten vermuten, daß diese Kette erfolgreicher Auftritte etwas dazu beitrug, Winslows überwältigenden Anfälle von Lampenfieber abzuschwächen. Damit lägen Sie aber falsch. Kein noch so großer Erfolg konnte seinen Glauben erschüttern, daß seine Entdeckung und sein Tod unmittelbar bevorstanden. Obwohl er ja immer durchkam und scheinbar tatsächlich *die* Zeit seines Lebens hatte, wenn er Ihre Gnaden spielte – vor und nach jedem Auftritt hatte er immer wieder hysterische Heulkrämpfe. Jeder Tag, an dem die Herzogin in Erscheinung trat, war eine Komödie, gespickt mit Tragödien, und die Wirkung war, gelinde gesagt, qualvoll.

Ein Ergebnis von Moiras Rehabilitierung war das Wiederauftauchen Vulpinas auf der Bildfläche. Moira behauptete, die Anrufe, die sie gemacht hatte, als sie glaubte, Pina sei für den Brief verantwortlich, hätten bei ihr übermächtige Schuldgefühle hervorgerufen. Jetzt begann sie wieder, Pina zu treffen. Pina erzählte Moira von den Qualen, die sie durchlitten hatte, und die nicht nur ein Ergebnis der psychopathischen Anrufe gewesen waren, die sie noch wochenlang im Schlaf verfolgten, sondern auch durch den belustigten Unglauben ihrer sogenannten Freunde gefördert wurden. Moira versicherte Pina, bedingungslos an die Wahrheit ihrer Geschichte zu glauben, und sagte ihr, sollten die Anrufe wieder anfangen, würde sie ihren mächtigen Arbeitgeber dazu bringen, Druck auf den Staatsanwalt auszuüben, damit die Angelegenheit näher untersucht und der Schuldige gefaßt wurde, bevor eine Tragödie geschah. Pina war darüber so dankbar, daß sie, als Moira sie fragte, ob sie Brautjungfer sein wolle, ja sagte, auch wenn das bedeutete, daß sie nicht ein Gewand nach eigenen Entwürfen tragen konnte, sondern eines, das genauso aussah wie das der anderen Brautjungfern, Betty Sartucci und Kusine Steffie.

Kurzum, alles lief viel zu glatt, um wahr zu sein. Dann hatte Gunther lange genug gewartet und legte los.

Am späten Samstag morgen kam ein an Gilbert adressierter Brief im Gelobten Land an. Auf dem Umschlag stand kein Absender, und die Anschrift war in nicht zu klassifizierender Blockschrift darauf gedruckt. Im Umschlag befand sich eine Nachricht, die in Übereinstimmung mit der erpresserischen Tradition aus Buchstaben zusammengesetzt war, die man aus Zeitungen und Hochglanzmagazinen ausgeschnitten hatte. Sie lautete:

MR SelWyn und mR CAvanauGH,

SIE hatten jetzt Zeit GEnuG, um iHRE *por*TraITs Zu Bewundern. WAS halten *Sie* d.a.von, wenn aUCh iHRe Fr*EUNDe* vOn der MAFIA siE SEHEN? O*der* Ag*n*Es FABrizio? dIE MUT*T*er *und* die CeLLINis in New *York?* FrED*dy,* der *Köter?*
SchICKEN *S*IE 1500 $ in 100-*Dollar*-SChE*inen* an das POs*t*-*f*Ach nr. 723, POst*amt* am TiMes SQ. WENN bis MonTAG, den 9. *FEB*ruar *kein Geld* kOm*mt,* daNN seid Ih*r* D*ran!*

Der RA*cheen*gEL

Um zwölf rief mich Gilbert an, und um eins kamen wir alle im Gelobten Land zusammen. Nur Winnie fehlte. Für diesen Abend stand das Dinner bei Freddy auf dem Zeitplan, und wir hatten das Gefühl, es würde nur wenig bringen, Winslow vor Angst in ein Koma fallen zu lassen.

»Das ergibt doch keinen Sinn!« meinte Moira. »Gunther kenn diese Leute doch nicht einmal – Freddy oder irgend jemand anderen. Er ist ihnen doch nie begegnet.«

»Aber sein Freund Geoff«, sagte Claire. »Es ist durchaus möglich, daß Geoff sie erkannt hat. Ich meine, *ich* habe sie auf der Weihnachtsparty erkannt. Freddy ließ auf dich doch nichts kommen und sagte, du wärst wie eine Tochter für ihn. Wenn Geoff das Gunther erzählt hat, konnte Gunther mit Leichtigkeit erkennen, daß es einen sehr wichtigen und *gewalttätigen* Gangster gibt, der alles andere als begeistert wäre, wenn er herausfindet, daß Gilbert dich betrügt – mit einem anderen Mann.«

»Es ist doch egal, wie er es herausgefunden hat!« sagte Claire. »Es handelt sich um Erpressung, und wir werden das Geld nicht zahlen!«

»Richtig«, meinte Gilbert unsicher.

Moira hakte sich bei Gilbert ein.

»Wenn Gunther Freddy die Bilder schickt, dann werde ich mich für dich einsetzen. Freddy wird dir nie etwas antun, wenn ich ihn darum bitte, es zu lassen.«

Ganz so einfach sei es nun aber auch nicht, gab Claire zu bedenken. Gilbert hatte ein Versprechen gebrochen, das er nicht nur Moira, sondern auch Freddy gegeben hatte, und es gab keine Garanten dafür, daß Moiras Bitten Freddy dazu bewegen konnten, über diesen persönlichen Affront hinwegzusehen. Und selbst wenn er das tat und sie sich für Gilbert einsetzen konnte, was war denn dann mit *mir?*

»Aber was sollen wir tun? Ihn *bezahlen?* Das ist... das ist doch *ungerecht*!« sagte Moira, die plötzlich die Erkenntnis überkam, daß es auf dieser Welt Ungerechtigkeit gibt.

»Ungerecht oder nicht, vielleicht müssen wir es tun!« sagte ich.

»Nicht mit *mir*!« schnaubte Moira und stürzte zum Telefon.

Sie öffnete ihre Geldbörse, überprüfte ihr Scheckbuch, dann wählte sie wütend eine Nummer.

»Moira, ruf *nicht* bei Gunther an!«

»Ich rufe nicht bei Gun... Hallo? Ugo? Hallo! Ich bin's, Moy! ...Großartig! Wie geht's Betty? ...Prima! Hör zu, da ist doch dieses Arschgesicht, das mir dauernd quer kommt, und da fragte ich mich, wie ich es hinkriegen könnte, ihm einen Deckzettel zu verpassen – beispielsweise sechs Monate im Streckverband...«

»Hallo, Ugo!« blökte Gilbert, nachdem er hinübergerast war und das Telefon an sich gerissen hatte. Moira machte einen Satz auf ihn zu, aber ich hatte sie gepackt, ihr den Arm herumgedreht und führte sie so wieder zum Tisch zurück.

»Nein, *nein*! Da ist gar keiner hinter uns her! Es war ein *Witz!* Moy meinte *mich*! Wir hatten gerade einen kleinen Disput über die Kosten für Kleidung! ...Uuh! Ihr auch, wie? ... Genau! Ohne sie geht es nicht, aber mit ihnen auch nicht!«

Er erklärte, daß Moira angerufen habe, um ihn und Betty nächsten Samstag zum Mittagessen und zu einem kleinen Spielchen einzuladen. Ugo nahm die Einladung begeistert an, Gilbert legte leicht zitternd auf.

»Bist du denn völlig *verrückt* geworden? Ihm die Beine brechen! Das wird ihn dann *wirklich* dazu bringen, artig zu sein!«

»Herrgott, ihr seid alle solche Memmen! Begreift ihr das denn nicht? Wir müssen ihm zu verstehen geben, daß er nicht einfach mit uns machen kann, was er will!«

»Mit *dir* kann er ja auch nicht machen, was er will«, schrie ich, »mit *uns* aber wohl! *Wir* sind doch diejenigen, die zu Hundefraß verarbeitet werden, wenn Freddy die Bilder zu Gesicht bekommt! Wir wollen Gunther nicht noch wütender machen, wir wollen ihm das Maul stopfen!«

»Na ja, wenn ihr ihn zum Schweigen bringen wollt...«

»Moira, wir werden keinen *umbringen*!« fuhr Claire sie an. »Können wir uns jetzt mal beruhigen und ganz vernünftig überprüfen, welche Möglichkeiten wir haben, bevor wir etwas tun?«

Wir überprüften unsere uns zur Verfügung stehenden Möglichkeiten, stellten jedoch lediglich fest, daß wir gar keine hatten. Das Risiko, Gunther nur noch weiter gegen uns aufzubringen, war einfach nicht tragbar. Wir mußten ihm das Geld zahlen. Moira war eisern dagegen, und argumentierte fast in Tränen, daß wir doch nicht so hart gearbeitet hätten, nur um unsere Gewinne einem rachsüchtigen Deutschen zu überlassen. Claire antwortete, daß wir auch nicht so hart gearbeitet hätten, um uns umbringen zu lassen, obwohl das für Moira vielleicht schwerer einzusehen war, da für sie diese Gefahr am allerwenigsten bestand. Moira erinnerte sich dann daran, daß sie einen neuen Anfang gemacht hatte und entschuldigte sich. Sie erklärte, ihr Widerwille zu bezahlen, beruhe nicht auf gefühlloser Mißachtung unserer Sicherheit, sondern auf dem Grundsatz, vor Terrorismus nicht zu kapitulieren.

Wir beschlossen, daß einer von uns wenigstens den Versuch machen sollte, sich als Gegenleistung für die Bezahlung die Negative zu sichern, und ich meldete mich freiwillig für diesen Auftrag. Es wäre nicht richtig gewesen, Claire mehr in diese Sache zu verwickeln, als sowieso schon der Fall war, und Gilbert und Moira kamen dazu auch nicht in Frage, denn ihre zu seinen Ungunsten ausfallenden höhnischen Bemerkungen über den Zustand seiner Haut hatten ihre Chancen, viel zu erreichen, was einer Entente cordiale nahekam, stark sinken lassen.

»Da fällt mir gerade etwas ein«, sagte Claire. »Freddy hat sich ja ein bißchen in die Herzogin verknallt.«

»Ja«, sagte ich zu Gilbert und Moira, »und ihr solltet daher besser heute abend alles in eurer Macht Stehende tun, um es im Keim zu ersticken.«

»Nein, Philip«, seufzte Moira herablassend, »Claire meint, wir wollten es *unterstützen*, nicht wahr?«

»Genau. Natürlich nicht zu sehr. Nur soviel, daß er ein wenig angelockt wird. Auf diese Weise wird Mamis Fürsprache im Ernstfall von größerem Wert sein.«

In diesem Augenblick erschien Winslow und fühlte sich wegen des Dinners mit Freddy nur ein ganz kleines bißchen angespannt. Claire und ich beschlossen, die Hilfestellungen für den Auftritt Gilbert und Moira zu überlassen. Wir wünschten Winnie ganz viel Glück und eilten in die Diele.

Es war ein kühler Tag, aber Claire und ich hatten beide mehr Lust, spazierenzugehen, als ein Taxi zu nehmen. Es schneite ganz leicht, und der Central Park wirkte schön und still und friedlich und hatte damit alles, was unserem Leben im Augenblick fehlte. Wortlos schlenderten wir an einigen Häuserblocks vorbei stadtauswärts, dann brach ich das Schweigen.

»Du hältst mich für unrettbar dumm, nicht wahr?«

»Was? Weil du nicht in den Schrank geschaut hast, bevor du ins Bett gingst?«

»Nein, vor allem, weil ich überhaupt ins Bett gegangen bin.«

»Philip, was meinen eigenen Liebesaffären an Häufigkeit fehlte, machten sie an Leid wieder wett, daher sehe ich mich außerstande, Liebeskranken irgendwelche Ratschläge zu erteilen.«

»Okay.«

»*Wenn* du dir jedoch schon die Umstände machst, mich über diese plötzlichen Gefühle zu befragen, die du Gilbert gegenüber entwickelt hast, dann würde ich dir raten, ihnen so lange nicht nachzugeben, wie Gefahren damit verbunden sind. Dann könntest du auch besser entscheiden, wie echt deine Gefühle sind.«

»Was? Denkst du, wir hätten nur deswegen eine Affäre, weil wir das *nicht sollten?*«

»Was ich denke, ist hier egal. Was denkst du denn? Oh, entschuldige, ich vergaß – du denkst überhaupt nicht. Du fühlst!«

Ich sagte nichts, gab mir aber jede Mühe, wie jemand auszusehen, der irrtümlich angeklagt wird.

»Tut mir leid. Ich bin nur deswegen so ein Ekel, weil ich so verdammt sauer auf mich bin, überhaupt in diesen ganzen Schlamassel hineingeraten zu sein.«

»Sei nicht wütend auf dich. Du hast doch nur versucht, mir zu helfen.«

»Das ist doch Unsinn, Schatz, und das weißt du selber. Es war Egoismus im Mantel der Selbstlosigkeit. Du wurdest durch Habgier hineingezogen, und ich bin dir aus Eitelkeit gefolgt. Ich konnte den Gedanken nicht ertragen, daß Moira mich zum Narren hielt, als sei ich *irgend jemand.*«

»Wann hat sie dich denn zum Narren gehalten?«

»Auf der Party für ›*Heureka, Baby!*‹ Als ich ihr soviel Sympathie entgegenbrachte, weil sie sich mit Gilbert stritt. Hinterher hat sie doch euch beiden gegenüber ihren Sieg verkündet und herumposaunt, was ich doch für ein Trottel bin!«

»Ach, das! Den Teil hatte ich mir eigentlich nur ausgedacht.«

»Gott sei dir gnädig.«

In jener Nacht telefonierte ich mit dem Racheengel.

»Eh, hallo, Gunther?«

»Mr. Cavanaugh, diese albernen Anrufe schätze ich ganz und gar nicht. Sie haben mir genug Schaden zugefügt. Wenn und wann immer ich mit Ihnen zu sprechen wünsche, rufe ich an.«

»Okay. Ich wollte nur sagen, daß wir Ihre Forderungen erhalten haben.«

»Forderungen?« fragte er unschuldig.

»Ja. Wir denken, sie sind ein bißchen überhöht, aber wir sind darauf vorbereitet, ihnen zu entsprechen, vorausgesetzt, Sie geben uns die Nacktfotos *und* die Negative.«

Eine lange Pause entstand.

»Lassen Sie Ihre dummen Spiele mit mir, Mr. Cavanaugh. Ich weiß nichts von Nacktfotos, ich weiß auch nichts von Geld und nichts von Negativen! Sie belästigen mich, Mr. Cavanaugh – und wer immer da noch sein Ohr in der Leitung hat –, und ich fordere Sie auf, das umgehend zu lassen.«

»Können wir nicht verhandeln?«

»Es gibt nichts, worüber wir verhandeln könnten! Rufen Sie mich nicht noch einmal an! Auf Wiedersehen!«

Ich rief Claire an.

»Oh, hallo... Kannst du mich morgen früh anrufen?«

»Entschuldige. Ist noch jemand da?«

»Ja.«

»Ein *Rendezvous?*« fragte ich und merkte prompt, daß ich ein wenig zu überrascht klang. Daher ergänzte ich: »Ich meine...«

»Ja, ich weiß, was du meinst. ›Haben wir schon wieder ein Schaltjahr?‹ Auf *Wiedersehen,* Philip!«

»Warte noch! Es tut mir leid, okay? Ich wollte dich nur darüber informieren, daß ich bei Gunther angerufen habe und er sich dumm stellt.«

»Was meinst du damit?«

»Ich erzählte ihm, wir würden zahlen, was er verlangt, aber wollten die Negative, und er stellte sich dumm. Er weiß nichts von den Bildern oder irgend etwas. Und er dachte auch, jemand anderer würde mithören.«

»O je. Na gut, wir hätten das erwarten sollen. Man macht sich ja nicht die Mühe, Buchstaben für seinen Erpresserbrief auszuschneiden, und gesteht dann wohlgemut seine verbrecherische Tat am Telefon, wo es jeder mitschneiden kann. Er ist nicht dumm, und... Was, mein Schatz? ...Oh, sei nicht albern! Natürlich nicht! Wir schreiben an einem Kriminalroman... Paß auf, Philip, *morgen*, okay?«

Gilbert wollte heute in meiner Wohnung übernachten. Gegen halb zwei kam er mit grimmigem Gesicht und durchnäßt herein.

»Wie war's?«

»Entsetzlich, Philip! Einfach entsetzlich!«

Ich machte ihm einen heißen Tee mit einem Schuß Remy, und er erzählte seine Geschichte.

»Wir taten, was Claire uns gesagt hatte, und trugen ihm auf, Freddy ein wenig zu locken. Wir sagten nicht, *warum*. Ich meine, wir haben gelogen. Wir sagten Winnie, es würde Freddy für die Hochzeit großzügiger stimmen. Doch wir sagten ihm auch, er solle behutsam vorgehen. ›Schür ein wenig sein Feuer‹, Philly. Genau das waren meine Worte. ›Schür ein wenig sein Feuer!‹«

»Hat er zu dick aufgetragen?«

»Er läßt sich vom Herzog *scheiden!*«

»Eine Scheidung! Aber das kann er doch nicht machen!«

»Er kann nicht? Philip, er hat gar keine andere Wahl!«

25

Und so kam die fünfjährige Ehe zwischen dem Herzog und der Herzogin von Dorsetshire zu ihrem haßerfüllten, wenn auch unerwarteten Ende.

Winslow, bis zum Scheitel mit Koks vollgepumpt und mit dem Rat versehen, Freddys Hoffnungen zu schüren, stürzte sich mit der Hemmungslosigkeit und dem ganzen deplazierten Selbstvertrauen, mit dem die Droge einen bekanntermaßen beseelt, in seine Aufgabe. Er gurrte zärtliche Worte, klimperte mit den falschen Wimpern und ließ seine falschen Titten auf eine Art auf und ab wogen, von der er sicher war, daß sie selbst in den altersschwächsten Herzen Leidenschaft hervorruft. Als die beiden dann nach der Mahlzeit an ihrem Sambuca nippten, vollführte er sein Glanzstück. Er kam auf Literatur zu sprechen und verkündete, Barbara Cartland sei die beste Prosa-Stilistin unseres Jahrhunderts. Freddy erlaubte sich zwar, anderer Meinung zu sein, und hatte das Gefühl, die Auszeichnung gebühre eher Messalina Joyeuse, sagte aber nichtsdestotrotz, daß die Vorlieben der Herzogin sie als eine äußerst sensible und kultivierte Frau auswiesen – in diesen ungebildeten Zeiten immer seltener werdende Eigenschaften.

Moira bekam allmählich das Gefühl, daß Mami nur noch Zentimeter davon entfernt war, ihren noch lukrativen Job als Freddys Vorleserin zu übernehmen, gab der Herzogin einen Klaps auf die Hand und ermahnte sie, nicht so herumzuschäkern. Was würde denn der Herzog denken?

»Der Herzog«, erwiderte Mami frostig, »ist kaum in einer Position, meinen harmlosen Flirt mit einer verwandten Seele schlechtzumachen.«

Sie fuhr fort, den Herzog als den niederträchtigsten Schürzenjäger hinzustellen und sich selbst als die seit langem leidende Ehefrau, die sich dauernd darum bemüht, ihr Selbstmitleid dadurch abzuwehren, daß sie ihre verschmähten Gefühle in gute Taten lenkt.

Mami behauptete später, sie habe diese Taktik gewählt,

damit Freddy annahm, er habe eine bessere Chance, ihr erfolgreich den Hof zu machen. Freddy würde Hoffnung schöpfen, daß die Herzogin durch ihre dem ehebrecherischen Herzog gegenüber empfundene Verachtung vielleicht dazu hingerissen werden könnte, es ihrem Mann mit gleicher Münze heimzuzahlen. Das konnte ja auch nicht weiter schaden, denn die Herzogin würde natürlich ihrem vom rechten Wege abgekommenen Mann auch angesichts aller Provokationen die Stange halten.

Mami hatte allerdings nicht mit Freddys mörderische Seite gerechnet. Selbst in seinem fortgeschrittenen Alter haßte er unehrenhaftes Benehmen über alle Maßen und glaubte fest daran, daß Kugeln eine deutlichere Sprache sprechen als Worte. Schweigend lauschte er den Klagen der Herzogin, und als sie damit fertig war, verblüffte er die Anwesenden mit der plötzlichen Hartherzigkeit in seinem Blick. Er begann, sich über die Unverletztlichkeit des ehelichen Bandes auszulassen. Nur unverzeihlichste Lasterhaftigkeit konnte einen Mann dazu bringen, sich gegen diesen Bund zu vergehen, insbesondere wenn die Frau auch nur halb so fein und edel war wie die Herzogin. Während er nicht direkt damit herausrückte und es auch nicht aussprach, ließ er doch scheinbar unmißverständlich durchblicken, daß er den Tod nicht als zu extreme Strafe für ein solches Vergehen ansah, und daß er genau der richtige Mann war, um sich um die ärgerlichen Details zu kümmern.

Winslow war von Freddys plötzlicher Heftigkeit wie vor den Kopf gestoßen und konnte nur noch stammeln, daß Männer eben schwach seien und man ihnen ihre Exzesse verzeihen müsse. Freddy antwortete sanft, daß er sie mit seinen Worten nicht habe beunruhigen wollen, und daß ja vielleicht das Schicksal oder Gottes unerforschliche Wege ihr Leid bald mindern könnten.

Moira und Gilbert begriffen schnell, welch unangenehme Situation entstehen könnte, sollte Freddy seine Handlanger nach England schicken, um einen gar nicht existierenden Herzog umzulegen. Der einzige Weg, den Mord am Herzog zu vermeiden, bestand darin, ihn überflüssig zu machen. Sie fingen an, Mami inständig zu bitten, sich von dem Schuft scheiden zu lassen. Sie hatten ja keine *Ahnung* gehabt, daß seine Seitensprünge so ungeheuerliche Formen angenommen hatten. Die Selbstachtung verlangte, daß sie der traurigen Farce ihrer Zufriedenheit ein Ende bereitete und ein neues Leben begann!

Ihre Beharrlichkeit ließ Mami schließlich erkennen, daß es den beiden ernst mit ihrer Zustimmung zu dieser plötzlichen und drastischen Abkehr vom Drehbuch war. Ja, sagte sie, sie hätten recht! Die Zeit sei gekommen, daß sich ihre Wege trennten! Sie war nur deswegen schüchtern gewesen, weil sie das Gefühl hatte, für eine Frau in ihrem Alter bestünde wenig Hoffnung, noch einmal von vorne anzufangen. Freddy nahm ihre Hand und versicherte, daß das nicht der Fall sei.

»Das Schlimmste daran ist,« stöhnte Gilbert, »daß es uns bezüglich Gunther in eine so schlechte Position versetzt!«

»Bezüglich Gunther?« fragte ich und konnte zunächst keine Verbindung erkennen.

»Denk doch mal nach! Wenn er diese Bilder je Freddy zuspielt, dann sind wir jetzt wirklich tot! Du hättest Freddy hören sollen, wie er sich über Treulosigkeit und den Betrug an ›guten Frauen‹ ereiferte. Was wird er jetzt tun, wenn er das mit *uns* herausbekommt?«

»Sicher«, sagte ich und suchte verzweifelt nach einer positiven Seite, »doch jetzt, wo wir wissen, daß Freddy über die Herzogin so in Verzückung geraten ist, kann sie ja für uns ein gutes Wort einlegen.«

»Das *weiß* ich, Philly. Und was ist, wenn sie es tut? Was wird *er* sagen?«

Ich sann einen Augenblick darüber nach, dann erschauerte ich vor Furcht.

»*Genau!*» sagte Gilbert. »›Heirate mich und ich werde den beiden verzeihen!‹«

Das war zwar nur eine Vermutung, aber das Szenario wirkte erschreckend plausibel. Und als wir es am nächsten Morgen noch einmal mit Claire und Moira durchsprachen, gaben sie ebenfalls zu, daß Freddys Leidenschaft ihn zu praktisch allem fähig machte. Mami konnte sich ja vom Herzog scheiden lassen und Freddys Annäherungsversuche immer noch erfolgreich abwehren. Doch die Abwehr würde viel schwieriger werden, wenn Freddy Gilberts und mein Schicksal als Einsatz mit ins Spiel bringen konnte.

Alles war ein fürchterliches Durcheinander, doch eines war klar: Freddy durfte die Fotos nie zu Gesicht bekommen. Gunthers gegenwärtigen und zukünftigen Forderungen würden wir entsprechen müssen.

Dieser Entschluß bekam am nächsten Montag noch größeres Gewicht. Ich kam gerade von einem Ausflug zum Supermarkt zurück, da fand ich eine weitere Nachricht von Gunther. Sie war nicht mit der Post verschickt, sondern einfach zusammengefaltet in meinen Briefkasten gezwängt worden. Sie lautete:

> *SIE* HaBEn *mir* V*iel* Mit*ge*Teilt, MR. C*ava*NAUhg *UND* WeNIG gelerNT! Ich lASSE mIcH NichT iN eine FA*lle* LOC*KEN.* MEIN *PREis* iST nur U.M. 500 $ G.E.*STie*gen und *wird jede*S MAL, wenn SIE versU*ch*EN, mICH zu *Täu*-SCHeN, Um *wei*TerE 500 $ ANstE*igen.* ES W*ird* GErechtig*ke*IT ge*übt!*

Noch am gleichen Abend brachte ich die Nachricht ins Gelobte Land. Dort trafen wir uns alle zu dem allmählich zu einem alltäglichen stattfindenden Ereignis: den Sechs-Uhr-Schlechte-Nachrichten.

»Was meint er damit, ›Sie haben mir viel mitgeteilt‹?« fragte Moira.

»Nun«, seufzte Claire, »nachdem er mit Philip gesprochen hat, weiß er offensichtlich etwas, das er vorher nicht wußte. Philip, was genau ist gesagt worden?«

Ich tat mein Bestes, um das Gespräch zu rekonstruieren, konnte aber nicht mehr als eine grobe Umschreibung des Gesagten bieten. Sie wich in keinem wesentlichen Punkt von der bereits gegebenen ab. Claire seufzte nur und sagte, daß ich das nächste Mal, wenn ich mit ihm sprach, so vorsichtig wie nur irgend möglich sein müsse. Wir dachten eigentlich nicht, daß das so bald der Fall sein würde, denn fünfhundert Dollar für ein Telefonat waren ganz schön teuer. Immerhin war es nur ein Ortsgespräch gewesen.

Ich blickte mich im Zimmer um und bemerkte das ungeheure und gar nicht der Jahreszeit entsprechende Blumenarrangement auf der Anrichte.

»Freddy?«

»Wer denn sonst?« erwiderte Moira eifersüchtig. »Ihr hättet erst einmal die Ohrringe sehen sollen!«

Wir diskutierten darüber, wie wir Gunthers Forderungen bezahlen sollten. Moira geriet bei dem Gedanken, sich daran zu beteiligen, sehr in Rage, aber wir schafften es, sie so zu beschämen, daß sie zweihundert Dollar beisteuerte. Somit blieben für Gilbert und mich jeweils neunhundert Dollar. Wir hatten Montag, den 2. Februar. Das Geld war am neunten fällig, daher schickten wir es am nächsten Tag los. Ich hatte bloß 950 $ auf der Bank; mein Anteil brachte mich daher ungefähr auf Null. Es zerstörte auch jede Chance, daß ich Aggie in naher Zukunft das Geld wieder zurückzahlen würde.

Als wir drei Erpreßten vom Briefkasten zurückstapften, drehte sich unsere Diskussion nur um ein Thema: Wie lange konnten wir diese Situation andauern lassen? Was sollten wir tun, wenn er mehr verlangte? Moira stellte zu unserer großen Beunruhigung mit Nachdruck fest, daß sie die Dinge auf *ihre* Weise regeln würde, sollte er eine zweite Geldforderung stellen. Und dann konnten wir so viele Einwände machen, wie wir wollten, nichts würde sie davon abbringen, schwere Geschütze aufzufahren.

Als Gilbert und ich in jener Nacht im Bett lagen und am Kakao nippten, den Moira uns so zuvorkommend gebracht hatte, versuchten wir, Pläne für unsere Zukunft zu schmieden. Ich hatte vor, nach der Hochzeit wegzugehen und darauf zu warten, daß Freddy das Zeitliche segnet. Wie lange konnte das dauern? Höchstens ein paar Jahre. Ich würde eine Menge schreiben können. Wenn die Bedrohung nicht mehr existierte, würde Gilbert sich von Moira scheiden lassen, zu mir in mein Versteck kommen und mich nach Frankreich oder Wales oder in irgendeine anheimelnde Stadt im Mittelwesten entführen. Dort würden wir dann zusammen alt; unsere Finger würden über die Tasten unserer identischen Textverarbeitungssysteme tanzen, und wir würden großartige Theaterstücke und Romane schreiben. Dazu waren wir schließlich geboren.

Wir mußten nur noch die nächsten sieben Wochen durchstehen.

Freddys Umwerben der Herzogin reifte bald zu einem schamlosen Angriff auf die Schwäche der reizenden Adelsfrau für grandiose Liebesgesten heran. Jeden Tag trafen Blumen ein, ferner Schachteln mit den modernsten Kreationen aus der Welt der mit Schlitzen versehenen Miederwaren. Einmal wurde die Herzogin von einer zweirädrigen, von zwei weißen Pferden gezogenen Kutsche vor dem Gebäude abgeholt und zum Paradiso gebracht.

Die Unnachgiebigkeit seines Feldzuges zwang Gilbert, Moira und mich zu der Entscheidung, daß Winslow die illegalen Substanzen aufgeben mußte. Immerhin war Freddy bis jetzt der perfekte Gentleman gewesen. Doch was gab uns die Sicherheit, daß er bei einem zukünftigen Treffen, etwa nach einem Übermaß an Wein, sich nicht auf Winslow stürzen könnte und merken würde, daß seine Leidenschaft von einem Winslow erwidert wurde, der so sehr vor Wonne zerschmolz, daß er überhaupt nicht mehr normal mit der Situation umgehen konnte? Freddy würde hochkommen, nach Luft schnappen und seine falschen Zähne an einer vom Körper befreiten Brust vorfinden oder irgend etwas weitaus Schlimmeres. Irgendwie würde Mami lernen müssen, ohne Ecstasy genauso anzugeben.

Es war natürlich Claire, die die Lösung dieses offensichtlich unüberwindlichen Problems lieferte. (Sie wußte immer noch nicht, daß Winslow sich weiter auf Drogen verließ, kannte aber natürlich seine anhaltenden und tatsächlich immer schlimmer werdenden Panikanfälle zwischen seinen Auftritten.) Claire empfahl folgendes: Wenn Winslow Angst hatte und die Herzogin nicht, dann sollte man sich *Winslow vom Halse schaffen.*

Erst einmal als Vorschlag ausgesprochen, wurden die wohldurchdachten Überlegungen, die hinter diesem Ansatz standen, für alle, selbst für Winslow, klar. Sobald er Frauenkleidung trug, war sein nervlicher Zustand nicht einmal halb so schlimm wie in der schäbigen Hose und der Strickjacke, die ihm gehörten. Dann starrte er nämlich in den Spiegel auf seinen kleinen, ängstlichen Mund und seinen schütteren Haarwust aus blonden Locken und heulte vor Schreck auf, da es offensichtlich unmöglich war, irgend jemanden davon zu überzeugen, eine bezaubernde und selbstbewußte Frau von Welt zu sein. Von jetzt an würden wir ihn bis zur Hochzeit nicht wieder zu diesem ängstlichen Mann werden lassen. Er würde aus seinem Apartment ins Gelobte Land ziehen und jeden Moment als Herzogin leben.

Diese Strategie führte unmittelbar zu unerhört positiven Ergebnissen. Innerhalb von Tagen hatten sich die Panikanfälle so sehr verringert, daß Gilbert und Moira Winnie dazu brachten, sich völlig ohne Drogen nach draußen zu wagen und mit Maddie einen Einkaufsbummel zu unternehmen, um Geschenke für die Brautjungfern und die Türsteher einzukaufen. Er bestand den Test mit Auszeichnung, verunglimpfte »kitschige Ware« und scheuchte die Verkäufer so hochtrabend umher, daß es seinen inspiriertesten, durch Drogen bewirkten Höhenflügen in nichts nachstand.

Doch diese Politik einer unaufhörlichem Darstellung der Herzogin hatte auch ihre Schattenseiten. Wir mußten spärlich vorhandene Gelder für weitere Kleider und Nachthemden ausgeben. Am schlimmsten war jedoch Winslow selber. Er wurde täglich unerträglicher. Da alle Momente, in denen wir mit ihm alleine waren, ›Proben‹ für die öffentlichen Auftritte darstellten, zeichnete sich auch dann sein Verhalten durch den gleichen kaiserlichen Hochmut aus, den er bei seinen öffentlichen Begegnungen mit Vertretern der Verkäuferklasse einsetzte. Auf alle Ermahnungen unsererseits, damit aufzuhören, reagierte er mit Schmollen und Bemerkungen darüber, wie unmöglich es sei, ihn andauernd dazu zu zwingen, »aus der Rolle« zu fallen. Daher hatten wir keine andere Wahl, als mit den Zähnen zu knirschen und Mamis ständige Kommentare über unsere zahllosen Unzulänglichkeiten zu ertragen.

Und auf diese Weise zog der Februar ins Land. Gilbert, Moira und ihre Eltern regelten die letzten Einzelheiten der Hochzeit und des Empfangs. Die Lieferanten für Speisen und Getränke sowie die Musiker wurden bestellt, ferner Floristen, Fotografen und ein Bauunternehmer, der für eine vorübergehende Erweiterung des süßen, kleinen Tanzsaals der Cellinis sorgen sollte.

Gilbert und ich setzten unsere Affäre fort und durchsuchten in regelmäßigen Abständen das Schlafzimmer nach versteckten Mikrofonen und lauernden Fotografen.

Gilbert wählte Holly, Ugo Sartucci und Mike vom Restaurant als Türsteher aus; für diese Aufgabe gab es kaum ein unmöglicheres Trio.

Rasch hatte sich die Nachricht von der Scheidung der Herzogin durch das innerfamiliäre Nachrichtensystem der Bombellis verbreitet, und viele riefen an, um als Sympathie getarnte neugierige Fragen zu stellen. Die Herzogin sagte immer, ja, es sei eine Schande, und es klang gleichermaßen traurig wie schön; noch trauriger war, daß sie gerade von Lord Greenfield und seiner Frau, die nicht zur Hochzeit kommen konnten, vernommen hatte, daß die arme Maude im Badezimmer hingefallen sei und sich die Hüfte gebrochen habe.

Wir warteten auf weitere Forderungen von Gunther und beteten, daß sie nie kommen mochten.

Und Freddy machte auf seine vornehme Art vergeblich der schönen Gwendolyn den Hof.

Nur wenig wußten wir davon, daß wir nicht die einzigen waren, bei denen diese Romanze tiefe Befürchtungen wachgerufen hatte. Tatsächlich war unser Angstschlottern bei jedem ihrer Abendessen nichts im Vergleich mit den erdbebenhaften Schockwellen, mit denen diese Rendezvous die Grundfesten des wohlhabendsten und mörderischsten Clans des organisierten Verbrechens erschütterten.

Wir waren uns auch kaum im klaren darüber, daß es im Hause Bombelli jahrelang von tiefverwurzelten Rivalitäten nur so gewimmelt hatte. Die Hoffnung auf eine friedliche Lösung garantierte zusammen mit dem Zwang, rivalisierenden Familien als vereinte Front entgegenzutreten, daß diese lang anhaltenden Konflikte sorgfältig unter der Oberfläche der glatten Routine eines Alltags aus Drogenschmuggel und Auftragsmorden gehalten wurden.

Doch jetzt klimperte eine frei erfundene Herzogin mit den Wimpern, seufzte »*L'amour, l'amour!*« und ließ die ganzen Schweinereien an die Oberfläche steigen.

26

»Guten Abend, Jungs. Ihr habt doch nichts dagegen, mal in den Wagen zu steigen, oder? Ich möchte mich ein wenig mit euch unterhalten.«

Diese uns bis ins Mark frösteln lassenden Worte wurden am ersten Dienstag im März um ein Uhr nachts direkt vor dem Paradiso ausgesprochen. Ein kalter Regen fiel, und Chick Sartucci lehnte sich aus dem hinteren Fenster seines dunklen Lincoln Continental. Ein stämmiger Fahrer mit Pokergesicht hielt einen Schirm über die Tür, damit Chicks Zigarre nicht durch den Regen ausgelöscht wurde.

Neeeiiin! Nicht jetzt! Nicht heute abend! Herr, erlöse mich! Ich werde alles tun, was du von mir verlangst! Ich werde Priester und arbeite in vom Krieg zerrissenen Ländern mit den Armen. Laß mich nur nicht sterben!

»Mensch, Chick, ist das eine kalte, nasse Nacht! Warum kommst du nicht herein und trinkst einen Brandy!«

»Eine gute Idee!« meinte Gilbert, dessen ganz ähnliche Stoßgebete noch das Lesen für die Blinden beinhalteten.

»He, beruhigt euch, Jungs!« gluckste Chick. »Ich tu euch nichts! Ich will nur mit euch reden. Der Wagen gefällt mir besser, ist irgendwie intimer.«

»Wenn ich dir damit einen Gefallen tun kann, gerne.«

»Wie geht's Ugo?« wollte Gilbert wissen und schob mich vor sich her ins Innere des Wagens.

»Toll. Einfach toll. Er hat euch Jungs richtig gerne.«

»Nun, wir sind auch ganz vernarrt in ihn.«

Langsam rollte der Wagen Richtung Park.

»Als erstes will ich euch sagen, wie sehr ich euch Jungs mag. Direkt vom ersten Mal, als ich euch auf Maddies Weihnachtsparty getroffen habe, dachte ich mir: Das sind helle Köpfe. Richtig Klasse, hochbegabt. Ich meine, ihr Jungs und auch eure Verlobte Moira – ihr seid gute Leute, *Aber…*«

Er machte eine unerträglich lange Pause und rauchte,

während der Wagen in die Dunkelheit des Central Park hineinfuhr.

»... über diese Schwiegermutter, die du da bekommst, kann ich nicht das gleiche sagen, Gil. Ich will damit wohlgemerkt nicht Moira in ein schlechtes Licht rücken. Die ist Spitze. Aber ihre Mutter...« Traurig schüttelte er den Kopf. »Ich halte sie für keine nette Frau.«

»Nun, wir auch nicht!« sagte Gilbert.

»Um Himmels willen, nein! So *snobistisch*!«

»Wir können sie nicht *ausstehen*!«

»Ich meine«, sagte Chick mit dem Groll der Gerechten, »was kann man schon zu einer Dame sagen, die losrennt und einen Herzog heiratet, nur um zu einem ausgefallenen Titel zu kommen, dann für die Hochzeit ihrer Tochter zurück in die Staaten kommt, einen netten, reichen alten Kerl trifft, der schon mit einem Fuß im Grab steht, und daraufhin ihren Ehemann fallenläßt wie eine heiße Kartoffel.«

»Erbärmlich.«

»Laßt und das Kind beim rechten Namen nennen, Jungs! Die Herzogin ist nichts anderes als ein gottverdammtes, altes Flittchen, das nur hinter dem Geld der Männer her ist!«

»Mensch, Chick!« ließ ich mich hören, denn ich hatte gerade erkannt, daß bald Winslows Blut an unseren Händen klebte, wenn wir weiter mit allem, was Chick sagte, übereinstimmten. »Klar, ich kann verstehen, wie du zu diesem Eindruck kommst, aber ich denke nicht, daß die Herzogin notwendigerweise hinter Freddys Geld her ist.«

»Du nicht, was?« fragte er mit argwöhnisch zusammengekniffenen Augen.

»Nicht *notwendigerweise.* Ich meine bloß, daß ich denke, ihre Ehe war schon in die Brüche gegangen, bevor sie Freddy traf. Sie wollte sich sowieso vom Herzog scheiden lassen.«

»Ja? Nun, ist es nicht eigenartig, daß sie nicht eher damit herausrückte, bis sie bei Freddy war und die Marmorfußböden und die goldenen Wasserhähne im Badezimmer gesehen hat? ... Schaut, ich will euch Jungs keinen Kummer bereiten. Ihr habt nichts mit der Sache zu tun. Ich will nur, daß ihr Ihrer Hoheit eine kleine Nachricht übermittelt. Ihr sagt ihr, daß sie nicht so einfach davonkommt. Es hat Freddy siebzig Jahre gekostet, diesen Schotter anzusammeln, und er hatte dabei eine Menge Unterstützung durch seine Familie. Wenn die Herzogin denkt, sie könnte sich auf sein Totenbett stürzen und den ganzen Zaster einstecken, dann ist sie verdammt schief gewickelt. Heiratet sie ihn, ist sie *tot*! Wenn sie sich bei Freddy über Drohungen ausheult, ist sie *immer noch* tot. Er wird nicht ewig leben, obwohl er das zu denken scheint, und wenn er weg ist, dann gibt es eine ganze Menge von uns und nur sie. Heiratet sie ihn, ist sie tot. Wenn sie den Mund aufmacht, ist sie tot. Wenn ihr ihr sagt, wer euch das gesagt hat, dann seid *ihr* tot. Haben wir uns verstanden?«

»Und ob!«

»Völlig.«

»Und ich will dir auch direkt versichern, Chick: Es ist völlig unmöglich, daß die Herzogin *je* Freddy Bombelli heiraten wird. Darauf hast du mein Wort!« sagte Gilbert.

»Ich bin froh, das zu hören, Gil. Und ich bin sicher, daß du nicht Moira damit belästigst. Sie ist ein süßes, unschuldiges Kind, und es hat keinen Zweck, sie mit irgendeiner Sache zu beunruhigen, die sie überhaupt nicht verstehen kann.«

Chick setzte Gilbert am Gelobten Land ab und mich an meiner Wohnung, denn zu jenem Zeitpunkt hatten wir große Angst, auch nur den kleinsten Hinweis darauf zu geben, daß unsere Freundschaft mehr als nur platonischer Natur war. Sobald Chick davongerauscht war, schnappte ich mir ein Taxi und fuhr ins Gelobte Land.

»Gott sei Dank, du lebst!« rief Gilbert und umarmte mich.

»Nun, er hatte nicht vor, mich umzubringen, Süßer!«

Gilbert erzählte, er habe bereits Mami und Moira wecken wollen, aber sie seien nicht zu Hause gewesen. Eine Viertelstunde später kamen die beiden an. Sie hatten die Nacht mit dem liebeskranken Don in der Stadt verbracht. Wir informierten sie über die neue Drohung, und entschieden uns dabei, Chicks Aufforderung zu beachten, und nicht zu erwähnen, von wem die Drohung kam. Moira wollte es unbedingt wissen, aber wir ließen uns nicht beirren.

»Sehen Sie, Euer Gnaden«, sagte ich zu Winslow, »Sie begreifen doch, daß Sie Freddys Antrag nie annehmen können, nicht wahr?«

»Natürlich begreife ich das, Sie frecher Bengel!«

»Dann hören Sie bitte um Ihrer und unseretwillen damit auf, ihn so oft zu treffen! Sagen Sie ihm, Sie hätten mit der Hochzeit zu tun oder bräuchten Ihre Ruhe. Ganz egal, was. *Meiden* Sie ihn!«

»Die Liebe, die Liebe!« seufzte Winslow und blickte auf seine neue Armbanduhr von Cartier. »So ganz klappt es nie, nicht wahr?«

Am nächsten Tag erzählten wir Claire von den Drohungen. Sie war erschreckt, stimmte aber mit uns darin überein, daß es keinen Grund gab, sich ernsthaft Sorgen zu machen, da Chicks Befürchtungen nie eintreffen konnten.

Die ganze nächste Woche über rief Freddy jeden Tag an, um Verabredungen zu treffen, aber bei Mami kam, obwohl sie bereit war, mit ihm zu plaudern, immer etwas dazwischen.

Oft fragte er danach, wann sie denn vorhabe, die Scheidung einzureichen. Hatte sie Nigel ihre Absichten schon klargemacht? Hatte er sie respektiert oder versuchte er, sie dazu zu zwingen, gegen ihren Willen bei ihm zu bleiben? Sie antwortete immer, daß sie es Nigel erzählt habe, und er ihr versprochen habe, nicht dagegen anzukämpfen, doch beide wollten mit der Scheidung lieber bis nach der Hochzeit warten. Und, oh, schlechte Nachrichten! Die arme Lady Fish würde nicht kommen können; Arthritis habe sie fast völlig verkalken lassen.

Doch trotz Mamis Anstrengungen, die Romanze abkühlen zu lassen, gab Freddy nicht nach. Die Blumen kamen in schneller Folge ins Haus, so daß Besucher im Gelobten Land sich mit befremdeten Blicken umsahen, als ob sie sich fragten, wo denn der Sarg stehe.

Jetzt blieben nur noch drei Wochen bis zur Hochzeit, und ich wurde immer mehr von den Anrufen verschiedener Cellinis geplagt, die mich nach der Junggesellenparty fragten, die ich als bester Freund des Bräutigams zu organisieren hatte. Diese Tradition war der männlichen Seite der Familie offenbar so heilig wie den Bräuten das vor aller Augen stattfindende Öffnen der Geschenke. Ihre Ermahnungen, die Sache auf die Beine zu stellen, ließen mich zusammen mit ihrem ganz allgemein wollüstigen Ton zu meinem größten Unbehagen erkennen, daß man von mir erwartete, nichts weniger als eine größere Orgie zu feiern.

Schwule können gewöhnlicherweise ganz gut begreifen, was es mit den Gepflogenheiten männlicher Heterosexueller auf sich hat. Auch wenn wir selbst nie gejagt haben, nie zu einem Preiskampf angetreten sind und auch nie für die Todesstrafe von Schiedsrichtern plädiert haben, werden derlei Aktivitäten in Filmen, die wir kennen, so oft dargestellt, daß wir mehr oder weniger wissen, worum es geht. Da ich nie einen populären Film über eine Junggesellenparty gesehen habe, blieb für mich diese Festlichkeit jedoch ein geheimnisvoller und mysteriöser Ritus, wobei ich spürte, daß mein Vollzeitjob dabei aus mehr bestand, als einfach dafür zu sorgen, Alkohol im Überfluß herbeizuschaffen.

Im Restaurant fragte mich Mike nach meinen Plänen. Aggie hörte es, mischte sich ein und sagte, im Paradiso sei den Sonntag vor der Hochzeit nichts vorgemerkt, und wir waren herzlich eingeladen, den Platz kostenlos zu nutzen, solange wir damit einverstanden seien, hinterher selbst aufzuräumen und für zerbrochene Einrichtungsgegenstände zu bezahlen. Ich nahm dankbar an, doch auch wenn dieses Detail jetzt gelöst war, die ganzen anderen Mysterien blieben bestehen.

Schließlich rief ich Ugo an und gestand, daß ich noch nie auf einer Junggesellenparty gewesen sei, und alle Tips, wie man sie zu einem denkwürdigen Fest werden läßt, sehr willkommen hieß. Er fühlte sich geschmeichelt, nahm an, daß sein Ruf als Partylöwe mich dazu gebracht habe, mich nach seinem Urteil zu richten und versprach, er würde die Sache umgehend in Angriff nehmen. Wenn ich ihm die Gästeliste gab und die Rechnung bezahlte, würde er sich um den Rest kümmern.

Die dritte Märzwoche war da, und als Gilbert und ich gerade aus dem Paradiso kamen, fanden wir uns erneut direkt vor dem Kotflügel eines Wagen wieder, der zweifellos einem Verbrecher gehörte. Diesmal war es ein riesiger, kastanienfarbener Cadillac. Wir wollten gerade auf der Stelle kehrtmachen und wieder ins Restaurant zurück, als die wieselähnliche Gestalt Charlie Pastores aus dem Fond sprang.

»Hallo, Jungs! Ich hatte gehofft, euch beide zu erwischen, bevor ihr weg seid. Wie geht's denn so?«

»Großartig, Charlie! Und bei dir?«

»Danke der Nachfrage! Ihr seht prima aus, einfach prima. Hübsch! Mensch, was würde ich darum geben, noch einmal so jung zu sein wie ihr!«

Er war ein kleiner Mann mit blitzschnellem Blick und einem Lächeln, das dauerhaft erstarrt zu sein schien. Er sprach schnell, eilte auf das Satzende zu und dann weiter zum nächsten, wodurch er die einen rasend machende Gewohnheit hatte, einen etwas zu fragen und dann weiterzugehen, bevor man antworten konnte.

»Nun, ich sehe euch an, Jungs, daß ihr euch fragt, warum ich hier auf euch warte. Habe ich recht? Also, ihr habt doch nichts dagegen, daß ich euch gerne in eine kleine Wohnung von mir direkt um die Ecke mitnehmen würde. Da sind wir unter uns, wißt ihr?«

Zehn Minuten später saßen wir in seiner kleinen Wohnung. Sein Fahrer servierte die Getränke.

»Ich wette, wegen der Hochzeit bist du ganz aufgeregt, was, Gilbert? Wirst ein wenig nervös? Ich weiß noch, ich war es auch, aber komm, Junge, laß das besser, du hast da doch ein phantastisches Mädchen! Und die Mutter erst! Boah! Nun, die ist ja wohl eine ganz Vornehme! Damit kommt sie allerdings bei gewissen Leuten nicht besonders gut an. Na, genau darüber wollte ich ja auch mit euch sprechen. Freddy, Freddy Bombelli, ist... na ja, das muß ich *euch* ja nicht erst erzählen, nicht wahr? Ihr wißt doch mehr als ich, hab' ich recht? Er ist einfach verrückt nach ihr, und wer kann es ihm verübeln? Das Beste, was ihm zustoßen konnte, ein kleiner Sonnenstrahl in seinem Lebensabend. Ich meine, sie könnte auch um einiges schlechter dastehen! Freddy ist ein wohlhabender Mann! Er wird sie auch anständig behandeln, nicht wie ihr mieser Herzog!

Nun, ich will hier nicht lange um den heißen Brei herumreden. Ich weiß, was da im Busche ist. Es gibt gewisse Leute, die wollen nicht, daß Freddy glücklich ist. Sie haben sich mit euch unterhalten, nicht wahr? Sie haben euch gesagt, ihr sollte der Herzogin eine Nachricht überbringen, und das habt ihr getan, und deswegen zeigt sie jetzt den armen Freddy die kalte Schulter. Nun, frage ich euch, ist das *gerecht?* Zwei Menschen versuchen, ihr Glück zu finden, und ein paar habgierige Hunde wollen es ihnen verderben! Es reicht doch schon, euch das Herz zu brechen, oder nicht? Also, hört mal gut zu – *laßt euch nicht einschüchtern!* Ihr gehört zu den Cellinis, und die Cellinis kümmern sich um Ihresgleichen. Wir beschützen euch. Kapiert? Aber wenn wir euch schon beschützen, dann, meine ich, haben wir ein Recht darauf, eine Gegenleistung zu erwarten. Ein kleines Zeichen der Loyalität. Ist das falsch?«

Wir brauchten einen Augenblick, bis wir merkten, daß er tatsächlich von uns erwartete, zur Abwechslung darauf zu antworten.

»O nein! Das ist überhaupt nicht falsch!«

»Gerechtigkeit muß sein!«

»Genau! *Genau!* Also, hört jetzt gut zu, Jungs... Er wird ihr einen Heiratsantrag machen. Ich weiß das, weil er es mir selbst gesagt hat. Und wenn er das tut, nun, dann wird sie mit Ja antworten. Denn es gibt ja wohl keinen Zweifel daran, daß sie *plante,* ja zu sagen, bevor gewisse Individuen den Versuch starteten, sie umzustimmen. Da braucht man keinen Doktor zu machen, um das zu erkennen! Warum sonst hätte sie sich denn plötzlich dazu entschlossen, sich vom alten Herzog scheiden zu lassen, nicht wahr? Ihr habt da etwas ganz Schlimmes getan, Jungs, seid losgegangen und habt sie dazu gebracht, zu kneifen, und laßt einen lieben, alten Mann alleine sterben, ohne daß ihm eine Frau die Hand hält. Aber Schwamm drüber! Ich gebe euch nicht die Schuld dafür! Diese Hunde haben euch unter Druck gesetzt, habe ich recht? Sind fies geworden? Daher werden wir auch nicht sauer auf euch, weil ihr einen Fehler gemacht habt, wo es doch noch jede Menge Zeit gibt, ihn wiedergutzumachen.«

»Aber Charlie«, erwiderte ich, »was ist, wenn die Herzogin Freddy gar nicht heiraten *will?*«

»He, Jungs! *Beleidigt* mich nicht. Sie ist wie ein gottverdammter Bluthund hinter ihm hergejagt, bis ihr ihr das untersagt habt! *Beleidigt* mich ja nicht, Jungs! Das verletzt meine *Gefühle!* Und wenn meine Gefühle verletzt werden – dann weiß ich nicht mehr, was ich tue! Sie will ihn! Und er will sie!«

»Und er wird sie *bekommen*«, sagte Gilbert energisch.

»Na also, das hört sich ja schon besser an!«

»Diese beiden netten alten Leute werden das Glück finden, das sie verdienen!« ergänzte Gilbert.

»Endlich!«

»Sie werden das Band der Ehe knüpfen!«

»Rechtzeitig!«

»Wer sind wir denn, daß wir uns der Liebe in den Weg stellen!«

»*Genau!*«

Schweigend wankten wir ins Gelobte Land zurück und folgten dabei dem zeitlosen Aberglauben, daß nichts wahr ist, solange man es nicht laut ausspricht. Um zwei Uhr kamen wir an und stellten fest, daß Claire, Moira und Mami wach und in heller Aufregung waren. Das Drama dieses Abends war noch lange nicht beendet.

»Wo seid ihr *gewesen!*« schrie Moira. »Ich habe im Restaurant angerufen, und sie sagten, ihr seid vor einer Stunde weggegangen!«

»Wir wurden aufgehalten«, sagte ich matt.

»O Gilbert!« sagte sie, warf ihm die Arme um den Hals und brach in heftiges Schluchzen aus. »Du hast ja keine Ahnung, was wir durchgemacht haben!« Sie machte eine dramatische Pause und sagte: »Man hat mich *unter Druck* gesetzt!«

»Dich auch?« fragte Gilbert.

»Dich *auch?*« fragte die Herzogin mit einem nervöseren Zucken, aber sonst noch ganz in ihrer Rolle.

»Ja!«

»Schon *wieder?*« fragte Claire.

Wir nickten.

»Von derselben Person?«

»Nein. Ein neuer.«

»O je! Was ist passiert?«

»Ich glaube, ich hatte bereits angefangen, Claire«, sagte Moira verdrießlich, setzte sich auf ein rundes Sitzpolster und teilte uns atemlos ihre Geschichte mit.

Mami hatte beschlossen, einen ruhigen Abend zu Hause zu verbringen, und Moira war nach SoHo gegangen, um Vulpina zu treffen und die Eröffnung von Aldo Cuppers *Taschen Nr. 4* in der Concepteria zu besuchen. Nach der Eröffnung brachte Moira Pina nach Hause und versuchte, ein Taxi heranzurufen, als ein dunkler Cadillac vor ihr anhielt. Das Rückfenster rollte herunter, Lunch Fabrizio lehnte sich heraus und fragte sie, ob sie nicht so freundlich sein wolle, auf einen kleinen Plausch einzusteigen.

Währen der Wagen durch SoHo streifte, erzählte ihr Lunch mit den ausfallendsten Worten genau, was er und seine Sympathisanten von den gemeinen Versuchen der Herzogin hielten, den alternden Freddy zu verführen. Neben noch deftigeren Begriffen meinte er, »sie wolle sich mal eben einen Sarg unter den Nagel reißen«. Er machte kein Geheimnis daraus, daß er glaubte, Moira habe ihre Mutter als Teil ihres verabscheuungswürdigen Planes, Freddys Millionen und seine Macht zu erben, zu der ganzen Sache angestiftet. Lunch verlangte folgendes:

Wenn die Herzogin sich vom Herzog vor dem Ableben Freddys auch nur *scheiden* ließ, dann würde Moira »einen Unfall« haben. Das nur als eine an die Herzogin gerichtete Warnung.

Wenn die Herzogin Freddy heiratete, dann würden die Herzogin und Moira nach Freddys Tod auf jeden Fall irgendwie umgebracht. Kein noch so großes Präventivgemetzel würde die Lunch ergebenen Überlebenden davon abhalten, sich für ihn zu rächen.

Wenn Moira oder die Herzogin Freddy oder irgend jemand anderem, der daraufhin Freddy informierte, auch nur ein Wort sagen würden, dann würden Moira, Gilbert, die Herzogin und Freddy alle einen raschen und schrecklichen Tod sterben.

Gilbert und ich standen einfach mit herunterhängenden

Kinnladen da, unfähig zu glauben, daß der Felsen noch größer und der schwierige Platz noch schwieriger geworden war.

Als Moira fertig war, erzählten wir den dreien alles über Charlie, und erwähnten auch Chick, da es keinen Zweck zu haben schien, irgend etwas zu verbergen. Dann war wieder Zeit für ›*Guernica*‹. Nur reine Erschöpfung war der Grund, daß sich die Panik irgendwann legte, und wir vereinbarten, uns am nächsten Nachmittag wieder zu treffen.

Claire und ich teilten uns ein Taxi stadtauswärts. Als es die Central Park West entlangrauschte, kniff ich mich in meine Hand und versicherte mich, daß es irgendeinen Ausweg geben mußte. Wir sagten kein Wort. Erst als ich das Taxi verließ, wünschten wir uns gegenseitig eine gute Nacht.

Auf dem Weg ins Haus sah ich in den Briefkasten und fand eine weitere zusammengeklebte Botschaft von Gunther, in der er letzte fünftausend Dollar verlangte, zahlbar bis zur Hochzeit.

27

Ich weiß nicht, wie Claire, Moira oder Winslow es schafften, diese letzten Wochen voller Terror zu durchstehen, aber das bevorzugte Beruhigungsmittel für Gilbert und mich war Sex, und das nicht zu knapp. Wir hörten auf, beim jeweils anderen zu übernachten, denn wir hatten das ungute Gefühl, unter Beobachtung zu stehen. Unsere Diskretion erstreckte sich aber nur auf diese Vorsichtsmaßnahme. Wir fanden uns nie allein in einem Zimmer wieder, aber Gilbert blickte gewöhnlich auf seine Uhr, dann auf die nächstgelegene Tür und murmelte: »Was meinst du?«

Unsere kleine Gruppe verbrachte Stunden über Stunden damit, Überlebensstrategien durchzudiskutieren, doch keiner von uns, nicht einmal Claire, konnte sich einen Weg vorstellen, auf dem sich die Forderungen von Lunch, Chick, Charlie und Freddy unter einen Hut bringen ließen. Es gab nur eine einzige, jämmerliche Taktik, die uns zur Verfügung stand: Zeit schinden.

Wenn Freddy den Heiratsantrag machte, würde die Herzogin sagen, sie brauche Zeit, um darüber nachzudenken. Kurz vor der Hochzeit würde sie dann ein Telegramm bekommen, in dem ihr mitgeteilt wurde, der Herzog sei krank und könne nicht kommen. Nach der Hochzeit würde sie nach England zurückkehren, eine Woche warten und dann verkünden, der Herzog sei gestorben und liege unter der Erde. Sie würde das nicht früher von sich geben, weil sie ihrer Tochter nicht die Flitterwochen mit so tragischen Neuigkeiten verderben wollte. Dann würde die Herzogin in die Staaten zurückkehren (wir konnten ja Freddy nur schwerlich nach Trebleclef fahren lassen, um sie zu trösten), auf die Regeln des Anstands zurückgreifen und sagen, daß sie erst nach Verstreichen einer angemessenen Trauerzeit über eine Wiederverheiratung sprechen könne. Das würde zwar nichts zur Verbesserung unserer gegenwärtigen Situation beitragen, uns aber Zeit schenken, um uns einen Ausweg einfallen zu lassen.

Wenn wir dazu in der Lage waren.

Was wir bezweifelten.

Das unmittelbar bevorstehende Problem war Gunther, oder genauer das, was Moira ihm antun wollte. Als sie von der neuen Forderung hörte, tobte sie vor Wut und erklärte unversöhnlich, es sei höchste Zeit, Freddys zuverlässigen Pfleger zu rufen und ihm zu sagen, wir hätten einen Kandidat für seine schnelle Hand.

»Moira«, bat ich flehentlich, »es ist einfach nicht richtig!«

»Ich kann nicht einsehen, was daran falsch sein sollte. Herrgott, Philip! *Du* bist doch derjenige, den er umbringen lassen will! Hast du schon jemals etwas von Selbstverteidigung gehört?«

»Das ist nicht dasselbe!« sagte Claire. »Hier geht es um vorsätzlichen Mord!«

»Natürlich ist es vorsätzlich! Wie sollen wir ihn denn sonst als erster erwischen? Ich verstehe euch wirklich überhaupt nicht!«

»Schau, Moy«, sagte Gilbert, »er sagte, es ist die letzte Zahlung. Und du brauchst doch gar nicht viel bezahlen! Nur fünfhundert Dollar oder so! Den Rest kratzen wir schon zusammen. Winnie, du hast eine Menge Schmuck von Freddy bekommen. Den könntest du doch ins Pfandhaus geben.«

»Meine Juwelen verpfänden!« schnatterte Winnie, der in einem mit Rüschen besetzten, purpurfarbenen Cocktailkleid prächtig anzusehen war. »Ich muß schon sagen, daß es mir schrecklich gefühllos erscheint, wenn man die Liebe bedenkt, mit der sie einem geschenkt wurden. Was sind das für Frauen, die...«

»*Winnie!*«

»Oh, schon gut!«

Gilbert und ich konnten am Ende der Woche zusammen mit drei Riesen aufwarten. Claire versprach fünfhundert Dollar.

»Moira«, sagte sie, »du kannst wenigstens genausoviel dazutun wie ich!«

»Nein! Hier geht es ums *Prinzip*!« sagte Moira, warf sich

ihren Trenchcoat über und stürmte nach draußen. Ihre Augen funkelten. Sie war zu allem Schrecklichen entschlossen.

Kaum war sie weg, rief ich in Gunthers Friseursalon an.

»Capelli, womit kann ich dienen?«

»Hör zu, Gunther, du mußt damit aufhören! Du hast ja keine Ahnung, wieviel Ärger dir diese Erpressung einbringen kann!«

»Mr. Cavanaugh, ich bin diese albernen Versuche, mich zu belasten, allmählich leid! Ich lasse mich nicht hereinlegen und sage Dinge, die jeglicher Wahrheit entbehren!«

»Ich versuche gar nicht, dich hereinzulegen! Ich sage nur, du mußt die neue Forderung zurückziehen. Wir haben dich schon einmal bezahlt.«

»Einen lächerlichen Betrag, bedenkt man den Schaden, den Sie mir zugefügt haben!«

»Dann gibst du also zu, das Geld angenommen zu haben!«

»Ich habe Geld von Ihnen angenommen, ja. Doch ich habe es nicht *verlangt.* Sie haben es selbst auf sich genommen, es mir zu schicken. Da mir beträchtliche Einnahmen verlorengingen, bin ich nicht so dumm, gerechte Ausgleichszahlungen zu verschmähen.«

»Hör zu, Gunther, du spielst da mit den falschen Leuten. Wenn du nicht damit aufhörst, dann wirst du umgebracht. Hast du das begriffen? *Umgebracht!*«

»Todesdrohungen, Mr. Cavanaugh? Vielleicht interessiert es Sie ja zu wissen, daß ich dieses Gespräch *ebenfalls* aufzeichne. Wenn mir also irgend etwas zustoßen sollte, dann habe ich jetzt ein Tonband, das mein Rechtsanwalt...«

»*Herrgott noch mal!*« sagte ich und legte auf. »Na, ist ja *reizend*! Jetzt wird Moira Gunther umbringen lassen, und das einzige Belastungsmaterial wird mich damit in Verbindung bringen!«

Doch dieses eine Mal waren die Gepflogenheiten des organisierten Verbrechens auf unserer Seite. Als Moira zurückkam, erklärte sie sich mürrisch damit einverstanden, fünfhundert Dollar beizusteuern. Diesen Gesinnungswechsel hatte kein Wiedererwachen der Moral bei ihr verursacht, sondern eine unerwartete Lektion in der Ökonomie des

Mordens. Gunther umbringen zu lassen würde sie fünfzehnhundert Dollar kosten, und wir übrigen würden uns weigern, uns auch nur mit einem Cent an dieser Summe zu beteiligen. Vor die Wahl gestellt, Gunther für fünfzehnhundert Dollar aus dem Weg zu räumen oder ihn mit fünfhundert Dollar zu besänftigen, entschied sie sich aus Sparsamkeit für letzteres. So legten wir also ein paar Tage später die Banknoten in einen reichlich gefütterten Briefumschlag, und Moira bestand darauf, noch einen Zettel dabeizulegen, auf dem stand: »Letzte Zahlung! Noch ein Versuch und du bist eine Leiche!« Dann wurde der Brief an die entsprechende Postfachadresse geschickt.

Da durch meinen Beitrag meine finanziellen Reserven erschöpft waren, konnte ich Gilbert und Moira kein Hochzeitsgeschenk mehr kaufen. Das stellte mich vor ein neues Problem, allerdings nur wegen der berühmten Sitte, die Geschenke zum Vergnügen aller zu öffnen. Claire kam auf die Lösung, irgendeine schöne Antiquität aus dem Gelobten Land zu nehmen, sie zu verpacken, und dann nach der Hochzeit wieder zurückzustellen.

Was Freddys Werben in den Wochen vor dem Tod des Herzogs angingen, schlug Mami einen vorsichtigen Mittelweg ein. Sie sah ihn nicht so häufig wie vor Chicks Drohung, aber auch nicht so wenig wie danach. Das gefiel natürlich niemandem, aber es ließ auch keinen schießwütig werden.

Ich bin sicher, daß Sie bei diesen neueren Entwicklungen begreifen können, warum weder Gilbert noch ich uns groß auf seine Junggesellenparty freuten, besonders da ja die drei potentiellen Mörder von uns mit unter den Gästen sein würden. Doch unsere Anwesenheit dort blieb uns nicht erspart.

Es war eine der schrecklichsten Nächte unseres Lebens, um so mehr, als keiner von uns auch nur für einen Moment zeigen durfte, daß uns die ausschweifenden Exzesse, die sich Ugo so liebevoll ausgedacht hatte, abstießen. Wir mußten so tun, als würden wir alles genießen – den lesbischen Pornofilm, die ungewöhnlichen Aschenbecher, die einen jedes Mal, wenn man eine Zigarette ausdrückte, zum Vergewaltiger machten, die besoffenen Gäste, die sich im Klo erbrachen, und die Stripperin, die die Zehn- und Zwanzig-Dollar-Scheine ihrer Bewunderer auf eine Weise entgegennahm, die dem Wort ›Tresorfach‹ neue Bedeutung gaben.

Wir konnten uns bald zusammenreimen, daß diese so geschickte Dame von Ugo gemietet worden war und sein eigenes, besonderes Geschenk an Gilbert darstellte. Gilbert könne mit ihr tun, was immer er wolle, kündigte Ugo unter dem beifälligen Gejohle der Umstehenden an. Gilbert wollte sie natürlich am liebsten auf eine in einem anderen Bundesstaat gelegene Berufsschule schicken, aber genau so konnte er das nicht sagen. Ich empfand tiefes Mitleid mit ihm, als er vor einer betrunkenen und applaudierenden Menge dasitzen und so tun mußte, als sei er von Lust entflammt, als sie ihre mit kleinen Troddeln geschmückten Titten in sein Gesicht schob. Als sie dann schließlich vor ihm hinkniete und seinen Gürtel löste, blieb ihm nichts anderes übrig, als aufzuspringen, ihre Hand zu packen und sie unter dem anerkennenden Gepfeife und Gestampfe der Menge in Aggies Büro zu führen und die Tür abzuschließen. Dort erzählte er ihr errötend, er hätte sich bei einer anderen Dame ihre Gewerbes einen Tripper geholt und habe nur noch sieben Penicillintage bis zu den Flitterwochen. Sie war ihm für seine Ehrlichkeit dankbar und überglücklich, mit ihrem Hintern rhythmisch gegen die Tür zu stoßen und dabei vor Vergnügen aufzuschreien, währen die Menge einen ohrenbetäubenden Sprechchor bildete: »Tu's! Tu's! Tu's!

Wie ich schon sagte, befanden sich auch Lunch, Chick und Charlie Pastore in der Menge, ferner Marlowe Heppenstall, der Mann der fetten Steffie, George Lucci, Christopher, Mike der Küchenchef Lou, der Tellerwäscher, Lunchs Schwiegersohn Lou, verschiedene Gangster und Holly Batterman (der unmittelbar nach Gilberts simulierter Liebelei mit einem vor Vorfreude angeschwollenen Wählfinger das Fest verließ).

Chick und Charlie tranken stärker und lachten lauter als alle anderen und ließen Gilbert und mich wissen, daß sie auf unserer Seite standen. Beide fanden einen unauffälligen Augenblick, um sich danach zu erkundigen, ob die Romanze sich zufriedenstellend auf ihre Erfüllung oder ihr Ende hin entwickelte. Ich setzte Chick darüber in Kenntnis, daß am Ende mit Sicherheit die Hochzeitsglocken läuten würden, und sagte Chick, daß das königliche Flittchen die Nachricht bekommen hätte, aber versuchen würde, noch ein paar Kleinigkeiten aus Freddy herauszuquetschen, bevor sie sich wieder mit dem Herzog aussöhnte. Beide schienen zufrieden zu sein.

Die Party schleppte sich scheinbar endlos dahin, doch gegen drei waren alle außer Ugo gegangen. Er war voll, aber prostete uns immer noch zu und wurde über seine neue Freundschaft mit uns immer rührseliger. Er wußte zwar, daß wir anders waren als er, einen anderen Geschmack besaßen und uns auf andere Weise ausdrückten, aber wir waren in Ordnung, und indem er uns kennenlernte, hatte er seine Horizonte erweitert. Wir versicherten ihm, daß auch er die unseren erweitert hatte; drauf erbrach er sich glücklich und kippte auf das Bankett.

Als wir den Trümmerhaufen genauer untersuchten, tauchte Aggie auf.

»Gut, gut. Schaut euch diesen Platz an! Ich komme gerade selbst von einer kleinen Party und dachte, ich mache mal einen kleinen Schlenker und sehe nach, wieviel hier kaputtgegangen ist. Das ist ja nicht halb so schlimm wie ich erwartet habe. Ihr hättet den Laden mal nach der Junggesellenparty von *dem* da sehen sollen!« meinte sie und deutete auf die bäuchlings daliegende Gestalt Ugos.

Wie wir war auch sie sehr betrunken, doch wir waren uns alle unserer Umgebung noch recht gut bewußt.

»Und ihr Jungs hattet euren Spaß?«

»Ja.«

»Es war großartig!«

Wir müssen nicht allzu überzeugend geklungen haben, weil sie ihren Kopf zurückwarf und laut loslachte.

»War es so schlimm?«

Nachdem wir die ganze Nacht über die Masken feiernder Kraftprotze getragen hatten, war an diesem Punkt die Versuchung, sie fallen zu lassen, überwältigend, und so gaben wir ihr nach. Nicht, daß wir irgend etwas gesagt hätten; wir stießen einfach einen tiefen Seufzer aus und schüttelten langsam unsere Köpfe – ganz so, als hätten wir gerade einen Blick in die Hölle getan.

Ein Ausdruck mütterlicher Sorge überkam sie. Sie setzte sich an unseren Tisch und steckte sich eine Zigarette an.

»Meine Spione erzählten mir, ihr Jungs hättet neulich etwas den Kopf hinhalten müssen.«

Wir warfen uns einen raschen Blick zu; jeder ermahnte den anderen zur Vorsicht. Der Himmel mochte wissen, was *sie* im Schilde führte. Daher nickten wir einfach nichtssagend und unverbindlich und verstummten.

»Wollt ihr mir nichts darüber erzählen?« fragte sie.

Wir schüttelten unsere Köpfe. Sie lächelte.

»O je, o je! Die haben euch ja einen so großen Schrecken eingejagt, daß ihr gar nicht mehr wißt, wem ihr trauen sollt, nicht wahr? Nun, macht euch wegen mir keine Sorgen, Jungs. Ich gehöre zu keiner Seite. Schon seit Jahren nicht mehr.«

Sie trat sich ihre Schuhe von den Füßen, lehnte sich zurück und legte die Füße auf den Tisch. Träumerisch zog sie an ihrer Zigarette und blickte gelassen auf den Trümmerhaufen.

»Hab' mir einen guten Batzen von meinem ersten Mann zukommen lassen, diesen Laden hier übernommen und allen gesagt, sie sollten *mich* da raushalten. Ich sagte Lunch und allen anderen: ›Ich habe es satt, die ganze Nacht über herumzusitzen und mir darüber Sorgen zu machen, daß es den Verwandten vielleicht gerade ans Leder geht. Wen kümmert's schon? Mir ist das alles egal. Ihr Jungs könnt so viel kämpfen wie ihr wollt, nur nicht hier.‹ Mein Laden ist eine neutrale Zone. Ist das nicht nett? Keine Knarren, keine alten Rechnungen, und das respektieren sie auch. Würde sie auch nicht hereinlassen, wenn sie es nicht täten. Würde mich mit einer gottverdammten Knarre selbst an die Tür stellen!«

Wieder wurde es still. Gilbert beeilte sich zu fragen, warum die Leute sich so sehr über die Herzogin beunruhigten. Aggie lachte.

»Das ist eine lange Geschichte, Schätzchen, aber ich versuche mal, euch die kurze Version zu erzählen. Wenn ihr mir nur eine klitzekleine Frage beantwortet.«

»Welche?«

»Ihr beiden seid schwul, nicht wahr?«

Einige Sekunden verschlug es uns die Sprache. Aggie meinte: »Kommt schon, Jungs, ich kann doch ein Geheimnis für mich behalten. Und außerdem haben wir das Christophers gehässige Bemerkungen sowieso schon verraten – ganz zu schweigen von der Art, auf die *du*« – damit meinte sie mich – »so verdammt nervös wurdest, als ich mich an dich heranmachte. Ihr seid schwul, stimmt's?«

Wir nickten.

»Gilbert, mein Lieber, *warum* in aller Welt heiratest du dann dieses honigzüngige Miststück Moira?«

»Wegen der Geschenke«, sagte Gilbert, und Aggie warf ihren Kopf zurück und lachte lauter und stärker, als ich in meinem ganzen Leben einen Menschen habe lachen sehen.

»HAH! HAH! HAH! HAH! Na, dann hoffe ich, du bekommst ein paar *schöne* Geschenke, Süßer!«

Als ihr Lachen endlich wieder abgeklungen war, goß sie sich einen weiteren Drink ein und antwortete auf unsere Frage.

Freddy stand damit, daß er keinen klaren Rangnächsten hatte, der Kommandos gab, unter den ganzen Paten alleine da. Früher hatte es einen gegeben, seinen Sohn Harry ›die Schramme‹ Bombelli nämlich, aber die Schramme war vor zwei Jahren an Leberzirrhose gestorben. Man übte starken Druck auf Freddy auf, den Posten schnell wieder zu besetzen, aber Freddy sah die ganze Sache als eine ungeheure Chance an, einen Anreiz zu stärkerer Produktivität zu geben. Er erzählte den untergeordneten Bossen, den drei Familienoberhäuptern Lunch, Chick und Charlie, daß er einen von ihnen dazu auswählen würde, in Schrammes Fußstapfen zu treten. Er würde jedoch über einen Zeitraum von einem Jahr keine Entscheidung fällen, und danach sollte sein Entschluß darauf beruhen, welches Familienunternehmen in dieser Zeit am besten gelaufen war. Widerwillig wurde dieser Erlaß akzeptiert, und wie vorauszusehen war, schossen die Gewinne nur so in die Höhe.

Mit steigenden Gewinnen ging jedoch auch eine ansteigende Rivalität einher. Während die Familien gesellschaftlich weiter miteinander verkehrten und sich gegenseitig zu unterstützen schienen, existierten dunkle Gerüchte über Pläne, mit denen absichtlich verhindert werden sollte, daß die rivalisierenden Verwandten Gewinne machten. Irgendwann griff die Küstenwache Rauschgift auf, das für Chick bestimmt war, und obwohl diese Dinge bei den bestgeführten Unternehmen vorkommen und sicherlich auch schon vorher vorgekommen waren, raunte man sich jetzt zu, irgend jemand habe der Küstenwache den entscheidenden Tip gegeben. Und als Big Jimmy Fabrizio nur zwei Wochen danach in einem Autowrack starb, wurde insgeheim behauptet, an den Bremsen seien Manipulationen vorgenommen worden, auch wenn der Gerichtsmediziner behauptete, Jimmy sei zum Zeitpunkt seines Todes ein Weinkeller auf zwei Beinen gewesen.

Aggie hatte das Gefühl, daß weder der Vorfall mit den Drogen noch das Autowrack mehr als unglückliche Ereignisse waren. Da sie aber so kurz hintereinander geschahen, lösten sie eine ganze Kette diskreter Sabotageaktionen und mörderischer Vergeltungsmaßnahmen aus. Die Morde wurden alle mit großer Sorgfalt in die Wege geleitet, damit sie auch wie Unfälle aussahen und eine Entdeckung und weitere Vergeltungsmaßnahmen vermieden wurden (was natürlich nicht besonders gut funktionierte, da auf alles mit den entsprechenden Gegenaktionen geantwortet wurde). Anschuldigungen wurden manchmal in aller Stille ausgesprochen, aber immer mit aller Heftigkeit zurückgewiesen.

Das führte in eine böse Falle. Wie konnte man das Problem aus der Welt schaffen, wenn kein Mensch auch nur zugab, daß ein Problem *existierte?* Die Leute, die mordeten und Sabotageaktionen durchführten, wußten natürlich, daß *sie* genau das getan hatten, aber konnten nie hundertprozentig sicher sein, daß die Todesfälle oder die geschäftlichen Rückschläge, denen sie als Rache dafür ausgesetzt waren, nicht tatsächlich die Unfälle oder Zufälle waren, nach denen sie aussahen. Aus diesem Grund achteten auch sie wieder peinlich genau darauf, ihre Vergeltungsmaßnahmen *ebenfalls* wie Unfälle aussehen zu lassen und ihre Opfer dadurch im gleichen Zustand einer wahnsinnig machenden Ungewißheit zu halten. Keiner gab *irgend etwas* zu, und allgemein hatte man das Gefühl, die Krise – *welche* Krise? – würde erst enden, wenn Freddy einen Nachfolger benannte.

Was sich Freddy weigerte zu tun. Denn trotz der gelegentlichen Rückschläge, die er hinnehmen mußte, waren seine Geschäfte nie besser gelaufen. Freddy wurde jeden Tag reicher, und keiner war glücklicher als er damit, abzustreiten, daß es überhaupt ein Problem gab. Der angegebene Termin kam und verstrich, und Freddy verkündete, er sei über die Geschäfte aller drei Familien sehr erfreut, wolle aber noch mehr Zeit zum Nachdenken. Und so ging alles weiter wie gehabt. Nachdem jedoch Jimmy Pastore durch einen tödlichen Stromschlag ums Leben gebracht wurde, war die Spannung so groß geworden, daß die drei Unterbosse bei Freddy vorsprachen und ihn inständig baten, eine Entscheidung zu fällen. Er gelobte, das recht bald zu tun, aber dann verknallte er sich in die Herzogin, schob seine Entscheidung weiter auf und erzürnte Lunch und Chick Sartucci damit, daß eine Frau, die ein derart enger Verbündeter der Cellinis war, sein Herz eroberte. Eine tatsächliche Heirat, so befürchteten sie, würde sie völlig aus dem Rennen werfen, was immer Freddy der Gerechtigkeit halber ihnen auch versprechen mochte. Charlie teilte diese Einstellung mit den beiden und war natürlich erfreut darüber.

Doch warum hatten Chick und Charlie beschlossen, gerade auf *uns* Druck auszuüben?

Das verdankten wir Christopher. Er war so sauer darüber, daß ich seine Zuneigung nicht erwidert hatte, daß er, als das Problem mit der Herzogin auftauchte, beide darüber informierte, daß Gilbert und ich die engsten Vertrauten und Berater der Herzogin seien. Dabei wußte er nur zu gut, daß wir dann alles, was mit ihren gewalttätigen und sich widersprechenden Forderungen zusammenhing, ausbaden mußten.

Da steckten wir also mittendrin und waren gefangen.

Wußte Aggie einen Rat?

Sie meinte, daß Freddy wahrscheinlich Charlie zum Boß machen würde. Er wollte das sowieso tun und hatte ihr das auch schon vertraulich zu verstehen gegeben. Lunch und Chick würden ungeachtet dessen, was sie von sich gaben, nichts gegen uns unternehmen, solange Freddy lebte. Sobald er tot war, würde Charlie so mächtig sein, daß ebenfalls keiner wagen würde, uns anzurühren. Würden wir uns hingegen auf Chicks Seite schlagen, und die Herzogin Freddy den Laufpaß geben, dann hätten wir *Freddy* gegen uns, denn Charlie würde ihm bestimmt erzählen, wer seinen großen Kummer eingefädelt hatte. Für den unwahrscheinlichen Fall, daß wir Freddys Zorn entgingen, würde sein Nachfolger Charlie uns genauso übel gesonnen sein. Daher war es das Sicherste, dafür Sorge zu tragen, daß die Herzogin Freddy so bald wie möglich heiratete.

Wir hätten es ihr beinahe erzählt, aber dann dachten wir uns, verdammt noch mal, für eine Nacht hatte sie genug gelacht.

Claire und Moira wurden von uns über diese erheiternden Nachrichten in Kenntnis gesetzt, aber Winslow, von dem wir befürchteten, daß er sich nicht in einem Zustand befand, in dem er sie besonders gut verkraften konnte, ersparten wir sie.

Irgendwie stolperte unser Quintett dann durch die Woche mit den letzten Vorbereitungen. Es gab einen Smoking und Anproben und Diners im Familienkreis und ein voreheliches Gespräch von Gilbert und Moira mit Pater Eddie Fabrizio, der den Gottesdienst leiten würde. Donnerstag erhielt die Herzogin ein Telegramm von Nigel, in dem er sie darüber informierte, daß er keinen Käufer für ihr Grundstück in Afrika gefunden habe, sich auf dem Rückweg nach Trebleclef befinde, an einer Venenentzündung leide und nicht zur Hochzeit kommen würde.

Die Nacht vor der Hochzeit gab es ein Probefestessen in der Casa Cellini. Die ganze Hochzeitsgesellschaft, die Brautjungfern, Platzanweiser und Türsteher einmal ausgenommen, blieb über Nacht da. Gilbert kam um zwei Uhr morgens in mein Zimmer und brach an meiner Brust in Heulkrämpfe aus. Ich weiß nicht wie lange, denn ich schlief dabei ein. Als ich aufwachte, war er weg, und der gefürchtete Tag war gekommen.

28

»Wo ist denn Moira?« fragte ich am Frühstückstisch.

»*Dummchen!*« erwiderte Maddie. »Weißt du denn nicht, daß die Braut an ihrem Hochzeitstag den Bräutigam erst vor dem Altar das erste Mal zu Gesicht bekommt? Das ist ein alter Brauch! Ich bin mir nicht sicher, warum das so ist, aber ich vermute, weil die Gefühle der Brautleute verletzt würden, wenn sie sehen könnten, wie abscheulich der andere aussieht. Ich meine, schaut euch doch nur Gilbert an! Komm, schenk uns ein Lächeln, ja? ... O je, mein Lieber, wenn das das Beste ist, was du fertigbringst, dann solltest besser *du* den Schleier tragen! Heeeh, heeeh, na komm schon! Wie geht es denn Ihnen, Gwen? Waren Sie bei Ihrer Hochzeit auch nervös?«

»Nur bei der ersten, meine Liebe«, erwiderte Winslow.

»Ich weiß genau, was Sie meinen. Es wird immer leichter, nicht wahr? Nichts für ungut, Tony, mein Schatz!«

Ich war Maddie an diesem Morgen zutiefst dankbar. Ihr schwindelerregendes Non-stop-Geplapper ersparte es uns, auch nur ein Wort zu sagen.

Der Zeitplan für den Tag sah vor, daß die Gäste und die restliche Hochzeitsgesellschaft sich um zwölf Uhr mittags am Haus versammeln und ein oder zwei Gläser Champagner trinken sollte. Dann würden alle en masse zur St. Gregory-Kirche hinüberzotteln, die nur fünf Gehminuten entfernt lag. Um halb zwei würde die eigentliche Trauung beginnen. Gilbert lief den ganzen Morgen wie ein Besessener im Haus umher und verärgerte die Lieferanten für Speisen und Getränke und die Männer, die die letzten Handgriffe an dem beheizten Zelt vornahmen, das direkt neben dem Tanzsaal errichtet worden war, um die Gäste, die drinnen keinen Platz mehr fanden, aufzunehmen. Kurz nach zwölf, als die ersten Gäste eintrafen, zog mich Gilbert beiseite und sagte, er könne den Rest des Tages nur dann durchstehen, wenn er etwas von der chemischen Stütze bekam, auf die

Winslow sich so sehr verließ. Ich bezweifelte die Klugheit eines derartigen Schrittes, aber es fiel schwer, einem sterbenden Mann seinen letzten, spärlichen Luxus zu verweigern. Daher stahlen wir uns nach oben, um die heiligen Traditionen zu brechen und mit dem Dealer von Gilberts Braut Rücksprache zu nehmen.

Wir betraten das Schlafzimmer und stießen auf Claire, die gerade am Toilettentisch an ihrem Haar herumfuhrwerkte. Moira war nirgends zu sehen. Claire erklärte, sie sei auf dem Klo, und Gilbert, der ihre Handtasche erspäht hatte, stürzte sich darauf und durchwühlte sie nach irgend etwas, das ihm Trost spenden konnte.

Er fand jedoch nichts dergleichen.

Was er fand, war ein kleiner Umschlag, in dem ein Schlüssel steckte, auf dem die Nummer 723 stand – die gleiche Nummer, die das Postfach hatte, an das wir unsere siebentausend Dollar Schweigegeld geschickt hatten.

Wortlos standen wir zu dritt da und starrten auf den Schlüssel. Unsere Gehirne kämpften damit, dieses Übermaß an eingehenden Signalen zu verkraften. Nicht Gunther war es gewesen, der uns erpreßt hatte, sondern Moira, die sich auch noch selbst an der Zahlung beteiligt hatte, um den Verdacht von sich abzulenken. Das war auch der Grund, warum »der Racheengel« von Freddy wußte, und warum Gunther mit Unwissen und Wut reagiert hatte, als wir mit ihm über seine Forderungen verhandeln wollten. Natürlich hatten unsere Äußerungen für ihn so geklungen, als würden wir erbärmliche Versuche starten, ihn in eine Falle zu lokken! Und Moira, teuflisch, wie sie war, hatte uns so sehr damit auf Trab gehalten, uns darüber zu sorgen, wie sie sich an ihm rächen würde, daß wir überhaupt nicht auf die Idee gekommen waren, daß sie selbst das Motiv für diese Racheaktionen lieferte.

Eine lange Minute verstrich, bis wir unsere Worte wiederfanden. Die reine Ungeheuerlichkeit des Ganzen spottete jeder Beschreibung.

»Aber das begreife ich nicht«, sagte Gilbert betäubt. »Gunther hat doch selbst gesagt, daß er unser Geld bekommen hat.«

»Ja«, sagte Claire und knirschte mit den Zähnen. Ich hatte das Gefühl, sie war über sich selbst noch wütender als über Moira. »Aber er sagte nicht, wieviel. Sie hat ihm vielleicht magere einhundert Dollar geschickt und den Rest in die eigene Tasche gesteckt.«

»Diese gottverdammte, gemeine, unmenschliche Scheiß…«

»Gilleymaus,« ertönte Moira, die gerade vor dem Badezimmer daherrauschte und ihr Hochzeitskleid trug, »du solltest mich doch vor dem Gottesdienst gar nicht sehen! Das bringt *Pech*!«

»Und ob das Pech bringt!« schrie Gilbert und schleuderte den Schlüssel auf sie.

»*Gilley!*« sagte sie und duckte sich. »Was ist den *in* dich gefahren!« Dann blickte sie auf die Stelle des Toilettentisches, an der der Schlüssel gelandet war. »Gilbert Selwyn!« keuchte sie. »Du hast meine *Handtasche* durchsucht! Wie konntest du! Ich werde dir *nie mehr* vertrauen!«

Gilbert rannte auf sie zu. Seine Arme hatte er auf eine Weise ausgestreckt, die keinen Zweifel daran ließ, daß er nur eins im Sinn hatte: sie zu erwürgen. Moira wich ihm geschickt durch einen Schritt zur Seite aus, zog ihr Kleid in die Höhe, streckte ein nacktes Bein nach vorne und brachte ihn zu Fall. Er krachte auf den Toilettentisch und ließ Bürsten, Töpfchen und Tuben auf den Boden poltern.

»Du gemeines *Miststück*!« schrie er.

»Ich will nicht, daß man an meinem Hochzeitstag so mit mir spricht!«

»Moira, wie *konntest* du?« fragte Claire, immer noch wie vor den Kopf geschlagen.

»Ich mußte es tun! Mein Vertrag mit Winnie verlangt, daß mir meine prozentuale Beteiligung an seinen Gewinnen nur dann zusteht, wenn ich ihm das Geld bis *nächste Woche gebe*! Ich hatte Angst, es könnte knapp werden, und er würde mir meinen Anteil verweigern. Ich meine, er hat in letzter Zeit eine Menge reicher Leute getroffen! Wenn ich mit dem Geld nicht pünktlich zur Stelle bin, könnte er es sich ja auch von ihnen leihen, und dann wäre meine ganze Arbeit für die Katz!«

»Aber Moira«, sagte Claire, »Winnie macht doch so etwas

nicht. Der bringt dich doch nicht um deinen Anteil, nur weil du deinen Termin nicht einhältst!«

»Tut mir leid«, meinte Moira bissig, »aber wie ich euch schon erzählte, habe ich das Problem, anderen Menschen nicht trauen zu können. Seit ich ein kleines Mädchen war…«

Das war Gilbert jetzt doch zuviel. Wütend knurrend kam er auf die Beine, schnappte sich eine Nagelfeile vom Toilettentisch und ging bedrohlich auf seine Braut zu. Moira schrie auf und sprang mit einem Satz zum Bett, auf dem ihre geöffnete Handtasche stand. Sie holte eine kleine Spraydose heraus und richtete sie auf Gilbert.

»Bleib mir vom Leib, du miese, schwule Ratte! Ich habe Reizgas!«

»Ich will das Geld zurück, und zwar jetzt!«

»Pech gehabt, Homo! Du bekommst es zurück, wenn ich mein Vermögen gemacht habe und keinen Augenblick früher!«

»Ihr hört jetzt sofort damit auf! Beide!« brüllte Claire.

Gilbert stürzte sich auf Moira, Moira sprühte ihm Kölnisch Wasser in die Augen. Schluchzend und fluchend fiel er auf seine Knie. Plötzlich öffnete sich die Tür und Maddie kam herein. Ohne auch nur eine Sekunde zu zögern, flog Moira an Gilberts Seite und umarmte ihn zärtlich.

»Gilley, Süßer! Alles in Ordnung, mein Schatz? Mein dummer Liebster, bekommt Parfüm in die Augen!«

»Gilbert!« sagte Maddie, »was macht ihr Jungs denn hier? Hatte ich dir nicht gesagt, daß das Pech bringt?«

»Das hat es sicherlich auch gebracht, Mama Cellini. Er versuchte, mir Kölnisch Wasser auf meinen Hals zu sprühen, und hat es in seine Augen bekommen! Iiiih! So ein Tolpatsch! Laß Mami dir einen Kuß geben!«

Sie gab ihm einen Schmatzer, zog sich aber plötzlich zurück. Ihre Lippe blutete.

»Ihr Lämmchen! Spart euch doch noch ein paar für die Flitterwochen auf!«

»Konntest dich nicht von ihr fernhalten, nicht wahr!« gluckste Maddie und wischte sich eine Träne aus dem Augenwinkel. »Einfach zu verliebt, um abzuwarten!«

Fröhlich quasselte sie weiter, doch ich hörte es nicht. Ich

war viel zu sehr damit beschäftigt, die vielfältigen Auswirkungen dieser entsetzlichen Entwicklung abzuschätzen. Wenn es *Moira* gewesen war, die uns erpreßt hatte, dann hatte Gunther noch nicht einmal einen *ersten* Schritt gegen uns unternommen! Das ließ nur zwei Möglichkeiten offen: erstens, daß er vorhatte, gar nichts zu unternehmen, was höchst unwahrscheinlich war, und zweitens, daß er den bestmöglichen Zeitpunkt für seine Rache abwartete – und welcher Zeitpunkt konnte besser dafür geeignet sein als der heutige Tag? Ich packte Claires Hand und bat Maddie, uns zu entschuldigen.

»Aber sicher, Kinder, mischt euch unter die Gäste! Oh, Moira, meine Liebe, deine Freundin Pina ist da. Dieser Gentleman, den sie dabei hat, ist auf eine erschreckende Weise fürchterlich auffallend.«

Acht Augen weiteten sich vor Furcht.

»Petey?« fragte Moira. »Ein kleiner Japaner?«

»O nein! Kein Japaner. Der Mann ist sehr *groß.* Ich kann mich nicht an seinen Namen erinnern, aber es war irgend etwas Deutsches. Mensch – das ist doch wirklich komisch, oder? Sie verabredet sich nur mit Leuten, mit denen wir einmal im Streit lagen, nicht wahr?«

Wir eilten zum unteren Ende der Treppe, und da stand Pina in ihrem pfirsichfarbenen Brautjungfernkleid. Sie sah aus, als fühle sie sich nicht ganz wohl in ihrer Haut, denn es war das erste Mal seit ihrer Jugendzeit, daß sie sich in der Öffentlichkeit blicken ließ, ohne einen ihrer eigenen Entwürfe zu tragen, bei deren Anblick einem die Augen übergingen. Gunther war nirgends zu sehen, und wir beteten einen verzweifelten Moment lang, daß Maddie sich geirrt haben mochte. Doch wir hatten keine Chance.

»Aber ja, ich habe Gunther mitgebracht. Er sagte mir, ihr hättet keinen Streit mehr, und er wünschte sich eine Gelegenheit, die Dinge wieder glattzubügeln. Entschuldigt meine äußere Erscheinung. Jaja, die Opfer, die wir für unsere Lieben machen.«

»Pina«, stöhnte Gilbert, »du sagtest doch, du würdest Petey mitbringen!«

»Ja, aber der hat ganz plötzlich abgesagt. Dann rief Gunther zufällig an und fragte, ob ich heute schon etwas vorhätte. Er wollte, daß ich neue Arbeitskittel für seinen Salon entwerfe. Eine Herausforderung, nicht wahr? Ich zerbreche mir schon den Kopf nach einem Motiv. Was ist das nur für ein interessanter Fußboden. Ist die Mutter in der Nähe? Du mußt mich warnen, damit ich ihr aus dem Weg gehen kann. Unser Wagen wurde bis hierher verfolgt. Ich kann mir gar nicht vorstellen, von wem!«

Wir ließen sie stehen und eilten davon, um Gunther zu suchen; Vulpina redete weiter auf eine verwirrte Sammy Fabrizio ein, die gerade hereingekommen war. Im Speisesaal fanden wir dann Gunther. Er stand alleine da und hatte eine Schultertasche um.

»Ah, Mr. Selwyn und Mr. Cavanaugh! Ein großer Tag für Sie!«

»Gunther, du warst nicht eingeladen!«

»Doch, war ich. Vulpina hat mich eingeladen. Sie hatte das Recht, einen Gast mitzubringen, und ich bin dieser Gast.«

»Nicht in diesem Haus, Freundchen!« sagte Gilbert und versuchte dabei, viel tapferer zu klingen, als er sich fühlte.

»Mr. Selwyn, ich hoffe doch, daß Sie nicht versuchen, mich davon abzuhalten, Ihren großen Tag mit Ihnen zu teilen. Ich könnte beleidigt sein und mich dazu gezwungen fühlen, Ihren Gästen *das hier* zu zeigen.«

Das Letzte, was wir erwartet hatten, war etwas, das noch *schlimmer* war als das, was wir sowieso schon erwarteten, und wir erwarteten, daß er Abzüge des niederträchtigen Fotos mitgebracht hatte. Doch leider hatte Gunther seine Rachegelüste nicht auf eine so zahme und vorhersehbare Geste eingegrenzt. Er griff in seine Tasche und zog ein Magazin heraus.

Es war ein Magazin der unanständigeren Art, nur für Männer, ein monatliches Fotomagazin mit dem schönen Namen *MannIm-Puls.* Ich hatte im Verlauf meiner Studien diese Zeitschrift soweit kennengelernt, daß ich wußte, sie enthielt auch eine Kollektion freimütiger Schnappschüsse ihrer Anhänger. Gunther schlug die Zeitschrift auf der MannFan-Seite auf, und wie ich befürchtete, waren wir darauf zu sehen –

nicht nur bloßgestellt, sondern auch noch *veröffentlicht*. Wir standen einen langen Moment da, starrten auf das Foto und die anderen darum herum. Unsere endgültige Niederlage wurde durch die traurige Wahrheit, daß wir nicht das attraktivste Paar auf der Seite waren, nur noch schlimmer.

Gilbert riß ihm das Magazin aus der Hand und blickte über seine Schulter, um sicherzugehen, daß keiner das Zimmer betreten hatte.

»Wie können Sie es wagen«, sagte Claire, die knallrot anlief, »dieses Foto zu machen und veröffentlichen zu lassen! Die beiden können Sie deswegen belangen!«

»Das wäre doch bestimmt ein äußerst interessanter Prozeß, oder?« fragte er.

Gilbert und ich waren viel zu verwirrt, um noch zu strategischem Denken fähig zu sein. Claire jedoch war selbst nach diesen beiden größeren Debakeln noch so geistesgegenwärtig, daß sie Gunther mit einer schnellen Bewegung die Tasche von der Schulter riß, Gilbert und mir ein »Haltet ihn auf!« zurief und aus dem Zimmer flüchtete.

»Machen Sie sich keine Sorgen, Mr. Cavanaugh!« lächelte er. »Ich habe noch ein anderes Heft.« Und er öffnete seine Jacke weit genug, um mich sehen zu lassen, daß er tatsächlich ein weiteres Exemplar fein säuberlich in seiner inneren Brusttasche zusammengefaltet hatte. Abrupt ließ er das Lächeln von seinem Gesicht verschwinden und verließ das Zimmer. Man konnte ihm an den funkelnden Augen ablesen, daß er Übles im Sinn hatte.

Ich folgte ihm; mein Herz ähnelte einer Flipperkugel, als er mit langen Schritten an den Gästen im Wohnzimmer vorbeischlenderte, dann durch die Eingangshalle schritt und in den Tanzsaal hineinspazierte, in dem die Kellner gerade den Champagner servierten. Er ging quer durch den Saal direkt auf die Herzogin zu, die gerade Kusine Steffie mit Geschichten über die Fuchsjagd erfreute, und flüsterte etwas in das Ohr Ihrer Gnaden. Sie entschuldigte sich, ging mit ihm durch das Zelt nach draußen ins Gelände. In sicherem Abstand folgte ich den beiden.

Sie blieben in der Nähe des vom Haus entfernten Endes eines langen Walls aus Sträuchern und kleinen Bäumen stehen. Es war der gleiche Wall, hinter dem auch die unglücklichen Weisen aus dem Morgenland ihre letzte Reise zu Tonys Arbeitszimmer angetreten hatten. Ich sah, daß ich die beiden durch die Büsche fast berühren konnte, wenn ich es schaffte, unbemerkt auf die andere Seite der Sträucher zu huschen. Es gelang, und innerhalb von Sekunden belauschte ich ihre Unterhaltung.

»Es schmerzt mich, der Überbringer solch beunruhigender Nachrichten zu sein, aber ich bin sicher, Euer Gnaden verstehen, daß es ungeheuer wichtig wäre, diese Hochzeit zu verhindern.«

»Da haben Sie völlig recht, Mr. von Stroheim!« erwiderte die Herzogin in dramatischem Tonfall. »In meinem ganzen Leben war ich nie derart schockiert und angewidert.«

»Ich wußte, daß der Mann ein verworfener Mitgiftjäger ist, aber ich hatte keine Ahnung, *wie* verworfen, bis ein Bekannter mich auf dieses Foto aufmerksam machte.«

»Scheußlich! Könnte ich es noch einmal sehen? Ich will sicher sein, daß sie es wirklich sind!«

Er reichte ihr das Magazin und sie studierte es aufmerksam.

»Schockierend! Absolut schockierend!«

»Die nächste Seite, Euer Gnaden!«

»Ja, ja, natürlich«, sagte Mami, ganz versunken in ihrer Abneigung. »Ich will da *ganz* sicher sein... Hmmm... O je, o je! ... Nun, sie sind es wirklich! Könnte ich das behalten? Ich denke, es ist am besten, wenn *ich* es Moira zeige.«

»Natürlich. Haben Sie das Gefühl, sie wird Einsicht zeigen.«

»Das würde ich ihr raten! Und wenn sie es nicht tut... nun, ich werde in dieser Kirche sein, und wenn der Priester fragt, ob irgend jemand irgendeinen Grund weiß, warum diese Leute nicht getraut werden sollten – werde ich *sprechen!*«

»Ich möchte mich noch einmal dafür entschuldigen, so traurige Nachrichten an Sie heranzutragen.«

»Mr. von Stroheim...«

»Steigle.«

»Mr. Steigle. Sie werden nie ermessen können, wir dankbar ich bin, daß Sie zu *mir* gekommen sind!«

Und majestätisch schritt sie davon, wobei sie das Magazin in ihre Handtasche stopfte. Gunther ging hinterher. Ich wartete, bis er verschwunden war, dann eilte ich durch das Zelt zurück und in den Tanzsaal. Gilbert stand am Tisch mit den Geschenken, sein Gesicht war zu einem wenig überzeugenden Lächeln verzerrt, als Chick Sartucci ihm energisch die Hand schüttelte und ihm auf den Rücken schlug.

»Hey! Wie geht's denn so?«

»Großartig, Chick!«

»Ihr beiden seht aber auch richtig scharf aus! Sag mal, du hast doch nichts dagegen, einem alten Mann seinen Seelenfrieden zu schenken, oder? Ich hörte, wie *Ihre Gnaden*« – und er spuckte die Worte aus wie verdorbene Muscheln – »sich zu einem kleinen, romantischen Dinner mit Freddy im Paradiso einfand. Sie setzt den armen Kerl doch wohl nicht noch immer unter Druck, oder?«

»Nein!« sagte ich.

»Direkt wenn die Hochzeit vorbei ist, wird sie zu ihrem Gatten zurückkehren!« sagte Gilbert. »Die beiden haben sich wieder versöhnt!«

»Ist das nicht schön?«

»Zwischen ihr und Freddy läuft nichts mehr! Wir haben es im Keim erstickt!«

»Versprochen?«

»Ehrenwort!«

»Nun, in diesem Fall...«

Chick grinste und zog einen Umschlag aus seiner Tasche. Eine Hochzeitskarte war darin. Er zog die Karte aus dem Umschlag, entnahm ihr einen Scheck und kritzelte eine vermutlich großzügig bemessene Summe darauf. Dann legte er Scheck und Karte wieder in den Umschlag zurück, versiegelte ihn und legte ihn oben auf die anderen.

»Gott segne dich!« lächelte er und spazierte davon.

»Scheiße.«

»Es gibt eine gute und eine schlechte Nachricht«, sagte ich. »Gunther gab Mami sein letztes Exemplar des Magazins, aber er erwartet von ihr...«

»*Hah!*«

»Hallo, Aggie!«

Mit dem auffälligen, dem Anlaß völlig unangemessenen schwarzen Seidenkleid und dem wissenden Lächeln sah sie aus wie eine Oscar-Preisträgerin, die ein Dreiecksverhältnis mit Price und Waterhouse hat.

»*Schau* sich euch einer an!« johlte sie. »Steht ihr Wache bei der Ausbeute! Verdammt, Gilbert, besäße ich deine Frechheit, würde ich diese Verbrecherbande anführen, anstatt sie zu beköstigen!«

»Willst du das nicht bei dir behalten, Süße?«

»Na, dann mal los!« meinte sie und ließ einen Umschlag auf die anderen plumpsen. »Ein Riese, mein Lieber, und mit jedem Cent die Lacher wert, die ich haben werde, wenn ich beobachte, wie du meiner lieben geldgierigen Familie das nimmst, wohinter sie selbst mit aller Macht her sind! Viel Spaß!«

Wir dankten ihr und eilten zur Brautkammer, in der Claire, Mami und Moira erhitzt die von Gunther ausgehende Gefahr erörterten.

»Beruhige dich, Winnie!« sagte Claire. »Du hast das sehr gut gemacht! Du hast uns Zeit verschafft, die wir unbedingt brauchen!«

»Aber was nützt es euch? Ich werde mitten in dieser gottverdammten Kirche aufstehen und Gilley und Philip anprangern! Und wenn ich es nicht tue, dann wird *er* es tun! Oder er kommt hierhin zurück und erzählt es allen!«

Winnie hatte recht. Die Trauung sollte in nur fünfzig Minuten beginnen. Während dieser Zeitspanne würde Gunther, seines Triumphes sicher, keinen Schritt unternehmen. Doch es gab keinen Zweifel daran, daß er nach der Trauung zum Hochzeitsempfang zurückkehren und soviel Schaden wie nur möglich anrichten würde. Glücklicherweise hatte er jetzt offensichtlich keinerlei Beweismaterial mehr, doch er konnte uns immer noch eine recht häßliche Szene bereiten. Die beste Chance hatten wir, wenn wir ihn vom Grundstück verweisen lassen würden, *bevor* die Hochzeit stattfand. Doch wie sollten wir das tun, ohne daß er diese üblen Dinge ausplauderte?

Verlegen und wortlos saßen wir da, während kostbare Zeit verstrich. Dann sagte Claire, die auf der Fensterbank saß und auf die ankommenden Gäste starrte: »Oh, *der* ist also auch hier!«

Mit einem Satz kam sie hoch. Wir konnten fast die Blitze sehen, die um ihren Schädel herum aufleuchteten. In aller Schnelle umriß sie einen Plan, der zu unserer Überraschung niederträchtiger war als alles, was wir von unserer Oberlehrerin erwartet hätten.

»Ja«, sagte sie, »ich bin nicht stolz auf mich, daß mir so etwas überhaupt einfällt, aber eine andere Idee habe ich nicht. Und solange es keinem von euch besser geht, schlage ich vor, sie in die Tat umzusetzen. Wir haben nur noch vierzig Minuten!«

Wir gingen das Ganze etliche Male durch und feilten an der heiklen Logik herum. Ich machte etliche Verbesserungsvorschläge, die Claire zwar für gemein, aber durchaus praktisch hielt. Dann hastete der Fotograf zu uns und fragte Moira, ob sie sich für ihn hinstellen und nachdenklich aus dem Fenster blicken würde. Wir übrigen rannten auf unserer kühnen und gefährlichen Mission davon.

Ich suchte nach dem Gast, den Claire vom Fenster erspäht hatte, und bald hatte ich ihn gefunden.

»Hallo, Leo!«

»Hallo«, sagte er mit einem Anflug von Unsicherheit in der Stimme. Er konnte sich nicht entscheiden, ob er mich vor den Kopf stoßen sollte, weil ich seiner jugendlichen Freigebigkeit widerstanden hatte, oder besser einen weiteren Versuch wagte.

Ich entschuldigte mich für mein rüdes Benehmen bei unserer letzten Begegnung, und erklärte ihm, ich hätte damals ganz üble Laune gehabt und das ungerechterweise an ihm ausgelassen.

»Na, ist schon in Ordnung!«

»Ich bin froh, daß du dafür Verständnis hast. Sag mal, wie wär's mit etwas Champagner?«

Zur gleichen Zeit machte die Herzogin Gunther ausfindig und informierte ihn darüber, daß sie mit Moira gesprochen habe, die nun oben auf ihrem Zimmer saß und untröstlich weinte. Sie hatte jetzt vor, Gilbert zu suchen und ihm eine ordentliche Tracht Prügel zu verpassen. Doch könnte sich Gunther nicht zuerst bereit erklären, ihr einen kleinen Gefallen zu tun?

Er sei doch homosexuell und ein Gentleman, nicht wahr? Ah, sie hatte sich das gedacht, obwohl sie sich beeilte, hinzufügen, daß sie einen homosexuellen Gentleman mit gutem Charakter auf Anhieb von verworfenen, exhibitionistischen Gigolos unterscheiden konnte.

Es ging um folgenden Gefallen: Ein siebzehnjähriger Neffe der werten Maddie Cellini, ein ziemlich gutaussehender Junge, war bedrückt, weil er argwöhnte, schwul zu sein und ein Leben voller Scham und Spott fürchtete. Sie hatte das Gefühl, daß der Junge ein paar stärkende Worte von einem feinfühligen homosexuellen Gentleman brauchte, jemandem, der fähig war, den jungen Mann wissen zu lassen, daß er immer noch ein glückliches und produktives Mitglied der Gesellschaft sein konnte, auch wenn es sich wirklich herausstellen sollte, daß er ›so‹ sei. Sie haßte es, sich Gunther, der bereits *so* freundlich und hilfreich gewesen war, aufzudrängen, doch würde er bitte damit einverstanden sein, dem Burschen ein paar inspirierende Wort zu sagen?

Gunther erklärte sich bereit, und die Herzogin bat ihn, da, wo er sich gerade befand, zu warten.

Inzwischen hatte ich Leo vier Gläser Champagner mit vorhersehbarem Ergebnis eingeflößt. Ich sagte, ich müsse ins Badezimmer, und er grinste mich lüstern an und meinte, ihm ginge es genauso. Er folgte mir ins Gästezimmer, in dem Gilbert geschlafen hatte, und machte sich ohne zu zögern an mich heran. Ich setzte ihn hin, hielt zärtlich seine Hand und erklärte ihm unter sichtbaren Auswirkungen meiner Worte, ja, ich sei schwul, habe aber einen Liebhaber, dem ich treu sei. Dann ging ich ins Bad, schloß die Tür und drückte die Daumen. Als ich wieder auftauchte, lächelte er mich seltsam an und fragte mich, ob ich etwas dagegen hätte, wenn er eine Weile dabliebe, um »einfach nachzudenken«. Als er das sagte, konnte ich nicht umhin, auf das Nachtschränkchen zu blicken, wo Gilbert absichtlich ein

Exemplar von *MannImPuls* (ohne die verdammte Seite) liegengelassen und nur schlecht unter einem Deckchen verborgen hatte. Ich tat so, als ob ich seinen schnellen Blick nicht bemerkt hätte und ging hinaus, raste durch das angrenzende Schlafzimmer zurück ins Badezimmer, wo ich mich hinkauerte und durch das Schlüsselloch spähte, um sicherzugehen, daß Leo das Magazin auch durchblätterte. Es war nur schlecht zu sehen, aber ich hörte das unmißverständliche Geräusch einer Gürtelschnalle, die gerade gelöst wird. Ich stand auf, blickte vom Badezimmerfenster nach unten und gab Gilbert das Signal. Er wiederum gab der Herzogin ein Zeichen, die dann Gunther darüber informierte, daß der beunruhigte Jugendliche im letzten Zimmer auf der linken Seite des Flures im ersten Stock auf ihn wartete.

Als ich am Schlüsselloch horchte, hörte ich, wie Gunther hereinkam und Leo eine verzweifelte, gedemütigte Entschuldigung murmelte.

»Aber du mußt nicht damit aufhören«, sagte Gunther. »Ich würde gerne dabei zugucken.«

»Ah ja?« erwiderte Leo. »Was würde dir denn sonst noch so gefallen?«

Ich erhob mich und strahlte triumphierend. Unser niederträchtiger Plan war aufgegangen. Ich gab Gilbert ein Zeichen, und er eilte ins Haus, um Tony zu sagen, daß er vor der Trauung noch kurz mit ihm plaudern wolle. Gilbert ging voraus, beide kamen die Treppe hoch, den Flur herunter und dann ohne anzuklopfen ins Schlafzimmer.

»Raus hier!« zischte Gunther; eine Aufforderung, die Leo unterstützt hätte, wäre er in der Lage gewesen zu sprechen. Tony war direkt hinter ihm ins Zimmer getreten. Ich schoß aus dem Badezimmer und stürzte zum Tatort.

»Mein *Gott*!«

»Was fällt dir denn ein, Gunther!«

»Du verdammter Kinderbelästiger!« brüllte Tony, während das gedemütigte Paar mit Gürteln und Reißverschlüssen kämpfte.

Die Herzogin hatte am Fuß der Treppe gestanden und mit Freddy geplaudert und dabei genau auf einen Aufruhr dieser Art im ersten Stock gewartet. Sie sagte: »Du liebe Güte!

Was ist denn da bloß los?« Dann nahm sie Freddy bei der Hand und zerrte ihn zum Schauplatz.

»*Du* stecktest dahinter, Selwyn!«

»Wovon redest du, von Steigle?« fragte Gilbert kühl.

»Ich weiß nicht, wer Sie sind, Mister«, sagte Tony, »aber ich möchte, daß Sie mein Haus verlassen, und zwar sofort!«

»Nicht bevor ich das gesagt habe, weswegen ich gekommen bin!«

Die Herzogin und Freddy kamen hereingerannt.

»Ich denke nicht, daß Sie sich das anhören müssen, Gwen«, sagte Tony. Er befürchtete, das Feingefühl der älteren Dame zu verletzen. Gilbert, der keine derartigen Bedenken hatte, verkündete, dieser lüsterne Deutsche, Pinas Gast, habe sich mit dem jungen Leo vergnügt. Freddy und der Herzogin verschlug es den Atem.

»Zeig nicht mit dem Finger auf mich, Selwyn!« schrie Gunther. »Wie wäre es denn damit!« donnert er und warf Tony das Exemplar von *MannImPuls* in die Hände. Es war das Heft, aus dem unser Foto entfernt worden war. Tony starrte es mit erschrecktem Erstaunen an.

»Wie können Sie es wagen, am Hochzeitstag meines Sohnes einen derartigen Dreck in mein Haus zu bringen!«

»Ihr Sohn ist hier *drin,* Sie Narr!« sagte Gunther. Er riß das Magazin wieder an sich, konnte aber das Bild natürlich nicht finden. Er beschwor, wir hätten das belastende Material entfernt. Als er auf einmal merkte, daß die Herzogin zugegen war, zeigte er heftig auf sie und sagte: »*Sie* weiß es. Sie kann Ihnen erzählen, daß ich recht habe! Sagen Sie es ihnen!«

»Was soll ich ihnen sagen, Sie ungehobelter Mensch?«

»*Sagen* Sie es ihnen! Erzählen Sie ihnen von unserer Unterhaltung im Garten!«

»Ich habe nicht die geringste Ahnung, wovon Sie sprechen! Junger Mann«, sagte sie und wandte sich an Leo, »Sie haben sich schlecht benommen und einen erbärmlichen Geschmack bewiesen.«

»Er hat mich gezwungen!« winselte Leo.

»*Das habe ich nicht!* Lügner! Ihr seid alle Lügner!« schrie er. »*Sie!*« sagte er und ging auf Winslow los. »*Sie* haben mich doch zu diesem jungen Mann geschickt! Sie wußten, daß er mich verführen würde! Das haben Sie absichtlich so eingefädelt!«

Ein schockiertes Schweigen entstand, als Freddy, der noch ein Wörtchen dazu zu sagen hatte, auf den wütenden Teutonen zuging, und, selbst vor Wut zitternd, sagte: »Das ist die Frau, die ich liebe. Sie nennen sie... eine *Zuhälterin?*«

»Genau *so* nenne ich sie, Sie nichtswürdiger Zwerg!«

»Wissen Sie, mit wem Sie da *sprechen?*« fragte Tony ganz verblüfft. »Das ist Frederick *Bombelli.*«

»Wen kümmert das schon! Ich habe noch nie etwas von Frederick Bombelli gehört!«

Freddy atmete tief und heftig ein und sagte mit bebenden Nasenflügeln: »Haben Sie vielleicht schon einmal etwas von Freddy, dem Köter, gehört?«

Alle von uns, die in diesem spannungsgeladenen Moment auf den armen Gunther starrten, konnten sehen, daß ihm dieser Name definitiv bekannt vorkam. Seine Arroganz war mit einem Mal wie weggeblasen, das Blut wich ihm aus dem Gesicht, und ein schwacher, erstickter Laut drang tief aus seiner Kehle. Ich mußte an einen Cartoon denken, in dem Daffy Duck mit irgendeinem schrecklichen Anblick konfrontiert wird, vor Angst wie hypnotisiert daraufstarrt und ihm sein Schnabel abfällt.

»Gunther«, sagte Gilbert freundlich, »ich schlage vor, daß du jetzt gehst. Genaugenommen empfehle ich dir, woanders hinzuziehen.«

Wortlos nahm Gunther seine Anzugjacke, murmelte eine Entschuldigung an seinen Gastgeber und flüchtete aus dem Zimmer. Wir haben nie mehr etwas von ihm gehört, obwohl später einmal Gerüchte kursierten, er würde auf einer Knabenschule in Salzburg Englisch unterrichten.

Unser Gefühl des Triumphes war jedoch nur von kurzer Dauer, denn selbst wenn die Bedrohung durch Gunther endlich aufgehört hatte zu existieren – wir befanden uns in der gleichen Lage wie vorher und wurden noch von Lunch, Chick, Charlie und Freddy bedroht.

Der Vorfall mit Gunther wurde schnell vertuscht, damit die Schönheit und der spirituelle Charakter des Tages nicht befleckt wurden. Wißbegierige Gäste (und davon gab es viele) wurden darüber informiert, daß sich ein Gast betrunken und schlecht benommen habe und nun gegangen sei. Und in der ganzen Aufregung des Massenaufbruchs zur St. Gregory-Kirche war die Angelegenheit von jedem schnell vergessen. Außer natürlich von Holly, der nie damit aufhörte, inständig um nähere Einzelheiten zu bitten.

Ich will mich nicht lange mit der Trauungszeremonie aufhalten. Sie ist für meine Geschichte nicht annähernd so wichtig wie die Ereignisse danach. Außerdem sind ihre Einzelheiten jedem, der je auf einer Hochzeit war, bereits vertraut, und die Zeremonie hielt sich in allem peinlich genau an die Überlieferung. Ich will nicht einmal versuchen, Ihnen die Gefühle zu vermitteln, die ich in mir trug, als ich zuschaute, wie mein Liebhaber die Frau heiratete, die uns die letzten zwei Monate über erpreßt hatte. Diese Gefühle waren und bleiben ziemlich unbeschreiblich.

Die Hochzeitsgesellschaft strömte in ausgelassener Stimmung aus der Kirche und beschloß, da sie sich so nahe an der Casa Cellini befand, die wartenden Limousinen zu meiden und statt dessen zu Fuß zum Haus hinüberzugehen. Gilbert und Moira führten die fröhliche Parade nach der Trauung an. Irgendwann fiel ich ein wenig zurück und bemerkte, daß die Herzogin Arm in Arm mit Freddy daherspazierte. Chick und Lunch kamen nicht weit dahinter, und ich sah, daß auch sie diese öffentliche Zurschaustellung von Behaglichkeit bemerkten und darüber gar nicht erfreut waren. Noch beunruhigender war jedoch die Herzogin selber. Sie wirkte auf seltsame Weise verändert.

»Schaust du dir gerade Mami an?« fragte Claire und kam neben mich.

»Ist alles in Ordnung mit ihr? Sie schaut ein wenig wild drein, findest du nicht auch?«

»Sie hat soviel Drogen genommen, daß sie kaum noch bei Sinnen ist«, flüsterte Claire. »Nach der Sache mit Gunther ist sie in Moiras Zimmer gegangen und hat die Brautjungfern rausgeschmissen. Sie sagte, sie sei nervlich am Ende und könne ohne etwas Ecstasy nicht mehr weitermachen. Moira war viel zu sehr mit dem Versuch beschäftigt, ihre aufgerissene Lippe zu kaschieren, als daß sie sich um ihn gekümmert hätte. Daher gab sie der Herzogin einfach das Fläschchen und meinte, sie solle sich bedienen.«

»Warum hast du sie nicht aufgehalten?«

»Ich saß gerade auf dem Klo. Als ich hereinkam, sagte Moira gerade: ›Herrgott, Mami, zwei sind *mehr* als genug!‹«

Wir fragten uns ängstlich, was wohl die Ergebnisse einer derart übermäßigen Euphorie sein mochten. Wir mußten nicht lange darauf warten, sie zu sehen. Bevor die Hochzeitsgesellschaft das Haus erreicht hatte, blieben die Herzogin und Freddy abrupt stehen, Mami warf ihre kräftigen Arme um den kleinen Gangster und drückte ihn überglücklich an sich. Freddy hatte ihr einen Heiratsantrag gemacht.

Und sie hatte ihn angenommen.

Ich habe bereits von der berüchtigten Effizienz des innerfamiliären Nachrichtensystems der Bombellis gesprochen. Sie können sich daher vorstellen, wie schnell ein Knüller dieses pikanten Kalibers sich überall herumsprach. Innerhalb von Minuten, so schien es, gab es kein anderes Thema mehr. Gilbert und Moiras zwanzig Minuten alte Ehe gehörte bereits zum alten Eisen.

Freddy machte die Frischvermählten ausfindig, um sich dafür zu entschuldigen, ihnen ein wenig die Schau gestohlen zu haben. Wir standen jetzt alle im Tanzsaal direkt neben dem Tisch mit den Geschenken, der unter Dutzenden großzügig eingepackter Pakete und Umschläge ächzte. Es sprach Bände über die Veränderung, die sich mittlerweile bei Gilbert vollzogen hatte, daß er für dieses protzige Aufgebot nur ein flüchtigen Blick übrig hatte. Ganz im Gegensatz dazu konnte Moira ihre Augen nicht länger als drei Sekunden von dem Tisch losreißen. Selbst jetzt, wo sie sich in unmittelbarer Lebensgefahr befand, bot der Zauber, den es auf sie ausübte, dem Betrachter einen ganz außergewöhnlichen Anblick.

»Ihr müßt mir verzeihen, daß ich mich auf eurem Hochzeitstag zu so einer Sache hinreißen lasse«, keuchte Freddy. »Aber wenn ich Moira in ihrem Hochzeitskleid und die wunderschönen Brautjungfern sehe und die himmlische Musik höre, dann bin ich einfach hin und weg von soviel Schönheit und Liebe! Mein Herz fühlt sich an, als würde es platzen, und ich kann einfach nicht länger warten! Also verzeiht einem alten Mann, der allen Grund hat, ungeduldig zu sein!«

»Oh, *sag* das nicht, Freddy, meine Liebe«, gurrte die Herzogin und gab ihm einen Kuß auf die Wange. »Du hast doch noch Jahre über Jahre!«

»Mensch, Mom! Ich weiß gar nicht, was ich sagen soll!« sagte Moira. Ihr Zeigefinger zuckte, als sie die Umschläge durchzählte.

»Meine Glückwünsche«, meinte Gilbert schlapp.

»Schaut sie euch nur an!« sagte Maddie zur Herzogin. »Ich habe noch nie eine so glückliche Frau gesehen! Ihre Augen springen ihr ja fast aus dem Schädel vor Freude!«

Ich verspürte den verzweifelten Wunsch, mich mit den anderen in aller Zurückgezogenheit zu beraten, aber das würde jetzt für eine geraume Weile nicht möglich sein, da sie alle dazu gezwungen waren, erst einmal Geschenke und Glückwünsche entgegenzunehmen – die Familientradition der Cellinis diktierte allerdings, daß ich mich als bester Freund des Bräutigams nicht daran beteiligte. Da sich der restliche Teil des Syndikats im Gefängnis der Höflichkeit befand, konnte ich nur einsam durch die Menge streifen und Chick und Lunch im Auge behalten, die gerade eine Münze warfen, um zu sehen, wer das Todesurteil vollstrecken sollte. (Da Freddy mit gewissen Schwachpunkten seiner auserwählten Braut immer vertrauter wurde, würden selbst diese beiden dazu gezwungen sein, eine Zahl zu sagen und zu warten, bis sie dran waren.)

Leo kam in mein Blickfeld, und urplötzlich überkamen mich Schuldgefühle darüber, wie rücksichtslos wir ihn dazu benutzt hatten, aus unserer Zwangslage herauszukommen. Ich bot ihm meine Anteilnahme, und er nahm sie dankbar entgegen, was mich noch schlechter fühlen ließ. Als wir so dastanden und miteinander plauderten, fühlte ich eine Hand auf meiner Schulter. Ich vollführte einen Hochsprung aus dem Stand, der reif für die Olympiade gewesen wäre.

Als ich mich umdrehte, war es jedoch kein Feind, sondern ein Freund. Zumindest im Augenblick.

»Wie geht's, wie steht's?« fragte Charlie und sah in seinem schlecht sitzenden Smoking noch heimtückischer aus als sonst. »Klasse Feier, was? Einfach prima! Und erst die Trauung! Hat Moira nicht toll ausgesehen? Wie geht's dir denn, Leo? Amüsierst du dich?«

Leo machte sich unauffällig davon. Er bot ein Bild des Jammers. Charlie informierte mich strahlend darüber, daß wir unsere Aufgaben sehr gut gemacht hätten und man sich um unsere Interessen kümmern würde. Diese Versicherung, die auf der Annahme beruhte, daß Freddy und seine Braut zu ihrem Glück finden würden, verbesserte meine Laune nur wenig.

Ich entschuldigte mich bei Charlie und ging den Flur hinunter, um mich so lange im Badezimmer zu verstecken, bis die anderen von ihren Pflichten, dankbar Geschenke und Glückwünsche entgegenzunehmen, befreit waren und ich mich ein weiteres Mal in die Geborgenheit der Gruppe flüchten konnte. Doch als ich nach dem Türknauf griff, wurde die Tür von der anderen Seite geöffnet und ich stand direkt vor Chick Sartucci.

»*Da* bist du ja, Chick! Ich habe überall nach dir gesucht!«

»Nun, dann hast du mich ja gefunden!« grollte er wütend, packte meinen Arm, zog mich mit einem Ruck ins Badezimmer und schlug die Tür hinter uns zu.

»Hast du zu Hause ein Lexikon?«

»Ich glaube schon.«

»Gut. Wenn du heute abend nach Hause kommst, dann schlag doch mal unter ›*versprechen*‹ nach. Wenn du das getan hast, dann schlag unter ›*zerstückeln*‹ nach. Wenn du damit fertig bist, dann such einfach weiter. Untersuche jede Chance, die sich dir bietet. Doch du wirst keine bekommen.«

Beiläufig ließ er eine Gästeseife mitgehen und verließ das Bad.

»Keine *Bange*!« meinte Charlie, als ich ihm gegenüber meine Sorge zum Ausdruck brachte. »Er weiß genau, daß ich es ihm heimzahle, sobald ich alles übernommen habe, wenn er dich oder Gilbert umbringt.«

»Danke, Charlie. Ich fühle mich *so* viel besser.«

Ich machte Chick ausfindig und bat ihn, mir noch eine Chance zu geben, die Dinge in Ordnung zu bringen. Er gab mir frostig zu verstehen, daß der einzige Weg, unsere Haut zu retten, darin bestand, dafür zu sorgen, daß die Verlobung wieder aufgelöst würde. Heute. Vor Ende der Hochzeit.

»Und was ist, wenn wir sie heute nicht dazu überreden können?«

»Dann eben morgen. Aber ab morgen früh... ist die Jagdsaison eröffnet. Kapiert?«

Während sich dieser höllische Tag weiter dahinschleppte, entdeckte ich, daß es nur wenige noch schwierigere Dinge gibt, als im Verlaufe einer Hochzeit ein gutes Komplott aufrechtzuhalten. Alles arbeitet gegen einen. Die Hauptfiguren werden gnadenlos durch die einzelnen Stationen ihres Weges gepeitscht, vom Entgegennehmen der Geschenke und Glückwünsche über die traditionellen Tänze bis zum Hochzeitsessen, während lüsterne Tanten die ganze Zeit über leise gegen ihre Wassergläser schlagen, um von den Frischvermählten einen Schmatzer zugeworfen zu bekommen. Selbst wenn die armen Kerle es schafften, sich dem Rampenlicht der prüfenden Blicke seitens der Hochzeitsgemeinschaft zu entziehen, wurden sie bei jedem ihrer Schritte von betrunkenen Verwandten verfolgt, die den ganzen Tag auf eine Gelegenheit warteten, die überraschende Ansicht zu äußern, daß die Trauungszeremonie ganz reizend gewesen sei. Bei diesen ganzen bösartigen Hindernissen dauerte es Stunden, bis wir es schafften, unsere abtrünnige Herzogin zu einer Krisensitzung ins Arbeitszimmer zu zerren.

»Was zum Teufel denkst du dir eigentlich dabei!« schimpfte Moira.

»Ich wäre dir dankbar, wenn du selbst an deinem Hochzeitstag nicht in diesem Ton mit mir redest.«

»Winslow«, sagte ich, den Tränen nahe, »du *kannst* doch nicht versprechen, Freddy zu heiraten!«

»Warum in aller Welt denn nicht?«

»*Du bist ein Mann!*« zischte Gilbert.

»Wie kann man nur so etwas Unverschämtes sagen!«

»Winnie, paß auf«, sagte Moira, die bis auf wenige Zentimeter an ihn herangetreten war, »du bist im Moment einfach völlig durchgetickt, aber wenn du runterkommst, dann sitzt du ganz schön in der Klemme, also *hör endlich mit diesem gottverdammten Scheißdreck auf!*«

Winnie stand auf und funkelte sie wütend an.

»Du bist ein fürchterliches Kind! Ich habe das schon *immer* gedacht! Ich wünschte mir so sehr, Claire wäre mein Kind und nicht du! So, jetzt habe ich es dir gesagt, und ich bin froh darüber! Denk ja nicht, daß du auch nur einen Cent bekommst, wenn *ich* sterbe, du undankbares Biest! Ich bin noch nicht so alt, daß ich nicht noch Kinder mit Freddy kriegen könnte! Ich werde ein liebes kleines Mädchen bekommen und *du* hast das Nachsehen! Wart's nur ab!«

Wir schauten uns erstarrt an. Claire meinte, es habe gar keinen Zweck, vernünftig mit Winnie über das Ganze zu sprechen, solange er nicht wieder zu Sinnen kam; wir anderen nickten matt.

Winnie lachte ein wenig und sagte: »Worüber macht ihr euch denn alle so viele Sorgen? Sind es diese schrecklichen Männer mit ihren Drohungen?«

Gilbert erwiderte niedergeschlagen, ja, sie würden dabei auch eine Rolle spielen.

»Nun!« meinte er. »*Denen* mache ich einen Strich durch die Rechnung!« Und mit diesen Worten stürmte er aus dem Zimmer. Panisch stolperten wir anderen hinter ihm her. Winslow marschierte durch den Tanzsaal nach draußen auf den Rasen, wo Lunch, ganz der Romantiker, dastand und den Sonnenuntergang beobachtete.

»Da sind Sie ja«, lächelte Lunch und paffte an seiner Zigarre. »Ich habe Sie schon gesucht. Ich denke, es ist an der Zeit, daß wir uns ein wenig unterhalten, Gwennie!«

»Für Sie noch immer Euer Gnaden!« sagte Winnie, zog Lunch die Zigarre aus dem Mund und zerquetschte sie unter ihrem Fuß. »Ich kann keinen Rauch ausstehen!«

»Was zum Teufel...«

»Unflätige Worte kann ich auch nicht ausstehen! Bitte unterlassen Sie es also in meiner Gegenwart, sie zu verwenden. Wenn ich Moira richtig verstanden habe, haben Sie etwas dagegen, daß ich Ihren Onkel heirate.«

»Da hat sie verdammt recht, daß ich etwas dagegen habe!«

»Nun, *das,* mein alles verschlingender Freund, ist *Ihr* Problem. Indem Sie versuchen, es zu unserem zu machen, begehen Sie einen ganz großen Fehler. Wenn Freddy allein das Oberhaupt dieser Familie wäre, dann wären Sie ja vielleicht noch einmal mit einem derartigen Unsinn davongekommen, aber jetzt, wo ich gemeinsam mit ihm das Sagen habe, versichere ich Ihnen, daß ein derart anmaßendes Verhalten nicht toleriert werden wird!«

»Sie haben also jetzt verdammt noch mal zu bestimmen, wo es langgeht, ja?«

Winnie gab ihm eine heftige Ohrfeige.

»Ich habe Sie doch davor gewarnt, noch einmal so etwas zu sagen! Obwohl ich jetzt erkennen kann, daß ernstere Warnungen als diese nötig sind, um durch die Schmalzkapsel Ihres Gehirns hindurchzudringen. Ich denke, ich spreche heute nacht mal mit Freddy darüber, Ihnen eine kleine Versetzung zukommen zu lassen. Beispielsweise nach Bolivien. Ein oder zwei Jahre lang faulen Kokabauern Disziplin beizubringen sollte Ihnen genügend Zeit geben, über die Tugend der Demut nachzudenken. Und wenn Sie mich jetzt entschuldigen wollen – ich habe mich noch angenehmeren Dingen zu widmen. Oh, und übrigens«, fügte er noch hinzu, als er sich zum Gehen wandte, »ich weiß nicht, ob Sie sich dessen bewußt sind, aber Ihre Frau Sammy schläft gerade mit Serge. Ich kann nicht sagen, daß ich ihr dafür die Schuld gebe. Guten Tag, Mr. Fabrizio.«

»Da seht Ihr es!« plapperte Winslow, als wir ihm zurück zum Haus folgten. »Man muß nur wissen, wie man mit diesen Leuten redet! Wo steckt jetzt dieser schreckliche Mr. Sartucci? Hallo, Chick! Hier bin ich, Chick, Chick, Chick! Ha ha ha ha ha!«

Was blieb unserer kleinen Gruppe nach dieser Szene anderes übrig, als zu beschließen, sich sinnlos zu besaufen? Wir wußten, daß alle Bemühungen, die Situation zu korrigieren, sie nur noch weiter verschlechtern konnte – gesetzt den Fall, das war überhaupt noch möglich. Alles zu vergessen war das freundlichste Schicksal, auf das wir hoffen konnten. Bald würden die Geschenke geöffnet werden, und wir vier nahmen unsere Plätze am Haupttisch in Beschlag, um die Gäste durch die letzten Tänze gleiten zu sehen, bevor diese hohle Zeremonie stattfand. Wir holten uns ein paar Flaschen Champagner und setzten uns hin. Es war uns ernst mit unserem Besäufnis.

Ein langsamer Walzer endete, eine Tarantella begann. Tony und Maddie, die neben uns gesessen hatten, erhoben sich, um zu tanzen. Wir blickten nach unten und sahen die Herzogin und Freddy.

Freddy liebkoste unter dem Tisch trunken Mamis Schenkel. Sie kräuselte ihre Lippen und gab seiner Hand einen schwungvollen Klaps. Der zur Schau gestellte Widerstand war so schwach, daß er eher eine Aufforderung darstellte. Mit einer ›mea culpa‹-Geste legte Freddy eine Hand auf seine Brust, dann grinste er spitzbübisch und begann einen erneuten Angriff.

Die Herzogin gab ein hohes, entrüstetes Kichern von sich. Freddy, der durch ihre unverhohlene Freude nur noch weiter angestachelt wurde, streckte seine Hand unter dem Tisch nach vorne, bis er plötzlich auf das Allerletzte stieß, das er dort erwartet hatte. Er zog die Hand zurück, als hätte man ihn hineingebissen, und starrte mit vor Abscheu feucht werdenden Augen auf die Herzogin. Sie lächelte träumerisch zurück, und gab ihm einen flüchtigen Kuß auf die Nasenspitze.

Freddy stieß einen gurgelnden Laut aus, griff sich an die Brust und fiel kopfüber auf den Tisch, wobei er einen Sektkübel auf den Boden stieß. Beunruhigt beugte sich die Herzogin über ihn und fragte weinerlich, ob mit ihm alles in Ordnung sei. Die Leute auf der Tanzfläche hörten die Unruhe, blickten zum Haupttisch hinüber und gaben ein bestürztes Keuchen von sich.

»Mein Gott!« kreischte die Herzogin auf. »Ist ein Arzt im Haus?«

Medizin gehörte jedoch leider nicht zu den Spezialitäten der Familie. Ein halbes Dutzend Leute, darunter Tony, Maddie, Aggie und Freddys drei Möchtegern-Nachfolger, stürzten sich auf den Tisch.

»Don Bombelli«, flehte Charlie, »wir sind sicher, daß du wieder auf die Beine kommst, bestens auf die Beine, ganz oben, aber von wem würdest du gerne wollen, daß er sich um die Dinge kümmert, während du dich wieder erholst? Oder nehmen wir mal an, du erholst dich nicht...«

»*Wer*, Freddy!« ließ sich Chick vernehmen.

Freddy hob den Kopf; seine Augen drückten große Schmerzen und äußerste Verwirrung aus, als er seine letzten Worte keuchte.

»Ist ein *Mann!* ... Ist ein Mann, ist...«

Sein Kopf fiel auf den Tisch, seinen Augen war immer noch die böse Überraschung anzusehen.

»*Wer* ist der Mann?« bat Lunch inständig.

Doch von Freddy kam kein Wort. Sie rückten enger an ihn heran, beteten, es möge noch genug Leben in ihm vorhanden sein, um einen einzigen Namen auszusprechen und jahrelangen Konflikten ein Ende zu bereiten. Jeder im Tanzsaal stand atemlos und ernst da.

Das heißt, jeder bis auf Gilbert. Der war über den günstigen Zeitpunkt von Freddy Tod dermaßen erleichtert, daß er seinen Drang, zu feiern, nicht im Zaum halten konnte.

Seit jenem Tag habe ich mich bei unzähligen Gelegenheiten gefragt, wie sich diese angespannte Situation aufgelöst hätte, wenn Gilbert nicht diesen Augenblick gewählt hätte, um eine Flasche Champagner zu öffnen. Wir werden es jedoch nie wissen, denn er *öffnete* die Flasche, und das Knallen des Sektkorkens zerriß die atemlose Stille im Saal wie ein Pistolenschuß. Tatsächlich war der Laut einem Pistolenschuß viel zu ähnlich, denn irgend jemand mit einer übermäßig aktiven Phantasie, der weiter hinten stand, schrie entsetzt auf. Ein anderer Gast mit genauso lebhafter Phantasie brüllte: »Ducken!« Und alle Gäste folgten mit einem gemeinsamen Aufschrei dem Rat des Schwarzsehers.

In Sekundenschnelle hatte Chick seine Waffe gezogen, sah sich mit zusammengekniffenen Augen um und versuchte wütend, den Attentäter auszumachen.

»Warte, du Idiot!« sagte Aggie, und wandte sich betrunken glucksend an Chick. »Das war kein gottverdammter *Schuß!* Das war nur Gil...«

Doch sie sprach diesen Satz nie zu Ende. Denn genau in diesem Moment schaute ein Günstling von Lunch am mittleren Tisch hoch und mußte feststellen, daß Chick der einzige im Saal war, der drohend eine Waffe schwang. Er zog seine eigene Waffe, und Chick, der das merkte, wirbelte herum und zielte. Allerdings nicht ganz schnell genug, denn seine alarmierte Beute feuerte zuerst.

Chick war zwar nicht ganz so schwer wie Lunch, stellte aber immer noch ein Ziel dar, das kein Revolverheld verfehlen konnte, selbst wenn sich vom Champagner und den Tarantellas alles um ihn herum drehte. Die Kugel fand ihr Ziel, eine zweite ebenfalls, und Chick fiel. Sein Sohn Ugo sah das, sprang wie ein Samurai schreiend in die Höhe und schoß den Schützen nieder.

»Verflixt und zugenäht!« sagte Aggie, rappelte sich unter dem Tischtuch hervor und kam an der anderen Seite des Tisches genau zwischen Gilbert und Claire heraus.

»Herrgott, mein Süßer!« fuhr sie ihn an. »Du mußtest natürlich unbedingt Champagner haben!«

Von da an bekamen wir nur noch wenig mit. Entsetzt kauerten wir hinter dem Haupttisch, doch das unaufhörliche Krachen der Schüsse lieferte uns alle Informationen, die wir gerne über die Vorgänge im Tanzsaal haben wollten. Pistolen blitzten auf, und Gäste tauchten voller Panik unter die Tische oder stürmten in wilder Flucht auf die Ausgänge zu. Schreckensschreie und das Klagen der frisch Hinterbliebenen erfüllten den Saal.

Irgendwann krabbelte ich nach vorne und spähte um das Tischende herum. Ich hatte Einblick auf einen Teil des Zeltes hinter den Terrassentüren. Die Musiker, die sich hinter dem unzureichenden Schutz, den Notenständer bieten können, zusammengekauert hatten, waren auf die Bühne gestürmt und rasten durch die offenen Glastüren nach draußen. Ein Mann, der mit einem Saxophon daherlief, prallte, als er sich törichterweise über seine Schulter nach hinten umschaute, gegen einen Stützpfosten, was das ganze Zeltdach zum Einsturz brachte. Die fliehende Menge verwandelte sich dadurch in einen ungeheuren, sich hin und her windenden, rotgestreiften Organismus, er mit Dutzenden von Stimmen sprach, von denen keine einen ruhigen Tonfall hatte.

Nicht, daß wir besonders ruhig gewesen wären! Claire, Gilbert, Winslow und ich hockten alle unter dem Tisch, umarmten einander und fanden zu Gott. Auch Moira hockte bei uns, genauer gesagt, hinter uns. Sie meinte, es sei unsere Pflicht, sie zu beschützen, da sie mit ihrem Hochzeitskleid das beste Ziel abgab.

»Herrgott!« sagte Aggie philosophisch und trank den Champagner aus der Flasche. »Ist das Leben nicht zum Schreien? Seit zwei Jahren haben es diese Mordbuben geschafft, alles unter Kontrolle zu behalten. Dann kommt da irgendein Miststück und ein Paar ausgehungerter Schwuler daher, die beschlossen haben, sie wegen einiger Hochzeitsgeschenke zu schröpfen, und schon bricht der Dritte Weltkrieg aus!«

»Ihr habt es ihr *erzählt!*« sagte Moira und warf Gilbert und mir einen empörten und wütenden Blick zu.

»Was macht das schon?« fragte Gilbert.

»Oh, nichts, da bin ich mir sicher! Herrgott, Gilbert, ich kann dir ja *überhaupt nicht* trauen!«

Gilbert starrte sie nur entgeistert an und ließ seinen Kopf an meine Brust fallen. »Oh, Philly«, schluchzte er, »damit bin ich *verheiratet*!«

Genau in diesem Augenblick pfiff eine Kugel über unsere Köpfe und ließ einen Spiegel an der Wand hinter uns zersplittern. Moira schrie entsetzt auf, packte sich Winslow, um ihn vor sich her zu ziehen, griff aber zu kräftig zu und zog ihm die Perücke vom Kopf.

Aggie starrte auf Winslow; ihre Augen wurden von Sekunde zu Sekunde größer.

»Sie… *sie ist*…!«

Wir vier nickten grimmig; Winnie schob sich voller Panik seine Perücke wieder zurecht.

»Darum waren wir auch immer noch so beunruhigt, als du sagtest, solange die Herzogin Freddy heiratete, wären wir nicht in Gefahr.«

Aggie glotzte noch einen Augenblick lang, dann kam es in einem großen, lauten Schwall aus ihr heraus.

»HAH HAH HAH!«

»Ist ja schon gut, Schätzchen, *so* lustig ist das nun auch wieder nicht«, meinte Claire naserümpfend.

Doch Aggie hörte nichts mehr, konnte sich nicht mehr halten vor Lachen, krampfte sich zusammen und hämmerte mit den Fäusten auf den Boden ein, während uns die Querschläger um die Ohren sausten.

»Aggie! *Bitte!* Du lenkst ihr Feuer auf uns!«

»Ihr habt *das* alles wegen ein paar lausiger Geschenke gemacht? Hah hah hah hah!«

Moira kletterte mit einem Mal zur vorderen Tischkante und hob ihren Kopf hoch genug, um über den Rand hinwegsehen zu können. Das Gesehene veranlaßte sie, wie elektrisiert mit einer unbekümmerten Mißachtung ihrer persönlichen Sicherheit aufzuspringen.

»*Neeeiiiin!*« schrie sie in blanker, tierischer Wut.

Unfähig, uns vorzustellen, was sie so bewegt hatte, spähte auch ich über den Tisch und sah, wie sich Charlie und vier Männer hinter die Geschenke duckten. Andere hinter Tischen in Deckung gegangene Männer schossen auf sie.

»*Nein!*« schrie Moira, als in mittlerer Entfernung ein Blitzlicht aufleuchtete. »Nicht hinter den *Geschenken*!«

Eine Kugel verfehlte sie nur knapp, und heftig fluchend ließ sie sich fallen.

»Gilbert, sie schießen direkt auf unsere *Geschenke*!« jammerte sie.

»*Hah hah hah…!*«

Claire wies darauf hin, daß zahlreiche Leute da waren, die unser kleines Trüppchen nicht besonders mochten und jetzt genau wußten, wohin sie zu zielen hatten. Das Tischtuch würde uns nicht beschützen.

Sie ging voraus; wir folgten kurz hinter ihr im Entengang watschelnd hinter dem Sichtschutz umgestürzter Stühle. Aggies unkontrolliertes Lachen war für die Kugeln, die uns jeden Zentimeter unseres Weges um die Ohren sausten, wie ein Signalfeuer. Wir erreichten den engen Zwischenraum hinter dem Musikpodium. Und wen fanden wir da? Holly

Batterman, der noch dem Flötisten den Hof gemacht hätte, wenn überall das Chaos ausbrach. Mit zitternden Gliedern kniete er da, das Blut aus einer frischen Fleischwunde an seiner Schulter durchtränkte sein Hemd.

»Ich wünschte mir, ihr hättet mir *gesagt*, was für eine Hochzeit dies sein würde!«

Gilbert entschuldigte sich, und wir verstummten. Selbst Aggie war jetzt still. Querschläger prallten auf das Metall der Notenständer und die Wand über unseren Köpfen.

»O Gott!« sagte Claire. »Das ist auch nicht besser!«

»Nun«, sagte ich, »ich weiß nicht, wo wir sonst hingehen können.«

»Ich rühre mich nicht vom Fleck!« flüsterte Holly.

»Da!« sagte Claire und zeigte auf die Tür zu Tonys Arbeitszimmer, die einen Meter hinter der anderen Seite des Musikpodiums lag.

»Das können wir nicht«, rief Holly. »Es ist zu weit weg!«

»Nun, wir werden es tun, Dickerchen!« erwiderte Aggie und zog eine Pistole aus ihrer mit Perlen verzierten Tasche. »Wer will es mit der Knarre versuchen?«

Moira bot sich sofort an, sie zu nehmen.

»*Dir* werde ich auch gerade eine Waffe in die Hand drükken! Das Risiko ist mir zu groß, Süße. Dann mache ich es selber!«

Urplötzlich hörten wir ein schreckliches Krachen, das wie explodierendes Tiffany klang. Als der große Leuchter auf dem Boden zerschellte, wurde der Saal im Nu dunkel.

»Jetzt!« sagte Claire, und wir stürmten alle hinter dem Musikpodium hervor und durch die Tür in Tonys Arbeitszimmer.

Von da an übernahm Gilbert, der das Haus am besten kannte, das Kommando. Er führte uns in einen Korridor, in dem es eine Hintertreppe in den zweiten Stock gab. Wir rannten durchs Haus, Winslow stolperte in seinen Stöckelschuhen hinterher, schließlich erreichten wir die Sicherheit meines Gästezimmers.

»Raus!« sagte Claire und machte Holly die Tür vor der Nase zu.

»*Auf gar keinen Fall*, Süße!« sagte er, ging auf die Tür zu und schob sie mit Leichtigkeit beiseite. »Ihr laßt mich nicht in diesem Schlachthaus allein!«

Sie versuchte, ihm zu versichern, daß er auch in jedem der anderen Schlafzimmer sicher sei, aber er weigerte sich, seine Meinung zu ändern. Schließlich warf Claire nur noch die Arme in die Luft, ließ ihn herein und schloß die Tür. Nervös ließen wir uns auf Sessel, Fußboden und Bett fallen.

»Nun, so weit, so gut, Kinder«, meinte Aggie, »aber wenn das herauskommt, seid ihr ganz schön in Schwulitäten!«

»Was meinen Sie eigentlich damit?« fragten Ihre Gnaden, und verschmierte sich die Augen.

Aggie erklärte geduldig, was wir uns durch die fehlende Zeit noch gar nicht vor Augen geführt hatten: Die spektakuläre Selbstzerstörung des Bombelli-Clans würde zweifellos einen Medienrummel erster Größenordnung hervorrufen. Es würde herauskommen, daß die Kämpfe durch Freddys Verlobung mit der Herzogin ausgelöst worden waren. Und konnte unser kleines Geheimnis im ständigen Rampenlicht der kritischen Medienöffentlichkeit und bei den Untersuchungen seitens der Regierung lange geheim bleiben?

»Welches Geheimnis?« fragte Holly und wurde wieder beträchtlich munterer.

Noch schlimmer wäre es, fügte Claire hinzu, wenn die Überlebenden herausfanden, wem sie es zu verdanken hatten, daß ihre Lieben unter der Erde lagen. Darüber würden sie nicht erfreut sein.

Schweigend saßen wir alle da, während die schreckliche Wahrheit uns mehr und mehr aufging. Der Tod von Freddy und Chick und, hofften wir, Lunch hatte uns wirklicher Sicherheit kein bißchen nähergebracht.

Claire stand auf und sagte: »Dann bleibt uns nichts anderes übrig, als die Herzogin zu ermorden.«

»*Was?*« schrie Holly auf.

»Komm schon, Winnie! Runter mit dem Kleid!«

»Vor all diesen Leuten!«

Claire trat auf ihn zu und zog ihm mit einem Ruck die Perücke vom Kopf.

»Ich sagte, *runter* damit, Winnie, und ich meinte *jetzt*! Wir haben keine Zeit zu verlieren!«

»Hört auf!« schrie Winnie

Claire drehte sich zu Gilbert um und sagte: »Zieht ihn aus.«

Wir gingen auf Winnie zu. Er spürte, daß es uns ernst war, verlangte weinerlich einen Bademantel und legte seine Kleidung ab. Dann trottete er ins Badezimmer, wo er sein Gesicht sauberschrubbte und mit seinen herunterhängenden Locken tat, was er konnte.

Holly saß auf dem Bett und zitterte fast vor Freude, als er auf die Szene starrte. Hier entfaltete sich vor seinen Augen der spektakulärste Knüller der Menschheitsgeschichte. Es war, als ob Holly gestorben sei und in einem Himmel für Verleumdungen gelandet wäre.

Wir beachteten ihn nicht weiter. Wir wagten es kaum, denn wir wußten, daß jeden Augenblick jemand hereinkommen und die Verwandlung sehen konnte, bevor sie vollendet war.

Als Winslow das Make-up entfernt hatte, zogen wir ihm die Hose und den Pullover an, den ich den Abend zuvor getragen hatte. Beides war ihm viel zu eng, doch unter meinem Trenchcoat sah er ganz akzeptabel aus. Gilberts Sonnenbrille vollendete die Verkleidung.

Claire nahm das Kleid und zerriß es an mehreren Stellen, damit der Eindruck entstand, ihre Trägerin sei einem gewalttätigen Angriff ausgesetzt gewesen. Dann drehte sie die Innenseite des Kleides nach außen, trug es zu Holly hinüber, bat ihn um Verzeihung und schmierte Blut von seiner Schulterwunde über die Kleiderfetzen.

Als sie damit fertig war, sprach sie Holly mit frostiger Autorität an.

»Holly, was du gerade gesehen hast, bleibt das dunkelste Geheimnis von uns und der Mafia. Mir ist es egal, wie delikat die ganze Sache ist oder wie sehr du danach trachtest, sie zu erzählen – wenn du auch nur einer Menschenseele ein Sterbenswörtchen darüber mitteilst, dann bist du ein toter Mann. Hast du kapiert?«

Zitternd nickte er.

»Ich muß Winnie hier hinausschaffen. Wir nehmen die Hintertreppe und benutzen meinen Wagen. Diese grausige

Trophäe und einen ihrer Schuhe lasse ich hinter den Sträuchern auf dem Gelände liegen. Den Rest nehme ich mit nach Hause und verbrenne ihn. Philip, sollte Gilbert dir in Zukunft je garantieren, du könntest zu etwas leichtverdientem Geld kommen, ignoriere ihn. Lebt wohl.«

Holly mußte noch dableiben und auf die Krankenwagen warten, die sicherlich bald eintreffen würden. Gilbert und Aggie konnten ebenfalls noch nicht weg, da sie nachsehen mußten, was aus ihrer Familie geworden war. Ich mußte bleiben, weil Gilbert blieb, und Moira war wegen der Geschenke am Boden zerstört. Claire und Winslow gingen, und es war nicht eine Sekunde zu früh, denn nur Minuten später traf die Polizei ein und keiner durfte mehr den Platz verlassen.

Als wir die Sirenen hörten, rannten wir die Treppe hinunter. Gilbert fand Maddie und Tony, beide waren unverletzt, und alle fielen sich in die Arme. Moira eilte geradewegs zum Tisch mit den Geschenken. Was sie sah, ließ sie auf die Knie sacken, als hätte man ihr ein Messer durchs Herz gestoßen: In dem ganzen Haufen gab es nicht ein einziges Päckchen, das nicht durchlöchert worden war. Moira stand wieder auf und schob weinend den Körper eines toten Gangsters beiseite, suchte nach etwas, nach *irgend etwas*, das nicht zerschmettert, von Kugeln durchsiebt oder mit Blut durchtränkt war. Die Umschläge mit dem Geld und den Schecks waren alle auf mysteriöse Weise verschwunden.

In diesem Augenblick kam die Polizei herein und rief: »Keine Bewegung!« Die Gangster, die noch am Leben und unverletzt geblieben waren, leisteten keinerlei Widerstand. Sie wirkten allenfalls erleichtert.

Wir wurden alle zum Verhör mitgenommen. Es zog sich bis zum nächsten Morgen um sieben Uhr hin. Neunzehn Männer inklusive Lunch, Chick, Ugo, Serge und George Lucci waren ermordet worden, und keiner hatte irgend etwas gesehen.

Gilbert und ich erzählten alles, was wir ohne Angst vor Vergeltungsmaßnahmen gesehen hatten, denn alle, die wir tatsächlich irgend jemanden hatten umbringen sehen, waren selber ermordet worden. Die Polizei merkte, daß wir ratlos und unsicher waren und nur am Rande etwas mit den Haupttätern zu tun hatten, und bestand daher nicht auf einer Anklage.

Wir wurden zur Hintertür hinausgeführt, um der lärmenden Presse aus dem Weg zu gehen. Moira sah in ihrem blutbespritzten Hochzeitskleid so schrecklich aus, daß wir von der Polizei bis nach Manhattan begleitet wurden. Gilbert und ich baten, am Broadway abgesetzt zu werden, damit wir noch etwas frische Luft schnappen konnten. Der Polizist tat uns den Gefallen, dann nahm er Moira weiter bis ins Gelobte Land mit. Als wir durch die kalte Morgenbrise schlenderten, kamen wir an den Zeitschriftenstand in der Sechsundachtzigsten Straße. Alle Morgenzeitschriften trugen grelle Schlagzeilen über das historische Clan-Massaker.

In der *Post* hieß es mit roter Druckfarbe einfach BLUTBAD! Unter der Schlagzeile sah man ein Bild von Moira.

Es zeigte sie, wie sie gerade die gespreizten Finger panisch gegen die Seiten ihres Gesichtes drückte. Ihre Augen waren vor Entsetzen geweitet, ihr Mund stand weit offen, als sie die Worte schrie: »Nein! Nicht hinter den *Geschenken!*«

Die Bildunterschrift lautete: EINE BRAUT IN QUALVOLLER ANGST.

Epilog

Der durch die ganzen Nachfragen entstandene Aufruhr hatte sich inzwischen gelegt, aber noch eine ganze Weile waren wir die Lieblinge der Medien, insbesondere Moira oder die ›Braut des Todes‹, wie die Presse sie nannte. Es regnete förmlich Interviews, und kein einziger Reporter zeigte sich von der Wärme und der offensichtlichen Aufrichtigkeit Moiras nicht entzückt.

Ja, sagte sie, sie hätte gewußt, daß ihr Boß, Freddy, einmal ein Verbrecher-Imperium geleitet habe, aber wie so viele hatte sie geglaubt, daß er ein gebrechlicher, reumütiger Mann geworden sei, der nur noch einen Wunsch habe: seinen Lebensabend damit zu verbringen, in seinem kleinen Garten zu sitzen und ihr zuzuhören, wie sie die Worte des unsterblichen Tolstoi deklamiert. Ja, sie hätte auch gewußt, daß man weithin munkelte, die Cellinis seien Mafiosi, aber sie seien alle überaus freundlich zu ihr gewesen, und Mom hatte ihr beigebracht, nicht eher über andere den Stab zu brechen, als über sie selbst der Stab gebrochen wurde.

Mama war natürlich der ganz große und seltene Glücksfall, für den die Herausgeber der Sensationspresse Kerzen anzünden und Gebete sprechen: die geheimnisumwitterte Frau. Moira beteuerte unter Tränen, daß sie überhaupt nicht wußte, warum ihre Mutter sich als Herzogin ausgegeben hatte, obwohl sie sich vorstellte, daß die Herzogin nur ihre Tochter auf sich stolz werden lassen wollte. Was ihren Aufenthaltsort betraf, befürchtete Moira wie die meisten, daß es trotz der Unfähigkeit der Polizei, ihre Überreste ausfindig zu machen, nur wenig Anlaß zur Hoffnung gab. Diese tragische Wahrscheinlichkeit führte manchmal dazu, daß Moira weinend zusammenbrach. Einmal mußte Sue Simmons sie in einer Live-Sendung während der Hauptsendezeit trösten.

Moiras richtige Mutter bekam natürlich Wind von der

ganzen Sache, und wie es sich gehörte, wurde Schweigegeld gezahlt, obwohl Gilbert und ich uns weigerten, auch nur einen Cent beizusteuern.

Die unzähligen Fotos, die in den auf das Ereignis folgenden Tagen veröffentlicht wurden, machten Gilberts Gesicht so erkennbar, daß ich, und ich allein, mich durch ganz Manhattan und die Stadtbezirke schleppte, um jede verfügbare Ausgabe von *MannImPuls* aufzukaufen. Die damit verbundenen Kosten und die damit einhergehende Verlegenheit waren schwindelerregend.

Gilbert wurde von den Medien sowieso auf eine weniger wünschenswerte Weise als Moira abgehandelt. Innerhalb von Wochen waren nicht weniger als drei seiner früheren Liebhaber an die Öffentlichkeit getreten und hatten ihre Erinnerungen an den *National Enquirer*, die *NewYork Post* und *Torso* verkauft, und zwar in dieser Reihenfolge. Diese Enthüllungen brachten der armen, tapferen Moira nur noch mehr Sympathie ein. Sie erhielt bergeweise Briefe, in denen man ihr riet, Gilbert fallenzulassen und sich einen Mann zu suchen, der ihrer selbstlosen Liebe würdiger war.

Während sich die Gerichtsverfahren der Bombellis dahinschleppten, war Maddie ganz geschockt und enttäuscht, als sie erfuhr, daß Tony sich mit Geldwäsche und nur für Insider gedachten Handelsaktionen beschäftigt hatte. »Stell dir vor, Gilbert!« sage sie. »Die ganzen Monate über war ich eine Gangsterbraut und hatte nicht die geringste Ahnung davon!«

Tony Rechtsanwälte schafften es, ihn mit einer leichten Strafe davonkommen zu lassen, und Maddie bat ihn um die Versicherung, daß er nie mehr stehlen würde, wenn er wieder auf freiem Fuß war. Er gab ihr das Versprechen, und das genügte ihr.

Aggie feuerte Christopher, fragte uns aber, ob wir nicht weiter im Paradiso arbeiten wollten. Die Publicity der ersten Wochen hatte ein sensationelles Geschäft bewirkt. Als dann aber später Gilberts frühere Liebhaber an die Öffentlichkeit traten, beschloß Aggie, daß die beleidigenden Witze und die vorwitzigen Fragen der Betrunkenen an der Bar mehr waren, als sie uns mit gutem Recht zumuten konnte, und ließ uns gehen.

Ich nehme nicht an, daß irgend jemand von uns, der die ›Bluthochzeit‹ überlebte, hinterher nur halb so viel litt wie der arme Holly Batterman. Angesichts der täglichen Sensationsschlagzeilen mit den Fragen nach »Moiras mysteriöser Mama« stand er immer kurz davor, den Knüller seines Lebens für sich zu beanspruchen. Doch nach Claires Warnung wagte er es nicht mehr, den Mund aufzumachen. Nachdem ihm Moira einen um eine tote Taube gewickelten Drohbrief zugeschickt hatte, wagte er es noch weniger. Und so stapfte er durch seine Tage, ein trauriger, dicklicher Tantalus mit einer Geschichte, die er nie erzählen konnte.

Das erste Deodorant der Welt in Pillenform hatte einen vielversprechenden Start. Moira trieb das restliche Startkapital auf, indem sie Verträge über lukrative Zeitschriftenberichte von ihrer Hochzeit abschloß. Zusammen mit Winnie gründete sie eine Firma und schaffte es auch, das Gesundheitsministerium für eine Erlaubnis zur Durchführung klinischer Tests zu gewinnen. Die Versuche gingen reibungslos über die Bühne, und die Testpersonen waren durch die Bank weg über das Produkt erfreut. Doch gerade als es den Anschein hatte, daß die beiden auch die Zulassung zur Vermarktung bekommen würden, kam es zur großen Katastrophe. Ein kleiner Prozentsatz der Testpersonen litt Monate nach der Einnahme der Pillen unter gräßlichen Nebenwirkungen: Die Leute wachten eines Morgens auf und entdeckten, daß sie plötzlich nach verdorbenem Fisch oder überreifem Gorgonzola stanken. Die Firma wurde mit Klagen überschüttet, und dann klappte sie schneller zusammen als ein Klappbett.

Claire und ich haben unser Musical fertiggestellt und sehen uns gerade nach Produzenten um.

Was Gilbert und mich betrifft, nun, ich hasse es, die Romantiker unter Ihnen zu enttäuschen, aber wir sind nicht ganz miteinander klargekommen – obwohl die direkt auf die

Hochzeit folgenden Tage zu den glücklichsten gehörten, die wir je miteinander geteilt haben. Nichts, nicht einmal die schrillen Reporter oder die ungläubigen Detektive, nicht einmal Moira konnte die Heiterkeit dämpfen, die wir fühlten, weil wir lebendig, zusammen und nicht mehr in Gefahr waren.

Die Begeisterung, einfach am Leben zu sein, ist jedoch kein Gefühl, das man unendlich lange genießen kann. Das Empfinden, daß der Tod *nicht* mit ziemlicher Wahrscheinlichkeit jede Sekunde auf einen herunterkracht, ist ein schönes Gefühl, aber nach einer Weile verliert es seinen Reiz. Als unsere Romanze nicht länger mit Gefahr gewürzt wurde, waren Gilbert und ich gezwungen, uns mit dem gleichen Zeitvertreib zu beschäftigen, dem junge Paare seit unvordenklichen Zeiten nachgegangen sind: die Suche nach neuen Unvereinbarkeiten. Gilbert begriff nicht, warum ich darauf bestand, zu schreiben, wenn er einsam und gelangweilt war. Ich verstand nicht, warum er überhaupt nicht schreiben wollte, insbesondere nach seinen hübschen Reden über unser gemeinsames literarisches Schicksal. Er sah nicht ein, warum ich unfähig war, »mich zu amüsieren«, und ich konnte nicht nachvollziehen, was so amüsant dabei war, bis vier Uhr morgens mit seiner Frau und eines sich fortwährend verändernden Heeres »neuer Freunde«, die die beiden im Gefolge ihrer plötzlichen Verrufenheit gewonnen hatten, durch die Clubs zu ziehen. (Die meisten dieser Freunde gehörten zu jener entsetzlich eleganten Schickeria, deren Vertreter, wenn man sie fragte, womit sie ihren Lebensunterhalt verdienen, nur ohne den Anflug eines Lächelns antworten: »Ich bin Ästhet.«) Es gab natürlich noch die unbedeutende Angelegenheit unseres Sexuallebens. Da uns das aber irgendwann nicht mehr interessiert hat, braucht es Sie auch nicht weiter zu interessieren.

Als die Enthüllungen zu Gilberts bunter Vergangenheit in die Zeitungen kamen, schlug Gilbert vor, unsere Affäre eine Weile abkühlen zu lassen. Diese Weile erstreckte sich bald über Wochen, dann waren es Monate, und wir erkannten, daß sich deswegen eigentlich keiner von uns nachts in den Schlaf weinte. Jeder war zufrieden damit, daß er den anderen sanft losließ, »bevor es unsere Freundschaft zugrunde richtete«, und auf diese Weise erreichten die Verhältnisse wieder den alten Stand. Es gab eine unangenehme Zwischenperiode, doch die ging vorbei. Wieder einmal bin ich zufrieden damit, Gilbert nicht zu sehr, aber der Vernunft gehorchend, zu lieben und seine erfrischende Gegenwart zu genießen, so oft er gewillt ist, sie mit mir zu teilen.

Obwohl ich gestehe, daß ich ihm gerade in letzter Zeit beharrlich aus dem Weg gegangen bin, meinen Anrufbeantworter eingeschaltet lasse und auf die Straße hinunterblicke, bevor ich aus der Wohnung gehe. Der Grund dafür liegt im letzten Gespräch, das ich mit ihm hatte. Dieses Mal funktionierte mein Frühwarnsystem gut genug, um mich fast unmittelbar den Hörer auf die Gabel knallen zu lassen, doch die wenigen, mich frösteln lassenden Worte, die ich vorher hörte, verfolgen mich noch heute bis in den Schlaf.

»Hallo! Ich bin's! Philly, ich wollte dir einen kleinen Vorschlag machen, und sag bitte nicht nein, bevor ich damit fertig bin...«

Haffmans Kriminalromane im Heyne-Taschenbuch

Gisbert Haefs

Baltasar Matzbach, die eß- und trinkfeste Hauptfigur in Haefs' Romanen, ist der wohl originellste Privatdetektiv deutscher Abstammung.

Das Doppelgrab in der Provence
05/25

Mörder & Marder
05/45

Und oben sitzt ein Rabe
05/51

Wilhelm Heyne Verlag
München